KB253262

선견적 시국진단

(2007년 - 2010년) 김 흔 중 지음

엘맨

총재 김흔중

출범식 행사에 순서를 담당하신 분들(2007.8.17)

- 좌로부터 박환인, 조지현, 채명신, 김흔중, 조주태, 유재섭, 신현구
- 뒤 좌로부터 이용선, 최상범, 이정수

靑波 金炘中 近影
김 흔 중

현역 당시의 모습('87예편)

興敎海兵

李承晩

이승만 대통령의 휘호

해병대 발상 기념탑

(진해덕산)

신현준 해병중장

해병대 창설 초대해병대 사령관 (1949.4.15~1953.10.15)

〈생애 : 1915년~2007년 10월 15일〉

김성은 해병중장

전 국방부장관/제4대 해병대사령관(1960.6.25~1962.7.1)

〈생애 : 1924년~2007년 5월 15일〉

김윤근 해병 중장

전 국가재건 최고회의 위원 / 전 호남비료(주) 사장

- 김포 해병 제1여단장 김윤근 준장의 용단이 아니었다면 5.16 군사혁명(구데타)은 성공할 수 없었다.
- 해병대가 한강인도교를 점령, 한강이북으로 진격하게 되어 5.16 군사혁명은 성공했다.
- 김윤근 장군은 역사적인 지도자로 존경 받아 마땅한 덕장이시다. (서울 영락교회 원로장로)

채명신 육군중장

주월한국군 초대사령관/베트남 참전전우회 총재

〈필자는 청룡부대 지휘관(중대장)으로 참전했다.〉

베트남적화통일을 교훈으로 삼아야한다

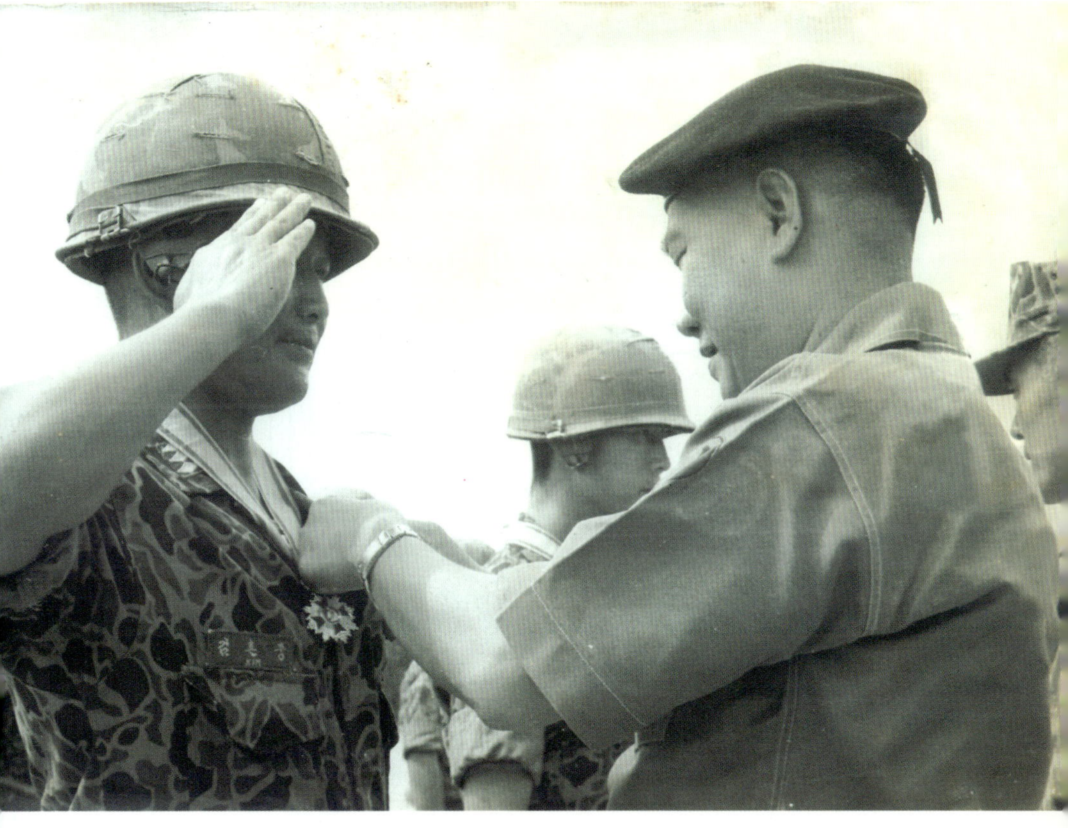

월남 최고 엽성무공훈장을 받고 있는
김흔중 해병대위(1969.9.26)

- 월남 제1군사령관으로 부터 월남 최고 훈장을 받았지만 제1군사령관은 월남이 월맹에게 패망(1975.4.30)될 때 나의 목에 훈장메달을 걸어준 그가 탈출하지 않았으면 죽었을 것이다.
- 더욱 베트남이 적화통일된 후 친월맹 세력의 월남 지도자들은 전부 숙청되었다는 사실에 주목해야한다.
- 대한민국에 날뛰는 반국가세력의 좌파지도자는 적화통일되면 숙청된다는 사실을 경종으로 받아드려야 한다.

오윤진 해병소장

전 해병대전우회 총재/해병학교 총동문회(장교)회장(현)

- 도솔산 정상에 전적기념비를 세울때 해병참모부장이었다.
- 필자는 전적기념비 건립 실무책임을 맡아 해병참모부장과 함께 도솔 산 정상을 답사한 후 정상에 전적비를 세웠다.
- 나는 전적기념비 준공기념 행사에 사회를 보게 되었고 6.25당시 도 솔산 전투에 참전했던 지휘관 및 전우들의 눈물바다에 가슴이 아팠 다. (1981.8.26)

김무일 CEO

- 현대차, 기아차 "현 현대 Mobis(주)" 컨 부사장

/현대케철(주) 대표이사 컨 부회장

필자의 고희기념으로 후배장교들과 같이 "해병혼과 함께한 사도"라는
문집을 만들어 헌정해 준 평생 잊지못할 감사한 후배장교이다.
(문집발간에 수고한 후배장교 : 장수근, 이수용, 장양순, 이재원, 김동원)

노무현 정부의 4대악법 저지를 위해 안경본 주최로 서울시청 광장, 광화문 면세점 앞, KBS본관 앞, 한국교회 100주년 기념관에서 수없이 집회를 가졌다.(위 사진은 KBS본관앞 집회이다.)

－캄보디아 훈쎈 총리실에서－

캄보디아 가나안 농군학교 설립을 위한 회담기념(2000.4.22)
좌로부터 : 김흔중, 훈센총리, 김범일, 이원형, 이관수, 김도삼, 참사관

대한민국안보와 경제살리기운동본부(안경본) 일행. 〈중앙:박세직 총재와 김흔중〉
판문점 JSA를 방문하여 중립국감독위원회 스웨덴 및 스위스 지휘관 두
대령에게 감사패 전달.(2006.6.8)

강화도 6.25참전 국가유공자 청소년 유격동지회 초청으로 박세직 재향
군인회장과 필자는 같이 연사로 강연을 마치고 돌아오는 승용차안에서
나눈 대화가 마지막이었다.(2009.6.24)
〈중앙 거수경례하는 박세직. 그 오른편이 김흔중〉

兵役義務未畢
政治人根絶對策協議會

대표회장 김흔중

창립일시 : 2005년 6월 27일
장소: 한국교회100주년기념관

연평도 포격 규탄대회에서 강연 (수원역 광장)

경기도 재향군인회 및 애국단체주최 (2011.12.2)

연평도 피해복구 자원봉사단 발대식

광화문 시민공원에서 격려사. (2011.12.3)

베트남 참전 기독신우회 회장 위촉장을 받고나서

(채명신 초대주월사령관과 함께. 2002.5.13)

독립기념관 광장에서(2010.3.18)

대한민국 만세. 해병대 만세. 32기 만세.
〈해병장교 32기 동기생들과 함께〉

강화도 최북단 평화의 전망대 광장에 세워진 彼恨(피한) 기념시비. (김흔중 작시 : 2009. 2. 18 세움)

해병대 기념관 정원에 세워진 풍어의 연평도 노래기념비(2010.4.15)

- 작사 : 김흔중 연평부대장(27년전)
- 작곡: 길옥윤 작곡가 • 노래 : 권성희 가수
- 테이프에의해 확성기로 노래가 울려퍼지면 출어지시로 어선들이 출범한다. (출어지시: 연평부대장)

- 맥아더 장군이 아니었으면 적화통일되었다.
- 맥아더동상 목에 밧줄을 걸려는 종북세력들을 응징하자.
- 해병대가 맥아더동상을 사수해야 한다.

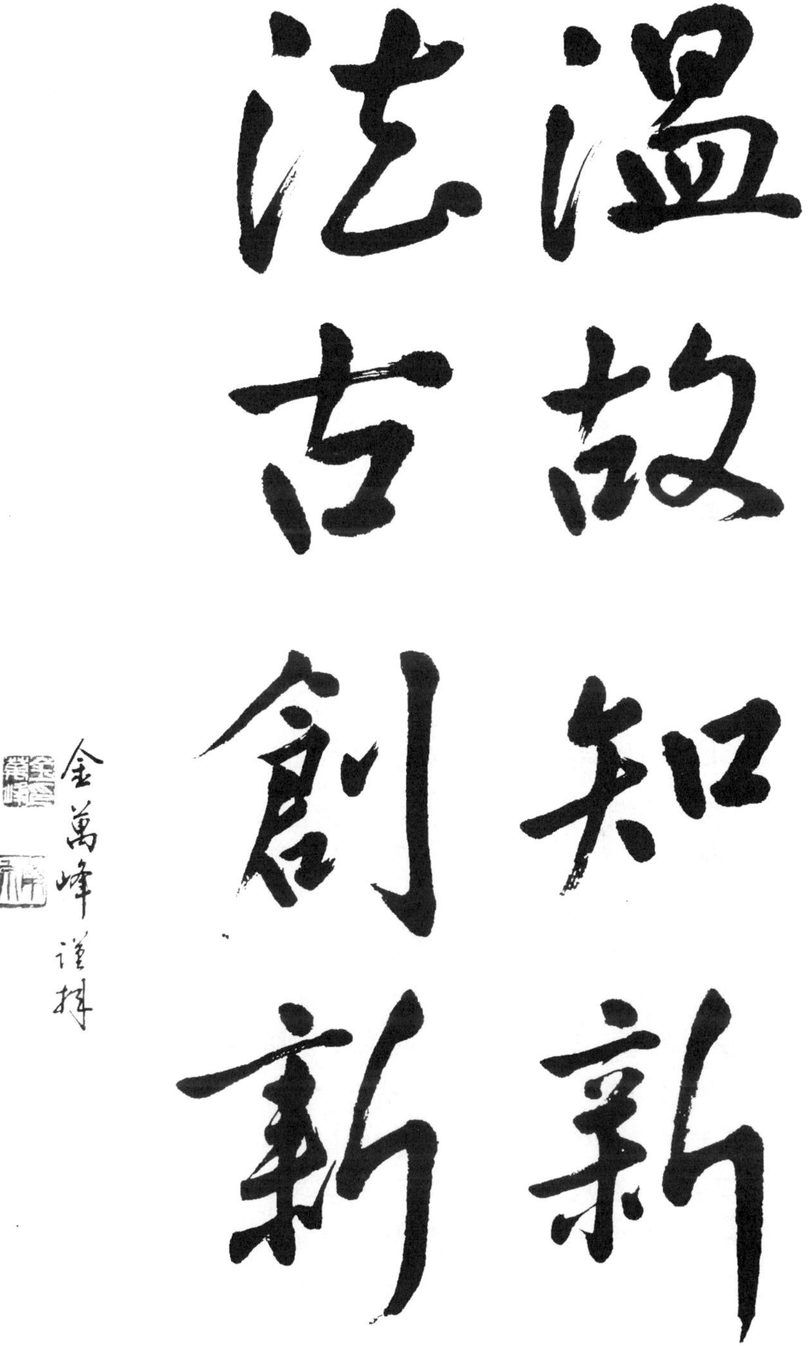

溫故知新
法古創新
金萬峰 謹書

대한민국은 개인의 자유와 인권이 최대한 보장되는 자유민주주의와 시장경제체제의 국가로서 세계 경제10위권에 진입하여 국민들은 번영을 누리게 되었다. 이렇게 국민들이 풍요롭게 생활할수 있다는 것은 큰 축복이다. 대한민국을 앞으로 세계화의 시대에 부응하는 국가로 발전시켜 아시아 태평양시대의 종주국가를 건설해야 한다.

따라서 북한의 비대칭 군사력에 의한 대남 적화통일의 도발획책을 강력하게 억제하고, 대한민국의 정체성과 정통성을 부정하는 반국가세력을 애국시민으로 교화(敎化)하고 순화((醇化) 시켜야 한다. 이러한 국가적 대업을 달성하기 위해서는 차기 총선과 대선에서 여당이 반듯이 승리해야 한다. 그러나 이명박 정부의 집권세력은 차기정권 연장에 무력하다는 여론이 난무하며 여당내의 대권주자들과 당내 계파들간의 싸움으로 묘혈(墓穴)을 스스로 파고 있어 국민들을 실망시키고 있다.

무엇보다도 친북성향인 좌파정당의 단일화에 의한 재집권 가능성의 위기상황을 지혜롭게 극복해야 한다. 따라서 애국시민의 보수세력은 국가 정체성을 수호하고, 국가 안보태세를 확립하며, 지속적인 선진 경제 발전을 위하여 향후 총선에 철저히 대비하고 좌파 진보정권이 아닌 우파 보수정권을 창출하는데 총력을 경주해야 한다. 그리하여 평화와 번영이 보장되는 한민족공동체의 자유통일국가를 앞당겨 건설해야 한다. 이러한 목적 실현을 위한 애국시민들의 시대적 사명은 어느때 보다도 절실히 요청된다.

필자는 국가 안보가 실종되어 가던 노무현 정권시절에 정치적 암울함을 통감하여 예리한 필치가 아니지만 종종 칼럼을 써서 블로그에 올려 놓았다. 2007년부터 2010년까지 4년간의 칼럼에서 주요 내용의 제목을 골라서 두서 없으나 책으로 펴내게 되었다. 오직 해병장교의 긍지를 가지고 젊음을 국가에 바쳤으며, 베트남전에서 지휘관(중대장)과 해병연평부대장을 역임한 것이 직접적인 촉매작용이 되어 애국시민, 베트남참전전우, 해병전우들에게 국가관과 사명감을 환기하려는 뜻에서 국가안보적 견해의 시국진단의 책자를 발간하게 되었다.

2011년 2월   일

八達山一隅에서   金 炘 中 謹識
김 흔 중

채 명 신

주월한국군 초대사령관／베트남참전전우회 총재

김흔중 목사님에 대한 나의 인식은 그는 전 세계에 자랑스러운 용맹과 작전성과로 베트남 전쟁에서 큰 공훈을 세운 청룡부대(해병여단)의 아주 유능하고 우수한 전투지휘관이었다는 것이다. 그는 중대장(대위)으로서 연대장(대령)도 받기가 쉽지 않은 높은 훈격의 충무무공훈장과 미국의 동성무공훈장, 베트남의 엽성무공훈장까지 받은 전쟁 영웅이다.

베트남참전전우회에서 복음화 선교와 신우회 활동으로 전우들에게 복음 전파와 친선 그리고 희망찬 새로운 삶에 대한 의욕을 증진시키며 조국에 대한 충성과 애족정신 고양에 남다른 열정을 쏟는 것을 보면서 새삼 김목사님에 관심을 갖게 되었다.

해병대에 몸 담고 있으면서 공군대학, 육군대학을 나왔고 신학교, 신학대학원, 미국 신학대학 등을 졸업한 것은 그가 심오한 학구열과 연구욕의 소유자임을 잘 나타내고 있다.

김목사님의 역작(力作)의 하나인 "성서의 역사와 지리"는 내가 가장 애독하는 책 중의 하나인데 여기에는 성서의 내용은 물론 역사, 지리, 전략전술, 문화, 예술, 건축, 경제, 인종, 풍습 등 실로 다양하고 심오한 모든 분야에 대한 해박한 지식과 분석을 통해 만들어진 인생 지침서라 할까? 교과서라고 할까? 참으로 귀중한 작품이라 생각한다.

김목사님은 지금도 쉬지 않고 복음전파, 조국의 앞날, 남북문제, 한미동맹 등에 열정적이며 용기와 신념을 갖고 보다 나은 조국의 앞날을 위해 뛰고 또 뛰고 있다. 나는 언젠가 김목사님 본인에게 김 목사 같은 사람 열사람만 있어도 나라를 바로 세울 수 있을 것이라고 말한 적이 있다.

특히 김목사님의 고희를 맞아 후배장교들이 축하행사를 배풀어 주고 후배장교들이 "해병혼과 함께한 사도(師道)"라는 제목의 기념문집을 만들어 김목사님에게 헌정하는 뜻깊은 행사장에서 격려사를 한 기억이 새롭게 느껴진다.

더욱 금번에 김목사님의 역작인 국가안보적 견해의 "선견적 시국진단"이라는 책자의 출간을 진심으로 축하하며 매우 시의적절하게 출간된다고 생각한다. 이 귀중한 책이 국민들에게 국가안보를 일깨워 주는 좋은 지침서가 되기를 바란다.

하나님의 무한하신 은총과 보호가 김흔중 목사님과 온 가족에게 항상 함께하시기를 기원한다.

박 구 일

전 해병대사령관／전 국회의원

　　청파(靑波)김흔중 목사께서는 젊은 해병대 장교시절 남들이 흔히 경험하지 못한 군의 기간(基幹)인 장교교육기관(將校敎育機關)의 중대장 또는 구대장 보직을 역임하면서 무려 6개기수(基數)를 배출하여 해병대에 복무 기여토록 하였으며, 당시 같이 땀 흘리며 교육을 이수하고 해병대 장교 복무를 마치고 전역한 많은 예비역 장교들이 5년전 김흔중 예비역 대령의 칠순을 기념코자 보은(報恩)의 문집을 제작 헌정(獻呈)하기로 뜻을 모은 것은 정말 귀하고 뜻 깊은 해병사(海兵史)에 드문일이라 생각되어 축하하며 격려사를 문집에 쓴 사실이 있다.

　　그는 본인이 아끼던 후배(後輩)이며 유사한 시기에 해병대 생활을 같은 부대에서 지내면서 그의 호탕한 웃음과 풍부한 대화의 흔적이 주마등처럼 스쳐가는 감회무량(感懷無量)함을 느끼는 바이다.

본인이 포항 2훈련단장을 하던 시절 그는 훈련단 예비군연대장으로서 부대안에 "정예해병육성"이라는 큰 비석을 세워 육성되는 해병들에게 높은 기상(氣象)이 표출되도록 하였으며 내가 백령도 6여단장 시절에 그는 연평부대장으로서 도서방어에 많은 활약을 했었다. 또 몇년 뒤 해본 해병참모부장 시절에는 내 휘하에서 편제과장 직책을 수행하면서 여러가지 많은 어려움 속에서도 부대증편 등을 잘 마무리 하였으며 특히 그 시절 해병대104고지 전적비를 세우는 일에 전력을 다 했던 기억이 새롭다.

그가 헌병감실에 근무하는 동안 크고 작은 사건 그 중에서도 긴급한 사건을 맞이했을 때 헬기 등으로 긴급 출동 하는 등 나와 동행하여 문제해결에 머리를 맞대었던 순간이 뚜렷이 떠오른다.

김흔중 동지는 해병대에서 예편후에도 목회자(牧會者)로서 활동과 강단에서 교수생활 그리고 사회활동을 줄곧 해오고 있으며 그 옛날 모군 (母軍)발전을 위해 헌신해 왔던 각가지 미담들이 당시 청파 (靑波)께서 길러낸 해간(海幹) 34, 35, 36, 37, 45, 48기 및 해사졸업 (海士卒業) 기초반(基礎班)14기(해사19기) 등 여러 후배(後輩)들의 시(詩)와 수필(隨筆)이 수록된 "海兵魂과 함께한 師道"라는 제목의 문집에 많은 화제를 남겼다. 그때 김흔중 동지가 후배장교로 부터 문집을 헌정 받게 될 때 그 문집에 격려사를 쓴 것이 기억에 새롭기만 하다. 그런데 또 다시 김흔중 동지 역작의 책에 격려사를 쓰게 되어 무척 뜻깊게 생각한다.

그간 김흔중 동지가 4년간에 걸쳐 국가안보를 염두에 두고 직접 칼럼을 쓴것을 정리하여 "선견적 시국진단"이라는 제목으로 저서를 출간 한다고 하니 먼저 진심으로 축하하는 바이다. 이 출간 도서가 국가안보가 실종되어 가는 혼돈의 시기에 애국시민, 베트남참전전우, 해병대 전우들에게 국가안보와 애국애족의 정신을 고취하며 국가를 위한 충성심을 발양하는데 기여할수 있도록 널리 읽혀지기를 바라며 격려사에 가름하고자 한다.

목차

2009년

2008년

2007년

溫故知新　法古創新

金萬峰　謹書

2010년도

전 연평부대장이 말한다.

성동격서(聲東擊西)를 경계하라
(한국논단, 2011년 1월호)

(2010년 11월 30일)

필자는 26년전 연평도에서 해병연평부대장(1년 6개월간 장병과 영내생활)을 역임한바 있다. 누구보다도 침통하기 그지 없었다. 천인공노할 연평도 포격의 참상을 화면을 통해 생생히 바라보며 분노의 심정을 억제치 못했다 따라서 연평도 포격사태를 교훈으로 삼아 국토방위를 위한 강력한 통치력의 행사에 필요한 9개항의 대비책을 제시하고자 한다.

〈겁먹은 태도 보인 통수권자〉

연평도 포격의 사태가 일어나기 불과 1 0 일전에 G2 0 정상회의 의장국가로서 서울 삼성동 "코엑스"에서 세계적인 관심이 집중된 가운데 성공적인 회의를 마치게 되었다. 이명박 대통령의 목에 힘이 실리게 되고 대한민국의 국위가 한층 격상되었다. 이명박 대통령(MB)은 G2 0 정상회의를 마치고 나서 CEO대통령으로 자신만만한 자세로 국민들 앞에 당당한 모습을 보이고 싶었을 것이다.

그러나 불과 10일만에 G20정상회의 의장국가였던 대한민국의 위상은 연평도 포격으로 인해 무참히 작살나고 말았다. MB의 통수권자로서의 위상이 초라하게 되고 말았다. 국민들로 부터 MB에 대한 통치자의 자질과 군통수권자의 능력에 대한 비판과 질타가 쏟아져 나왔다.

지난 3월 26일 천안함 폭침시에도 원인규명의 조사과정에서 우왕좌왕하며 "북한 소행으로 예단하지 말라"는 겁먹은 태도를 보이는 군통수권자의 나약한 모습을 보였다. 아직까지 7 개월전의 천안함 사태를 깨끗이 마무리 짓지 못한 상태에서 군통수권자로서의 1 차 심판에서 낙제점수를 받았다.

또 다시 국토방위의 방심으로 연평도 사태를 초래했으며 안보위기 대응조치의 미숙으로 2차 시험대의 도마위에 올랐다.

그런가운데 여. 야 정당 대표들과 인천시장이 잽싸게 연평도에 들어가 군복을 걸치고 정치쇼를 연출하는 모습이 TV화면에 노출 되었다. 국민들의 불신을 받는 정치지도자들이 연평도 피폭현장에 가서 철면피하게 보온병을 포탄이라 하고 술병을 폭탄주 병이라 농담을 하며 설쳤다는 것이다. 사실이라면 소도 웃을 일이다.

〈중증 부동시(重症不同視)의 안보장애자〉

그간 MB는 CEO대통령이라는 기치를 높이 들면 국정운영이 만사형통일 것으로 착각하여 안보를 경시하고 안일하게 통치력을 행사했다. 국가안보가 없는 경제발전은 사상누각이라는 사실을 모르는 통치자는 중증부동시(重症不同視)의 두 눈을 소유한 신체장애 이상의 안보장애자와 같은 것이다. MB는 대통령후보 때 선거공약으로 내건 경부운하건설을 포기하고 4대강사업으로 대치하여 추진하는 과정에서 마찰이 계속되면서 금년 국회예산심의시에도 여.야 격돌로 국민들을 실망케 하고 있다.

더욱 국정동반자로 약속했던 박근혜 전 대표를 소외시키자 반작용을 자초한 MB는 세종시 수정안을 내 놓고 정운찬 총리를 앞세웠으나 참패하여 패장처럼 백기를 들고 말았다. 세종시 문제와 4대강 사업도 원만히 진척시키지 못하는 MB는 과연 CEO대통령이라 할수 있겠는가? 박근혜 전 대표와 야당 그리고 국민들을 설득하여 호응.협조를 받지 못하는 CEO대통령은 오직 기업형 CEO로 평가절하 되어 CEO대통령이라는 명분도 잃고 말았다.

심지어 어느 보수논객의 주장에 의하면 장사꾼식으로 국정운영을 한다는 비판의 목소리가 높다. 천안함 사태에 이어 또 다시 연평도 포격의 도발을 받아 국가안보태세의 전략적. 군사적인 헛점이 적나라하게 노출된 것이다. 천안함 사태이후 북한의 국지전 도발이 뻔히 예상되는 상황하에서 대통령의 안보 위기관리 수준은 낙제점을 넘어 탄핵감이라는 비판적인 주장에 귀를 기우려야 한다.

　MB는 군통수권자로서 철모를 쓴 군사전략가의 대통령으로 환골탈태해야 할 계기를 맞게 되었다. 향후 군사전략가로 변신한 군통수권자로서 북한의 핵. 미사일. 대량살상무기 등의 위력을 빌미로 불바다를 만들고 불벼락을 내리겠다는 공갈에 겁 먹지 말고 당당한 자세로 한ㆍ미 공조의 방위태세를 공고히 하여 북한의 비대칭군사력에 의한 국지도발 또한 전면전에 대비하여 국토를 보존하고 국민의 생명과 재산을 안전하게 보호할수 있도록 전쟁억지력을 강구해야 한다.

〈정면공격. 땅굴공격. 국내좌익 폭력공격〉

　전직 대통령인 김대중의 6.15와 노무현의 10.4 정상회담과 굴종적 대북지원은 동족방요(凍足放尿)의 응급처방으로 일관되었다. 이명박 정부는 좌파정권을 답습하려 한다는 오해가 있을 수 있는 남북정상의 만남을 물밑에서 성사시키려는 남가일몽(南柯一夢)의 꿈에서 완전히 탈피해야 한다. 이제 대북정책을 재정립하고 국토방위태세 강화를 위한 심기일전(心機一轉)의 계기를 만들어야 한다.

　조선인민군들의 전략적 도발은 서해 5도서에 국한되지 않을 것이다. 그들의 또 다른 기습적인 도발이 언제 어디서 어떠한 방법으로 전개될 것인지 예측할 수 없다. 그 도발 방법은 테러전 또는 국지전이 될 것이라는 예측은 너무나도 분명한 것이다. 주한 유엔군사령부와 한미연합사가 존속하는 2015년도 까지 전면전의 전쟁억지력은 어느정도 보장되겠지만 북한이 선군적화통일 원년으로 삼고 있는 김일성 출생 100주년이 되는 2012년(김일성 생일 4월15일)까지 국지적인 도발은 한층 고조될 것이다.

　현재 연평도 포격의 후속조치에 촛점이 맞춰지고 있지만 서해5도서에 추가 도발이 있을 수도 있고 성동격서(聲東擊西)의 전술로 우리 관심 밖의 타지역에서 도발할 가능성이 농후하다. 또한 북한의 직접 도발이 아닌 고정간첩 또는 반국가 세력인 종북조직에 의한 수도권내의 거점 또는 동시다발의 도발도 배제할수 없다.

　더욱 두려운 것은 땅굴에 의한 두더지식 특수부대의 침투를 경계해야 한다. 땅굴의 출구를 통해 아군복장을 입고 서울 중심부에 출몰하여 청와대를

비롯한 국가 주요시설을 단시간내에 무력화 시킬수 있다는 우려를 하게된
다. 남한 내에서 테러와 국지전이 전개되는 비정규전의 도발로 극도의 혼
란이 조성된다면 남한내에 전후방이 없는 전장화가 삽시간에 전개될수 있
기 때문에 전국 어느지역에도 안전지대가 없다는 사실이다. 만약 각종 테러
전과 비정규전에 대비치 못하면 전면전이 전개되기 전에 이미 국가는 백척
간두의 존망의 기로에 서게 될 것이다.

〈협정상 서해5도는 유엔군 관할 ,전략적 가치 제대로 인식해야〉

북한은 서해5도서가 정전협정상에 유엔군사령관의 관할에 둔다는 조항
을 들어 주한 미군만 철수하면 서해5도를 접수하겠다는 전략이다. 따라서
서해5도서의 지정학적 전략적가치의 인식이 중요하다.

서해5도서중 최북단에 위치한 백령도는 북한의 서해 전진기지인 옹진반
도와 장산곶을 제압하고 북한의 서북지대와 중국의 동북부 지방의 지상. 해
상의 군사동향 까지도 정찰. 감시할수 있는 전략적 요충지이다. 연평도는
북한의 최남단의 해군기지이고 국제무역항인 해주항의 출입항을 봉쇄하고
그 동태를 관측할수 있는 요지이다.

백령도에서 우도에 이르는 서해5도서는 서해의 제해권을 완전히 장악하
여 대북한 전진기지로서의 역할을 하며 적의 심장부를 강타할수 있는 위치
의 섬이다. 특히 연평도는 해주에 가까이 깊숙히 들어 앉아 있는 불침함이
며 북한의 옆구리를 위협하며 턱밑에 드리대는 비수와 같고 눈에 가시 같
은 전략적 가치가 있다.

필자가 해병연평부대장으로 재임('84년)시 해군 정훈감 이필은 대령(작
고)과 동행하여 부대를 방문한 귀순용사 김광현씨와 함께 3인이 OP에 올
라갔을 때 김광현씨는 해주지역을 바라보며 귀순하기 전 두번이나 연평도
를 덮칠려(점령)했다고 말했다. 그때 그말을 들으며 대단히 심한 전률을 느
꼈다.

오늘날 그의 말이 현실화 되어 가고 있는 것 같다. 연평도와 우도를 적이
점령하게 되면 한강하구와 강화도. 김포반도 등 서부전선의 관문이 뚫리고
경기만. 아산만 일대가 위협을 받게 되어 수도권 방어에 중대한 영향을 미

친다. 연평도와 우도가 적의 수중에 들어 가면 인천 및 강화도를 향한 해상접근로에 의해 서울이 위협받게 되어 서울이 풍전등화와 같이 위태롭게 된다. 이러한 지정학적 가치가 있는 연평도와 우도는 우선적으로 고수방어 체제로 전환되어야 한다.

연평도 포격의 참화를 입은 후 망양보뢰격(亡羊補牢格)으로 소 잃고 외양간 고치는 셈이 되었지만 도서 고수방어를 위해 방위사령부의 필요성이 강조되고 각종 고수방어대책이 추진되는 것은 만시지탄이 있으나 다행한 일이다.

현재 도서방어를 위한 장기 고수방어대책은 갱도에 의해 완비되어 있으나 화기 진지들이 개전 초기에 피해가 없도록 보강되어 응전보복의 강력한 타격태세를 갖춰야 한다. 특히 연평도 피폭 당시 응징보복이 미흡했던 점은 노후장비(화기)의 배치와 포격으로 인한 K-9의 피해 이상유무 등 최종적인 점검이 있은 후 신상필벌의 조치가 있어야 한다. 포격을 받으면서 응전한 용감했던 병사는 훈장을 받아야 할 것이다.

그러나 언론에서 연평부대의 지엽적인 대응미숙의 치부를 여과 없이 적에게 노출시키며 도서방어력의 헛점을 적나라하게 적에게 제공한 것은 이적행위일 뿐이다.

그리고 도서 주민들이 전부 섬을 떠나게 되면 도서 주민 공동화(空洞化)가 초래되고 무인도가 되면 정전협정상 유엔군사령관이 관할하는 서해 5도서 방위가 더 어려워 질 수도 있다. 따라서 도서주민의 철수이탈을 억제치 못하면 북한의 전략에 말려 드는 것이다.

〈아군 복장으로 심야에 상륙 점령〉

북한에서 공기부양정에 의한 상륙훈련을 계속하고 있는 것은 연평도와 우도에 기습적으로 야간에 상륙하여 점령하겠다는 전술적 계략으로 보아야 한다. 도서주민이 군.민 방위협력체제로 방패막을 제공하고 있으나 주민이 철수해 버리면 방패막이 없는 가운데 적이 아군의 복장(북한에 반입된 상태)으로 위장하고 심야에 은밀히 도서를 기습상륙할 가능성이 커지는 것이다. 적이 노리고 있는 도서 점령의 최우선적인 전술적 방책일 것이다. 따라서 도서주민들이 예비전력으로 방패막의 역할을 할수 있도록 주민 보호 대피시설과 주거안전 대책이 조속히 지원조치 되어야 한다.

북한은 지난해 1월15일 "남조선 당국자들의 본거지를 송두리체 날려 보내기 위한 거족적인 보복 성전(聖戰)이 개시될것"이라고 위협했다. 그리고 연평도를 비롯한 서해5도에 대한 공격계획을 세울 당시 포항과 울산 등 후방 산업도시에 대한 동시 타격 시나리오도 함께 검토한 첩보가 입수 됐다. 국가 정보기관은 "포항. 울산에 대한 공격 시나리오 검토는 우리 군이 서해 5도에 집중해 있을 때 잠수함 등을 동원해 혼란을 가중시키는 전술에 따른 것으로 알고 있다"고 말했다.

북한의 리영호 총참모장 등 군부 강경파가 김정일 에게 "여의치 않을 경우 남조선 주민들이 살지 못하도록 하겠다는 보고를 한 정황도 포착했다"고 밝혔다. 이는 "서해 5도가 문제될 경우 지도상에서 없애 라"는 김정일의 지시에 따른 것으로 ,생화학탄 등을 사용한 서해 5도 무인도화 계획도 검토된 것으로 들어 났다고 정보당국자는 설명했다.

우리 정보기관은 이런 첩보를 입수 했지만 북한이 북방한계선(NLL)무력화와 정부. 압박을 위해 흘린 역정보였을 가능성이 있는 것으로 판단했다고 한다. 우리 정보기관의 안일한 오판이었다. 지난 11월 23일 북한군이 연평도 공격을 한 이후 서해 5도 뿐만 아니라 동해안이나 후방 도시에서 추가 도발이 이뤄질 가능성에 촉각을 곤두세우게 되었다.

〈좌파 뿌리 못 뽑아 . 사회 각계층에 간첩 발호 〉

특히 포항의 포스코와 울산의 석유화학 단지, 현대자동차, 현대중공업 등 한국의 대표적 산업시설이 위치한 곳이란 점에서 도발이 있을 경우 경제에 미칠 파장은 너무 커서 일시에 세계경제 10위권이 무너지고 버블 경제의 참상을 면치 못할 것이다. 어느때 보다도 국가 주요 산업시설의 방호대책과 대침투 방호훈련이 강화되어야 한다.

지난 좌파정권 10년간의 친북 정책으로 반.미 친북의 종북세력이 국기(國基)를 흔들어 놓았기 때문에 국민들은 좌파정권을 청산하기 위해 이명박 정권을 출범시켰다. 그러나 CEO대통령이라는 기치를 내 걸고 대통령에 당선된 후 국가 안보에 색맹이 되어 중도실용정책을 내 세웠다. 그리하여 좌파정권시에 뿌리를 내렸던 반미.친북세력을 포용하는 정책을 폈지만 촛불집회로 시험대에 올라 대통령이 촛불집회에 놀라서 전전긍긍했던 나약한 모습을 보였으며 공권력 행사의 한계점을 들어 냈다. 오늘날 입법. 사법. 행정 3부기관의 고위층 그리고 사회의 각계각층에 침투된 프락치들이 암암리 발호(跋扈)하고 있다. 고 황장엽 선생의 고정간첩 5만명의 주장은 허무맹랑한 주장이 아닌 것 같다.

〈NSC 헌법대로 부활시켜야〉

탈북을 위장한 미모의 여간첩 엄정화(34세,2008.7.15 구속)가 육군 초급장교들과 교제하고 동거하며 군부대에 출입, 장병들에게 안보교육을 실시했고, 육군 소장(2010.6.04 구속)이 간첩에게 기밀문서를 넘겨준 사건은 경악을 금치 못한다. 또한 연평도 포격을 한국의 책임이라고 웹사이트에 올린 육군 초급장교의 주장은 놀랍다 못해 침통함을 금치 못한다. 주적개념이 분명치 못했던 국방백서의 현주소가 그 실례로 들어난 것이다.

이명박 정부는 중도실용정책을 하루 속히 폐지하여 미국이 주적이라고 주장하는 반미세력과 6.25남침을 북침이라고 가르치는 전교조 그리고 남남갈등을 고조시키는 친북진보세력을 반듯이 척결해야 한다.

여론 조사에 근거하면 연평도 포격을 초중고생 57%만 사실대로 믿고 있다는 것이다. 실로 통탄할 일이다. 만약 우리 사회에 만연되어 있는 좌파세력의 뿌리를 뽑지 못하면 안보불안과 사회 혼란은 지속될 것이다.

지난 조선조의 역사를 되돌아 보면 무단정치(武斷政治)와 문약정치(文弱政治)의 정치적 악순환과 사색당쟁의 역사적 교훈을 상기하게 된다. 그간 문민정부(김영삼), 국민정부(김대중), 참여정부(노무현)의 연결고리는 박정희 군사정권을 타도하고 청산하는데 주력 했으며 우수한 국방을 위한 인적자원인 전문군인 출신을 배제시켜 문약정치로 인한 안보취약성이 노출되고 말았다. 따라서 청와대에 군사전문가로 구성된 헌법에 보장된 NSC의 기능이 강화되어야 한다.

〈병역 미필자 피선거권 없애야〉

이명박 정부에서도 출범 초기 부터 전문성 있는 군출신을 적재적소에 기용치 않고 오히려 병역미필자를 요직에 등용하는 등의 문약정치의 헛점을 들어 냈다.

헌법제91조의 규정상 필수 기관으로 국가안전보장회의(NSC)를 설립하도록 되어 있으나 NSC를 폐지하여 형식적인 유사기구를 유지운영하고 있다. 국가안전보장회의 의장인 대통령이 병역미필자이기 때문에 군통수권 행사에 참모기능이 강화 되어야 함에도 불구하고 국가안전보장회의 기능을 약화시켜 지하벙커에 모이는 통일,외교, 안보 기능의 위기관리 팀이 헛점을 많이 들어 냈다. 조속히 NSC를 부활시키고 "외교안보수석"의 자리를 분리하여 "국가안보수석"의 자리로 독립시켜 군통수권자를 적극적으로 보좌케 해야 한다.

이명박 정부의 국무총리(현.전), 국정원장, 대통령실장(전), 법무부장관, 국토해양부장관, 등 많은 고위직 행정관료와 한나라당 안상수 대표를 비롯한 여.야 국회의원(43명 17.45%,여성의원 44명제외)의 병역 미필자들은 합법적으로 모두 병역면제를 받았다. 그러나 헌법상의 병역의무를 다하지 못한 결손(缺損)의 지도자들이다. 그들이 국회 의사당과 정부의 고위직에 포진하고 있기에 현정부의 국가 안보 중추기능이 흔들릴수 밖에 없는 것이다.

병역의무 미필자는 대통령, 국회의원, 지방자치단체장, 그리고 지방의회의원 선거에서 피선거권을 박탈하는 법적인 제도적 장치가 마련되어야 만 노블리스 오블리제(noblnesse oblige)의 정신이 회복되고 국민이 신뢰하는 국가안보태세가 확립될 것이다.

망국적인 무상급식으로
국론분열을 부추기지 말라

(2011년 1월 30일)

한나당 박근혜 전 대표는 지난 12월20일 차기대선의 핵심기조로 과감한 복지정책을 실현하려 "사회보장기본법 전부개정을 위한 공청회"를 가졌다.

박 전 대표의 공청회를 시작으로 차기 대권주자들의 도전적인 복지논쟁이 복지전쟁으로 비약하며 뜨겁게 불이 붙었다. 특히 민주당은 망국적인 무상급식 · 무상보육 · 무상의료 그리고 반값등록금을 주장하며 대권 주자와 야당 정치인들이 당리당략으로 복지정책을 악용하며 국민들을 우롱하고 있다. 여.야 정치인들은 차기 대선과 총선에서 표몰이를 위한 포퓰리즘(Populism)에 촛점을 맞추고 있는 것이다. 여.야 간에 총선과 대선을 겨냥하여 차기정권 창출을 위한 총성 없는 전쟁이 시작된 것이다. 먼저 복지정책의 일환인 무상급식에 대한 견해를 정리해 보고자 한다.

1, 교육정책은 국가의 백년대계를 위한 가장 중요한 정책이다 그러나 정권이 바뀔때 마다 정책이 바뀌게 되어 학생과 학부모 뿐만 아나라 학교 당국은 혼선을 빚고 있다. 지난 시.도의 교유감 선거에서 교육정책은 뒷전이었고, 진보세력 후보의 공약인 무상급식이 유리한 당선의 잇슈가 되었다. 이명박 정부의 안일한 선거대책으로 후환을 초래한 것이다. 따라서 무상급식의 혼란은 한나라당의 무능한 선거 결과의 책임인 것이다.

2, 이명박 정부의 중도 실용정책으로 진보세력이 활개를 치며 한나당을 위협하고 있다. 지난 지방자치단체장 및 의회의원선거에서 한나라당이 참패한 것은 자업자득이었다. 교육감들의 무상급식의 공약이 특효의 약

이 되었기 때문에 계속 무상급식이 약방문이 되어 교육감들의 목소리가 요란하다.

3, 교육감들은 국민의 세금으로 급식을 시키면서 무상급식이라는 명분으로 교육감의 호주머니에서 급식비를 꺼내 선심 쓰듯 쾌재를 부르고 있다. 국가 예산은 예산 편성 과정에서 배분되고 배분된 범위에서 집행되는 것이 원칙이다. 부유층 가정의 학생에게 까지 추경 예산으로 급식을 제공해 줄 필요성은 없다. 그래서 차등을 두어 저소득 가정의 자녀들에게만 급식을 제공해 주는 것이 최선책이다.

4, 진보세력은 본래 자본가 부유층의 가진자를 싫어하면서 무상급식에는 자본가의 자녀들에게 관대하며 헐벗고 굶주리는 서민들의 자녀들과 동일시 하려는 저의가 무엇인지 묻고 싶다. 또한 그들의 평등주의가 무상급식에도 적용되는 것인지 묻고 싶다. 자본주의 사회는 평등한 사회가 될수 없다. 그러나 빈부격차를 좁혀야 하는 것이다.

5, 부유층 가정의 부모나 학생들도 무상급식 혜택을 싫어할리 없다. 이들이 무상급식의 유혹에 빠져서 선거시에 표를 던졌고, 국가보다는 자녀들의 밥그릇을 바라본 근시안적 시각에서 교육의 본질을 외면한 것이다. 달리 말하면 진보세력의 달콤한 선전 선동에 속아 망국적 무상급식의 함정에 빠지고 만 것이다.

결론을 맺고자 한다. 저소득층의 자녀들에게 무상 급식의 혜택을 주는 것은 대환영이다. 그러나 무차별적으로 전 학생에게 무상급식을 실시하여 국민의 세금을 낭비할 필요가 없다. 더욱 무상보육·무상의료 · 반값등록금은 사회주의적 발상이며 망국적 복지 정책이라는 판단을 내릴수 있다. 속된 말에 문어 제발 잘라 먹기라는 말이 있고, 공짜라면 양잿물도 마신다는 속담이 있다. 공짜라는 양잿물을 먹여 나라를 망칠수는 없는 것이다.

　사회 구성원은 일한만큼　소득을 얻고 땀흘린 만큼 보람을 찾아야 하는 것이 올바른 자본주의 사회이다. 공산주의식 나눠 먹기는 일하지 않아도 분배를 받게 되는 모순이 있다는 사실이다. 끝으로 차기 총선과 대선에서 한나라당은 필승의 자신이 있는지 묻고 싶다. 이명박 정부는 국민들의 정서와 민심에 귀를 기우리지 못하면 닭 쫓던 개 처럼 지붕만을 바라보게 될 것이다. 오직 "눈 있는자는 볼 것이요, 귀있는 자는 들을 것이요, 가슴이 있는자는 깨달을 찌어다. "

개헌을 내 세우는
정치 놀음에 국민들은 짜증이 난다

(2011년 1월 23일)

　여권 지도부가 심심하면 개헌을 거론하고 나선다. 지난 1월3일 한나라당 안상수 대표는 자유선진당 이회창 대표와의 회동에서 "새해에 개헌논의가 시작되어야 한다"는데 의견을 같이 했다고 한다. 자유선진당도 개헌 놀음에 함께 춤추고 있다. 한나라당 김무성 원내대표도 1월4일 라디오 방송에 출현하여 올해 초 부터 시작하여 6월 전까지 끝내야 한다고 밝혔다. 이재오 특임장관은 개헌을 거론하며 여권뿐 아니라 야권인사들과도 접촉하고 있는 것이다.

　1987년 10월29일 9차개헌의 산물인 현행 대통령 5년 단임제는 21세기 현 상황에 맞지 않는다는 지적을 받고 있는 게 사실이다. 특히 대통령 1인에게 과도한 권력 집중과 짧은 임기에 따른 장기 국책사업 차질 등 단점이 있기 때문에 손질해야 한다는 의견이 적지 않다.

　필자도 개헌의 필요성은 공감하지만 실현성이 없는 정치적 개헌 놀음이라는 여론에 뜻을 같이 하며 몇가지 견해를 피력하고자 한다.

　1, 이명박 정부는 개헌할 능력이 있는지 묻고 싶다. 모든일은 기발한 발상을 가지고 주도면밀하게 계획, 추진, 실현, 성취의 단계적 과정을 밟아야 한다. 여당의 개헌 논의는 기발한 정치적 이슈인것 같으나 정치적 상황논리로 보아 정치 놀음의 일과성 탁상공론으로 귀결될 수 밖에 없다. 왜냐하면 국회의원 재적수가 299명(한:169, 민:88, 자:17, 미래:8 기타:17)인데 개헌의결 정족수는 재적국회의원 3분의2로서 재적국회의원 200명 이상의 찬성이 불가능하기 때문이다.

2, 개헌은 여권 지도부가 생각하는 것처럼 단순하게 풀수 있는 정치적 과제가 아니다. 국민의 공감대 형성이 필수적일 뿐 아니라 여.야가 뜻을 같이 하지 않으면 안 된다. 최근 수개월 사이 여론조사 결과를 종합해 보면 국민 3분의 2 정도가 개헌에 반대하고 있다. 개헌의 적극 지지층이 갈수록 줄어들고 있다. 개헌보다 국가안보나 경제가 더 중요한 것으로 인식하고 있다는 증거다. 한나라당 내 친박계와 소장파 그리고 제1야당인 민주당도 반대 입장이다. 여권 주류 측이 정략적 계산을 갖고 개헌 문제에 접근하고 있다는 의심을 떨칠수가 없다.

3, 이명박 정부는 당.정.청의 합의로 심도있게 검토된 후 개헌 논의가 되어야 한다. 한나라당 안상수 대표의 두껍이 파리 잡아 먹을 듯한 개헌 주장에 김무성 원내대표의 코끼리 앞다리 들고 흔들며 맞장구 치는 주장과 이재오 특임장관이 허리를 90도 굽혀 겸손하게 여우같은 몸짓을 하며 개헌을 주장하는 모습에 국민들은 어리둥절할 수 밖에 없다. 물론 정치가 그런것이 아니냐고 볼멘 소리를 한다면 유규무언일 뿐이다.

4, 자유선진당 이회창 대표는 정치적 입지를 부각시키려는 속셈으로 한나라당의 개헌논의에 동조할려는 듯한 기회주의적인 인상을 풍기고 있다. 허기야 한때 차떼기 한나라당 대표의 경력과 두 아들의 병역 미필로 고전을 하면서도 청와대의 문턱까지 갔으나 입성 못한 아쉬움을 떨치지 못할 것이다. 그러나 노욕을 버리지 못하고 개헌을 위해 한나라 당 대표와 손을 잡겠다고 하면 국민들이 이맛살을 찌푸릴 뿐이다.

5, 현 정부형태는 대통령중심제로서 대통령 한 사람의 통치자에게 권력이 지나치게 집중되고 있는 것은 사실이다. 그래서 의원내각책임제 또는 이원집정부제의 정부형태가운데 양자택일의 개헌이 있을 수 있다. 현행 헌법제70조 에"대통령 임기 는 5년으로 하며, 중임할수 없다"라고 규정 되어 있으나 "대통령의 임기는 4년으로 하며 1차 중임할수 있다"로 개헌에 찬동한다.

결론을 맺고자 한다. 이원 집정부제(二元執政府制)는 대통령제와 의원내각제가 절충된 제3의 정부형태로. 대통령이 국방, 외교, 통일 등 안정적 국정 수행이 요구되는 분야를 맡고, 총리는 내정에 관한 행정권을 책임지는 것이다. 행정부가 실질적으로 대통령과 수상으로 이원화되어 각각 실질적 권한을 가지는데, 평상시에는 내각수상이 행정권을 행사하나, 비상시에는 대통령이 행정권을 전적으로 행사하는 정부형태를 말한다. .

어떠한 정부형태의 개헌 논의 이든 앞으로 정략적인 목적을 가지고 무책임하게 수시로 불숙 불숙 거론하지 말아야 한다. 제18대 대통령 후보자의 공약으로 여.야간에 정부형태의 개헌(안)을 제시하고 구체적으로 국민을 설득하여 냉엄한 심판을 받아야 한다. 차기 대통령 후보 경선 전 까지는 소모적인 정치싸움과 시간을 낭비해서는 안 된다. 따라서 정부와 여당은 국민 공감대가 형성될 때까지 개헌논의를 유보하고, 대통령의 레임덕이 유발되지 않도록 국정운영에 적극 협조하는 것이 순리이며 현명한 처사일 것이다.

2010년 시평인 藏頭露尾(장두노미)의 사자성어를 성찰해 본다

(2010년 12월 25일)

지난 12월19일 교수신문은 전국 각 대학 교수 및 지성인 212명을 대상으로 설문조사를 실시한 결과 전체의 41%가 올해의 사자성어로 藏頭露尾(장두노미)를 꼽았다고 밝혔다.

藏頭露尾는 "머리는 숨겼지만 꼬리는 숨기지 못하고 드러낸 모습"을 가리키는 말로 쫓기던 타조가 머리를 덤불 속에 처박고서 꼬리는 미처 숨기지 못한 채 쩔쩔매는 모습에서 생겨난 말이다 그래서 "진실을 숨겨 두려고 하지만 거짓의 실마리는 이미 드러나 있다"는 뜻이다. 또한 속으로 감추면서 들통이 날까 봐 전전긍긍하는 태도를 빗대기도 하는 말이기도 하다.

대학 교수들은 올해 세종시 문제, 4대강 논란, 천안 함 침몰, 민간인 불법사찰, 영포 논란, 한미 FTA(자유무역협정) 협상, 예산안 날치기 처리, 청목회 로비의혹 등 많은 사건이 있었지만 그때마다 정부는 국민을 설득하고 의혹을 깨끗이 해소하려는 노력보다 오히려 진실을 감추려는 모습을 보인 태도를 지적했다고 한다. 필자 역시 장두노미의 사자성어 시평(時評)은 적절한 지적의 혹평이라 생각되며 정부와 정치인들이 국민들에게 불신만 키운 한해가 된 것으로 판단 된다.

2010년의 시작은 쾌도난마 (快刀亂麻)의 자세로 무척 기대기 컸다. 그러나 한해의 마무리는 장두노미(藏頭露尾)로 끝났다. 올해는 장두노미(藏頭露尾)로 정리할 수 없을 정도로 참담하고 참혹했다. 국제적으로는 아이티 대지진과 파키스탄 수해, 멕시코만 원유유출 등 자연재해가 줄을 지어 일어났고, 유럽의 재정긴축은 전 세계 경제를 다시 위축시켰다. 그나마 칠레광부들이 69일 만에 기적적으로 생환해 와서 세계의 환호를 받았다.

국내적인 정국은 더 참혹하고 암담했다. 천안함 폭침과 연평도 포격사건은 국내외적으로 모두 10대뉴스에 들 정도였고, 연말에 한나라당과 민주당 의원들이 뒤엉킨 난장판 이전투구의 폭력국회는 영상매체의 TV화면을 통해 온 세계에 신속하게 전파되었다.

서해상의 백령도와 연평도의 두 사건을 겪으면서 온 국민은 국론분열의 실상을 적나라하게 체감해야 했다. 더욱 북한은 세계에서 유래가 없는 3대 권력세습을 선포하고, 핵시설은 전혀 없다며 영변냉각탑을 폭파하던 모습에서 돌변하여 우라늄농축시설을 전격 공개했다. 북한은 단말마적 위기에 봉착하여 핵카드를 가지고 놀아나고 있으며 날이 갈수록 그들의 흉계는 전입가경이다. 오직 G2인 미.중의 협상에서 한반도의 비핵화의 난제를 풀어야 한다. 우리는 북한의 적화 통일 전략과 위장된 평화공세에 속이어서는 안된다.

우리나라는 내재적 보수와 진보 그리고 남남갈등이 심화된 가운데 온 국민이 치명적인 불치병에 걸리지 않았는지 종합검진을 받아야 할 것 같다. 그러나 초기증상으로 나타나지 않는 암과 같이 국가를 위기로 몰아가고 있는 정치적 암에 걸려있다는 사실을 깨달아야 한다. 이명박 정부는 공약으로 수도 없이 약속했던 세종시를 정권출범 3년차에 접어들 무렵에 갑자기 국가 "백년대계와 양심"을 운운하며 수정안을 불쑥 내 밀었다. 새로 취임한 정운찬 "세종시 특임총리"도 "수정안 특공전사 좌장'으로 일관하다가 수정안과 함께 불명예스럽게 퇴진하고 말았다.

그리고 "결코 한미FTA 재협상은 없다"고 주장하던 대통령과 관계 장관의 다짐도 허언이 되고 말았다. 이 허탈하고 공허한 올 한 해 비극의 대미는 거대여당 한나라당 안상수 대표가 장식했다.

연평도 포격이 있은 직후 연평도에 들어가 "보온병을 포탄"으로 거론하여 빈축의 화제가 되었고 룸쌀롱에 가서 "자연산" 을 좋아한다는 농담으로 온통 나라가 시끄럽고 떠들석 했다. 실로 통탄할 일이었다.

정부와 여당, 제1야당이 모두 우리 국민의 인내심을 시험한 잔인한 한 해였다. 얽히고 설킨 실타래보다도 더 엉켜버린 국정의 난맥상, 안보의 무능,

학교 무상급식 그리고 계층간, 종교간, 지역간, 이익단체간에 칡넝쿨 처럼 얽힌 마디들을 이제는 한가지 한가지 풀어야 한다. 쾌도난마(快刀亂麻)식으로라도 과감하게 결자해지의 수단으로 풀어야 한다.

그러기 위해서는 우리 모두 2011년 신묘년 새해부터는 청와대와 고위공직자 특히 정치인들이 자책하며 반성하는 심경으로 남을 탓하기에 앞서 반구저기(反求諸己)의 자세로 다가오는 새해를 겸허하게 맞이해야 한다.

특히 정치권에서는 정치적 혼돈상태가 재연되지 않도록 여.야 정치인이 각성하며 2012년의 총선과 대선을 앞두고 국민들을 실망시키는 권모술수와 정치싸움판은 만들지 말아야 한다.

우리 모두 내년엔 거북이와의 경주에서 토기가 낮잠을 자다가 경주에서 패배한 우숩우화를 교훈으로 삼아 경거망동 없이 진실하고 기민하게 토끼처럼 껑충껑충 뛰어 일취월장(日就月將)하며 신나는 한해, 안보와 경제가 강화되고 발전하는 소망의 2011년 신묘년이 되기를 간절히 기원한다.

이명박 정부를 소탕해 버리면
적화통일이 될 것이다

(2010년 12월 30일)

천정배 민주당 최고위원은 지난 12월26일 경기도 수원역 앞에서 열린 "이명박 독재심판 경기지역 결의대회"에서 "이명박 정부를 소탕해야 하지 않겠나. 끌어내리자", "헛소리하며 국민을 실망시키는 이명박 정권을 어떻게 해야 하나. 확 죽여버려야 하지 않겠나"라는 상식 이하의 망언을 했다는 것이다. 이러한 장외투쟁의 반국가적 물의를 좌시할 수 없어 국민의 한사람으로서 우국적 차원의 견해를 제시하고자 한다.

1, 지난 좌파정권 10년의 김대중, 노무현의 종북정부는 대한민국의 정체성을 망각한 대북정책과 정당정치를 좌편향적으로 행사하여 국민을 누란(累卵)의 안보위기에 침면 (沈湎)시켰으며 국가를 심히 위태롭게 했다. 그래서 보수성향의 다수의 국민들은 백척간두(百尺竿頭)의 국가위기의 사태를 극복하기 위해 이명박 정부를 출범시킨 것이다.

2, 대한민국은 민주공화국이며 복수정당제 정당정치를 허용하고 있다. 그래서 여. 야를 막론하고 모든 정당은 분명히 대한민국의 정당이다. 그러나 야당이 북한을 이롭게 감싸며 종북적 성향의 좌파적 이데올로기에 경도(傾倒)된 것은 대한민국의 헌법에 보장된 자유민주주의 정당에서 확실히 탈선한 것이다.

3, 북한은 서해5도서 해역에서 그간 2차의 연평해전, 1차 대청해전, 금년 3월26일의 천안함 폭침, 11월23일의 연평도 포격 등 상습적으로 무력 도발을 감행해 왔다. 이러한 천인공노할 만행에 대해서도 야당은 북한의 무력도발에 대한 신랄한 비판과 응징의 발언은 고사하고 북한을 감싸는 태도와 발언을 서슴치 않았다. 더욱 남북대화와 인도주의적 지원을 지속해야 한다는

어불성설의 주장으로 인해 국민들은 그들을 외면하고 있다.

4, 남북간에 연평도 포격으로 인해 초긴장 사태가 전개되고 있는 가운데 새해 예산안 강행처리에 반발하며 손학규 민주당 대표를 비롯하여 야당의원들과 추종세력들이 거리정치로 나섰다. 그간 12월 초부터 20여일간 거리에 나가 반정부 자막의 현수막을 내걸고, 어깨띠를 두르고 피켓을 들고 성토의 함성을 지르며 이명박 정부를 비판했다. 국민들의 빈축을 의식하지 못하며 거리에서 당구풍월(堂狗風月)로 허공을 향해 성토했다.

5, 김정일은 세습체제를 공고히 하려는 전략으로 무력도발을 획책하며 대한민국을 전복하려 지속적으로 적화전략을 궁행(躬行)하고 있다. 천정배 의원은 2005년 10월 법무부 장관 재직시에 종북행동을 한 동국대 강정구 교수에 대한 검찰의 구속수사 의견에 사상 처음으로 수사지휘권을 발동해 불구속수사케 한 전력이 있다. 종북세력을 옹호한 사례인 것이다. 민주당 최고위원인 천정배 의원의 주장에 따라 이명박 정부가 소탕되어 확 죽어버리게 되면 민주당이 정권을 잡기전에 대한민국이 망해서 적화되고 말 것이다. 그러나 이명박 정부가 소탕되거나 죽기는 커녕, 국가 안보태세가 강화되고 있어 다행이다. 오히려 좌파적 민주당이 궁지에 몰려 죽고자 발버둥치며 허세를 부리고 있는 것 같다.

6, 한나라당 안상수 대표는 요즘 룸싸롱에 가면 "자연산을 찾는다"는 실언으로 대국민사과를 했다. 또한 지난 연평도 포격 직후 연평도에 들어가 "보온병 포탄 "의 망언으로 지탄을 받았다. 정치지도자는 자기주장의 언행에 대한 책임을 질수 있는 정치인이 되어야 한다. 여당인 한나라당도 재집권을 위해서는 당 대표를 비롯해 재정비의 숙당(肅黨)이 필요하다. 또한 야당인 민주당도 참신한 대표의 선명성(鮮明性)이 아쉽게 느껴지며 천정배 최고위원은 폭언에 책임을 통감해야 한다. 더욱 정치인의 반정부 또는 반국가적인 무책임한 언동은 징계의 대상일 뿐 아니라 출당(黜黨)의 엄중한 심판이 있어야 한다.

결론을 맺고자 한다. 민주적 정치질서의 쇄신은 국민이 갈망하는 정당정치의 정책대결에 있다. 국회의석 분포에 의한 다수결의 원칙은 인정되어야

한다. 그렇지만 다수당이 소수당의 의석을 이용한 횡포의 부당한 의사결정
은 막아야 한다. 그러나 의사당 내의 난투극 투쟁은 실정법으로 억제되어야
한다. 또한 국회의사당을 버리고 국회의원의 신분을 망각한 시위를 일삼는
거리정치는 반듯이 청산되어야 한다. 여. 야는 오직 정책대결에 승부를 걸
어야 한다. 국민들의 엄정한 여론에 의해 치적(治績)과 실정(失政)에 대한
비교평가를 받아야 한다. 그래서 2012년의 총선과 대선에서 유권자들에 의
한 정권연장 또는 정권교체의 양자 택일이 최선책이며 공정한 선거의 심판
에 초점을 반듯이 맞춰야 한다.

북한을 감싸는 정치행태는
반국가적인 행위가 아닌가?

(2010년 12월 30일)

1, 2010년 12월20일은 세계의 눈이 한반도에 집중되었다. 지난11월23일 북한의 도발에 의한 포격으로 해병연평부대 병사 2명이 전사하고 16명이 부상을 당했으며 주민 2명이 사망했다. 이런 만행이 일어난지 27일이 지난 시점에 해병연평부대에서 해상에 포사격훈련이 실시되었다. 이날 20일 하루는 남. 북한 간에 초긴장상태가 유지 되었으며 한반도를 둘러싼 미. 일, 중. 러의 4강세력들은 사격의 찬반양론으로 극한 대립되었다.

2, 지난 3월26일 북한이 도발한 천안함 폭침과 11월23일 연평도 포격은 천인 공노할 만행이었다. 지난 좌파정권 10년간에 김대중, 노무현이 민족주의를 내세워 동족이라는 이름으로 국민을 속이며 마음껏 퍼주어 김정일이 챙길것 충분히 챙겨 핵무기 까지 만들었다. 그러나 김정일은 병들어 아들 김정은의 등에 업혀 어뢰와 포탄으로 도발을 일삼은 만행은 위장된 동포의 탈을 쓰고 핵카드를 들고 탈춤을 추고 있는 것이다.

2, 그간 좌파정권의 대북정책으로 자초한 자업자득에 의한 수난이 계속되고 있는 것이다. 사기(史記) 항우본기(項羽本紀)에 양호유환(養虎遺患)이란 고사가 경종으로 상기된다. 호랑이를 길러 근심거리를 남긴다는 뜻이다. 금년은 庚寅年 호랑이의 해이자 60년에 한번 오는 백호(白虎)의 해였다. 김정일이 백호로 둔갑하여 우리를 홀리고 우리의 생명을 위협하고 있다. 그러나 백호의 해가 저물고 있어 다행이다.

3, 해병연평부대의 해상포사격훈련은 통상적인 훈련으로 우리 해역의 NLL이남 영해에서 실시하는 훈련에 북한의 어떠한 도발행위도 강력하게 응징하겠다는 한.미 연합군의 육,해,공의 실전적 대비태세는 단호했으며 일본의 공조도 뚜렸했다. 그러나 중. 러의 포사격반대의 입장은 미. 일의

긍정적인 주장과는 대조적으로 완강했다. 항간의 속담에 초록은 동색이라는 말과 같이 중국과 러시아의 북한 감싸기는 변함이 없었다.

4, 대한민국 영토인 연평도에서 대한민국 영해인 해역을 향해 자위적 포사격훈련을 하게 되는데 정치권에서 찬반의 논란이 있다는 것은 도저히 용납될 수 없는 일이다. 대한민국의 정치인이라면 국토방위의 안보적 측면에서 여. 야와 보수.진보가 따로 있을 수 없다. 그러나 야당은 국회 예산편성의 불만으로 거리에 나가 시위정치를 하는 가운데 마침 해병연평부대 포사격훈련을 반대하며 손학규 민주당 대표를 비롯하여 야당의원들과 추종세력들이 한목소리로 사격반대의 구호를 웨쳤다. 북한에 동조하는 중. 러 그리고 대한민국의 야당은 한 통속인 것 같다. 한마디로 평가하면 정치인들의 목불인견의 반국가적 추태였다.

5, 북한에 굴종의 자세로 아부하는 듯한 우리 해병연평부대의 포사격훈련을 반대하는 친북적 야당의 속내는 무엇인지 알수 없다. 그들이 정치생명을 연명하기 위한 궁여지책으로 분석될 수 밖에 없다. 북한을 감싸며 두둔하는 정치지도자 및 정치인이 있다면 반국가적인 범법행위로 다뤄 엄중한 문책이 있어야 할 것이다. 대한민국의 정당정치의 정치질서는 반미. 친북의 좌파세력들이 대한민국의 정체성을 긍정적으로 받아 들이고 거듭나야 하는 것이 우선적인 과제인 것이다.

궁구물박(窮寇勿迫)과 궁서교묘(窮鼠咬猫)의 교훈을 생각해 본다

(2010년 12월 12일)

궁구물박(窮寇勿迫)은 피할 곳 없는 도적(盜賊)을 쫓지 말라는 뜻으로, 궁지(窮地)에 몰린 적을 모질게 다루면 해를 입기 쉬우니 지나치게 다그치지 말라는 말이다. 궁구막추(窮寇莫追)와 궁구물추(窮寇勿追)도 같은 교훈의 말이다. 궁지에 몰리면 무슨 짓을 할지 알 수 없다는 말이다. 속담에도 막다른 골목에서 개를 쫓지 말라 궁지에 몰리면 개가 사람에게 달려들어 문다고 했다.

궁서교묘(窮鼠咬猫)는 쥐도 막다른 골목에서는 고양이를 물 수 있다는 말이다. 조궁즉탁(鳥窮則啄)은 새도 쫓겨 도망할 곳이 없으면 상대를 쪼게 된다는 말이다. 약한자도 궁지에 빠지면 강한자를 해치게 됨을 교훈으로 비유한 말들이다.

북한은 최악의 궁지에 몰려 있다. 북한의 인민군이 적이 아니고 동족이라고 생각하면 문제점이 없지만 분명히 우리의 생명을 위협하는 적이다. 궁지에 몰린 적의 괴수 김정일,김정은 부자가 무슨짓을 못하겠는가!

우리의 국방백서에 주적개념을 뺐던 좌파정권 10년간에 김대중, 노무현은 적장에게 쌀을 보내 적의 군대를 배불리 먹이고 딸라를 보내 핵무기를 개발하고 대량살상무기를 보유하는데 후원자가 되었다. 그러나 적장인 김정일은 백성을 300만명이상 굶겨 죽였고 화폐개혁의 실패로 경제는 극도로 어려워 졌다. 그들이 중국식 개방개혁도 쉽지 않고 한반도 비핵화를 위해 핵무기를 폐기하지 않으려고 궁지에 몰려 있지만 끝까지 버티고 있다. 더욱 설상가상으로 김정일 부자세습체제로 인한 급변사태의 위기를 극복하기 위해 천안함 폭침에 이어 연평도에 포격의 도발을 통해 긴장을 고조시켰다. 한마디로 말하자면 적이 막다른 골목에 치달아 단말마의 몸부림을 치고 있다.

북한의 대남 선전단체의 대변인 담화를 통해 12월11일 "미제와 괴뢰 호전광들의 도발책동으로 조선반도 정세는 전면전 국면으로 치닫고 있다"면서 "우리 군대와 인민은 교전확대든 전면전이든 다 준비돼 있다"며 적반하장으로 남한을 향해 위협했다.이런 담화에 이어 "괴뢰군이 비행대와 함선, 미사일까지 총동원하여 우리에게 불질을 해대고 미제가 최신 전쟁장비들을 동원해 개입해 나서게 되면 그것이 국지전에 국한되지 않고 전면전쟁으로 확대되리라는 것은 불 보듯 뻔하다"며 독기를 뿜어 댔다.

그들 담화는 또 "이 땅에서 전면전이 다시 터지면 결코 조선반도의 범위에 머물지 않을 것"이라면서 "우리는 도발자, 침략자들에 대해서는 무자비한 징벌로 그 아성을 송두리째 짓뭉개 버리고 민족의 존엄과 안전을 영예롭게 지켜낼 것"이라고 덧붙였다. 북한은 상식밖의 어처구니 없는 공갈 협박의 언어폭력의 횡포를 자행하고 있다.

고양(猫)이 앞에 쥐(鼠)가 최후의 발악을 하며 고양이를 물려고 한다. 쥐와 같은 김정일이 병들어 머지 않아 죽을것 같아 김정은에게 세습을 하려니 쥐처럼 저 죽을 줄 모르고 허세를 부리고 있는 듯한 북한의 실상이다. 고양이도 죽일수 있는 핵무기를 가지고 쥐가 덤벼들면 고양이도 죽일 수 있으니 큰일이다. 궁서교묘(窮鼠咬猫)라는 교훈을 고려하여 쥐를 가둬 놓고 먹을 것을 주지 않는 것이 최선책이다. 그래서 미국에서 금융제재를 철저히 하고, 대북지원은 단절되어야 한다. 연평도 포격을 계기로 개성공단을 폐쇄하고 금강산 관광도 과감하게 중단되어야 한다.또한 궁지에 몰린 적을 직접 대적하지 말고 간접적인 전략을 적용시켜 붕괴될수 있는 각종 수단과 방법이 총동원되어야 한다. 북한의 경제적 위기가 가속화되도록 압박하며 군사적 한.미.일 공조에 의해 국지전과 전면전의 대비가 어느때 보다도 시급하다. 그래서 궁구물박(窮寇勿迫)의 교훈을 실현하는 지혜가 필요하다.

또한 독수리와 사자의 싸움판에서 힘의 능력으로 보아 비교가 되지 않지만 궁지에 몰린 독수리가 사자의 눈을 겨냥하여 쪼으려는 성난 모습을 상상해 볼수 있다. 사자의 두 눈알이 독수리에게 찍혀 뽑히게 되면 사자가 독수리의 밥이 될수도 있다. 즉 조궁즉탁(鳥窮則啄)의 교훈인 새도 쫓겨 도망할 곳이 없으면 상대를 쪼게 된다는 말이 북한의 현 실상과 같다. 그래서 독수리의 부리에 속하는 북한의 비대칭군사력을 사용치 못하도록 한반도 비핵화는 반듯이 실현되어야 한다. 아울러 남한에서 암약하는 독수리를 돕는 까마귀떼의 반미.친북의 좌파세력이 국가를 위태롭게 하고 있다. 북한에 존재하는 적인 독수리의 위협과 남한 내부의 적인 까마귀떼들에게 대한민국은 위기를 맞고 있다. 연평도에 포격한 북한의 적을 인도주의를 내세워 남북 관계 개선과 대북지원을 주장하는 얼간이들이 있다면 깨끗이 척결되어야 한다. 반국가적 독수리와 까마귀들이 말끔히 포수들에게 청산되어야 만 테러와 국지전 그리고 전면전의 전쟁을 막게 되고 한반도에 평화와 통일이 올 것이다.

대통령의 대국민담화는
실천되어야 할 국민과의 약속이다

(2010년 11월 30일)

연평도 포격이 있은지 6일째 되는 11월 29일 오전 10시에 연평도 포격에 따른 이명박 대통령의 대국민 담화가 발표되었다. 담화문의 서두는 국민을 향한 사과의 메시지였다. 이 대통령은 협박에 의한 굴욕적 평화는 더 큰화를 불러 온다.이제 북한 스스로가 군사적 모험주의와 핵을 포기하는 것은 기대하기 힘들다는 것을 알게 되었다. 지금은 백마디 말보다 행동을 보일 때이며 북측 도발에 응분의 대가를 치르게 할 것이다. 정부와 군을 믿고 힘을 모아 달라 하나된 국민이 최강의 안보라고 강조했다. 그리고 서해5도서는 철통같이 지키겠다고 약속했다. 이명박 대통령이 피력한 담화내용의 약속을 지킨다면 안보에 문제점이 없을 것이다. 앞으로 약속을 지킬것인지 국민들이 지켜볼 것이다.

이명박 대통령의 사과는 이번이 네번째이다. 2008년 한.미 쇠고기 협상에 따른 촛불집회때 두차례 사과했고, 세종시 수정안의 추진에 대해 "지금 생각하니 부끄럽기도 하고 후회스럽기도 하다"며 사과했다. 세종시 수정안을 추진하기 위해 사과를 했으나 수정안을 관철시키지 못했다. 더 이상 북한의 도발로 인한 사과성 대국민 담화는 없어야 한다. 일언이 폐지(一言以蔽之)하면 이명박 정부는 북한이 얕잡아 볼정도로 안보에 취약한 정권으로 평가 되었다. 금번 연평도 포격 사태에 이어 더 큰 도발사태가 발생하지 않도록 경제발전에 전력하는 동시에 국토방위에 총력을 경주해야 한다.

오직 안보와 경제의 두 수레바퀴가 잘 굴러가야 한다. 이제 CEO대통령이라는 아집의 자만을 버려야 한다. 제갈량과 같은 군사전략가로 변신하기를 바라지는 않지만 27세인 철부지 김정은 대장이 불장난의 무모한 도발을 하지 못하도록 군사 전문가들을 총동원하여 지략(智略)을 모아야 한다. 반듯이 이명박 대통령은 서해5도서와 NLL을 지키고 대한민국을 철총같이 사수할수 있는 통치자로서 군통수권자이자 군사전략가로 위용이 발휘되기를 바란다.

손학규 민주당 대표의 지도자적 인격과 자질을 살펴 본다
(노무현 전 대통령의 묘소에 참배하는 모습을 바라보며)

(2010년 11월 9일)

민주당 손학규 대표는 대표 취임 직후인 지난달 10월 6일에 봉하마을 故 노무현 전 대통령 묘소에 찾아가 참배를 했다. 다시 한달만인 11월7일 故 노무현 전 대통령의 묘소를 찾아가 참배를 했다. 노 전 대통령 묘소를 참배하고 사저에 들어가 미망인 권양숙 여사와 대화를 나눈뒤 일어서면서 "노무현 전 대통령은 '사람 사는 세상'을 위해 헌신하셨다. 노 전 대통령께서 세우고자 한 세상을 만드는데 다시 각오를 새롭게 해나가겠다"며 "결국은 정권교체를 통해 대통령이 못다 이룬 뜻을 이루겠다"고 말했다. 다시 찾은 손 대표의 봉하마을 방문을 두고 당 안팎에서는 "친노세력과의 거리를 좁혀 당내 기반을 확대하려는 것"이란 분석이 나왔다. 이러한 정치인의 행보는 철면피한 낯 간지러운 몰골의 추태로 보인다. 국민들에게 비쳐질 반응을 터럭끝 만큼이라도 생각해 보았다면 한달만에 다시 봉하마을을 찾는 그런 어리석은 추태는 보이지 않았을 것이다. 손 대표의 그간의 카말레온 같은 정치행적을 차제에 살펴볼 필요성이 있다.

1, 고 노무현 전 대통령이 "사람 사는 세상"을 만들지 못하고 세상을 떠난 미완성의 세상은 과연 어떤 세상인지 손학규 대표에게 묻고 싶다. 이명박 대통령은 사람사는 세상이 아닌 "사람 죽이는 세상"을 만들고 있다는 말인가? 누구든 대통령이 되면 국민의 자유, 민주, 평화, 복지의 4대 목표를 지향하며 남북통일을 실현하려는 통치력을 행사하고자 하는 것은 상식적인 것이다. 그러나 고 노무현 전 대통령은 종북적 굴종의 자세로 반국가적 굴레를 멧던 좌편향의 통치자로 평가되는 것이 큰 문제이다. 그래서 손

학규 대표는 과거 노무현 전 대통령을 여러차례 신랄하게 비판했으나 이제 변절자가 되어 노 전 대통령의 묘소까지 찾아가 머리숙여 그토록 초라하게 애걸복걸해야 하는가.? 故 노무현 전 대통령이 묘소에서 나와 손 대표를 향해 이놈! 고약한지고 썩 물러가지 못할가! 억센 기상의 성난 얼굴로 호통칠 것만 같다.

2, 손 대표는 과거 한나라당(야당)에 속해 있을 당시 "2003년 6월호 월간조선 인터뷰에서 김대중씨와 현대의 대북송금을 비판했고(그 후 대북송금수사는 안했어야 했다고 주장), 김대중－노무현 정권이 오직 평화적인 방법으로써만 북핵문제를 해결하려 하는 행태를 '어리석은 짓'이라고 공격했었다. 그는 또 박정희, 전두환, 노태우 정부가 한 일을 높게 평가했다. 이러한 주장을 했지만 한나라당을 탈당한 후 한나라당을 군정－개발독재 시절의 잔당이라고 비판했다. 정치인이 이렇게 짧은 기간에 그토록 표변할 수 있느냐?" 하는 여론이 비등했다.

3, 2005년 6월 15일 뉴라이트 토론회에서 "노무현 정부는 가짜진보－청개구리 정권이라고 강하게 비판했다. 이어 그해 7월12일 박근혜 당시 한나라당 대표와의 대담에선 "요즘 신조어 중에 '경포대'란 말이 있는데 '경제를 포기한 대통령'이란 뜻이다"라고 말하기도 했다.

2006년 6월21일 동국포럼 초청 강연에서는 노무현 대통령의 경제정책을 보면 분통이 터진다" "국민을 갈갈이 찢어놓은 노 대통령의 리더십이 한국의 가능성을 다 죽이고 있다"는 비판의 화살을 날렸다.

2006년 10월9일 민심대장정 기자회견 때는 북한 핵실험과 관련해 "북한은 책임을 지고 응분의 대가를 치를 것이다. 정부는 북한이 핵실험과 개발을 완전히 철회하기 전까지 어떤 경제적 지원도 해서는 안된다"고 밝혔다.

또한 백령도 해병여단을 방문해서는 "우리가 한미 공조를 확실히 하면 북한이 도발하지 못한다. 대량 살상무기 확산방지구상(PSI)에 참여하고 단호한 조치를 취하면 국지전이 일어난다는 여권 논리는 국제정치의 기본을 모르는 것"이라고 강조하기도 했다. ,

4, 2007년 2월7일 성균관대 특강에서는 "경제를 파탄상태로 몰고 사회를 갈기갈기 찢은 이 정권을 국민은 당연히 거부할 것"이라고 말했고, 3월

20일 언론과의 인터뷰에선 "노 대통령은 무능한 진보의 대표다. 노 대통령이 새로운 정치의 극복대상이다"라고 강하게 비난했다.

2007년 1월1일 한나라당 충남도당 신년인사회에서 "내가 벽돌이냐. 어떻게(한나라당에서) 빼서 (여권으로)넣느냐"의 강한 존재감을 들어내 보였다.

2007년 1월22일 한라산 등반 때에는 "내가 한나라당의 기둥이라는 생각을 한 번도 버려본 적이 "없다고 말하기도 했다. 그해 2월 6일 KBS 라디오와의 인터뷰에선 "내가 한나라당 그 자체다"라고 발언하기도 했다. 그리고 탈당에 대한 질문이 나오자 "한나라당 안에서 내가 주인이고 강자가 될터인데 왜 나가느냐"라고 답변했다.

5, 2007년 2월 8일 기자 간담회에서 "한나라당도 햇볕정책을 계승·발전시켜야 한다"고 말해 한나라당 안에서 논란이 일었다. 햇볕정책 계승론의 저의는 탈당을 겨냥한 사전포석의 발언으로 분석되었다. 또한 이날 CBS 라디오 인터뷰에서 "햇볕정책을 통해 북한의 개혁과 개방을 이끌어 낸다는 취지"라며 "대북 포용정책에는 분명한 원칙이 있어야 하는데 무조건 북한에 퍼주는 것이 아니라 북한의 개혁·개방에 목적을 두어야 한다는 것"이라고 말 머리를 돌렸다.

결론을 맺고자 한다. 손학규(63세, 경기 시흥"서울시 편입") 민주당 대표는 호남출신 정동령, 정세균 등 거물들을 물리치고 비호남출신인 그가 당 대표에 선출되었다. 노무현 전 대통령 묘소의 두차례 참배에서 나타났듯이 친노세력을 등에 업을려는 얍삽한 생각으로 범야권 및 좌파세력의 합류를 획책하고 있다.

손 대표는 위의 5개항에서 살펴보았듯이 기회주의적 행적을 남겼으며 다반사로 변절하는 철새 정치인이요, 청개구리-카멜레온 정치인의 왕초가 되었다.

그의 전력은 한나라당 3선 국회의원, 보건복지부 장관, 경기지사를 역임한 화려한 경력을 가지고 있다 그러나 한나라당을 배반하고 탈당하여 국민을 속이면서 온건 보수로 위장하여 좌파 진보세력의 수렁에 깊숙이 빠지고 말았다. 그는 차기 좌파정권 창출에 대권을 목표로 정치적 어리석은 행보와 위험한 정치적 곡예를 하고 있다. 2012년 총선과 대선에 대비하여 좌파정당 및 좌파세력과 공동전선을 형성하여 선거판을 뒤 흔들려고 할 것이다. 더욱 북풍이 작용되지 않는다는 보장도 없다. 오직 국가의 운명을 좌우하게 될 총선과 대선에서 선량한 국민들이 좌파세력에 속느냐, 속지 않느냐의 양갈래의 기로에 서 있다. 이제 남은 것은 향후 국민의 현명한 심판만이 기다리고 있다.

G20 정상회의를 반대하는 시위자가 대한민국의 국민인가 ?

(2010년 10월 28일)

오는 11월 11일(목)–12일(금)까지 2일간 서울 삼성동 코엑스에서 개최되는 G20 정상회의는 우리나라가 글로벌 리더십을 발휘하면서 국가 브랜드를 끌어 올릴수 있는 절호의 기회를 맞이한 것이다. 이러한 국가발전의 좋은 계기의 기회를 거부하고 반대시위까지 전개한다면 대한민국에 국적을 두었지만 국민의 자격이 없는 이적 집단에 속한 군중들의 소행이라 평가해도 잘못이 없을 것이다.

미 국무부는 여행주의보(travel alert) 의 발표를 통해 G20 정상회담 장소 주변 등에서 시위가 예상되며, 특히 폭력적으로 변할 가능성이 있다고 밝혔다. 이어 올림픽공원이 집회 장소로 지정돼 있지만 시위가 서울 전역에서 일어날 수 있음을 지적했다. 참으로 통탄할 일이다.

G20 정상회담의 의장국이 된 것을 국민 누구나 쌍수로 환영하며 성공적으로 정상회의가 개최되기를 기원해야 할텐데 반대시위까지 하겠다는 반국가세력은 대한민국 영토의 땅에 발을 붙이고, 대한민국 영공의 하늘을 머리에 이고 살아야 할 자격이 없다. G20 정상회의를 반대하는 종북 세력은 이번 기회에 북한으로 이주시킬수 있도록 국회에서 입법조치 했으면 좋겠다. 남북협상을 통해 이주법을 만들어 남한에서 북한으로, 북한에서 남한으로 거주의 선택권을 자유롭게 허용토록 했으면 좋겠다. 이러한 발상은 있을 수 없는 일이지만 김정일 부자 세습체제에 침묵하고 있는 종북세력인 반국가세력들이 G20 정상회의를 반대하며 집단행동의 시위를 획책하고 있기 때문이다. 국회의원 가운데 북한 땅으로 이주해야 할 골치아픈 정치인도 많은 것 같다.

다시 광화문 앞의 촛불집회의 악영들이 되살아날 것 같아 북한으로의 이

주법을 생각해 보았다. 왜 국가의 정체성과 정통성이 문어지는 이지경의 난장판 나라가 되었는지 누구를 탓하겠는가. 오직 김일성, 김정일의 적화통일 전략과 통일전선전술에 놀아난 종북 좌파들의 정치도박에 꽃놀이패들이 춤추고 있기 때문이다. 더욱 좌파정권 10년에 좌파세력이 자유롭게 활동할수 있는 무대를 만들어 주었기 때문이다. G20 정상회의를 반대하는 세력은 이번기회에 발본색원되어야 한다. 그들 종북세력인 민노총을 중심으로 참여연대, 진보연대 등 NL 와 PD를 막론한 단체들이 "G20대응민중행동"을 결성하고 조직적인 반대시위를 획책하고 있다는 사실은 도저히 용납될 수 없는 일이다.

이명박 정부는 애매모호한 중도실용정책으로 좌파세력의 콧대를 꺾지 못하여 양호유환(養虎遺患)의 혼란과 위기를 자초하게 된 것이다. G20 정상회의를 반대하는 세력은 이번기회에 국가를 전복하려는 반국가 행위로 다뤄 모두 입건하고 보안법을 적용하여 종북세력의 뿌리를 뽑아야 한다. 반듯이 성공적인 정상회의가 개최되어 국가발전의 전기가 되어야 한다. 이명박 정부는 헌법을 기저로 한 공법의 법치주의에 의한 합법적인 공권력을 최대한 동원하여 안전하고 평화롭게 성공적으로 정상회의가 개최되도록 강력한 조치가 있어야 한다. 거듭 바라건데 G20 정상회의는 우리나라가 세계화시대에 부응하며 융성한 국가발전을 이룩할수 있는 절호의 기회가 되어야 한다.

한반도에 존재하는
평화훼방꾼은 과연 누구인가?

(평화훼방꾼 폭로의 논란을 보며)

(2010년 10월 23일)

10월 21일 청와대는 시진핑(習近平) 중국 국가 부주석이 "이명박 정부는 한반도 평화 훼방꾼"이라고 말했다고 한 민주당 박지원 원내 대표의 발언을 중국 정부가 공식 부인한 것과 관련하여 "박지원 원내 대표가 거짓말을 한 것이 분명히 드러났다"고 밝혔다.

김희정 청와대 대변인은 논평을 내고 "박 원내대표는 거짓말로 국민을 현혹시켰고, 중국에 대해서는 대단한 외교적 결례를 했다"면서 이같이 말했다.

또한 김 대변인은 "더 이상 개인과 소속 정당의 정치적 욕심으로 외교를 악용하고 국익을 훼손하며 국민과 국가를 망신시키는 일이 있어서는 안 될 것"이라며 "늦었지만 지금이라도 박 원내대표는 책임 있는 정치인의 모습을 보여야 한다"고 촉구했다.

드디어 10월22일 한국 외교부는 시진핑 국가 부주석이 "이명박 정부는 한반도 평화훼방꾼"이라고 말했다는 박지원 민주당 원내대표의 발언으로 결례를 야기했다며 중국 정부에 유감을 표명했다고 밝혔다. 그래서 한반도에 존재하는 실제 평화훼방꾼은 누군지 살펴볼 필요성이 있다.

1, 한반도의 평화를 짓밟고 6.25 남침 기습을 감행한 김일성이 첫번째 평화훼방꾼이며, 대한항공 858편 폭파사건 등 온갖 대남테러를 자행했고, 오늘날 핵무기, 대량살상무기, 미사일로 평화를 위협하고 있는 김정일이 두번째 평화훼방꾼이다. 그리고 김정은은 부자 권력세습으로 세번째 평화훼방꾼으로 등극하여 옥좌에 앉을 준비를 철저히 하고 있다. 북한은 핵무기

로 한반도의 평화를 계속 위협하고 있다. 한반도의 평화훼방꾼은 평양에서 김정일 권력승계의 세습체제로 변신하고 있는 선군정치의 계승자 김정은의 실체이다.

2, 북한 김정일 평화훼방꾼을 직,간접적으로 막대한 현금과 각종지원을 아끼지 않은 김대중, 노무현 전직 대통령의 굴종적 대북지원은 민족주의, 인도주의, 평화주의로 위장한 이적행위였으며, 북한의 평화훼방꾼의 괴수 김정일을 적극적으로 지원한 김대중, 노무현은 공동정법의 평화훼방꾼인 셈이다. 속된 표현이지만 "창알머리 없는 대통령"으로 대한민국의 정통성과 주체성을 상실한 평화훼방꾼의 굴종적인 통치자였다.

3, 박지원 민주당 원내 대표가 시진핑 중국 부주석이 이명박 정부를 평화훼방꾼이라 말했다는 발언으로 물의를 이르켰지만 결국 거짓말쟁이로 매도를 당하게 되었고, 정작 박지원 원내 대표의 사과가 없는 상태에서 외교부에서 중국 당국에 사과성 유감을 표하게 된 것은 국위의 손상이며 국가적 수치를 드러낸 것이다.

박지원 원내 대표는 북한에 기대면서 중국을 등에 업고 이명박 정부를 흔들어 보겠다는 흉계가 깔려 있었겠지만 큰 오산이었다. 대한민국에 보안법이 살아있다면 보안법으로 상습적 이적행위의 입 버릇은 뿌리를 뽑아야 한다. 여하튼 박지원은 그의 경력으로 보아 한반도 평화훼방꾼의 대표적인 정치인이며 "정상적인 정당정치를 뒤틀리게 했고, 정당정치에 먹칠한 정치훼방꾼"의 괴수로 낙인이 찍히고 말았다.

4, 손학규 민주당 대표까지 가세하여 이명박 정부의 대북정책이 한반도 평화를 증진시켰는가 후퇴시켰는가가 사안의 본질이라며 특정표현(평화훼방꾼)에만 매달리면 안된다고 말했다는 것이다. 좌파정권 10년이 문어지고 이명박 정권이 들어 선후 벌서 중간 반환점을 돌아 선 시점에 손학규 민주당 대표는 좌파정권을 계승할려는 잠용이 되어 평화훼방꾼으로 김대중, 노무현을 계승할 것인가. 그렇지 않으면 잠용으로 용트림만 하고 이무기가 될 것인가의 기로에 서게 되었다. 그런데 한나라당을 배반하고 철새처럼 민주당의 옷을 갈아 입었기에 변절자의 호,불호의 말로는 국민이 선거를 통해 심판할 것이다.

5, 이명박 정부는 "반미,친북 좌파 세력의 평화훼방꾼"들에게 풀려나지 못하고 중도실용정책으로 국정을 풀어 갈려고 하지만 종북세력에게 발목이 잡혀 있는 것 같다. 한반도의 평화를 해치는 호전적인 세력과 종북좌파 세력이 척결되어야만 이명박 정부가 안정된 상태에서 성공할 것이다. 그리된다면 한반도에 평화가 정착되고 통일의 문이 열리게 될 것이다. 그렇지 않고 차기정권을 좌파정당에게 넘겨준다면 대한민국의 미래는 암담하게 될 것이다. 더욱 김정일 부자 권력세습으로 인해 남한에 강력한 평화훼방꾼으로 세력을 확장하여 적화통일을 시도한다면 남,북한은 공멸할 수 밖에 없을 것이다.

결론을 맺고자 한다. 대한민국 정당의 원내 대표가 아전인수적으로 중국과의 외교 마찰을 불러 이르킬 속셈으로 중국 국가 부주석의 발언을 왜곡하여 들춰 낸 것은 용납될 수 없는 일이다. 중국 당국에서도 박지원의 시진핑에 대한 발언은 사실에 부합되지 않는다는 공식적인 불만의 뜻을 표출하여 부인했다. 따라서 박지원 원내 총무는 거짓말쟁이의 낙인이 찍혔으며 국위를 손상시킨 정치인으로 평가될 수 밖에 없다. 오직 치졸한 반국가적, 반정부적인 술수의 자승자박에 의해 자기가 만든 올무에 걸리고 만 것이다. 이러한 음흉한 처사는 국회의원의 자격은 고사하고 도덕적인 정치윤리와 기본인격을 갖추지 못한 "독사의 기질"이 국민들에게 확연히 투영되고 말았다. 차기 총선에서는 정치인으로 태어나서는 안될 깡패적 투사형, 독설의 독사형, 거수기적 직업형 등 여러형태의 문제가 있는 인물은 총선에서 국민들이 선출해서는 안된다.

국가 이익을 위해서는 여.야를 막론하고 뜻을 같이 하여 합의점을 찾아야 한다. 여.야 정당은 공히 국가를 위해 존재하는 정당이기 때문이다. 정당의 정치인들이 서바일벌 게임처럼 너 죽고 나 살자는 식의 정치활동은 망국적인 정당정치의 병폐이며 정치풍토인 것이다. 이번 박지원 민주당 원내대표의 상식 밖의 시진핑 중국 부주석의 발언에 대한 왜곡의 폭로 추태로 인하여 정당정치의 극단적 모순이 표출되었으며 우선적으로 청산되어야 할 가장 중요한 과제로 부상되었다

햇볕정책으로 옷을 벗기기는 커녕
우리가 옷을 벗었다
(KBS1 TV에서 황장엽선생과 생전의 대담을 보며)

(2010년 10월 17일)

황장엽 전 노동당 비서는 '97년 2월 북한을 탈출하여 자유대한의 품으로 귀순했다. 그러나 귀순한지 13년8개월만인 10월10일 향년87세로 졸지에 별세했다. 공교롭게도 김정일 부자세습 잔칫날에 세상을 떠났다. 황장엽 선생의 수양 딸 김숙향(68세) 교수는 김정일 부자 권력세습을 보며 분사(憤死)하신것 같다고 말했다.

황장엽 선생은 김일성 주체 사상을 북한의 지도이념으로 만들어낸 북한을 대표하는 철학자였다. 김정일에게 직접 주체사상을 가르치기도 했다. 1965년부터 14년간 김일성대학 총장을, '72년부터 11년간 우리의 국회에 해당하는 북한 최고인민회의 의장을, '79년부터 18년간 노동당 비서를 맡는 등 북한 권력의 핵심 요직을 두루 거쳤다. 그가 요직을 거쳤지만 숙청달할 가족들을 남겨 놓고 탈북을 단행했다. 그는 파란만장했던 일생을 허무하게 마감하고,혼자서 알몸으로 욕조에서 역사의 뒤안 길로 외롭게 떠났다.

고 황장엽 전 북한 노동당 비서에 대한 예우 논란이 정치권 내 이념논쟁으로 번졌다. 한나라당은 13일 민주당이 당 차원의 조문 대신 당대표 비서실장과 원내대표단의 조문으로 갈음한 데 대해 "친북 좌파의 눈과 표를 의식한 행태"라며 정치 쟁점화를 시도하고 나섰다.

민주당은 여당의 공격에는 "대응할 가치가 없다"며 색깔 논쟁으로 확산되는 것을 피했지만 정작 당 안에서는 황 전 비서의 현충원 안장에 대한 반대론이 공개적으로 터져 나오며 복잡한 기류를 드러냈다.

민주당 박지원 원내대표는 당 차원의 조문이 아님을 강조하면서 "망자에 대한 너그러움은 우리가 가진 미풍양속"이라고 했는데 북한이나 친북좌파에 본심과는 달리할 수 없이 조문을 했으니 이해해 달라'고 변명했다.

한나라당에서 민주당은 왜 북한정권 앞에만 서면 작아지는가"라며 "결국 국내 친북좌파의 눈과 표를 의식했기 때문"이라는 비판의 목소리가 높았다.

민주당에서는 "대꾸할 가치가 없는 주장"이라며 "이념논쟁으로 가는 것은 바람직하지 않다"고 일축했다.

정세균 최고위원은 최고위원회의에서 황 전 비서에 대한 정부의 훈장추서에 대해 "법령에는 국민 복지향상과 국가발전에 공적이 뚜렷한 자에게 수여한다고 돼 있는데 무궁화장을 받을 공적이 있는지 의문을 표한다"고 반대 입장을 분명히 했다. 그는 현충원 안장에 대해서도 "이 분은 주체사상의 이론적 기초를 닦았고 오늘날 북한 현실에 대해 책임이 있으며, 남한에 와서 주체사상을 부정한 바가 없다"면서 "현충원에 안장된다면 대한민국 정체성에 혼란을 제기할 수 있어 적절치 않다고 판단한다"고 강조했다. 야당은 과연 대한민국의 정당인지 노동당의 종속된 정당인지 그 색갈을 분간하기가 매우 곤란하다.

고 황장엽 선생에 대한 예우논란이 있었지만 10월14일 오전10시 서울아산병원 장례식장에서 영결식이 통일사회장으로 엄수되었고, 오후 3시 대전현충원 국가사회공헌자묘역에 안장되었다. 오늘 안장된지 3일이 되는 삼우제의 날이기도 한데 KBS1 TV 에서 오전8시10분 부터 50분간 일요특집으로 고 황장엽 선생 생전의 대담(7월23일) 내용이 방영되었다. 황장엽 선생은 KBS 사회자(고대영 KBS해설위원)의 질문에 논리정연한 화술로 답변을 잘 했다.

황장엽 선생은 여러가지 질문에 대한 답변을 했지만 몇가지가 마음에 와닿았다. 첫째 대북관계에 있어서 사상전(정신), 경제전(물질), 외교전(협조)의 중요성을 강조하며 구체적으로 설명했다. 둘째는 국제관계에 있어서 한미관계를 생명선으로 삼아 강화하는 동시에 한,중 관계를 원활히 잘 해야 한다는 필요성을 강조했다.세째는 김정일 부자세습에 대해서는 신경 쓸 필요성이 없으며 오래 못간다는 것이다. 네째는 북에 대한 햇볕정책으로 그들의 옷을 벗겨야 하는데 오히려 남한이 옷을 벗었다는 것이다. 현실적인 신란한 비판의 안목으로 지적해서 답변을 했다.

　그간 좌파정권 10년간 대북정책의 실패는 물론이며 반미, 친북의 좌파세력에 의한 국론 분열과 남남갈등의 심화를 지적했다. 다시말해서 종북적인 자세에서 인질로 잡혀 북한에 조종을 받고 있는 실태를 개탄하는 안타까움의 뜻이 풍겨 났다. 또한 천안함 폭침사건이 과학적으로 분석되어 발표되었는 데도 못 믿는 국민 20%정도가 된다고 하는데, 상식적으로 생각해도 북한의 소행이 아니고서야 누구의 소행이겠는가? 믿지 못한다는 것은 이해할수 없다는 부정적인 견해를 피력했다.

　고 황장엽 선생은 이세상을 떠나 지하에 묻혔지만 그가 북한의 실상을 폭로하고 진상을 밝혀준 공로는 매우 컸다. 젊은 세대들이 전교조 선생과 좌파세력에 의해 의식화되어 6.25전쟁을 북침이라고 알고 있고 역사를 왜곡하여 잘못 인식하고 있었으나 역사를 바로 잡아준 산 증인으로서 산 교육을 몸소 실천하고 고독하게 살다가 천상으로 떠났기에 감사와 아울러 위로의 뜻을 표하며 영원히 안식하기를 간절히 기원한다. 황장엽 선생의 생전의 모습을 화면을 통해 다시 보며 역사적인 비극에 의한 인생의 무상함을 절실하게 느끼게 되었다.

한반도에 끔찍한 대재앙의 지각변동이 있을 것인가?

(백두산에 수천마리 뱀떼 출현의 기사를 읽고 나서)

(2010년 10월 15일)

백두산 일대에서 1999년부터 지금까지 모두 3천여 차례의 지진이 발생했으며 최근 들어 지진 발생이 잦아지면서 백두산의 재폭발에 대한 우려가 증폭되고 있다. 중국 지진 당국의 통계에 따르면 2002년 7월 이전까지 천지 주변 화산지구에서 발생한 지진은 월평균 30여 차례에 불과했고 진도도 규모 2.0을 넘지 않았지만 2003년 6월과 11월, 2005년 7월에는 각각 월 250여 차례 발생하는 등 최근 들어 지진 발생 빈도가 높아지고 있다고 한다.

윤성효 부산대 교수는 지난 6월 기상청이 주최한 "백두산 화산 위기와 대응" 세미나에서 "최근 백두산 일대에서 발생한 지진이 과거에 비해 10배 이상 잦아지고 천지의 지형이 조금씩 솟아 오르고 천지와 인근 숲에서 화산 가스가 방출되고 있다"며 "가까운 장래에 백두산이 분화할 수 있으며, 분화한다면 항공대란을 초래한 아이슬란드 화산보다 피해가 훨씬 클 것"이라고 경고했다.

최근 백두산 기슭에 자리한 중국 옌벤조선족자치주 안투현에서 10월9일 오후 1시45분 규모 3.7의 지진이 발생했고, 오후 2시7분께 같은 지점에서 규모 3.2의 지진이 발생했다고 한다. 특히 지진 발생 이틀 전인 지난 7일 오후 1시께부터 백두산에서 인접한 지린성 바이산시와 잉청쯔진을 잇는 도로 5㎞ 구간에 수천 마리의 뱀떼가 출현했다. 한 주민은 "통행 차량에 압사한 뱀만 700여 마리"라며 "도로 주변에 뱀떼가 득실거리는 데다 사체에서 나는 썩는 냄새 때문에 견디기 힘들었지만 무엇보다 지진 등 대재앙을 예고하는 것 아니냐는 불안감이 더 크다"고 전했다. 한반도에서 발생할 시기는 알수 없지만 네가지 형태의 대재앙이 예상되어 그 불길한 징조의 사태를 예견해 보고자 한다.

첫째, 한반도에 전쟁이 재발될 불길한 징조이다. 지난 60년전 남침 도발의 동족상잔으로 인한 상흔의 휴유증이 치유는 커녕 악화되어 민족적 공멸의 위기에 치닫고 있다. 즉 북한은 적화통일 야욕을 버리지 않고 있으며 김정일 부자세습체제는 선군정치에 의해 비대칭의 핵무기와 대량살상무기의 공포가 가중(加重)되어 우리를 압박하고 있다.

남한은 경제적 풍요를 누리고 있지만 경제적 버블현상 (bubble phenomenon)을 비롯하여 정치, 사회. 문화, 교육, 종교, 군사 등 전반적인 아노미현상(Anomie)이 극에 달한 상태에서 우리는 고무풍선 속에 안주하고 있는 것 같다. 더욱 국민들은 전쟁의 재앙에 둔감하여 안보불감증에 걸려 있고, 친북 좌파세력들이 국가안보를 뒤흔들고 있어 언젠가는 한반도에 전쟁의 재앙이 엄습할 것 이라는 노심초사(勞心焦思)를 떨칠수가 없다.

둘째, 인위적인 지하굴토 및 토목공사로 인한 불길한 징조이다. 우주만물의 창조질서를 파괴하여 지하에 거미줄 처럼 지하교통망을 굴설해야 할 정도로 절대자의 뜻을 외면하고 있다. 특히 북한의 전지역에는 군사적 목적으로 요새화, 지하화되어 있다. 그리고 남침용 땅굴은 한반도를 적화시킬 지하통로가 될 위험성이 농후하다. 북한의 땅굴을 이용한 테러와 국지적인 도발은 민족공멸을 초래할 충분한 징조로 판단 된다. 인류는 자연과 더불어 삼광(三光,해,달,별)의 은택을 입고 생활한다. 그러나 두더지 처럼 인간이 지하에 땅굴을 뚫어서 인간의 생명을 위협하려는 전략은 용서 받지 못할 것이며, 지하의 땅을 파헤치는 대규모 토목공사로 인한 자연 훼손은 절대자의 진노로 인해 재앙이 불가피할 것이다.

셋째, 자연환경 파괴로 인한 재앙의 불길한 징조이다. 우주만물은 절대자에 의해 창조되고 보존된다. 그러나 백두대간을 파헤치고 토목개발로 인해 창조질서를 파괴한다면 진노의 재앙을 피할 수 없을 것이다. 삼천리 강산에 숲이 욱어져 있어 산새들과 풀벌레가 노래하고, 들짐승이 뛰어 놀수 있는 천혜(天惠)의 자연환경을 파괴하면 동쪽에서 떠오르는 해의 아름다운 얼굴, 밤하늘에 보름달의 둥근모습, 칠야의 밤하늘에 별들의 미소, 사계절에 따라 아름답게 피는 꽃을 재앙으로 인해 볼수 없을 것이다. 오직 자연환경의 파괴로 인한 생태계를 멸종시키고 인간의 생명을 위협하게 될 경우에 초래될 재앙이 심히 두렵다.

넷째 여러가지 예언적 종말의 불길한 징조이다. 예언자들의 말을 전적으로 믿을 수는 없지만 잠시 귀를 기우리게 된다. 마지막 때의 종말에 있을 징조는 전쟁, 지진, 기근, 전염병으로 사람들이 많이 죽게 된다는 것이다. 오늘날 종말의 징후는 도처에서 일어나고 있다. 세계 여러곳에서 전쟁, 분쟁, 갈등으로 지구촌의 평화를 깨뜨리고, 존귀한 생명을 경시하여 피를 흘리게 하고 있다. 남북분단의 역사적 비극에 의한 60년전 동족간의 전쟁은 오늘날 끝나지 않았고, 북한에서 300만명 이상이 기근으로 아사했다. 이런 현상의 책임자는 종말론적 악의세력이며 붉은 말 탄자이고, 붉은 용의 세상권세 잡은자인 김일성,김정일의 소행이다. 최근 3대 김정은에게 권력세습이 되어 군사퍼레이드로 선군정치의 위력을 과시하고 있다. 더욱 종말에 나타날 지진이 백두산에서 일어날 것으로 징조가 나타나 공포에 가위 질리고 있다. 그래서 한반도는 전쟁,지진,기근의 3대 악재가 작용되는 종말론적 위기를 맞고 있다.

결론을 맺고자 한다. 지구의 온난화 현상으로 기상이변이 빈번하게 일어나 세계도처에서 지진,폭우, 해일 등으로 인명 피해가 속출하고 있다.

모든 자연 재앙의 징후는 짐승들이 사람보다 더 잘 알고 있다. 그래서 소거지풍(巢居知風)이요, 혈거지우(穴居知雨)라는 짐승으로 부터 배우게 되는 교훈이 떠오른다. 학창시절에 고 김순동 교수(金舜東: 한문교수, 서예대가)로 부터 50년전에 배웠던 기억이 새롭다. 산이나 울타리의 큰 나무에 둥지를 틀고 사는 까치 등 날짐승의 조류는 그 해에 바람이 많이 불것 같으면 나무가지의 낮은 곳에 둥지를 짓고, 그 해에 바람이 심하지 않을 것 같으면 나무가지의 높은 곳에 둥지를 짓는다는 교훈이다. 그리고 비가 올 것 같은 징후가 있으년 땅속에 사는 뱀이나 개미들이 더 잘 안다는 교훈이다. 그 실예로 장마철이 시작 되기전에 개미집 밖에서 개미들의 행열을 볼수 있

다. 백두산 지역에서 지진이 빈발하며 뱀의 행열이 있었다는 사실은 예사의 일이 아니다

위의 4개항을 통해 한반도에서 일어날 대재앙의 징후를 열거 했지만 그 외에도 여러가지 복합적이고 연쇄적인 사태가 가정, 사회, 국가의 이곳 저곳에서 혼돈상태로 노출되고 있으며, 4대강국에 위요(圍繞)된 국제환경에서 국제적 정치,군사의 역학작용과 북한의 호전적인 대남정책으로 인해 파생되는 국가 위기는 바람 잘 날이 없게 되었다. 따라서 외치의 중요성에 병행하여 내치의 쇄신을 위해 권력남용, 물질 만능 그리고 만연된 부패가 청산되어야 한다. 더욱 시대적 사명을 띄고 입법,사법,행정의 3부기관이 정상화되어야 하고, 사회정의,경제정의가 정착되며 명실 공히 사회통합이 실현될 수 있도록 의식개혁을 위한 국민 대 각성운동이 절실한 현실이다.

끝으로 바라건데 로마의 폼페이를 교훈으로 삼아야 한다. 폼페이는 문명이 아주 발달한 로마의 한 도시였다.그러나 기원전 79년 8월, 베수비오 화산의 폭발로 단 하루만에 화산재에 묻혀 멸망하게 되었다. 한반도의 전지역에 지진의 피해가 없어야 하며 특히 백두산에 화산이 폭발되고 화산재가 분출되는 큰 재앙이 없기를 간절히 기원한다. 오직 한민족(韓民族)은 남,북한 공히 동족간에 전쟁이 없고, 기근이 없고, 지진이 없고, 전염병이 없으며, 자유와 평화 그리고 번영이 보장 되는 통일국가가 한반도에 조속히 건설되어야 한다

고 황장엽 선생을 애도한다

謹 弔
人生無常　先生生涯,
自由渴求　脫北歸順,
南北分斷　歷史遺産,
民族哀歡　公憤痛恨,
南北統一　故人未完,
遺志傳承　期必成就.

故, 黃長燁先生　靈前에
〈2010. 10. 10〉
金 炘 中

2010년 10월 12일 서울 아산병원 고 황장엽 선생 빈소에 가서 국화 한송이를 헌화하고 영정 앞에 위의 弔詩를 봉투에 넣어 놓고 애도의 듯을 표했으며 파란만장했던 고인을 위해 간절히 기도를 했다. 그리고 상주를 만나 수고에 대한 노고와 위로의 인사를 나눴다.

그후 점신시간이 되어 박관용 전 국회의장(장례위원장)과 식탁에 앉아 오른편 옆 가장 근접에서 탈북자 처우문제와 고 황선생의 현충원 안장 문제 등 현안 문제에 대해 대화를 나눈후 무거운 발걸음을 돌려 장례식장을 떠났다.

국가 안보태세 확립이
어느때 보다도 절실하다
(김정일 부자 세습과정을 바라보며)

(2010년 10월 6일)

북한 노동당이 지난 6월 당대표자회 소집계획을 발표한 이후 김정일 3남 김정은(金正恩)에게 후계작업을 가속화하게 된 것은 김정일 건강이상으로 인해 다급해진 것으로 분석됐다. 노동당 당대표자회는 최초 9월초 개최할 예정이었으나 김정은 옹립에 대한 컨센서스의 어려운 속 사정으로 인해 지연되어 오다가 9월28일 당대표자회(1653명참가)가 44년만에 소집되어 金왕조의 3대 권력세습의 후계구도 구축을 공식화했다. 한반도에 남북통일의 기회가 도래하여 문이 열릴수도 있지만 오히려 문이 닫힐수도 있다. 이러한 호기(好機) 아니면 위기(危機)의 양면적 사태를 예상하며 국가적 위기의식을 어느때 보다도 절박하게 느끼게 된다. 따라서 김정일 부자 권력세습의 경위 및 과정을 살펴보며 국가안보태세 확립의 필요성을 강조하고자 한다.

1, 김정일은 2008년 8월 뇌졸중으로 쓸어졌다가 일어 났으나 2차 발병 이후 회복되었지만 정상 회복이 불가능한 상태로 기력이 쇠하고 "왼쪽 인지를 못하는 장애가능성"이 짙은 가운데 다리를 절고 왼쪽 팔이 정상이 아닌 상태이다. 그래서 자주 화면에서도 몸이 몹시 초췌하고 불편한 모습을 볼수 있다. 김정일의 수명이 점차 단축되고 있어 권력 세습의 후계구도에 대한 조바심이 짙어진 것으로 판단된다.

북한이 올해 1월8일 김정은의 생일을 임시공휴일로 지정하여 김일성(4월15일), 김정일(2월16일), 김정은(1월8일)3대의 생일을 국가명절로 지정하며 세습화를 위한 작업이 연초부터 본격적으로 시작됐다. 국가지도자의 생일을 국가 명절로 하는 나라는 지구상에서 유일하게 북한 뿐이다. 북한이 왕조시대의 봉건적 세습의 권력승계를 답습하겠다는 것은 전근대적인 후진성의 정치병적 현상일 뿐이다.

2, 김정일이 병든 불편한 몸을 이끌고 8월25일 야밤에 전용 열차편으로 압록강을 극비리에 건너가 27일 창춘의 난후(南湖)호텔에서 휴양차 동북3성에 체류중인 후진타오 주석을 만나 김정일이 정상회담을 가졌다. 북, 중 혈맹관계를 재확인 하는 동시에 중점적인 경제파탄의 타개를 위한 경제협력과 6자회담 재개의 필요성이 화두가 되었고 특히 김정은에게 권력승계를 사실상 공식화하기 위하여 "차기 지도자"를 소개하는데 성공했다. 현대판 사대주의로서 세자를 권력세습의 후계자로 책봉하겠다는 내락의 절차로 볼수 밖에 없다. 또한 김정일 지시에 따라 당지도자회를 마친 다음날 노동당 중앙위원회 비서 최태복을 서둘러 중국에 보내 당지도자회 결과를 신속히 보고했다. 이는 중국에 종속된 굴종적 정치 행태를 여실히 증명해 주고 있다.

3 북한은 9월 28일 노동당 대표자회 소집 첫날 회의가 시작되기도 전 새벽 1시에 김정일 국방위원장이 3남 김정은에게 인민군 대장칭호를 부여했다고 일제히 보도했다. 김정일은 김정은, 김경희, 최룡해 3명의 세습권력핵심의 실세에게 대장의 군사칭호를 동시에 부여한 것이다. 김정일의 유일한 여동생 김경희에게도 대장칭호를 준것은 군대와 친족을 통한 권력세습을 확고히 하겠다는 의지로 보여진다. 군복무도 하지 않은 김정은(27세)과 김경희(64세)에게 대장 칭호를 준것은 전대미문(前代未聞)의 역사적인 희극의 사건이다. 김일성은 대원수, 김정일은 공화국 원수(인민군 원수도 있음), 김정일과 김경희의 대장의 칭호는 세습의 선군정치인 무단정치(武斷政治) 를 족벌에 의해 계승하려는 우물 밖의 세상을 모르는 정저와(井底蛙)의 병정놀이로 국제적인 조소거리가 되었다.

4, 노동당 당대표자회가 소집된 이틀째인 29일 새벽 4시에 김정은이 노동당 중앙군사위원회 부위원장에 올랐다는 뉴스를 타전 했다. 밤중에 기습적으로 오전 1시와 4시에 두번에 걸쳐 김정일 후계자 가시화의 소식을 알렸다. 한반도의 밤 1시는 미국 워싱턴에선 정오이며 새벽4시는 오후 3시

인 것이다. 따라서 전문가에 의하면 밤과 새벽 발표는 미국을 향해 메시지를 의도적으로 타전했다는 분석이다. 이에 미 국무부 공보담당 크롤리 차관보는 이날 정례브리핑에서 북한의 권력승계 공식화와 관련한 질문을 받고 김정은에 대한 대장 칭호 부여와 3대 후계세습 공식화에 대해 "최고의 리얼리티 쇼"라고 꼬집었다. 누가 보아도 정치적 쇼치고는 치졸한 쇼로 평가할 수 밖에 없다.

5, 북한이 3대 세습체제를 공식화한 다음 국제사회에 던진 일성(一聲)은 '핵(核)'이었다. 유엔 총회에 참석 중인 박길연 북한 외무성 부상은 9월 29일 총회 연설에서 미국을 겨냥해 "미국 핵 항공모함이 우리 바다 주변을 항해하는 한 우리의 핵 억지력은 결코 포기될 수 없으며 오히려 강화될 것"이라고 말했다. 이는 "핵은 결코 포기할 수 없다"는 엄포였다. 또한 자신들을 '책임 있는 핵무기 국가' 또는 '다른 핵보유국과 동등한 입장'이라고 했다. 미국은 '비핵화 의무 준수'를 요구하고 있으나 서로 180도 다른 입장에서 충돌하게 된 것이다. 또한 核개발 핵심 인물들을 권력승계과정에서 승진 배치했으며 대남공작을 총괄하는 정찰총국장인 김영철(상장)이 천안함 폭침을 주도한 것으로 밝혀 졌으나 그가 당 중앙군사위 위원으로 선임되어 세습권력 승계과정에서 군사력 장악의 반열에 서게 되었다는 사실에 주목하게 된다.

6, 김정일 부자의 세습체제는 당분간 분주한 결속의 변화를 거치면서 강성대국의 적화통일 원년으로 삼고 있는 2012년까지는 세습체제를 강화하려 할 것이다. 그러나 김정일의 갑작스런 사망의 급변사태로 인하여 위로부터의 권력 암투에 의한 급변사태가 우려되며 , 권력승계가 순조롭지 못할 경우 아래로 부터의 인민에 의한 내전(민란)도 예상할 수 있다. 여하튼 김정은이 권력을 완전히 장악하기까지는 순탄한 행로만은 아닐 것이다.따라서 세습체제의 정치집단이 정상화가 될 경우와 갑자기 붕괴될 경우의 두 가지 시나리오에 촛점을 맞춰 한반도 통일에 대비한 작계 5027과 작전.이념5029가 준비되어 있겠지만 더욱 경계해야 할 것은 북한이 적화통일 야욕을 버리지 않고 세습체제 확립과정에서 핵을 기정사실화 하며 강성 선군정치체제가 더욱 강화될 것으로 평가되는 점이다.

7, 조선중앙통신은 10월5일 김정일과 김정은이 노동당 창건 65주년(10월 10일)을 계기로 이뤄진 동부전선 강원도 안변의 미사일 기지로 알려진 851군부대의 협동훈련을 지켜봤다고 보도했다. 김정은이 첫 공개 활동을 시작하는 군부대 시찰에 실세가 총출동했다는 것이다. 이는 선군정치를 과시하려고 미사일 및 핵실험의 가능성을 나타내 보이는 징후이기도 하다.

김태효 청와대 대외전략 비서관은 10월5일 "북한 핵의 실체적 위협은 가속도로 진행돼 왔기 때문에 대단히 위험한 수준에 와 있으며, "북한이 핵탄두를 소형화해 실전배치했을 때 정확도와 관계없이 어마어마한 피해를 가져온다"고 말했다. 그는 김정은에 대해선 "권력 이양기에서 젊고 경험이 많지 않아 바깥세상에 대해 자신의 존재를 증명하고 싶은 욕구가 생겨 또 다른 모험이나 도발 유혹을 느낄 수도 있다"며 "그런 선택을 한다면 남북관계는 되돌릴 수 없을 만큼 중대한 시련에 빠 진다는 것을 사전에 인식시키는 것이 중요하다"고 말했다 한다. 청와대 대외전략 비서관의 가슴 섬뜩한 상황분석의 주장이다.

8, 한반도 통일에 드리워진 명암의 양면성은 지속적으로 작용될 것이다. 김정일 부자 세습체제에 위기사태가 초래되면 한반도 통일을 앞당길수도 있고 오히려 세습체제가 공고화 되면 통일이 지연 되는 양면성이 도사리고 있다. 따라서 남북통일의 문이 열릴수도 있고 오히려 통일의 문이 닫히는 동시에 적화통일의 전략 및 전술이 다양화될 수도 있을 것이다. 따라서 한.미 협력관계는 어느때 보다도 유기적 연합세력으로 발전되어야 한다. 또한 남북관계가 개선되고, 6자회담이 재개되어 한반도 비핵화를 실현하는데 주력해야 한다. 천한암 사태와 같은 무력도발은 두번다시 재발이 불가능하도록 한, 미 군사력에 의해 구체적인 제동장치가 마련되어야 한다. 반면에 김정일 부자 세습체제에 굴종하는 자세가 아니라 철저한 강온양면(强穩兩面)의 유연한 대북정책이 절실하게 요망된다.

결론을 맺고자 한다. 북한은 권력세습 이후에도 핵무기 보유를 절대로 포기하지 않고 대미(對美) 핵공갈을 치며 중국을 등에 업고 한반도적화를 위한 대남(對南)공작은 오히려 강화될 것이다. 또한 경제파탄을 극복하기 위해 개방.개혁을 시도하려 하겠지만 순조롭지 못할 것이다. 따라서 권력승계 과정에서 자승자박의 권력암투와 내분의 결과로 권력체제가 와해, 붕괴될 확률이 높다고 하지만 오히려 위기를 기회로 삼아 돌파구를 찾고자 도발을 불사할 수도 있다. 우리는 세습체제 붕괴만을 낙관적으로 보는 성급하고 안일안 판단의 함정에 빠질수 있다. 우리에게 유비무환의 대비태세는 어느때 보다도 절실하다.

그 대비책은 첫째, 김정일 부자 세습체제의 급변 상황에 능동적으로 대처하여 대응하는 것이다. 둘째, 남, 북간의 비대칭군사력을 극복하는 길은 우선적으로 한반도의 비핵화와 대량살상무기 확산 방지구상(WMD-PSI)의 관철이다. 세째, 6.25전쟁 발발 전후의 남로당(南勞黨) 성격에 유사한 반미, 친북 좌파세력의 발호(拔扈) 및 준동(蠢動)을 근절하는 것이다. 핵보다 더 무서운 것은 수많은 프락치들과 반국가적 종북세력이 우글대고 있기 때문이다.

김정일 부자세습체제의 선군정치는 지속적으로 남한을 적화하기 위해 전후방이 없는 동시 다발적인 정규전과 비정규전(테러,게릴라)의 배합에 의한 속전속결을 변함 없이 획책하려 할 것이다. 또한 기만적 위장의 민족주의와 평화주의를 내건 연방제통일을 계속 주장하며 김일성과 김정일이 이루지 못한 통일을 김정은이 꼭 실현하겠다는 망상을 하게 될 것이다 .따라서 이명박 군통수권자를 비롯하여 국군지도부와 장병들 그리고 온 국민들이 위기의식을 가지고 대비해야 할 안보태세 확립과 정신무장이 시급한 현실이다.

한반도 통일은 언제쯤
실현가능 할 것인가?
(독일 통일 20주년에 즈음하여)

(2010년 10월 3일)

우리나라의 개천절은 기원전 2333년 단군왕검이 최초 민족국가인 단군조선을 건국한 것을 경축하는 국경일이다. 오늘 10월3일 오전10시 제4342주년 개천절 행사가 세종문화회관에서 김황식 신임 국무총리 주관으로 뜻깊게 개최되었다.우리나라의 개천절인 1990년 10월3일 공교롭게 독일이 통일되어 20주년을 맞이하는 오늘이다. 독일 통일을 교훈으로 삼아 한반도 통일을 실현해야 하겠지만 언제쯤 실현될지 암담할 뿐이다. 필자는 통일부 통일교육전문위원과 행정자치부 민방위소양교육강사로 위촉되어 15년 이상 안보.통일 교육을 강단에서 강의했기 때문에 남달리 통일에 깊은 관심을 가지고 있다. 또한 '90년대 초에 통일독일의 무어진 베르린 장벽을 2차에 걸쳐 탐방을 했다(독일,이스라엘, 스위스, 영국, 스웨덴 등). 금일 독일 통일 20주년에 즈음하여 한반도통일을 전망해 보고자 한다.

1, 한반도는 지구상에서 유일하게 분단국가로 남아 있다. 중국과 대만은 분단국가로 보지 않고 분열국가로 부르게 된다. 그간 제2차세계대전 종전 이후 분단국에서 통일된 나라는 3개국이다. 첫째, 서독이 동독을 흡수통일한 독일통일(1990년), 둘째, 북베트남이 남베트남을 적화하여 통일한 베트남 통일(1975년), 세째, 남,북 예멘이 합의하여 통일했으나 4년만에 분열되어 북예멘에 의해 무력으로 재통일된 예멘통일(1994년)을 교훈으로 삼게 된다.

2, 베트남식 통일을 모방하여 북한이 무력적화통일전략과 통일전선전술로 대남공작을 줄곧 추진해 왔으며 병행하여 위장된 평화를 내 세워 연방제 통일을 획책해 왔다. 북한은 오른손에는 핵을 쥐고 왼손에는 평화의 깃발을

흔들며 한반도를 적화통일하겠다는 전략은 베트남 적화통일과 동일시 할수 있다. 오늘날 남,북한의 상황은 남, 북베트남의 상황과 국제적 환경의 여건 그리고 베트남의 통일직전의 불란서 파리화담과 한반도 비핵화를 위한 6자 회담 등 여러가지 변화되는 상황은 너무나도 베트남의 적화통일 과정에 유사하다는 사실이다. 이미 베트남이 적화통일 된 과정과 한반도 적화통일의 위험성은 쌍둥이 빌딩과 같으며 9.11테러에 묻어진 참혹했던 테러의 경고를 예시(豫視)해 주고 있다.

3, 독일 통일의 배경을 알면 알수록 한반도통일은 서독식의 통일이 어렵다는 사실을 발견하게 된다. 독일통일은 구 소련의 붕괴로 인해 동구권이 도미노식으로 붕괴되면서 동독인들의 자유를 갈망한 시대정신이 결정적으로 베르린 장벽이 문어지게 된 동기가 되었다. 독일통일의 촉매작용을 한 것은 첫째 서독의 동방정책의 경제,통신,교통, 문화 등 교류협력이 통일을 앞당기는 역할을 했다. 둘째,동구 공산권의 몰락에 기인한 엑소더스(exodus)이다. 세째 독일교회의 역할을 빼놓을 수 없다. 서독의 교회와 동독교회는 "분단의 벽을 넘는 연결 고리" 의 역할을 했다. 그러나 북한의 헌법에는 종교의 자유를 허용했지만 종교인을 탄압하고 있다. 기독교인을 처형하고 있으며 봉수교회와 칠골교회는 정치적 선전장이며 형식적인 예배가 있을 뿐이다. 남한의 종교 지도자들이 북한에 왕래하며 정치적으로 이용되어 북한을 지원하고 있다. 밑빠진 독(시루)에 물을 붓는 어리석은 행위일 뿐이며 사탄을 식별할수 있는 영안의 눈이 멀어 있기 때문이다.

4, 독일 통일을 한반도 통일의 모델로 삼아야 한다고 전문가들이 주장하고 있다. 한반도의 남,북 분단과 독일 분단은 같은 시기였지만 분단 과정은 다르다. 서독과 동독은 미.영,불, 소 에 의해 분단 되었고, 남,북한은 미, 소 에 의해 분단 되었다. 동,서독은 분단된 이후 전쟁이 없었으나 남, 북한 간에는 분단 5년후인 '50년 6월25일 동족간에 전쟁이 발발했다. 수도 서울이 두차례 인민군에게 점령되었고 3년1개월간에 피아간 250만명 이상 인명피해와 국토가 초토화 되었다. 이산가족 1천만의 한은 6.25전쟁 60주년을 맞이 했지만 아직도 가슴속에 응어리져 있다. 독일 통일이 20년이 되었지만 서독인들은 2등국민이라는 불만이 많고 구동독인의 공산세력 18만명 처벌

이 아직도 논쟁중이라는 기사를 읽으며 한반도통일의 어려움에 대한 걱정이 깊어졌다. 독일이 분단된지 41년만에 통일되어 20년이 지났는데도 그런 상황인데 한반도는 분단된지 65년이 되었지만 아직 통일을 이루지 못한 상태에서 남북한은 6.25전쟁으로 인한 냉전체제의 이념적 갈등과 이질화된 정치,경제,사회, 문화, 교육, 종교 등이 독일 통일 당시 보다 수십배 이질화되어 있어 동질화 되기가 어렵게 되었다. 그러나 통일을 포기할수도 없고 영구분단으로 방치 할수 없는 디렘마의 현실이다.

5, 그간 좌파 정권 10년간에 통일을 위한 소통의 문을 열어 놓았으나 북한에 유리한 종북적인 문을 열어 놓았다. 더욱 남한의 내부적인 남남갈등을 증폭시켰으며 친북 정치인과 종북세력은 고기가 물을 만난듯 자유롭게 북한을 왕래하며 활개를 쳤다. 이명박 정부의 중도실용적책으로 인해 아직도 반미,친북 좌파세력은 반정부 및 반국가적 행위를 자행하며 입법,사법, 행정 그리고 사회 각계각층에서 프락치들이 암약하고 있다. 천안함 폭침 사건을 북한의 소행으로 보지않고 의심하는 국민이 여론조사에서 30%가까이 된다는 사실은 충격적이며 통탄할 일이다. 이는 자유민주주의를 지향한 통일로 가는 길이 얼마나 험난한가를 증명해 주고 있다.

6, 예멘식 통일은 바람직할 것 같지만 합의통일('90년)이 된지 4년만에 내전이 일어나 분리선언을 한후 다시 북예멘에 의해 무력으로 재통일('94년)이 되었다. 어찌보면 한반도의 남,북한 통일의 전망은 예멘식 통일의 형태로 발전될 위험성을 내포하고 있다. 그러나 예멘식 통일은 일시적인 통일을 한 후에 다시 분열되어 북예멘의 무력전쟁으로 재통일이 된 사례이다. 남,북한 간에 합의된 통일을 이룬다는 것도 요원하지만 설사 통일이 된다 하더라도 다시 분열되어 무력에 의한 재통일이 된다는 가정을 해 볼때 예멘통일식 방법은 일시적인 통일을 한다 해도 다시 무력전을 감수해야 하는 통일은 바람직 하지 못하다.

7, 이명박 대통령은 금년 8.15 경축식에서 평화공동체와 경제공동체, 민족공동체로 이어지는 평화통일의 3단계 방안을 내놓고 "남북의 평화공동체를 구축하려면 무엇보다 한반도의 비핵화가 이뤄져야 한다"고 강조했다. 또한 통일세의 필요성을 언급했다. 그간 남,북한이 "화해 .협력"을 실현하

지 못한 상태에서 "평화공동체" 를 구축한다는 것은 이론적인 통일 정책일 뿐 현실적으로 성취될 가능성은 희박하다.그러나 한반도의 비핵화가 무엇보다도 우선되어야 한다. 북한은 김정일 부자세습을 가시화하면서 국제사회에 던진 첫 마디는 핵무기 강화였다. 세습체제가 공고히 될수록 통일이 멀어진다는 사실은 분명하다. 오직 김정일 부자 세습체제가 와해되어 붕괴될 경우에 있을 G2에 의한 분단의 현상유지 또는 작계5029에 의한 통일이 기대되는 양자택일이 있을 수 있다.

결론을 맺고자 한다. 오늘 독일 통일 20주년에 즈음하여 한반도통일이 어느때 보다도 절실해 진다. 한반도의 남북 통일은 상대적으로 북한이 변하지 않으면 통일은 불가능하다. 그러나 김정일 부자 세습체제는 붕괴될 불안요인도 있지만 체제가 튼튼해져 선군정치가 강경정책으로 선회하면 통일은 어렵게 될 것이다. 그러나 주변 강대국의 역동적인 국제 정치 및 군사력의 작용은 통일에 촉매작용을 할수 있다. 현실적으로 한반도 주변4강세력의 미묘한 자국 이익의 줄다리기로 인해 남북통일을 위한 가시적인 작용을 기대 할수 없다. 단 G2의 Pax America와 Pax Cinica의 양대 지배 세력의 협력 또는 충돌에 의해 한반도의 통일이 좌우 될수 밖에 없다.

끝으로 바라건데 이제 우리 후대에 수난의 역사를 대물림하지 않도록 궁여지책으로 나마 스위스와 같은 한반도 영세중립국을 고려할 때가 왔다고 판단된다. 먼저 한반도의 분단상태에서 북.중의 지리적 순치관계와 혈맹관계를 지혜롭게 극복해야 한다. 그리고 주변 강대국으로 부터 피해를 입었던 과거와 같은 역사적인 지정학적 림랜드(Rimland,주변지역)의 전략기지, 전초기지. 교두보, 디딤돌, 발판, 관문 등의 수모적 역할에서 탈피해야 만 한다. 어느 때 보다도 한반도 통일에 영세중립국 건설의 필요성이 절실해 졌다. 따라서 주변강대국의 물리적 힘의 외세에 의존하지 않고 오직 UN을 통하여 영구적인 평화적 통로를 마련해야 한다. 우선적으로 남,북한 간에 상호 실체를 인정하고 신뢰를 회복하여 민족적 자존의 위상을 높이며 통일 역량을 총결집해야 할 필요성을 절감하게 된다.그러나 김정일 부자 세습체제를 그대로 두고는 영세중립국은 남가일몽(南柯一夢)에 불과 할 것이다.

탈북자의 정착을 위한 정치적 배려가 시급하다

(탈북자들의 제3국 "위장망명"을 바라보며)

(2010년 9월 30일)

한국에 들어오는 탈북자들이 매년 크게 늘고 있다고 한다. 통일부에 의하면 지난해 1년간 약 3000명이 입국했고, 한국 국적을 취득한 탈북자(새터민) 수가 2만 명을 돌파할 것으로 보고 있다. 이들 중 적지 않은 수가 미국·캐나다 등 북미 국가나 영국·프랑스·네덜란드·노르웨이·스웨덴 등 유럽 국가 또는 호주·뉴질랜드 등 대양주 국가로 떠나고 있다는 것이다. 한국의 국적을 숨긴 채 현지에서 망명을 신청하거나 불법 체류를 하면서 새로운 삶의 기회를 엿보고 있다는 것이다. 탈북자 2만명 시대의 골치아픈 어두운 그림자가 대한민국의 국위를 국제적으로 실추시키고 있다.

최근 한국의 국적을 취득한 탈북자(脫北者)들의 제3국 "위장망명"이 외교 문제로 번지고 있다는 소식이다. 외교통상부 자료에 따르면 지난 2004년 이후 영국에서 망명을 신청한 탈북자가 1000여 명이고, 그중 약 70%가 한국의 국적 소지자라고 한다. 영국 정부가 이들에 대한 송환 대책 마련을 한국에 요구하면서 외교 문제로 떠올랐다는 것이다. 위장망명으로 확인된 탈북자 20명이 노르웨이에서 강제 추방된 사례도 있다. 오도가도 못하는 처지가 된 한국의 국적 탈북자가 영국과 노르웨이 두 나라에서만 약 600명에 이른다는 것이 외교부 추산이다.

남한 사회에 뿌리를 내리지 못하고 제3국으로 도피하는 새터민들이 그만큼 늘고 있는 것이다. 국제적으로 수치스러운 모습을 그대로 방치할수 없는 정부차원의 풀어야 할 과제이다.

탈북자들의 정착에 필요한 주거·취업·교육·의료 혜택 등 각종 지원에도 불구하고 한국을 등지고 떠나는 것은 남한 사회에서 희망을 발견하지 못했기 때문일 것이다. 15세 이상의 탈북자 취업률이 44.9%에 그치고 있고, 그것도 일용근로자 등 단순노무직이 절반에 가까우며 기초생활수급자가 전체의 60.2%에 이른다는 통계는 이들의 힘든 현실을 말해 준다. 하지만 더 큰 고통은 탈북자들에 대한 우리 사회의 부정적 인식이다. 많은 탈북자들이 직장이나 학교에서 이주(移住) 노동자들 보다 못한 "3등 시민"이라는 열등감에 시달리고 있다. "같은 동포보다는 차라리 외국인에게 차별받는 게 낫다"며 제3국행을 결심한 탈북자들도 적지 않다고 한다.

일부에선 제3국행 탈북자들을 국민 혈세로 각종 혜택은 혜택대로 누리고 나서 훌쩍 떠나는 몰염치꾼이라고 몰아 붙인다. 그러나 그들을 탓하기 전에 과연 우리 사회가 그들을 따뜻한 혈육의 정으로 보듬는 노력을 했는지부터 겸허하게 반성하는 것이 먼저일 것이다. 물론 새터민들도 탈북 과정에 생사의 고비를 수없이 넘나들며 온갖 어려움을 견뎌낸 그 의지와 각오로 남한 사회에 정착하고 동화하려는 노력을 했을 것이다. 그러나 한국의 품을 떠나 해외로 "위장망명"의 길을 택한 새터민을 탓하기 전에 정부의 새터민을 위한 지원정책의 허술한 문제점을 지적하지 않을 수 없다.

북한 동포들을 위해 정부에서 각종 인도주의적인 대북지원을 해 왔으며 종교 및 민간단체에서 식량, 의료,생필품 등 각종 지원을 직,간접적으로 많이 했다.

지난 좌파정부 10년간에는 굴종적 자세로 퍼주기 대북지원을 했다. 그간의 대북지원은 핵개발을 비롯하여 대량살상무기와 미사일을 만드는데 자금을 공여한 성격으로 대북지원이 이루어져 지탄을 받고 있다. 개성공단 및 금강산 관광을 통한 경제적 지원은 통일지향적 측면에서 큰 성과가 없었다. 1998년 부터 실시된 역사적인 금강산 관광이 2008년에 중단(10년간:195만 명 관광)되었고, 북한의 천안함 격침 만행 이후 개성공단에도 남북간에 긴장국면에 접어 들기도 했다.

이러한 남북관계의 긴장된 정국에 탈북자들이 한국에 정착하지 못하고 계속적으로 "위장망명"이 지속된다면 심각한 국제적인 문제인 동시에 국내에서 탈북자들로 인해 국가안보 및 정치적 갈등과 혼란의 불씨가 될 수도 있다. 북한 동포를 인도주의적 차원에서 쌀을 지원하고 있지만 우선적으로 탈북자들에게 주거대책과 충분한 식량지원을 하여 정착할수 있도록 해야 한다. 또한 개성공단 못지 않은 탈북자들을 위한 자활공단을 한국에 건설하여 일자리를 만들어 주어야 한다. 그리고 탈북자들이 조기에 적응하도록 "하나원" 뿐 아니라 각종 교육 시설(학교교육: 유소년, 사회교육:청장년)을 건립하여 그간 60년 이상 이질화된 역사,이념,언어,문화,습관 등 을 체계적으로 순화(馴化)시켜 정신,문화적으로 동질화시켜야 한다. 밑빠진 독(시루)에 물 붓듯이 대북지원을 하는 것 보다 우선적으로 탈북자들이 정착할 수 있는 지원정책을 실효성 있게 수립하여 시행하는 것이 통일의 첩경이 될 것이다.

탈북자들을 편견으로 백안시하고 무시하며 왕따시켜서는 안된다. 국가에서 애써 받아들인 탈북자들은 한국의 국적을 취득한 시민이다. 그들을 잃는 것은 국가적으로도 큰 손실이다. 남북한 양쪽의 정치 및 생활을 직접 체험한 탈북자들은 통일 시대에 남북 통합과 화합에 큰 역할을 할 수 있는 소중한 자산이 된다. 탈북자들을 잘 감싸 안아 장차 통일의 역군으로 육성하겠다는 발상의 대 전환이 필요하다. 그러나 반국가적 이적행위를 조성할 수 있는 위장간첩이 없는지의 철저한 내사는 불가피 할 것이다.

탈북자들은 무엇보다도 생활 안정이 없이는 정착이 불가능하다. 따라서 탈북자들의 일자리는 우선적으로 고려되어야 한다. 탈북자들을 외면하면서 기업체에서 해외 인력을 무차별 받아들여 고용하는 것은 민족적 차원의 양심에도 떳떳치 못하다. 중소기업체에서 탈북자들을 의무적으로 고용하여 숙련공이 될 때까지 일정액의 보수를 정부에서 지급하는 제도가 마련된다면 중소기업 육성책에도 한 방편이 될 것이다.

끝으로 바라건데 이명박 정부는 "공정한 사회","친서민정책"의 일환으로 대북지원정책 보다 탈북자 지원정책이 우선이라는 사실을 절실하게 체감했으면 한다. 그래서 최근 국가적으로 "위장망명"이라는 국위 손상을 반성의 계기로 삼아 국가 통일정책에 반듯이 탈북자 지원정책이 수립되어야

한다. 탈북자 정책은 독일 통일시 베르린장벽이 무어지면서 일시에 13만명
이 엑스도스(exodus)의 서독행을 감행하여 결국 동독이 서독에 흡수통일
된 교훈을 거울 삼아야 한다. 그리하여 일시에 많은 탈북자가 몰려 올 것에
대비하여 적극적으로 수용할 수 있는 3단계의 단기.중기.장기 계획을 통일
지향적 거시적인 안목으로 완벽하고 치밀하게 수립하여 시행되기를 간절
히 바란다.

군가산점제의 성차별 논란에
냉소를 금할수 없다
(군가산점제, 성차별 논란을 보며)

(2010년 9월 25일)

대한민국 헌법은 모든 국민은 국방의 의무를 진다고 규정하고 있다. 단 병역(兵役)은 대한민국 국민인 남자의 의무다. 그리고 현역복무를 마치면 전역하여 예비역의 역종(役種)으로 신분이 바뀐다.

군가산점제(軍加算點制)는 전역 군인이 공직이나 공기업, 일정 규모 이상의 민간 기업의 채용시험에 응시할 경우 필기시험 과목별 만점의 5%를 가산해 주도록 한 1961년부터 시행된 제도이다. 그러나 1999년 12월23일 헌법재판소는 현역 군필자에게 가산점을 부여하도록 한 제대군인지원법 제8조 1 · 3항 등에 대한 헌법소원 심판사건에서 위헌 결정을 내렸다.

그러나 최근 군가산점제 부활을 위해 국회에서 논의가 이루어지고 있어 여성계에서 반대의 의견이 제기되고 있다. 더욱 남녀 법학자들 간에도 아전인수적인 상반된 주장이 엇갈리고 있어 냉소를 금할 수 없다.

필자는 법학을 전공하지 않았고 천학비재(淺學菲才)하지만 법전(法典)을 펼쳐 보며 군가산점제의 문제점과 논란이 되고 있는 성차별 여부에 대해 살펴 보기로 한다.

1 헌법재판소에서 10여년전 위헌결정된 군가산점제도가 다시 국회에서 논의되어 입법조치가 된다면 헌법재판소의 위헌결정이 잘 못된 결과의 소치로 헌법재판소의 권위가 실추되지나 않을지 기우를 하게 된다. 그러나 오늘날 만연되고 있는 각종 병역면탈 및 병력기피의 예방적 처방의 차원에서 군가산점제 부활의 필요성은 입법조치의 충분조건이 될 것이다.

2, 헌법 제39조 제1항에 "모든 국민은 법률이 정하는 바에 의하여 국방

의 의무를 진다". 제2항에 "누구든지 병역의무의 이행으로 인하여 불이익한 처우를 받지 아니 한다"라고 명시되어 있다. 그러나 "모든 국민"은 남녀가 포함된 포괄적 개념으로 해석되고 있으나 여성은 국방의 의무를 수행하지 않도록 되어 있다. 제1항에 남녀 성차별이 없도록 명문화되어 있으나 제2항에는 성차별에 의해 남자는 병역의무의 복무기간으로 인해 불이익을 당하게 되는 모순이 있다.

3, 병역법 제3조 제1항에 "대한민국 국민인 남자는 헌법과 이 법이 정하는 바에 따라 병역의무를 성실히 수행하여야 한다. 여자는 지원에 의하여 현역에 한하여 복무할 수 있다". 제2항에 "이 법에 의하지 아니하고는 병역의무에 대한 특례를 규정할 수 없다"라고 명시되어 있다. 헌법에는 모든 국민에게 국방의 의무를 부과 하고 있으나 병역법에는 남자에게만 병역의무를 부과한 것은 병역법 자체가 남성에게 불리한 남녀 성차별을 규정한 것으로 해석 된다.

4, 1999년 헌법재판소가 군가산점제에 위헌 결정을 내린것은 헌법과 병역법의 명문규정을 소홀히 다루어 위헌결정을 내린 것으로 보아 진다. 그 이유는 첫째로 헌법제11조 제1항에 "모든 국민은 법 앞에 평등하다"는 "국민의 평등" 즉 남녀평등을 중시했고, 둘째로 헌법 제32조 제4항에 "여자의 근로는 특별한 보호를 받으며 고용, 임금, 및 근로조건에 있어서 부당한 차별을 받지 아니 한다"라는 조항에 비중을 두어 위헌결정을 내린 것 같다. 그러나 제5항에 "국가유공자, 상이군경, 및 전몰군경의 유가족은 법률이 정하는 바에 의해 우선적으로 근로의 기회를 부여 받는다"라고 명시되어 있다. 따라서 제대군인지원법 제8조 1· 3항 등의 군가산점에 대한 법적조치에 대한 위헌결정은 적절치 않은 것 같다.

5, 군가산점제도가 여성의 평등권이 침해된다는 것은 법적으로나 논리적으로 타당성이 결여된다. 남녀평등을 주장한다면 여성도 남성과 같이 동등하게 병역의무를 수행해야 한다. 그러나 여자는 병역법에 병역의무의 대상에서 제외되어 있으며 지원자에 한하여 현역에 복무할 수 있도록 되어 있다. 따라서 남녀평등을 내 세워 군가산점제의 부활을 반대하는 것은 억지주장이며 명분이 서지 않는다.

6, 남성 대부분이 제대군인에 해당하므로 가산점제도는 실질적으로 성별에 의한 차별'이라는 주장은 타당치 않다. 현재 3군사관학교를 비롯하여 여성들의 군복무 희망자가 증가하고 있다. 이스라엘은 남녀가 동등하게 국방의 의무를 수행하고 있다. 우리나라도 언젠가는 남자의 징집대상자가 부족하여 여성에게도 병역의무를 부과해야 할 때가 올수 있다. 그때는 군가산점제의 논란이 있을 수 없다. 국가 유사시에 재소집이 되어야 하고, 생명을 바쳐야 하는 현역 복무자와 비현역 복무자를 동일시 한다면 그 자체에 불평등의 소지가 있다. 그래서 현역 복무자였던 제대군인에 대한 예우차원의 일정 가산점제는 타당한 것이다.

7, 제대군인지원법은 남성에 국한된 것이 아니라 "모든 제대군인"에게 가산점을 부여하도록 규정되어 있다. 따라서 여성의 현역복무자에게도 남성과 동일하게 적용되는 것이다. 국가유공자에게 가산점을 부여한다고 하여 여성을 차별한다고 말할 수 없을 것이다. 단적으로 말하면 여성도 전부 현역에 복무하던가 그렇지 않으면 제대군인의 가산점제에 피해의식을 가지지 않던가 양자택일을 해야 한다. 오히려 모든 국민은 국방의 의무를 수행하도록 되어 있으나 남성만의 병역의무에 대한 남녀 불평등을 주장하며 남성측에서 헌법소원을 제기할수도 있을 것이다.

결론을 맺고자 한다. 남녀의 성별에 의한 차이는 신체의 구조 및 생리현상을 비롯하여 체력, 정신력, 성격, 판단력, 투지력, 지구력 등이 남성에 비하여 뒤떨어지는 현격한 불평등 요소가 있다. 동물에 비유하면 남성은 사나운 성질의 사자와 같고 여성은 순박한 양과 같은 기질이 있다. 그래서 여성은 유사시 전쟁에 필요한 전투요원의 군인에 조건이 미흡한 점이 많다. 그래서 여성이 남녀평등을 주장하며 현역에 복무하겠다면 모르지만 제대군인에게 가산점을 주는데 대해 인색하게 생각할 필요는 없다. 또한 남성은 현역에서 전역하여 예비군 및 민방위의 사명도 수행해야 한다. 국토방위가 남성의 전유물인 것 처럼 남성들이 불평등의 처우를 받고 있다는 사실을 여성들이 이해한다면 가산점제에 불만이 있을 수 없다. 단 보충역, 제1. 2국민역 그리고 병역특례 해당자는 가산점제에서 제외 되어야 한다.

　군가산점제가 부활될 경우 가산점을 종전의 5%에서 3%로 하양조정하는 것이 타당할 것 같다. 모든 시험에 동일 점수를 얻은자가 많이 나타난다. 기업체의 채용 시험결과의 체점점수가 1점 차이라도 채용여부에 결정적인 영향을 미치게 된다.

　그래서 남성의 양보의 미덕인 1%와 여성의 애정의 포용력인 1%가 합산된 2%를 양보하여 3%의 가산점으로 타협을 이룬다면 군가산점제의 논란의 문제점은 해소되며 남녀 성차별의 갈등은 분명히 살아질 것이다.

남북 이산가족 상봉이 적화전략으로 악용돼서는 안된다
(북한의 추석맞이 이산가족 상봉 제의를 보며)

(2010년 9월 22일)

2010년 9월22일 오늘은 중추절의 추석 한가위로 민족 최대의 명절날이다. 연휴의 첫날부터 고속도로는 고향을 찾는 귀성승용차로 장사진을 이루고, 고속버스 터미날과 열차 대합실은 선물꾸러미를 든 귀성인파로 붐비고 줄서 차 타기에 바빴다. 그러나 북한에 고향을 두고 가지 못하는 이산가족이 많이 있다. 그래서 매년 臨津閣 望拜壇에서 북쪽을 바라보며 祭祀를 드리는 모습을 볼수있다.

지난 60년전 6. 25동족상잔의 역사적 비극으로 인해 당시 남북한 총인구 3천만명 가운데 3분1에 해당하는 1천만명의 이산가족이 발생했다. 금년 추석에도 이산가족의 심리적 아픔의 통증이 어김없이 나타나고 있다. 북한에 고향을 둔 실향민은 가족단위 보다는 가족의 일부 또는 혈혈단신(孑孑單身)으로 남하하여 부부간, 부자간, 형제간에 헤어져 쓸쓸하게 홀로 살아온 이산가족이 많다. 그래서 전쟁의 잿더미에서 실향민들이 악전고투하며 고통을 이겨냈기 때문에 누구보다도 생활력이 강한 정신력으로 인하여 경제계, 정치계, 법조계, 학계, 문화계, 종교계, 의료계 등 모든 계층에 많은 지도자들이 배출되었다. 그러나 이산가족이 많이 세상을 떠났고 상봉을 기다리는 노령에 접어든 노인들이 안타까울 뿐이다. 오직 "고향이 그리워도 못가는 신세"가 되어 가슴에 한의 못을 박은체 눈을 감아야 하기 때문이다.

필자는 북한에 고향을 둔 실향민이 아니지만 남한의 초야에서 태어나 중학교 2학년 때 여섯살 위의 형이 6. 25전쟁으로 인해 행방불명이 된 이산가족이기도 하다. 그래서 한(恨)많은 6. 25전쟁을 되돌아 보며 전쟁을 도발한 원흉을 지탄하게 된다. 그러나 아이러니하게도 6. 25전쟁과 분단의 역사로 인하여 장교의 몸으로 젊음을 국가에 몽땅 바쳤고, 전역하여 통일부 통일교육전문위원으로 위촉받아 15년간 통일교육에 전념하며 "안보와 통일"을 위해 강단에서 역설하기도 했다. 이제 한반도의 분단된 현 사태를 살펴보기로 한다.

한반도 비핵화를 위한 6자회담이 다시 속개되어 북한의 핵무기는 반듯이 폐기되어야 한다. 그리하여 핵무기와 대량살상무기 그리고 미사일에 의한 비대칭군사력의 위협에서 벗어나고 남북상호불가침의 약속으로 평화가 보장되어야 하며 우선적으로 3通(通信, 通行, 通商)이 이루어져야 한다. 남북통일로 가는 기본적인 첫걸음이 3통이기 때문이다.

남북 이산가족간의 통신과 통행이 불가능한 상태에서 극소수의 이산가족상봉은 적화전략적인 통일전선 전술에 말려드는 상태에서 우리에게는 일시적인 동족방뇨(凍足放尿)의 결과를 초래할 뿐이다. 그러나 이산가족 상봉을 결코 반대하는 것은 아니다. 북한으로 부터 이산가족상봉이 악용되지 않도록 철저히 대비하며 남북 이산가족간의 통신이 우선적으로 가능하고 경제적 교류를 위해 통상의 문이 열리게 하자는 것이다. 그간 염원했던 통신, 통행, 통상을 차치하고 이산가족상봉의 배경을 살펴보면 안타까울 뿐이다.

1964년 도쿄 올림픽 당시 북한 육상선수 신금단씨와 남측의 아버지 신문준씨의 만남을 최초의 이산가족 상봉으로 볼수 있다. 아버지 신씨는 1951년 1·4 후퇴 때 헤어진 딸의 올림픽 참가 소식을 접하고 도쿄로 날아가 북한 선수단이 도쿄를 떠나기 직전 7분간 극적으로 딸을 만났다.

남북 이산가족 상봉의 역사는 1985년 9월로 거슬러 올라간다. 그해 8월 열린 제8차 적십자 본회담 3차 실무접촉에서 남북은 광복 40주년을 계기로 이산가족 고향방문과 예술공연단 교환방문을 실시하기로 합의했다. 이에 따라 양측 고향 방문단이 9월 20일 오전 9시 30분 판문점을 동시에 통과해 3박4일 일정으로 평양과 서울을 교차 방문했다.

본격적인 이산가족 상봉은 2000년부터 이뤄졌다. 6·15 남북공동선언에 따라 2000년 8월 15일 이산가족 방문단 교환이 이뤄졌고 지금까지 모두 17차례의 대면상봉과 7차례의 화상상봉이 이뤄졌다. 지난 2000년 남북

정상회담 이후 직접 상봉 및 화상 접촉 등을 통해 이산가족 상봉을 한 수는 20,800명 수준이다.

그간 북한은 화폐개혁 이후 경제파탄에 직면한 사태에 설상가상으로 수해를 입게 되자 쌀과 장비를 지원해 줄 것을 제의해 왔다. 우리 정부는 인도주의적 측면에서 장비를 제외한 쌀 5000톤을 지원했다. 그러나 북한 당국은 "대한적십자사가 보내는 쌀 5000톤을 무상으로 지원했지만 유상으로지원했다고 왜곡까지 하며 북한 주민 하루분의 쌀도 안된다고 불평하며 흥분을 했다. 이는 과거 정부 때 받던 수준을 기대했다가 실망이 컸기 때문이었다. 왜냐하면 김대중·노무현 정부 시절 북한은 매년 30만~40만t의 쌀을 받았기 때문이다. 북한 당국자는 "천안함 사태에 대한 사과 한마디면 대규모 지원도 하겠다는 게 우리정부 입장인데 북한이 쉬운 방법을 놔둔 채 꼼수를 부리고 투정을 부리는 것이다. 속된말로 말하면 "상종을 못할 깡패집단"이며 "악마의 세력"이라는 사실이 분명히 들어났다.

이명박 정부의 대북정책의 기조에 따라 좌파정부10년간의 퍼주기 대북정책에 차별화된 상태에서 2년간 김정일의 입맛에 맞지 않는 소극적 대북정책이 지속되었다. 그러나 3월26일 북한 소행의 천안함 격침사건으로 남북관계는 위기촉발의 사태가 벌어졌다. 오늘날 까지 북한은 사과를 회피하며 발뺌을 할 뿐아니라 전쟁도 불사하겠다는 엄포를 노았다. 그간 금강산 관광객(박왕자, 53세)피살사건(2008. 7. 11)의 사과는 고사하고 진상규명을 거부하게 되자 금강산 관광이 중단된 상태에서 남한에 재산권이 있는 금강산 면회소를 북한이 몰수한다는 일방적인 선언을 했다. 또한 개성공단에서 우리 기업인들이 일시적으로 일부 철수하는 등 남북관계는 초긴장사태에 돌입했었다.

그러나 지난 9월10일 북한 조선적십자회가 추석을 맞이하여 전격적으로 이산가족의 상봉을 제의해 왔다. 북한의 이산가족 상봉의 전격 제안은 추석(22일)이 며칠 남지 않아 성사되기 쉽지 않은데도 불쑥 전략적으로 추파를 던진 것이다. 우리 통일부에서는 이산가족상봉을 정례화하자고 화답을 했으며 이산가족상봉은 불가피 하게 되었다. 그러나 종전과 같이 김정일을 찬양하고 선전하며 적화통일의 기반조성을 위한 이산가족상봉이라면 통일부는 심사숙고해야 한다.

김정일은 지난 8월25일 야밤에 전용 열차편으로 압록강을 극비리에 건너 지린을 거쳐 27일 창춘에 도착하여 중국 최고층의 영빈관 난후(南湖)호텔에서 휴양차 동북3성에 체류중인 후진타오 주석과 김정일은 정상회담을 갖었다. 김정일은 경제적 유. 무상 지원을 약속 받아야했다. 또한 김정은으로의 권력승계를 사실상 공식화하기 위하여 "차기 지도자"를 확실히 소개하는 한편 중국과의 혈맹을 극대화하는 이벤트를 연출했다.

지난 9월21일 평양중앙방송은 권력승계를 위한 후계구도의 마무리를 위해 주체 99년 9월28일 혁명의 수도 평양에서 44년만에 당대표자회를 개최하겠다고 밝혔다. 김정일의 3남 김정은에게 권력승계를 위한 후계구도의 마무리일 것으로 판단된다. 김정일의 선군정치, 강성군사집단이 붕괴된다면 한반도에 몰아칠 혼란은 불가피할 것이다. 따라서 북한의 권력승계가 순조롭게 이루어지고 개방. 개혁의 문이 열려야 한다.

오늘 추석 한가위 명절을 맞이하여 간절히 바라건데 김정일의 권력승계 과정에서 피를 흘리는사태가 없어야 하며, 김정일의 사망으로 인한 혼란이 초래되지 않기를 바라는 동시에 한반도 비핵화가 조속히 해결될 수 있기를 간절히 기원한다. 그리하여 북한의 무력적화통일이나 연방제적화통일을 위한 북한식 민족주의를 내 세운 위장된 전략,전술과 정전협정체제를 와해시키려는 평화협정의 공세에 말려들거나 속지 않도록 철저히 대비해야 한다.

오직 이명박 정부가 6자회담 및 대북관계에 이니시어티브(Initiative)를 장악한 상태에서 남북협력관계가 이루어 지고, 진실한 자유, 민주, 복지, 평화를 전제로 한 남북관계가 정상화된다면 남북통일의 문이 비로소 빗장이 풀리고 이산가족상봉의 소원은 저절로 순조롭게 성취될 것이다.

병역의무의 경시는 국가안보를 위해롭게 한다

(김황식 총리 후보자의 병역면제를 바라보며)

(2010년 9월 20일)

대한민국 국민의 4대의무(교육, 근로, 납세, 국방)중 중요한 의무는 납세와 국방의 의무이며 국방의 의무는 국가 안보와 직결되기 때문에 가장 중요한 최우선적인 의무이다.

그간 역대 정권의 정치인 및 고위공직자들의 병역의무 미필자에 대한 국민들의 원성과 지탄은 끊이지 않았다. 그러나 이명박 정부가 출범한 후 들어난 고위 공직자들의 병역의무 미필의 빈번한 노출과 각종 병역면탈 그리고 온갖 병역기피를 위한 다양한 수법의 추태는 도를 넘고 있다. 그 배경과 실상을 살펴보기로 한다.

1, 이명박 대통령의 병역미필은 국민들의 선거를 통해 당선된 대통령이기 때문에 재론할 필요가 없다. 그러나 청문회에서 병역미필에 논란이 된 각료들이 많았지만 일부 각료후보자들은 여러가지 부적격사유로 낙마했을 뿐 대부분 병역문제는 논란만 무성하다가 어물쩍하게 넘어 갔다. 그간 정운찬 전 국무총리, 안상수 한나라당 대표, 원세훈 국정원장 그리고 여.야 정치인들, 고위공직자들의 병역면제 실상을 보면서 뜻있는 국민들은 짜증을 낼 정도다.

2, 병무청은 지난 '99년부터 공직자와 선출직의원등에 대한 병역사항을 공개하고 있다. 제17대 국회의원의 병역의무 이행율이 75. 9%였으나 제18대 국회의원은 81. 9%로 6. 0%높은 것으로 나타났다. 제18대 국회의원 본인 258명중 47명이 병역면제를 받았으며 이를 사유별로 보면 질병25명, 수형9명, 고령5명, 장기대기6명, 신체체중1명, 생계곤란1명 등의 병역면제

자로 밝혀 졌다. 법적으로는 하등의 문제점이 없겠지만 국민들이 이해하려 해도 면제사유에 고개를 꺄우뚱하게 되는 것이다.

3, 병역면제자는 충분한 면제사유가 있어야 하며 법적으로 하등의 위법 사유가 없어야 한다. 그들 대부분은 법적으로 하자가 없이 법망을 교묘히 탈피하게 된다. 정운찬 전 총리는 미국에 유학하여 나이가 많아 최종적으로 면제되었다. 개인의 학구열이 병역의무면제의 방편이 된 결과였다. 아주 현명한 병역면탈의 수법이었다. 김황식 총리후보는 1972년 부동시(不同視:양쪽 눈의 시력이 다름)로 병역을 면제받았다고 한다. 2008년 감사원장 청문회에서 이미 검증을 받았지만 다시 청문회에서 뜨거운 감자가 될 것 같다. 양쪽 눈의 부동시로 병역을 면제 받을 정도라면 어떻게 책을 읽으며 고시공부를 했고 그간의 화려한 경력을 유지 했는지 궁금하다

그간 병역면제자로 지탄의 대상이 되었던 정운찬 총리의 후임이 될 김황식 총리후보자 마저 병역면제자로 청문회의 대상이 되고 있어 안타깝다.

4, 병무청에 따르면 군에 입영하려고 시력 수술한 재미학생이 소개 되었다(8월9일) 그는 중학교 3학년때인 2004년 미국으로 유학을 가서 영주권자가 되었으나 2008년 징병검사 당시 시력 미달로 4급보충역 판정을 받았다. 그러나 입영을 위해 시력수술을 한 재미 대학생 조재영군 같은 애국적인 학생도 있다.

세계적인 피아니스트 이루마는 영국의 시민권을 포기하고 해군에 입대하여 병역의무를 마쳤다. 그 외에도 유학생들이 종종 해외시민권을 가지고 병역의무를 다 하고 있다. 금번 청문회에 설 김황식 총리후보는 병역면제에 일말(一抹)의 양심에 가책이 있었으면 좋겠다.

4, 이회창 자유선진당 대표가 지난 제16대 대통령 후보시에 낙선의 고배를 마시게 된 원인에 복합요소가 있었지만 결정적인 영향을 미친 것은 두아들의 병역면제가 작용되었다. 그러나 이명박 대통령은 당시 대통령 후보시에 본인이 병역면제자였지만 투표에 그다지 나쁜 영향을 받지 않았다. 그이유는 국민들이 좌파정권 청산에 초점을 맞췄기 때문이다. 오늘날 청와대는 이 대통령의 병역미필에 면죄부를 받은 것으로 착각을 하고 있는 것 같다. 그래서 병역의무에 대한 중요성을 망각하고 병역의무의 경시 풍조가 만

연되고 있는 경향이 그간의 청문회에서 입증되었다. 또한 김황식 총리 후보자도 도마에 오른 한 실례가 되고 있다.

4, 고위층의 병역면제자들이 득실거리고 있는 가운데 병역면탈 또는 병역기피를 위한 수법도 다양해 졌다. 그간 부잣집 어머니는 미국에 원정 출산하여 미국시민권을 취득하여 병역을 원천적으로 면탈하고, 많은 재벌가 및 고위층의 자제들은 각종 수법으로 병역을 면탈한 사례가 빈번했다. 그래서 유전무죄 무전유죄(有錢無罪, 無錢有罪) 또는 유전면제 무전입영(有錢免除, 無錢入營)이라는 용어가 유행되기도 했다. 최근에 가수 MC몽은 허위사유로 입영을 5회나 연기했다. 1998년 첫 신체검사에서 치아가 정상이어서 1급 현역 판정을 받았지만 2007년엔 이 12개를 뽑은 뒤 치아 기능 점수 미달로 면제 판정을 받았었다. 경찰은 그 중 4개가 일부러 뽑은 것이라고 밝혔다. MC몽의 사례는 너무나 어처군이 없는 통탄할 일이다.

5, 브레이크댄스를 추는 비보이 등 11명도 병역을 기피한 혐의로 입건됐다. 이들은 어깨를 무리하게 움직이는 춤 동작을 반복하고 10kg짜리 스피커를 들었다 놨다 하는 수법으로 어깨를 탈골시켜 공익요원 판정을 받았다고 한다. 또한 프로스포츠 선수들이 자기 몸을 불구로 만들면서까지 병역을 피해보려는 사건이 종종 있었다. 즉 야구선수가 고의로 어깨뼈를 탈골시키고, 축구선수가 무릎뼈를 고의로 수술하기도 했다. 심지어 군대 가기 싫어서 금메달을 땄다는 해괴망칙한 망발을 늘어 놓기도 했다. 그래서 체육계에서는 올림픽 또는 국제경기에서 메달을 따면 병역특례의 혜택을 주자고 다반사로 거론하고 있다. 이러한 풍조는 망국적인 발상으로 병역의무에 대한 몰상식한 인식의 소치이다.

6, 국내 여호와의 증인은 종교적 양심을 빙자하여 군대에 가기를 회피한다. 그리하여 집총을 거부하고 애국가 부르기를 싫어하며 국기에 대한 경례를 외면한다. 이러한 여호와의 증인이 과연 대한민국 국민의 자격이 있는지 심히 우려스럽다. 헌법에 종교의 자유는 허용되어 있다. 그러나 여호와의 증인의 입영거부는 헌법에 명시된 국방의 의무를 수행하여야 한다는 분명한 사실에 위배되고 있는 것이다. 종교적 신앙의 양심은 국방의 의무에 우선할 수 없다는 법적 구속력을 분명히 재인식해야 한다.

결론을 맺고자 한다. 김황식 국무총리 후보자의 청문회를 통하여 국방의무에 대한 인식이 새롭게 변해야 한다. 모든 고위층이 노블리스 오블리제(noblesse oblige)의 정신으로 솔선수범을 해야 국민들이 정부를 신뢰를 하게 된다. 최근 이명박 대통령은 "공정한 사회"를 화두로 부르짖고 있다. 오직 병역의무부터 공정하게 수행돼야 한다.

노무현 전 대통령은 "군대에 가서 썩는다"는 망언을 했지만 썩으러 군대에 가는 것이 아니라 전시에 국가를 위해 희생제물이 되기 위해 군인이 되는 것이다. 평시에 대부분 "군복무를 마치고 전역하면 사람이 되었다"는 칭찬을 듣게 된다.

〈범국민적으로 군 복무를 위한 병역의무의 인식이 달라져야 한다〉

우리의 주적이 코앞에 있는데도 적을 바라보지 못하고, 알지 못하며, 안일한 자세로 안보불감증에 걸려 있다면 적과 싸우기도 전에 승패는 이미 결정된 것이다.

온 국민이 개병정신(皆兵精神)에 의해 국방력이 강화되어야 하며, 국가안보태세에 한치의 허점도 없어야 한다. 따라서 특권층의 병역면탈을 위한 징병검사의 불법행위가 반듯이 근절되어야 한다.

북한에 의해 천안함이 격침되어 46명의 전사자를 바라보는 부모나 징집대상자가 병역의무에 대한 거부감이나 위하감을 가진다면 대한민국의 미래는 암담해 진다. 오히려 천안함 사태에 격분해서 군복을 입겠다는 청년들이 촛불집회 때 처럼 거리에 운집했어야 했다. 그러나 현실의 안보태세는 사회 각층에 친북좌파세력에 의해 구멍이 뚫려 있다.

우리 주변에 가진자나 못가진자의 신분고하를 막론하고 모든 자녀들이 공평하게 병역의무에 순응하여 국토방위에 총화태세로 헌신해야 한다. 향후 호화생활을 하는 연예인들의 병역기피 행위는 말할 것도 없거니와 머리 좋고 명석한 고위공직자와 정치인들이 합법적으로 병역면제를 받아 병역의무를 미필한 사례의 전철을 밟지 않도록 정부에서 특단의 대책이 철저히 강구되어야 한다.

*첨부: 이명박 정부의 고위공직자 및 정치인의 병역면제자 현황

전임 대통령 김영삼	군 미필(6.25 전쟁중)
전임 대통령 김대중	군 미필(6.25 전쟁중)
현 대통령 이명박	– 면제
전 국무총리 정운찬	– 면제
국정원장 원세훈	– 면제
안상수 한나라당 원내대표	(11년 병역 기피후) – 면제
최시중 방통위원장	– 일병귀휴 아들 면제
특별보좌관 강만수	– 면제
윤증현 재경부장관	– 면제
정종환 국토해양부장관	– 면제
이만의 환경부장관	– 면제
김경한 법무장관	– 면제
백용호 국세청장	– 이병 소집해제
김황식 감사원장(국무총리 내정)	– 면제
윤여표 식약청장	– 면제
정정길 전 대통령실장	– 면제
원희룡 한나라당 사무총장	– 면제
장수만 국방부차관	– 면제(국방부 차관이 면제자…)

민주당 광역단체장 軍 경력

인천시장 송영길	면제
강원도지사 이광재	(군기피 의도로 자의적으로 오른 손 검지 자르고) 면제
충남도지사 안희정	면제
충북도지사 이시종	면제
전북도지사 김완주	면제
광주시장 강운태	면제

한반도는 4강세력의 중심축에서 어떻게 변화될 것인가

〈경술국치(庚戌國恥)100주년을 맞으며〉

(2010년 8월 29일)

2010년 8월29일 오늘은 대한민국이 일본 제국주의의 식민지가 된지 100주년이 되는 경술국치의 날이다. 그러나 광복의 해방 65주년이 되는 해이기도 하다. 그래서 36년간의 일제식민지 생활을 회고 하건데 당시 우리는 국토, 주권, 문자, 언어를 송두리째 빼앗기고 심지어 이름도 일본이름으로 창씨개명까지 했다. 그래서 대한민국이 일본 식민지가 되어 대한민국 국민이 일본의 노예가 된 것이다.

한일합방의 배경을 회고해 보기로 한다. 조선조 말에 중. 일. 러. 미. 영. 독, 불 등 열강들이 자국의 세력을 확장하려 벌떼와 같이 한반도에 몰려 들었다. 서울의 관문인 강화도에서 벌어진 병인양요(1866년, 고종3년), 신미양요(1871년, 고종8년), 운양호사건(1875년, 고종12년) 등은 당시 쇄국정책으로 폐쇄된 정국에 개방을 강요 당했으며 조선조의 사색당쟁의 여파로 지식층의 관료들이 친일파. 친중파. 친러파로 분파되어 소용돌이 쳤으며 결국 일본은 운양호사건을 빌미로 강제적인 강화도조약(1876년, 고조13년)이 체결되었다. 한반도를 발판으로 한 청일전쟁(1894년)은 일본의 승리로 동양패권을 중국으로 부터 일본이 넘겨 받게 되었다. 또한 러일전쟁(1904년)의 승리로 한반도에 대한 지배권을 일본이 확립하고 만주로 진출하게 되었다. 결국 1905년11월 일본은 고종황제를 협박하고 관리들을 매수하여 을사조약을 맺게 되었다. 이어 1910년 8월22일 강제로 한일합방조약(경술국치)을 체결하게 되었고 일주일 뒤인 8월29일 공포됨으로서 일제 강점기에 들어 섰다.

그러나 1945년 8월6일 아침8시경 일본 히로시마의 하늘에 은빛 B29가

105

무게 약4톤의 원자폭탄을 투하했다. 히로시마 인구 34만 가운데 7만8천명
이 죽고 부상자 행방불명자가 5만1천명이었다. 그후 5년동안 24만명이 후
유증을 앓다가 사망했다. 히로시마에 원자폭탄이 투하된 3일 후 8월9일 또
한 개의 원자폭탄이 나가사키에 투하되어 인구 27만 가운데 2만4천명이 죽
고 부상 4만1천명, 행방불명 2천, 기타피해자 17만7천이나 되었다. 두차례
의 원자폭탄 세례와 소련군의 선전포고(8월8일)로 막다른 골목에 다다른
일본은 8월15일 마침내 무조건 항복을 선언했다.

　제2차 세계대전은 미. 영. 불. 소의 4강에 의한 종전으로 우리는 1945
년(65년전) 8월15일 광복의 해방을 맞이 했지만 불행하게도 미. 소에 의해
한반도는 38도선을 그어 남북으로 분단되었고, 1950년(60년전) 6월25일
북한의 기습남침에 의한 도발로 유엔 16개국의 참전과 중. 소의 개입에 의
한 국제전이 전개 되었다. 1953년 7월27일 3년1개월간의 남침전쟁의 포성
이 멈추게 된 정전협정이 체결되어 휴전상태로 금일에 이르고 있다. 오늘
날 한반도에서 미. 중. 일. 러의 4강세력의 각축전의 중심축은 어느때 보
다도 긴박하게 작용되고 있다. 따라서 4(4개국)＋2(남. 북)의 국제적 정치,
군사적 충돌과 4강세력의 자국의 이익에 따른 대한반도 정책, 전략은 심상
치 않게 전개되고 있다. 이와 같은 일련의 변화에 따른 추세를 전망해 보
고자 한다.

　1, 20세기 말에 미. 소 냉전의 양극체제가 붕괴되어 미국의 Pax Ameri-
cana 세계화시대에 접어들어 지구촌에 평화를 위한 세계질서가 재편 되었
다. 21세기에 접어들어 세계질서를 파괴하고 평화를 위협하는 악의 세력에
대한 필요악의 전쟁도 불사하게 되었다. 그러나 미국의 중심축이 서세동이
(西勢東移)로 작용되어 G2세력이 부상되고 중국을 중심으로 Pax Cinica세
계화의 국제적 역학작용이 정치, 경제, 군사적으로 점차 변화를 거듭하고
있다. Pax Americana에 의한 아랍권의 장악에 이스라엘이 한 축이 되며
아시아 및 동북아의 지배를 위해 대한민국이 한 축이 되기 때문에 이스라엘
과 대한민국은 미국에 지구촌의 두 축으로 작용되고 있음을 알수 있다. 따
라서 미국은 이스라엘과 대한민국을 절대로 버릴 수 없을 것이다. 아랍권

의 이라크 전쟁(철군, 2010. 8. 31)을 비롯한 파키스탄에서 전개되고 있는 사태는 오바마 행정부에 큰 부담이 되고 있어 한반도 비핵화에 의한 대북한 정책은 군사행동의 무력화 보다는 비군사적인 경제제재(금융)에 초점을 맞추게 될 것이다. 그러나 G2의 부상은 한. 미 동맹강화와 북. 중 혈맹확립은 대한반도 정책에 미묘하게 작용되고 있는 현실이다.

2, 미국이 베트남의 지리한 전쟁의 반전여론에 몰려 적화통일을 허용한 역사적 사실을 우리는 반면교사로 삼아야 한다. 미국은 1970년 2월 외교교서를 통해 새로운 닉슨독트린을 세계에 선포했다. 이러한 닉슨독트린에 의해 1973년 1월27일 "파리협정"이 미국, 남베트남, 북베트남, 베트남남부공화국임시혁명정부(베트콩 주축)의 4자간에 불란서 파리에서 체결되었다. 그 협정은 "미군의 철수", "전쟁포로 송환", "현 상태로의 정전" "남베트남에서의 사이공정부와 임시혁명정부간의 연합정부 조직을 위한 협의", "정치범의 석방" 등을 규정했다. 그러나 "파리협정"을 무시하고 북베트남의 지원을 받은 베트남남부임시혁명정부는 사이공을 공격. 점령함으로서 1975년 4월30일 베트남은 적화통일이 되고 말았다.

미국의 대한반도 정책은 비핵화에 초점이 맞춰지고 있다. 2015년 12월 1일에 한미연합사를 해체하게 되고 전작권을 한국군이 인수하게 되었지만 "정전협정"을 "평화협정"으로 전환하는 과정에 있어서 "한반도 비핵화"를 위한 6자회담에서 북. 중의 영향이 미묘하게 작용될 것이다. 아울러 북한의 지령에 의한 테러와 좌파 친북세력의 봉기로 인한 사회의 혼란이 야기된다면 베트남의 적화통일과 유사한 역사적 비극이 초래될 수 있다는 기우(杞憂)를 하게 된다.

3, 중국은 G2의 위상을 한층 고조시키며 일본의 경제를 추월했고, Pax Cinica의 세력확장에 목을 곧게 세우고 있다. 특히 주목하게 되는 동북공정의 일환으로 대한반도 정책에 안간힘을 쏟고 있다. 따라서 북. 중의 혈맹관계에 관심을 갖게 되는 것은 한반도가 중국에게 지정학적 가치의 순치관계에 있기 때문이다. 따라서 중국은 북한이 붕괴될 경우에 북한을 접수하기

위해 만주일대에 병력을 배치했고, 비행장을 건설하는 등 치밀한 대책을 강구하고 있다는 사실이다. 중국은 대북한 정책에 있어 싫으나 좋으나 종속국가의 혈맹으로 울며 겨자먹기로 파탄된 북한의 경제지원을 약속하게 될 것이다. 또한 김정은의 세습을 용인하는 포용정책을 펼 것이다. 더욱 한반도 비핵화를 위한 6자화담의 의장국으로 주도권을 가지고 미. 중의 영향력을 서로 저울질 하며 북한에 불리하지 않도록 행사할 것이다. 따라서 우리는 중국의 대북한 정책에 경계심을 가지고 친중의 외교적 활동을 원활이 하는 동시에 미국과 협력관계를 통해 비핵화는 물론이며 한반도 평화정착의 기반을 조성하여 연방제적화통일이 아닌 한민족공동체 자유평화통일을 실현할 수 있도록 능동적으로 대처해야 한다.

4, 북한은 김정일의 수명이 얼마 남지 않은 상태에서 세습체제의 불안과 경제적 최악의 사태에 직면해 있어 위기극복을 위한 발버둥을 치고 있다. 북한은 대량살상무기와 미사일 그리고 핵무기를 보유하고 있지만 300만이 아사를 했고, 탈북자가 속출하고 있다. 극도로 악화된 경제의 돌파구를 찾기 위해 통제경제체제를 강화하려고 화폐개혁을 단행했지만 오히려 경제적 파탄에 빠졌다.

김정일이 병든 몸을 이끌고 8월25일 야밤에 전용 열차편으로 압록강을 극비리에 건너 지린을 거쳐 27일 창춘에 도착하여 중국 최고층의 영빈관 난후(南湖)호텔에서 휴양차 동북3성에 체류중인 후진타오 주석과 김정일은 정상회담을 갖었다. 김정일은 경제적 유. 무상 지원을 약속 받아야 했다. 또한 김정은으로의 권력승계를 사실상 공식화하기 위하여 "차기 지도자"를 확실히 소개하는 한편 중국과의 혈맹을 극대화하는 이벤트를 연출했다는 평가이다. 또한 북. 중 정상회담을 통해 한. 미 동맹강화에 대한 대응책으로 확실한 북. 중 밀착을 화인했을 것이다. 따라서 북한의 핵문제와 개혁. 개방 등에서 중국의 의지와 전략에 더 큰 영향을 받을 것으로 보인다.

결론적으로 마무리 하고자 한다. 우리는 100년전의 한일합방의 치욕적인 역사를 되돌아 보며 100년 후의 대한민국의 미래를 전망해 보아야 한다.

과연 아세아 태평양시대의 종주국으로 발전할 수 있을 것인지 그렇지 않으면 4강세력의 틈바구니에서 북한의 연방제 적화통일의 위협에 전전긍긍하여 국가 발전에 제동이 걸리지 않을지 심히 염려된다.

우선적으로 한반도의 비핵화를 위한 6자회담은 결실을 맺어야 한다. 남북간의 불가침의 확고한 협력이 없다면 비대칭군사력에 의해 평화공존이 불가능할 뿐 아니라 전쟁의 위협이 상존하는 가운데 안보의 위기는 거듭될 것이다.

북한에서 김일성 출생 100주년인 2012년을 적화통일의 원년으로 삼고 있다는 사실에 대비하여 2012년 4월17일 까지 한미연합사해체와 전작권의 한국군 인수를 2015년 12월1일까지 연장 조치한 것은 너무나 다행한 일이다. 한미동맹은 2015년 까지 하등의 문제점이 없겠지만 한반도 비핵화 및 정전협정을 평화협정으로의 전환을 위한 북한의 위장된 전략과 협상에 기민한 대책이 요망된다.

오늘날 4강세력의 역학적 작용이 미묘하게 전개되는 가운데 남북으로 분단된 현실은 북. 중(2) + 러(1)와 한. 미(2). +일(1)의 북방 삼각관계와 남방 삼각관계의 미묘한 정치. 군사. 경제 등이 복합적으로 작용되어 자국의 실리의 목적은 조선조 말과 다름이 없을 것이다.

100년전 조선조에 열강들이 한반도를 위협할 때 국내의 혼란은 외세를 불러드린 취약성을 노출시킨 것이다. 결국 내우외환(內憂外患)의 역사적 치욕을 자초한 셈이다. 오직 북방 삼각관계의 북. 중. 러의 정치. 경제. 군사의 협력은 북한의 적화통일전략에 날개를 달아 줄수 있다는 사실이다. 특히 오늘날 반미 친북의 종북세력은 100년전 이완용 등 친일세력과 추호도 다름이 없는 것이다. 이명박 정부는 중도실용정책의 궤도를 수정하여 국내의 남남갈등을 해소하고 종북의 반국가세력을 척결해야 한다. 그리고 국가백년대계를 위해 국가 정체성을 확립하고, 총화 안보체제를 튼튼히 하며 국론이 통일될 수 있도록 범국민적인 노력이 시급하다.

정치적 도박이라는 곡해나 오해가 없어야 한다

(8. 8 改閣의 批判的 與論을 보며)

(2010년 8월 12일)

이명박 대통령은 8월8일 신임 국무총리에 김태호(48세) 전 경상남도 지사를 내정하고 특임장관을 새로 임명하는 등 장관급 9명, 차관급 인사 2명을 교체 하는 대폭적인 개각을 단행했다.

지난 2008년 현정부 출범 당시 60세가 넘었던 내각의 평균 연령은 2기에서 59.1세로 50대로 떨어졌으며, 3기 내각은 58.1세로 좀 더 하향되어 이재오 특임장관 후보자(65세)를 제외하고 모두 40~50대에 해당된다.

3기 개각은 48세의 국무총리와 65세의 특임장관 그리고 주로 대통령 측근인사를 기용했다는 부정적인 시각도 있다. 여. 야의 여론은 상반되고 있으며 청문회에서 여. 야 대격돌이 예상된다. 국민들에게 정치적 도박이라는 곡해나 오해가 있을 경우에 국론분열의 단초가 될 것이다. 이러한 비상정국에 대한 필자의 객관적인 견해를 밝히고자 한다.

1, 정치는 정도로 가는 것이 순리이다. 그러나 순리에 역행하여 정치적 혼란, 폭동, 민란, 내란 등 사회불안과 국가위기가 초래되고 국운이 기울었던 과거의 역사적 사실에 관심을 가져야 한다. 특히 조선조의 사색당쟁으로 100년전 경술국치를 초래한 역사적 사실을 교훈으로 삼아야 한다. 오직 인재등용(蕩平策)에 있어서 상식을 벗어난 납득하기 곤란한 파격적인 기용은 당쟁과 파쟁을 유발하여 정치적 혼란과 국가위기를 가속화시키는 원인이 되는 것이다.

2, 청와대는 개각의 배경으로 6 · 2 지방선거와 7 · 28 재 · 보선 등을 통해 드러난 쇄신 요구 수용과 소통 · 통합을 바탕으로 한 친서민 중도실용 중

심의 국정운영을 주장하며 설명했다. 그런데 야당의 주장은 내정자들의 면면을 보면 이명박 대통령의 국정쇄신이나 소통·통합의 의지를 읽을 수 없고, 측근 인사들의 전진 배치만 눈에 띌 뿐이며, 한마디로 이 대통령식 오만과 독선, 불통(不通) 인사의 결정판이라 혹평을 했다. 여. 야 그리고 청와대의 주장은 상반된 견해이지만 개각에 대한 국민들의 여론은 기대에 크게 부응치 못한 것으로 분석된다.

3, 오바마(49) 미국 대통령이나 데이비드 캐머런(44) 영국 총리처럼 한국에서도 40대의 젊은 총리를 기용한 것을 자랑스럽게 자평하고 있다. 그러나 한국의 정치적 풍토와 문화를 미국과 영국에 동일시 할수는 없다. 오직 양식과 한식의 음식이 다름과 같이 정치적 토양, 환경, 문화 그리고 역사가 다르기 때문이다. 개각시 48세의 김태호 국무총리를 기용하면서 "왕의 남자"의 별명을 가진 65세의 이재오 의원을 특임장관으로 임명한 청와대의 정치적 전술은 2012년의 대권 경쟁에 초점을 맞춘 전략적 의미를 부여하고 있다. 여하튼 파격적인 3기 개각에 따른 파장은 클 것으로 예상되며 이명박 정권에 작용할 명암의 양면적 영향력은 예측하기가 쉽지 않다.

4, 2012년의 총선과 대선에 대비한 권력 암투는 본격적으로 시작되었다. 김태호 총리-이재오 특임장관의 기용에 의한 정치기류는 예측할수 없는 기층이 형성되어 작용될 것이다. 한마디로 박근혜 죽이기라는 비판이 비등(沸騰)한 상태에서 태풍의 전운이 짙게 감돌고 있다. 따라서 박근혜 전 대표는 현실적 생존 및 대권 필승의 양대 산맥을 넘어야 할 긴박한 시점에 봉착해 있다. 그녀는 절치부심할 수 밖에 없으며 한나라당의 좁은 공간에 갇혀서 용트림하기 보다는 비장한 각오로 친이계에게 포위된 새장을 벗어나 자유로운 비상을 결심할지도 모른다. 즉 정계개편을 몰고 오게 되면 현 정치판도는 지각변동이 있게 될 것이다.

5, 최연소 김태호(48세)총리의 등용은 정치질서를 뒤흔들어 놓게 되었다. 국무총리는 모든 각료들을 총괄하고 장악하여 국정을 펼쳐가야 한다. 그러나 최연소의 총리가 상석에 앉아 나이 많은 각료(평균 58. 1세)들을 포용하고 장리(掌理)한다는 것은 쉽지 않은 일일 것이다. 동양의 장유유서(長幼有序)의 미덕은 사회질서를 유지하게 되는 원동력이 된다. 그러나 대한

민국의 50-60대에 인물이 없어서 40대총리를 기용했다면 대통령의 인사의 고유권한이기 때문에 왈가왈부 할 필요가 없겠지만 능력과 덕망을 갖춘 인물이 50-60대에도 많다는 사실이다.

6, 박근혜 전 대표의 비서실장 유정복 의원의 농림수산식품부 장관 입각에도 잡음이 만만치 않다. 박 전 대표와 최측근인 유정복 의원을 격리시키기 위한 포석으로 비쳐지고 있기 때문이다. 유 의원은 "내가 장관직 자리에 연연하여 하겠다고 한 것은 절대 아니다" "입각을 거절하면 박 전 대표에게 더 부담이 될 것 같았다" 그래서 "이왕 여기까지 온 이상 두 분(이. 박)간의 좀더 좋은 관계 발전을 위해 노력하겠다"고 주장했다. 여하튼 유정복 의원의 입각은 정치적 미묘한 복선이 깔려 있는 정치적 얄팍한 술수일 것이다.

7, 김문수 경기지사의 차세대 지도자들의 선발 방식에 대한 발언이 논란이 되고 있다. 중국은 다음 세대 지도자는 누구 누구라고 말 하는 등 리더십 자체가 안정 되어 있고 예측할 수 있다 그러나 우리나라는 자고 일어나면 총리라고 나타나는데 왜 그런지 모르겠다는 말을 했다는 것이다. 김 지사의 정확한 지적이다. 누가 차세대 지도자를 단기간에 만들겠다는 발상은 무책임한 정치논리이며 망국적 처사로 지탄을 받아 마땅하다.

결론을 맺고자 한다. 이명박 대통령 임기5년의 중간평가를 받게된 6. 2 지방선거에서 참패했다. 종합평가를 한다면 7. 28재. 보선에서 약간 만회를 했으나 세종시 문제와 4대강 사업으로 인한 국론분열은 통치자의 리더십에 큰 손상을 초래했다. 따라서 후반기의 국정쇄신을 위한 통치력의 행사에 차질이 없어야 한다는 경종이 되었다. 그러나 3기 개각을 통하여 국정쇄신을 위한 소통과 통합의 의지를 밝혔지만 젊은 40대 김태호 총리를 기용하여 차기 대권주자들에게 용호상박의 혈투장을 마련해 준 것으로 판단된다.

야당에서 역사상 최악의 개각이라는 불만을 터뜨렸다. 따라서 여. 야간 정치적 도박이 아닌 자유민주주의를 기반으로 한 정당정치를 실현해야 하며, 여. 야를 막론하고 우선적으로 당내의 원활한 소통과 통합이 시급한 현실이다.

　끝으로 강조하거니와 차기지도자를 인위적으로 길러서 만든다는 것은 민주정치의 ABC도 모르는 처사인 것이다. 자유민주주의 국가에서 통치자의 후계를 사전에 점지하여 간접적인 세습을 강요한다면 올바른 민주정치가 아니라는 사실이다. 따라서 특정 대권주자들의 정치역량을 말살, 왜곡, 축소시키기 위한 개각이 아니었기를 바란다.

　더욱 강조하고 싶은 것은 대통령 측근의 특정 정치인의 독주는 정치질서를 파괴하는 행위이며 민주주의를 후퇴시키는 결과를 갖어 올 것이다. 따라서 국가적으로 불행한 역사적 사태가 초래되지 않기를 바란다.

견공들의 이전투구는
종식되어야 한다
(政治的 鬪犬과 鬪牛의 競技를 觀戰하며)

(2010년 8월 4일)

견공(犬公)은 정치인들을 풍자해 개를 높여서 부르는 호칭이며, 이전투구(泥田鬪狗)는 개가 진흙탕에서 죽기살기로 물어 뜯고 싸우는 것을 말한다. 즉 현대판 정치인들을 은유적으로 지칭하는 명언이다.

국회의원들이 국회의사당을 점령하여 질펀히 누어서 버티고, 망치와 몽둥이가 등장하고, 기물을 던지며 파괴하고, 어버치기 유도를 하고, 빳때루 네슬링을 하고, 안다리 걸기 씨름을 하고, 공기부양으로 몸을 던지고, 고함치며 소란을 피우며, 심지어 의사봉을 빼앗으며 난장판의 난투극을 서슴치 않고 자행했다. 그래서 견공들이 이전투구하는 투견장의 국회의사당으로 전락했다고 지탄하며 국민들이 조소하고 비아냥거리는 것이다.

여. 야간의 6. 2지방선거와 7. 28재. 보선의 선거에서 견공들의 이전투구는 끝났다. 그러나 한나라당과 민주당은 각각 선거에 대한 책임론을 내세워 전당대회에서 당내의 계파간 당권경쟁이 꼴불견으로 전개되고 말았다. 한나라당은 6. 2지방선거에 참패한 후 비상대책위원회(위원장, 김무성 원내총무)가 구성되어 7월14일 전당대회에서 안상수 대표최고위원이 선출되었지만 11년간 병역을 기피했다며 홍준표 최고위원의 속사포 맹공에 시달렸으나 이미 이전투구의 승부가 끝났다. 민주당은 7. 28재. 보선에 참패하자 지도부가 총사퇴하고 비상대책위원회(위원장, 박지원 원내총무)가 구성되어 9월중 전당대회를 치루기 위해 계파간 이전투구가 진행중에 있다. 여. 야간에 정치인들의 권위와 이성은 찾을 길 없고, 그들의 양심과 도덕은 땅에 떨어지고 말았다.

민주당은 6 · 2 지방선거 과정에서 천안함 사태와 관련해 "한나라당을 찍으면 전쟁, 민주당을 찍으면 평화"라는 선동적 구호로 유권자를 양분시킨 것이 승리에 주효했다고 착각해 지방선거 이후에는 친북 노선을 더 강화했다. 대한민국의 공당(公黨)인 제1야당으로서의 위상과 책무를 망각한 채 천안함 사태를 북한의 무력 도발이라고 비판하기는 커녕 국회의 대북 규탄 결의안 채택까지 반대하면서 끝내 표결에는 불참했다.

민주당은 친북·종북(從北) 노선에 대해 근본적으로 철회·전환하지 않는다면 돌아선 민심을 되돌릴 수 없음을 인식해야 한다. 민주당이 전당대회를 통해 지도부 몇 사람을 바꾸는 "회전문식 개편"으로 눈속임을 한다면 민주당을 지지하는 좌파세력만의 잔치로 끝날 것이다.

한국에서 유명한 개는 진돗개이며 북한에서 유명한 개는 풍산개이다. 남북으로 분단된 상황에서 진돗개와 풍산개가 싸우는 투견장에서 어느 개가 이겨야 하겠는가? 투견의 도박장이라 가정한다면 어느 개에 판돈을 걸겠는가? 대한민국의 국민이라면 진돗개가 이겨야 한다고 할 것이다. 그런데 풍산개가 이기기를 바라고 판돈을 건다면 정신나간 종북적 종래기일 것이다. 또한 풍산개가 영양실조에 걸렸는데 산삼을 먹이고 뱀을 잡아 먹여 힘이 세져서 진돗개를 물어 뜯어 죽이게 한다면 어떻게 되겠는가! 더욱 진돗개가 풍산개와 싸워야 할 판에 진도개들 끼리 서로 물어 뜯고 힘이 탕진되어 풍산개와 싸운다면 진돗개는 백전백패할 것이 아닌가. 진돗개의 주인들이여! 진돗개를 사랑하고 풍산개를 미워하고 멀리 하자. 미친개 같은 풍산개는 몽둥이로 때려 잡아야 한다.

〈이제 투견장에서 투우장으로 장소를 옮겨 가자.〉
경상도 청도의 투우대회는 유명하여 재미있게 관전할 수 있다. 큰 황소 싸움이라 관심거리로 보게 되는데 훈련된 황소가 경기할 때는 경기장에 분명한 룰(rule)이 있다. 육중한 황소가 먼저 뿔을 내밀고 머리를 맞대어 서로 밀어붙이기 시작한다. 서로 죽을 힘을 다하여 방어하다가 기량이 부족하고 힘이 약한 소가 밀리게 되면 끝내 견디지 못해 혀를 내밀고 도망치게 된다. 결국 도망치는 소는 패하는 것이다. 어찌보면 투우대회는 싱겁지만 사력을 다하는 순간의 짜릿함을 느끼며 극한의 순간, 순간에 소와 함께 주먹을 쥐고 마음 조리고 응원하며 관전하는 것도 흥미롭고 의미가 있다.

대한민국의 입법기관이 국회이다. 국회의원이 법을 만들지만 법을 제일 지키지 않는 국회의원이라고 한다. 정치인들이 투견장에서 룰(rule)도 없이 이전투구하는 행태의 불법행위는 종식되어야 한다. 투우장에서 분명한 룰(rule)을 지키며 힘과 기량으로 선전하여 승부가 결정되는 것과 같은 정치가 되었으면 좋겠다.

정치인들이 여우같이 간교하여 잔꾀 부리고 개같이 물어 뜯는 정치가 아니라 황소와 같이 우직하지만 정직하고 깨끗한 승부의 근성을 보이는 자세의 정치가 되었으면 좋겠다.

끝으로 대한민국 헌법을 기저로 하여 자유민주주의가 깊이 뿌리 내릴 수 있는 의회민주정치인 정당정치가 실현되었으면 좋겠다. 오직 대한민국의 정치인이 존경받는 시대가 도래하게 되면 대한민국이 세계속에 일약 선진국으로 진입하게 될 것이다

이명박 정부의 전반기 국정운영을 객석에서 논평해 본다

(제62주년 제헌절을 맞으며)

(2010년 7월 17일)

2008년 2월25일 이명박 정부가 출범하여 이제 임기 5년의 중간 지점의 반환점을 돌아 서게 되었다. 이명박 대통령 후보를 보수의 유권자들이 선택한 것은 두가지 핵심적인 절실한 갈망이 있었기 때문이다. 첫째는 좌파정권 10년의 대북정책에 의한 국가정체성 붕괴와 국가안보의 불안을 극복하기 위함이었다. 둘째는 경제발전이 절실했던 유권자들이 CEO대통령을 통해 경제살리기를 갈망했기 때문이다. 그러나 이명박 대통령의 임기 5년의 후반기에 접어들면서 국민들이 갈망했던 두가지 국가안보와 서민경제의 만족도가 기대치에 미달되고 있는 것이 사실이다. 따라서 제62주년 제헌절을 맞이하여 필자의 견해를 조심스럽게 피력해 보기로 한다.

1, 1948년 5월 10일 국제연합(UN)의 감시 아래 총선거를 실시하여 구성된 의회(198명)가 대한민국 헌정사상(憲政史上) 최초의 국회이다. 초대 국회는 7월 12일에 헌법을 제정(공포17일)하고 20일에 이승만과 이시영이 제1공화정의 정·부통령에 선출되었다. 초대 국회에서 제정, 통과시킨 주요 법안은 정부조직법을 비롯하여, 친일파 처벌을 목적으로 한 반민족행위처벌법, 농가 양곡의 정부 매입을 의무화한 양곡매입법안, 사상범 단속을 위한 국가보안법안 및 지방행정조직법 등 20여 건이다. 오늘날 대한민국의 법통 즉 정체성과 정통성은 초대국회에서 제정한 헌법 제1조(국호, 정체, 주권)및 각종 법안이 제정되어 법치국가의 기틀을 마련했다 그리하여 대한민국은 초대 이승만 대통령으로 부터 시작되어 건국60년이 되는 해의 2008년 2월25일 제17대 이명박 대통령이 취임했다.

2, 이명박 정부가 출범하어 금일에 이르기 까지 대한민국의 정체성과 정통성을 부정하고 왜곡하려는 친북 좌파세력을 삼제(芟除)하지 못하고 그들에게 끌려가며 혼란의 와류에 휘말리고 있는 것은 아닌지 염려된다. 이승만 초대 대통령을 외면하고 김정일을 찬양하려는 친북 세력이 불가시적으로 어둠과 음지에서 준동하고 있다. 이명박 정부는 중도실용정책으로 반미, 친북의 좌파세력이 수중에서 잠행하고 있어도 어항의 관상어로 취급하는 것인지 도무지 이해할 수 없다. 이승만 대통령은 사상범 단속을 위한 보안법을 만들어 건국 초기 공산주의자를 배척하고 척결했다. 오늘날 보안법은 사문화된 것인지 그렇지 않으면 좌경화세력의 이적활동을 묵인하고 방치하려는 것인지 즉 사문화 아니면 방치의 양자중 한가지의 해답이 있어야 한다.

3, 이명박 대통령은 명실공히 CEO대통령으로써 통치력을 발휘했어야 했다. 그러나 야당에서 기업형 독재라는 수식어를 붙여 밀어부치기식 통치자라고 비판하고 있다. 그 실례로 4대강 사업과 세종시 문제를 들고 있다. 세종시 문제는 뒤늦게 임기 3년차를 맞기 직전에 제기되어 극도의 국론분열을 초래 했고 6. 2지방선거 참패의 원인이 되기도 했다. 또한 4대강사업은 국론분열을 잠재워야 할 시점에 와 있다. 그간 경제는 대기업 중심의 정책으로 중소기업과 영세기업은 점차 어렵게 되었고, 계층간의 빈부의 격차는 더 심화되어 서민들의 원성이 높아 가고 있다. CEO대통령의 기대에 서민들은 외면하고 있다는 사실이다. 기업형 CEO대통령에 안주하지 말고 거시적인 CEO전략가로써 대통령의 위상이 일신되었으면 좋겠다.

4, 2012년 4월에 있을 총선 못지 않게 중요한 지난 6. 2지방선거에서 여당이 참패하여 야당이 지방자치 정부를 대부분 장악하게 된 것 같다. 특히 교육계를 뒤흔들고 있는 교육감들의 세력은 심상치 않다. 이명박 정부를 야당이 위협하고 있는 현실을 보면 좌파세력이 차기 정권을 장악 하지 못하리라는 보장이 없다. 심히 우려스럽다. 7. 28재. 보선의 결과를 보게 되면 8개의 선거구에서 호된 심판이 있을 것이며 이명박 정부에 경종의 적신호를 보내게 될지도 모른다. 이명박 정부는 당. 청. 정의 협력에 혼신의 노력을 경주해야 한다. 특히 한나라당의 친이. 친박의 화합이 없이는 정권 재창출은 어렵게 될 것이다. 이 모든 책임은 이명박 대통령의 통치력에 좌우된다

118

는 사실이다. 이 대통령과 박 전 대표의 회동이 있을 것으로 전망되어 다행스럽게 생각한다. 그간 서로 소원했지만 손을 잡고 상생의 공존을 위해 노력해야 한다. 그리하여 차기 정권을 창출해야 한다. 국민들이 바라는 최상의 간절한 기대일 것이다.

5, 이명박 정권 출범초기에 노출된 고소영, 강부자라는 더티한 이름이 서서히 청산되는 듯 하더니 아직도 잔재는 종종 나타나고 있다. 최근 청와대 참모진 개편에 따라 신설된 사회통합수석 박인주의 내정에 반기를 드는 보수세력에서 "박인주 임명 반대 범애국진영 기지회견"이 19일 서울 프레스센터에서 열리게 된다. 박인주의 경력을 보면 좌파의 거물급 인물이다. 그를 사회통합수석으로 임명하여 좌파세력을 설득하고 끌어드려 동지를 만들어서 사회통합을 실현하겠다는 것인지 도무지 이해할 수 없다. 또한 대통령 직속 사회통합위원회(위원장 고건)에는 문재인. 박재규, 황석영 등 거물 좌파인물이 위원에 포함되어 있다. 이명박 정부 중도실용 정책의 함정이 바로 이런데서 발견되는 것이다.

6, 이명박 정부의 실종된 공권력의 사례들은 "촛불 집회", "용산 참사", "평택 노조폭력"등 각종 불법 집회와 가두시위에서 들어 났다. 그들 공권력을 무력화시킨 조직화된 폭력집단의 좌파세력은 핵심 주동자가 숨어서 조종했을 것이다. 또한 종교계의 성직자들이 주도하는 4대강사업 반대집회는 집시법에 허용된 합법성에 일탈한 좌파 성직자들의 소행일 것이다. 더욱 종교지도자들이 선교 또는 포교를 빙자하여 북한에 자주 왕래하며 북한의 주구(走狗)역할을 하는 것은 신앙적 양심에 호소하여 회개해야 한다. 종교를 부정하고 탄압하는 북한집단이다. 종교인을 처형하는 악랄한 집단이다. 오직 북한에 왕래하는 정치인이나 종교지도자들은 북한의 정치적 또는 종교적 도구로 이용 당하고 버림받는 희생양이 되고 말 것이다.

7, 대한민국의 헌법에 기초한 법치국가의 실현은 국가의 질서유지와 사회의 안정 그리고 가정의 평화에 관건이 된다. 그러나 법치의 궤도를 벗어나면 국가와 사회 그리고 가정이 무질서하고 파괴되어 문어진다. 헌법에 명시된 납세와 국방의 의무는 반듯이 지켜야 한다. 병역의무 미필자 가운데 각료, 정부요직, 정치인들이 너무 많다. 그들은 머리가 좋아서 그런지는 몰

라도 합법적으로 병역이 면탈되었다. 6. 2지방선거에 나타난 범법자 및 탈세자들이 수두룩하게 입후보했다. 전과자는 시. 도지사 후보자 40%, 기초단체장 후보자 13%로 나타났다. 세금미납자는 5년동안 한푼도 내지 않은 후보자가 2.1%나 되었다. 한마디로 통탄할 일이다. 법치국가에서 준법정신이 실종된 현상은 약자만 법을 지키고 의무를 다 해야 하는 서글픈 현실적인 사회현상이다.

결론을 내리며 맺고자 한다. 제62주년 제헌절을 맞이하여 이명박 정부에 바라건데 첫째 대한민국의 자유민주주의 건국이념을 되살리며 반국가세력을 척결하여 국가의 정체성과 정통성을 확립해야 한다. 둘째 국가 방위와 안보를 최우선으로 국방력을 강화하고, 총화 안보체제를 튼튼히 해야한다 그리고 주변국 4강세력에 강온의 외교활동을 적극적으로 전개하여 한반도의 비핵화와 통일지향적 자신감과 유연성을 견지해야 한다. 세째 경제발전에 총력을 경주하는 과정에서 노사문제를 지혜롭게 해결하고 중산층을 두텁게 하는 동시에 경제정의와 서민경제에 초점을 맞춰야 한다. 네째 사회통합을 위한 중도실용 정책은 사람만을 섞는 것이 능사가 아니다. 좌파세력을 척결하던가 그렇지 않으면 건전한 우파세력으로 순화시키는 정책으로 수정해야 한다. 다섯째 저출산 고령화사회와 청소년문제를 극복하기 위한 특단의 대책이 필요하다. 여섯째 역사. 교육, 문화, 종교 등 각분야에 노출된 아노미현상으로 살인, 성폭력, 자살, 퇴패, 마약, 사기, 폭력 등 반사회적 범법행위의 근절을 위한 구체적 정책이 요망된다. 일곱째 산. 학 공조에 의한 과학, 기술의 진흥은 선진국 진입에 필수적 조건이 될 것이다. .

끝으로 이명박 정부 후반기에 접어들어 성공적인 국정쇄신이 이루어지고 당. 청. 정이 혼연일체가 되기를 간절히 바라는 동시에 이명박 대통령의 통치력에 웅비의 나래를 펴기 바란다 그래서 야당에 의한 좌파정권의 재진입이 아니라 여당에서 정권을 재창출할 수 있기를 간곡히 염원한다. 거듭 이명박 대통령이 5년 임기를 잘 마치고 성공적인 통치자로 높이 평가 되기를 절대자에게 간절히 기원한다.

세종시 건설은 대선시 국민을 우롱한 원죄적 정책이었다

(세종시 수정안의 국회본회의 부결을 보며)

(2010년 7월 3일)

2010년 6월 29일 국회 본회의에 상정된 "신행정수도 후속 대책을 위한 연기·공주 지역 행정중심복합도시건설특별법 개정안"에 대한 표결을 실시해 재석의원 275명 중 찬성 105명, 반대 164명, 기권 6명으로 부결시켰다.

이로써 지난해 9월 정운찬 국무총리 내정으로 시작된 세종시 수정 논란은 종지부를 찍게 됐다. 정부가 제출한 "세종시 수정안"이 국회에서 최종 폐기되고 9부2처2청의 행정기관 이전을 골자로 한 세종시 원안인 '행정중심복합도시' 건설이 예정대로 추진될 전망이다.

파나마를 공식 방문 중인 이명박 대통령은 세종시 수정안 부결 소식을 전해 듣고 "국정 운영의 책임을 맡고 있는 대통령으로서 심히 유감스럽게 생각한다"면서 "국회의 결정을 존중할 것"이라고 밝혔다.

정운찬 총리는 6월30일 오전 서울 세종로 정부종합청사에서 "국회 표결이 끝난 지금, 이제는 국무총리로서 이 문제를 바로잡을 수 있는 방법이 없다"며 세종시 수정안은 내가 짊어져야 할 이 시대의 십자가였다"며 "지난해 9월로 다시 돌아간다고 하더라도 나의 선택은 똑같을 것"이라고 말했다. 정 총리는 "나는 과거에도 그랬지만 지금도 책임질 일이 있으면 반드시 책임을 진다"며 "세종시 수정안을 관철시키지 못한 데 대해서도 이번 안을 설계했던 책임자로서 전적으로 책임지겠다"고 밝혔다.

필자는 작년 10월 말경에 세종시의 건설현장을 직접 돌아보며 남다른 관심을 가지게 되었다. 세종시 건설의 "원안 수정"과 "원안+알파"의 대립의 현장은 국론분열의 진앙지인 동시에 이명박 대통령의 레임덕이 초래될 수 있다는 진단을 필자의 칼럼을 통해 여러차례 밝힌바 있다. 세종시 원안 수정안이 국회에서 부결됨에 따른 7개항의 고언(苦言)을 제시하고자 한다.

1, 세종시 문제는 근본적으로 노무현 전 대통령과 현 이명박 대통령에게 전적인 책임이 있다. 노 전 대통령은 대선에서 재미를 보았다고 실토했다. 이명박 대통령도 대선에서 재미를 다소 본 셈이다. 盧. 李 두 대통령은 세종시를 통해 대선시 충청도민의 단물을 빼 먹은 것이다. 박근혜 전 대표도 이명박 대통령이 단물을 먹는데 일조를 한 장본인이다. 결국 노무현 전 대통령, 이명박 대통령, 박근혜 전 대표는 우매한 국민과 순진한 충청도민을 우롱하여 표를 얻은 것이다. 세종시 문제의 원죄는 국민을 우롱한 대권을 잡기위한 마음속의 검은 그림자의 독소일 것이다.

노무현 전 대통령이 살아 있다면 입이 간지럽겠지만 죽은자가 무슨 말을 하겠는가? 오직 공동정범의 이명박 대통령과 박근혜 전 대표는 국민과 충청도민에게 사과 이상의 석고대죄 (席藁待罪)를 해야 한다. 이명박 대통령과 박근혜 전 대표는 세종시 문제로 왜 극한 대립을 했어야 했는가?를 상호간에 반성하며 늦었지만 국정동반자로 손을 잡아야 한다. 박근혜 전 대표를 설득하고 포용하려 하지않고 박근혜 전 대표를 팽개치며 소외시키려 했던 권력암투의 세력인 이재오계파의 책임이 클 것이다.

속담에 지렁이도 밟으면 꿈틀한다고 했다. 박근혜 전 대표의 마음속 감정의 응어리를 이해 한다는 것은 쉬운 일이 아닐 것이다. 따라서 박근혜 전 대표를 탓하며 세종시 책임의 멍애를 씌우려는 것은 본질을 호도하는 것일 게다.

이명박 대통령은 남은 임기동안 새(鳥)가슴과 같은 통치스타일을 버리고 봉황(鳳凰)다운 통큰 정치를 해야 할 것이다..

2, 한나라당 대통령후보 경선에서 이명박 후보에게 패배한 박근혜 후보는 깨끗이 패배에 승복하고 국정동반자의 약속을 지키며 대선 유세시 이명박 후보를 대통령으로 당선시키기 위해 충청도민에게 세종시 건설에 대한 약속을 지키겠다고 호소를 했다. 그 약속을 박근혜 대표는 대단히 중요시하며 약속을 지켜야 한다는 것이며 이명박 대통령은 약속 보다도 국가 백년대계의 세종시 건설이 더 중요하다는 것이다.

필자는 두 주장에 대해 무책임한 주장으로 보기 때문에 양비론(兩非論)으로 지적할 수 밖에 없다. 결국 이명박 대통령과 궁지에 몰린 박근혜 전 대표의 격돌 그리고 야당의 총공세는 한나라당 당내 갈등으로 곤혹스럽게 만들었고 이명박 정부를 뒤 흔들어 놓아 결국 "세종시 원안 수정"의 국회 부결로 인해 이명박 정부에 큰 타격을 안겨 주었다.

3, 정운찬 총리가 충청도 출신이며 서울대 총장의 경력을 등에 업고 세종시 문제해결사의 멍애를 멧지만 충청도민과 국민들은 냉담했으며 병역의무를 미필한 결점이 도덕성에 흠집이 되기도 했다. 점차 지방의 균형발전에 회의론이 부상하면서 국론 분열이 가속화되고 이명박 정부에 대한 불신이 드디어 6. 2지방선거에서 표출되었다.

정운찬 총리가 세종시 수정안을 설계한 책임자로서 전적으로 책임을 지겠다는 것은 어불성설이다. 총리의 사임으로 책임을 면할 성질의 국책사업이 아니다. 예수님이 인류 구원을 위해 지신 십자가를 비유하여 거론해서는 안된다. 정운찬 총리는 국민을 위해 십자가를 진 것이 아니라 자신의 명예와 영달을 위해 총리실에 입성해서 세종시 문제를 풀지 못하고 국론분열의 선도자가 되고 말았다.

세종시 문제는 통치자가 풀어야 할 몫이며 정총리는 문제해결을 위해 사용된 쓸모 없는 희생양이 되어 버린것이다. 이명박 대통령이 국민들에게 백년대계를 내세워 사과하며 수정안에 대한 호응이 있기를 호소했지 않는가? 전적으로 통치자에게 책임이 있는 것이다. 이 대통령의 호소가 국민들에게 공감을 주지 못해 허공의 메아리가 되고 말았다.

4,이명박 정부는 세종시 건설의 수정안이 국가백년대계를 위해 절실했다면 정권 인수초기에 일찍이 제기됐어야 했다. 그러나 정부출범 3년차를 맞기 직전에 세종시 문제가 뜨거운 감자로 도마에 오른 것은 박근혜 전 대표 죽이기라는 정치적 꼼수의 전략. 전술로 오해를 받게 되었다.

수도분할을 원하는 국민은 없을 것이다. 오직 문제해결을 위한 타당성의 설득에 의한 이해가 부족했고, 시기적으로 적시성이 결려되었다. 따라서 충청도민과 국민들이 충분히 수용할수 있는 대책을 강구치 못한 것이다. 대통령과 국무총리의 여론조성과 홍보로서 문제해결을 기대했던 근시안적

대책은 불 보듯 뻔하게 국회의 부결이 예견되었다.

5,이명박 정부의 세종시 문제와 함께 밀어 부치기식 4대강 사업으로 인해 야당과 종교계의 반발이 거셌고, 3월26일 발생한 천안함 사태는 치명적인 6. 2지방선거에 악제로 작용되었다. 천안함 사태를 악용한 야당은 이명박 정부를 향해 6. 2지방선거에 유리하도록 북풍을 이용해 전쟁의 공포를 조성 하여 "안보장사"를 한다고 성토를 했지만 오히려 야당에서 역발상의 분위를 조성하여 젊은층을 투표장으로 유도했고, 1번(한나라당)찍으면 전쟁 난다는 선전선동으로 젊은층의 투표율을 높여 6. 2지방선거에서 이명박 정부가 참패한 것이다.

6,세종시 문제는 결론이 내려졌다. 그러나 후속조치가 감정적인 오기로 표출되지 않아야 한다. 정부는 세종시에 투자하기로 했던 삼성, 한화, 롯데, 웅진그룹은 세종시 투자 계획을 백지화하겠다는 입장을 밝혔다. 향후 세종시 원안이 추진되는 과정에서 국제과학비즈니스벨트 유치를 비롯한 '플러스 알파'를 놓고 논란이 재연되는 등 세종시 논란이 제2 라운드를 맞을 가능성도 배제할 수 없다.

세종시 문제의 "원안 수정" 또는 "원안＋알파"를 떠나서 현재 진행중인 사업은 지속적으로 추진되는 것이 바람직 할 것이다. 세종시 "원안 수정"이 확정되기도 전에 확정을 기정사실화하여 추진했던 정부의 책임이 크기 때문이다. . 추진중인 건설사업을 중단한다면 다시 충청도민의 원성이 분출될 것이며 건설사업에 진출했던 기업체에 손실보전을 해 주어야 할 것이다. 그래서 지혜를 총동원하여 어느 한편도 손해가 없도록 만족시키는 후속 조치가 요망된다.

7,이명박 정부는 외치(外治)와 내치(內治)의 균형감각이 필요하다. 내치를 잘 못하면서 외치를 잘 한다는 것은 파족적(跛足的)인 국정운영일 뿐이다. 사람이 외모가 건장하고 위풍당당해도 보이지 않는 오장육부에 암이 걸렸다면 생명이 위태로운 것이다.

대한민국이 세계10위권의 경제대국이 되어 원전수주를 했고, G20의장국이 되었으며 원조를 받던 국가에서 원조를 하는 국가로 발전했다 해서 너무 자만해서는 안 된다. 우선적으로 내치에 초점을 맞춰 국정을 쇄신하고,

정치질서를 바로 잡아야 한다.

결론을 맺기로 하겠다. 앞으로 대선과 총선에 대비하여 선거기간중에 입후보자들이 제시한 매니페스토(manifesto)의 실천 가능성에 대한 검증이 반듯이 있어야 한다. 따라서 분야별 전문지식인들로 구성된 조직체에 의한 검증의 제도적 장치가 마련 되어야 한다. 아울러 금권만능의 선거풍토가 근절되어야 하며 기상천외한 선전선동으로 실천불가능한 공약을 제시하여 표몰이로 당선되겠다는 발상은 이제 근절되어야 한다.

또한 대한민국은 자유민주주의 시장경제의 복지국가임을 자부하고 있지만 삼권분립에 의한 입법, 사법, 행정에 있어서 총체적으로 심층의 내부는 푹 썩어 있다. 헌법이 기본이 되어 법치국가로 거듭나야 한다. 또한 도덕 불감증이 만연되어 각종 범죄를 양산하고 있는 사회의 무질서를 바로 잡아야 한다. 더욱 좌파정권 10년의 망국적 후유증이 치유되어야 한다. 따라서 반미, 친북 좌경세력인 반국가 불법단체, 역사를 왜곡하고 학생들을 의식화시키는 전교조세력, 기업발전에 발목을 잡는 노조세력 등 각양각색의 이적단체들이 삼복 더위를 맞이하여 뜨거운 염천의 태양 볕에 잘 건조되어 생명력이 소실되었으면 좋겠다.

끝으로 이명박 정부출범 후반기 초입에 접어들어 레임덕이 조기에 오지 않도록 세종시 문제와 4대강 사업의 후속조치가 잘 되면서 중도실용정책의 궤도를 수정했으면 좋겠다. 그리하여 성공적인 대통령으로 5년의 임기를 잘 마무리 하기를 간절히 바란다. 더욱 차기 정부에 좌파정권이 들어서지 않도록 청와대가 쇄신되고 여당이 환골탈태하기를 학수고대 한다. 모든 지도적 인사들이 더럽고 추한 이기적인 사리사욕을 큰 보자기에 몽땅 싸서 미련 없이 한강에 던져 버렸으면 좋겠다. 오직 국가를 위해 헌신하겠다는 지도자들이 애국적 신사고로 대동단결하여 결속되기를 충심으로 기원하는 마음 간절하다.

이명박 정부의 지방선거 참패는 자업자득의 결과이다

(6.2지방선거의 한나당 참패, 민주당 대승을 보며)

(2010년 6월 4일)

　　조선 제4대 세종대왕은 1443년에 세계적으로 빛나는 문자인 훈민정음을 만들어 글자를 모르는 우리조상의 백성들이 모두 자신의 뜻을 펼 수 있게 했다. 그후 훈민정음으로 기록한 용비어천가 2장에 보면 "뿌리가 깊은 나무는 바람에도 움직이지 않으니 꽃이 좋고 열매도 많으니 샘(우물)이 깊은 물은 가뭄에도 그치지 않으니 시내가 되어서 바다에 이르니(원문 번역)"라는 명언이 기록되어 있다.

　　대한민국 제17대 이명박 대통령은 정부출범 3년째에 접어들어 통치자로서 정치적 뿌리를 깊이 박지 못하고 6.2지방선거라는 거센 바람에 흔들려서 과연 정치적 꽃을 피우고 5년의 임기에 열매를 맺겠는지 시험대 위에 올랐다. 세종대왕은 아닐지라도 이승만, 박정희 대통령과 같은 통치자로서 정치적 샘(우물)을 깊이 굴착해야만 되겠는데 정치적 수심이 얕아 가뭄(6. 2선거)에 시달려 바다는 고사하고 시냇물도 이룰수 없는 것은 아닌지 걱정스럽다. 그래서 거듭나야 할 국정쇄신을 위해 10개항을 성찰해 본다.

　　1, 이명박 정부출범 초부터 내각구성에 고소영(고려대, 소망교회, 영남권), 강부자(서울 강남, 돈많은 부자)라는 신조어의 더티한 이름이 붙게 되어 출범과 동시에 레임덕의 불씨를 정치적 화로(火爐)에 묻어 놓게 되었다.

　　2, 한나라당 대통령 후보경선에서 패배한 박근혜 전 대표는 약속한 국정 동반자의 위치에서 이명박 대통령 당선에 기여했다. 그러나 이 대통령의 2인자 실세인 이재오 의원(현 국민권익위원회위원장)이 점차 박근혜를 소외

126

시키게 되자 한나라당은 친이계와 친박계의 갈등이 심화됐다. 즉 제 18대 총선에 대비한 한나라당 공천에 탈락한 의원이 탈당하여 친박연대(6석)와 무소속연대(25명)를 만들어 30석의 의석을 확보한 정치적 기현상을 보였다. 반친박계의 이재오, 이방호 두 의원이 총선에서 낙선되어, 이재오 선거구에서 창조한국당 문국현 대표, 이방호 선거구에서 민주노동당 강기갑 대표가 당선되는 이변을 보였다.

3, 이명박 정부는 반미, 친북 좌파정권의 이념적 악성 바이러스를 출범 초부터 제거했어야 했다. 그러나 중도실용정책으로 보수와 진보를 동시에 포용하려는 거시적 안목은 오히려 근시적 색맹에 분별력을 상실한 결과를 초래했다. 광우병 촛불집회에 공권력이 마비되고 야당 국회의원들이 국회에 등원치 않고 거리에 나와 촛불집회에 동조하는 추태를 보여 대한민국의 국회의원이 아니라 북한최고인민위원회 대의원이 아닌가라는 오해를 받기에 충분했다. 심지어 대통령이 청와대 뒷산에 밤에 올라가 "촛불집회를 바라보며 반성하고 과거에 아침이슬의 노래를 좋아 했다"는 기사를 읽으며 보수세력들은 가슴을 치기도 했다.

4, 노무현 대통령의 자살에 국민장, 김대중 대통령의 서거에 국장을 치루게 되자 보수세력은 반발했고, 좌파 조문객의 조문행열은 좌파세력의 결집을 부추기게 했다. 좌파세력들이 세와 힘을 과시할 수 있는 두 전직대통령 빈소의 여러장소와 조문시간에 까마귀떼 처럼 모여들어 설치며 이명박 정부를 압박하는 간접적인 작용을 행사했다.

5, 대북한 정책에 있어 햇볕정책에 차별화를 했지만 남북정상간의 만남을 주선하며 물밑 접촉하는 등 6. 15 및 10. 4의 만남의 성격으로 DJ와 MH의 전철을 밟지 않을지 의구심을 갖기도 했지만 천안함 침몰사태로 무산되고 말았다. 이명박 정권은 김정일에 끌려 다닌 과거정권의 전철을 절대로 답습해서는 안된다. 천안함 침몰사태 발발 즉시 비상사태를 선포하고 한미연합사령관의 작전권이 발동되었어야 했다. 그러나 천안함 침몰 후속조치의 미흡으로 진실이 왜곡되어 6. 2지방선거에 역풍을 맞게 된 것이다.

6, 김정일의 방중은 한반도 비핵화를 위한 6자회담을 지연시키고 세습체제를 인정받으며 경제적 악화를 극복하기 위한 좋던 싫던 간에 혈맹의 북.

중관계라는 사실이다. 향후의 장차의 전쟁은 국지적 테러전이 예상된다. 따라서 제2, 3의 천안함 사태가 예상할수 없는 장소와 시간에 교묘한 방법으로 기습적인 테러를 감행 할 것이다. 제2의 5.18광주시민 봉기나 내란을 예방하고 땅굴의 침투로를 거부하는 대책이 강구되어야 한다.

7, 이명박 대통령은 지방선거의 참패의 책임을 물어 한나라당 정몽준 대표와 대통령실장,국무총리의 사의를 즉각 수리하고 청와대의 좌편향 비서들을 과감하게 교체해야 한다. 그리고 병역미필 정운찬 국무총리, 국정원장, 법무부장관, 국토해양부 장관등 병역미필 각료와 고위직 공무원들을 해직 시켜야 한다.

8, 세종시 건설과 4대강 사업을 전면 재검토하여 국론분열을 막아야 한다. 6.2지방선거의 참패는 국론분열과 무리한 밀어붙이기 4대강사업과 정운찬 국무총리를 기용하여 세종시 수정안에 무리수를 두었고 야당과 좌파세력에 공격의 빌미를 주었다. 더욱 한나라당 박근혜 계파와 충돌은 설상가상으로 정국의 혼미를 초래했고 지방선거의 참패에 원죄가 되고 말았다.

9, 천안함 사태로 인하여 지방선거 기간중에 야당에서 여당을 향해 북풍을 악용한다고 매도했지만 오히려 이명박 정부가 역풍을 맞게 되었다. 북한의 내정간섭에 의해 야당후보 단일화를 종용했고, 여당 심판론을 강조하며 북한에서 야당을 원격조종하여 한목소리를 냈다. 더욱 전쟁을 부추기는 한나라당 보다는 대북관계를 잘 유지하여 전쟁을 방지할수 있는 민주당을 지지하여 군대에 가지 않을 수 있다는 청년들의 심리에 촛점을 맞춰 선동했고 스마트 폰을 이용하여 투표 당일 오후에 젊은 청년들을 투표소로 대거 동원하여 투표율을 높였기 때문에 한나라당이 참패하고 민주당이 역전하여 승리의 개가를 부르게 된 것이다.

10, 이명박 정부는 천안함 사태로 안보의 중요성에 늦게 나마 각성을 했고, 지방선거 기간에 북한에서 친북세력들에게 은밀히 작용하여 선거간섭을 했다는 사실을 경종으로 받아들여야 한다. 특히 전교조를 청산하지 못한 상태에서 진보적 교육감이 많이 당선된 것은 전교조 활동의 운동장을 만들어 주고 활로를 제공해 준 셈이다. 심히 우려스러운 것은 좌경적 의식화의 학교교육의 문제점이다. 이제라도 중도실용 정책을 수정하여 반미,친북세

력과 전교조를 척결하지 못하면 국정쇄신이 쉽지 않을 것이다. 이명박 대통령은 잔여 임기가 3년도 남지 않았다. 임기 마칠때 까지 투철한 통치력으로 대한민국의 정체성을 회복하고 좌파친북세력의 척결에 과감해야 하며 거듭날 국정운영에 어떠한 변화를 줄것인지 심각하게 고민해야 할 전환기의 시점이다

兵役義務未畢
政治人根絶對策協議會

대표 회장, 김 흔 중

정치인의 "안보 장사"란
시장 논리가 왠 말인가?

(2010년 5월 27일)

천안함의 침몰원인을 규명하기 위해 민군합동조사단을 구성하여 객관적이고 과학적인 치밀한 조사를 실시하여 5월20일 오전 10시 국방부 대회의실에서 사고발생 55일만에 북한의 어뢰에 의한 소행임이 분명히 밝혀졌다. 합동조사단은 "천안함 침몰해역에서 어뢰로 확증할 수 있는 결정적인 증거물로 어뢰 추진동력부인 프로펠러를 포함한 추진모터와 조종장치 등을 수거했다"고 밝혔다. 특히 이 추진부 뒷부분 안쪽에 '1번'이라는 파란색의 한글표기가 있는데, 우리 측이 확보하고 있는 북한의 어뢰 표기방법과 일치한다는 것이다. 북한의 소행임이 분명히 밝혀져 국제공조를 얻는대도 충분했다.

이명박(MB) 대통령은 5월 21일 천안함 사태에 대해 "(북한의) 군사적 도발행위이며, 유엔헌장과 정전협정, 남북기본합의서를 위반한 것"이라고 규정했다. 국민들이 휴식을 취하는 늦은 시간에 북한으로부터 무력기습을 당한 것"이라며 "심각하고 중대한 사안인 만큼 우리가 대응하는 모든 조치사항도 한치의 실수가 없고 매우 신중해야 할 것"이라고 밝혔다.

북한의 어뢰공격에 의한 천안함 침몰이라는 사실이 분명함에도 불구하고 이를 부정하려는 네티즌들이 난무하며, 야당 정치인들은 북한의 소행이 아니라는 편견의 두둔하는 주장을 했다. 그러나 북한의 소행이라는 진실이 점차 확실해 지자 민주당 정세균 대표는 한나라당이 6. 2선거를 앞두고 북풍을 이용하는 "안보 장사"를 한다는 주장의 논리를 내 세웠다.

야당 정치인들이 시정 잡배들과 같이 무법천지에서 행패부리는 깡패를 방불케 하고 있다. 국가 안보를 남북간에 정치적 흥정거리로 생각하며 서슴치 않고 이명박 정부(한나라당)를 향하여 안보 장사를 한다고 매도하고 있는 것이다. 참으로 한심스러운 야당 정치인들의 치졸한 망언이다.

미국의 하원은 5월25일 본회의를 열고 천안함 사건에 관련 대북 결의안을 표결에 부쳐 찬성411표, 반대3표로 통과시켰다. 채택된 결의안은 "한국정부의 조사결과를 전적으로 지지하며 천암함을 침몰시킨 북한을 강력히 규탄한다"며 국제사회의 공동대응을 촉구했다. 그러나 직접 당사국인 한국 국회에서 단호한 결의가 있어야 함에도 불구하고 이명박 대통령의 대국민 담화와 대북응징의 선언에 냉담하고 있는 것이다. 한국의 야당이 북한에 종속된 정치인들의 조직이 아니라면 천안함 침몰사건에 뜻을 같이 하고 한목소리를 내어 대응조치를 해야 마땅하다. 국가의 위기 사태에 여, 야가 따로 있을 수 없다. 그러나 야당이 좌파정권 10년의 계승 정치인들로 구성되어 친북 성향이 있기 때문이라는 오해를 받기에 충분하다.

MB는 CEO대통령이라 자부하고 있다. MB는 중도실용의 정책을 채택하여 이념갈등에 의한 안보의 취약점에 등한시한 까닭에 경제 장사꾼이라는 비판은 있을수 있겠지만 국가안보를 시장개념으로 보는 안보 장사꾼은 분명이 아닐 것이다. 오히려 안보를 팔아 먹은 안보 장사꾼은 DJ와 MH라는 사실이다. 오늘날 인민군을 우군으로 착각하여 주적개념도 사라지고 남남갈등에 의한 내부의 적을 식별 곤란하게 만든 좌파정권 10년은 평화를 가장한 안보 장사꾼들의 무모한 대북지원의 소행이었으며 그들의 오판과 실수로 오늘날의 안보가 실종된 국가 위기로 치닫게 만든 것이다.

그간 북한이 핵무기와 미사일, 그리고 대량살상무기를 보유하여 비대칭 군사력을 유지하면서 적화통일전략과 통일전선전술에 의한 술책으로 남한을 인질로 잡고 있었으며 이제껏 남한을 몰상하게 얕잡아 보고 있다가 천안함을 어뢰로 공격, 침몰시켰으나 진퇴양난의 자충수의 사태를 자초하고 말았다. 그리고 한반도 비핵화를 위한 6자회담을 교묘히 피해 가려고 했지만 오히려 자승자박의 결과로 덜미를 잡힌 것이다.

천안함 폭침의 책임은 북한의 김정일 집단에 있음에도 오히려 안보책임을 이명박 정부에 돌리고 처벌을 강력하게 주장하는 것은 북한을 간접적으로 이롭게 선동하는 결과로서 국가보안법에 저촉되는 엄연한 범법행위이다. 특히 6, 2 지방 선거를 앞두고 "북풍이다. 노풍이다. 검풍이다" 라는 용어 자체는 국민들을 혼란에 빠뜨리며 국론 분열을 증폭시키는 결과를 가져 오게 된다. .

대한민국의 정치인들은 심기일전하여 국가안보를 강화하는 입법활동을 철저히 해야하며 반국가활동에 대한 헌법에 보장된 국가보안법의 적용에 한치의 오차없이 엄중한 물리적인 제재가 가해져야 한다. 이는 국가 안보를 위한 법치의 기본이 되기 때문이다.

국회의원 선거 못지 않게 중요한 6. 2지방선거이기 때문에 지방자치의 활성화를 위하여 참신한 일꾼이 많이 선출되어야 한다. 더 이상의 "안보장사", "북풍", "노풍" "검풍"이라는 치졸한 용어가 난무하는 선거풍토는 말끔히 청산되어야 한다. 오직 유권자들이 냉철하게 선거를 통해 심판해야 한다.

광주 5.18시민항쟁의 진실은
반듯이 밝혀져야 한다
(광주 5.18사태 30주년을 맞이하며)

(2010년 5월 18일)

광주5. 18사태 30주년을 맞이하여 냉철한 역사관의 통찰력으로 뒤 돌아보며 반성하는 자세로 역사의식을 새롭게 가지는 계기가 되어야 한다.

광주5. 18사태시에 북한군 특수부대의 개입사실에 대하여 월간지 "한국논단"(2006년11월호)에 탈북장교(대위) 임천용씨 증언의 특별대담이 기사로 밝혀졌다. 또한 서울 정동 세실레스토랑에서 임천용씨가 기자회견을 가진바 있다.

당시 노무현 좌파정부에서는 관심밖의 일이었고 굳이 문제삼을 필요도 없었다. 그러나 보수세력들도 남의 일처럼 방관했으며 한국논단의 대담기사를 읽었고 기자회견 내용을 알면서도 보수측 지도자의 인물들은 몸조심하는 듯 거론조차 하지않고 침묵했다.

필자는 몇차례 한국논단의 임천용씨 대담내용(요약)을 인터넷에 의해 전파하기도 했으며 2007년 12월 대선 직전에 탈북장교 임천용씨를 만나려고 노력을 했으나 통신이 두절된 상태였다. 그러나 2008년 4월 이명박 대통령이 취임한 후에 임천용씨와 통화가 되어 직접 종로 YMCA 커피숍에서 만났으며 상세한 특수부대투입의 증언을 확인할 수 있었다. 그후 인터넷을 통해 이명박 정부에서 5. 18사태시 북한 특수부대 개입사실의 여부에 대한 역사적 진실규명이 반듯이 있어야 한다는 주장을 피력하기도 했다.

2008년 6월초에 탈북장교 임천용씨로 부터 필자에게 전화가 걸려 왔다. 6월14일 한국교회100주년기념관 소강당에서 "탈북기독군인연합회 창립기념예배"가 있다며 초청한다는 전화였다. 그래서 창립기념예배에 참석했다. 그후 1개월이 지난 7월중순경 한국기독예비역장교연합회 서울지회(고넬료

회)조찬모임의 친교시간에 뜻밖에 탈북장교 임천용씨가 나와서 "탈북기독
군인연합회 창립"에 대한 경과보고를 하는 것이다.

필자는 임천용씨가 광주5. 18사태시 북한 특수부대 투입을 주장한 장본
인라는 사실을 알고 있었는데 특수부대투입에 대한 한마디 언급도 없이 탈
북기독군인연합회에 대한 언급만 하고 마이크 앞을 떠나는 것이다. 필자는
즉시 친교부장의 양해를 얻어 마이크를 잡았다. 지금 이 자리에 나왔던 임
천용씨에 대해 소개를 하겠다며 광주5. 18사태시 북한군 특수부대의 침투
를 증언한 장본인라는 사실을 힘주어 소개하며 광주5. 18사태시에 특수부
대가 침투했다는 사실이 규명되면 임천용씨는 역사적인 인물이 될 것이라
고 강조했다. 필자의 요청에 의해 그가 다시 마이크앞에 나와 북한 특수부
대침투에 대한 간략한 증언이 있었다. 이 자리에는 당시 박세직 재향군인회
회장을 비롯하여 전직 장관, 전 합참의장, 육. 해군참모총장, 장성출신 등
육,해,공,해병대장교 출신 200여명이 참석했었다.

그후 박세직 재향군인회장은 대한민국안보와경제실리기국민운동본부(
안경본) 총재를 맡아 전국 교회에 유인물은 보내는 등 안경본의 활성화를
위해 노력을 많이 하는 가운데 광주5. 18사태시 북한 특수부대 침투에 대
한 유인물의 홍보를 했다. 필자는 당시 안경본 공동대표를 맡고 있었기에
박세직 총재와 특수부대 침투에 대한 여러차례 숙의를 한바 있다. 이때 서
울교회 이종윤 목사는 광주. 5. 18사태시 북한 특수부대의 침투가 있었다
는 사실을 알게된 기독교지도자로서 양심적 입장에서 설교시에 언급한 것
으로 알고 있다. 그러나 광주5. 18유족단체에서 반기를 들어 물의를 이르
킨 일도 있다

2009년 9월 탈북 북한군 출신들의 모임인 자유북한군인연합(회장 임천
용)이 "화려한 사기극의 실체 5.18"이라는 책을 펴냈다. 5.18이 화려한 사
기극이라는 것이다. 이 책에는 35명의 탈북자들이 증언을 했다.

5.18 광주폭동은 북한이 기획-실천했고, 5.18이후 북한에서는 이른바
5.18공화국 영웅들이 갑자기 쏟아져 나왔고, 그들의 가족들은 귀족대우를
받았으며, 북한에는 공화국영웅들이 안장된 묘지가 여럿 있으며, 5.18을 기
리기 위해 1만 톤 프레스에 '5.18청년호' 라는 명칭을 달아주고, '5.18소년

호 땅크(탱크)’ ‘5.18청년직장’ ‘5.18식품가공공장’ ‘5.18고치(누에)청년작업반’ 등의 호칭들도 생겨났고, ‘5.18무사고 정시견인차 운동’을 벌인 바도 있었다고 증언했다.

광주 봉기는 북한이 계획적으로 남조선을 전복하고, 북한에서 공화국 애국자요 투쟁가로 통하는 김대중을 중심으로 하는 친북정권을 세우기 위해 북한에 의해 저질러졌으며, 북한은 살인기계로 길러진 특수부대들을 대거 내려 보내 시민들을 총으로 쏘아 죽이고, 때려죽이고, 찔러 죽여 놓고, 이를 계엄군의 소행으로 인식하도록 함으로써 계엄군에 대한 광주민중의 적개심을 불러일으켰다고 증언했다.

주로 여성과 임산부들을 상대로 입에 담지도 못 할 만큼의 끔찍한 만행을 저지르는 장면을 동영상으로 생생하게 반복적으로 보여주면서 북한주민들에게 대남적개심을 선동했다고 증언한다. 이러한 동영상은 남한에는 없고 북한에서만 방영됐다. 북한에서 동영상이 방영되는 동안 남한에서는 그 동영상에 상응하는 유언비어들만 난무했다. “공수부대가 임신한 여인의 배를 찔러 태아를 꺼냈다” “공수부대가 대검으로 여대생을 발가벗기고 유방을 도려냈다” 등 등. 이는 북한 특수군이 광주의 어느 후미진 곳들에서 이러한 만행을 저지르면서 동영상을 찍어 올려 보낸 반면, 광주에는 유언비어를 퍼뜨렸다는 것이다.

광주에서 북한의 모략전을 위해 칼에 유방을 잘리면서 비참하게 죽어간 젊은 여성들과 임신한 배를 칼로 찔리면서 태와와 함께 처참하게 죽어간 여인들, 나체로 목이 잘려나간 여인, 전기톱 같은 것에 의해 두개골이 반으로 잘리다 만 여인 그리고 맞아 죽고, 찔러 죽고, 총에 맞아 죽은 사람들은 공수부대에 의해 당한 것이 아니라 북한 특수군에 의해 당했다는 것을 이제부터라도 알아야 할 것이다. 공수부대는 그런 부대가 절대로 아니다.

여성들을 끔찍하게 다룬 내용을 묘사한 유언비어들은 각종 실록으로 존재한다. 북한에서 이 유언비어들에 해당하는 동영상이 방영되었다는 것은 여러 탈북자들의 공통적인 증언내용들이다. 그렇다면 여성만 골라 이런 만행을 저지른 것은 북한의 소행이 분명해 보인다. 북한은 가장 자극적인 방법으로 광주 시민들을 흥분시켜 당시의 한국정부를 전복시키고, 북한 주민

들에게 남한 타도에 대한 정당성과 적개심을 고취시켜 제2의 남침전쟁을
할 수 있다는 데 대한 사전 심리전 작업을 한 것이라 볼 수 있을 것이다. 용
서받을 수 없는 천인공노의 만행이며 국민 전체가 경각심을 가져야 할 대목
이라고 생각한다. 또한 이들은 광주에서 자기들을 의심의 눈초리로 바라보
던 여인들과 남자를 살해했다고 증언했다.

1980년 3월을 광주 폭동의 D데이로 정하고 대규모 간첩들을 새로 내려
보내, 부마사태, 사북사태 등을 지휘하기 위해 이전에 파견돼 있던 특수부
대 인원들과 고정간첩들을 총 동원하여 전라남북도 전역을 샅샅이 뒤져 무
기고 위치를 찾아내 1980년 2월말에는 무기고 전반에 대한 약도를 완성했
다고 증언했다.

광주 봉기 시에 방위산업 업체로부터 장갑차와 군용차를 탈취하고 그 차
들을 가지고 수많은 무기고를 일시에 탈취한 것도 북한 특수군이 한 것이
고, 특수군이 무기를 나누어 줄 때 "아저씨 남한 사람 아니지요?" 그를 의
심하는 한 여성을 끝까지 쫓아가 대문 안에서 남자와 이야기 하는 장면을
포착해 두 사람 모두를 살해했다는 증언도 했다. 감옥소(교도소)를 공격한
일과 장갑차를 운전하고 기관총을 든 것도 북한 특수군의 소행이었다고 증
언했다.

위 모든 증언의 내용들은 국민들이 상상할수 없는 참혹한 동족간에 빚어
진 비극의 역사적인 사실이다. 탈북인들이 솔직하게 역사적 사건을 사실그
대로 증언했다면 이제라도 늦지 않았으니 광주5. 18사태 발생 30주년을 맞
이하여 역사적 진실이 반듯이 밝혀져야 한다. 그러나 탈북자들의 증언이 왜
곡된 허위의 역사적 사실이라면 이명박 정부에서 사실규명을 철저히 하여
혹세무민의 역사적 허위사실 유포에 의한 국론분열을 초래한 책임을 엄중
히 물어야 하며 반듯이 처벌해야 한다.

광주5. 18사태가 의거인지 폭동인지의 양자간에 존재하는 의혹의 심판
이 분명히 내려져야 한다. 그리하여 국민들에게 30년간 응어리진 광주5.
18사태의 의혹들에 대한 선명한 해답이 나와야 한다. 그래서 30년간 첩첩
히 쌓인 의혹이 말끔히 풀리고 역사가 바로 잡혀야 한다.

노무현 좌파정권의 "과거사진상규명위원회"에서 반국가적 인물을 애국

자로 변신시키고 후하게 보상해 주었으나 반면에 역사적인 애국인사를 친일파로 폄하하여 정치적으로 악용한 사실을 반면 교사로 삼아야 한다. 광주5. 18사태의 중대한 역사적 사건의 진실은 정부차원에서 사건의 전말을 밝혀야 할 사안이지 일부 보수세력의 지도자들이 성토한다고 해서 해결될 문제는 결코 아니다. 오직 이명박 정부에서 역사바로잡기의 차원에서 어느 주요국정 못지 않게 중요한 최 우선 과제로 다뤄야 할 가장 시급한 문제인 것이다.

대한민국은 범법전과자가
선거에서 판치는 나라인가?

(2010년 5월 16일)

2010년 5월13일 6.2 지방선거 후보등록이 선관위에 마감되었다. 신문기사의 보도에 의하면 선관위에 등록을 마친 후보자 가운데 국민들을 아연실색케 하는 전과자, 세금미납자, 병역미필자 등 범법전과자의 후보자가 놀라울 정도로 많다는 사실이다. 범법전과자들의 실태를 구체적으로 살펴 보기로 한다.

첫째, 전과자는 시. 도지사후보자의 40%, 기초단체장후보자의 13%가 전과자로 나타났다.

선관위에 등록한 후보자 7155명(교육감 · 교육의원 제외) 가운데 901명(12.6%)이 전과가 있는 것으로 나타났다. 최다(最多) 전과는 6건으로, 민주당 안희정 충남지사 후보와 민주노동당 문성현 창원시장 후보였다. 안 후보는 87년 고려대 애국학생회 사건과 88년 반미청년회 사건 등 시국 관련 2건, 2002년 대선 당시 불법 정치자금 수수 등 정치자금법 위반 4건 등이었다. 문 후보는 노동쟁의 및 보안법 위반이 4건, 집회 · 시위 관련 전과가 2건 등이었다. 전과가 있는 후보자 비율은 2002년 12.5%에서 2006년 10.5%로 줄었다가 다시 2002년 수준으로 돌아갔다.

시.도지사 후보 등록자 40명 중엔 16명이 전과가 있었다(40%). 민주당 김정길 부산시장 후보는 선거법과 정치자금법 위반 등이 각각 1건씩이었고, 진보신당 김상하 인천시장 후보는 보안법만 2건이었다. 민주당과 민노당 후보 대부분은 시국사건 전과였다.

기초단체장 후보 등록자 607명 가운데는 81명인 13.3%가 전과가 있었다. 문성현 창원시장 후보(6번)에 이어 이석재 해남군수 후보(무소속)가 5

번의 전과가 있었고, 전과 3번 이상이 4명, 2번 이상이 9명 등이었다.

둘째, 세금미납자는 5년동안 한푼도 내지 않은 후보자가 2. 1%로 나타났다.

광역.기초단체장 및 광역.기초의원(비례 포함) 후보 중 202명(2.1%)은 지난 5년 동안 세금을 한푼도 내지 않았다. 후보들이 2005~2009년 납부한 소득세 · 재산세 · 종합부동산세 등을 종합한 결과 세금 납부 실적 '0원'을 포함해 연평균 10만원 미만의 세금을 납부한 후보는 전체 9663명 중 1394명(14.4%)이었다. 이들을 포함, 1년 평균 50만원 미만 납세자는 3602명(37.3%)으로 10명 중 4명꼴이었다.

교육감과 교육의원을 제외한 후보 중 세금 납부 1위는 무소속인 현명관 제주지사 후보로 43억5205만원(연평균 8억7041만원)이었다. 다음은 경기 안산시장에 출마하는 민주당 김철민 후보로 29억2875만원(연평균 5억8575만원)을 냈다. 체납액 최다 후보는 충북 음성 군의원에 출마한 무소속 이준구 후보(5억9129만원)로 아직까지 5억4023만원을 내지 않고 있다.

셋째, 병역면제를 받은 시.도지사 후보자가 43%, 기초단체장 후보자 가 15%로 나타 났다.

합법적으로 병역면제를 받았다고 주장하겠지만 병역비리가 만연된 현실을 곱게 바라보지 못하는 가운데 병역면제를 받은 후보는 대상자 6277명 가운데 856명으로 13.6%였다. 2006년 지방선거 때의 13%, 2002년 14%와 비슷한 수준이었다. 정당별로는 한나라당이 250명으로 가장 많았고, 민주당 212명, 자유선진당 38명, 민주노동당 34명, 국민참여당 28명, 진보신당 9명, 무소속 · 기타 285명 등이었다.

시 · 도지사 후보 중 여성을 제외한 대상자 37명 가운데 16명이 면제를 받아 43%의 면제율을 보여 평균보다 훨씬 높았다. 기초단체장 후보의 면제율은 15.1%로 평균보다 조금 높았다.

시 · 도지사 후보들의 면제 사유는 질병 또는 장애(지상욱 선진당 · 서울, 김정길 민주당 · 부산, 김문수 한나라당 · 경기, 이광재 민주당 · 강원, 박웅두 민주노동당 · 전남, 유성찬 국민참여당 · 경북), 수형(송영길 민주당 · 인천, 김상하 진보신당 · 인천, 장원섭 민주노동당 · 광주, 정찬용 국민참여당·광주, 안희정 민주당·충남) 등이 많았다. 안상수 한나라당 인천시장 후보는 고령, 강운태 민주당 광주시장 후보는 장기 대기, 이시종 민주당 충북지사 후보는 정밀검사, 김대식 한나라당 전남지사 후보는 생계곤란 등이 이유였다. 민주당 김완주 전북지사 후보는 '면제 사유가 확인이 안 된다'고 돼 있었다.

결론적으로 분석해 보면 첫째, 전과자는 범법했던 철면피한 후보자들이다. 둘째, 세급미납자는 납세의 의무를 다하지 못한 범법후보자들이다. 세째, 병역미필자는 병역면탈이 위법이 아니라고 합리화 하겠지만 병역의무를 미필한 부적격의 후보자들이다.

특히 헌법 제38조와 제39조에 각각 명시된 국민에게 부여된 납세의무와 병역의무를 다하지 못한 후보자는 엄정히 다스려 유권자들이 투표에서 심판을 내려야 한다. 최근 천안함 침몰사태에 즈음하여 고위 공직자들의 병역의무 미필에 대한 힐랄한 비판적인 시각이 두드러지고 있다. 즉 국무총리, 국정원장, 대통령실장, 법무부장관, 국토해양부장관 등에 대한 곱지 않은 국민들의 화살이 예사롭지 않은 가운데 지방선거에 입후보한 병역의무 미필자에 대한 심판의 여론이 부상되고 있다.

끝으로 바라건데 6.2 지방선거는 국회의원 선거 못지 않게 중요하다. 유권자들의 냉엄하고 공정한 심판으로 결격후보자를 낙선시키고, 깨끗하고 능력있는 후보자를 당선시키는 선거의 혁명을 이룩해야 한다. 대한민국의 풀뿌리 민주주의의 초석을 다지고, 지방자치제를 성숙시킬수 있는 공명선거가 반듯이 실시되어야 한다. 6.2 지방선거에는 금품살포나 선동적 정치공작 그리고 각종 연고주의에 속아 넘어가 잘 못 뽑아 놓고 후회하는 어리석은 국민이 결코 되지 말아야 한다.

북한의 가짜 교회에 몰려가는
남한 목사들에게 경고한다

(2010년 3월 14일)

북한의 「가짜교회」인 평양 봉수교회에서 소위 「南北 공동기도회」가 열린다고 한다. 남한의 조국평화통일협의회(협의회. 대표총재 피종진 목사, 대표회장 진요한 목사)는 5월12~14일 북한 조선그리스도교연맹(조그련. 위원장 강영섭 목사)과 공동으로 평양 봉수교회에서 「조국평화통일 기원 南北공동 평양기도회」를 가진다는 것이다. 그 집회의 부당성을 냉정히 살펴보기로 한다.

1, 기독교 지도자들이 진리와 비진리를 분별 못하고, 의와 불의를 식별 못하고, 악과 선의 한계를 모르고, 사랑해야 할 대상을 모르고, 신앙의 본질을 왜곡하는것이 큰 문제이다.

2, 기독교인이 마귀(사탄)를 사랑하면 마귀에 동화되고, 마귀를 용서하면 마귀와 친해지고, 마귀와 교접하면 마귀 새끼를 낳고, 사탄의 깊은 함정에 빠지면 죽게 되는 것이다.

3, 주님이" 원수를 용서하고 사랑하라. 원수가 줄이거든 먹이라" 했지만 김정일 집단은 원수를 초월한 사탄의 무리이며, 용서와 사랑의 대상이 아니기에 대적하여 싸워서 이겨야 하는 것이다. 그러나 북한 동포들에 대한 사랑은 간절해야 한다.

4, 마지막 때는 거짓 선지자가 많이 나타나 "하나님이 여기 있다. 저기 있다 해도 믿지 말라"고 했고, 이리가 양의 옷을 입고 나오는 자가 많다 했

는데 양과 이리의 식별이 곤란해 졌다.

5,종교 지도자들이 진정으로 통일을 원한다면 북한에 속아서 가짜교회인 봉수교회에 갈 것이 아니라 우리들의 교회, 성당, 도량(道場)에서 진심으로 기도와 염불을 해야 할것이다.

6, 하나님은 무소부재하신 하나님이시다. 주님의 이름으로 모인 곳에는 하나님이 함께하시는 하나님이시다. 주님의 뜻에 합당한 국가를 위한 기도는 부르짖어 기도할 때 반듯이 응답해 주실 것이다. 장소와 때가 문제가 아니라 무시로 어느곳이 든 간절한 기도가 요망된다.

결론적으로 말하면 불교,천주교, 개신교 지도자들이 반미,친북 좌파세력에 뇌화부동하면 적화통일전략과 통일전선전술에 말려들게 되고 국가를 위태롭게 만든다는 사실이다. 기독교 지도자들이 앞장 서 구국적 사명을 다 해야 한다. 그러나 현실적인 상황 판단을 해 보면 무척 걱정이 된다. 반듯이 하나님은 대한민국을 버리지 않으실 것이지만 경종의 채찍도 있을 것이다.

북한 동포에 대한 인권침해의 만행은 천인공로 할 일이다
(정신병원에 입원한 로버트 박의 회복을 기원하며)

(2010년 3월 6일)

우리나라 국가인권위원회는 북한인권정보센터에 조사를 의뢰하여 9개월 동안 정치범수용소에 수용됐던 탈북자 17명 등에 대한 면접조사와, 재작년 이후 입국한 탈북자 322명에 대한 설문조사를 실시 했다. 2010년 1월 20일 조사결과는 북한에는 6곳(북창, 요덕, 개천, 회성, 수성, 회령)의 '정치범수용소'가 운영되고 있으며, 이곳에 수용된 정치범 15만여명은 광범위한 인권침해를 당하고 있는데 한번 수감되면 출소할수 없는 종신 수용소라는 사실을 국가인권위원회에서 공식적으로 밝혔다.

그러나 미군 신문 '성조지'2010년 02월08일자 신문에 북한의 정치범 수용소 실태에 대해 "20만 명 이상이 북한 정치범 수용소에 갇혀 있으며, 현재 남한에 거주하는 탈북자 1만6000여 명 중 32명이 정치범 수용소를 탈출한 사람들로 집계됐다"며 "그러나 한국인들은 수용소의 고통은 북한인들의 것이지 자신들의 것은 아니라고 생각해 무관심한 것"이라고 지적하며 한국인의 무관심을 강도 높게 지적했다. 이어 "북한 정치범 수용소에 대한 한국의 '무관심'은 전형적인 현상으로, 수용소 문제가 공개적으로나 정치 공간에서 거의 논의되지 않기 때문"이라고 지적했다.

또한 "한국인들은 수용소를 거론하면 '그게 어쨌다는 거냐' '우리랑 무슨 상관이 있나'라는 반응을 보이며, 심지어 수용소의 존재를 부인하거나 거짓말이라 주장까지 한다"고 탈북자 강철환씨의 말을 인용해 보도했다.

또한 동 신문은 "3년간 요덕수용소에 복역했다가 남한으로 탈출한 정경일씨가 최근 젊은 한국 군인들에게 참혹한 수용소의 현실을 강의했다"며 "그러나 군인들은 '인민군은 휴가가 며칠이냐, 여자친구는 보러 갈 수 있나'

143

같은 질문만 했을 뿐 누구도 북한의 수용소 네트워크에 대해 호기심을 보이지 않아 정씨가 큰 충격을 받았다고 말했다"고 보도했다. 이어 "정씨는 대학에서도 같은 내용의 강의를 했으나 학생들 상당수는 잠만 잤다고 말했다"며 "탈북한 지 5년이나 지났지만 정씨에겐 이런 무관심이 여전히 충격적"이라고 전했다.

우리 주변의 반미. 친북 좌파세력은 걸핏하면 민족주의를 들먹거리며 우리의 소원은 통일이라고 앵무새처럼 읊어 댄다. 왜 북한 동포들이 인권이 짓밟히고 자유가 없는 김정일 독제 세습체제의 생지옥에서 죽어가고 있는데 남의 일처럼 외면하고 있는가? 왜 정치범수용소에서 배가 고파 피골이 상접하고 피가말라 죽어가며, 공개처형으로 고귀한 생명을 잃어가고 있는 참상을 알면서 그대로 묵과할수 있는 일인가? 한국 정부와 애국단체들은 인권탄압으로 고귀한 생명을 잃고 고통에서 신음하는 북한 동포들을 하루속히 구원해야 한다.

북한이 주체사상과 선군사상을 기본이념으로 내세우고 김일성, 김정일, 김정은의 세습체제를 유지하기 위해 인권침해가 지속적으로 이루어져 왔지만, 지난 좌파 참여정부에서는 남북대화의 진전을 위하여 직접 언급하는 것을 자제해 왔고, UN 인권위 등의 결의안에 대하여 불참하거나 기권하여 국제사회의 요구에도 소극적이었다. 사실상 반민족적 행위였다.

이명박 중도실용정부에서 북한 인권문제에 대한 관심을 표명하고 있지만 구체적인 방안이 결정된 것이 없다.

그러나 미국은 2003년 북한자유법안을 토대로 대폭 수정 보완하여 2004년 3월 23일 상정하고 2004년 10월 4일 하원에서 재의결을 거쳐 부시 대통령이 2004년 10월 18일 서명하여 "북한인권법"을 제정했으나 2008년 9월 말로 만료되어 다시 2012년까지 연장했다.

북한 동포의 인권문제는 미국이나 유엔에서 다루기에 앞서 한국에서 여. 야를 막론하고 북한 동포의 인권침해에 관심을 가지고 북한 인권법을 제정하여 북한동포들이 인권탄압의 질곡(桎梏)에서 해방될 수 있도록 대책이 강구되어야 한다.

그러나 야당에서 소극적이고 반대하는 추세는 김정일의 감정을 건드리지 않겠다는 반국가적, 반민족적 행태로 볼수 밖에 없다. 좌파정부 시절에는 김정일에게 알현해야 정치생명이 연장될것이라는 망상으로 평양을 방문한 정치인이 줄을 서지 않았던가?.

2009년 12월25일 성탄절에 두만강을 건너 중국에서 북한으로 무단 월경한 재미교포 북한인권운동가 로버트 박(28, 한국명 박동훈)씨 행적을 살펴보기로 한다. 그는 전세계 북한 인권 및 탈북자 관련 100여개 단체간 네트워크 '자유와 생명 2009' 대표로 활동하며 서울에서 열린 북한 인권개선 촉구 집회에도 여러번 참석했다.

박씨는 미국 교회에서 파송한 선교사로 중국에서 활동하다 북한의 인권 실태를 목격한 뒤 지난 2009년 7월부터 북한 인권운동을 본격적으로 시작한 것으로 알려졌다.

박씨는 북한 지도부에 문호 개방과 정치범 관리소 폐쇄 등을 촉구할 계획이었다. 그러나 입국 뒤 북한 당국에 의해 곧바로 체포된 뒤 억류 43일 만인 지난달 2월6일 석방됐다. 당초 박씨와 지인들은 지난달 25일 워싱턴에서 북한 입국 관련 기자회견을 할 계획이었으나 지난달 말부터 정신병원에 입원 중인 것으로 알려졌다.

"박씨가 사람이 공포에 직면할 때 다급해 하는 불안증세를 보이고 대화할 때 조차 호흡 소리가 매우 격할 정도로 온전하지 못한 상태"라는 것이다.

로버트 박씨를 43일간 억류하면서 얼마나 학대와 상상 못할 각종 고문을 통하여 심리적인 압박을 가했겠는가 하는 것은 상식을 초월한 만행의 소행일 것으로 판단 된다. 북한이 최후 발악하는 정권유지 차원의 한반도 비핵화를 위한 6자회담을 개최한다 해도 완전한 핵폐기는 불가능할 것이며 개방, 개혁은 단기적으로 전망하기가 어려울 것이다.

로버트 박의 밀입북의 결론은 이난격석(以卵擊石)의 결과일 뿐이며 순교가 아닌 폐인이 되고 만다면 안타까운 일이다. 그의 정신분열증이 조속히 치료되어 건강이 회복되기를 간절히 기원한다.

오직 세상권세 잡은 악의 세력인 김정일 집단이 자행하고 있는 기아(饑餓)로 인한 아사자(餓死者)속출과 천인공로할 인권탄압의 만행은 결국 절대자의 심판에 의해 궤멸되고 말 것이다.

인간의 생사에 대한 가치관을 성찰해 본다

(法頂스님의 入寂을 바라보며)

(2010년 3월 14일)

인간은 유한한 존재이다. 인생의 첫 출발은 부모에 의해 모태로부터 태어나 어머니와 연결되었던 탯줄이 끊겨 지면서 세상을 향해 고고지성(呱呱之聲)을 토해 내면서 시작된다. 어느 누구도 예외 없이 인생의 시작은 동일하다. 그러나 태어나면서 차별성을 갖는다. 어머니의 태중에서 부터 영양공급이 잘되고 건강하게 자라면 튼튼하게 태어나고 영양이 부실하면 영아도 건강하지 못하여 신생아의 체중이 정상에 미달 된다. 더욱 질병을 가지게 되면 장애의 몸으로 태어나기도 하고, 유전인자에 의하여 많은 영향을 받기도 한다.

사람은 누구나 행복을 추구하며 보람있는 삶을 누리며 살기를 원한다. 그러나 인간관계로 맺어지는 부모, 부부, 스승, 친구 등의 만남 그리고 성장배경과 사회환경에 의해 천차만별인 빈부귀천의 인생을 살게 된다. 석가가 말한 사고(四苦)인 생노병사의 한 평생을 살게 되지만 호사유피(虎死留皮)요 인사유명(人死留名)이란 말이 있듯이 삶의 가치를 중요시 하게 된다.

2010년 3월11일 비구승의 신분으로 속세를 떠나 한평생 마음을 비우고 무소유의 삶을 실천하며 살다가 입적한 법정스님은 순수하게 공수래 공수거한 인생의 사표이자 표본이 되었다. 현실 사회는 물질만능의 병폐로 인해 극도로 황폐되었다. 그래서 황금만능의 사바세계(娑婆世界)에 경종을 울린 무소유를 몸소 실천한 법정스님의 입적은 세상 사람에게 참 교훈이 되었다. 이 법정스님이 속세에서 달관(達觀)의 삶을 가치있게 마친 고결한 인격의 생애를 살펴보기로 한다.

법정스님의 본명은 박재철이다. 1932년 10월 8일 전라남도 해남(海南)

에서 태어났다. 1956년 전남대학교 상과대학 3년을 수료한 뒤, 같은 해 통영 미래사(彌來寺)에서 당대의 고승인 효봉(曉峰)을 은사로 출가했다. 같은 해 7월 사미계(沙彌戒)를 받은 뒤, 1959년 3월 통도사 금강계단에서 승려 자운(慈雲)을 계사로 비구계를 받았다. 이어 1959년 4월 해인사 전문강원에서 승려 명봉(明峰)을 강주로 대교과를 졸업했다.

그 뒤 지리산 쌍계사, 가야산 해인사, 조계산 송광사 등 여러 선원에서 수선안거(修禪安居)하였고, 《불교신문》 편집국장·역경국장, 송광사 수련원장 및 보조사상연구원장 등을 지냈다. 1970년대 후반에는 송광사 뒷산에 직접 작은 암자인 불일암(佛日庵)을 짓고 청빈한 삶을 실천하면서 홀로 살았다.

1994년부터는 순수 시민운동 단체인 '맑고 향기롭게'를 만들어 이끄는 한편, 1996년에는 서울 도심의 대원각을 시주받아 이듬해 길상사로 고치고 회주로 있다가, 2003년 12월 회주직에서 물러났으며 이후 강원도 산골에서 직접 땔감을 구하고, 밭을 일구면서 무소유의 삶을 살았다. 그러던 중 폐암이 발병하여 3~4년간 투병생활을 했으며 2010년 3월 11일 길상사에서 78세(법랍 54세)를 일기로 입적했다.

수필 창작에도 힘써 수십 권의 수필집을 출간했는데, 담담하면서도 쉽게 읽히는 정갈하고 맑은 글쓰기로 출간된 책마다 베스트셀러에 올랐고, 꾸준히 읽히는 스테디셀러(steady seller)작가로도 문명(文名)이 높다.

대표적인 수필집으로는 "무소유" "오두막 편지" "새들이 떠나간 숲은 적막하다" "버리고 떠나기" "물소리 바람소리" "산방한담" "빈 충만" "스승을 찾아서" "서 있는 사람들" "인도기행" 등이 있다. 그 밖에 "깨달음의 거울(禪家龜鑑)" "숫(수)타니파타" "불타 석가모니" "진리의 말씀(법구경)" "인연이야기" "신역 화엄경" 등의 많은 역서를 출간했다. 그러나 유언을 통해 저서를 더 이상 출판하지 않도록 절판하라는 유지를 남겼다.

그의 유언으로 평소 입던 가사(袈裟)만을 입은채 수의도 없이, 관도 없이, 만장도 없이, 대나무 평상위에 법구는 눕혀져 천에 덮혔고, 열명의 스님이 어깨에 메고 운구되어 검정색 캐딜락 장의차에 옮겨졌다. 그의 법구(法軀,屍身)는 길상사 – 송광사 – 다비장(茶毘場) 까지 운구되었다. 길상사와 송광사에 수많은 조문객이 운집하여 애도를 했다. 특히 신도들이 지켜보는 가운데 다비장에서 참나무 장작불이 활활 타는 불길에 법구가 휩싸이는 모습을 화면을 통해 보면서 불티와 같이 허무한 인생인 것 같아 마음을 뭉클하게 했다. 그의 다비(茶毘)를 마친후 유언에 따라 사리를 수습하지 않고 유골만 나무상자에 넣어 두곳 길상사와 송광사에 봉안했다가 49재를 마친후 시신의 불탄 재를 송광사와 강원도 칩거했던 집 주변에 뿌리게 된다고 한다. 불가에서는 윤회사상에 의해 서방정토 왕생을 갈구하는 극락과 기독교계의 천국과는 상이한 곳이라서 안타깝기도 했다.

끝으로 종교지도자들이 많지만 김수환 추기경과 법정스님은 종교를 초월하여 국민들의 관심과 정신적 영향력은 크게 끼친 고결한 지도자로 쌍벽을 이루게 되었다. 오직 법정스님의 무상한 입적을 교훈으로 삼아 사회가 정화(淨化)되고 권력투쟁을 일삼는 정치인과 부정부패에 오염된 지도자들이 각성하는 계기가 되었으면 좋겠다.

김영삼 전 대통령 주장의
사실여부는 밝혀져야 한다
(제91주년 3. 1절을 맞이하여)

(2010년 3월 1일)

제91주년 3. 1절을 맞이하게 되었다. 1919년 3월 1일, 한민족이 일본의 식민통치에 항거하고, 독립선언서를 발표하여 한국의 독립 의사를 세계 만방에 알린 날을 기념하는 날이다. 특히 한일병합 100주년, 6. 25동족상잔 60주년의 해를 맞이 하여 초토화 되었던 국가가 선진국으로 진입하는 과정에서 지도자들의 역할과 국론 분열이 아닌 통합에 의한 총화단결이 어느 때보다도 시급하다. 그러나 세계화의 국운상승의 시점에 세종시 문제로 집권여당내 갈등과 여야 대결 그리고 국론분열이 심화되고 있다. 설상가상으로 전직 대통령이 충격적으로 피력한 주장은 간과할수 없는 역사적 과제로서 풀어야 할 숙제이다.

2010년 2월25일 세종시 수정안을 놓고 친박근혜계와 대치전선을 벌이는 친이명박계 쪽에서 그들의 모임인 '함께 내일로' 초청 간담회에서 세종시 문제 등 주요 현안에 대해 김영삼 전 대통령 견해를 듣는 자리로 마련됐다.

이 자리에서 김영삼 전대통령은 "솔직히 김대중이 비자금이 엄청나게 있었다. 보고를 받아서 알고 있었다"고 주장했다는 것이다. 김영삼 전 대통령은 "이회창(당시 한나라당 대선후보)이 요구한 대로 수사했다면 바로 전라남도에서 폭동이 일어난다. 대선을 치르게 하는게 더 중요하다. 김태정 전 검찰총장을 오라고 해서 수사를 중지하라고 한 것"이라며 "나중에 보니 김 전 총장이 김대중한테 붙어서 거짓말을 했다. 기가 차더라"라고 말했다는 것이다. 이러한 폭로는 3년전에도 있었다.

김 전 대통령은 재임중 IMF사태를 초래한 대통령으로 국민들에게 고통

149

을 안겨준 통치자이다. 그가 2007년11월22일 소공동 롯데호텔에서 열린 극동포럼 초청 특강에서 "이 나라 민주주의가 심각한 위기에 처해 있는데 대해 참담한 심경을 금할 수 없다"며 "자신의 무능과 잘못으로 두 번씩이나 집권의 기회를 잃게 만든 장본인이 이제는 자신이 몸담았던 정당과 후보에게 비수를 들이대고 있다"며 이회창 대통령후보 출마를 비판했다.

김 전대통령은 이어 "이 같은 정치적 배신과 반칙으로 한국의 민주주의는 후퇴하고 국민의 정치 불신은 더욱 깊어가고 있다"며 "정치란 정의를 실현하는 일이요 바른 명분이 생명인데, 수신(修身)도 하지 못한 사람이 어떻게 치인치국을 할 수 있으며 법과 원칙을 저버린 사람이 어떻게 감히 국민 앞에서 법과 원칙을 말할 수 있겠느냐"고 말했다. 그는 아들 김현철의 사건으로 비판을 받은 제가(齊家)를 못한 대통령으로 수치를 외면한 자과부지(自過不知)의 발언이라는 비판이 있었다.

또한 "정치도, 대통령도 그 모두가 인간이 되고 난 뒤의 일"이라며 "먼저 인간이 돼야 한다. 우리 모두 함께 "먼저 인간이 되라고 말해야 한다"고 강조했다.

김 전 대통령은 한나라당 이명박 후보 연루의혹이 제기되어 BBK 주가조작 사건에 대한 검찰 조사와 관련해서도, 자신의 재임 시절 김대중 전 대통령 대선자금 수사중단을 지시했던 사실을 거론하며 직설적으로 비판했다.

김 전대통령은 "내가 대통령 재임 중 김대중씨의 1천300억원이 넘는 천문학적 규모의 부정축재 자금 문제가 터져 나왔다. 검찰이 그 문제를 수사하게 되면 김씨 구속이 불가피할 것이고 대선을 치를 수 없는 대혼란에 빠질 것이라 판단, 검찰총장을 불러 직접 수사유보를 지시했다"며 "지금도 마찬가지"라고 지적했다.

김 전대통령은 "대선이 불과 한 달도 남지 않았고 후보 등록을 눈앞에 두고 있는 그 때, 노무현 정권이 범죄자를 데려와 국민의 압도적 지지를 받고 있는 후보를 겨냥해 검찰수사를 하고 있다"면서 "이것은 자신들에게 절대적으로 불리한 대선 판도를 뒤집어 보려는 전형적 정치공작일 뿐이며, 국민의 걷잡을 수 없는 저항에 직면할 것임을 강력히 경고한다. 이번 대선을 똑바로 치르자"고 강조했다.

김영삼 전대통령은 2007년 11월22일과 2010년 2월25일 두차례에 걸쳐 김대중 전대통령의 부정축재에 대해 폭로했다.

김영삼 전 대통령은 김대중의 1천300억원이 넘는 부정축재가 터졌음에도 눈감아 주었기 때문에 대통령에 당선된 것이 아닌가? 그리고 김대중 전 대통령은 임기를 마친후 비자금 의혹이 증폭되었다.

2006년 6월17일 김대중 비자금 구속수사, 재산환수 고발장(서석구 변호사)에 의하면 총재산이 3억6천만불이라는 천문학적 액수로 밝혀 졌다. 검찰은 사실인지 아닌지를 국민들에게 밝혀야 하고 국민이 알아야 한다.

또한 김대중의 천문학적 액수의 부정축재를 묵인한 당시 김영삼 대통령의 배임에 대한 책임은 시효가 어떻든 지금이라도 물어야 하지 않겠는가? 김영삼 전 대통령은 자승자박의 재임시의 배임행위에 대한 의혹을 폭로한 셈이다. 지금이라도 배임행위에 대해 철저히 조사하여 밝혀져야 한다.

또한 김대중 전대통령은 "정치자금에 대한 법률위반"혐의로 2006년에 고발된 내용은 "국가보안법위반(찬양 고무등)" "국가보안법위반(편의제공)" "정치자금법 위반" "특정범죄가중처벌등에 관한법률위반(뇌물)" "특정경제범죄가중처벌등에 관한법률위반(재산국외도피)" "외국환거래위반" 등 6개항의 의혹의 죄명이다. 그러나 노무현 정권의 검찰에서 처리하지 않고 미루어 오다가 2009년 8월18일 김대중 대통령이 서거하게 되자 동년 8월27일 서울중앙지방검찰청(검사, 강경래)에서 피의자 김대중에 대한 정치자금법에 대한 법률위반(6개항)에 관련하여 "공소권없음"이라는 처분결과를 고소. 고발자에게 통보했다. 필자에게도 서울 중앙지방경찰청으로부터 처분결과를 통보해왔다.

결론적으로 마무리 하건데 김대중 좌파정부의 출범을 방조한 책임은 김영삼 전대통령에 있었다는 사실이다. 김대중 대통령후보의 부정축재를 조사하여 밝혔다면 대통령 당선의 판도는 달라 졌을 것이다. 김대중 대통령후보의 부정축재를 처벌하지 못하도록 검찰에 지시한 책임은 엄격히 규명되어야 한다.

또한 노무현 정부의 검찰에서 김대중 전대통령의 "정치자금법에 관한 법률위반" 고소. 고발사건을 처리하지 않고 있다가 김 대통령이 서거한 직후에 공소시효 소멸에 의한 "공소권 없음"이라는 고소. 고발사건 처분결과를 통보한 사실은 2년동안 설합속에 고소, 고발사건이 방치된 것이다. 따라서 변명이 있을 수 있지만 검찰의 직무유기로 볼수 있다.

역대 통치자들의 권력형 부정부패는 국민들이 너무나 식상해 하고 있다. 김대중 대통령후보 당시의 1천300억원과 노무현 정권 당시 고소, 고발된 3억6천만불의 비자금 세탁에 대한 의혹은 밝혀져야 한다. 차기의 제18대 대통령 후보들의 부정축재나 금권에 의한 정권장악을 미연에 방지하기 위한 차원에도 반듯이 밝혀져야 한다. 아울러 정치인들의 부정부패와 금권정치는 근절되어야 한다

북한이 정신을 차릴 수 있다면
얼마나 좋겠는가?
("북한이 정신 차려야 한다"는 기사를 읽고서)

(2010년 4월 21일)

이명박 대통령은 4월20일 오후 민주평통 북미주 자문위원들을 청와대 녹지원으로 초청해 간담회를 가진 자리에서 언급한 내용의 기사를 읽었다. 그 내용은 이렇다. 김일성 주석 생일인 4월15일(태양절)을 앞두고 성대한 불꽃놀이를 한 것과 관련, "나는 북한이 좀 정신을 차려야 한다고 본다" "백성들은 어려운데 60억원을 들여 생일이라고 밤새도록 폭죽을 터뜨렸다고 한다" "그 돈으로 옥수수를 사면 얼마나 살 수 있겠느냐" "나는 북한이 바르게 가야 한다고 본다" "세계 고급자동차를 수입해 (주요 간부들에게) 선물했다고 한다" "폭죽을 쏘려고 했는데 국민이 어려우니 안 쏘겠다"고 하면 얼마나 좋겠느냐. 참으로 안타깝다" "북한과 힘으로, 경제적으로 통합할 생각이 없다" "당장 통일보다도 북한이 경제를 자립할 수 있도록 만드는 게 급한 일이고, 양국간 평화를 유지하고 오순도순 그렇게 되는 게 더 중요하다" "그렇게 되면 (통일은) 따라올 것"이라는 비판적인 지적이었다.

이 대통령은 하루 뒤인 21일 청와대에서 열린 제7차 지역발전위원회 전체회의에서도 자성의 자세로 "국가안보, 우리가 그동안 분단되어 있는 나라라는 인식을 잊고 지내고 있었다"며 "분단된 지 60년이 되다보니까 군도 다소 매너리즘에 빠지지 않았나 하는 생각이 들고, 국민들도 불과 40마일 밖에 장사포로 무장된 북한이 있다는 것을 잊고 살아가고 있다고 생각한다"는 안보불감증에 대한 지적을 했다.

이명박 대통령은 취임후 2년간 북한에 대한 지적의 발언을 자제한 것인지 자극을 회피한 것인지는 모르나 직접 비판한 사례를 나는 기억할 수 없

153

다. 또한 국가안보를 위한 중요성의 이념무장 보다는 중도실용정책으로 많은 오해를 야기했다.그러나 천안함 침몰 사태가 외부소행으로 1차 원인규명이 되자 국민의 여론을 의식해서 궁여지책으로 북한을 비판하고 국가안보를 성찰한 것으로 판단된다. 이명박 대통령은 군통수권자로써 국군장병들을 최정상에서 진두지휘하는 통치자가 되어야 한다. 또한 그간 안보불감증에 걸려 있던 국민들을 천안함 침몰을 계기로 깊은 잠에서 깨워야 한다.

우리가 잘 알고 있는 숙호충비(宿虎衝鼻)란 사자성어가 있다. 잠을 자는 호랑이의 코를 찌른다는 뜻으로 가만히 있는 사람을 건드려서 화를 스스로 불러들이는 일을 말한다. 북한은 호랑이의 해에 잠자는 대한민국의 코를 찌른것이 천안함 침몰사건이다. 대한민국의 국민은 분연히 일어나 성난 호랑이의 기상을 보여야 한다. 천안함이 두동강이 나는 허탈한 모습과 해군46명이 장열하게 희생되어 순국한 경종의 소리가 장병들의 심장에 고동쳐야 한다. 국군 장병들은 민주군대라는 기압빠진 안일하고 해이한 정신상태에서 심기일전해야 한다. 장병들은 잠자리에서 다같이 일어나 정신무장을 서둘러야 한다. 장병들은 필승의 신념으로 사자후의 함성을 허공이 아니라 적들이 놀라게 고함쳐야 한다. 국군은 국토방위의 최후의 보루이기 때문이다.

대한민국의 국민들은 북한의 정체와 실상을 이번 기회에 분명히 알아야 한다.

21세기에 접어들어 세습봉건주의가 온당한가? 전체주의적 전제주의, 독제체제가 존재할 수 있는가? 선군정치라는 무단정치가 존재할 수 있는가? 김일성 주체사상과 유훈통치라는 허구성이 용인 될 수 있는가? 정치범수용소의 인권탄압이 용납될 수 있는가? 잔인한 공개처형을 자행해도 되는가? 1. 21청와대기습의 목적은 무엇이었나? 아웅산 테러, KAL기폭파 등 여러 차례 상습적인 테러를 왜 저질렀는가? 울진, 삼척에 무장공비는 왜 침투시켰나? 두차례 연평해전은 왜 일어 났는가? 금강산과 개성공단의 우리재산을 왜 강취하려는가? 자기 백성을 300만이나 굶겨 죽이며 핵무기를 개발, 보유해야 하는가? 두더지 같이 땅굴을 왜 파내려 왔고 계속 파내려 온다는 의혹을 주는가? 대량살상무기를 보유하고 미사일과 장사포를 왜 서울에 집중하여 겨냥하고 있는가? 판문점에서 왜 서울을 불바다 만들 수 있다고 호언장담 했는가? 손자의 병법에 지피지기이면 백전백승(百戰不殆)이라 했으니 우리는 동족이면서 분명히 적인 김정일 집단의 정체와 실상을 정확히 알고 적화통일전략과 통일전선전술에 속지말며 국민 총화에 의한 국론 통일의 대비태세가 시급한 것이다..

북한 김정일은 육신적으로 병들어 수명이 얼마 남지 않았으나 정신적으로 건강해야 한다. 지도자가 정신적 불구자가 되어서는 안된다. 정상인이 아닌 정신이상자는 정신을 차릴수가 없다. 치매에 걸린 환자는 제정신이 아닐때가 많다.

마약에 중독된자는 마약에 취하여 환각 상태에서 놀아 난다. 술에 만취한자는 갈지자를 걸으며 몸을 가누지 못하며 걷는다. 개도 독약을 먹으면 미친개가 된다. 사람이 민친개에 물리면 개소리를 하며 발광하다 죽는다. 그래서 미친개는 몽둥이로 때려 잡아야 한다는 말이 유행이다. 북한은 복합적인 질병에 걸린 병자들의 호전적 집단이다. 온전한 정신으로 돌아오기는 이미 때가 늦었다.

북한 정신이상자의 소행인 천안함 침몰에 대한 응징은 한미공조에 의한 강력한 무력보복이 있어야 한다. 청와대는 무력보복을 할수 있다는 엄포라도 놓아야 하지 않겠나? 유엔안보리에 의해 응징하겠다면 장기간이 소요되어 응징의 강도가 흐려지고 만다.

응징에 대한 미온적인 태도는 천안함 사태보다 더 무서운 사태의 문을 열어 주는 결과인 것이다. 튼튼한 안보의 빗장을 잘 잠궈야 하며 허술하게 빗장을 풀어주어서는 안 된다.

이명박 대통령이 눈시울을 적시며 손수건을 꺼내 얼굴을 훔치는 모습은 어머니들의 동정을 사기에는 충분할지 모르지만 전쟁을 경험한 노병들이 보면 나약한 통치자의 모습일 뿐이다.

노무현 전대통령은 수차례 눈물은 보여 환심을 얻었다. 심지어 오른쪽 뺨으로 눈물이 주루룩 흘러내리기도 해서 눈에 안약을 넣은것 아닌가라는 비아냥이 있기도 했다. 노 전대통령 같은 눈물의 가식이 아닌 이 대통령은 진실한 사랑과 애정이 서린 안타까운 심정에서 손수건을 꺼냈을 것으로 믿는다.

끝으로 바라건데 이명박 정부는 온 국민과 더불어 잔여임기 3년을 호국 안보와 국태민안을 최우선으로 전쟁 억지력을 강화하고 평화로운 가운데 경제발전을 가속화할 수 있기를 바란다. 이제 김정일만 제 정신으로 돌아 와 정신을 차리면 한반도 비핵화도 가능할 것이며 적화통일을 포기하게 되 면 자유민주화남북통일도 쉽게 성취할 수 있을 것으로 기대해 본다. 그러나 북한 정권이 갑작이 붕괴되어 한반도에 예상할수 없는 혼란의 사태가 초래 되지 않기를 바라며 항상 노심초사하게 된다.

대한민국 안보와 경제 살리기 국민 운동 본부
공동회장 김 흔 중

인간의 자살행위는 자신의 자유인가? 죄악인가?

(삼성전자 부사장 자살의 비보소식을 듣고)

(2010년 1월 28일)

인간은 누구나 부모의 은덕으로 고귀한 생명을 물려 받게 된다. 인간은 이성적인 동물이며 만물의 영장이라고 한다. 고대 그리스의 아리스토텔레스는 생물을 3무리로 나누어 가장 하등한 식물은 영양작용과 번식작용을 가지고, 이보다 고등한 동물은 이것에 더하여 감각작용과 욕구작용을 가지며, 더 나아가서 인간은 동물의 작용 외에 이성을 가진다고 하였다. 또한 인간은 하등동물이 아닌 고등동물에 속하지만 동물이면서도 동물이 아닌 독립적인 이성적 인간이라 부른다. 더욱 인간은 창조과정에서 영육의 존재로 창조되었다. 그러나 인간들의 생활 속에 동물 만도 못한 일이 우리 주변에서 빈번히 일어나고 있다. 자식을 낳아 버리고, 부부간의 이혼이 잦고, 살인. 강도. 유괴가 빈번하고, 사기치며 남을 속이고, 불량식품으로 돈벌고, 밀수로 돈벌고, 마약에 취하고, 밤마다 환각에 빠지고, 스스로 자살을 하는 등 우리사회에 인명경시 사상과 도덕의 불감증이 풍미(風靡)하고 있다.

동물의 세계를 보면 사람 못지 않게 질서를 유지하며 종족 번식을 위해 서로 사랑하고 짝짓기를 하며 자연스럽게 살아 가고 있다. 날짐승을 보면 둥지를 만들기 위해 나뭇가지와 머리카락 등 각종 재료를 입으로 물어다가 정성스럽게 둥지를 만들고 있는 노력의 모습을 보게 된다. 한 쌍의 새가 나란히 들어갈 보금자리의 둥지가 얼마나 아름답고 정교하게 만들어 졌는지 모른다. 실제 산에 올라가 수목의 위나 시골 울타리 큰 나무위에서 까치의 둥지를 자주 볼수가 있다. 그러나 TV화면을 통해 동물의 세계를 보면 각종 조류의 둥지에서의 조류의 정다운 생활은 인간에게 무엇인가 시사해 주는 바가 크다.

조류들은 둥지에 알을 낳아 열심이 품어 새끼를 까게 되고 새끼를 위해 벌레나 물고기를 물어다 먹이며 기르는 모습이 너무나 장하게 보인다. 여러마리의 새끼들이 어미가 먹이를 물고 날라 오면 새끼들이 동시에 입을 벌리고 먹이를 받아 먹고자 아우성을 치지만 어미가 순서대로 먹이를 새끼 입에 넣어 공급하는 모습이 신기하게 비쳐 진다. 새끼들이 털이 나고 자라서 날기 시작하면 적당한 시기에 어미의 품을 떠나 독립적인 삶을 살아 가게 되는 것이다. 짐승들도 자연 순리를 조차 질서있게 서식하고 있으나 인간사회는 그렇지 못하다.

현실 사회구조는 통제불능의 복잡한 정치, 경제, 사회, 문화의 다양한 사회 계층이 작용되어 혼돈이 계속 되고 있다. 특히 자본주의 사회에 팽배하는 물질만능의 병폐는 권력과 물질의 상호작용으로 상승되고 있다. 자본주의에 대칭되는 공산주의는 이미 지구상에서 종언을 고 했으나 그릇된 자본주의의 횡포는 천민 자본주의로 전락하고 있다. 한국적 자본주의는 경제정의가 상실된 상태에 직면하고 있다. 어찌보면 돈 놓고 돈 먹기식의 특정인에 유리한 금융정책, 졸부들의 부동산 투기 그리고 부유층에 부익부의 활로만이 제공되는 경제사회로 역행하고 있다. 더욱 설상가상으로 부정부패는 극에 달하며 정치인 및 공직자들의 범법행위는 위험한 수위를 넘고 있다. 정직한 사람이 살아가기 어려운 사회가 되어 버렸다.

현실적 혼돈의 사회를 바로 세우기 위해서는 지도자들이 노블리스 오블리주의 정신이 모범이 되어 사회개혁에 선도적 역할을 해야 한다. 그러나 지도자들의 의식구조는 폐쇄되어 있고 전근대적인 발상으로 침체되어 있다. 지도자들이 황금만능의 맘모니즘(mammonism)에 빠져있기 때문이다. 특히 정권을 장악한 권력자들과 정치인들은 무소불위의 권력을 휘둘러 정경유착을 일삼아 권력형 부정부패를 자행해 왔다. 노무현 전 대통령의 자살의 원인도 부정부패의 조사과정에서 일어난 국가적 비극이었다.

대우건설 남상국 사장의 자살은 노무현 전 대통령의 충격적 발언으로 직접적인 영향을 받아 세상을 떠났다. 특히 김영삼 정부 말기 IMF사태로 인한 중소기업 사장들이 부도가 나자 자살을 많이 했다. 또한 고교 3학년 학생들이 입시준비에 시달려 종종 자살을 한다. 생활고를 비관하여 가족동반 자살을 한다. 심지어 자살 싸이트에서 만나 동반 자살을 한다. 더욱 한 강 다리위에서 투신 자살을 기도하는자를 구하기 위해 구조요원을 배치해야 하는 지경에 이르렀다.

　　최근 삼성전자 부사장도 자살을 했다. 그는 51번째 생일에 평소 입에 대지 않던 술을 혼자 마시고 투신 자살해 세인에게 큰 충격을 주었다. 초고속 승진을 거듭한 그의 연봉은 10억원 안팎이었고 60억 넘는 주식을 지녔다고 한다.그러나 2년 연속 좌천 인사를 당하면서 쌓인 굴욕감이 마지막 죽음의 선택을 강요한 듯하다. 유서에서 그는 부서이동에 따른 스트레스를 호소했으며 그간 우울증도 알았다고 한다. 인간이 번민에 빠져 우울증에 시달리면 최종 한계점에 도달하는 순간 정신착란증을 이르켜 자살을 결행하게 된다. 누구나 지나친 욕심에 불만족이 문제이다 . 극단적으로 자살할 용기를 가지고 난관을 극복하면 해결못 할 일이 없을 것이다. 대단히 안타까운 일이다.

　　인간은 하나의 생명체지만 다른 생명체(동물, 식물)와는 엄연히 구별되는 존엄한 존재이다. 동물과 식물은 인간의 생존을 위해 식용으로 죽여도 되지만 인간만큼은 무슨 일이 있어도 절대 죽여선 안된다. 인간은 인간이기 때문에 보장받아야 할 기본적인 권리(기본권)을 가지고 있다. 그래서 헌법에 인간의 기본권이 무엇보다도 중요시 되어 보장되는 것이다.

　　동물들의 암수가 서로 사랑한다는 것은 종족번식의 본능에서 이겠지만 인간은 그렇지 않고 동물 이상의 고차원적 존재이다. 인간은 절대자를 통해 영적인 존재로 창조되어 동물 가운데 영장(靈長)의 존재로서 만물을 지배하고 통제하며 다스리도록 특권을 부여받게 되었다. 따라서 인간은 동물과 차별화 된 인격을 가지고 도덕적 약속의 규범에 따라 규제를 받게 된다. 더욱 도덕의 상위 개념인 종교적 규범에 의한 종교생활을 통해 미래세계를 지향하게 된다.

　　기독교 성서의 10계명에 살인하지 말라고 했다. 살인의 계명을 범한자는 죄악으로 간주되는 것이며 천국에 갈수 없다는 것이다. 그러나 현행 국가의 법에는 자살자가 범법행위를 했을지라도 공소권이 상실된다. 자살자의 죽음에 법은 관대한 것 같다. 자살이 자유의사에 의한 자신의 선택이라고 하겠지만 기독교에서는 자신이 자신을 죽인 살인행위이며 죄악이 되는 것이다. 진실한 기독교인이라면 고귀한 생명을 보존하여 성화(聖化)를 이루며 부여된 사명을 완수한 후에 고종명(考終命)의 복을 누려야 한다. 끝으로 바라건데 한 평생 주어진 수명을 다하여 애국자는 순국을 하며 종교인은 순교를 할지언정 결코 자살할 수가 없는 것이다.

통치자는 위기극복의
정치적 카리스마가 있어야 한다
(세종시 문제로 인한 혼란을 바라보며)

(2010년 1월 14일)

2010년 1월11일 정운찬 국무총리가 세종시 수정안을 공식 발표한 시점부터 여. 야 간의 정치인 충돌이 확산되고 여당내 친이, 친박의 계파 싸움이 점차로 가열되어 벌집을 쑤셔 놓은 것 같다.

국회의사당이 이전투구의 개판이 되었던 싸움판이 장소를 바꿔 장외투쟁으로 한단계 발전하여 청와대가 개입한 투우장이 전개되고 있는 것 같다. 정치인들은 국민들에게 대오각성하는 자세로 난국의 해법을 찾아야 한다.

작일 신문을 읽으며 세종시 하방운동(下放運動)이라는 새로운 운동형태를 알게 되었다. 이 하방운동은 1957년 중국에서 당 간부등을 농촌이나 공장으로 보내 노동에 종사하며 함께 기거하고 생활하게 하는 간부정책으로 알려지고 있다. 이러한 운동을 이재오 국민권익위원회위원장이 조언하여 이명박 직계그룹을 13일 충청권에 내려 보냈다는 것이다. 이명박 정부의 실세로서 과거의 진보적 경력에 의한 기발한 조언인 것 같다.

이제 세종시 건설의 정치적 배경에 의한 현실적인 "원안＋알파"의 주장과 "원안 수정"의 필요성도 국민들이 충분히 이해하게 되었다. 그간 세종시 건설의 극한 대결구도를 보면서 국민들은 식상해 하며 짜증을 내고 있다. 심지어 정치인들을 불신하게 되고 대결양상을 진두지휘하는 것 처럼 비쳐진 이명박 대통령과 박근혜 전 대표간의 현 권력과 미래 권력의 암투로 보인다는 것은 국가적으로 불행한 일이다

특히 이명박 대통령은 김영삼 대통령을 만났고, 국정원로들에게 조언을 들으며, 도지사들에게 설득하는 동시에 지방에 장관들을 내려 보내 민심을

수습하는 등 각종 설득 노력을 집중하는 모습은 통치력의 부재로 비치게 된다. 통치자는 의연한 정치적 카리스마가 있어야 한다. 세종시 문제는 박근혜 전 대표를 코너로 몰아 붙이지 말고 우선적으로 만나서 대통령 당선 당시 국정동반자로 협조를 약속했던 초심을 가지고 허심탄회한 대화를 통해 타협점을 찾아야 한다.

그리하여 한나라당을 결속시킨 후 국회에서 여. 야 간에 문제해결을 위해 최선의 노력을 경주해야 한다. 여, 야 간에 타협점을 찾지 못하면 "세종시 원안의 대체입법 또는 원안수정"을 택일한 후 한나라당 당론으로 채택하여 추진되어야 한다. 이러한 대책이 없이는 박근혜 전 대표의 의연하고 확고한 태도의 "원칙과 국민과의 신뢰의 약속"인 원안＋알파의 주장에 무게가 실리게 되어 장기적인 혼란이 계속될 것이다.

이명박 대통령은 세종시 문제를 국회에 끌어들여서 해법을 찾도록 하여 여. 야 간의 투쟁과 충청도민의 저항 그리고 지역간의 갈등을 조속히 종식시켜야 한다. 아울러 CEO대통령의 한계를 벗어나 위기를 극복할 수 있는 통치철학의 지혜를 발휘하기를 간절히 희망한다.

대한민국의 국호를 사용한
역사적 배경을 살펴 본다
(국가 정체성과 전통성의 확립을 위하여)

(2010년 1월 10일)

대한민국의 국호는 대한민국의 건국과 동시에 공식적으로 대한민국이라 부르게 되었다. 1948년 7월27일 제정된 헌법은 아홉차례 개정이 되었으며, 1987년 10월29일 제9차 개정이 되었다. 헌법의 전문을 보면 유구한 역사와 전통에 빛나는 우리 대한민국은 3. 1운동으로 건립된 대한민국임시정부의 법통을 계승한다고 명시되어 있다. 대한민국의 국호를 사용하게 된 역사적 배경을 구체적으로 살펴보기로 한다.

1, 조선조 말 대한제국의 성립배경

1884년에 일어난 갑신정변(甲申政變)을 계기로 개화당은 국왕의 지위를 중국의 황제와 대등한 지위로 올리려 했다. 우선 용어를 공식적인 칭호에서 군주(君主)를 대군주(大君主)로, 전하를 폐하(陛下)로 높여 불렀으며, 명령을 칙(勅), 국왕 자신의 호칭을 짐(朕)으로 부르도록 했다.

이 노력은 갑신정변의 실패로 중단되었으나 1894년 갑오개혁 때 중국의 연호를 폐지하고 개국기년(開國紀年)을 사용함으로써 1896년 1월부터 연호를 건양(建陽)으로 했다. 이러한 조치들은 일본의 반대로 무산되고 같은 해 2월 아관파천(俄館播遷)으로 중단되었다.

1897년 2월 고종이 환궁한 후 독립협회와 일부 수구파가 연합하여 칭제건원(稱帝建元)을 추진, 8월에 연호를 광무(光武)로 고쳤으며, 9월에는 원구단(原丘壇)을 세웠고, 드디어 1897년 10월 12일 황제즉위식을 올림으로써 대한제국이 성립되었다.

2, 대한제국의 혼란과 외세 침탈의 시작

제국을 성립하기까지 서로 연합했던 독립협회와 수구파는 정체(政體) 문제로 대립했다. 독립협회가 입헌군주제(立憲君主制)로 개혁하여야 한다고 한 반면, 수구파는 전제군주제(專制君主制)를 유지하여야 한다고 주장했다.

이 대립은 1898년 절영도(絶影島:부산 영도)를 러시아에 조차(租借)하는 문제로 격돌했다. 조차가 외국의 침략하는 첫 단계라고 생각한 독립협회는 1898년 3월 10일 한국 역사상 처음으로 1만여 명이 참가한 만민공동회(萬民共同會)를 서울 종로에서 열어 절영도 조차 요구 반대, 일본의 국내 석탄고 기지 철수, 한로은행(韓露銀行) 철거 등을 요구하고 제국의 자주독립 강화를 결의했다.

이를 계기로 러시아의 절영도 조차 요구가 철회되고 일본도 국내의 석탄고 기지를 되돌려주었으며, 러시아와 일본은 한국의 내정에 간섭하지 않는다는 니시-로젠 협정을 체결했다. 이로써 한반도를 둘러싼 국제세력 균형이 이루어짐으로써 자주독립국으로서의 실천을 이룩할 수 있는 기회를 맞이할 수 있었다.

3, 독립협회와 수구파의 갈등에 의한 일본의 강점

독립협회는 입헌군주제를 계속 추진하여 1898년 11월 2일 중추원신관제(中樞院新官制)를 공포하기에 이르렀다. 이러한 발전적인 계획은 수구파들의 모략으로 좌절되었다. 그들은 독립협회가 의회를 설립하는 것이 아니라 고종을 폐위하고 박정양(朴定陽)을 대통령, 윤치호(尹致昊)를 부통령으로 한 공화제(共和制)를 수립하려 한다는 전단을 뿌렸다.

이에 고종은 경무청(警務廳)과 친위대(親衛隊)를 동원하여 독립협회 간부를 체포하고 개혁파 정부를 붕괴시킨 다음 조병식(趙秉式)을 중심으로 한 수구파 정부를 수립했다. 여기에 자주 독립세력을 꺾어버리는 것이 이롭다고 생각한 일본이 수구파에 가담, 독립협회의 운동을 탄압하도록 권고하고 이를 고종이 받아들여 독립협회와 만민공동회를 강제해산함으로써 독립협회와 수구파의 싸움은 수구파의 승리로 끝났다.

수구파 내각은 1899년 8월 17일 대한국국제(大韓國國制)를 제정·공포했다. 이에 따르면 국호는 대한제국이고 정체는 전제군주제이다. 수구파 정부는 국제열강의 세력균형을 이용하여 실력을 기르는 데 힘쓰기보다는 친러적인 경향이 강했다.

이를 지켜본 일본은 러시아와의 일전이 불가피하다고 생각하고, 러일전쟁을 준비하기 시작했으며, 이를 안 정부도 1904년 1월 국외중립(局外中立)을 선언했다. 그러나 일본은 이러한 중립선언을 무시하고 러일전쟁이 시작되자 서울을 점령하고 2월 23일 대한제국을 위협하여 한일의정서(韓日議定書)를 체결했다.

4, 조선조 멸망의 비운의 역사

한일의정서 체결을 시작으로 대한제국의 주권은 침해되기 시작, 일본은 1904년 7월 20일에는 군사경찰훈령(軍事警察訓令)을 만들어 치안권(治安權)을 빼앗았으며, 8월 22일에는 한일외국인고문용빙(韓日外國人顧問傭聘)에 관한 협정서로 재정권을 빼앗아갔고, 1905년 11월 17일에는 을사조약(乙巳條約)을 체결하여 외교권을 강탈했다. 1910년 8월 22일 한일병합조약이 강제체결 되고, 같은 해 8월 29일 한일병합조약이 공포됨으로써 대한제국은 역사 속으로 사라지고 국호는 다시 조선으로 바뀌었다.

순종은 고종과 명성황후의 맏아들로 태어났으며 황태자로 책봉되었다. 1898년 김홍륙(金鴻陸)이 고종과 황태자에게 해를 가할 목적으로 고종과 황태자였던 순종이 즐기던 커피에 다량의 아편을 넣었는데, 고종은 맛이 이상함을 알고 곧바로 뱉었으나, 순종은 그를 알아차리지 못하고 다량을 복용하여 치아가 모두 빠지고 며칠간 혈변을 누는 등 심한 몸살을 앓았다고 한다.

1907년에 있었던 헤이그 밀사 사건 이후, 일본과 친일파의 모략으로 고종이 강제로 제위에서 물러나자 그 뒤를 이어 제위에 올랐으며(고종 양위 사건) 연호를 융희(隆熙)라 했다. 순종은 자식이 없던 관계로 이복동생인 영친왕을 황태자로 책봉했다.

이 무렵 일본이 러일 전쟁을 통해 한반도에서 다른 식민지 열강 세력을 몰아내고 대한제국의 이른바 후견국을 자처하면서 한일 합방의 발판을 공고히 했다. 여기에는 이토 히로부미가 결정적인 역할을 했다. 이토 히로부미는 1909년 안중근에 의해 하얼빈에서 암살을 당했다.

1910년 일제는 순종에게 한일 병합 조약에 공식적으로 서명할 것을 강요했다. 그러나 순종은 조약에 끝까지 동의하지 않았으며, 결국 당시 총리대신인 이완용이 이에 대신 서명했다.

이로써 대한제국은 일본 제국에 합병되었으며, 더불어 조선 왕조의 치세는 끝을 맺게 되었다. 이후 순종은 황제에서 왕으로 강등되어 창덕궁에 거처했다. 순종은 53세에 서거했으며 장례식이 있었던 1926년 6. 10만세 운동이 일어나기도 했다.

5, 상해 임시정부에서 최초 대한민국 국호제정

1919년 3 · 1운동이 일어난 지 한 달여가 지난 4월 10일 밤 10시 중국 상하이 프랑스 조계 내 김신부로(金神父路)에 있는 현순(玄楯)의 집에 이동녕 · 이시영 등 독립운동가 29명이 모여 망명 임시정부 수립을 위한 임시의정원(국회)을 구성했다. 이동녕 의장 주재로 열린 첫 회의에서 국호(國號)를 둘러싸고 논쟁이 벌어졌다.

일본 유학생 출신인 26살 청년 신석우(申錫雨, 1894－1953, 조선일보 제5대 사장)가 먼저 "'대한(大韓)'이 어떠냐"고 발의했다. 이에 대해 여운형(呂運亨 · 1886~1947)이 "대한은 조선왕조 말에 잠깐 쓰다가 망한 이름이니 부활할 필요가 없다"며 반대했다. 그러자 신석우는 "대한으로 망했으니 대한으로 흥하자. 일본에 빼앗긴 나라이름이므로 반드시 되찾아야 한다"고 반박했다.

더불어 공화제에 해당하는 '민국(民國)'을 덧붙여 국호를 '대한민국'으로 하자고 제안했다. 의정원 의원 다수가 신석우의 제안에 공감하면서 임시정부의 국호는 대한민국으로 결정됐다. 오늘까지 이어지는 '대한민국'이란 국호 탄생의 주역인 신석우는 이후 임시정부 교통총장(장관) 등을 지내며 독립운동에 헌신했다.

1945년 8월15일 36년간의 일제 식민지 생활에서 해방되어 광복을 맞이했다. 그러나 독립국가를 세우지 못하고 한반도는 38선을 중심으로 남북으로 분단되어 미, 소 양국의 군정이 시작되었다. 그러나 3년 뒤인 1948년 UN의 결의에 의해 남북총선거를 실시하여 독립국가를 건설할 수 있었으나 신탁통치를 환영한 북한의 김일성은 총선거를 보이콧했다. 그래서 신탁통치를 반대한 이승만 박사는 남한 단독으로 48년 5월10일 총선거를 실시했고, 7월27일 헌법이 제정되어 상해 대한민국의임시정부의 법통을 계승한 대한민국이 서울에서 8월15일 건국되어 이승만 박사가 초대 대통령이 되었다. 이어 북한에서 9월9일 조선민주주의인민공화국이라는 김일성 정치집단이 평양에서 출범하여 조선이라는 호칭을 사용했다. 건국 2년 뒤인 50년 6월25일 남침을 감행하여 3년1개월 간의 비참한 동족상잔의 전쟁이 있었다.

2010년은 건국62주년이 되는 해인데 남북한은 극한 대립의 상태에서 국가의 정통성과 정체성을 분명히 밝혀야 할 필요성이 있다. 위에서 역사적 배경을 살펴 본바와 같이 대한민국은 UN에서 인정한 합법적인 국가이며 북한은 비합적인 불법정치 집단임이 분명하다. 더욱 대한민국의 헌법 제3조의 영토 조항에 "대한민국의 영토는 한반도와 그 부속도서로 한다"고 명시된 것은 오늘날 까지 분단되었으나 북한 땅은 대한민국 주권의 영역에 속한다는 사실이다.

그러나 좌파 친북 새력들은 헌법을 개정해야 한다고 목청을 높이고 있다. 그들은 남쪽 땅만을 대한민국의 영토로 한정해야 한다는 주장을 서슴치 않고 강조하는 것이다. 좌파정부 10년간에 친북세력은 남한에 좌경의 주춧돌과 기둥을 세웠으며 대한민국을 전복하기 위한 남남갈등은 심화되고 말았다.

오늘날 조선조 말 또는 대한민국 건국 초기의 위기 상황을 방불하게 되는 미. 중, 일, 러의 4강들에 의해 역학적으로 작용되고 있다. 호랑이 해에 호랑이에게 물려가지 않도록 정신차려야 한다.

무엇보다도 대한민국의 정체성과 전통성을 확립해야 한다. 따라서 지역간, 계층간의 국론분열을 막고 물질만능의 풍조를 불식시키며 성공적인 사회통합을 우선적으로 확립해야 한다. 반듯이 좌파세력을 척결하여 자유민주주의 시장경제 체제가 견고히 유지되어야 한다.

　대한민국의 안보와 경제가 지속적으로 보장되고 발전하는 가운데 남북통일은 북한식 적화통일의 고려연방제가 아닌 대한민국의 국호에 의한 한민족공통체의 자유, 민주, 평화의 통일이 반듯이 실현되어야 한다.

2009년도

2009년도 시평인 "방기곡경"의 사자성어를 성찰해 본다

(乙丑年의 多事多難했던 한해를 보내며)

(2009년 12월 30일)

2009년(乙丑年)의 多事多難했던 한해를 청산하고, 2010년(丙寅年)대망의 새해를 맞이하게 되었다. 매년 연말이면 "교수신문"에서 1년간 펼쳐진 정치, 경제, 사회에 적합한 時評의 "사자성어"를 발표하고 있다. 이명박 정부의 출범 시점부터 사자성어를 통해 성찰해 보기로 한다.

2006년 12월 18일 "교수신문"에서 사자성어로 "밀운불우"(密雲不雨, 구름은 빽빽하나 비가 오지 않는 다)를 선택하여 발표했다. 그 뜻은 "일이 성사될 수 있는 여건은 조성되었지만 이뤄지지 않아 답답함과 불만이 폭발할 것 같은 상황"을 말해 주고 있었다. 이 사자성어에 정치인들은 특별한 관심을 갖게 되었다.

2007년 대선의 새해 아침에 정치권은 저 마다 승리를 장담하는 사자성어를 만들어 뼈있는 말을 제시하여 새해 화두로 삼았다. 그 출처는 주역, 성경, 불경 등에 근거하여 사자성어를 통한 신경전이 정당과 대권주자들 간에 경쟁이 치열했다.

1, 한나라당 강재섭 대표는 '멸사봉공(滅私奉公)'이란 화두로 사욕을 버리고 대선 승리를 위해 힘쓰겠다는 의지를 표현했다.

2, 열린우리당은 '무심운집'(無心雲集, 마음을 비우면 구름이 모인다) 을 사자성어로 제시했다.

3, 민주노동당은 당내에 팽배한 위기의식을 반영하듯 '백척간두 진일보(百尺竿頭進一步, 백척의 장대 위에서 한걸음을 내딛는다)'를 내 걸었다.

4, 이명박 전 서울시장의 새해 화두는 비에 관련된 한천작우(旱天作雨)

로 '어지러운 세상이 계속되고 백성이 도탄에 빠지면 하늘이 길을 열어준다'는 뜻의 강한 의지를 보였다.

5, 박근혜 전 한나라당 대표는 성경의 잠언29장을 인용해 "국가지도자는 고집이 아닌 공의(公義·,공정한 도의)로 나라를 다스려야 한다"고 말했다.

6, 정동영 전 의장은 '구동존이(求同存異, 다른 점이 있어도 같음을 추구한다)를 내세워 갈등을 넘어선 포용과 통합의 의미를 부각시켰다

7, 고건 전 총리는 주역에 등장하는 '운행우시(雲行雨施)'를 새해 화두로 삼았다. 한 측근은 "시대적 변화요구가 모여 변화를 이뤄 나간다는 의미"라고 말했다.

8, 민주당의 장상 공동대표는 주체적 의지를 강조한 '굴정취수(掘井取水·우물을 파서 맑은 물을 얻는다)'로 차별화를 노렸다.

9, 허경영 전 민주공화당 총재는 모든 대권 도전자들의 사자성어를 압도할수 있는 운집강우(雲集降雨, 구름을 모아 비를 내린다)를 새해 첫날 아침에 밝혔다.

2007년 새해에 이명박 전 서울시장의 한천작우(旱天作雨)의 사자성어로 '어지러운 세상이 계속되고 백성이 도탄에 빠지면 하늘이 길을 열어준다'는 뜻의 강한 의지를 제시하여 하늘에서 하나님이 길을 열어 주어 제17대 대통령으로 당선되었고 국가의 위기에 좌파정권을 청산케 했다는 주장도 있을 수 있다.

이명박 정부가 출범한지 제2주년이 되어가는 시점의 2009년 연말에 "교수신문"에 보도된 사자성어의 시평에 관심이 집중되었다. "교수신문"이 전국 각 대학 교수와 일간지 칼럼니스트 등 2백16명을 대상으로 설문 조사한 결과, 올해를 정리하는 사자성어로 " 旁岐曲逕(방기곡경)"이 선정되었다. 방기곡경은 사람이 많이 다니는 큰 길이 아닌 '샛길과 굽은 길'을 뜻하는 말로, 일을 순서대로 정당하게 하지 않고 그릇된 수단을 써서 억지로 되게 함을 비유하는 말로 쓰인다.

교수신문은 방기곡경이 올해의 사자성어로 선정된 데 대해 정치권이 세종시 수정, 4대강 사업 추진, 미디어법 처리 등 굵직한 정책 처리 과정에서

타협과 합의를 이루지 못하고 샛길과 굽은 길로 돌아갔음을 비판하는 것이라고 한다. 어찌보면 지성인들의 설문조사의 결과는 가장 적절한 2009년도 이명박 정부의 국정운영의 정곡(正鵠)을 찌른 여론의 핵심인 것 같다.

2009년에 있었던 친북, 좌파정부의 두 전직 대통령이 영면하게 된 사건도 역사의 기록에 남을 것이다. 더욱 어느해 보다 국론이 분열되고 혼란이 거듭된 한 해로 평가될 것이다.

노무현 전 대통령(1946. 9. 1- 2009. 5. 23)이 부정부패로 인하여 검찰에서 조사를 받던 도중에 갑자기 봉하마을 뒷산 부엉이 바위 정상에서 절벽 아래로 투신하여 자살한 사건이 지난 5월23일에 발생했다. 유구한 5천년의 역사에서 찾아 볼수 없었던 미증유의 전직 대통령이 무책임하게 자살한 애처러운 사건이었다.

김대중 전 대통령(1924.1.6~2009.8.18)은 노무현 전 대통령의 국민장이 있은 3개월 뒤에 연세세브란스병원에서 지병으로 향년 85세로 서거했다. 일본 언론은 김대중 전 대통령의 생애를 "훼예포폄(毁譽褒貶)"이라는 한자성어로 일생을 평가하여 표현했다. 한자성어의 "훼예포폄(毁譽褒貶)"이란 "남을 비방하고 칭찬함"을 이르는 말로서, 그를 존경하는 사람도 많았지만 적(敵)도 많았던 파란만장했던 삶을 적절하게 평가했다고 본다.

올해의 국정 혼란 10대 사건을 정리해 보면 1. 우후죽순으로 이어진 反정부 시국선언 2, 공무원 노조의 국민의례 거부 파문 3, 공무원노조의 민노총 가입 4, 평택 쌍용차 사태 5, 민노총 勞使政 합의 반발, 총파업 경고, 6. 전농, 對北쌀지원 선동 7. 미디어법 흔들기 총공세 8. 4대강 사업 및 세종시 건설 저지 9. 좌편향 친일인명사전 발간 논란 10. 우리법연구회 및 좌편향 판결 논란 등이 거론되었다.

2010년은 庚寅年으로 호랑이의 해이다. 더욱 60년만에 돌아오는 白虎의 해이기도 하다. 흰호랑이는 길한 상징이라 하지만 어떠한 사자성어로 한해를 평가할 것인가를 미리 생각해 본다면 예단하기 어렵지만 용호상박(龍虎相搏)의 어지러운 정국이 전개될 것으로 판단된다.

한반도는 분단된 상태에서 북한은 김정일—김정운 세습체제의 불안정, 핵폐기조치 등 예상할 수 없는 정권붕괴의 위기에 직면하고 있다. 또한 한국은 여야 갈등의 정국불안 그리고 반미, 친북 좌파세력의 준동으로 영일(寧日)이 없을 것 같다. 더욱 2010년 지방자치 단체장과 지방의회의원 선거를 시작으로 2012년의 국회의원 및 대통령 선거에 이르기 까지 혼란이 계속되며 용호상박의 갈등과 투쟁은 치열할 것 같다.

용호상박(龍虎相搏)은 두 사람의 영웅이 맞상대하여 승부를 겨루며 서로 싸운다는 말로써, 용과 범에 비유한 힘이 강한 사람들이나 국가가 서로 승패를 다투는 일을 말하며, 이백(李白)의 시에서 유래한 말이다. 용호상박과 같은 뜻을 지닌 말로는 강자끼리 승부를 다투는 양웅상쟁(兩雄相爭), 비슷한 상대와 맹렬히 다툼을 비유한 용양호박(龍攘虎搏), 영웅들이 서로 싸운다는 뜻의 용나호척(龍拏虎擲) 등이 있다. 용과 호랑이가 똑같이 맹렬한 힘을 가진 상대이고 비슷한 상대의 다툼을 말하고 있다.

2010년에도 북한과의 용호상박의 현상은 치열할 것이며, 여야의 대치 정국과 여당내의 당권경쟁 그리고 대권 주자들 간의 용나호척(龍拏虎擲)은 점차적으로 가열될 것이다. 더욱 정치인들의 이전투구는 여전히 목불인견의 사태로 치다를 것이며 국론분열과 지역갈등이 점증되어 치유되기 어려울 것이다.

모든 만사를 절대자에게 맡길수 밖에 없다. 인류의 역사와 국가의 흥망성쇠를 주관하시는 절대자는 악을 미워하며 불의를 싫어하며 공의를 행하신다. 따라서 어둠이 빛을 이기지 못하며 악이 선을 지배하지 못할 것이다. 진리로 자유케 하며 의로운 재판장의 심판은 불가항력으로 미구에 도래할 것이다.

2010년에 온 국민이 총화단결하여 국가 안보를 튼튼히 하고 경제발전을 가속화시켜야 한다. 이를 위해 龍虎相搏이 아니라 相互互惠의 정신이 넘쳐 국론이 통합되고 사회가 정화되어 국가경쟁력이 강화되기를 간절히 기원한다.

사회통합위원회는 국민들의 여망에 부응하기 바란다

(2009년 12월 6일)

고건(高建, 1938. 1. 2생)사회통합위원장은 어떤 인물인가? 여러 자료의 기록을 통해 알아 보면, 그는 제30대, 제35대 국무총리를 두번 지낸 행정가이자 정치가이다. 1988년 제22대 서울특별시 시장, 1997~1998년 제30대 국무총리를 지냈고, 1998년 제2기 민선 서울특별시 시장에 당선되었다. 2003년 두번째로 제35대 국무총리직을 수행하던 중 노무현 대통령 탄핵사태에 따라 대통령 직무를 대행하기도 했다. 좀더 구체적으로 출생부터 금일에 이르기까지 알아 보기로 한다

서울시 종로구 청진동에서 태어났다. 본적은 전라북도 군산시 옥구군 임피면 월하리이다. 아버지는 철학자이자 대한민국학술원 종신회원을 지낸 고형곤(高亨坤)이다.

1956년 경기고등학교를 졸업하고 1960년 서울대학교 정치학과를 졸업했다. 대학 재학중 총학생회장을 지냈다. 1971년 서울대학교 환경대학원 도시계획학과에서 석사학위를 받았다.

1983년 미국 하버드대학교 객원 연구원, 1992년 원광대학교, 2001년 미국 시라큐스대학에서 명예 법학박사 학위를 받았다. 1994년부터 1997년까지 명지대학교 총장을 지냈다. 1998년 명지대학교 지방자치대학원 석좌교수를 지냈다.

1961년 고등고시 제13회 행정과에 합격한 뒤 1962년 내무부(지금의 행정안전부) 수습 사무관으로 행정가로서의 경력을 시작하였다. 1973년 강원도 부지사에 임명되었고, 1975년 37세에 최연소 도지사로 전라남도 도지사에 임명되었다. 1979~1980년 대통령비서실 정무 제2수석비서관과 정무수석비서관을 지냈고, 1980년 국토개발연구원 고문, 1981년 교통부(지금

의 국토해양부) 장관, 1981~1982년 농수산부(지금의 농림수산식품부) 장관을 지냈다.

1985년 제12대 국회의원 선거에서 군산·옥구 지역구에서 출마하여 당선되어 정계에 입문했다. 1987년 내무부 장관에 임명된 뒤 1988~1990년 제22대 서울특별시 시장을 지냈다. 1997~1998년 김영삼정부에서 제30대 국무총리를 지냈고, 1998년 새정치국민회의에 입당한 뒤 제2기 민선 서울특별시 시장에 당선되어 2002년까지 역임했다. 이후 국제투명성기구 한국본부 회장을 지내다가 2003년 2월 노무현정부에서 2번째로 제35대 국무총리에 임명되었다. 2004년 3월 노무현 대통령 탄핵사태에 의해 대통령의 권한이 정지됨에 따라 5월 14일까지 대통령 직무를 대행하고 5월 24일 퇴임했다.

2009년 12월 23일 고건 전 총리가 이명박 정부의 사회통합위원회 위원장에 확정됨에 따라 사회통합위원회는 공식 출범되었다. 사회통합위원회는 관계부처 장관 등 당연직 위원 16명과 사회 통합에 기여할 경륜을 갖춘 민간위원 32명으로 구성됐으며, 산하에 계층, 이념, 지역, 세대 등 4개 분과위를 운영한다는 것이다.

이 위원회는 사회적 6대 갈등을 해소하고 시민사회와 공공부문, 중앙과 지방과의 소통을 원활하게 하기 위해 대통령에 의해 만들어졌다고 한다. 6대 갈등이란, 빈부갈등, 지역갈등, 이념갈등, 세대갈등, 남녀갈등, 인종갈등이라 한다. 이러한 6대 갈등이 위원회에서 잘 해결될 것인지 국민들이 주목해 볼 일이다.

사회통합위원회는 갈등사전평가제를 도입하여 계층과 이념, 지역, 세대 간 갈등 해소라는 중책을 맡은 대통령 직속 사회통합위원회이다. 고건 사회통합위원장은 앞으로 주요 정책을 시행하기 전에 미리 갈등의 영향을 평가하는 제도를 도입할 것이라고 밝혔다. 사회통합위원회가 하는 일은 사자성어로 서로가 소통한다는 뜻의 "사통팔달(四通八達)"과 서로가 다르지만 화합한다는 뜻의 "화이부동(和而不同)"이라고 소개했다.

고건 위원장은 위촉장을 받는 자리에서 "현실정치 사안에 휘말리면 사회통합위원회의 본래 기능을 못한다"고 주장하며 "세종시 갈등"에 선을 그었다. 이명박 정부의 현실 국론분열을 통합하고 사회통합을 위해 설치되었어야 할 위원회가 현실정치를 외면하고 미래정치에만 관여하겠다는 무책임한 주장은 기회주의적인 단면을 보여주고 있는 것이다. 그러한 태도는 고건 위원장의 과거 경력의 정치행보에서 분명히 입증해 주고 있다. 마을의 앞산에 불이 붙어 활활 타올라 마을을 화마가 위협하는데 앞산 불을 끄지 않고 마을 뒷산에 불이 붙지 않도록 하겠다는 모순된 논리에 불과하다. 우선적으로 세종시, 4대강, 미디어법 등 현실의 당면한 갈등 요소부터 시원히 해소시켜야 한다.

고건 위원장은 노무현 정부의 국무총리를 맡고 있을 때 날치기식으로 4.3사태를 좌익사관으로 바꿔놓은 장본인이다. 제주4.3사건에 대한 역사를 철저히 왜곡했다. 제주4.3사건은 구소련의 스티코프 중장의 명령과 자금을 가지고 5.10선거를 저지시키기 위해 김달삼이 주동한 좌파세력들이 경찰과 경찰가족을 무참히 살육한 좌익폭동이었다. 그러나 김대중과 노무현 정권에서 이를 양민학살사건이요, 민주화운동이라 하고, 그들을 진압한 경찰과 군인들을 국가폭력배라고 규정했다. 이러한 역사왜곡의 일을 노무현 정권의 첫 총리를 하면서 고건 위원장이 마무리한 것이다.

2003년 3월 21일(금) 15:00부터 고건 국무총리 주재하의 4.3사건 진상조사 및 명예회복위원회 (4.3위원회)가 열렸다. 4.3사건 진상조사 보고서 작성기획단(단장 박원순 변호사)에서 작성한 4.3사건 진상조사 보고서를 심의 의결했다.

제주4.3사건에 대해 기존의 정통사관과 주사파들의 사관이 다르다. 정통사관은 4.3사건을 빨치산이 1948년 5월 10일 첫 국회의원 선거를 방해하기 위해 일으킨 반란이며 경찰 및 군인가족을 가장 악랄한 방법으로 살해한 대량학살사건이라고 적고 있다. 그러나 좌익들은 당시의 빨치산을 민주화세력으로, 당시의 국군과 경찰을 국가폭력배로 다시 규정했다. 역사적 과거사진상을 규명한다는 명분으로 역사를 왜곡한 통탄할 반국가 행위인 것이다. 국론 분열과 사회통합을 위해 우선적으로 4.3사태가 정당하게 역사적 평가가 되어야 한다.

고건 위원장은 두 아들을 군대에 보내지 않았다. 2002년 8월, "김대중 정부가 숨겨놓은 병역비리자"라는 제하에 이런 기사가 있었다."조선일보가 입수한 정.관계 인사 아들 병역면제 자료를 분석한 결과 병역면제를 받은 정치 관료 출신 아들의 전체 숫자는 총 125명이며 이를 직업별로 세분하면 장관급 7명, 차관급 8명, 1급 이상 공무원 10명 등" 고건 위원장의 아들들도 여기에 포함돼 있었다. 더욱 설상가상으로 고건 위원장도 병역의무미필자로 낙인이 찍혀 있다. 이회창 대통령 후보가 낙선한 이유중 가장 큰 영향은 두 아들의 병역미필 문제였다. 그런데 고건 위원장이 대권도전을 포기할수 밖에 없었던 이유가 나변에 있었겠는가? 불문가지로 본인과 두 아들의 병력문제, 플러스 좌파정권에 몸담은 기회주의적 인물이라는 불리한 국민들의 평가를 의식했을 것이다. 국가 및 사회 지도자들은 국민들로 하여금 병역의무미필로 인하여 지탄을 받아서는 안 된다.

이명박 정부의 중도실용정책으로 사회통합위원회를 출범시키면서 무엇 때문에 고건 위원장을 비롯하여 좌파세력의 핵심인물들을 다수 포함시킨 것인가? 과연 사람만 보수와 진보의 인물을 섞어서 위원회를 구성한다고 해서 중도적 실용으로 문제해결이 가능 할 것인가? 그들의 이론은 사회갈등을 조정하고 해결한다는 것인데 국정의 모든 분야는 정부 및 국회차원에서 분야별 갈등을 해소하는 정책으로 입안하고 추진하면 되는 것이다. 그러나 기왕 설치한 사회통합위원회는 소임을 다 해야 한다.

오늘날 사회통합의 급선무는 불신을 받고 있는 정치인들과 지방자치단체장 그리고 지방의회의원들이 거듭나야 한다. 지방자치단체 의회의원은 무보수 봉사직으로 최초의 제도로 환원되어야 한다. 자유민주주의 정치와 풀뿌리민주정치는 국민 유권자들의 선거를 통해서 개혁할수 있어야 하며 우선적으로 공명 선거제도를 마련해야 한다. 망국의 근본적인 병폐인 지연, 학연, 혈연을 타파하는 선거제도의 혁명이 없이는 국론분열과 사회갈등을 해소할 수가 없다.

우리사회에 만연된 물질만능과 부정부패 그리고 정경유착을 과감하게 근절하고 빈부격차의 갈등을 해소하여 상대적 빈곤감에서 해방되어야 한다. 특히 정치자금법을 개정하여 금권정치의 근절을 모색하여 선거자금이 없어도 유능한 인물에게 피선거권이 허용될수 있어야 한다.

국가 지도자와 정치인은 우선적으로 도덕성을 갖추고 능력을 겸비한 참신한 인물이 선출되어야 한다. 따라서 부모의 유산으로 물질이 만능이며, 잔머리 잘 굴리고, 유권자들의 표몰이에 혈안되는 정치병에 걸린 인물들은 하루 속히 청산되어야 한다.

금번 출범한 고건 위원장 중심의 사회통합위원회는 국민통합의 선행조건으로 정치적 갈등해소를 위한 제도적 장치를 마련해야 한다. 국가 주요정책으로 인한 국론분열과 지역 갈등해소를 불식시켜야 한다. 이념적인 보수와 진보를 아우러서 명실공히 중도실용의 무색 투명한 통합의 역동적 활력을 불어 넣어야 한다. 거물급 조직으로 덩치만 커서 외적으로 빛갈만 좋고 내적으로 실속이 없는 위원회가 되어서는 안 될 것이다. 국가 예산만 낭비하는 위원회가 되지 않도록 기본 목적인 사회통합을 실현하여 국민들의 여망에 부응할수 있도록 최선을 다 해 주기를 간절히 기원하고자 한다.

〈참고사항〉

2010년 12월 16일, 고건 사회통합위원장이 사퇴의사를 밝히게 되어 후임으로 2011년 1월 31일, 송석구 가천의대 총장(전 동국대 총장)이 임명되었다. 송석구 위원장은 필자와 해병대 장교 동기생으로 신망이 두터운 교육계, 불교계의 원로 지도자로 존경을 받고 있다.

중도실용의 이념공존으로
국민통합이 가능할 것인가?

(2009년 12월 19일)

오늘은 12월 19일, 제17대 대통령 선거 제2주년을 맞는 역사적인 날이다.

북한에 간접적으로 인질되었던 김대중, 노무현의 좌파정권 10년 간에 남한에 반미, 친북세력이 발호(跋扈)하며 심지어 정치인들이 평양에 가서 김정일을 알현해야 정치생명이 연장될 것으로 착각하고, 지도자들이 김정일에 메달려 눈치를 보는 등 국가안보는 극도로 위기에 처하고 말았다. 이러한 위기 상황속에 노무현 정권의 실정(失政)에 민심은 완전히 등을 돌리며 이명박 대통령 후보를 2년전에 제17대 대통령으로 국민들은 선택했다. (총투표자 48. 7% , 531만표 차)

이명박 정부는 중도실용정책을 기조로 국민통합을 지향해 왔다. 이명박 대통령은 지난 6월 우리사회의 이념 갈등 양상에 대해 사회전체가 건강해지려면 중도가 강화되어야 한다고 지적했다. 중도강화론은 시대적 흐름에 부응했던 클린턴 전 미국 대통령의 "삼각화(triangulation)전략"을 국정에 도입했다는 청와대 홍보기획관의 주장이다. 그러나 이명박 대통령의 "중도강화론"에 대해 "정체성이 부족하다" "우유부단하다"는 국민의 비판도 만만치 않다. 이명박 대통령 취임 2주년을 불과 2개월을 앞두고 중도실용정책이 국정운영에 미친 손익의 양면을 살펴 보며 잔여 임기3년의 국가운영을 전망해 보고자 한다. 단 필자는 전문지식이 없으나 국민의 한 사람으로서 보고, 듣고, 느끼고, 체감한 상식적인 견해를 피력하고자 한다.

1, 이명박 정부는 출범 초기에 남북분단의 현실과 이념적 남남갈등의 냉엄한 상황을 직시하며, 좌파정권 10년간에 친북세력의 변질, 만연, 발호의 위기상황을 외면할수 없었을 것이다. 그래서 보수와 진보의 이념충돌을 완

화하고 중간계층을 두텁게 하는 포용지향적 정책의 유연성을 찾기 위해 중도적 이념공존의 범국민적 국정운영이 불가피했을 것이다. 따라서 중도실용정책을 기조로 상하좌우를 아우르는 국정운영을 전개하고자 안간힘을 썼다고 본다.

2, 좌파의 진보세력이 김대중 정부의 토양에 발아(發芽)되고 성장하여 노무현 정부에서 적화의 수확을 거둘려 했지만 국민들은 용납치 않았다. 그동안의 반국가적 진보세력은 정권교체된 후에도 이명박 정부에 큰 부담이 되었으며 2002년 6월13일 미 2사단 44공병대 장갑차에 치여 사망한 효순이, 미순이 추모를 위한 "촛불집회"를 되풀이 하듯 2008년 "광우병과 촛불집회"는 5월2일 "이명박 탄핵을 위한 범국민운동본부"의 주도로 청계천광장에서 시작된 촛불시위가 광화문으로 번지는 등 장기간 걷잡을 수 없이 확산되었다. 반미, 친북세력이 이명박 정부를 외면하고 위협하며 중도실용정책을 무색케 했다.

3, MBC 광우병 과장 보도로 국민들은 흥분했고, 시청광장에 개인천막을 치고 술판을 벌리며 술병이 즐비했고, 심지어 유모차를 끌고 나오는 목불인견의 집회문화는 조소꺼리가 되었다. 더욱 야당 국회의원들은 국회가 개원되었으나 국회의사당을 뒷전으로 하고 촛불집회 현장의 대열에 끼어 시위대를 선동하며 반정부 활동을 했다. 이명박 정부의 무력화를 위해 야당 정치인들과 촛불시위대가 합세하고 세력화하여 이명박 정부를 압박 했다.

4, 이명박 대통령은 촛불 집회가 한창일 때 청와대 뒷산에 올라가 캄캄한 산중턱에 홀로 앉아 끝없이 이어지는 촛불을 바라보며 "국민을 편안하게 모시지 못한 제 자신을 자책했다" "오래전 부터 즐겨 부르던 아침이슬 노랫소리도 들려 왔다"며 자성했다는 기사를 읽으며 뜻있는 국민들은 아연실색을 했다. 이 대통령이 광화문 거리를 뒤 덮은 촛불의 광란을 보고 위축되어 유화적인 말을 한 것이 아닌가 의구심을 갖게 되었다. 따라서 좌파세력의 실상을 잘 몰랐던 중도실용의 속내가 취약하게 투영되어 노정되었다.

5, 촛불 시위진압을 위해 경찰이 물대포를 쏘자 경찰차를 부수고 진압경찰에게 폭행하며 공권력에 도전, 천안 쌍용차 노조의 극단적 무장투쟁, 용산철거민 사태, 철도노조의 파업 등을 바라보며 이명박 정권의 중도실용정

책에 회의적인 반응이 분출되었다. 드디어 국민들의 불안이 점차적으로 증폭되자 법치주의에 의한 공권력의 회복을 국민들은 갈망하게 되었다. 따라서 중도실용의 혼선으로 인해 좌파세력에 겁먹거나 끌려 가서는 안 된다는 여론이 비등했다.

6, 노무현 전 대통령이 갑작스럽게 자살(2009. 5. 23)하자 이명박 정부가 국민장을 결정했고, 이어 김대중 전 대통령의 서거(2009. 8. 18)에 국장을 치루게 되자 이명박 정부를 불신한 보수세력은 다시 중도실용정책을 시험대 위에 올려 놓게 되었다. 그러나 두 전직 대통령이 지하에 영면하면서 점차 좌파세력은 잠복기에 접어 들어가 기세가 꺾기게 되었다.

7, 2005년 5월 노무현 정부에서 시행된 친일진상규명법에 따라 친일반민족행위의 진상을 규명하기 위해 설치된 대통령 소속기관인 친일반민족행위진상규명위원회에서 지난 11월 28일 봉하마을에 있는 노무현 전 대통령 묘소를 찾아가 "친일반민족행위 진상 보고서" 발간을 보고하고 보고서를 바치는 상식 이하의 추태를 보였다. 그간 진상규명 활동과 보고서 발간에 국가예산 377억원이 들어 갔다고 한다.

최근 논란을 빚고 있는 친일반민족행위자 1005명의 명단발표는 어느 정부를 위한 발표인가 라는 지탄을 받고 있다. 그러나 청와대는 침묵하고 있다며 중도실용 때문에 중립을 취한 비겁한 태도라고 보수논객들이 지적하며 비판하고 나섰다.

8, 그간 좌경화 되었던 지도급 인물들이 다행이 우경화되어 뉴라이트운동을 전개하며 주목을 받게 되었다. 특히 최근 간행된 계간지 "시대정신"의 발간사에서 안병직 이사장은 "국민들의 사상적 통합은 있을 수도 없고 바람직하지도 않지만, 각기 사상을 달리한다고 하더라도 국가라는 하나의 공동체 속에서 생활하고 있는 국민"이라며 "공동체에 대한 귀속 의식이 국민통합의 출발점이 되어야 한다"고 말했다. 안병직 이사장의 주장을 통해 이념과 사상의 공존에 의한 중도실용이 어렵다는 사실을 시사해 주고 있다.

9, 전두환, 노태우 군사정권 전복을 위한 좌파세력의 폭력시위로 국가가 혼란에 빠지게 되었다. 당시 386세대 대학생들이 좌경적 이데올로기로 의식화되어 각 대학을 장악하게 되었다. 반국가 및 반정부 세력의 투쟁은 전

국 대학생의 폭력시위를 부추기며 국가안보를 극도로 위태롭게 했다.

필자는 90년대 초에 대학의 강단에서 "공산주의 이론비판" 과목을 강의한 적이 있어 위기의 사태를 직접 실감했다.

김일성은 베트남적화통일(73. 4. 30)이후 한반도 적화통일에 고무되어 남침의 기회를 노렸으나 구 소련이 붕괴(93년)되어 미. 소 냉전체제가 종식되고 국제질서가 재편되면서 김일성의 적화통일전략과 통일전선전술에 차질을 빚으며 재침기회가 점차 상실되고 말았다.

10, 당시 386세대들은 오늘날 50세 전후의 나이가 되어 좌편향적 이념에서 탈피되고 대부분 올바른 국가관과 역사관을 가지게 되었다. 그러나 아직도 전교조에 의한 학생들의 의식화 교육은 뿌리가 뽑히지 않고 있다. 그간 핵심 진보세력은 좌파정부 10년간에 정계, 법조계, 학계, 예술계, 노동계, 종교계, 사회단체 등 각계각층의 구석구석에서 노골적으로 암약, 준동했으나 이명박 정부 출범 이후 잠행하고 있을 뿐이다. 그렇기 때문에 좌파세력을 척결하지 않고서는 중도실용정책은 버블현상으로 변질될 우려를 떨칠수가 없다. 그러나 좌파세력을 척결한다는 것은 이명박 정부의 중도실용에 큰 부담을 안겨주고 있다.

결론을 맺기로 하겠다. 이명박 정부는 중도실용을 위해 보수와 진보의 사람만 섞어 놓는 것이 능사가 아닐 것이다. 또한 양극화된 이념과 사상을 물리적 또는 화학적으로 통합할수도 없으며 이념의 중도실용은 이론적으로 성립될 수 없다.

향후 진보세력은 보수세력의 견제 수단으로 존재해야 하며, 보수세력은 국가 정체성을 확립하기 위해 진보세력을 포용하여 극단적인 폭력의 혁명수단이 아닌 평화적 개혁수단으로 삼아 공존해야 한다.

그간 역대정권으로 부터 누적된 망국적 병폐의 권력형 부정부패와 정경유착 그리고 물질만능의 부패된 사회구조를 우선적으로 타파,개혁하고 경제정의가 살아 숨쉬는 자본주의 시장경제체제를 확립해야 한다. 따라서 좌파세력에게 투쟁의 빌미를 줄수 있는 천민 자본주의 병폐를 하루속히 청산해야 한다.

또한 국가 정체성과 국가안보태세의 확립을 위해 보안법을 합법적으로

적용하여 법질서가 유지되어야 하며, 국가경쟁력 향상과 선진경제 발전을
위해 좌경적 진보세력을 건전한 보수세력으로 점차 순화(馴化, Acclimati-
zation)시켜서 동질화를 달성해야 한다. 그리할 때 중도적 중간계층을 두텁
게 하는 "국민적 사회통합위원회는 국민들의 여망에 부응하기 바란다.

북한은 정전협정을
평화협정으로 왜 교체하려 하는가?

(2009년 12월 13일)

2009년 11월19일 힐러리 클린턴 미 국무장관이 기자회견 석상에서 보즈워스 대북정책 특별대표의 방북과 관련해 "북한이 검증 가능하고 되돌릴 수 없는 비핵화 약속을 이행한다면 북한에 큰 혜택이 있다는 분명한 메시지를 전할 것"이라며 "북한이 수년 동안 계속 제기해온 관계정상화, 정전협정을 대체할 평화협정 체결, 경제 지원 등을 검토할 수 있다. 이 모든 것에 대한 논의가 열려 있다"고 말했다.

이와 때를 같이 하여 북한 노동당 기관지인 노동신문은 힐러리 기자회견 4일 뒤인 11월23일 북미 관계 개선을 위해 항구적 평화보장체제를 수립해야 한다고 미국 측에 촉구했다. 노동신문은 이날 사설을 통해 "북한과 미국 사이에 가장 급선무는 정전 사태를 끝장내고 평화보장체제를 구축하는 것"이라고 강조했다. 이러한 일련의 미. 북간에 오고가는 가소로운 줄다리기 말장난을 바라보며 필자는 한심스럽게 생각하며 몇가지 지적하고자 한다.

첫째, 미국의 오바바 행정부는 대북한정책에 시간 끌기 전략으로 지지부진한 외교전을 전개하고 있다. 북한의 핵폐기는 김정일 정권의 붕괴 또는 고사전략이 아니면 해결될 수가 없을 것이다. 미국은 이라크 및 아프가니스탄 사태의 불끄기 정책에 휘말려 디렘마에 빠져있다. 더욱 북한과 이란의 핵 화약고를 조기에 제거하지 않으면 걷잡을수 없는 사태에 직면하게 될 것이다. 따라서 오바마 행정부는 베트남의 적화통일의 역사적 교훈을 반면 교사로 삼아야 한다.

둘째, 중국은 지정학적으로 순치관계에 있는 한반도(북한 땅)를 버릴수가 없고, 김정일 폭정의 정치집단을 비호, 원조하며 군사동맹의 끈을 절대로 놓지 않을 것이다. 그들은 동북공정의 청사진을 가지고 한반도 땅을 미

185

국과 흥정하고 밀약을 통하여 한반도를 중화세력권에 넣으려고 성동격서의 전략을 교묘히 추진하게 될 것이다. 지난 6. 25 전쟁에 중공군참전의 전쟁사 배경은 한반도 분단의 고착화에 실질적으로 작용했다. 오늘날 북. 중 관계는 한. 미관계에 역행하는 국제적 정치, 경제, 군사의 삼각 역학관계로 작용되고 있다. 중국의 음흉한 대한반도 정책을 솔지기 까발여야 할 때가 왔다.

세쩨, 북한의 6. 25남침 전쟁은 개전 3년1개월 만인 1953년 7월27일 판문점에서 정전협정이 체결되어 155마일의 휴전선을 동서로 그어 남북으로 갈라 놓고 말았다. 그런데 정전협정이 3국의 대표인 미국의 클라크(유엔군사령관), 중국의 팽덕회(중국인민지원군사령관), 북한의 김일성(북한인민군최고사령관)등 3인의 서명으로 발효되었다. 그러나 이승만 대통령의 반대로 한국대표가 참여하지 않은 것이 화근이 되었다. 한국을 정전협정 당사자가 아니라는 구실을 들어 주한 미군만 철수하면 자동적으로 남한을 접수하여 적화통일이 가능하리라 오판하고 있다.

넷째, 대한민국 헌법 제3조의 영토조항에 "대한민국의 영토는 한반도와 부속도서로 한다"고 명시되어 있다. UN의 결의에 의한 남북 통일정부수립을 김일성이 반대 하자 그를 배제한 가운데 1948년 7월17일 대한민국의 헌법이 제정되고, 5월10일에 국회의원 선거가 실시되어 8월15일에 남한에 신탁통치를 반대한 이승만 단독정부가 서울에서 건국되었다. 이어 신탁통치를 찬성한 김일성이 9월9일에 북쪽 평양에서 김일성 정치집단을 결성하여 출범시켰다. 대한민국이 한반도에 존재하는 유일한 합법정부라는 사실에 이의가 있을 수 없다. 그러나 6. 25남침전쟁으로 인한 53년 7월27일 정전협정을 빌미로 적반하장으로 남한 합법정부의 정체성을 부인하고 오늘날 미. 중. 북 3자의 협상을 합리화하여 남한을 배제한 가운데 미국을 이용하여 정전협정을 평화협정으로 전환시키려는 흉계를 들어내고 있다.

다섯째, 북한이 핵을 포기하고 한반도 평화협정이 체결되어 영원히 전쟁 발발의 위험성이 제거될 수 있다면 가장 좋은 최선책이 될 것이다. 그러나 현실적으로 한반도 평화협정이 주한미군 철수를 핵심으로 할 경우 주한미군이라는 가장 확실한 전쟁억지력이 사라지는 대신, 언제든 휴지로 바뀔

수도 있는 평화협정이란 문서만 남게 되는 것이다. 그래서 정전협정 제2조 13항에 서해5도서를 유엔군사령관 군사통제하에 둔다는 협정을 백지화하여 서해5도서를 1차적으로 점령한 후 남한 전지역을 신속히 적화통일하겠다는 전략에 오바마 행정부는 속아 넘어가지 말아야 한다.

여섯째, 한·미 당국자들은 이런 미. 북 접근의 문제점을 충분히 인식해야 한다. 북한이 "핵을 포기할 테니 미·북 간에 평화협정을 맺고 주한미군을 철수시키라"고 요구할 경우, 자국에 대한 핵 테러 위협을 제거하는 것이 국가 제일의 목표인 미국이 어떻게 대응할지는 속단키 어렵다. 그런 점에서 클린턴 국무장관의 입에서 "평화협정" 얘기가 나왔다는 것은 주의 깊게 살펴보지 않을 수 없는 문제다. 따라서 이명박 정부는 한. 미 공조관계의 끈을 절대로 늦춰서는 안 된다.

결론을 맺고자 한다. 김정일은 바쁜 일정에 봉착해 있다. 자신의 건강이 좋지 않은 상태에서 후계구도를 위해 3남 김정은 나이를 한 살 올려 27세로 조정했다. 그 저의는 2012년에 초점을 맞추고 있다. 2012년은 김일성 출생 100주년, 김정일 70세, 김정은 30세로 년도의 획을 긋겠다는 것이다. 더욱 2012년을 통일의 원년으로 삼고 있으며, 2012년 4월17일 주한미군 철수와 전시작전권 인수문제는 그간 남한의 좌파정권 10년에 북한의 씨나리오에 정조준되어 인질로 잡히게 된 것이다.

김정일의 핵폐기는 정권붕괴와 일맥상통한다. 절대로 완전 폐기의 무모한 짓은 하지 않을 것이다. 따라서 위기 극복의 정권유지를 강화하기 위해 화폐개혁을 단행하여 암시장을 봉쇄하고, 외화사용을 억제하며 계획경제체제를 강화하는데 초점을 맞추게 된 것이다. 그러나 실패합니다.

이명박 정부는 중도실용정책으로 인한 혼선이 없도록 좌파세력을 척결하고 선명한 중도실용을 지향해야 한다. 또한 한. 미 동맹관계에 간극이나 흠결이 없도록 대책을 강구하고 종북적 자세와 정책에서 탈피할수 있도록 철저한 대비가 요망된다.

세종시 논란에 군사전문가들은
왜 침묵하고 있는가?

(2009년 11월 5일)

세종시 건설 문제로 나라가 온통 떠들썩하고 시끄럽다. 여야의 격돌, 여당내 파쟁, 충청도민의 불만 그리고 국론분열 양상이 비등(沸騰)하게 되자 이명박 정부는 국무총리와 여당대표를 중심으로 각각 세종시위원회를 구성하여 해결책을 신속히 마련한다고 한다. 그러나 원안을 수정하여 9부2처2청을 옮기지 않고 교육, 과학, 산업의 중심 그리고 기업유치로 자족도시를 건설하겠다는 방침인 것 같다.

작일(14일)KBS 1 TV 심야토론 시간에 "세종시 논란 어떻게 풀 것인가"라는 주제로 토론이 있어 처음부터 끝까지 관심을 가지고 시청했다. 세종시 원한수정을 주장하는 한나라당 전여옥 의원, 서울대 최막동 교수, 원안고수를 주장하는 민주당 박병석 의원, 자유선진당 이상민 의원이 참석하여 민경욱 진행자에 의해 찬반토론이 열띠게 진행됐다.

한마디로 원안고수 측의 공격적인 주장에 원안수정 측의 방어적인 답변의 토론은 보기에도 딱할 정도로 원안수정에 대한 설득력이 부족했다. 노무현 전 대통령은 국가백년대계를 고려한다면서 세종시 건설을 선거공약으로 내 걸었다. 그래서 "재미를 좀 보았다"고 했다. 이명박 대통령도 세종시 건설을 계속 추진하겠다고 충청도민에게 약속해서 사실상 충청도 표심을 움직인 것이다. 사실상 이명박 대통령도 노무현 전 대통령의 치졸한 재미를 좀 보았다는 표현에 암묵적 동가성(同價性)을 가지고 있다.

필자는 대통령과 국회의원 후보자들의 선거공약에 유권자들은 정확한 판단과 이해가 부족한 상태에서 무조건 환심(歡心)에 따라 표를 찍는데 문제점이 있다고 생각한다. 한미디로 말하면 국민들이 속고 있다는 것이다. 국가 주요정책의 세종시 같은 실천할수 없는 공약이라면 반듯이 책임을 물어야 한다.

이명박 대통령이 공약한 경부운하건설은 재임기간에 건설하지 않겠다며 4대강치수사업을 추진하고 있어 반대 논란도 만만치 않다. 이러한 4대강의 국토개발사업도 실패할 경우 반듯이 책임을 물어야 한다.

세종시 문제의 논란이 거듭되고 있지만 안보적 차원의 군사전문가의 논쟁이 외면되고 있어 아쉽다. 한반도가 남북으로 분단된 상태에서 수도 서울은 지정학적으로 안보적 위협의 취약성이 많다. 따라서 안보적 차원에서 아래와 같이 8개항의 이유로 세종시의 원안고수에 잇점이 있을수 있다.

1, 북한은 6. 25기습남침 전쟁에 실패한 후 대남 적화통일전략과 통일전선전술을 집요하게 전개하여 좌파정권 10년에 반미. 친북 좌파세력의 뿌리가 깊이 밝혀 정부조직과 사회단체에 확산되었고 보수와 진보의 남남갈등이 심화되었다. 더욱 국방백서에 주적개념이 희석되었고 적과 사탄의 식별이 어렵게 되었다.

2, 북한이 핵무기, 미사일 그리고 대량살상무기를 보유하여 남한과는 비대칭 군사력을 유지하고 있어 위협적이지만 국민들은 안보 불감증에 걸려 전쟁이 일어나지 않을 것으로 안일한 생각을 하고 있다.

3, 북한은 김일성 출생 100주년인 2012년을 통일원년으로 삼고 있으며, 김일성 생일 4월 15일에 촛점을 맞춰 이틀 뒤인 17일 한미연합사를 해체하고 전시작전권을 한국군이 인수하는 등 급변사태를 몰고 올수있는 위기감을 느끼게 된다.

4, 북한의 휴전선일대에 배치된 대구경 장거리 화포는 서울을 벗어나 수원까지 사거리가 미치며, 테러의 표적은 서울의 청와대와 국방부를 비롯하여 이곳 저곳에 산재하고 있다.

한반도에서의 장차전은 테러전을 시작으로 전후방이 없는 속전속결에 의한 단기전으로 끝날 것이다. 더욱 한반도는 초토화 될 것이다. 그래서 전쟁억제책을 강구해야 한다.

5, 북한은 핵폐기를 전제로 북. 미협상을 직접 추진하며 6자회담을 교묘히 추진하려 하지만 절대로 핵무기를 완전히 폐기하지 않을 것이다. 남한은 주한 미군에 의해 핵우산의 보호를 받고 있지만 주한 미군이 철수하게

되면 안보의 위협은 면할 길이 없다. 그러나 미8군사령부는 다행히 철수하지 않는다고 했다.

6, 북한은 과거 6.25의 기습남침 방법이 아닌 상상을 초월하는 다양한 방법을 취할 것이다. 최악의 경우에 취할수 있는 한 방법가운데 땅굴 침투를 경계해야 한다. 수원에 인접한 화성 땅굴을 민간인들이 발굴하는데 노무현 정권은 방해 했다. 그 발굴과정에서 증거물까지 나왔었다. 서울 한복판에 땅굴이 연결되었다면 어찌 되겠는가. 그러나 아직 그런 징후는 발견되지 않았다.

7,1968년 1월21일 북한 무장게릴라 31명이 청와대를 목표로 서울에 침투한 사건을 정치인들과 국민들은 잊어가고 있다. 청와대를 중심으로 정부부처가 밀집해 있으면 적의 공격에 동시에 마비될 수 있다. 정부청사를 일부 과천으로 이전한 것도 1. 21사태 이후 거시적 안목으로 고려되었을 것이다. 따라서 세종시의 정부청사는 원안대로 이전하는 것이 국가안보와 백년대계를 위해서 잇점이 있을 것이다.

8,,세종시의 유령도시 논란은 기우에 불과하다. 경부운하건설의 전초작업이라 오해 받고 있는 4대강 토목공사를 강력하게 밀어 붙이며 세종시 건설(22조5천억원)에 맞먹는 막대한 예산(22조2천억원)을 투입하게 된다. 그렇게 성급하게 4대강 토목공사를 강행하지 말고 초미의 관심사로 부상했고 정지작업 까지 완료된 세종시 건설에 예산을 집중해야 할 것이다. 세종시는 이명박 대통령의 약속된 사업이며, 4대강의 치수 토목공사는 경부운하건설을 위한 변종사업으로 오해 받고 있기 때문이다.

결론적으로 마무리 하고자 한다. 필자는 통일부 통일교육 전문위원(15년간)으로 있으면서 90년대에 두번이나 통일 독일에 가서 통일의 상징인 부란덴부르크 문을 바라 보았고 동 베르린의 낡은 호텔에 투숙하여 한반도 통일의 난제들을 생각하며 고심하기도 했다.

오늘날 통일전 서독의 수도 본에서 통일 수도 베르린으로 이전과정의 현실적인 문제점을 제기하며 수도분할을 반대하는 것은 한반도 분단상태의 현실과 한국의 안보적 특수성에 무지한 주장인 것이다. 서울의 수도분할이라는 주장을 내 세워 세종시 건설을 수정하여 9부2처2청을 옮기지 않겠다

190

는 것은 통일을 앞두고 문제가 있다는 주장이지만 오히려 적화통일에 유리한 조건을 제공하는 근시안적인 발상이다. 필자는 군사전문가는 아니지만 젊음을 군에 바친 한 사람으로서 국가 안보적 차원에서 볼때 가장 중요한 국방부가 서울에 있고 육해공군 본부가 계룡대에 위치하게 된 것은 선견지명이 있었다고 생각한다.

따라서 청와대, 국방부, 외교통상부, 통일부, 행정안전부. 기획재정부 그리고 국회와 밀접한 관련이 있는 부처는 서울에 두고, 그 외의 부처는 지방에 분산배치하는 것이 안보적인 측면이나 지방균형발전을 위해 바람직한 것이다.

서울시를 안보적 측면에서 1천만명 이상의 콩나물 메가시티(megacity, 거대도시)로 만들지 말아야 한다. 아울러 국가 경쟁력을 위하여 국토균형발전은 불가피하며 시급하다. 그래서 특단의 조치로 세종시에 9부2처2청을 4부2처2청으로 수정배치하여 충청도민을 설득하고 기타 보완대책을 추가수정하여 여야 극한 대립을 피하고 타협하여 행복도시인 자족도시를 건설하는 것이 최선의 방책일 것이다.

멧돼지 출몰과 빨치산 출몰은 유사성이 있다

(2009년 11월 7일)

멧돼지는 한자어로는 산저(山猪) · 야저(野猪)라고 한다. 일반적으로 몸은 굵고 길며, 네 다리는 비교적 짧아서 몸통과의 구별이 확실하지 않다. 주둥이는 매우 길며 원통형이다. 눈은 비교적 작고, 귓바퀴는 삼각형이다. 머리 위부터 어깨와 등면에 걸쳐서 억센 긴 털이 많이 나 있다.

멧돼지는 욱어진 숲속의 깊은 산, 특히 활엽수가 우거진 곳에서 사는 것을 좋아 한다. 본래 초식동물이었지만 토끼 · 들쥐 등 작은 짐승부터 어류와 곤충에 이르기까지 닥치는대로 아무 것이나 잡아먹는 잡식성동물로 변화했다

멧돼지는 성숙하면 털빛깔은 갈색 또는 검은색인데, 늙을수록 희끗희끗한 색을 띤 검은색 또는 갈색으로 퇴색되는 것처럼 보인다. 날카로운 송곳니가 있어서 부상을 당하면 어떤 상대이던 가리지 않고 맹렬히 반격한다. 그래서 저돌적 공격(猪突的 攻擊)이라는 말이 생겼다. 멧돼지의 송곳니는 질긴 나무 뿌리를 자르거나 싸울 때 큰 무기가 된다. 늙은 수컷은 윗송곳니가 주둥이 밖으로 12㎝나 나와 있다.

지난해 기준으로 전국에는 26만7천마리의 멧돼지가 서식하는 것으로 추정되며 포획된 멧돼지는 1.6%인 4천여 마리라고 하며 향후 피해방지를 위해 2만마리 포획을 허용한다는 것이다.

필자는 최근 야생 멧돼지가 도심에 자주 출몰하는 것을 TV화면을 통해 바라보며 밤만 되면 빨치산이 출몰했던 6. 25남침전쟁의 악몽이 떠 올랐다.

오늘날 논산 육군제2훈련소 지역은 6. 25 당시에 광활한 넓은 초원의 산지였다. 연무읍 지역에는 박씨 집성촌의 "무디기"라는 마을이 있었다. 필자의 집에서 약8Km지점이 되는 그 마을에서 박병권 전 국방부장관이 태어났

고 필자의 고모님댁이 있어 고종사촌 형제들과 자주 어울렸던 마을이다.

그때 고모님댁에서 저녁에 잠을 자고 있는데 오늘날 훈련소 뒷산에서 빨치산이 내려와 식량을 뺏아 약탈하여 부락의 소에 싣고 가며 초가집에 불을 질렀다. 어찌나 놀랐는지 지금도 가슴이 조이며 벌벌 떨던 기억이 생생하다. 그때가 고등학교 1학년 때였다.

빨치산은 식량이 떨어지면 부락을 습격하여 양민을 학살하고 식량을 뺏아갔다. 최근 멧돼지의 출몰도 먹이가 없어 산에서 도심으로 내려 오는 것이다. 어찌보면 멧돼지의 습성과 빨치산의 행태가 너무나 유사한 것이다. 앞으로 남한에 간첩이나 테러를 무모하게 침투시켜 멧돼지 처럼 포획되는 일이 없었으면 한다.

시골에는 집돼지가 우리에서 꿀꿀대며 주인이 먹이 주기를 원한다. 짐승도 잘 먹여야 살찐다. 그런데 북한에서 그간 300만명이 아사했고 지금도 동포들이 굶어 죽어가고 있으며 멧돼지 처럼 탈출하여 먹을 것을 찾아 중국을 거쳐 죽음을 무릅쓰고 사선을 넘고 넘어 자유 대한으로 찾아 오는 것이다. 우리나라 집돼지 만도 못했던 탈북자들을 잘 보살펴 주어 멧돼지 같았던 이질감을 청산하고 자유를 누리며 잘 적응해서 행복하게 생활 할수 있도록 도와 주어야 한다.

멧돼지 같은 빨치산이 지리산을 비롯하여 백두대간의 여러 명산에 발붙이지 못하도록 정규전 못지 않게 비정규전의 대비책을 강구해야 한다.

우리들 가정에 후손들이 평화스럽게 살아가야 할 한반도가 하루속히 자유,민주,평화의 통일이 되고 한민족이 통합되기를 소원한다.

한반도에 두번 다시 6. 25와 같은 동족상잔의 남침전쟁, 지리산의 빨치산 활동, 울진. 삼척지역 게릴라전, 연평해전과 같은 사태가 발생하지 않아야 한다.

그러나 적화통일을 위해 멧돼지의 저돌적 방법에 의한 테러전을 시작으로 빨치산의 유격전의 전법으로 전후방이 없는 전쟁이 전개되고 최악의 경우 가공할 핵무기와 대량살상무기에 의한 전쟁이 일어난다면 한반도가 초토화되고 살아 남은자가 죽은 자를 불어워할 때가 올런지도 모른다. 그러나 하나님께서는 한민족(韓民族)을 이스라엘 백성 처럼 버리지 않고 지켜주시고 보호해 주시리라 믿는다.

국가 백년대계 정책은
국민의 합의가 있어야 한다
(MB "국가 백년대계 정책에 타협 없다"의 기사를 읽고 나서)

(2009년 10월 9일)

10월19일자 중앙지 신문을 읽으며 깜짝 놀랐다. MB "국가 백년대계 정책엔 타협 없다"는 제목의 기사내용이다. 국가 백년대계 정책은 여야간에 타협이 반듯이 필요하고 국민의 합의가 절대적으로 요망된다. 그러나 국회에서 여야의 타협과 국민의 합의가 무시된 대통령의 독단적인 밀어붙이기 결단의 국가 주요정책은 역사적 심판을 받게 될 것이다.

17일 경기도 과천 중앙공무원교육원에서 이명박 대통령이 참석한 가운데 장차관 워크숍이 있었다. 이날 모임의 마무리에 이명박 대통령이 '국가의 백년대계를 위한 정책에는 적당한 타협이 있어서는 안 된다'며 '국가에 도움이 된다면 한때 오해를 받는 한이 있더라도 그것을 택해야 한다'는 말을 했다 한다. MB가 말하는 나라와 국민의 미래를 위한 정책이란게 뭔지? 아마도 "세종시"를 두고 한 말로 짐작이 된다.

즉 MB "대통령 양심상 세종시 원안대로 하기 어렵다"는 것인데 청와대 고위 관계자는 18일 세종시 논란과 관련해 "이명박 대통령은 국가 경영자의 장기적인 안목으로 세종시 문제를 고민하고 있다"라고 말했다. 전 정권에서 정한대로 세종시로 9부2처2청을 모두 옮기면 쓸데없는 정치적 논란을 피할 수 없겠지만, 국가 발전에 걸림돌이 될수 있는 길을 갈수 없다는 이 대통령의 근원적인 고민이 "세종시 전면 수정론"에 담겨 있다는 설명이다.

노무현 전 대통령의 행정수도건설 계획이 헌법재판소의 위헌 판결로 무산되자 눈감고 아웅하는 식으로 국민을 기만하여 "행정복합도시"라는 이름으로 바꾸어 "세종시"를 건설하기에 이르렀고, 이명박 대통령은 대통령 후보시에 세종시 건설을 예정대로 추진 하겠다는 실천 약속으로 충청도민들의 표를 얻어 대통령당선에 일조를 했다. 또한 국회에서 여야합의로 세종시 건설은 합법적으로 추진하게 되었다. 따라서 MB정부의 책임은 면할 길이 없다. 이제라도 이명박 대통령은 고민에서 탈피하여 양심적인 가책을 느끼고 국민 앞에 솔지기 사과하고 문제해결의 돌파구를 찾아야 한다.

김문수 경기도 도지사가 말하기를 노무현 전 대통령이 박은 말뚝 가운데 세종시에 제일 잘못 박은 말뚝이라는 주장을 했다. 김지사의 말뚝론을 야당에서는 경솔한 발언을 했다고 지적 했지만. 그 말뚝이 썩지 않을 쇠말뚝이라면 좋겠는데 썩을 나무말뚝을 박아 놓고 자살을 했으니 노 전 대통령은 지하에서 무슨 말이 있겠는가? 국가 통치자가 되기 위해 충청도민의 표심을 의식하여 선거공약으로 내 세운 그 자체가 문제점이 큰 것이다. 그리고 노무현 대통령 후보를 당선시키는데 일익을 담당한 충청도민의 책임은 없는지 되돌아 볼 일이다.

이제 세종시 건설은 여야의 극단적인 대결과 마찰로 해결될수 없는 중대 사안으로 발전했다. 국가 백년대계에 관련된 정책의 일환으로 남북통일에도 장애가 되는 수도권 분활의 문제점이 크고, 지역 갈등과 민심혼란의 가중적 현안문제는 국론 분열로 인하여 국력을 약화시키게 될 것이다. 더욱 정치인들에게 정쟁(政爭)의 소모적 갈등을 제공하여 국민들의 불신을 야기하며 국가 경쟁력을 약화시키는 결과를 초래하게 될 것이다.

결론을 제시하며 마무리 하고자 한다. MB정부는 좌파정권을 청산하게 한 국민들의 민심을 먼저 의식해야 한다. 전 정권에서 저질러 놓은 문제점을 풀어야할 책임은 현 정권에 있다. MB정부는 책임을 절감하여 결자해지의 자세로 세종시 건설의 문제점을 거시적 안목으로 해결해야 한다.

세종시 건설의 원안 일부 수정 또는 전면 수정의 문제는 여야의 정책 합의를 통하여 현안의 문제점을 풀어야 한다. 그러나 국회에서 문제 해결이 불가능할 경우 최종적으로 국민의 심판을 받아야 한다. 그래서 전문가 집단의 고견을 수렴하여 그야말로 국가 백년대계 정책의 단일안을 만들어서 찬성이 아니면 반대의 양론을 국민투표를 통해 최종 국민의 합의점을 도출해야 할 것이다. 그러나 국민투표도 여야 합의가 없으면 불가능 할것이다.

　　아울러 지방 행정구역 통폐합의 문제점에 있어서도 지방자치정부에 맡겨서 혼란을 유발하지 않도록 중앙정부에서 포괄적인 정책의 지침을 제시하여 해당지역의 지역 국민투표가 수반되어야 한다. 따라서 행정구역 개편이 마련된 후 선거구 조정이 이루어져 소선거구와 중선거구의 혼합형 선거구제도가 조속히 결정되어야 할 것이다.

대한민국에 황희 정승 같은 청백리는 없을가?

(2009년 9월 29일)

그간 국회에서 청문회가 열리고 있어 TV를 통해 실황을 시청하게 되었고, 신문에서 상세히 보도 되어 기사를 잘 읽을수 있었다. 국무총리 및 국무위원(6명) 후보자들의 자질과 능력이 중요하지만 도덕성 해이가 도를 넘고 있는 모습을 보면서 흔히 청렴결백의 상징과 같이 회자되는 황희 정승이라는 인물이 문득 생각났다.

황희(黃喜, 1363년 ~ 1452년)는 조선 초기의 문신(文臣)이며 재상(宰相)이다. 본관은 장수(長水)이며 시호는 익성(翼成)이다.

그는 조선 세종 때 18년간 영의정에 재임하면서 많은 치적과 일화를 남겼으며 역사적으로 청백리로 널리 알려져 있다

필자는 학창시절에 한학자이신 선친으로 부터 청백리인 황희 정승에 관한 이야기를 자주 들었다. 황 희 정승은 너무나 청빈하여 비가 새는 집에서 기거하고 있었는데 비가 오면 빗물이 방에 떨어지자 방안에서 우산을 펼쳐 들고 생활을 했다는 것이다. 그러나 정승이 그렇게 비가 새는 집에서 생활을 했다는 사실이 믿겨지지 않지만 사실여부를 떠나서 너무 청빈했기에 그러한 청백리의 상징으로 회자되어 전승되고 있으리라 생각된다.

또한 황희 정승의 맏아들도 꽤 높은 관직인 경기감사를 거쳐 한성판윤 그리고 호조판서를 지냈다. 지금으로 치면 경기도지사에서 서울시장 그리고 재경부와 농수산부를 합친 부서의 장관을 맡을 정도의 대단한 직위였다.

황희 정승의 아들은 큰 저택을 짓고 집들이 행사로 요인들을 초청했다고 한다. 그의 아버지인 황희 정승도 아들집을 찾아 갔었는데 황희 정승이 대문 앞에서 바라보니 아들의 집이 호화 주택이었다. 아들은 아버지 황희 정승이 오셨다는 소리에 놀라 아버지를 맞이 하려고 대문 밖에 나왔을 때 황희 정승은 아들에게 네가 이 집의 주인이 되느냐고 묻고 얼마동안 관직에 있었기에 이리 좋은 집을 지을수 있었는냐고 질책을 하며 나도 꽤나 오래 관직에 있었지만 이런 재주는 없었다며 발길을 돌렸다고 한다. 그래서 아들은 즉시 일반 평민과 같은 집을 구해 살았다고 전해 내려오고 있다.

이명박 정부의 각료 경질에 따른 지명자들의 청문회 대상자들은 모두가 한결같이 위장 전입의 범법행위를 했음에도 양심의 가책도 없는 듯하며 병역의무미필, 세금탈루, 뇌물수수 등 각종 범법의 결격사유가 있음에도 여당에서는 대수롭지 않게 넘어 가려 했다.

국회는 28일 오후 본회의를 열고 정운찬 국무총리 후보자의 임명동의안을 통과시켰다.

정 총리 임명동의안은 재적의원 290명 가운데 177명만이 참석한 무기명 비밀투표에서 찬성 164표, 반대 9표, 기권 3표, 무효 1표로 가결됐다.

정 총리 후보자는 이에 따라 이명박 정부의 두번째 총리로 공식 취임하게 됐다.

이 대통령이 지난 3일 정 총리를 지명한지 25일만에 이뤄진 표결에서 한나라당은 당론으로 찬성표결에 임했으며, 인준 반대를 밝힌 민주당과 자유선진당, 민주노동당 의원들은 신상발언을 통해 인준 강행에 항의한 뒤 표결에 불참했다.

정운찬 국무총리 후보자

우여곡절 끝에 총리 임명동의안은 무난히 통과됐지만 향후 여야가 정면 충돌 양상을 빚으면서 정국이 경색국면으로 빠져들 것으로 예상된다. 이 같은 여야 대립은 다음달 5일부터 실시되는 국정감사와 10월 재보선과 맞물려 정국주도권 다툼으로 비화될 것으로 보여 자칫 대치정국이 장기화될 가능성도 배제할 수 없게 됐다.

정운찬 총리는 민주당에서 대통령 후보로 거론되었던 인물이었고, 이명박 정부의 정책을 비판했으며 진보적 성향의 인물로 평가되고 있다. 그러나 이명박 정부의 국무총리 후보자의 지명을 받아드렸다는 것은 학자의 양심을 벗어나 정치인의 속성인 철새정치인 또는 칠면조의 면모를 들어냈다는 평가를 할수 있다. 특히 병역의무를 미필한 것은 대단히 비중이 높은결격의 대상이 된다. 미국 유학으로 나이가 많아 합법적으로 병역이 면제되어 미필했다고 하는데 개인의 학구열 보다는 국가의 의무가 우선한다는 사실이다. 그외에 아들의 이중국적 문제 등 여러가지 지적된 사항에도 수긍하기 어려운 점이 많다.

위에서 살펴본바와 같이 대한민국에 현대판 황희 정승이 있다면 얼마나 좋겠는가? 이명박 정부가 출범하여 나타난 청문회의 모습은 지나치리 만큼 국민들로 부터 빈축을 사고 있다. 그간 역대 정권에서도 마찬가지의 청문회였지만 장상 국무총리 후보자도 낙마를 했다. 그러나 정운찬 후보자와 장상 후보자를 비교한다면 오십보 백보이며 오히려 결격사유는 정운찬 후보자가 강도가 높은것 같기도 하다. 그러나 여야의 판도가 바뀌게 되니 다수 의석을 차지한 한나당에서 단독으로 임명동의안을 통과 시키게 된 것이다. 정운찬 총리는 총리 임무를 수행하는 과정에서 국정운영에 후유증이 없기를 바란다. 또한 서울대학교 총장의 위상에 손상이 없기를 바라며 학자로서 정치에 발을 들여 놓은 것을 후회하지 않기를 바란다.

동작동 현충원에
비상사태의 환상이 보인다

현충원에는 무수한 순국선열들이 나라를 위해
젊음을 꽃피우지 못한체 한줌의 재가 되어서
계급과 이름만 새겨진 빗돌 뒤에 묻혀 있다.

호국을 위해 목숨을 바쳐 희생제물이 되어서
나라의 발전과 번영을 위해 밑거름이 되었고
피 흘린 대가로 세계13위의 한국이 되었다

순국선열은 동작동묘지에 말없이 누어 있는데
갑자기 망월동 묘지에 가야할 DJ가 찾아오니
편히 쉬며 잠자던 호국영령들이 놀라 깨었다.

국립현충원에는 DJ를 추방하자는 높은 함성이
야밤에 충천하고 DJ묘지에 둘려 대모를 하는
영령때문에 DJ는 혼비백산해 쩔쩔매는 꼴이다

DJ는 이승만, 박정희 전 대통령을 폄하했기에
동작동에 같이 있자고 붙잡을리도 만무한 일
고립무원의 위기에 돌팔매 맞고 있는 것이다

대한민국 정통성을 무시하고 김정일과 악수한
그 손이 부끄럽게 되었고 영령들에 포위되어

그 손이 부끄럽게 되었고 영령들에 포위되어
옴짝 못하는 비참한 몰골이 애처럽기도 하다

현충원은 아무나 찾아가 묻히는 곳이 아니라
애국지사, 순국선열이 묻히는 성스러운 땅이며
국가 유공자들이 편히 안식할 묘역인 것이다

국장의 욕심으로 국민들이 마음을 외면 했고
국민장으로 망월동에 묻혔으면 좋았을 것인데
파란 만장했던 삶이 사후에도 골치가 아프다

(2009년 9월 2일)

"세계평화의 섬 제주"에
걸맞는 시민의식이 요망된다

(2009년 8월 29일)

제주도는 남북 간의 거리가 약 31㎞, 동서간의 거리가 약 73㎞로 동서로 가로놓인 모양의 큰 섬이다. 대한민국에서 제일 면적이 넓은 섬인 제주도(濟州島)는 마라도, 우도, 추자군도 등을 포함한 유인도 8개, 무인도 55개로 구성되어 있다.

제주도는 2006년 7월 특별자치도(濟州特別自治道)로 승격되었고 행정구역은 2개시(제주, 서귀포)7읍 5면이며 도청 소재지는 제주시 연동에 있다.

제주도는 천혜의 자연경관이 수려한 세계적인 휴양관광지이다. 특히 4면의 청정한 바다 위에 우뚝 솟은 한라산은 1,800여 종의 식물과 수천 마리의 야생노루가 서식하는 동식물의 보고이다. 또한 한·일, 한·미 정상회담을 비롯해 여러 차례의 정상회담을 개최하는 등 새로운 국제관광지로 각광을 받고 있다.

제주도는 흔히 돌·바람·여자가 많고, 도둑·대문·거지가 없는 삼다(三多)·삼무(三無)의 섬으로 유명하다.

필자는 8월17일 한국시각장애인 목회자부부 수련회에 강사로 초청되어 로얄호텔에 투숙했다. 다음날 새벽 4시경 침상에서 일어나 옥상에서 내려다 보이는 공원을 찾아 산책을 했다. 새벽인지라 인적도 없고 숲이 욱어진 공원에 운동기구들이 많이 설치되어 있었다.

공원에 들어서자 가장 눈에 띄는 것은 증기기관차였다. 1978년 박정희 대통령의 지시에 따라 기차를 볼 수 없는 낙도의 어린이를 위해 사용이 중단된 기차를 제주도와 흑산도에 보냈는데 현재 이 공원에만 남아 있다. 이 기차는 미카형 증기기관차 304호로, 1944년 일본에서 제작되고 조선총독

부 철도국 경성공장에서 조립한 것이며 전국의 철도를 누비다가 1967년 8월 디젤기관차의 등장으로 퇴역하게 된 것이다. 박정희 전 대통령이 보내어 전시되었다는 게시판을 읽고 나서 박 대통령을 다시 생각하게 되었다.

공원의 이름 조차 모르고 산책하며 한바퀴 돌아 나오다가 식당문을 열고 있는 아주머니가 있어 공원의 이름을 물었다. 삼무공원이라 답변했다. 삼무는 무슨 뜻이 있느냐고 물으니 잘 모르겠다며 남편에게 물어서 알려주는데 삼무는 "대문이 없고" "도적이 없고""거지가 없다"는 것이라 했다. 다음날 자료를 통해 삼무공원은 제주시 연동에 1978년 도시근린공원으로 지정되었음을 알게 되었다.

제주도는 2005년 1월27일 정부로부터 "세계평화의 섬 제주"로 공식적으로 지정되었다. 제주도가 "세계평화의 섬"으로 지정된 것은 그간 "삼무정신"의 전통을 창조적으로 계승하고 제주 4. 3사태의 비극을 화해와 상생으로 승화시키며 평화정책을 위한 정상외교의 정신을 이어 받아 세계평화에 기여할 수 있도록 하기위한 것이다

제주도의 서귀포시에 "제주국제평화센터"의 건물이 "평화의 섬 제주"의 상징 랜드마크시설로 건축되어 평화에 대한 홍보 및 전시교육, 체험학습의 장소로서 세계평화의 이미지 구현의 구심적 역할을 하고 있다. 전시실은 3개전시실로 되어 있는데 제1전시실은 공간을 터치하면 내용이 바뀌는 공간제어시스템 체험. 제2전시실은 3D영상 체험시스템을 통해 국가별 평화지수를 알아 보며 평화가 확산되고 정착되는 모습을 확인 한다. 제3전시실은 유명인사들의 밀랍인형 전시관으로 91년 4월 노태우와 고르바초프의 한. 소정상회담 이후 제주도에서 역대 대통령들의 정상회담을 기념하는 정상들의 밀랍인형을 볼수있고 고두심등 유명 연예인들도 밀랍인형을 만들어 놓아 볼수있다.

필자는 8월19일 일행들과 함께 "제주국제평화센터"에 들려 견학을 하게 되어 제3전시실의 밀랍인형 전시실을 돌아보고 나서 대단히 불쾌감을 느꼈다. 사무직원에게 이승만, 박정희, 전두환 전직 대통령의 밀랍인형은 왜 없느냐고 질문을 했다. 제주도에서 정상회담을 한 사실이 없기 때문이라 답

변 했다. 이어서 4명의 직원에게 안중근 의사와 김구 선생은 제주도에서 정상회담을 했기 때문에 만들어 놓았느냐고 따져 물었더니 입을 다물고 있었다. 이 건물 준공을 어느 대통령 때 했느냐고 다잡아 물었더니 노무현 대통령 때라고 했다. 이승만 건국 대통령과 박정희, 전두환 두 전직 대통령의 밀랍인형을 세워놓으면 잘못된 것이냐!, 그렇게 옹졸한 생각을 가졌던 노무현 대통령은 자살을 한 것 아니냐! 센터장에게 전달해서 시정하라고 경고를 하고 무거운 발걸음을 되돌렸다.

노무현 전 대통령의 국가관과 역사관을 엿볼수 있는 "제주국제평화센터"의 증거물인 셈이다. 제주도가 진정으로 "세계평화의 섬 제주"가 될려면 DJ가 며칠전 세상을 떠났지만 그리도 끈질기게 주창한 화해, 협력, 평화의 실천이 있어야 한다. 그러나 한갓 구두선에 불과하다면 무슨 가치가 있겠는가? 전직 대통령 김대중과 노무현은 남남갈등을 심화시켰고 좌파세력의 대부처럼 통치하다가 두사람 모두 저승으로 떠나 불귀의 객이 되고 말았다.

특히 제주도에 좌파정권이 역사를 왜곡한 산물로서 "평화공원에 기념관"이 세워져 있다는 사실을 애국시민은 잘 알고 있다.

1948년 5월10일 유엔감시하에 대한민국 정부를 수립하기 위하여 선거를 하기로 결정하자 좌파 남로당에서는 5. 10선거를 반대하기 위해서 전국에서 2. 7폭동을 일으키고, 이어 1948년 4월3일 제주도에서 제주 인민유격대 김달삼 외 400여명은 제주 12개 경찰서를 기습하여 경찰과 우익인사를 살해하고 5. 10선거를 방해하기 위하여 폭동을 일으켰다. 이 폭동이 점점 치열하여 진압이 어렵게 되자 11월17일 제주에 계엄령이 선포되어 폭도들과 계엄군간의 치열한 충돌로 희생자가 많이 속출했다.

당시 10월 19일에는 제주4. 3폭동 진압을 거부하고 대한민국 단독정부를 저지하려고 여수. 순천 반란 사건을 일으켰다. 제주4. 3폭동사건과 여수, 순천 반란사건은 대한민국 건국을 방해하고 부정하려는 남로당의 책동에 의한 발악적인 폭거의 역사적 사실이 분명하다. 그러나 노무현 좌파정부는 역사를 왜곡하여 폭동을 은폐시키고 국군의 양민학살을 부각시켜 매도했다.

노무현 정권 당시에 제주4. 3사건진상조사위원회는 2, 530명이 군법회

의에 회부되어 유죄판결을 받았으나 무죄를 주장한 반면 진압군 13, 564명
이 학살했다는 조사결과를 발표했다. 이는 폭도가 애국자가 되고 진압군인
국군을 양민학살의 범죄자로 만든 것이다. 더욱 노무현 정부에서는 2003년
4월3일 "평화공원" 기공식을 하고 582억원을 지원하여 2008년 4원3일 준
공식을 갖었다. 평화공원의 기념관 위페봉안소에는 폭도들의 위페가 있고
사료관에는 군법회의가 잘못되었다며 2, 530명의 명단과 영상을 계속 보여
주기도 했다. 또한 레드헌트 영상물은 경찰과 국군을 증오하고 분노케 하는
영상물을 보여주기도 했다. 제주4. 3사건의 남로당 당원들에 의한 폭동사
건을 전적으로 국군의 양민학살로 둔갑시켜 역사를 왜곡한 것이다.

최근 2009년 8월26일 김태환 제주지사에 대한 주민소환 투표가 실시됐
으나 최종 투표율 11%로 전체 유권자의 3분의 1에 크게 못 미쳐 부결됐다.

제주도 일부 시민사회단체는 서귀포시 강정마을에 들어설 해군기지 건
설과 관련해 김 지사가 '도민 의견을 제대로 수렴하지 않았고 주민 간 갈등
을 해결하려는 노력을 기울이지 않았다'면서 주민 소환을 청구했다. 그러
나 제주 해군기지 건설은 우리 해군의 전력 강화와 해상 수송로 확보를 위
해 절대적으로 필요하다.

제주를 "세계평화의 섬 제주"로 만들려면 제주도의 안보대책이 우선되
어야 함에도 불구하고 해군기지건설을 거부하고 반대하는 것은 제주4. 3
사건으로 거슬러 올라가 폭도들을 상기하게 되고 좌파세력의 책동으로 오
해 받기에 충분하다.

그간 '세계평화의 섬 제주"에 해군기지가 들어서는 것에 대해 거부감을
갖는 일부 주민이 있었지만 제주도 남쪽 해상의 전략적 가치와 이익 그리
고 평화를 지키기 위해 해군기지는 반드시 필요하다. 미국 해군기지가 위치
한 하와이가 세계적 관광명소로 각광받는 것을 보면 군사 기지는 관광에도
도움이 될 수 있다. 더구나 제주도는 당초의 군 전용부두 건설 계획을 수정
해 크루즈선박과 군함이 동시에 접안하여 사용할 수 있는 민군(民軍)복합
형 관광미항을 건설하기로 올해 4월 정부와 기본협약을 맺었다. 12월 착공
예정인 해군기지 건설은 제주도의 지역경제 활성화와 대한민국의 경제발전
에 크게 기여하게 될 것이다.

　제주도 시민들은 "세계평화의 섬 제주"를 건설하기 위하여 창조적인 의식, 생산적인 의식, 참신한 의식, 민주적인 의식, 상생의 의식, 화해의 의식을 고루 구비하고 견고히 하여야 한다. 더욱 좌파세력들은 작금까지 온존해 온 제주4. 3사태의 해묵은 반국가적 잔재를 완전히 불식하고 청산해야 한다.

　21세기의 제주시민은 명실공히 "세계평화의 섬 제주"의 주인의식을 가지고 대한민국의 평화와 세계평화의 등대가 되어 도래하는 아시아태평시대에 한반도의 관문이 될수 있도록 대동단결하여 총력을 경주해야 한다.

망국적인 "알츠하이머"에 걸린 대중(大衆)이 많다

(2009년 8월 28일)

질병 중에서 가장 무섭고 치사하고 지랄같은 병이 바로 "알츠하이머" 라는 병이다. 이런 병은 정상적인 정신(精神) 을 잃어버린 상태(狀態)로서 "치매"(痴呆)라고 하는데 노망, 망령, 망발, 이라고도 한다. 이 병에 걸리면 우리의 인생말년을 완전히 잡쳐버리고 만다. 정말 절대로 "치매"는 걸리지 말아야 된다. 그런데 망국적 치매에 걸린 대중(大衆)이 많다. 그간 대한민국의 전직 대통령 김대중, 노무현은 지하에 묻혀 말이 없다. 다음 죽음의 차례는 북한의 국방위원장 김정일이다. 세 사람의 지도자들에 의해 대한민국에 이데올로기적 치매환자가 포화상태에 이르렀다. 이러한 반국가적 병자들의 무리를 아래와 같이 지적해 볼수 있다.

1, 마르크스─레닌의 공산주의가 지구상에서 사라져 쓰레기통에 들어 갔는데 아직도 공산주의 이데올로기에 매력을 느끼고 있는 좌파세력의 무리들이 많다.

2, 대한민국의 건국 대통령 이승만 박사를 폄하하고 김구선생을 추켜세우며 대한민국의 정통성을 부정하는 친북, 죄파세력의 붉은 무리들이 많다.

3, 평양에 가서 김정일(김일성)을 알현하고 추종하는 반국가적 친북세력들로서 위장된 민족주의를 내 세우며 연방제통일에 동조하는 무리들이 많다.

4, 지금이 어느때인데 색깔론을 내 세우느냐 역공하며 안으로는 빨간색갈의 공산주의를 신봉하고 밖으로는 민주주의를 표방하는 위장세력의 무리들이 많다.

5, 북한의 적화통일 전략과 통일전선 전술에 동조하며 반미정서를 부추기고 주한미군철수를 끈질기게 주장하는 반미, 친북의 좌파세력들의

무리들이 많다.

6, 햇볕정책의 대북지원으로 핵무기, 미사일, 대량살상무기 보유에 공
헌하여 비대칭군사력의 부메랑효과에 의해 위협을 받도록 기여한 무
리들이 많다.

7, 국회의원들이 국회의사당에서 난투극을 벌리고, 반미, 친북의 좌파
세력인 군중시위대의 대열에 끼어드는 반국가 행위를 자행하는 무리
들이 많다.

8, 북한에 종교가 허용되지 않고 기독교인을 처형하는데도 선교를 빙자
하여 왕래하며 종교시설을 건축해 주고 금품을 지원하는 어리석은 무
리들이 많다.

9, 북한은 장차전에 대비하여 사이버전쟁을 획책하고 있는데 평양에 과
학기술대학 건축 등 헥커양성의 과학기술을 진흥시키는 대북지원의
무리들이 많다.

10, 기업체의 노사갈등을 조장하고 간섭하며 극한적 대모에 얼굴을 항
상 들어내는 정치인으로서 적화 통일전선에 전위대의 지도급 무리
들이 많다.

11, 노사대립의 폭력투쟁에 화염병과 죽창을 비롯하여 사제무기를 사용
하는 등 상습적 으로 폭동세력에 방불하는 반국가적 행위를 하는 무
리들이 많다.

12, 학교에서 공부하는 학생들은 바른 인격을 도야하고 학문적 지식과
진리를 탐구해야 하는데 학생들을 의식화시키는 전교조 선생의 무
리들이 많다.

13, 과거사 진상규명을 내걸어 역사를 왜곡하며 박정희 전 대통령 등 지도
자들을 친일파로 몰아 좌파세력화를 공고히 하려는 무리들이 많다

14, 정치인 일부와 좌파세력들은 보안법을 철폐하여 적화통일에 유리한
환경을 조성하겠다는 이적행위를 방조하는 무리들이 많다.

15, 북한은 테러를 시작으로 민중봉기로 위장하여 제2의 6. 25전쟁을
획책할 것인데 이에 대비치 못하고 안보불감증에 사로잡힌 무리들
이 많다.

김대중 전 대통령의 국장을 살펴본다

(2009년 8월18일 서거. 8월23일 영결식)

1, 이명박 대통령의 중도실용으로 인한 우유부단한 통치력이 국장으로 인해 시험대에 올랐다.

2, 역대 대통령 장례식의 관례를 무시했으며 유족의 뜻을 존중하고 국민의 뜻을 외면했다.

3, 국장이 아닌 국민장이었다면 보수세력들도 애도의 뜻을 가지고 추모했을 것이다.

4, 국장을 비판하는 보수세력은 이명박 정부를 사시(斜視)의 눈으로 바라보게 되었다.

5, 주일(일요일)에 영결식을 갖는 것은 기독교인을 경홀이 여긴 처사이다.

6, 국장은 노벨평화상을 받은 본인의 명예를 추락시키고 국론 분열을 조장하여 국가의 평화와 안전을 교란했다.

7, 입관된 모습의 얼굴과 금빛의 치장은 우상적이었고 서민들에게 불쾌감을 안겨주었다.

8, 북한의 조문단은 이리가 양의 옷을 입고 나타나 대한민국 국민을 우롱한 처사이다. (국군포로, 납북자, 연안호선원을 송환하고, 핵무기를 폐기해야 한다)

9, 국장을 통하여 막대한 국가예산이 지출되고 국민 세금의 효용성이 망각되었다.

10, 국장일에 태극기를 조기로 국민의 50% 이하 게양한다면 국장은 잘못된 선택이다. (10%-20%라면 정부의 책임이 크다)

11, 현충일, 광복절 등 국경일에 태극기를 게양하지 않고 국장일에 태극기를 게양하는 자는 대한민국 국민의 자격이 없다.

12, 참새 한마리도 땅에 떨어져 죽으면 마음이 아픈데 대통령을 지낸분의 죽음이 헛되지 않아야 할텐데 걱정이 태산같다.

박세직 총재의 갑작스런 별세에
애통을 한다

죽는 것은 인생 종말의 시점이다.
자신은 죽을 시기를 알지 못하며
주님이 아시는 나그네 인생길이다
세상적 욕심은 수명을 단축시킨다
권력, 명예, 물질은 마약과 같아서
움켜잡으면 생명을 위협하게 된다
우리 삶을 하나님께 맡겨야 한다
범사에 감사하고 기도에 힘쓰면서
허탄한 욕심을 버리고 살면 된다
장수하려면 심신을 수련해야 한다
육체적인 건강이 우선하게 되지만
신앙적인기쁨과평안이중요하다.
이 세상것에 너무 집착하지 말자
허무한 인생이라고 한탄하지 말고
새 하늘, 새 땅에 소망을 두고 살자
〈2009. 7. 27〉
박세직 재향군인회장 별세의
- 충격적인 비보를 듣고 -

박세직 재향군인회 회장의 별세는 국가적인 큰 손실이다

* 2009년 6월 24일 강화도 6.25참전 청소년 유격전우회의 초청(박세직, 김흔중)을 받아 강화도에서 6.25상기 안보 강연을 함께 마치고 인천시의회 부의장(강화군재향군인회장)이 마련한 식당에서 점심식사를 하고 함

께 서울로 돌아왔다. 박세직 회장의 승용차에 동승하여 서울에서 강화까지 오가며 나눴던 대화가 마지막일 줄은 미쳐 몰랐다. 국가를 위해 할일이 아직도 많이 남았는데 너무 빨리 세상을 떠나셨다. 비보는 청천 벽력과도 같았다. 너무나 허무하고 안타까운 일이었다. ─고 박세직 장로의 소천은 국가적인 큰 손실이다.─

그러나 모세도, 여호수아도, 다윗도 모두 사명을 다한 후 세상을 떠났다. 나는 별세한 다음날 28일 10시경 아산병원의 영안실에 찾아가 추모의 뜻을 표했으며 31일 올림픽 홀에서 거행된 영결식을 지켜 보며 악몽같은 꿈만 같았으나 꿈이 아닌 현실이 었다.

지난 3월 27일 재향군인회 회장실에서 박 세직 회장님과 환담의 대화를 나눈 후 재향군인회 식당에서 점심식사를 함께 하며. 박세직 회장님 왼편에 앉아 임원들과 함께 PSI가입 등 여러가지 국가적 현안 문재점에 관련하여 국가를 걱정하며 대화를 나눴던 기억도 생생하게 떠 오른다.

나는 지난해인 2008년 7월 22일 한국교회 100주년 기념관 대강당에서 대한민국 안보와경제살리기운동본부(안경본) 박세직 총재 취임감사 예배를 위한 총괄책임을 맡았었기에 박세직 회장님이 자주 전화를 주셨고 상면할 기회가 많았다. 본래 덕망이 중후한 분이지만 직접 대할때 마다 너그러운 포용력과 인자한 성품과 고매한 인격에 매료되었으며 국가를 생각하는 우국의 정신은 타인의 추종을 불허하였다.

그간 고 박세직 회장(안경본 총재)께서 한평생 국가를 위해 분투노력하며 헌신한 족적의 굵은 흔적은 영원히 남을 것이다. 어느 누구도 고 박세직 재향군인회 회장 만큼 몸을 던져 애국할수 있는 위인은 흔치 않을 것이다.

하늘 나라에 가면 고 박세직 재향군인회 회장(자국본 총재)을 위한 많은 상급과 충성의 면류관이 예비되어 있으리라 믿는다.

아무쪼록 질병도 없고, 고통도 없고, 슬픔도 없고, 미움도 없고, 갈등도 없고, 이념적 싸움도 없는 오직 평화의 나라인 새하늘과 새땅에 가셨으니 그곳에서 평안히 안식하시기를 진심으로 기원한다.

〈2009년 7월 31일, 자국본(안경본) 공동대표 김흔중 목사〉

시국선언은 망령의 푸닥거리에 춤추는 짓이다

(2009년 6월 7일)

2009년 5월 23일 노무현 전 대통령의 자살은 국민이라면 누구든 비참하게 생각하며 애도의 뜻을 표하게 된다. 그러나 대통령을 지낸분이 자살을 했다는 것은 이유여하를 막론하고 있을수 없는 초유의 역사적인 사건으로 대한민국의 치욕적인 역사에 기록으로 남을 것이다.

김대중 전 대통령은 재임시에 이데올로기적 보수와 진보의 갈등을 심화시키는 동시에 반미, 친북의 좌파세력을 각계각층에 포진시켜 뿌리를 튼튼히 밖았다. 그리고 노무현 전 대통령 재임시는 좌파세력으로 정권을 완전히 장악하고 친북정책을 강행하여 본격적으로 국가안보를 위태롭게 했으며 국가정체성이 상실될 위기를 맞게 되었다.

. 김대중, 노무현의 두 좌파정권으로 인한 잃어버린 10년간에 국가 존망의 위기를 느낀 국민들은 이명박 대통령후보를 제17대 대통령으로 선택했다. 그러나 이명박 정부가 들어 서자마자 위태로운 징후가 보이기 시작했다. 정부출범 초기에 정부각료 인선과정에서 강부자, 고소영이라는 용어가 나오면서 국민들을 실망케 했다.

특히 이명박 대통령의 CEO대통령이라는 자만은 통치자의 리더십에 한계를 들어냈으며 진보세력에게 취약점을 보였고 보수세력들 조차 안보적 차원에서 분명한 통치이념을 아쉬워하며 실망하는 여론이 모락모락 일고 있었다

이명박 정부출범 13개월만에 호되게 정치적 태풍을 맞게 되었다. 노무현 전 대통령의 자살로 인한 반미, 친북 좌파세력들의 분양소와 영결식 추모의 군중은 성난 사자들 처럼, 물고기가 물을 만난것 처럼 모여들어 자살이 아니라 순국한것 처럼 슬퍼하고 흐느끼며 눈물을 흐리는 모습은 부모의

죽음 보다 더 애통해 했다. 그리고 영결식에는 노랑색으로 뒤덮여 붉은 악마가 아닌 노란 악마로 둔갑을 했고 기회주의적인 야당의 총공세는 목불인견이 아닐수 없었다

더욱 김정일은 정권 승계를 튼튼히 하려는 획책이겠지만 노무현 전 대통령의 자살을 동정하고 위로하며 좌파세력의 호응을 바라는 듯 봉하마을 빈소에 조문을 보낸후 즉각 가공할 핵실험을 강행했다. 그래서 한반도가 진원지가 된 남쪽의 전직 대통령의 자살과 북쪽의 공갈 핵실험이 한반도와 지구촌을 뒤흔들었다.

불교 지도자인 이법철 스님이 노무현 전 대통령이 자살한 시점부터 분양소를 찾는 조문행렬과 국민장의 마지막 영결식을 비판적인 시각으로 보면서 "인정 넘치는 국민장의 굿판은 끝났다"고 진솔하게 피력을 했다. 그 내용이 구구절절 공감이 가는 고견의 주장이었다

그러나 인정 넘치는 국민장의 굿판이 끝난것이 아니라 봉하마을 정토원을 비롯하여 푸닥거리는 계속되고 있다. 이 푸닥거리는 국회의사당, 덕수궁 정문앞, 서울광장, 대학교 등 도처에서 정치적 푸닥거리로 변질되어 압박을 계속하고 있다. 김정일의 핵무기 보다도 더 무서운 좌파세력에 의한 정치적 태풍이 이명박 정부에 몰려올 가능성도 배제할수 없다.

노무현 전 대통령의 자살로 인한 망령(亡靈)들이 먹구름처럼 몰려와서 청와대에 폭우를 퍼부을려 하는것 같다. 전국적으로 대학교수들이 들고 일어나고, 대학생들이 덩다라 춤추며, 좌파세력이 호응하여 합세하면 국가 안보는 위기에 처할수 밖에 없다.

최고 지식인이라 자처하는 대학교수들이 이데올로기의 망령에 사로잡혀 진보라는 가면을 쓰고 시국선언을 하며 푸닥거리의 춤을 추기 시작하면 관객들이 많이 몰려들어 매혹되며 동질화되어 폭도가 될 수도 있다. 이것이 대중의 심리를 이용한 혁명전략인 것이다.

한나라당은 다수의석을 확보하고 있지만 노무현 전 대통령의 자살로 인해 야당에 발목이 잡히고 설상가상으로 자중지난을 일으켜 정치위기를 맞고 있다. 한나라당은 국민들을 실망시키지 않도록 계파여당의 틀을 깨고 하루속히 환골탈태하는 모습을 보여야 한다.

　이명박 대통령은 대한민국호의 거대한 함선의 선장이다. 아무리 폭풍이 몰아치고 기상이 악화되어도 전복되어 침몰되거나 좌초되지 않도록 함장의 리더십을 지혜롭게 행사해야 한다. 정권출범의 초기부터 금일에 이르기 까지 보수와 진보를 왕래하는 애매한 실용주의는 진보세력은 물론이며 보수세력을 더욱 식상하게 했다.

　작금의 이 대통령의 기회주의적 나약한 통치력으로는 현 난국을 타개하기 어려울 것이다. 솔로몬은 기브온 산당에서 일천번 전제와 기도를 통하여 지혜를 구해 응답을 받았다. 청와대에서 간절한 기도를 통해 지혜를 구하는 것이 나라를 구하는 첩경이 될 것이다.

강희남씨는 사이비 목사로
정신병자일 뿐이다

(2009년 6월 7일)

　나는 노무현 전 대통령이 자살한 다음날 아래와 같이 "자살의 충동으로 모방하지 않도록 경종을 울려야 한다"는 기록을 남긴바가 있다.

　나의 예측한 염려가 적중하여 사이비 목사인 강희남씨 같은 반국가적 정신병자가 자살을 하고 말았다. 기독교 목사의 직함을 가지고 그간에 반국가 활동을 했다는 사실을 기독교계는 커다란 충격으로 받아들여야 한다.

부엉이 바위

그놈오 바위 이름을 부엉이 바위라 불렀구나

부엉이란 놈이 63년간 그렇게 밤마다 울었나 보다

기뻐서 울더니 슬퍼서 울고 있구나

나라의 체면은 아랑곳 없이 죽음을 택한

전직 통치자가 야속하지만

비극적인 죽음에 비통할 뿐이다

아내와 아들 딸은 아픔이 더하리라

노사모들의 울부짖는 함성은 허공에 메아리 칠뿐이다

흥분을 가라 앉치고 냉정을 찾아야 한다

죽음을 정치적으로 악용하지 말아야 한다

자살의 충동으로 모방하지 않토록

경종을 울려야 한다

2009.5.24

- 김 흔중 -

강 씨는 자신의 방에 유서를 써놓고 자살했다고 하는데 끔직한 일이다.

- 유서내용은 -

『이 목숨을 민족의 재단에』라고 적은 붓글씨 1장과『지금은 민중주체의 시대다』라는 글귀로 시작하는 A4 용지 1장의 유서를 남겼다. 유서는『지금은 민중 주체의 시대다. 4.19와 6월 민중항쟁을 보라. 민중이 아니면 나라를 바로잡을 주체가 없다. 제2의 6월 민중항쟁으로 살인마 리명박을 내치자』라는 내용이라고 한다.

『以北 내 조국이 核을 더 많이 가질수록 양키 콧대 꺾을 수 있어』라는 주장도 빼놓지 않았다.

강 씨는 2005년 맥아더동상철거 집회로 언론의 주목을 받았던 인물이다.

親北단체「전국연합」,「통일연대」의 상임고문과 고문으로 활동하기도 한 강 씨는 2005년 5월10일「양키추방공동대책위(이하 양키추방委)」라는 단체를 만들어『美제국주의 침략의 상징 맥아더동상을 7월17일에 끌어 내리겠다』며 자유공원 등 인천 각지를 돌며 천막농성을 벌였었다. 강 씨를 대표로 한 양키추방委는 산하에「우리민족련방제통일추진회의(이하 련방통추)」,「주한미군철수운동본부(이하 주미철본) 등의 단체들이 참여하고 있다고 밝혔다는 것이다.

당시 양키추방委의 천막농성은 인터넷매체를 통해 보도되기 시작했다.「통일뉴스」는 2005년 5월19일 양키추방委 관계자들의 주장을 기사화했는데, 강 씨는 맥아더 동상 철거 이유에 대해『6.25 당시 맥아더가 들어오지 않았다면 우리는 양키의 식민지 지배를 받지 않고 살 수 있었다』는 요지의 주장을 했었다는 것이다.

강 씨는 최근까지도「김일성(金日成)의 영생(永生)주의」와「김정일(金正日)의 선군(先軍)정치」를 옹호하고, 북핵(北核)의 필요성을 강변해 왔다고 한다.

북한이 자신의 조국이라고 공공연히 말하며 노골적으로 반미 친북활동을 자행한 사실은 엄연히 반국가적 이적행위에 해당하는데도 보안법은 유명무실했다.

그들 세력이 보안법을 철폐하자는 주장의 저의는 반국가적 활동을 자유롭게 보장 받겠다는 것이었다.

강씨 뿐 아니라 수명의 사이비 목사들이 미군철수를 주장하며 대모에 앞장 서 반국가활동을 오늘날 까지 노골적으로 전개해 왔다. 이러한 대표적인 인물이 한상열이라는 한국진보연대 상임대표라는 핵심 인물이다.

이명박 정부가 노무현 전 대통령의 자살을 악용할 반미 친북세력을 발본색원치 못하면 실패한 정권이 되고 말것이다.

고 노무현 전 대통령의
자살에 대한 책임은 누구에게 있는가?

(2009년 6월 1일)

인간의 생명은 고귀한 것이다. 최근에 존엄사에 대한 관심이 높아 지고 있다.

인간은 생명의 존엄성을 유지하며 죽을 권리가 있다는 것이다. 이러한 존귀한 천부적(天賦的)생명이 타인에 의해 탈취되거나 자신 스스로 자살을 결행해서도 아니 된다. 그래서 인생의 고해를 헤쳐가며 누구나 천수(天壽)를 다하는 고종명(考終命)의 복을 누리고 자연사를 해야 할 권리가 있다. 그러나 불의의 타살이나 자살의 경우에도 양자 공히 원인에 의한 결과에 따라 법의 잣대로 심판을 받게 된다.

전직 대통령이 뇌물수수 혐의로 수사를 받던 중에 2009년 5월 23일 자살이라는 비참한 역사적 사건이 발생했다. 한국의 자살율이 세계에서 1위로서 대단히 수치스러운데 전직 대통령 까지 자살을 하니 국제적인 조소거리가 되고 말았다. 그러나 장례 절차를 죽음의 성격을 전혀 고려치 않고 전직 대통령이라는 단 하나의 이유만으로 예우차원의 국민장으로 장례가 치루어졌다.

국민장의 7일간에 세인이 놀랄 정도로 봉하마을을 비롯하여 각 분향소에 추모의 행열이 장사진을 이루었고 영결식 추모의 인파가 물결쳤으며 머리에 쓴 모자를 비롯하여 만장과 현수막, 고무풍선 등 노란색으로 뒤덮여 버렸다. 그 추모객들의 오열하는 모습은 친 부모의 상을 당한것 보다 더 애절하게 애통하는 모습을 보였다.

고 노무현 전 대통령 측근세력, 노사모, 386세대들이 비참한 역사적 한 토막 드라마를 각색하여 연출하는 모습을 TV에서 생중계하고 있는 듯 했다.

그래서 동정과 감성이 풍부한 국민성을 가진 모든 국민들이 봉하마을에서 밀짚모자에 자전거를 타고 시골길을 달리고, 삽을 들로 농부들과 일을 하며, 톱으로 소나무 가지를 자르는 등 각종 농사꾼 모습의 서민 대통령의 이미지에 촛점이 맞추어 졌다. 따라서 전직 대통령의 죽음을 대중심리에 영합(Populism)할수 있도록 역사적 드라마의 테마(Theme)를 한층 부각시키고 있는 것 같았다.

여당인 한나라당이 뇌물 수수 및 부패 혐의로 구속되어 있는 전직 대통령의 직계 존비속도 아닌 노 전 대통령의 측근들까지 장례기간 중에 형 집행정지를 시켜 달라고 사법당국에 요청하여 일시 석방하게 되어 그들이 눈물을 흘리며 애도하고 오열하며 분노하는 모습을 연출하여 일반대중의 심리를 자극하게 되자 노 전 대통령의 자살에 대한 합리화를 조성하는 성과를 얻게된 것이다.

DJ는 자살한 전직 대통령을 가리켜 "자신의 몸이 반이 떨어져 나간것 같다"는 선동적인 말을 하자 반정부세력인 좌파 친북세력들이 힘을 얻어 물고기가 물을 만난것 처럼 분양소에 몰려 들기 시작했고 월드컵 때의 붉은 악마의 모습처럼 노란 악마의 물결이 파도쳤으며 촛불집회 때를 방불하는 군중집회에서 전경들과 충돌하는 모습을 볼수 있게 되었다.

야당인 민주당은 한때 노 전 대통령을 외면했으나 자살을 이용할 가치가 있었기 때문에 정세균 대표를 비롯하여 야당 국회의원들이 서로 경쟁하듯 상주노릇을 하며 분양소에서 조문객을 맞고 있었다. 이명박 대통령이 조화를 봉아마을 분양소에 보냈으나 짓밟아도 한마디 말도 없었고 국회의장을 비롯하여 여당인사의 조문을 거부하며 모욕과 봉변을 주는데도 묵인하는 태도를 보이며 성난 독사처럼 장례를 끝나고 보자는 인상을 보였다.

필자는 노무현 전 대통령의 자살을 서거로 예우한 것에 부당하게 생각하지만 모두가 서거라고 하니 어찌하겠는가. 또한 4년전에 고희를 넘긴 한사람으로서 63세라는 나이에 타계한 것을 진심으로 안타깝게 생각한다. 죽은 자는 말이 없는 것이다. 오직 행적을 통해 대통령의 치적유무가 평가될 것이다. 그러나 자살한 동정론을 빌미로 성급하게 면죄부를 주어 위대한 영웅적 자살로 둔갑시킨다면 역사적 사실을 왜곡하는 것이며 노 전 대통령의 죽음을 욕되게 하고 이름에 먹칠을 하게될 것이다.

　노 전 대통령의 자살에 대한 책임을 반듯이 물어야 두번 다시 이러한 역사적 비극은 되풀이 되지 않을 것이다. 야당과 추종인사, 노사모들은 정치적 간접타살로 몰아 여당인 한나라당을 무력화시키고 이명박 정부에 흠집을 내려고 할 것이다. 여야 정치인들은 노 전 대통령의 죽음에 공동 정법이라는 정치적 양심을 가져야 한다

　노무현 전 대통령의 죽음에 대한 첫번째의 책임은 자살한 장본인 노무현 전 대통령에게 일차적인 책임이 있다. 그렇게 솔직했고, 순수했고, 정직했고, 참신했고, 당당했고, 박력있고, 정의롭고, 직선적이고, 서민적 체취가 풍기는 등 노무현 전 대통령 특유의 장점을 부각시켰지만 많은 문제점은 완전히 은폐되어 버리고 말았다. 현실적으로 검찰의 수사과정에서 노출되어야 할 권력형 부패와 비리까지도 감춰져 버렸다

　그의 좌파적, 진보적, 개혁적인 통치철학은 5년간의 재임중에 좌충우돌했으며 미완의 정치로 아쉬움을 남긴 통치자로서 재평가를 받게 되었다. 그러나 죽은자에게 무슨 단점과 비리를 거론하며 책임을 논할수 있겠는가. 현재 검찰의 수사가 종결된 상태이기 때문에 향후에 역사가 평가해 줄 것이다. 그러나 검찰은 가족과 측근들에 대한 수사는 종결해서는 아니 되며 공정한 수사결과를 국민에게 밝혀야 할 것이다..

　두번째의 책임은 언론과 검찰에 있다,　노무현 전 대통령이 탄핵소추를 받았을 때 TV화면과 신문들은 국회의사당 탄핵국회에서 일어난 난장판의 장면을 여러날 반복적으로 방영하고 기사화하여 탄핵소추의결의 부당성을 부각시켰다. 이러한 메스－미디어의 홍보기능인 아젠다 세팅(Agenda setting)의 효과를 톡톡이 본 셈이다. 노 전대통령은 헌법에 저촉된 사항이 많았지만 대통령이라는 신분을 참작해 무시되었고 탄핵재판에서 탄핵소추 결의안이 기각되어 복직이 가능했다. 오직 언론의 힘이 결정적인 역할을 했으며 국회의 탄핵절차상의 위법성은 제기되지 않았다. 환언하면 노 전 대통령에게 탄핵을 모면토록 기여한 것은 KBS, MBC, 한겨례신문 등의 친여의 언론 매체였다.

　이명박 정부가 들어 서면서 언론을 장악하겠다는 저의가 이러한 배경에

기인되어 있었다.

노무현 전 대통령이 자살하기 까지 2주일 이상 비리에 대한 수사가 장가화되면서 매일 같이 뉴스시간에 아젠다 쎄팅의 효과로 노무현 전 대통령의 측근과 가족의 얼굴을 빈번히 화면에 비추며 노 전 대통령 자신이 검찰에 소환되는 등 수없이 반복적으로 화면에 방영되었다. 전직 대통령의 예우를 위해 구속의 적부심사는 신속히 처리 되었어야 했다. 그러나 시간을 질질 끌게 되어 검찰과 언론은 노무현 대통령에게 정신적 압박과 심리적인 스트레스를 증폭시켰고 결국 좌절감에 빠져 유서를 쓰게 되었으며 노이로제로 인한 정신착란을 일으켜 봉하마을 뒷산으로 올라가서 부엉이 바위에서 몸을 아래로 던져 자살한 것으로 분석이 된다.

세번째의 책임은 국민과 정치인들에게 있다. 국민들은 정치인들이 국회에서 정당정치가 아닌 싸움판 개판정치를 하고있기 때문에 불신할수 밖에 없다

그래서 환멸을 느끼며 불신의 도는 날로 높아 가고 있다. 전직 대통령의 자살은 정치적 배경이 깔려 있는 것이다. 그간 좌파정권 10년간의 반미 친북성향의 문제점도 많았다. 그래서 좌파정권을 청산하게 되어 정권교체를 하게된 것이다. 역대 정권이 그랬듯이 노무현 정권에서도 정치적 혼란이 거듭되었고 권력형 부정부패가 답습되어 결국 퇴임후 박연차 게이트에 연루되어 자살을 초래한 것이다. 대통령과 국회의원은 국민들이 선거를 통해 선출한다. 국가 원수이며 통치자인 대통령과 국민의 대변자인 국회의원을 잘못 뽑은 책임을 국민들이 져야한다. 그래서 국민들은 선거의 혁신을 통해 정치질서를 회복해야 하고 보수와 진보의 대결구도의 정치적 싸움과 부정부패의 고리를 끊도록 해야 한다.

네 번째 책임은 이명박 대통령과 한나라당에 있다. 고 노무현 전 대통령은 자살을 했기 대문에 가족장을 허용했어야 했다. 그러나 국민장을 허용했기 때문에 국가적 혼란을 초래했다. 국민장을 치루면서 사상 최대의 조문인파가 운집한 의미가 무엇인가를 냉정히 성찰해 보아야 한다. 이명박 정부에 국민들이 크게 기대한 것들이 반사적 역기능으로 작용했다는 것이다. 국민들의 가슴에 냉담한 반응을 보였던 13개월간의 이명박 대통령의 통치력은

노 전 대통령이 비록 자살을 했지만 서민적 소탈했던 순수성을 대중들에게 어필시켜 선동한 좌파세력에 의해 KO를 당하고 만 것이다.

그래서 야당에서 노무현 전 대통령의 자살을 정치적 간접타살로 몰아가며 이명박 대통령이 공식적으로 대국민사과를 하라고 정세균 대표가 공공연히 힘주어 강조하고 있는 것이다. 어떻든 현직 대통령에게 직접적인 책임은 없겠지만 전직 대통령의 자살에 도의적인 책임은 면하기 어려울 것 같다. 이명박 대통령과 이명박 정부는 전직 대통령의 서거(자살)를 계기로 지혜를 총동원하여 원숙하고 과감한 리더십과 정치력을 발휘하여 안보와 경제의 두 축을 견고히 하고 사회통합을 이루어 통일 지향적인 국정을 펴야 할 것이다.

끝으로 고 노무현 전 대통령은 비겁하고, 무책임하고, 불명예스럽고, 국민들의 권위와 자존심을 상하게한 잘못된 자살이었지만 "사람 사는 세상"을 갈구하다가 뜻을 이루지 못한체 이 세상의 영욕을 훌훌 털고 타계한 비극적 죽음에 국민의 한 사람으로서 진심으로 애도의 뜻을 표한다.

노무현 전 대통령의 죽음을
미화하지 말라

(2009년 5월 26일)

대한민국의 유구한 5천년의 역사를 되돌아 보건데 어느시대 어느왕이 자살했다는 기록은 찾아 보지 못했다. 노무현 전 대통령이 자살하게 되자 반정부세력들이 역사적 비극의 드라마를 연출하고 있는 것 같다.

노무현 전 대통령의 분양소를 찾는 조문객의 행열이 장사진을 이루고 있는것을 보니 도무지 이해되지 않는 광경이 전개되고 있다. 심지어 어린아이 손을 잡고 분양소를 찾고 있다. 실신하여 쓰러지는 자도 있다. 촛불시위 때를 방불케 하는 현상이기도 하다

가정에서 기르던 개가 죽어도 마음이 아픈데 하물며 대통령을 지낸분이 자살했으니 비통한 마음을 가지는 것은 국민으로서 당연한 것이다. 그런데 어찌해서 위대하게 자살을 감행한 것 처럼 합리화 시키며 갑자기 영웅을 만들고 있는 것인지 어리둥절할 뿐이다.

지난 대통령 재임 5년간의 업적을 되돌아 본다 해도 큰 업적이 그다지 없었고 오히려 국론의 분열, 계층간의 갈등, 빈부의 격차, 정치적 혼돈, 굴종적 대북지원, 보안법철폐추진, 언론의 장악 등의 비정(秕政)으로 일관되었고 탄핵소추를 당해 일시적으로 직무정지를 당했으며 행정수도의 이전계획이 헌법재판소의 판결에서 패소되기도 했다.

더욱 무책임한 언행은 국민들을 아연실색케 했는데 대통령을 못해 먹겠다. 모택동은 위대한 인물이다, 공산당을 허용해야 한다. 6. 25전쟁은 내전이다. 서울대학을 없애야 한다. 등 말 실수는 이루 말할수 없었다. 심지어 대우건설 남상국 사장의 자살을 유발시킨 말 실수도 있었다. 저승에 가서 남상국 사장을 만나게 되면 무슨 말을 할지 궁금하다

223

대통령으로써 깨끗하고 싶었겠지만 취임초부터 측근들의 비리가 터지기 시작했고 대통령 당선에 기여한 참모들이 선거법 위반으로 구속되어 영어(囹圄)생활까지 했으나 특별사면을 통해 장관에 기용한 사례도 있었다.

대통령 퇴임후 청와대 전산 비밀문건을 사저로 옮긴것과 봉하마을 사저 건축의 문제점 등 구설수도 너무 많았다.

특히 박연차 게이트에 관련된 사건은 노무현 전 대통령이 법망을 피하지 못하고 걸려들어 몸부림칠 수 밖에 없었고 급기야 자살을 택한 자업자득의 결과로 보여 진다

노무현 전 대통령이 죄과가 없이 깨끗했다면 법정에서 소상히 밝히고 떳떳하게 위상을 환기시켰다면 위대한 대통령으로 역사에 남았을 것이다. 그러나 전직 통치자로서 자살을 택했다는 것은 너무 소심했고 비굴했고 옹졸했고 무책임한 죽음으로 평가될 수 밖에 없다.

그런데 자살한 후에 과거의 문제점은 아랑곳 없이 묻어 버리고 죽음을 미화하려는 군중심리의 여론을 효과적으로 이용하고 있는 것 같다. 특히 노무현 대통령을 당선시킨 386세대가 기반이 된 반미, 친북세력은 절호의 기회를 맞은듯이 분향소에 나와 애도의 물결을 이루고 있는 것 같다.

나는 서울역과 덕수궁 앞의 분양소를 직접 돌아 보며 우려되었던 현상은 분양소 주변의 벽보, 게시물 , 낙서 등을 통해 실증적으로 문제점을 확인할 수 있었다. 특히 여권인사들의 봉하마을 빈소 분향을 거부하는 추태는 용서할수 없는 작태인 것이다.

국민 누구나 뜻이 있으면 빈소를 찾아 애도하며 추모하는 것이 국민의 도리이다. 특정인의 조문을 방해하는 것은 오히려 노 전 대통령의 죽음을 욕되게 하는 것이다

결론적으로 말하면 노무현 전 대통령의 자살은 국가적으로 대단히 불행한 사건이다. 두번 다시 이러한 끔직한 사건은 있어서는 안된다. 야당과 반정부세력들의 정치보복이라는 볼멘 소리는 더 증폭이 되겠지만 죽음을 합리화해서는 안되며 만인은 법 앞에 평등하다는 사실을 알아야 한다. 이번 자살사건으로 인하여 사법기관이 위축되거나 검찰이나 법관들이 법치를 망각하는 일이 없어야 한다.

고 노무현 전 대통령의 측근인사, 노사모, 386세대들은 집단 이기주의를 버리고 대승적 자세로 국가의 미래를 바라 보아야 한다. 故 盧武鉉 前 大統領의 逝去(自殺)에 眞心으로 哀悼의 뜻을 表한다. 대한민국의 국민의 한 사람이기 때문이다.

고 노무현 전 대통령이 지옥에 갈지 천국에 갈지 알길이 없으나 기독교에서는 자살은 자신을 살해한 살인행위로 보기 때문에 천국에 갈수 없다는 것이다. 그러나 승려들이 봉하마을에 수백명이 찾아가 불공을 드렸으며 전국의 사찰마다 빈소를 만들어 놓고 불공을 드렸으니 서방정토 왕생이 가능하다면 그렇게 되기를 바란다

이명박 정부에 10개항의 주요과제를 제시한다

1, 촛불시위 주도세력(좌파세력)의 척결이다.

   (公權力에 의한 *法秩序 確立*)

2, 통치자, 고급공무원의 부정부패의 발본색원이다.

   (政經癒着, 公職者腐敗의 根絶)

3, 김정일에게 끌려 다니는 대북정책의 탈피이다.

   (屈從的 對北政策, 對北支援의 脫皮)

4, 한－미 공조의 국가안보체제의 강화이다.

   (赤化統一 戰略, 戰術에 積極的 對備)

5, 당－정 관계의 합리적인 협력관계의 유지이다.

   (政黨政治, 公明選擧, 政治人 道德性의 回復)

6, 한나라당 당내의 계파를 초월한 정당정치이다.

   (親李, 親朴, 少壯, 민본21 의 必隨的 系派淸算)

7, 주요 정책의 국민적 합의에 의한 집행이다.

   (國土開發, 敎育政策, 不動産政策 등 國民合意)

8, 야당의 반국가적 이적행위의 사법처리이다.

   (反憲法的 政綱, 議政活動의 違憲措置)

9, 보안법위반의 반국가적 이적행위자의 색출이다.

   (間諜 , 全敎組, 勞組의 프락치素出)

10, 정권 창출을 위한 거시적인 전략이다.

   (次期政權 創出에 積極的 對備)

이상의 10개항의 主要課題를 實現할 경우 成功的인 이명박 정부가 될 것이다 그러나 한가지라도 실현치 못하고 소홀할 경우 차기 政權 創出에 실패하여 左派政府를 출현시키는 亡國的 惡循環이 거듭될 것이다.

(2009년 5월 6일)

노 전 대통령에게 인과 응보로
올것이 왔다

(2009년 4월 30일)

노무현 전 대통령은 재임시에도 탄핵소추에 의해 일시적으로 대통령직의 직무가 정지되었으나 헌법재판관들이 손을 들어 주어 기사회생으로 복권이 되었다. 노 전대통령의 언행에 있어서 국가 정체성과 정통성을 무시한 망언의 사례들이 너무 많았다. 국가 보안법 위반으로 처리되어야 할 이적행위의 사실도 많았다.그래서 국민행동본부에서 내란죄 및 일반이적죄로 검찰에 고발한 사실이 있었다.

그러나 5년임기를 겨우 마쳤지만 결국 뇌물을 받아 검찰의 수사를 받기 위해 봉하마을을 떠나면서 "국민들에게 면목없습니다. 실망을 끼쳐 드려서 죄송합니다. 가서 ..잘 다녀 오겠습니다"라는 간단한 인사를 남기고 청와대에서 보내 준 대형뻐스에 올라 봉하마을을 떠나 서울 대검찰청으로 초라한 모습으로 떠났다. 오후 1시20분에 서울 대검찰청에 도착하여 층계로 올라가는 뒷 모습을 화면을 통해 바라보니 그렇게 측은 할수가 없었다. 전직 대통령이 피의자 신분으로 검찰의 심문을 받게 된다는 사실이 국가적인 수치요 망신인 것이다.

검찰의 수사결과를 주목할수 밖에 없으나 정치보복이라는 인상을 벗어나 성역 없이 죄형법정주의에 입각하여 엄정한 법의 잣대로 처리 되어야 할 것이다. 측근인 전 청와대 홍보수석의 "생계형 범죄"라는 궤변의 말도 있었지만 600만불이라는 조사대상의 액수와 1억원짜리 시계 2개를 받은 것이 생계형 범죄자에게 해당되는 말인지 소가 하늘을 보고 웃을 일이다.

혹시라도 엄정한 수사가 아닌 전직 대통령이라는 예우와 특권을 고려한다면 검찰에 대한 지탄은 피하기 어려울 것이다. 법적용은 만민에게 평등하게 행사되어야 한다.

　만약 노 전 대통령에게 관용의 법처리를 한다면 이명박 대통령에게도 적지 않은 영향을 미칠 것이지만 반면에 노무현 전 대통령 추종의 좌파세력들은 의기양양하며 현 정부를 압박 할 것이다.

　오직 검찰은 포괄적 범죄라는 전반적인 피의 사실을 만천하에 명명백백하게 한점 의혹이 없이 밝혀야 할 것이다.

　특히 노 대통령 재임시 조순형 의원이 쓴 소리를 잘 했다. 조의원의 말을 참고하며 소인의 블로그 칼럼에 소회의 일단을 기록해 놓았던 내용을 참고로 아래와 같이 첨부 했다. 결국 인과 응보로 올것이 왔다. 노무현 전 대통령은 법망에 걸려 검찰의 손에 넘겨지게 되었기에 뇌물수수의 범죄사실 뿐 아니라 차제에 국민행동본부에서 고발한 범법행위도 철저히 다뤄져야 한다. 뇌물 수수보다도 더 중요한 보안법위반의 범죄는 국가안위의 안보에 관련된 문제로서 우선적으로 다뤄져야 하기 때문이다. 절대로 종이호랑이의 검찰이 되어서는 안될 것이다.

　노 전 대통령이 파란 수의를 입고 교도소에서 영어(囹圄)의 생활을 하게 될런지 미꾸라지 처럼 교묘하게 법망을 빠져 나갈 것인지 국민들이 두 눈을 부릅뜨고 바라보고 있다.

생계형 범죄는 가장(대통령)에게
책임이 없는 것일가?

(2009년 4월 24일)

노무현 정부에서 홍보수석을 지낸 조기숙 이화여대 교수가 노 전 대통령 일가의 박연차 게이트 관련 비리를 '생계형 범죄'라며 옹호했다는 것이다. . 조 교수는 가족이라 해도 독립된 인격체라면서 가족 비리에 대해 노 전 대통령이 책임질 일은 없다고 생각한다는 것이다. 아무리 전직 대통령을 보호하기 위한 홍보적 발언이라 해도 이런 해괴한 시각을 갖고서 대학 강단에서 학생을 가르친다니 어이가 없는 일이다.

또한 비서실장을 지낸 문재인 변호사와 복지부 장관 출신의 유시민씨는 1억원짜리 시계 선물의 보도와 관련하여 노 전대통령을 비호하기 위여 '검찰의 졸렬한 모욕 주기'라고 주장했다는 것이다.

노 전 대통령의 부인과 아들, 형이 수백만달러 또는 수억원을 받은 것을 생계형 범죄라고 보는 그 인식이 놀랍기만 하다. 권력을 가진 자가 수억원쯤 받아쓰는 건 흔한 일 아니냐는 얘기로 들린다.

또한 1억원짜리 시계가 초등학생들의 손목 시계 정도로 생각 하는 것 같다. 도대체 뇌물을 얼마나 받고 국고에 얼마큼의 손실을 끼쳐야 마음에 차겠는지 묻지 않을 수 없다. 생선 가게에서 개가 생선 한 토막 물고 도망치는 것이 무슨 잘못이냐 개도 먹어야 한다는 식의 논리는 용납될수 없다. 노무현 전대통령 측근들의 궤변은 적반하장의 몰염치하고 철면피한 변명으로 호도된 처사일 뿐이다..

지난 2년전에 교통경찰관이 1만원을 수수했기 때문에 대법관이 최종 해임 판결을 내린 사건이 있었다. 나는 그 당시 나의 견해를 난삽하게 기록해 놓았다.. 그 내용을 아래와 같이 첨부하고자 한다. 조기숙 교수가 꼭 읽어 보았으면 좋겠다.

전직 대통령의 "생계형 범죄"라는 주장을 하며 가족들에 대한 책임과 노 전대통령의 책임을 묻지 않아야 하겠는지 조기숙 교수에게 묻고 싶다.

2008년도

국군장병은 국가안보의
최후의 보루(堡壘)가 된다
(전군 지휘관회의 시 국방장관의 기조연설 기사를 읽고서)

(2008년 12월 9일)

지난 12월8일 이상희 국방부장관이 전군 주요지휘관회의 기조연설을 통해 "매년 입대하는 20만명의 장병 중에는 대한민국 60년을 사대주의 세력이 득세한 역사로, 군은 기득권의 지배도구로서 반민족.반인권적 집단으로 인식할 뿐 아니라 국가관, 대적관, 역사관이 편향된 인원들이 상당수 포함되어 있는 실정"이라고 말했다는 것이다.

매년 입영하는 신병과 임관하는 초급간부 중에 장병이 갖춰야 할 3대 가치의 덕목인 국가관, 대적관, 역사관이 제대로 정립되지 않았거나 의식이 부족한 것 아니냐는 발언으로 풀이된다.

또한 현재 군에서 이뤄지는 장병정신교육의 촛점이 국가관과 대적관, 그리고 역사관의 정립에 맞춰져 있는 것을 고려하면 이 장관의 발언이 정신교육의 중요성을 강조한 것으로도 해석되는 것은 당연한 것이다.

그런데 이 국방장관의 기조연설을 해묵은 "이념논쟁"으로 몰아 붙이며 비판하는 세력들이 많아 이 국방장관을 폄하하는 입방아를 찧고 있다. 그러나 "이 국방을 비판하는 세력이 오히려 비판받아 마땅할 것이다"

이 국방장관의 주장의 배경은 입영자들에 대한 현실적인 문제점에 대한 사실을 명확히 파악하고 분명히 밝힌 것이다.

각급 학교에서 전교조의 반국가적 좌파선생들로 하여금 왜곡된 역사를 배우고 대한민국의 정체성을 부정하는 학습을 받았으며 불온서적에 의해 젊은이들이 무비판적으로 좌파이념을 받아드려 세뇌되었기 때문에 국가관, 대적관, 역사관이 좌편향이 되고만 것이 아니겠는가? 심지어 여간첩에 포섭되어 놀아난 초급장교들이 있었지 않았는가? 그런데도 보안법은 왜 폐지하려는 것일가?

반미. 친북세력에 의해 오염되어 국군 장병들이 주한미군이 주적이며 북한 인민군이 주적이 아니라고 착각한다면 국군이 인민군과 싸우기 전에 이미 주적인 인민군의 수중에 들어가 있는 것이다.

손자의 병법인 "부전이승(不戰而勝)"이라는 전략전술에 국군이 인민군에게 패배하게 될 것은 명약관화한 것이다. 그러므로 지피지기(知彼知己)의 냉혹한 현실의 성찰이 시급한 것이다.

"대한민국의 국군은 국가안보의 최후 보루로서 사명을 다 하고 있다. 대한민국의 온 국민은 대한민국 국군을 신뢰하고 있다. "

〈국군이 문어지면 국가가 멸망하고 만다〉

한반도는 이념적으로 극한 대립된 남북관계로 얼어 붙어있어 엄동설한의 겨울철에 한파가 몰아치고 있는것 같다. 남북통일의 봄이 올것 같지만 전연 그런 기미는 보이지 않으며 오히려 대량살상무기와 핵무기로 남한을 볼모로 만들어 놓고 말았으며 통일지상주의의 민족주의의 환상에 빠져있던 좌파정부10년간에 북한의 손아귀에 멱살이 잡혀 햇볕정책으로 질질 끌려 왔다.

〈좌파세력은 이데올로기를 숨겨 놓고 이데올로기로 무장되어 있다. 색갈론을 무시하는 주장을 하며 붉은 색깔로 똘똘 뭉쳐 있다〉

세계는 20세기 말에 역사적으로 급변하여 데탕트의 역사를 거쳐 냉전체제는 붕괴되고 말았으나 한반도는 데탕트는 고사하고 냉전체제가 오히려 강화되어 온 것이 사실이며 적화통일전략과 통일전선전술의 교묘한 수법으로 대한민국 건국이후 60년동안 무척 시달려 왔고 남북의 대결정국에서 남남갈등을 고조시켜 놓고 말았다. 심지어 민족간에 전쟁을 도발하여 우리에게 불치의 민족적 상처를 역사의 기록에 남겨 놓았다.

이상희 국방장관은 차제에 6. 25전쟁을 도발한 전범자에 대한 책임을 북한 당국에 묻고, 유엔에 전범자처리 문제를 제기할 수 있는 용기를 가지고 구국의 결단을 내려 주었으면 한다. 구국적 보수세력의 지도자들은 이 국방부장관에게 힘이 될수 있도록 도와주며 불순의 좌파세력을 차단시키고 박멸하는 역할을 적극적으로 전개해야 할 것이다.

국가 지도자들은
국민을 두려워 해야한다
(김대중 전 대통령 발언의 기사를 읽고서)

(2008년 11월 29일)

대한민국은 엄연히 헌법 제1조에 명시된 민주공화국이다. 독제국가나 전제주의 국가가 아니다. 더욱 전체주의적 공산국가도 아니다. 대한민국이 건국되어 초대 이승만 대통령을 비롯하여 이명박 대통령은 17대 대통령이다. 이명박 정부가 출범한지 벌써 1주년을 몇달 앞두고 있다.

북한은 김일성에 이어 김정일에게 정권을 이양하여 세습적 독제국가이고 군인을 앞세운 선군정치의 무단정치(武斷政治)체제를 유지하며 허울좋은 민주주의 인민공화국이라는 이름으로 금일에 이르고 있다.

남북 분단의 역사적 비극속에서 원한(怨恨)의 38선을 돌파하여 기습남침한 6. 25전쟁의 비참한 동족상잔의 피비린내 나는 3년1개월의 전쟁사는 역사기록에서 지울수가 없다.

최근에 대한민국정부의 정체성과 정통성을 부정하고 남북분단의 책임을 이승만 초대 대통령에게 전가하며 김구선생을 추앙하는 동시에 김일성을 찬양하는 세력은 과연 어떠한 정체인지 만천하에 밝혀져야 한다.

대한민국 국민이라면 8. 15해방에 의한 광복의 역사적 배경과 미. 소 간에 남북분단의 38선을 설정하여 긋게된 상황을 분명히 알아야 한다.

한반도는 미국이 아니었다면 신속히 진주한 소련군이 완전 점령하고 말았을 것이다. 그래서 좌파세력은 통일을 가로막은 것은 제국주의 미국 때문이라고 입에 침이 마르도록 매도하고 있는 것이다. 그래서 공산주의 국가이든 자유민주주의 국가이든 통일만 되면 된다는 민족지상주의를 부르짖고 은근히 적화통일을 선동하는 것이다. 또한 6. 25남침을 감행하여 통일국가를 이루지 못한 것은 미국때문이라 주장하며 반미 감정을 부추긴다.

그러나 우리는 미국이 아니었다면 대한민국은 적화되었고 오늘의 대한민국에서 살수 없었을 것이다.

백범 김구선생의 애국애족적 독립정신은 국민들로 부터 높이 평가되고 추앙받아 마땅하다. 그러나 김구선생이 김일성에 찾아가 김일성에 편향된 남북통일을 논의한 것은 아니다. 그런데도 불구하고 근본적인 김구선생의 애국정신을 왜곡하여 좌파세력에 일맥상통하는 민족관과 통일관으로 치부하는 것은 김구선생의 명예를 손상시키는 결과일 것이다. 따라서 좌파세력들은 김구선생에 대한 아전인수적인 애국관과 국가관을 성찰하는 것이 김구선생의 위상을 높여드리는 예의일 것이다.

당시 분단된 상태에서 신탁통치를 받아드린 김일성과 적극 반대한 이승만은 극한 대립될 수 밖에 없었다. 유엔에서 결의된 남북총선거를 김일성은 반대했으나 이승만은 환영했기 때문에 결국 남쪽의 일방적인 남한만의 총선거가 1948년 5월10일 실시되어 동년 8월 15일 이승만 초대 대통령이 주도하는 대한민국이 건국된 것이다. 이어 북한에서도 동년 9월9일 김일성이 주도하는 정치집단이 출범하여 제2차대전이 종식된 후 3년간의 미. 소 간의 군정이 끝나고 남북분단국가 실질적으로 성립되어 정치. 군사적인 대립과 갈등의 불이 붙기 시작했다.

남북 분단의 역사적 비극속에서 김일성은 원한(怨恨)의 38선을 돌파하여 기습남침한 6. 25전쟁이라는 비참한 동족상잔의 피비린내 나는 3년1개월 동안에 한반도를 피로 물드렸고 대부분의 도시는 잿덤이로 변하고 말았다. 동족간의 전쟁으로 250만명 이상의 인명피해와 고아10만명이 발생했고, 1천만명의 이산가족은 오늘날 까지 처절한 마음의 상처가 아물지 않고 있다.

그간 좌파정부 10년간에 친북 좌파세력들은 노골적으로 이승만 초대 대통령을 부정하고, 박정희 군사정권을 매도하며 대한민국의 정통성을 훼손시키면서 전범자 김일성과 김정일이 주도하는 북한의 대북정책에 동조하고 나섰다. 그래서 북한의 적화통일 전략과 통일전선전술에 속으며 고삐가 풀린 망아지 처럼 제멋대로 날뛰고 놀아 났다. 그 세력이 눈덩이 처럼 불어나 보수와 진보의 남남갈등이 극히 심화된 현실이다.

김일성은 남침 6. 25전쟁의 실패를 만회하고 적화통일을 반듯이 성취하겠다고 절치부심하며 생전에 적화통일을 철저히 준비하고 있었다. 오늘날의 대량살상무기와 핵개발은 김일성이 살아있을 때부터 준비된 계획으로 볼수있으며 일조일석에 대량살상무기가 만들어 지고 핵무기를 보유하게 된 것이 아니다.

그러나 남침의 절호의 기회는 베트남이 적화통일이 될 시기였으나 적화통일의 기회는 김일성에게 주어지지 않았으며 점차 공산권이 문어지고 소련이 붕괴는 시점에 적화통일의 기회가 상실되었고 김일성의 사망은 세습적 유훈통치에 의한 적화통일정책으로 전환되고 말았다.

김정일은 백성을 300만명 이상을 굶겨 죽이면서 예산을 투입하여 핵무기를 개발하고 급기야 핵보유에 성공을 했다.

북한의 핵개발에 간접적 역할을 한 것이 좌파정권 10년간의 햇볕정책에 의한 대북지원이었고 김대중, 노무현 두 대통령의 추종세력이 대북지원 좌파세력이라는 사실을 누구도 부인할 수가 없다.

김대중 전 대통령은 지난 11월 27일 서울 동교동 자택에서 강기갑 민주노동당 대표의 예방을 받고 몇가지 특종의 대화가 오갔다는 것이다.

첫째, "이명박 대통령이 남북관계를 의도적으로 파탄내고 있다"고 말했고 "이명박 정부는 북한이 핵을 포기하면 도와준다고 하는데 이는 미국의 조지 W. 부시 대통령과 똑같은 말을 하는 것이며, 결코 성공하지 못한다"고 말했다는 것이다. 참으로 어처구니 없는 말을 한것 같다. 노벨평화상을 받은 대통령으로서 양심상 부끄러워 해야 할터인데 자신의 위치파악을 못하고 있는 것 같으며 오히려 자중하면 본전이라도 찾지 않겠나 싶다.

둘째, "미국이 북한과 핵문제를 마무리지으려 하는데 어떻게 강경기조를 계속할 수 있겠나"라면서 "흐름에 역행할 경우 김영삼 정부 시절의 통미봉남 사태를 맞을 수 있다"고 경고하고 "이명박 정부에 기대하기는 어렵고 우리의 지지율이 올라야 대북정책도 바꿀 수 있다"고 말했다. 는 것이다. 김영삼 정부까지 거론한 것을 보니 독선적 통치력의 자만심에 빠져 있는 것 같다. 자신은 성공적인 대통령이라는 자긍심을 피력한 것 같은데 국민들은 반대의 평가와 심판을 내리고 있는 것이다.

세째, 민간단체들이 보내는 대북 전단에 대해선 "상호비방을 하지 않기로 약속했는데, 정부는 안하고 민간은 해도 되는 게 합의인가. 사람 우롱하는 얘기"이고 "지하자원과 관광 노동력 등에서 북한은 노다지와 같다"며 "북측으로 가는 게 우리의 살길이고, 퍼주기가 아닌 '퍼오기'가 될 것"이라고 강조했다는 것이다. 참으로 가당치 않은 말을 한것 같다. 북한땅이 그리 좋으면 김대중 전 대통령을 비롯해서 좌파세력이 북측으로 가는게 살길이라면 북한땅으로 이주를 했으면 좋을 것 같다.

네째, 정치권에는 민노당과 민주당의 연대를 주문하며 "두 당이 굳건히 손을 잡고 시민사회단체 등과 광범위한 민주연합을 결성해 정부의 역주행을 저지하는 투쟁을 하면 반드시 성공한다"고 말했다는 것이다. 북한 노동당의 제2중대나 다름없다는 지적을 받는 민노당과 민주당이 연합을 결성하고 좌파세력이 총단결하여 대정부투쟁하기를 촉구한 발언은 반국가적 음모의 독소가 있는 망언으로 볼수가 있을 것이다. 오히려 이명박 정부가 역주행하고 있는 것이 아니라 김대중 전 대통령과 야당들이 역주행을 하고 있다는 지탄을 받아 마땅할 것이다.

김영삼 전 대통령은 김대중 전 대통령의 발언에 즉각 대응 발언을 했다. 즉 "뭐가 두렵기에 김정일의 대변인 노릇을 하나"라고 지탄하면서 남북정상회담을 구걸하면서 뒷돈으로 5억달러를 비밀리에 송금 했으며 실패로 끝난 햇볕정책으로 노무현 정권까지 지난 10년간 14조원이나 북한에 퍼줘서 핵실험을 하게 한 장본인이라고 비난하고 수백만 동포가 굶주리며 죽어가고 수십만명이 정치범 수용소에서 참혹하게 인권을 유린 당하고 있는 생지옥을 노다지라니 정신이 이상해도 보통 이상한 것이 아니라고 반박 했다는 것이다.

또한 자유선진당 이회창 총재도 김대중 전 대통령에 대해 어떻게 반정부

투쟁을 선동하는 발언을 할수 있느냐 금도를 벗어난 발언이라며 전직 대통령으로서 점잖게 처신해 주길 바란다고 정면으로 반박을 했다는 것이다.

지난 11월 26일 방송을 통해 국회 외교통상통일위원회 소속 한나라당 의원 한 사람이 "남북 양쪽으로부터 신뢰받는 사람이 대북 특사로 가야 북한에도 할 말을 하고 우리 뜻도 전달할 수 있다"며 "김대중 전 대통령이나 박근혜 전 한나라당 대표가 특사로서 적절하다"고 주장했다는 것이다

현시점에 김대중 전 대통령은 말할 필요도 없고 박근혜 전 대표를 북한에 특사로 보내야 한다는 기상천외의 발언은 도저히 이해할 수가 없다. 한나라당에도 아집의 정치적 언동의 제스추어로 위상을 부각 시키려는 정치적 색맹의 얼간이가 있어 큰 일이다.

결론을 맺고자 한다. 대한민국의 정체성은 반듯이 회복되고 국가 안보와 경제는 회생되어야 한다.

김대중, 노무현 두 전직 대통령은 그간 10년간에 걸쳐 수없이 보안법을 위반하며 치외법권적인 통치행위를 서슴없이 자행했었다. 또한 햇볕정책으로 인한 국고손실, 해외에 빼돌린 돈세탁 등 국민들의 의혹을 많이 받고 있는것이 사실이다. 국민들의 일부에서 두 전직 대통령을 법정에 세워야 한다는 주장이 일고 있지만 그렇게 속단할 일이 아니다. 대한민국은 법치국가이며 죄형법정주의를 존중하고 있기 때문이다.

국가보안법을 철폐하자고 주장하는 세력들은 국가안보와 국가치안의 유지에 필요한 공권력을 무력화시키고자 하는 전략을 끈질기게 전개해 온 것이다. 국가보안법의 철폐는 반듯이 막아야 한다. 국가보안법을 비롯한 실정법에 저촉되는 좌파세력의 범법자는 성역이 있을 수 없다. 이명박 정부에서 의당 척결해야할 국가 전복세력이기 때문이다.

대한민국의 모든 법은 만인에게 평등하다는 사실을 전직 대통령에게도 보여주어야 할 때가 왔다. 특히 김대중 전 대통령의 최근의 발언에 국민들이 이맛살을 찌푸리고 식상해 있기 때문에 국민들을 두려워하는 겸손한 마음을 가질 필요성이 있다는 것을 환기하고 싶을 뿐이다

친북, 좌파세력은
발본색원 되어야 한다

(2008년 11월 27일)

북한의 테러 괴수인 김정일의 만행으로 동족간에 용서받을 수 없는 대한민국 대통령 전두환을 암살하려 했던 미얀마(버마) 아웅산 폭파사건과 88서울올림픽을 방해하려 했던 KAL858기 폭파사건이 있었다

1983년 10월9일 아웅산묘역 폭탄테러사건은 미얀마의 수도 양곤에 위치한 아웅산 묘역에서 미리 설치된 폭탄이 터져 한국 의 정부요인 17명과 미얀마인 4명 등 21명이 사망하고 수십명이 부상당한 사건이 있었다.

또한 1987년 11월29일 KAL858기를 인도양 상공에서 폭파 하여 승객 115명의 생명을 무참히 빼앗은 사건이 발생했다. 그 사건의 범인 김현희는 사형선고를 받았으나 사면되어 현재 가정을 꾸리고 가족들과 자유롭게 살아갈 수 있는 신분이 보장된 여성이다.

그러나 노무현 정부 때 국가정보원이 MBC · KBS · SBS 방송 3사를 동원해 KAL기 사건이 조작됐다는 의혹을 부풀리는 공작을 꾸몄다"는 것이다.

즉 2003년 7월4일 열린우리당 천정배 대표는 KAL 858기 폭파사건의 재조사를 천명했고 동년 11월 MBC PD수첩을 시작으로, SBS, KBS가 '김현희는 안기부가 조작한 인물'의 가능성을 담은 방송을 내보냈으며 기자회견을 통해 천주교정의구현사제단115인 선언으로 KAL858기 폭파사건의 조작의혹을 제기한 것이다.

그래서 노무현 정권에 시달린 김현희씨는 "방송과 인터뷰하라는 국정원 지시를 거부한 뒤 살던 곳에서 추방돼 5년째 도피생활을 하고 있다"는 것이다.

김현희씨는 지난달 이동복 북한민주화포럼 대표에게 73쪽의 자필 편지

를 보냈다는 내용의 애절한 탄원의 내용을 국민들이 읽어보면 개탄할 일이다

KAL858기 폭파사건의 조작의혹을 제기한 반미, 친북 좌파정권 10년은 대한민국의 정체성과 정통성을 왜곡하고 김정일에 인질되어 북한의 적화통일전략에 동조한 세력의 집단이라는 사실의 한 증거를 제시해 주고 있다.

대한민국의 국민은 좌파정권을 청산해 주기를 갈망하여 이명박 대통령 후보를 국민들이 대통령으로 선택했다. 국민들의 여망을 충족시키기 위해는 김정일에게 핵개발에 햇볕정책으로 간접적인 지원을 했고 결국 핵보유로 인해 대한민국이 북한의 볼모가 된 현실을 냉혹하게 성찰해야 한다.

미국 오바마정권의 출범을 계기로 하여 한국의 대북정책의 전면적 구도 변경과 괘도수정이 불가피할 것이다. 이제 북한에 멱살을 잡혀 질질 끌려다니는 남한이 아니라 북한을 남한이 헨드링할 수 있는 주도권을 장악해야 할 때가 왔다.

따하서 국민들은 이명박 대통령에게 통치자로써 탁월한 리더십의 발휘를 절실하게 바라고 있다. 이러한 현실적 국민들의 여망에는 북한의 추종세력인 좌피세력의 척결이 가장 우선적인 과제인 것이다

KAL858기 폭파사건의 조작의혹을 제기한 노무현 정권의 국정원 요원, 당시 열린우리당 대표 천정배, MBC, SBS, KBS, 천주교정의구현사제단 등 관련자들에 대한 철저한 조사가 가급적 빨리 이루어져야 할 것이다. 반듯이 좌파세력의 정체가 만천하에 들어나서 밝혀져야 한다.

끝으로 좌파 친북세력의 발본색원이 없이는 이명박 정권과 여당의 존재 자체가 흔들리고 대한민국의 정체성의 회복이 불가능하다는 사실을 분명히 천명하고자 한다

재외국민의 투표권 부여는
정치적 혼란을 초래한다

(2008년 11월 10일)

재외국민의 등록에 관한 사항을 규정한 법률(1949. 11. 24, 법률 70호)이 1999년 12월 28일 전문이 개정되었다(법률 6057호).

재외국민등록법의 적용을 받는 "재외국민"이란 외국에서 일정한 장소에 주소 또는 거소를 정하게 되어 한국 공관장에게 신고절차를 밟고 일정한 지역에 90일 이상 체류(일부개정, 2007. 12. 14)하는 대한민국 국민으로서 해외 국가에 거주하는 영주권자, 해외주재원, 유학생, 일시체류자 등의 모든 해외체류자를 말한다.

그간에 재외국민의 투표권 부여에 관한 논란이 있었지만 지난 2008년 10월15일 중앙선거관리위원회(위원장, 고현철)에서 재외국민이 대선과 총선의 국내선거에서 투표권을 보장하는 내용의 정치관계법 개정의견을 국회에 제출을 했다. 그래서 재외국민의 투표권에 대한 여야의 논쟁이 부상되었다.

여야의 정당 분위기는 엇갈렸다. 재외동포의 정치적 성향이 보수적인 사실을 감안한 듯 한나라당 차명진 대변인은 "대한민국으로서는 국민의 범위를 세계로 넓히면서 국제화시대에 맞는 기틀을 마련하고, 재외국민으로서는 국내에서 권리와 의무를 행사하는 좋은 계기가 될 것"이라고 적극 환영했다. 또한 한나라당 홍준표 원내대표는 2008년 10월28일 국회에서 열린 교섭단체 대표 연설을 통해 재외국민에게 투표권을 부여하는 관련법 개정을 위해 조속히 논의에 착수하자"고 제안했다.

반면 민주당 관계자는 "진일보한 방향"이라면서도 "대선에서 100만표 안팎으로 당락이 결정될 수 있는데, 상당히 보수적인 해외 교민에게서 특정 후보의 몰표가 나올 수도 있다"고 우려를 표명했다.

국회 정치개혁특위에서 입법 작업을 벌여야 할 정치권은 민감했었다. 재외동포의 표심이 각종 선거에 미칠 영향이 있기 때문이다. 선관위에 따르면 일시체류자 155만명, 영주권자를 포함한 국외이주자 145만명 등 한국국적을 보유한 재외국민은 300만명에 달한다고 밝혔다. 그가운데 선거권을 가진 사람은 전체의 80%인 240만명이며, 선관위 자체여론조사 결과 실제 투표에 참여할 유권자는 134만명으로 조사된 결과를 제시했다. 2007년 대선을 제외하곤 당선자와 차점자의 표차가 50만여표 안팎이었던 사실을 감안하면 당락을 가르고도 남을 수치다.

언제 어떤 선거부터 재외국민 참정권을 적용할지에 대해 여야 의견이 다른 것도 이런 이해득실이 있기 때문이다. 한나라당은 2010년 지방선거부터 적용해야 한다고 주장하는 반면, 민주당은 2012년 19대 총선 때부터 적용해야 한다고 주장해 왔다.

나는 정치인도 아니고 더욱 법조인도 아니지만 현실적인 한국의 정치적 혼돈상태를 주시하며 선거에 의한 민주화가 성숙되어야 한다는 평소의 소신을 가지고 있기에 몇가지의 의견을 제시하고자 한다.

첫째, 재외국민의 교포에게 참정권의 투표권을 주는 것은 헌법상의 모순이 있다고 생각된다.

국가는 "일정한 지역·영토 내에 거주하는 사람들로 구성되고, 그 구성원들에 대해 최고의 통치권을 행사하는 정치단체이자 개인의 욕구와 목표를 효율적으로 실현시켜 줄 수 있는 가장 큰 제도적 사회조직으로서의 포괄적인 강제단체이다."라는 국가의 정의를 사전에서 설명하고 있으며 국가를 구성하는 3가지 주요 요소, 즉 영토·국민·주권에 의하여 정의된다.

대한민국 국민은 한국의 영토에서 주권을 행사하며 살아가는 개체로서 법적으로 보장이 된다. 즉 국민은 국내법이 정하는 요건에 따라 그 지위가 주어지는 법적 개념이다. 그래서 국민인 신분을 국적(國籍)의 소유자로 하고 있다.

재외국민은 한국의 영토를 벗어나 타국의 영토에 거주하고 있지만 국민의 신분인 대한민국 국적을 가지고 있기 때문에 주로 교포(영주권), 유학생, 상사주재원(가족포함)그리고 임시체류자를 포함하고 있다.

교포는 다른 나라에서 살고 있는 동포로서 법적으로는 속인법주의원칙(屬人法主義原則)에 따라 본국과 법적 관계를 가지며, 다른 한편 속지법주의원칙(屬地法主義原則)에 따라 거주국의 법적규제를 받아야 하는 특수한 지위에 있다.

따라서 재외동포 가운데 두가지 유형의 신분이 있다. 즉 거주국의 영주권을 가지고 영구히 거주하게 되는 영주권자가 있고, 법적으로 귀화하여 거주지의 시민권을 가지고 거주하는 시민권자(원천적으로 우리나라 국민이 아님)가 있다. 이들이 법적으로 대한민국의 국적을 가지고 있다면 시민권자는 2중국적의 소유자이며 영주권자는 시민권을 받기 전의 신분으로 대한민국의 영토를 떠나 살고 있는 국민인 것이다.

우리나라를 떠나서 거주국에서 생활하고 있는 재외국민인 유학생과 상사주재원, 외교관(가족), 임시체류자 등에게 본국의 참정권을 허용하며 투표권을 준다는 것은 당연한 권리부여의 조치일 것이다. 그러나 모든 영주권자에게 투표권을 주는 것은 비약된 참정권 해석의 논리이며 국가의 4대의무중 납세와 병역의 두가지 의무를 수행하지 못하는 재외국민에게 참정권의 특권을 부여하게 되는 것은 헌법상에 위배되는 모순이 존재하게 된다.

대한민국의 국민으로써 헌법상에 규정된 권리와 의무의 두가지가 전부 충족될 경우에 참정권이 허용되는 것이 타당할 것이다.

따라서 대한민국의 국적을 가진상태에서 해당국가의 시민권을 얻기 위해 영주하는 동안 국민의 의무인 병역의무 또는 납세의무를 이행하지 못하는 경우는 재외국민의 참정권에 의한 투표권이 허용될 수 없다는 주장에 설득력이 있게 된다.

둘째, 재외국민의 투표권을 정치적으로 악용하려는 발상은 버려야 한다.

대한민국의 정치풍토가 혼돈상태에 있다. 여야를 막론하고 민주주의의 원칙에 의한 올바른 정당정치는 뒷전에 두고 철새정치인들의 이합집산을 거듭하고, 당리당략에 의한 이전투구를 계속하고 있는 현실이다. 특히 금권선거가 판을 치고 지연, 학연, 혈연이 지배되는 풍토를 자탄하게 된다. 그래서 국민들은 정치인들에게 이맛살을 찌푸리고 식상해 하고 있는 것이다. 그러나 선거철이 되면 유권자들은 좋던 싫던 표를 찍어야만 하고 극도로 불신하는 유권자는 투표를 외면하여 기권을 하고 만다.

이러한 정치적 선거불신의 풍토를 지구촌으로 확산시켜 재외국민에게 당리당략의 회오리 바람을 일으키겠다는 생각은 대한민국을 정치적 수령에 빠뜨려 정권을 잡겠다는 전략적 속셈일 것이다.

재외국민 투표권에 대한 주장은 노무현 정부 시절에 본격적으로 제기되기 시작했다. 짐작컨대 재외국민에게 시선을 돌린것은 정권 연장의 유리한 조건을 만들기 위한 전략적 차원으로 보여 진다. 모든 선거는 권력의 힘과 선거자금이 필수적 요건이다. 다라서 정부여당에게 유리한 해외공관장의 역할과 자금 살포에 의한 표몰이가 유리하다는 계산이 나올수 있다. 그래서 노무현 정부시절에 발동이 걸렸지만 오늘날 상황은 달라 졌다. 정권이 바뀌게 되어 여당인 한나라당에서는 환영하겠지만 당연히 민주당에서는 반대할수 밖에 없는 현안의 문제이다. 그러나 여야의 유불리를 떠나서 재외국민에게 투표권을 준다는 것은 정치인들이 민주정치의 한복판에 방화하는 불장난이 되고 말 것이다.

더욱 문제가 되는 것은 재외국민에게 정치참여를 위한 선거권을 준다면 피선거권을 주어야 하는 형평성의 원칙이 고려되어야 한다. 그들에게 선거권과 피선거권을 동시에 준다면 해외 영주권자들이 국회의원과 대통령에 입후보를 할수있다는 사실이다. 따라서 재외국민에게 투표권을 주어야 한다는 주장은 피선거권의 자격이 없는 재외국민에게 투표권을 주게 되는 자가당착의 법적용상에 모순이 있는 것이다.

여야 정치인들의 아전인수격인 재외국민의 투표권 부여에 관한 논쟁은 발상 자체부터 문제가 있다는 사실을 성찰한 후 즉각 소모적 대결의식을 버려야 할 것이다.

셋째, 남북분단의 상황하에서 재외국민의 투표권 행사는 북한의 공작에 영향을 받을 수 있다.

재외국민 가운데 남북 분단의 상황하에서 친북성향의 재외국민도 있을 것이다. 친북 재외국민은 친북좌파 세력에 영행을 받아 공명선거의 분위기를 와해시켜 친북 성향의 입후보자(국회의원, 대통령)를 당선시키고자 온갖 수단과 방법을 총동원 할 것이다. 특히 북한의 공작에 커다란 영향을 받게 될 것이다. 그러므로 국내 유권자들의 지지와 투표결과에 의해 당락이 결정되어야 함에도 불구하고 재외국민(유권자, 약134만명)에 의해 최종적인 당락의 심판을 받게되는 결과를 갖어 올수도 있다는 것이다. 따라서 재외국민에 의한 정치적 도박은 반듯이 억제되어야 한다.

지난 좌파정권 10년의 악몽을 되돌아 보며 반미. 친북 좌파 세력의 선거전략을 반면교사로 삼아야 한다. 다시금 헌정질서를 문란케하는 좌파세력에게 정권을 되돌려 주지 않겠다는 국민들의 결의와 유권자들의 확고한 대한민국의 정체성 확립의 국가관과 역사의식이 요망되는 것이다.

넷째, 재외국민에게 투표권을 주게 되면 복잡한 절차와 막대한 선거비용이 들어 국력이 소모된다.

재외국민의 투표를 위한 별도의 기구가 설치되어야 하며 막대한 선거비용이 소요 된다. 더욱 입후보자들의 선거자금의 살포와 상호비방과 흑색선전이 재외국민이 거주하는 세계 각국에 확산되어 국가의 위상을 추락시키고 국제적 망신과 불신을 초래하게 될 것은 너무나 명약관화한 사실이다.

재외국민들에게 투표권을 부여하여 경제적 국력이 소모될수 있는 여건을 조성할 필요는 없다. 재외국민에게 투표권을 주는데 소요되는 선거비용의 예산을 차라리 재외국민들의 복지향상에 투입하는 편이 효용의 가치가 있을 것이다.

끝으로 요약하고자 한다. 제외국민에게 참정권의 투표권 부여는 선거권과 피선거권의 형평성 원칙에 위배되고, 헌법상의 의무인 국방과 납세의 의무를 미필하게 되는 결격사유가 있고, 남북분단의 상황하에서 북한의 선거공작에 취약하고, 추가적 선거기구의 설치와 선거비용의 국고부담이 발생하고. 세계 각국에 추악한 선거 열풍을 일으켜 국위를 손상시키는 등의 많은 문제점이 발생하게 될 것이다. 결국 선거기간에 여야 당쟁의 격화를 국제적으로 확산시키는 결과를 초래하게 되며 국력을 소모하는 우를 범하게 될 것이다. 또한 정치적 혼란을 야기하게 될 재외국민의 정치참여의 허용은 억제되어야 한다. 따라서 재외국민 투표권의 입법조치는 보류되어야 마땅할 것이다.

김 문수 경기도 지사는 해명해야 한다

(2008년 11월 10일)

김 문수 경기도 지사 귀하

경기도정의 책임을 맡은 도지사로써 불철주야로 수고가 많으실 것으로 생각합니다. 우생(愚生)은 경기도 수원에 우거하고 있는 한 사람이기에 진심으로 감사를 드립니다.

그간에 한나라당에서 지도적 핵심 위치에서 정치적 탁월한 역량을 발휘했으며 현재는 도지사를 발판으로 최고지도자로 도약할수 있는 계기가 될 것으로 기대를 하게 됩니다.

특히 얼마전 김동길 연세대 명예교수의 주장을 인터넷을 통해 접한 결과 차기 대권도전자의 적격자로 박근혜, 김문수, 박진 등 세분을 지적한 사실을 알게 되었습니다.

따라서 김문수 경기지사에 대한 국민들의 관심도가 대단히 높다는 사실을 입증해 주고 있는 것입니다.

그런데 최근의 인터넷 기사를 보면서 대단히 실망을 하게 되었고 사실이 아니기를 바라지만 사실이라면 충격적인 사건일 수 밖에 없습니다.

즉 지난 10월 27일에 중국에 가서 김대중 전 대통령과 한 호텔에 투숙했으며 서로 만나 대북정책에 대한 의견을 나눴다는 사실인데 우연일수도 있고 계획적인 만남이 될 수도 있는 양자중 한가지 만남일 것입니다.

그 만남의 비판적 지적에 의하면 중앙정부의 미온적인 대북관계에 불만을 품은 경기도지사의 반란행위라는 해석을 했고, 대북 특사로 나설 용의가 있다고 까지 구체적으로 말했다는 것이며 남북관계의 지지부진함을 초조하게 생각할 김대중의 의향을 적극 반영한 것으로 해석되는 것입니다.

김대중 전 대통령과 만난 사실이 있다면 분명한 사실규명이 있어야 할

247

것입니다. 어떠한 국민들로 부터 호리(毫釐)라도 오해가 있다면 정치적 행보에 커다란 장애가 될뿐 아니라 정치생명에 차꼬(着錮)가 될지도 모르기 때문입니다.

보수진영에서 김대중 전 대통령을 정치적 이단의 전직 대통령으로 간주하고, 친북, 반미 좌파세력의 총수로 몰아세우고 있는 인물이며 좌파정권 10년의 전반기 5년의 터를 닦아 놓은 대통령이라는 지탄을 받고 있는데 굳이 김문수 경기도지사께서 만나야 할 필요성이 있었다면 상당한 만나야 할 이유(조건)가 있었을 것입니다. 그 어떠한 이유(조건)와 필요성이 있었다면 충분한 해명이 있어야 할 것입니다.

혹시라도 와전된 허위 사실인지도 모르겠습니다. 허위의 사실이라면 허위 사실의 진원지를 밝혀내야 할 것입니다.

김문수 경기도지사의 명예훼손에 대한 회복이 필요하며 정치적 음모와 술수의 올무에서 탈피해야 하기 때문입니다.

나는 대한민국의 정체성과 정통성을 고수하며 안보와 경제를 살려야 한다는 소신을 가지고 있으며, 자유와 민주 그리고 평화를 공유할수 있는 남북통일을 간절히 염원하는 국민의 한 사람으로써 김문수 경기지사를 걱정하며 사랑하는 마음으로 집필을 했습니다. 대한민국의 위기극복과 경기도의 무궁한 발전을 기원하며 불비례합니다.

남북분단의 상황하에서 사형제도 폐지는 시기상조이다
(2008 세계 사형폐지의 날에 즈음하여)

(2008년 10월 12일)

2008년10원10일 서울 여의도 국회도서관 강당에서 정당관계자가 주최하는 "2008 세계 사형폐지의 날 기념식"에 김형오 국회의장, 원혜영 민주당 대표, 이정희 민주노동당 국회의원, 임명규 한국기독교 협의회 회장, 마틴 유든 주한영국대사 등이 참석했다고 한다.

이 자리에서 김형오 국회의장은 기념사에서 "고귀한 가치인 생명은 무엇과도 바꿀수 없고 인간이 인간을 죽일수 있는 권리도 없다며 사형제도폐지의 이유를 밝혔다는 것이다.

또한 안경환 국가 인권위원회 위원장은 지난 10년동안 우리나라는 사형집행이 한건도 없어 사형제 폐지국가나 마찬가지라고는 하지만 정식으로 폐지되지 않아 현재 법적으로 유지되고 있는 나라로 분류되고 있다고 말했으며, 한국기독교교회 협의회 회장 임명규 목사는 우리나라는 지난해 12월30일자로 국제사회가 인정하는 사실상의 사형폐지국가로 인정되었지만 아직 국회 입법을 통한 사형제 폐지는 인정되지 않은 상태라며 18대 국회에서 사형제 폐지 특별법을 조속히 통과시켜 달라고 촉구하며 모든 범죄에 대한 사형을 폐지한 국가는 프랑스와 덴마크 등 92개국이며 우리나라와 미얀마 등 지난 10년이상 사형집행이 없는 사실상 사형 폐지국가는 35개 국가에 이른다고 말했다는 것이다.

그간에도 사형제도 폐지의 찬반론은 서로 쟁점이 되어 주장이 대립되어 왔으나 "2008 세계 사형폐지의 날 기념식"에서 김형오 국회의장의 사형제 폐지주장의 기념사는 국회에서 사형제 폐지를 거론될수 있는 계기를 제공했다고 보아 진다.

나는 법률에 대한 전문가는 아니지만 현재 기독교 목사의 신분이며 지난날 군 사법기관에서 상관살해범에 대한 군경합동수사를 직접 지휘한 경력이 있다.

따라서 고귀한 생명에 대한 살인 행위의 범죄에 남다른 관심을 가지고 있어 사형제 폐지론에 대한 평소에 가졌던 소신을 피력해 보고자 한다.

첫째, 국가 인권위원회는 국민적 여망에 부응해야 한다.

2008 세계 사형폐지의 날 기념식에 여당인 한나라당 소속의 인사가 참석치 않아 야당지도자만 참석했고, 기독교계의 한기총 대표회장의 참석없이 기독교교회협의회 회장만이 참석한 기념식의 성격을 보면서 진보정당과 진보세력의 행사장이라는 평가를 받기에 충분 했다. 국가 인권위원회는 여야를 막론하고 범국가적 차원에서 신뢰를 받지 못한 것이 아닌지 의구심이 든다.

2001년 11월 출범한 독립기구인 국가 인권위원회는 모든 개인이 가지는 불가침의 기본적 인권을 보호하고, 인간의 존엄과 가치를 구현하며, 민주적 기본질서 확립에 이바지할 목적으로 설립 되었다.

그 주요활동은 인권침해 및 차별행위 등에 대한 진정 접수, 조사, 관계기관에 대한 시정 권고, 인권교육 프로그램 개발을 하도록 되어있는 것으로 알고 있다.

그간에도 주요활동을 많이 하고 있었지만 사형을 폐지하고 종신형을 주장하며 피살자의 인권은 외면하면서 살인자에 대한 생명의 존엄성에 대한 인권을 옹호하고 있다는 오해가 있을 수 있다. 특히 사형제도는 정치적 목적으로 악용되었고 앞으로 악용될 소지가 많기 때문에 사형의 폐지를 주장하는 경향이 있다. 그러나 정치적 목적으로 사법기관을 장악하여 사형의 실형을 악용하는 정권에 탈법적인 문제가 있는 것이지 사형제도의 자체에 초점을 맞추어 문제를 제기하며 사형을 폐지하자는 주장의 논리는 견강부회(牽强附會)의 비약된 주장으로 보여진다.

특히 국가 인권위원회는 세계적 추세의 인권보호 운동에 동참하여야 한다. 그러나 민족주의를 제창하며 민족통일을 주장하는 친북 진보세력들은 북한의 봉건적 세습에 의한 선군정치인 무단정치(武斷政治)를 방관하며 북한 동포 300만명 이상이 아사(餓死)하고 무수한(15만명) 백성이 정치범수용소에서 자유를 박탈 당하여 죽어가고 있을 뿐아니라 공개 처형을 자행하고 있다고 하는데 왜 수수방관(袖手傍觀)하고 있는지 묻고 싶다.

국가 인권위원회에서는 북한의 공개처형의 만행을 지탄해야 한다. 그리고 남한의 사형제도와 비교 분석하여 남북통일에 대비한 민족적 고귀한 생명보존의 인권문제가 유린 또는 박탈되지 않도록 대안을 세워야 할 것이다.

둘째, 생명의 고귀한 가치의 박탈에 대한 해석상의 모순이 있다.

헌법 제10조에 "모든 국민은 인간으로서의 존엄과 가치를 가지며 행복을 추구할 권리를 가진다"고 규정되어 있다.

그러나 형법상의 범죄행위에 해당되어 사형선고에 의한 사형집행이 인간의 존업성과 가치를 박탈하는 것이기 때문에 사형을 반대한다는 논리는 사형수에 대한 일방적인 보호를 위한 편견이라는 오해가 있을 수 있다. 왜냐하면 살인범의 살인 행위로 인한 인간의 존업성과 가치 그리고 행복권이 일시에 박탈을 당한 피해자의 생명은 자신이 방호능력의 부재에 기인이 되었겠지만 사회의 도덕적 무질서와 국가의 살인범죄 발생에 대한 억제기능의 미비를 지적할 수도 있다. 따라서 살인자인 사형수와 피해자인 피살자는 동등한 고귀한 생명을 가지고 있지만 사형수의 생명은 보존되고 피살자의 생명 탈취는 경시되거나 외면 되는 모순이 있다는 것이다.

사람의 살인행위는 세가지의 원인을 고려해 볼수 있겠다. 먼저 (1)자기 생명이 극도로 위협받게 되었을 때 자기 생명을 보호하기 위한 수단으로 살해하는 경우, (2)자신의 증오심과 분노가 극에 달하게 되어 우발적으로 살인을 하게 되는 경우, (3)자신의 범죄를 은폐하기 위한 살인의 경우 등 세 가지 유형으로 분류해 볼수가 있겠다.

잔인한 살인자에게 사형이 폐지된다면 인간의 증오심과 분노에 의한 우발적 살인과 법죄의 은폐를 위한 살인을 결행한 후에 자신의 생명이 박탈되지 않는다는 순간적인 착각으로 살인행위를 유발할 수도 있기 때문에 생명 경시의 살인범죄 행위가 증가될 것이라는 우려를 하게 되는 것이다.

선진국가의 사형제 폐지를 거론하는 것은 우리나라 현실을 무시하고 외면한 잘못된 생각이다. 한가지 어린이 연쇄 유괴살인범을 본다 하더라도 한사람의 살인자가 여러 어린이를 살해한 사건에 대하여 어떠한 형벌을 적용해야 하겠는가?

모든 형벌은 죄과에 상응하게 부과되어야 한다, 형벌의 종류는 죄과의 경중에 따라서 적정의 형량이 부과되는 것이다. 굳이 살인자에게 관대한 비중을 두어어야 할 필요성이 없다고 본다.

그리고 살인행위라 하더라도 위법이 아니라 무죄인 사건이 있다. 즉 위법성의 조각사유에 해당하는 형법상의 처벌규정에 고의성이 없는 정당방위, 정당행위, 긴급피난, 자구행위, 피해자의 승낙 등이 이에 해당 된다.

따라서 헌법상에 보장된 인권 침해의 살인행위를 자행했을 지라도 자기 생명의 보호를 위한 불가피한 살인 행위는 법적으로 가해자의 생명을 보호하여 사형의 중형을 적용치 않고 고귀한 생명을 보장해 주고 있는 것이다.

김형오 국회의장의 인간이 인간을 죽일수 있는 권리도 없다며 사형제도 폐지의 이유를 밝혔다고 하는데 위법성의 조각사유와 같은 인간이 인간을 죽이고도 살아야 할 권리도 있다.

군인은 적과 싸워 사살을 많이 할수록 훈장을 받는다. 사실상 엄밀히 말해 살인행위라고 할수 있지만 국가를 보위하고 국민의 생명을 보호하기 위하여 군대가 필요하고 군인은 전쟁에서 반듯이 희생정신을 가지고 싸워야 할 의무가 있고 기필코 승리해야 하는 것이다 그래서 군인이 적이 도발 할 때에 적을 사살하는 것은 범죄행위의 살인이 아니라는 사실이다.

사회생활을 하면서 약자로서 불의에 피살이 된자는 고귀한 생명을 보존하여 행복하게 살아야 할 권리가 박탈되고 오히려 가해한 살인자의 생명은 버젓이 존속되어야 한다는 형평성이 없는 살인 행위에 대한 모순된 일방적인 보호차원의 사형제 폐지의 해석은 깊이 성찰해 볼 일이다.

셋째, 남북분단의 상황하에서 사형제 폐지는 국가위기를 초래할수 있다.

그간 좌파정부 10년간을 통하여 반미. 친북 좌파세력이 정부요직뿐 아니라 각계각층에 뿌리를 깊숙이 박아 놓았다.

역사를 통해서 5. 18 광주사태를 반면교사로 삼아야 한다. 광주시민의 의거로 역사적 평가를 내리고 있지만 탈북 인민군 장교출신의 증언(한국논단, 2006년 11월호)에 의하면 북한 특수부대 요원이 광주사태시에 투입되었다는 것이다. 하루속히 사실확인의 규명이 있어야 할 것이다.

남북분단의 상황하에서 6. 25전쟁을 치뤘고, 간첩이 침투되어 대간첩작전도 여러차례 전개했다. 그러나 대간첩작전의 대상인 간첩이 분명이 존재하고 있지만 눈에 보이지 않으며 자유롭게 활동할수 있는 정치풍토가 조성되고 말았다. 그래서 보안법을 철폐하자는 주장의 함성이 서울거리를 진동했고 여야를 막론하고 보안법을 손질해야 한다는 의견이 지배적이었다.

국가안보를 위협할수 있는 보안법을 철폐하고 사형제도를 폐지하면 대한민국은 간첩들의 천국이 될수 밖에 없다.

광주 시민의거의 5. 18군중시위 못지 않게 대규모의 내란 폭동이 일어난다면 수습은 불가할 것이다. 보안법에 저촉이 된다 하더라도 사형제도가 폐지된 상태에서 생명이 보존되어 종신형의 선고를 받게 되고 감옥에서 시간 벌기를 하다가 적화된 후에 영웅이 될수 있는 시기를 기다리게 된다는 것이다.

따라서 남북분단의 상황하에서 사형제도 폐지는 국가적 위기 상황을 초래할 가능성이 충분하기 때문에 통일될 때까지 보안법과 사형제도는 존속되는 것이 너무나 타당하다는 것이다.

넷째, 일반 형법의 사형폐지는 군형법에도 사형이 폐지되어야 하는 문제점이 발생한다.

1962년 제정된 군 형법 제53조 1항은 '상관을 살해한 자는 사형에 처한다'고 명시한 반면, 형법 제250조 1항은 '사람을 살해한 자는 사형, 무기 또는 5년 이상의 징역에 처한다'고 돼 있다.

헌법재판소는 "해당 조항이 상관을 살해한 경우 동기와 행위를 묻지 않고 법정형으로 사형만을 규정하고 있다"며 무조건 사형은 위헌이라는 결정을 내렸다. 군대는 특수 조직의 집단이라는 사실을 경시한 위헌의 결정인 것 같다.

이러한 헌재의 결정에 따라 국방부 관계자는 "상관 살해죄를 사형으로 처벌토록 한 군 형법을 일반 형법과의 형평성 등을 고려해 개정하는 방안을 추진키로 했다"며 "연내 개정 법률안을 국회에 제출할 수 있을 것"이라고 밝힌바 있다.

군대는 국가가 요구하는 특수조직체이다. 군인은 개인의 자유가 허용되지 않는 집단생활을 하고 병영에서 침식을 같이하며 전쟁연습의 각종 기동훈련과 개인 소총을 비롯하여 지상, 해상, 공중의 각종 화기의 사격술을 연마한다. 군인은 전쟁이 발발하면 희생정신을 발휘하여 생명을 초개와 같이 버려야하는 것이 기본적인 필승의 정신이다. 따라서 군 형법을 일반 형법과의 형평성을 고려한다는 것은 군조직을 와해하고 무력화(無力化) 시킬수 있는 졸속의 조치라는 사실을 힘주어 지적하고 싶다.

전쟁터에서 포화가 작열한다 하더라도 승리를 쟁취하기 위해서는 소수의 희생을 무릅쓰고 공격목표를 향해 공격명령을 내릴수 있다. 이때에 병사가 내 생명이 아까우니 공격을 못하겠다고 저항하며 지휘관을 살해 했다고 가정한다면 상관 살해범을 어떻게 처리해야 하겠는가를 묻고 싶다. 오직 위법성의 조각사유에 해당되지 않는 상관 살해범은 반듯이 사형의 형벌에 처하는 것이 군 기강확립과 지휘체계 유지에 절대적인 필요 조건이 될 것이다. 군인은 부당한 명령이 아닌 정당한 명령에 죽고 명령에 살게 되는 것이다.

일반 형법에 사형을 폐지하게 되면 군 형법에 사형제를 존속시킬수 없기 때문에 일반 형법에서 반듯이 현행 형법 제41조의 형의 종류에 사형이 존속 되어야 한다. 그래야 국군이 고귀한 생명을 바쳐 국토방위의 사명을 완수하게 될 것이다. 이한 몸을 바쳐 나라가 선다면 기꺼이 생명을 바치겠다는 젊은이들이 많을 때 국가 안보는 튼튼해 질 것이다.

안보의 불감증이 팽배해 있는 현 시점에서 상관살해범에 유리한 군형법의 개정은 국가위기를 자초할 시한 폭탄을 제조하는 것이나 다름이 없을 것이다.

다섯째, 종교지도자들의 사형제 폐지주장은 일반법에 대한 지나친 간섭이다

2005년 8월19일 한기총 신학위원회(위원장, 이종윤 목사)에서 개최한 세미나에서 사형제에 대한 찬성으로 뜻이 모아 졌다. 당시 세미나에 앞서 대한기독교총연합회 대표회장 최성규 목사는 "개인의 인권 만큼 공동체 구성원의 인권도 강조되어야 한다"며 "인간 존엄을 근거로 사형제 폐지를 주장하지만 인간이 존엄하기에 사형제는 유지되어야 한다"고 설교를 통해 주장했다. 최목사의 설교는 기독교를 대표한 명설교로 평가가 된다. 그 당시 9월 정기국회에서 이뤄질 "사형제 폐지 특별법안"의 입법논의를 앞두고 세미나를 가진 것이다.

종교지도자들은 사회 질서유지를 위한 규범의 영역을 혼돈하고 있는것 같다. 국가의 안녕과 질서 유지를 위한 법규범이 있어 법치국가를 지향하는 것이고, 그 나라와 사회에 적응되는 사회구성원의 무언의 약속에 의한 도덕 규범이 있으며, 종교적 약속의 계율에 의한 실천 강령인 종교 규범이 있게 된다. 종교지도자들은 종교규범의 영역에서 종교 활동을 하고 있다는 것에 유의를 해야 한다.

종교인들은 종교규범에 의한 각각 종단의 자체법과 사회법이 상충되지 않도록 하여 사회의 윤리 도덕을 함양(涵養)시켜야 할 책무가 있다. 그러나 종교 지도자들이 종교의 영역을 벗어나 지나친 국정의 간섭이나 실정법에 대한 무리한 개정의 요구는 심사숙고해야 할 문제점이다.

종교인들이 일반 실정법의 법규범을 비종교인들 보다 잘 준수하고 도덕적으로 무흠(無欠)해야 하는 것은 당연한 일인데 오히려 각종 대형 사건에 종교지도자들이 연루되어 빈축의 대상이 되고 있는 현실이다. 종교 지도자들은 자신들의 주장에 대한 위치의 좌표를 정확하게 읽고 어떠한 종교적 아전인수격은 아닌지, 불필요한 이데올로기에 침륜(沈淪)되어 있는것은 아닌지 성찰해 보면 좋겠다.

결론을 맺고자 한다. 대한민국의 헌법에 기초한 형법의 사형제도는 사형제도 자체에 문제가 있는것이 아니라 법적용상의 문제가 있는 것이다. 그래서 국가의 사회질서를 파괴하고 국가 위기를 초래할 수 있는 사형제 폐지는 반듯이 억제되어야 한다. 남북통일이 되는 시점까지 입법, 사법, 행정의 삼권분립 정신을 엄정히 지켜 권력의 시녀가 되는 사법기관이 아니라 사법기관이 쇄신되어 사법권의 독립이 보장되는 민주국가로 발전되어야 한다. 그래서 살인행위 뿐만 아니라 각종 범죄가 감소되어 대문을 열어 놓고 살수있는 자유와 평화의 나라가 되었으면 좋겠다.

김정일 사망은 한반도 통일의
서곡이 될 것이다
(북한 정권수립 60주년 9. 9절에 즈음하여)

(2008년 9월 11일)

오래전 부터 김정일의 건강상태에 대한 국내외의 여론에서 자주 거론되어 왔다. 그는 세계 국가지도자 가운데 가장 식탁위의 희귀한 메뉴로 최고급의 식사를 하기로 유명하다. 그런데도 만성적 당료병과 심장병 등 많은 합병이 문제가 되었다.

그간에 김정일의 와병설이 끊이지 않았고 심지어 일본의 한 교수(重村智計,早大)의 주간현대(2008.8.23) 잡지의 기고에서 이미 2003년에 사망했으나 김정일을 닮은 인물로 대행시켜 정권붕괴를 막고 있다는 믿기 어려운 기사를 접할수 있었다.

그래서 북한 정권수립 60주년 9.9절행사에 김정일의 참석여부가 관심의 촛점이 되고 있었다. 결국 김정일은 매년 꼭 참석했던 9.9절 행사에 참석하지 않았으며 9일 밤 늦게야 뇌졸중의 중병설이 국내외 언론에 중점 잇슈로 보도되기 시작했다.

북한 김정일 국방위원장이 9일 정권 창건 60주년 행사에 나타나지 않은 이유가 "스트로크(Stroke)"를 맞았기 때문이라는 구체적인 첩보와 외신의 보도가 있었다. '이 "스트로크"는 뇌 또는 심장 이상으로 갑자기 의식을 잃고 쓰러진 경우를 표현하는 의학용어이다. 그 중에서도 흔히 뇌혈관 이상으로 순식간에 뇌기능을 상실했을 때 의사들이 쓰는 말이다. 일반적으로 뇌졸중(腦卒中)을 의미한다.

이명박 대통령은 10일 오후 청와대에서 긴급 안보관계장관회의를 주재하고 북한 김정일 국방위원장의 건강이상설' 등으로 인한 북한내 상황에 대한 보고를 받고 대응책을 논의했다.

이날 회의에서 국가정보원장은 "김 위원장이 최근 뇌혈관 질환에 인한 스트로크(발작)'를 일으켰으나 회복중이며, 현재로서는 심각한 상황이 아닌 것으로 보인다" 특히 "김 위원장의 건강 이상으로 인해 북한 내에서 군사동향을 비롯한 다른 특이 동향은 없는 것으로 파악됐다"는 보고를 한것으로 알려졌다.

그러나 이명박 대통령은 이 자리에서 예측하지 못한 돌발상황이 발생할 수도 있는 만큼 예단하지 않고 상황을 예의주시하면서 만일의 사태에 대비하여 만전을 기해야 한다는 지시를 했다는 것이다.

북한은 60년전 김일성 주석을 중심으로 1948년 9월9일 조선민주주의인민공화국의 정치집단이 평양에서 건립되었다. 북한보다 25일 전 25일전 8월15일 이승만 초대 대통령을 중심으로 서울에서 대한민국이 건국되었다. 그래서 25일의 시차를 두고 한반도를 양분하게 되는 사실상의 남북 분단국가가 성립되었다.

그러나 남북 정치지도자들은 상대방의 국가를 인정하지 않고 자국의 영토로 아전인수격인 통치철학을 가졌다. 그 실례로 대한민국의 헌법 제3조의 영토조항에 "대한민국의 영토는 한반도와 그 부속 도서로 한다"고 명시되어 있다. 한반도의 북한 땅도 한국의 영토인데 북한 김일성 정치집단이 점유한것으로 해석이 될수 있다. 반면에 북한에서는 이승만 대통령에 의한 대한민국의 단독정부 수립의 정체성과 전통성을 부인하며 인정하지 않고 있다. 오늘날 대한민국의 좌파세력들이 의식화 되어 있는 고질병이기도 하다.

김일성은 정권 수립 2년후인 1950년 6월 25일 무력에 의한 기습남침을 동족인 남한에 감행하여 적화통일을 획책한 것이다. 그래서 악령의 상징인 붉은 용의 괴수로 지탄을 받고 있다. 그 잔인했던 동족간의 3년1개월간의 6.25전쟁의 경과와 후유증의 참상은 지면관계로 접어 두기로 한다.

남북한 간에 분단 국가이지만 상호 국가로 인정치 않은 상태에서 미소간의 냉전체제가 문어지고 소련이 붕괴되어 민주화되는 과정에서 1990년 한국과 소련의 국교관계가 수립되자 북한의 반대로 인해 계속 미루어 오던 남북한 유엔 동시가입이 1991년 9월 18일 총 72개국가의 지지를 받아 동시에 유엔가입이 이루어 졌다.

그후 남북한 간에는 상호 실체를 인정하려는 분위기가 조성 되면서 협상의 통로를 마련하기도 했다. 김영삼 정부는 남북정상의 만남을 주선하여 성사될 직전에 있었으나 1994년 7월 8일 갑작스럽게 김일성이 심근경색증으로 사망했다. 김일성은 죽어서 금수산 기념궁전에 미라로 누어 아들 김정일에게 봉건세습으로 정권을 넘겨주어 주체사상의 유훈통치를 하고 있으며 군을 앞세우는 선군정치의 원수인 국방위원장이라는 이름의 파워를 가지고 군사독제 정치를 막강하게 전개하며 300만명이상의 백성을 굶겨 죽이면서까지 가공할 핵무기를 개발, 보유했고, 대량살상무기로 군사력을 유지하게 됨으로서 경제는 파탄되고 말았다. 김정일은 핵무기를 보유하여 핵주권을 내세워 남한 뿐아니라 일본과 미국을 겨냥하여 위협을 가하고 있다.

김정일은 핵문제 처리를 위한 6자회담을 통하여 최후의 핵협상의 카드를 내세워 북한의 존망의 기로선상에서 마지막 단말마의 순간에 봉착해 있었다. 이러한 위기에 뇌졸중의 중병으로 병상에 누어 중국과 불란서에서 불러온 의사들에게 그의 생명을 맡기게 되었다. 비록 병상에서 기사회생으로 회복된다 하더라도 정상적인 선군정치의 헤게모니를 행사하기에 어려울 것으로 언론에서 분석되고 있는바와 같이 권력승계를 위한 암투는 불가피 할 것이다. 또한 북한의 핵문제 처리에도 혼선의 문제점이 야기될 것은 너무나도 명약관화한 사실이다.

따라서 김정일의 사망이 몰고 올 후폭풍은 북한에 국한 되는 것이 아니라 우리 남한에도 돌풍을 몰고 올 가능성은 대단히 높아지고 있으며 북한에 영향력을 미치고 있는 중국이 북한 땅을 접수하여 종속시키겠다는 망상이 미국과 밀약에 의해 이루어 진다면 한반도는 영구적으로 분단될수 밖에 없을 것이다.

결론적으로 견해를 마무리 하건데 이명박 정부는 대책회의를 가진바 있지만 구체적으로 북한정권의 붕괴에 대비한 한미관계의 외교활동과 군사동맹관계를 재점검하면서 한반도 유사시 계획인 "작계 2027 이외에도 5026, 5029, 5030 등" 다른 독자계획을 구체적으로 발전시켜야 할 것이다. 아울러 남파 간첩을 소탕하고 남남갈등을 조장하는 진보세력의 발호(跋扈)를 억

제하는 동시에 국론을 통일시키는 작업에 총력을 경주해야 할 것이다

그간 도로무익(徒勞無益)한 햇볕정책은 김정일 정권의 수명을 연장시켜주었고 통일을 지연시켰을 뿐이다. 서서히 절대자의 섭리에 의해 통일의 때가 닦아 오고 있다

김정일의 사망은 남북통일의 문이 열리는 서곡(序曲)이 될 것이다. 이미 제17대 대통령 선거를 1개월 앞두고 기록으로 남긴바와 같이 "한반도에 4김시대가 완전히 청산되어야 평화가 온다"는 주장을 밝힌바 있다. 첨부된 내용은 난필로 두서없이 썼지만 일독을 권하고 싶다.

대한민국의 정통성을 알려면
이화장(梨花莊)에 가보라
(광복63주년 및 건국60주년을 맞으며)

(2008년 8월 15일)

매년 찾아오는 광복절인 8월 15일은 국경일의 공휴일로 정하여 기념행사를 하고 뜻깊은 하루를 보내 왔다.

금년에는 어느 해 8월 15일 보다도 뜻깊은 광복 63주년 및 건국 60주년을 맞는 기념일의 경축행사가 펼쳐졌다. 그러나 이곳 저곳의 경축행사의 모습을 화면을 통해 보면서 가슴이 답답하고 마음이 쓰리고 아팠다.

광복63주년 및 정부수립60주년 기념행사는 여야를 막론하고 동일한 역사적 관점에서 기념행사를 했어야 마땅하겠지만 야당과 진보세력은 정부의 경축식에 불참하고 비판적인 역반응을 보였다.

오전 10시 서울 경복궁 홍례문 앞 광장에서 정부의 공식 광복절 경축행사가 열렸다. 행사명은 "광복 63주년 및 건국 60년 경축식"이었다. 이명박 대통령이 경축사를 통해 건국에 역사적 무게가 실린 대한민국의 발전상도 강조되었다. 그리고 연단 뒤에 설치된 대형 스크린엔 '60 대한민국'이라는 글자가 떴다. 여러모로 건국 60주년을 강조하는 모습이었다.

그러나 이날 오전 8시30분 야당인 민주당 지도부는 백범 김구 선생의 거처였던 경교장 앞에서 현수막을 펼쳐 들었다. 현수막의 문구는 "광복 63주년 민주당 대표단 방문"이었다. .또한 야당 3대표를 비롯한 야당인사들이 백범 김구선생의 묘소를 찾아 참배하는 모습을 화면을 통해 볼수 있었다.

광복 63주년이자 건국 60주년이 되는 8월15일을 놓고 보수와 진보 진영은 엇갈린 의미를 부여하며 신경전을 펼쳤다. "광복 대 건국 논쟁"으로 갈라선 정치권의 치졸한 풍경이었다.

나는 8월 15일의 비통한 경축행사를 보며 침묵하고 있을 수 없어 우국충정의 감상문을 쓰는 심경으로 몇가지를 피력하고자 한다.

첫째, 대한민국의 정통성과 정체성은 어디에 있는가를 묻고 싶다.

대한민국의 초대 대통령을 폄하하고 외면하려는 세력은 이방인이 아니면 친북 좌파세력일 것이다. 백범 김구선생의 묘소에 찾아가 참배하고 경교장(京橋莊)에 찾아가 현수막을 펼쳐든 민주당 대표와 야당의 인사들이 과연 대한민국의 국민이며 국회의원들인지 심히 의심스럽다.

특히 정세균 민주당 대표는 "역사를 왜곡하려는 잘못된 시도가 있어 분명하게 문제를 제기하려고" 정부 행사에 불참하고 백범을 찾았다고 변명을 했다. 정부에서 8·15를 "건국절로 덧씌움으로써 역사를 왜곡하려 한다"는 것이었다. 더욱 놀라운 것은 "대한민국은 상해 임시정부의 법통을 계승한다"는 헌법 구절을 인용하면서 정부가 법통을 무시하는 것처럼 비판했다는 것이다. 오히려 정세균 민주당 대표의 주장은 대한민국의 정통성과 정체성을 왜곡하고 역사적 사실을 부정하려는 궤변으로 볼수 밖에 없다. 한마디로 통탄할 수 밖에 없는 반정부적, 좌파적, 친북적인 삼박자로 어우러진 야당 정치인들의 추태로 보여진다.

들째, 대한민국의 초대 이승만 정부를 부정하고, 현 이명박 정부를 외면하려는 야당이 대한민국의 야당인지 묻고 싶다.

백범 김구선생이 민족주의를 내세워 좌우 합작에 의한 통일국가를 건설하려 했던 정신과 독립운동의 애국적 지도자로 높이 평가되고 있다. 그러나 야3당 대표와 의원들이 현수막을 들고 김구선생의 거처였고 암살되었던 경교장을 찾아 갔고 묘소를 찾아가 참배한 것은 대한민국의 건국과 초대 대통령을 부정하고 외면하려는 발상과 태도로 비쳐진 것이다.

또한 이명박 대통령은 분명히 대한민국의 17대 대통령이다. 대한민국은 60년전 8월15일 건국이래 정권이 교체될때 마다 어려운 정치적 고비를 겪어 온것만은 사실이다. 그러나 오늘날 정치적 민주화를 실현했으며 세계경제 13위에 오른 국가로 급성장을 했다. 대한민국은 지구촌에서 축복 받은 국가로서 절대자에게 감사할수 있는 백성이 되어야 한다. 그러므로 이명박 대통령은 대통령으로써 60년 동안의 대한민국 역사를 되돌아 보며 눈부신

성장과 발전한 사실을 국민과 더불어 자랑할수 있으며 자부심을 가질 수 있는 것이다. 이명박 대통령이 광복절을 외면하거나 경시한 것으로 힐란하게 비판하고 꼬집는 야당 자체가 더 문제점이 있다. 나는 매년 찾아오는 8월15일을 광복절과 건국절로 삼아 이중적 국경일로 한다고 해서 문제가 될 것이 없다고 생각한다.

북한은 김일성에 이어 아들 김정일의 세습군주제인 전제주의적 독제선군정치의 무단정치를 하고 있으며 동포 300만명이나 굶겨죽였고 정치범수용소에서 무수히 말려 죽이며 공개처형을 다반사로 자행하고 있지 않는가? 또한 탈북자가 속출하고 있지 않은 가?

철딱서니 없는 반미, 친북 좌파세력들이 주장하듯 대한민국의 정통성을 무시하고 부정하게 되면 광복절과 건국절을 동시에 경축일로 할수 없을 것이다. 그 이유로서 북한에서는 공식적으로 1948년 9월 9일을 정권수립일로 기념하고 있는 것이다. 그래서 한반도 적화통일과 연방제통일을 주장하는 김정일과 남한의 좌파세력은 당연히 8. 15건국절을 반대 할수 밖에 없다는 사실을 국민들이 알아야 한다.

셋째, 대한민국을 지난 좌파정권의 잔재들이 흔들어 대고 있다는 사실을 경종으로 받아드려야 한다.

그간 좌파정권 10년간에 대한민국 국민들은 분홍색으로 변질, 변색되고 말았다. 흔히들 지금 어느 때인데 색갈론을 주장하느냐고 퉁명스럽게 반격을 한다. 지금의 한반도는 남북간에 전쟁이 종식되지 않았고 휴전상태에 있으며 냉전체제가 지속되고 있는 것이다. 남북간에는 말할 나위도 없으며 보수와 진보의 남남갈등에 의한 이데올로기의 색깔은 너무나 짙게 깔려 있지만 눈에 가시적으로 노출되지 않고 있을 뿐이다.

대한민국 국민이 광복 63주년을 맞이했지만 그간에 부지불식간에 이데올로기적 색갈에 색맹(色盲)이 되고 말았다. 꽃에도 유전인자 가운데 빨간색은 백색에 비하여 우성(優性)이 강한것 처럼 좌파의 붉은 이데올로기의 꽃이 10년간 백의민족의 대한민국에 만개(滿開)한 것이 아닌가 싶다. 그 실례로 최근 촛불시위의 현장을 통해 분명히 증명해주고 있으며 그들이 이명박 정부의 퇴진을 주장하는 속내를 짐작하고도 남음이 있다.

넷째, 대한민국의 정통성과 정체성을 논하려거든 경교장(京橋莊)이 아닌 이화장(梨花莊)의 우남 기념관에 가서 이승만 대통령의 행적을 보고 알아야 한다.

이화장은 서울 종로구 이화동에 위치하고 있다. 대한민국 초대 이승만정부의 내각을 구상한 조각본부(組閣本部)와 이승만 대통령의 사저(私邸)가 있었다. 이화장은 대한민국 정부의 산실로서 이곳에는 이승만 대통령의 동상과 조촐한 기념관이 있다.

2006년 12월23일 나는 목사와 장로 10여명과 함께 이화장(梨花莊)을 방문한 적이 있다. 이인수 박사(장로) 내외와 함께 이화장 거실에서 예배를 드리고 나서 이인수 박사의 안내를 받으며 초대 대통령 이승만 박사의 행적과 유물이 전시되어 있는 우남 기념관을 전부 돌아 보았다. 초대 대통령이 되기 까지의 애국적 족적(足跡)을 현장감 있게 유물과 자료 그리고 사진을 통해서 살펴보면서 감탄을 하게 되었고 이승만 대통령 존영 앞에 머리가 절로 숙여졌다. 이승만 박사는 일본에 대한 반정부활동으로 한성감옥에서 5년 7개월간 옥살이(1899~1904년)를 했고 출옥 후 민영환의 도움으로 조국의 국권수호를 위한 밀사로 미국으로 건너가 본격적인 구국운동을 전개한 자료등 각종 유물은 대단히 귀중한 역사적 가치가 높은 것이었다. 이승만 대통령과 같은 애국자가 없었다면 대한민국 정부수립의 건국이 어떻게 이루어 졌겠는가를 냉철하게 성찰해 보게 되었다.

남한의 단독정부 수립에 반기를 드는 세력들은 통일국가를 건설하지 못한 책임을 이승만 대통령에게 전가하려는 견강부회(牽强附會)의 주장을 하고 있다. 그러나 남한의 단독정부수립의 배경을 분명히 알아야 한다. 즉 UN의 결의에 의한 유엔의 감시하에 남북 총선거의 실시에 김일성은 신탁통치를 찬성하며 총선을 거부하고 반대했다. 남북통일국가를 세우지 못한 것은 김일성에게 전적인 책임이 있는 것이다.

백범 김구선생은 남북 좌우합작을 위해 평양을 방문했지만 김일성에게 수모를 당했을 뿐이다. 더욱 김일성은 6. 25전쟁을 기습적으로 도발하여 남침한 전범자가 아닌가? 김일성, 김정일 부자는 UN의 국제사법재판소에서 전범자로 엄중히 처리되어야 할 것이다.

미국과 UN 그리고 멕아더 장군이 없었다면 대한민국은 적화되고 말았을 것이다. 그래서 나는 작일 14일에 절친한 막역의 친구와 함께 인천 자유공원을 찾아가 멕아더 동상을 둘러 보았다. 동상앞에서 친구와 함께 머리숙여 국가를 위한 기도와 멕아더 장군에 대한 감사의 뜻을 표했다. 그간 좌파세력이 멕아더 동상의 목에 밧줄을 걸어 쓸어뜨리려 획책하고 있었지만 잘 보존되고 있어 다행스럽게 생각 되었다.

다섯째, 이명박 정부는 반미. 친북 좌파세력을 척결해야할 시점에 이르렀다. 광복 63주년과 정부수립 60주년을 맞이하여 대한민국을 바로 세워야 할 역사적 소명을 다 해야 한다.

친북 좌파세력들은 미완의 적화통일에 아쉬움을 나타내며 "적화통일이 무엇이 나쁘냐!"고 은근히 주장한다. 오직 그들은 통일만 되면 된다는 민족통일 지상주의 신봉자들이다. 대한민국에서 그들은 추방되어야 마땅하다. 북한 동토의 땅으로 이주시켜 김정일에게 충성 맹세하고 김일성 동상에 찾아가 헌화 참배해야 하지 않겠는가? 공산주의(사회주의)가 쇠퇴하여 20세기 말에 쓰레기통에 들어가고 말았다. 그러나 아직도 북한에는 주체사상으로 변종된 우리식 사회주의를 내걸고 있으며 남한 내에는 공산주의 탈을 쓴 진보세력과 자유 민주주의를 표방하는 보수세력간의 대립과 충돌이 극심하며 남남갈등은 계속되고 있다. 대한민국 땅에 뿌리 밖고 자라난 반미, 친북 좌파세력은 반듯이 발본색원 (拔本塞源)되어야 한다.

결론적으로 대한민국의 초대 대통령 이승만 박사를 이방국가의 대통령으로 취급하면서 백범 김구선생을 치켜세우는 것은 백범 김구선생의 명예를 실추시키고 이름을 욕되게 하는 것이나 다름 없을 것이다. 가정에도 족보에 의한 계보가 있어 조상을 기억하며 은공에 감사하게 된다. 자기 친할아버지가 훌륭함에도 불구하고 욕하고 미워하며 오히려 보잘것 없는 종조할아버지(할아버지의 형제)를 존경하고 섬기는 손자는 직계 후손으로 볼수 없는 것이다. 오늘날 양반 적서(兩班 嫡庶)를 논하는 시대는 지났지만 불상놈의 소행은 예나 지금이나 지탄을 받아 마땅한 것이다.

이승만 초대 대통령과 백범 김구 선생은 지하에서 대한민국 국민들이 보수와 진보로 편갈라 망국적 싸움판을 벌리는 추태를 보면서 탄식하고 계실 것이다.

대한민국의 국민들은 국가의 정통성을 찾고 정체성을 확립하여 21세기에 웅비하는 발전상을 세계만방에 펼쳐나가야 할 것이다.

이명박 정부는 북한의 핵 보유와 대량살상무기에 위축되지 말고 핵 폐기를 비롯하여 대량살상무기의 용도폐기를 위해 국제적 역량을 발휘하고 국력 신장에 적극적으로 노력하여 한반도에 자유, 민주, 평화의 통일동산을 일궈내야 한다. 그리하여 삼천리 강토에 목란꽃이 아닌 무궁화 꽃이 아름답게 피고 백두산과 한라산 정상에 인민공화국기가 아닌 태극기가 펄럭일 수 있기를 간절히 기원한다. 좌파 세력들이여 ! "귀 있는자는 내 말을 들을찌어다"

판사가 불법시위 피고인을
두둔 발언을 했다

"또 집회 나가겠다" 답변에도 보석 허가
"야간집회 금지조항 위헌성 논란" 언급

(2008년 8월 13일)

불법 촛불시위 주동자에 대한 재판을 맡은 판사가 재판 과정에서 잇달아 피고인을 두둔하고 현행법에 문제가 있다는 취지의 사견(私見)을 드러내 물의를 빚고 있다.

11일 서울중앙지법 형사7단독 박재영 판사는 촛불시위를 주도하고 경찰관을 폭행한 혐의로 구속 기소된 안진걸 광우병 대책위원회 팀장의 재판에서, 안씨의 보석을 결정하기 위해 "풀어주면 촛불집회에 다시 나가겠느냐"고 질문하면서 "야간집회 금지조항에 대해 위헌성 논란이 있는 만큼 (이 질문이) 자칫 양심의 자유를 침해할 수도 있다는 생각이 든다"고 덧붙였다.

구속된 피고인의 재범 가능성을 묻는 것은 보석을 결정하는 중요한 사유인 '재범의 위험성' 여부를 판단하기 위한 당연한 질문이었다. 그러나 박 판사는 굳이 야간집회 금지조항에 대한 위헌 논란까지 거론하며 안씨의 입장을 두둔한 것이다.

대한민국 정부수립 60주년을 맞이 했다. 대한민국이 환갑을 맞는 시점에 과거 역사를 되돌아 볼 필요성이 있다.

일제식민지로부터 해방이 되었지만 구 소련이 일본에 선전포고를 하고 한반도에 신속하게 진격해 오자 미국이 소련의 한반도 점령을 막기위해 미·소간에 38도선을 그어 한반도를 분단시키고 38이북을 소련군이, 38이남을 미군이 군정을 실시했다. 군정 3년간(45-48년)에 혼란이 지속되면서 이데올로기에 의한 남북간의 주도권 다툼은 치열 했다. 결국 남한에 이승만 대통령의 단독정부가 수립되고 북한에는 김일성 주석의 정치집단이 출범하게 되었다. 그러나 대한정부 수립 2년후인 1950년 6월.25일 김일성의 남침에 의한 한반도 전쟁이 3년1개월동안 지속된 것은 역사적 비극이었다. 한반도에 정전협정이 성립되어 금일에 이르고 있지만 한국 전쟁을 통하여 분단의 양극화는 최악으로 첨예화 되고 말았다.

금년에 대한민국 정부수립 60주년을 맞이 했지만 그간에 북한의 집요한 적화전략과 통일전선전술에 남한은 잠식되고 말았다.그간의 좌파정권 10년간은 김정일에 헨드링 당하면서 민족, 자주, 통일이리는 감언이설에 속고 말았으며 통일이라는 미명하에 국민들을 현혹시켰다.

오늘날 대한미국 정부의 입법,사법,행정 을 좌파 친북세력이 장악한 상태가 아닌가 심히 걱정이 될 정도이다. 사법부만이라도 대한민국의 보루가 되어야 할터인데 사법부가 흔들리면 대한민국은 희망이 없게 된다. 좌파세력의 범법행위를 무죄로 풀어준다든가 보석조치를 해주고, 형을 경감해서 집행유예로 풀어주면 그들은 활개를 치고 반국가적 이적행위를 자행하게 된다는 것이다.

대한민국 헌법을 수호하고 국권을 회복하기 위해서는 사법부가 쇄신되고 검찰의 기능이 강화되어야 한다. 특히 변호사들의 역할이 중요한데 변호사들도 보수와 진보로 양분된 상태에서 국민들의 시선을 어리둥절하게 하고 있는 현실이다.

이명박 정부가 과감하게 죄파세력을 척결하지 못하면 시위대의 촛불은 청와대 창문에 계속 비칠것이며 치안을 책임지고 있는 경찰들은 수모를 당하게 될것이다.

대한민국 건국 60주년을 맞이하여 대한민국의 판사.검찰,변호사들이 이데올로기적 혼돈의 소용돌이에서 탈피해야 한다.

군부대에 불온서적, 반입금지는 타당한 조치이다

(2008년 8월 2일)

국방부 관계자는 7월31일 "이상희 장관 지시에 의해 불온서적의 군부대에 반입 차단대책을 강구하고 있다"면서 지난 "22일께 육.해.공군에 불온서적 반입대책을 마련하도록 하라는 공문이 하달됐다"고 밝혔다는 것이다.

이에 따라 각군은 8월 8일까지 불온서적 반입실태를 점검해 11일까지 결과를 취합,국방부에 보고할 계획인것으로 알려졌다.

국방부는 각군에 하달한 공문에서 "불온서적 무단 반입시 장병의 정신전력에 저해요소가 될수 있어 수거를 지시하니 적극 시행하라"며 북한 찬양.반정부.반미.반자본주의 등 세 분야로 나눈 23권의 "불온서적"의 목록이 첨부자료에 명기되어 있다고 한다.

이 목록에는 소설가 현기영씨의 소설 "지상에 숟가락 하나"와 영국의 케임브리지대학 장하준 교수의 "나쁜 사마리아인들"이란 책은 베스트셀러로 10만부가 팔렸으나 반미,반정부"색채가 있는 도서로 분류됐다는 것이다. 그리고 민속학자 주강연씨의 "북한의 우리식 문화", 세계적인 석학 노엄 촘스키의 "507년 정복은 계속된다"등의 서적이 포함되어 있다고 한다.

국방부가 북한 찬양도서로 지목한 현기영씨의 장편 소설 "지상에 숟가락 하나"는 2003년 한 프로그렘 책 소개에서 권장 도서로 뽑혀 수십만부가 팔렸다고 한다. 또한 대학 교양도서로도 널리 읽히고 있는 주강연씨의 "북한의 우리식 문화"는 북한 찬양서적에 포함되었다고 한다.

이들 서적을 불온서적으로 분류한데 대해 국방부 관계자는 "한총련에서 군대에 책 보내기 운동을 계획하고 있다는 첩보를 입수했다"면서 이 단체에서 보내려고 한 도서목록을 압수해 국방부에서 재분류한 것이라 고 해명했다는 것이다.

이러한 국방부의 조치에 대해 8월 1일자 중앙일보 사설에 "국방부의 유치한 독서통제"라는 제목으로 비판의 기사를 썼다. 나는 이 사설을 읽으며 대단히 의아스럽게 생각했다.

그 비판 기사 요지의 내용은 이렇다. " 대한민국 국방부의 수준이 고작 이정도인가 불온서적의 군내 반입 차단과 수거를 지시한 국방부의 조치를 보면 이런 생각을 떨칠수가 없다. "불온서적이라는 개념을 끄집어낸 것 부터가 시대착오적 발상인데 다가 선정기준 또한 납득할수 없기 때문이다." 라고 비판했고 국가보안법 등 실정법에 위반되지 않은 서적은 누구나 읽을 권리가 있다. 혹시 그런 서적으로 장병의 의식이 해이해 질수 있다면 그것 은 정훈교육으로 해결해야 할 문제이다. 이런 책은 "소지하지도 읽지도 말 라"는 식으로 강요하는 것은 독제시대의 발상이다. 또한 '어느 조직이건 통 제보다는 자율 이 더 큰 힘을 발휘할수 있는 법이다. 따라서 이번 일도 금 지 일변도 보다는 양서를 더 많이 제공한 후 장병들 자율에 맡겨야 온당하 다고 본다. 국방부는 이번 조치를 즉각 철회하고 국가보안법상 이적성 있는 서적만 규제하라"고 명령적 강력한 메시지를 담고 있다.

이 비판 사설 기사를 읽고 중앙일보가 과연 보수의 정론지라고 할수 있 겠는지 심히 우려할 수 밖에 없었다. 이 사설에서 국방부의 이번조치를 즉 각 철회하라고 주장했다.

필자도 언론의 자유가 있으니 한마디 하고자 한다. 중앙일보 8월1일자 " 국방부의 유치한 독서 통제"라는 제목의 사설을 "정정보도를 통해서 즉각 삭제하라".는 요청을 하고자 한다. 그리고 국방부 장관의 군부대에 불온서 적의 반입을 장병들에게 차단 조치한 사실에 공감하는 나의 주장 몇가지를 제시하고자 한다.

첫째, 국방부의 불온서적의 군부대에 반입차단, 독서금지의 대책은 너무 나도 당연하고 적절한 조치이다. 오히려 좌파정권 10년간에 주적개념도 살 아진 상태에서 늦은 감이 있다고 생각된다.

한반도에서 전쟁은 종식되지 않았고 정전협정에 의한 휴전의 상황이 계 속되고 있을 뿐이다. 북한은 6. 25남침에 실패한 후 반세기가 지난 오늘날 까지 그들의 집요한 적화전략과 통일전선전술은 남한에 직간접적으로 작용되어 그들이 바라는 수준의 만조상태에 이르렀으며 감나무에 홍시감 처럼 빨갛게 익어져 있지 않은가? 그간 촛불집회가 순수성을 상실하여 공권력을 짓밟으며 좌파조직의 조종, 통제하에 이명박 정부를 전복하려 획책하고 있다. 더욱 좌파정권을 상실한 친북세력들이 반미, 반정부, 반국가 세력을 선동, 조율하는 삼박자 이적행위를 자행하고 있는 시대상황인 것이다. 특히 군내부에 침투될 좌파세력은 군 입대전에 의식화되는 경우와 병영생활을 틈타서 불온서적으로 의식화시키는 경우일 것이다. 그래서 불온서적의 반입금지는 너무나도 당연한 조치인 것이다.

둘째, 북한이 핵보유를 하고 대량살상무기를 가지고 계속 위협하고 있는데도 국민들은 안보적 위기를 위기로 알지 못하는 안보불감증에 빠져 있다. 더욱 젊은 청년들이 반미, 친북세력의 왜곡, 선동, 기만 등의 통일전선 전술에 속고 있다는 것이다. 그러나 국군 장병들은 국토방위의 최일선에 있기 때문에 이념적으로 무장하는 것이 선결 요건이다. 모든 전쟁에 있어서 유형적인 하드파워의 무기, 장비, 병력등의 가시적 군사전력보다도 무형적인 불가시적 쏘프트 파워인 정신전력이 우선되어야만 전쟁에 승리하게 된다.. 장병들의 정신적 필승의 신념은 이념적 가치의 결집에서 통합적으로 발휘되는 힘이다. 그러나 불온서적에 의해 장병들이 이념적으로 좌경적 의식화에 오염될수 있기 때문에 군부대에 반입을 차단하고, 독서를 금지하는 것은 타당한 조치이다.

셋째, 전장에서 총구를 지향하고 방아쇠를 당기려는 적을 적이라고 인식하지 못하는 군인은 백전백패하고 만다. 이명박 정부의 국방부 국방백서에 주적개념을 분명히 해야 한다. 기독교 목사가 사탄을 대적하지 말고 사탄을 사랑하고 용서하라고 설교한다면 어찌되겠는가! 오직 사탄을 비호하는 말세에 나타날 거짓 선지자일 뿐이다.

북한의 무고한 동포는 사랑하되 김정일을 비롯한 인민군은 미워하고 싸워 이겨야 한다. 북한의 인민군만이 적이 아니라 아군의 병영내에 침투한 적은 불온서적에 의해 사상과 이념이 좌경화 될 경우 이적행위를 할수 있으며 아군이 적군으로 돌변할수도 있는 것이다. 장병들 가운데 사병들은 감수성이 예민하고 이데올로기에 대한 전문적인 지식과 비판 능력이 부족하기 때문에 불온서적은 몰핀 주사가 될수 있기 때문에 반듯이 차단 되어야 한다.

넷째, 군대조직의 특수성을 고려하지 못하면 자율을 강조하고 통제를 외면하게 된다. 군대는 장병의 인권이 보장되는 가운데 통제체제가 확고하고 철저해야 한다. 전장에서 지휘관이 포화가 빗발치는데 공격하라는 명령을 내렸는데 장병들이 목숨이 아까워서 공격 못하겠다면 어떻게 되겠는가? 공격명령에 절대 복종해야 하는것이 전장에서의 군인의 기본 자세이다. 정신전력은 전평시를 막론하고 지휘관과 뜻을 같이 하는 것이다. 장병들의 자율은 평시에는 어느정도 보장될수 있지만 전시에는 자율 자체가 허용될 수가 없다. 장병들에게 불온서적의 반입과 독서를 자율에 맡긴다는 것은 어불성설이다. 그렇지 않아도 군에 입대하기 전에 전교조에 의해 국가관과 역사관에 회의적 태도와 이념적 갈등이 있었을 것인데 불온서적은 사병들에게 좌경화에 좋은 보약이 될수 있기 때문에 불온서적의 내용에 단 몇줄이라도 좌경적 성향의 기록이 있다면 독서금지 도서로 분류하고 반입을 차단하는 것이 마땅하다.

다섯째, 서울의 대형 서점에서 불온서적을 많이 볼수있다. 국방부가 23개 서적에 대해 "불온서적" 판정을 내리고 군부대 내에서 "금서조치"를 내렸다는 소식이 전해지면서 오히려 이들 책의 판매가 늘고 있다는 것이다. 일부 온라인서점은 "국방부 선정 불온서적 코너"를 만드는 등 역발상 마케팅도 등장했다고 한다. 이러한 불온서적이 국민정서에 끼치는 해독의 영향은 엄청나게 파급의 효과를 보이게 된다.

군부대에 불온서적의 반입이 통제되고 독서를 금지시킬수는 있지만 서점에서 판매되고 있는 불온서적은 판매금지 조치를 할수가 없다. 오직 독자들의 자율성에 맡길수 밖에 없다. 그러나 국가의 정체성과 정통성을 유지하려면 보안법에 저촉되는 모든 서적의 저자를 국민들이 알아야 하고 서점의 불온서적 판매를 단속해야 할것이다. 헌법에 보장된 언론, 출판의 자유는 보안법에 저촉되지 않는 범위내에서 자유와 권리를 누려야 한다.

끝으로, 언론에서 과거 군사정권의 독제체제를 거론하며 국방부의 타당

한 조치를 시대착오적 발상이며 유치한 금서조치라는 비판은 국가 안보를
고려할 때 긍정적으로 받아 드리기 어렵다. 국방부의 현명한 조치를 헐뜯고
매도하는것은 망국적 소행이라고 힘주어 말하고 싶다.

그간 좌경세력들이 보안법 철폐를 비롯하여 4대악법을 끈질기게 주장해
온 배경에는 언론, 출판, 집회, 결사 등의 유리한 좌경화조건을 아전인수격
으로 쟁취하기 위한 투쟁이었다는 사실을 간과해서는 안될 것이다.

인체의 오장육부에 어느 한곳이든 암에 걸렸다면 조기 진단으로 발견하
여 수술 또는 약물요법으로 치료를 받아야 생명을 구할수 있다. 더욱 중요
한 것은 암에 걸리지 않도록 대비하는 것이 건강관리의 현명한 대책일 것이
다. 국가를 전복하려는 암적 좌파 이데올로기는 철저하게 차단하고 봉쇄하
는 것이 국가 정체성과 정통성을 유지하며 대한민국을 사수하는 첩경이 된
다는 것을 국민들은 재인식해야 한다. 애국시민들은 촛불집회의 현장에서
광란하는 모습을 바라 보며 우국충정의 차원에서 총궐기해야 할 절박한 시
점에 봉착해 있다는 사실을 천명하며 두서 없는 난필을 각필하고자 한다.

손학규 "대표 퇴임 일성"을 주목해 본다

(2008년 7월 7일)

손학규 민주당 전 대표가 6일 전당대회를 끝으로 대표직에서 물러났다. 지난 1월11일 취임 이후 6개월 만에 평당원으로 돌아간 셈이다.

퇴임 일성(一聲)은 '등원론'이었다. 그는 이날 올림픽 체조경기장에서 열린 전당대회에서 "이제 정정당당하게 국회에 들어가 따질 것은 따지고 고칠 것은 고쳐야 한다."며 국회 등원을 주장했다.

손 전 대표는 한·미 자유무역협정(FTA)에 대해서도 "18대 국회에서 자신을 갖고 처리해야 할 것"이라며 "국민의 뜻을 능동적으로 받들어 실천하는 야당이 돼야 한다. 국회의원의 책임과 권한을 적극 행사하는 야당이 돼야 한다."며 FTA협정을 국회에서 비준해야 한다는 자신의 소신을 끝내 굽히지 않았다.

그는 이날 향후 거취와 관련해 "이제 대한민국 한 사람으로 국민 여러분 곁으로 돌아간다."며 "국민과 함께 생활하고 국민의 뜻을 가슴에 담겠다."고 말했다.

손학규 통합민주당 전 대표의 퇴임은 정치인의 과욕에서 빚어진 말로를 분명히 보여 주고 있다. 한나라당에서 뛰쳐 나갈때 부터 국민들의 시선은 곱지 않았다.

수원의 팔달산 산록에 위치한 경기도청의 주인이었던 세사람의 도지사들의 말로가 공통점이 있다. 즉 이인제, 임창열, 손학규는 국민들의 관심에 촛점이 집중 되었지만 결국 지나친 욕심 때문에 패배의 쓴잔을 마셨다. 그 가운데 패가 망신살에 덮친 전 경기도지사도 있었다.

나는 팔달산을 오르내릴때 마다 도청건물을 굽어 내려다 보게 된다.. 혹시라도 풍수지리 전문가들이 바라 본다면 도청자리가 도백(道伯)의 장래에 좋지 않다는 평가를 내릴수 있을런지도 모르겠다. 괜히 기우(杞憂)에 불과한 생각을 해본 것이다.

정치인은 정치적 지조가 있어야 할 것이다. 청소도구의 걸레처럼 여기저기 찾아 다니며 쓸고 다니는 정치행각을 하면 결국 쓸모없이 되어 쓰레기통에 버림을 받게 될 것이다.

정치지도자들은 정치적 지조를 지키고 국민들로 부터 신뢰를 받을수 있는 도덕적 인격을 먼저 갖춰야 할 것이다. 대한민국의 정치 풍토에서 철새 정치인, 칠면조 정치인, 카말레온 정치인이라는 용어가 하루 속히 살아졌으면 좋겠다

이명박 대통령 취임식을 별견(瞥見)한다

(2008년 2월 25일)

제17대 대통령취임식에 5만명이 운집한 가운데
역사의 새로운 장을 펼쳐 이명박 시대가 열렸다

역대대통령과 외국원수와 사절들이 많이 참석하여
식장은 국내외 귀빈과 국민들로 파도를 이루었다.

좌파정권을 청산한 승리의 함성이 하늘에 치솟고
여의도의 국회의사당을 환호속에 뒤흔들어 놓았다

국민들은 이명박을 선택하여 대통령으로 세웠으며
이명박 대통령은 섬기는 낮은 자세를 강조하였다.

대통령 취임식에서 천명한 국민과의 모든 약속을
철저히 준수하고 신뢰성을 반듯이 견지해야 한다.

역대 정권의 실정(失政)을 반면교사로 교훈삼아
국가의 정통성과 정체성을 확고히 회복해야 한다.

대한민국이 헌법에 기초한 법치국가로 변화되어서
자유민주주의 시장경제체제로 발전이 되어야 한다.

한미 동맹관계가 회복되고 한반도 주변국가들과의
외교강화로 국가안보와 선진경제를 이룩해야 한다.

대북지원의 햇볕정책은 실용적 차원으로 수정하여
통일정책과 남북관계는 종북에서 탈피되어야 한다

정당정치의 기본질서 확립을 위해 당적의 변경은
탈당후 6개월내에 타당에 입당이 불가해야 한다.

전반으로 만연된 물질만능의 국민의식을 쇄신하며
망국적 금권정치(Plutocracy)는 근절되어야 한다.

빈부의 격차를 좁혀서 계층간의 갈등을 청산하며
복지우선의 정책을 세워 사회를 안정시켜야 한다.

교육정책은 정권이 바뀔때 마다 빚어진 혼선으로
물의가 없도록 백년대계의 정책을 수립해야 한다

참신한 인물을 새부대에 새포도주를 담듯이 하여
지연, 학연, 혈연을 타파해 인재를 등용해야 한다.

권력형 정경유착의 악순환을 답습치 않도록 하며
공직자들의 부정부패를 근본적으로 척결해야 한다

대통령의 고유 권한인 사면의 남용을 억제하면서
권력형 친인척 부정부패의 온상을 제거해야 한다.

정치적 보복은 용납되지 않지만 좌경 친북세력의
척결은 불가피하며 보안법 폐지는 막아야만 한다.

경부운하건설등 주요 공약사업은 여론을 수렴하여
부르도자식으로 밀어부친다는 오해가 없어야 한다

취임사에서 제시된 모든 약속은 단계적 실천으로
실질적 公約이 추진되어 空約이 되지않아야 한다.

모든 일에는 시작이 중요하지만 더 중요한 것은
마지막이다. 이명박 정권 5년의 결산이 중요하다

2007년도

김정일에게 6. 25남침전쟁의 책임을 물어야 한다

(2007년 12월 31일)

1, 일본 후쿠다 총리가 중국 대학강연에서 사죄를 했다.

후쿠다 야스오(福田康夫 · 사진) 일본 총리는 2007년 12월28일 베이징 (北京) 대학 강연에서 2차대전 시기의 일본의 전쟁 책임에 대해 일본 총리로서는 처음으로 중국 젊은이들에게 직접 사과했다. 후쿠다 총리는 중국 CCTV를 통해 전국에 생중계된 베이징대 옌위안(燕園) 강연에서 800여명의 베이징대 학생들에게 "불행했던 시기에 대해서는 우리(일본)에게 책임이 있으며, 조금도 가감 없이 밝힐 의무가 우리에게 있다"고 말하고, "나는 우리가 우리의 착오에 대해 반성을 해야 한다고 생각한다"고 밝혔다. 그는 또 "용감하고 분명하게 반성을 해야, 앞으로 착오를 되풀이 하지 않을 수 있다"고 했다.

후쿠다 총리는 이같은 역사에 대한 반성이 앞으로의 중 · 일 관계를 열어 나가기 위한 것이라고 강조하고, "일 · 중 평화조약 체결 30년을 맞는 2008년은 두 나라 관계가 비약적으로 발전하는 원년(元年)이 될 것"이라고 말했다.

후쿠다 총리는 이날 오전 원자바오 총리와의 회담 후 가진 기자회견에서 ▲내년 봄 후진타오(胡錦濤) 국가주석이 일본을 방문하기로 합의하고 ▲양국간 분쟁이 있는 동중국해의 천연가스 채굴 문제에 대해서는 "조기에 해결하기로 인식을 같이했다"고 밝혔다. (조선일보 기사, 2007. 12. 29)

2, 김정일에게 6. 25남침 전쟁에 대한 책임을 물어야 한다.

1945년 8월15일 일본이 항복하여 제2차 세계대전이 종식되었다. 전쟁이 끝난지 62년 만에 2차대전 시기의 전쟁 책임에 대한 일본 후쿠다 총리가 사과를 한 것이다.

그러나 2차 대전이 종식된 후 10년 뒤에 분단된 한반도에서 북한 김일성은 동족간에 남침전쟁을 도발하여 2백5십만명 이상의 인명 피해가 있었고 국토와 도시를 초토화 시켰다. 더욱 10만의 고아와 1천만명의 이산가족의 마음에 상처는 아직도 아물지 않고 있다. 그런데도 김정일은 6. 25남침전쟁의 책임은 고사하고 반성이 없이 뻔뻔스럽게 적화의 야욕에 광분하며 연방제 통일을 획책해 왔다.

더욱 가증스러운 것은 김정일에게 동조한 김대중, 노무현 좌파정부 10년의 친북 햇볕정책으로 김정일의 한반도 적화전략에 활력을 더해 주었고 반미 친북세력의 발호(跋扈)에 의해 국가 안보는 위기에 봉착하게 되었다. 그래서 대한민국의 정체성과 정통성은 완전히 상실되었고 김대중, 노무현은 김정일의 수중에 헨드링을 당하고 말았다.

금년 12월 19일 이명박 후보의 대통령 당선은 좌파정권을 청산하게 되는 역사적 전환점을 마련한 것이다

이명박 정권은 대북정책에 상호주의를 전제로 하여 북한 일변도의 요구에 의한 끌려 다니는 정책은 과감하게 배제되어야 한다.

특히 한반도의 전쟁종식 선언에 선행하여 김정일에게 6. 25남침전쟁의 책임을 물어야 하며 반성과 사과를 전제조건으로 제시되어야 한다.

김정일이 핵무기와 미사일을 보유하고 대량살상무기를 가지고 위협을 할지라도 핵무기 이상의 위력을 발휘할수 있는 국제적 정치, 외교, 경제, 국방의 전방위 국제협력에 의한 각종 국제링크의 힘을 견지해야 한다. 아울러 국민적 총화 안보태세 확립과 국태민안의 초석위에 선진경제의 국가발전이 수반되어야 한다.

민주주의의 바로미터는
공명선거에 있다
(3. 15부정선거에서 12. 12사태까지)

(2007년 12월 12일)

1948년 8월15일 대한민국 정부가 수립되어 이승만 박사가 초대 대통령이 되었다. 제17대 대통령은 2008년 8월15일 광복절 행사와 함께 정부수립 60주년이 되는 역사적인 기념행사를 하게 될 것이다.

오늘은 12. 12사태가 일어 난지 28주년이 되는 역사적으로 기억되는 날이다. 제17대 대통령 선거일을 1주일 앞두고 있는 시점에서 3. 15 부정선거로 얼룩진 역사적 비극의 사실을 비롯하여 12. 12사태 까지의역사적 배경을 살펴보며 교훈으로 삼고자 한다.

이승만 자유당 정권은 장기집권을 위하여 헌법상 대통령이 3선을 할 수 없는 제한을 철폐하기 위해 사사오입개헌(四捨五入改憲)이라는 개헌안을 통과시켰다. 그후 장기집권의 정치적 혼란이 계속되는 가운데 1960년 3월 15일 대통령과 부통령선거에서 집권여당인 자유당 후보로 나온 이승만 후보(대통령)와 이기붕 후보(부통령)를 당선시키기 위해 엄청난 부정선거를 통해서 두 사람이 당선되었다.

그 당시 마산에서 부정선거 규탄 데모가 처음 시작 되었고 1960년 3월 3.15 부정선거 규탄 시위 참가 후 실종 된 김주열 학생(마산상고, 남원출신)이 4월11일 최루탄이 눈에 박힌 채 마산 앞바다에서 시신이 발견되자 이 사건이 기폭제가 되어 서울을 비롯한 전국에서 학생, 일반시민들이 부정선거 다시 하라는 데모가 파도처럼 거세게 확산 되었다. 이러한 사태의 수습을 위해 동원된 경찰이 데모대를 향해 총을 쏘아 백 수십명이 죽고 또 많은 부상자가 발생했다. 이 날이 그해 4월 19일 의거일이다.

국민의 저항이 더욱 거세지자 이승만 대통령은 대통령직을 물러나 하와

이로 망명했고 이기붕은 그의 처와 두 아들이 함께 자살함으로서 사태는 일단 끝났다.

허정씨가 과도정부 수반이 되어 헌법을 고치고 그해 7월 29일 선거를 실시하여 새로운 정부가 세워졌다. 새 정부는 윤보선 대통령, 장면 국무총리의 내각책임제로 출범하여 국무총리가 실질적인 국정을 운용했다. 이 4.19는 독재정권과 부정선거를 규탄하고 민주정부를 세운 혁명적 의거였다.

이승만 초대 대통령의 뒤를 이은 윤보선은 4. 19혁명으로 대통령이 되었으나 집권 다음해인 1961년 박정희 소장이 주도한 5.16군사혁명(구테타)으로 인하여 거의 2년 동안이나 윤보선 대통령은 실질적인 대통령직을 수행할 수가 없었다. 박정희 장군에 의한 5. 16군사혁명(구테타)은 "과거의 방종, 무질서, 타성, 편의주의의 낡은 껍질에서 탈피하여, 일체의 구악을 뿌리 뽑고 새로운 민족적 활로를 개척할 계기를 마련한 것이다."

한국 근대화를 위한 정치·사회·도덕 혁명의 시발점으로 1961년 5·16군사혁명(구테타)을 평가한 이 글은 놀랍게도 박정희 전 대통령 집권 시절 끊임없이 대립각을 세워온 장준하(1918~1975)씨가 쿠데타 발발 열흘 뒤 발간된 '사상계' 6월호에 게재한 권두언이다.

오늘날 대한민국의 정국은 5. 16군사혁명명(구테타)직전의 정국에 비교한다면 부정부패와 정치적 혼란은 그 당시와 다를바 없다는 시각이다.

그래서 항간에 뜻있는 사람은 농담으로 박정희 보다 더 강한 카리스마가 있는 통치자가 출현해야 한다고 역설한다.

박정희 장군은 1961년 군사혁명(구테타)를 통해 집권한 이후 1978년 12월 27일 제9대 대통령으로 취임한 박정희(朴正熙)는 이듬해 야당의 유신개헌 반대투쟁과 부마사태(釜馬事態) 등 혼란 상황이 거듭되자 비상계엄을 발동하고 혼란 수습에 힘쓰던 중 1979년 10월 26일 저녁 중앙정보부(지금의 국가정보원) 부장 김재규(金載圭)에 의해 시해를 당해 18년간의 박정희 장기집권시대가 막을 내렸다.

이에 따라 "대통령이 궐위되어 최규하 국무총리가 법률에 의거 그 권한을 대행"하다가 유신헌법 제48조의 규정에 따라 당시 통일주체국민회의 의장 권한대행인 국무총리 최규하(崔圭夏)가 단일 대통령 후보로 등록했다.

선거 방식은 제9대 대통령선거와 마찬가지로 통일주체국민회의에 의한 간접선거제도를 채택했다.

1979년 12월 6일 장충체육관에서 진행된 제10대 대통령선거에서 단일후보인 최규하는 재적의원 2,560명 중 2,549명이 출석한 가운데 제10대 대통령으로 당선되어 같은 해 12월 27일 취임했다.

그 당시 군부세력이 대단히 강해서 최규하 대통령은 사실상의 실권이 없었다. 그때에 최규하 대통령과 정승화 육군참모총장 중심의 군부세력이 신군부세력의 수장인 전두환 보안사령관(현, 기무사령관)을 제거하려고 국회소집 일자를 12월13일로 예정하자 하루 전날인 12.12 쿠테타를 일으켰다. 그리하여 신군부세력에 의해 정승화 육군참모총장의 군부세력을 축출하는데 성공하여 군부세력을 완전히 장악한 뒤에 최규하 대통령이 계엄령을 선포토록 하여 김대중을 포함한 국회의원 다수를 잡아들인 뒤 계엄을 확대 실시했다.

그 다음해인 1980년 5.18광주항쟁이 발발할 당시 계엄사령관은 전두환 장군이 아니고 이희성 대장이었지만 5.18무력진압은 최규하 대통령 승인하에 벌어진 사건으로 사실상 전두환 장군이 정점이 되어 5. 18광주시민 의거 사건과 관련한 무력진압에 직접적인 영향력을 행사했다. 이 광주사태 진압의 성공으로 전두환 장군이 집권하는 계기가 되어 최규하 대통령은 재임 8개월 만인 1980년 8월 16일 특별성명을 발표하고 사임했다.

이상과 같이 3. 15 부정선거로부터 12. 12사태의 결과를 살펴 보면 그들 정치지도자들의 오욕(汚辱)은 씻을수가 없다. 군사적 물리력에 의해 정권을 장악한 박정희, 전두환 정권 이후 민선에 의한 노태우, 김영삼 정권을 거쳐 김대중, 노무현 좌파정권의 10년이 저물고 있다. 전두환 정권 이후 부정선거로 당선된 대통령은 없다. 그러나 노무현 대통령 당선에 있어서 전자개표기를 사용하여 부정개표를 했다는 일부 주장이 있다. 그러나 부정개표에 대한 충분한 물증이 없어 규명되지 않고 있다.

금년 12월19일 제17대 대통령 선거와 내년 4월의 총선에서 전자개표기를 사용하게 될 것이다. 그러나 전자개표를 하면서 부분 부분 무작위로 전자개표 결과에 대해서 수작업으로 개표의 집계를 확인하는 제도가 마련되기를 바란다. 전자개표기에 의한 부정개표의 의혹을 씻어야 한다.

대한민국 건국초기부터 금권선거와 부정선거는 헌정사에 부끄러운 역사의 기록으로 얼룩져 있다. 그간 부정선거의 발전과정을 살펴보며 맺고자 한다.

건국 초기에 국민들의 문화수준이 낮고 문맹자가 많아 후보자들의 자질과 능력을 판단할 능력이 없었다. 대통령과 국회의원 입후보자 순번기호를 작대기 몇 개로 식별했던 시대에 고무신과 막걸리에 의한 매표행위가 빈번했고 대리투표가 예사로 자행되었다. 그후에 조직화 되어 돈봉투와 향응이 판쳤고 지연, 혈연, 학연에 의해 당선이 결정되었다. 오늘날 정보화시대에 메스미디어와 인터넷은 선거에 결정적인 역할을 하며 네거티브의 대결과 홍보는 국민들을 짜증나게 하고 있다. 최근 여론조사 기관의 여론조사결과에 국민들의 심리가 작용되는 선거풍토로 변화되었다.

모든 선거는 첫째, 인물중심의 비교평가를 바르게 해야 한다. 둘째, 제시된 주요 정책을 정확하게 비교분석해야 한다. 그러나 금번 대선은 BBK사건으로 압축되고 혼란으로 일관된 선거가 될것 같아 심히 안타깝다.

그간의 역사적인 각종 구테타나 부정선거에 의한 정권장악의 악순환은 이제 완전히 청산되어야 한다. 오직 민주주의의 바로미터는 유권자들의 올바른 판단에 의한 공명선거에 있다는 사실이다.

YS, DJ, JP의 정치훈수는
애국인가 노욕인가?

(2007년 12월 6일)

필자의 인터넷 블로그에 지난 11월24일 "韓半島에 4김時代가 完全히 淸算되어야 평화가 온다"(金泳三, 金大中, 金鐘泌, 金正日)라는 제목으로 소회를 기술한 적이 있다. 그 4김 가운데 김종필 전 총재에 관해서는 구체적으로 기술하지 않았다. 그러나 김종필 전 총재는 12월6일 이명박 한나라당 후보의 방문을 받고 입당원서에 서명한 후 이명박 후보 지지를 선언했다.

김종필 전 총재를 국민들은 어떻게 바라볼 것인가. 진정 국가를 생각하는 우국의 자세인지 그렇지 않으면 노욕의 추태인지를 판단하기 어렵다. 그래서 그의 행적을 살펴보기로 한다.

한국의 정치발전사에 3김시대는 김종필 시대의 청산으로 막을 내렸다. JP는 충청도 지역주의에 기반을 두고 맹주의 역할을 했다. 그러나 능력은 있었는데도 기회를 놓쳐 성공하지 못한 안타까운 지도자로 평가되고 있다. 그는 1961년 5. 16군사혁명(구테타)의 주역으로 출발하여 1963년 민주공화당 창당위원장, 공화당 의장, 국무총리, 공화당 총재를 역임했으며, 1967년 공화당을 재건하여 공화당 총재를 다시 맡았다. 그리고 1990년 노태우, 김영삼과 연대한 민주자유당을 창당하여 최고위원을 맡았으나 민주계의 핵심부가 김종필 대표의 2선 퇴진을 요구하자 1995년 2월 민자당을 탈당 공화당계를 중심으로 자유민주연합을 3월30일 창당하여 총재가 되었다.

1997년 11월 "DJP후보단일화"를 통해 공동정권을 창출함으로써 2년간 공동여당으로서 권력의 한 축을 이루었다. 그러나 2000년 4월 13일 총선거에서 원내교섭단체 구성에 필요한 20석을 확보하지 못한데 이어 2004년 4월 15일 총선에서 지역구 4명의 당선자만 내는 군소정당으로 전락했다. 4 · 15총선 뒤 김종필은 총재직을 사임하고 정계은퇴를 선언했다. 그뒤 자유민주연합은 군소정당으로 있다가 2006년 4월 한나라당과 통합을 했다.

2006년 1월 국민중심당의 창당 과정에서 김학원 자민련 대표와 심대평 국민중심당 대표의 갈등으로 자민련의 대다수 당원이 국민중심당으로 이동하는 가운데 합당에 실패 했다. 그후 독자노선의 국민중심당은 현역의원 6명(공동대표 : 심대평, 신국환, 최고위원 : 이인제 의원 : 정진석, 류근찬, 김낙성)으로 약체의 군소정당이 되었다.

그래서 통합신당에 기울것으로 보였지만 심대평 공동대표가 국회의원 보권선거에서 승리하게 되자 독자노선으로 충청권 세력의 규합에 혼신의 노력을 집중하게 되었다. 그러나 국민중심당은 제17대 대통령 선거를 앞두고 국민중심당을 탈당한 두 의원중 이인제 의원은 민주당 대통령후보가 되었고, 신국환 의원은 민주당 당내 대통령 후보경선 도중에 사퇴한후 통합민주신당에 입당하여 당적을 바꿨다.

심대평 국민중심당 대통령 후보는 본선게임 중도에 대통령 후보를 사퇴하고 무소속 이회창 후보와 후보 단일화를 했다.

김종필 전 총재의 충청권 맹주의 역할에 뿌리를 두었던 정당인 자유민주연합(민자당)과 국민중심당은 국민들로부터 신뢰받기에는 너무나 약체일 뿐 아니라 김종필 전 총재는 충청도민의 불만과 원성의 대상이 되고 말았다는 것을 알아야 한다.

김종필은 육군 중령으로 예편한 신분으로 5.16군사혁명의 핵심적 주동자로써 박정희 대통령을 보필하며 장군이 되었고 총리, 국회의원, 당총제 등 두루 요직을 거치며 한국의 근대화에 큰 공을 세웠다. 그러나 1997년 대통령 선거를 앞두고 그는 대국민사기극인 DJP연합(내각제 개헌공약)을 통해 김대중 후보를 지원하여 당선시키고 다시 총리가 되었다. 이제 정치은퇴를 했으니 노욕을 벌여야 한다. 누릴것 다 누리지 않았는가 ! 말년에 국민들로부터 빈축을 받지 않도록 근신했으면 좋겠다.

북한의 혼수모어(混水摸漁)전략에 놀아나고 있다
(김양건 통일전선부장의 서울 방문을 보면서)

(2007년 12월 4일)

금년 한해가 저물어 가며 벌써 12월로 접어 들었다. 오는 19일은 제17대 대통령을 뽑는 역사적인 국민적 과업이 투표용지에 신성한 한표 한표를 붓뚜껑으로 찍어서 결정하게 된다.

이번 대선은 보수와 진보의 양대세력의 싸움이며 정권의 연장이냐, 정권의 교체냐의 양자택일을 하게 된다.

노무현 정권은 좌파정권의 연장을 위해 수단과 방법을 가리지 않고 대책을 강구하겠지만 민심은 완전히 이반되어 있고 정권교체에 국민의 70%이상이 무언의 합의를 보이고 있다.

국민의 사활을 결정할 투표일을 불과 15일을 앞두고 정치권은 여야를 막론하고 혼탁하다 못해 화약을 짊어지고 대한민국을 불구덩이로 끌고 들어가는 위기감 마저 들고 있다.

현재 위기정국에 휘말려있는 노무현 정권은 망망대해(茫茫大海)에서 태산같은 파도에 밀려 표류하고 있는듯 레임덕은 극히 고조되어 있다. 이러한 남한의 극한 상황을 주시하며 김정일은 핵무기, 미사일, 대량살상무기를 보유하고 여유 만만하게 6자회담을 유도하면서 한반도 전쟁종식과 평화공존을 내세우면서 연방제의 적화통일 기반을 구축하고 있다는 사실을 알아야 한다.

지난 11월 29일부터 12월1일까지 3일간 북한 대남공작 총본산인 노동당 통일전선부 김양건 부장이 서울을 방문했다. 이에 대해 정부는 『2007 남북정상선언의 중간 점검과 경제시설을 시찰하기 위한 방문』이라고 공식 발표를 했다.

김양건과 동행한 인물들은 최승철 통전부 부부장, 원동연 실장, 이현 참사 등 모두 대남공작의 핵심관계자들이 총동원 되었다. 이들의 방문이 정부가 공식 발표한 『경제시찰』이 아닌 「특수임무」의 공작을 위한 것이라는 의구심을 갖기에 충분하다.

김양건 방문은 노무현 재임 중 종전(終戰)선언 등 김정일에게 기사회생의 활로를 개척하는 한편 대선을 앞둔 「현지확인」 또는 「현지지도」 차원의 치밀한 음모의 공작이 아니냐는 주장이 제기되고 있다.

김양건은 서울을 방문하여 盧대통령을 비롯한 이재정 통일부장관, 김만복 국정원장의 극진한 대접을 받으며, 많은 밀담을 나눴으나 합의문이나 공동보도문은 물론 구체적 대화내용도 공개되지 않았다. 그들간의 대화내용이 알려지지 않은 밀실의 공작은 국민들을 우롱하는 대남공작의 현주소로 보아야 할 것이다. 그래서 노무현 정권은 김정일에게 인질로 잡혀 있다고 평가 받아도 변명할 여지가 없는 것이다.

통전부는 1977년 김일성 교시에 따라 만들어 졌으며, 간첩 지휘ㆍ공작, 북한 내외 친북단체 관리 등을 전담해 왔다. 남한의 대표적 친북단체인 조국통일범민족연합(범민련), 조국통일범민족청년학생연합(범청학련)등도 통전부에 관련된 남한내의 친북세력임을 국민들은 알아야 한다.

현재 위기의 난국에 처하여 손자의 병법인 혼수모어(混水摸漁)를 상기하면서 위기극복의 교훈으로 삼고자 한다.

혼수모어는 물을 흐려 놓고 고기를 잡는다는 뜻이다. 즉 물을 휘저어 물고기를 정신 없이 한후 물고기를 잡는다는 말이다. 다시 말해서 상대방의 내부갈등을 격화시키거나 약점을 부채질하여 혼란을 일으키고 그로인해 지도자에게 오판에 이르게 하는 것이다. 그 오판을 기화로 승리를 쟁취하는 전략인 것이다.

북한의 혼수모어(混水摸漁)의 전략은 적화통일전략의 통일전선전술과 일맥상통하는 것이며 김대중 정권에 기반을 튼튼히 했고 노무현 정권과 여야정치인들에게 침투되어 완전히 정치적 물을 휘저어 흐려놓고 말았다. 그래서 노무현 대통령은 오판하여 김정일을 찾아가 평양에서 인민군 사열을 받았고 정상회담을 하기까지 했다.

또한 11월 27일부터 29일까지 평양에서 남북국방부장관회담의 개최와 맞물려11월 29일부터 12월1일까지 3일간 김정일의 대남공작의 총책인 노동당 통일전선부 김양건 부장이 서울을 방문하여 청와대 등 권력핵심을 종횡무진하면서, 정권교체가 불투명한 시점에 노무현 정부와 친북좌익세력에게 힘을 실어주기 위한 「현지지도」라는 지적이 무성하다.

제17대 대통령 선거에서 노무현 좌파정권과 추종세력들이 김정일의 혼수모어(混水摸漁)에 맹추처럼 놀아 난다면 정권교체는 어려울 것이며, 현실 난국을 국민들이 냉철하게 주시하며 북한의 계략과 좌파세력의 음모를 배격한다면 정권교체는 반듯이 가능할 것이다

국민들은 대통령 다운 대통령을 갈망(渴望)하고 있다

(2007년 10월 29일)

나는 내 입으로 노무현 대통령을 대통령이라고 깍듯이 불러 왔다. 왜냐하면 국민이 선택한 대한민국의 대통령이기 때문이다.

그러나 서울시청 광장을 비롯하여 보수세력의 여러 군중집회에 참석해 보면 대부분 연사들은 노무현 대통령에게 대통령이라는 호칭의 사용은 고사하고 입에 담을수 없는 폄하의 말 화살을 쏘아 뎬다. 아무리 언론의 자유가 있다 해도 국가 원수를 저토록 모독해도 되는 것인지 의심이 갈때가 많다.

그러나 노 대통령 자신의 자업자득인 것이다. 노무현 좌파정부의 5년간에 걸친 실정(失政)과 비정(秕政)에 그 원인이 있겠지만 근본적 원인은 노 대통령 자신의 인격적 권위 상실과 통치자의 자질 결핍에 있다고 본다. 그간 노무현 대통령은 국민들을 의식하지 않은 아집의 졸열한 말을 서슴치 않고 토설(吐說)해 왔다.

지난 10월27일 노대통령이 고향인 봉하마을을 찾은 것은 추석 때를 비롯해 올 들어서만 네번째로 고향을 방문했다 한다. 노대통령은 고향 봉하마을에 퇴임하면 거처할 사저(私邸)를 건축하고 있어 화제가 되고 있는 가운데 김해 주민 120여명이 참석한 간담회에서 지난 4년여에 대해 "저 스스로 흡족하다는 생각은 들지 않고 때로 잘못한 것도 있으나 나라와 국민들께 부담을 주는 큰 사고 낸 것은 없다고 생각한다"는 말을 해서 국민들의 눈살을 찌푸리게 했다.

노대통령은 역대대통령 가운데 초유의 탄핵소추를 당해 국민들에게 큰 부담을 주었고 간신이 헌재에서 구제된 대통령으로서 큰 사고를 이미 저질은 대통령으로 낙인이 찍혔다.

그런데도 대통령 자신의 입으로 군대생활하면서 사병들이 사고치는 식의 큰 사고 낸 것은 없다는 말을 할수 있단 말인가? 통치자로서 작은 사고를 예사로 생각하는 사고의 인식에 문제가 있다. 노대통령은 "남북관계만 잘되면 다른 것은 깽판쳐도 된다"는 말을 해서 국민들을 놀라게 했다. 지난 10월 2일－4일(2박3일)의 일정으로 북한에 가서 김정일을 만나 인민군의 사열을 받고 아리랑축제를 보았다. 노대통령의 임기가 불과 몇 달 남지 않았는데 김정일과 손잡고 깽판치는 큰 사고를 저지르지 않을가 걱정이지만 기우(杞憂)이기 바란다.

남아일언(男兒一言)은 중천금(重千金)이라고 했다. 대통령의 말을 무게로 측정한다면 얼마나 되겠는가? 국민들의 사활을 좌우하는 대통령의 말은 국가의 존망에 영향을 미치기 대문에 대한민국 영토의 땅덩어리의 무게와 같아야 된다고 생각한다. 환언하면 대통령일언(大統領一言)은 중천금(重千金)이 아니라 중억만금(重億萬金)이 되어야 한다는 것이다.

고사성어의 설저유부(舌底有斧)라는 말이 불연듯 떠오른다. 설저유부란 혀 밑에 도끼가 들어 있다는 말인데 혀 밑에 있는 도끼는 언어를 구사할 때의 말에 대한 경종의 교훈인 것이다.

그간에 노 대통령은 "대통령을 못해 먹겠다"는 말을 비롯하여 무책임한 말로 자신의 혀 밑의 도끼로 발등을 찍힌 사례가 너무 많았다. 그러나 발등을 찍혀도 찍힌 줄을 모르니 답답한 노릇이다. 노대통령의 말 실수를 구지 거론하고 싶지 않다. 국민들을 너무 식상하게 했고 어리둥절하게 만들었다. 차라리 "대통령 못해 먹겠다"고 말했을 때 사의를 표하고 하야했으면 얼마나 좋았겠나 싶다. 그러나 대통령 임기 5년을 끝까지 고수하며 후임 대통령 선거를 불과 2개월을 남겨놓고 있다.

세상적 항간의 속된 말로 남자는 세끝을 조심하라고 했다. 첫째는 ㅇ끝(陰亂)이요. 둘째는 손끝(賭博)이요. 셋째는 혀끝(言語)이다. 그중 세치 혀의 밑에 있는 도끼는 혀를 잘못 놀렸을 때에 말의 도끼로 남을 죽일 수도 있고 자신의 발을 찍을수도 있다는 것이다.

성경에도 언어 소통에 있어서의 혀의 가치성을 교훈해 주고 있다. 즉 혀는 능히 길드릴 사람이 없나니 쉬지 아니하는 악이요 죽이는 독이 가득한 것이다. (약3 : 8), 죽고 사는 것이 혀의 권세에 달렸나니 혀를 쓰기 좋아 하는자는 그 열매를 먹게 된다(시18 : 21), 미련한 자는 칼로 찌름같이 함부로 말 하거니와 지혜로운 자의 혀는 양약(良藥)과 같다(잠12 : 18), 마음이 사특(邪慝, viciousness)한 자는 복을 얻지 못하고 혀가 패역(悖逆, rebel-lion)한 자는 재앙에 빠진다(잠17 : 20)라고 경고해 주고 있다.

오는 12월19일 제17대 대통령 선거에서는 반미, 친북세력의 인사가 아닌 대통령 후보를 국민들이 잘 검증하여 가장 도덕적으로 고매(高邁)한 인격의 소유자인 동시에 국가관이 투철하며 사판(四判)의 身, 言, 書, 判 을 고루 갖춘 국민들에 의한 국민의 대통령이 선출되기를 간절히 갈망(渴望)한다.

한반도에 4김시대가
완전히 청산되어야 평화가 온다
(金泳三, 金大中, 金鍾泌, 金正日)

(2007년 11월 24일)

남한에는 김영삼, 김대중, 김종필의 3김시대가 막을 내리고 노무현 정권이 출범하여 5년의 임기를 마치는 시점에서 제17대 대통령 선거는 12월 19일로 임박하고 있다. 그러나 북한은 김일성의 사망으로 봉건적 세습에 의해 아들 김정일이 주체사상의 유훈정치를 내세우며 선군정치의 군사폭정인 무단정치(武斷政治)를 하고 있다.

한반도에 남한의 3김씨와 북한의 1김씨가 완전히 청산될 경우에 한반도에 평화가 정착 될 것이다.

남한에 3김씨가 이미 청산되었으나 최근에 3김씨가 등장하여 목소리를 내며 정치에 영향력을 행사하려 하고 있다. 오늘날 대한민국의 정치적 혼란은 2김씨의 주역(主役)에 1김씨의 조역(助役)으로 군사독제정권의 타도라는 명분으로 2김씨가 차례로 정권을 잡으면서 시작 되었다. 그래서 반미, 친북세력의 386세대에 의해 장악된 노무현정권의 실정(失政)에 직, 간접적인 책임이 크다는 평가를 받게 된다. 그들 3김씨는 국민들에게 석고대죄(席藁待罪)를 해야 마땅함에도 불구하고 최근에 철면피하게 강연장에 얼굴을 들어내고 있다.

첫째 김대중 전 대통령은 말년에 고종명(考終命)의 복이나 누려야 할터인데 옥사리를 면하려고 망언을 하는것 같아 안타깝다.

김 전 대통령은 지난 22일 서울 여의도 렉싱턴호텔에서 "2007 창작인포럼" 주최 강연에 참석하여 "현재 보수 세력이 큰 지지를 받고 있지만 우리가 힘을 합쳐 나가면 두려울 것이 없다"며 "보수 세력이 집권하면 민족의 운명을 좌우해 심지어 전쟁의 길로 끌고 갈 수 있다"는 주장을 해서 국민들을 아연실색케 했다.

그래도 명색이 대통령을 지낸 사람이 특정 정파, 그것도 국정실패 세력의 재집권을 위해 이런 말을 하며 범여권의 통합과 후보 단일화를 원격 조종하다가 뜻대로 안 되니까 이제는 "전쟁 난다"는 망언으로 국민을 협박하는 것이나 다름이 없다. "남조선의 한나라당이 정권을 잡으면 한반도가 전화에 휩싸일 것"이라는 북한의 주장에 장단을 맞추고 있는 셈이다.

지난 김대중 정권부터 햇볕정책에 의한 대북지원이 10년간 지속되었지만 김정일은 300만명 이상 굶겨 죽이면서 핵무기를 개발, 보유하고 대량살상무기로 남한을 위협하고 있다. 그래서 노무현 정권은 김정일에 인질로 잡혀 o 오줌을 못 가리고 있다는 비판이 무성하고 김대중, 노무현 정권은 김정일 집단의 제2중대라는 비판을 면할 수 없게 되었다.

또한 김대중 전 대통령은 "잃어버린 50년, 되찾은 10년'이라는 주제에 맞추어 "우리가 만들어낸 자랑스러운 10년이 잘못하면 위기에 처할 가능성이 있다"는 주장을 했다. 지난 10년이 잃어버린 세월인지, 되찾은 세월인지는 역사가 평가를 하겠지만 현재 국민70%이상이 정권교체를 갈망하고 있다는 사실을 외면한 처사이다. 그 저의는 "보수세력"의 집권 가능성 자체를 역사의 후퇴로 규정하고, 그것도 모자라 "보수세력" 집권의 가능성에 흠집을 내기 위해서 "전쟁"까지 들먹인 것은 지나치다 못해 치매의 증상으로 진단을 내릴수 밖에 없다.

둘째 김영삼 전 대통령은 장로의 직분을 회복하고 성경이나 많이 읽어 늦게나마 하나님의 뜻에 합한 신앙인이 되었으면 좋겠다.

김 전 대통령은 재임중 IMF사태를 초래한 대통령으로 국민들에게 고통을 안겨준 통치자이다. 그가 지난 22일 소공동 롯데호텔에서 열린 극동포럼 초청 특강에서 "이 나라 민주주의가 심각한 위기에 처해 있는데 대해 참담한 심경을 금할 수 없다"며 "자신의 무능과 잘못으로 두 번씩이나 집권의 기회를 잃게 만든 장본인이 이제는 자신이 몸담았던 정당과 후보에게 비수를 들이대고 있다"며 이 회창 후보의 출마를 비판했다.

그는 이어 "이 같은 정치적 배신과 반칙으로 한국의 민주주의는 후퇴하고 국민의 정치 불신은 더욱 깊어가고 있다"며 "정치란 정의를 실현하는 일이요 바른 명분이 생명인데, 수신(修身)도 하지 못한 사람이 어떻게 치인치국을 할 수 있으며 법과 원칙을 저버린 사람이 어떻게 감히 국민 앞에서 법과 원칙을 말할 수 있겠느냐"고 말했다.

또한 "정치도, 대통령도 그 모두가 인간이 되고 난 뒤의 일"이라며 "먼저 인간이 돼야 한다. 우리 모두 함께 "먼저 인간이 되라고 말해야 한다"고 강조했다.

김 전 대통령은 한나라당 이명박 후보 연루의혹이 제기되는 BBK 주가조작 사건에 대한 검찰 조사와 관련해서도, 자신의 재임 시절 김대중 전 대통령 대선자금 수사중단을 지시했던 사실을 거론하며 직설적으로 비판했다.

그는 "내가 대통령 재임 중 김대중 씨의 1천300억원이 넘는 천문학적 규모의 부정축재 자금 문제가 터져 나왔다. 검찰이 그 문제를 수사하게 되면 김씨 구속이 불가피할 것이고 대선을 치를 수 없는 대혼란에 빠질 것이라 판단, 검찰총장을 불러 직접 수사유보를 지시했다"며 "지금도 마찬가지"라고 지적했다.

그는 "대선이 불과 한 달도 남지 않았고 후보 등록을 눈앞에 두고 있는 이때, 이 정권이 범죄자를 데려와 국민의 압도적 지지를 받고 있는 후보를 겨냥해 검찰수사를 하고 있다"면서 "이것은 자신들에게 절대적으로 불리한 대선 판도를 뒤집어 보려는 전형적 정치공작일 뿐이며, 국민의 걷잡을 수 없는 저항에 직면할 것임을 강력히 경고한다. 이번 대선을 똑바로 치르자"고 강조했다. 이상의 김영삼 전 대통령의 주장은 국민을 무시한 망언이다.

김영삼 전 대통령은 김대중의 1천300억원이 넘는 부정축제가 터졌음에도 눈감아 주었기 때문에 대통령에 당선된 것이 아닌가? 그리고 김대중 전 대통령은 임기를 마친후 비자금 의혹이 증폭 되었다. 2006년 6월17일 김대중 비자금 구속수사, 재산환수 고발장(서석구 변호사)에 의하면 총재산이 3억6천만불이라는 천문학적 액수로 밝혀 졌다. 검찰은 사실인지 아닌지를 국민들에게 밝혀야 하고 국민이 알아야 한다. 또한 김대중의 천문학적 액수의 부정축제를 묵인한 당시 김영삼 대통령의 배임에 대한 책임은 시효가 어떻든 지금이라도 물어야 하지 않겠는가? 김영삼 전 대통령은 자승자박의 재임시의 배임행위에 대한 의혹을 폭로한 셈이다.

김영삼 전 대통령의 특강 자리에 김종필 전 자민련 총재가 참석했다는 것은 3김씨의 정서가 살아 있다는 증거의 인상을 주게 된다. 더욱 이명박 후보의 친형인 이상득 국회부의장을 앞쳐 놓고 이회창 후보를 겨냥해 "먼저 인간이 되라"고 지탄을 했다는 것은 이명박 후보를 지지하며 추켜 세우기 위한 계산된 주장인 동시에 말썽 많았던 아들 현철씨 까지 다리고 간 것은 정치에 입문시키려는 속마음이 들어난 것 같다. 이회창 후보에게 "먼저 사람이 되라"는 질책도 좋지만 기독교인은 "먼저 그리스도인이 되라"는 권고가 필요하다. 김영삼 전 대통령은 권위와 체통을 지키며 원로 장로의 신분으로 돌아가 하나님의 뜻에 합한 영적 지도자가 되었으면 좋겠다.

셋째 김정일은 먼저 핵무기를 폐기하고, 대남적화통일 전략을 포기하며, 남한 내의 반미, 친북세력에 대한 원격조종을 종식해야 한다.

북한의 김일성 주석에 이어 김정일 국방위원장 부자의 쇄국적 폐쇄주의(鎖國的 閉鎖主義)에 의한 독제정치가 반세기동안 지속되는 가운데 김정일이 핵을 보유하면서 한반도를 장악하여, 주변국 미, 중, 일, 러 등 4대강국을 상대로 전략적 흥정의 전방위 외교를 교묘히 전개하고 있다.

그간 김일성은 남침의 6. 25전쟁에 실패했지만 한반도 적화통일 망상은 죽을때 까지 버리지 않았으며 아들 김정일에게 계승되었다.

남한의 친북세력은 반세기동안 북한의 대남 적화통일전략에 개입한 간접침투(間接浸透)세력과 남한에 자생한 진보의 이념적 불만세력이 상호 결합되어 온존(溫存)하고 말았다. 그래서 김대중, 노무현 좌파정부 10년간에 남한은 보수와 진보의 남남갈등이 심화되었고 좌경화된 반미, 친북세력에게 평양, 금강산, 개성공단을 자유롭게 왕래할수 있는 길을 터 주었으며 비행기로 평양을 자유롭게 왕래 할수 있는 날개를 달아 주었다.

그간 군사정권을 타도하겠다는 대중 군중집회와 화염병, 쇠파이프가 난무한 폭력시위장 그리고 노사분쟁의 극한대립의 현장에는 반듯이 반국가세력의 중심 인물들이 존재한 사실을 주목하게 된다. 반국가세력은 북한의 적화통일전략에 동조하는 반미, 친북세력이다. 오늘날 한국 정부를 전복시키려는 친북세력이 발호(跋扈)하고 있다.

김정일 국방위원장이 핵 폐기를 위한 6자회담을 통해 정권붕괴의 위기를 극복하고 통치력이 강화되면 될수록 인질화 된 남한의 안보 위기와 불안은 증폭될 수 밖에 없다. 북한에서 핵 폐기에 병행하여 1김씨가 청산되고, 남한에서 3김씨가 완전히 청산되면 한반도에 평화의 봄이 찾아 와 북풍한설을 이겨낸 매화처럼 평화의 꽃을 피울수 있을 것이다. 제17대 대통령은 평화의 화신(花信)을 몰고 올 대통령 후보가 꼭 당선되기를 간절히 기원한다

안중근 같은 의사는 없고
이완용 같은 매국노만 우굴덴다
(안중근 의거 제98주년 10월 26일을 맞으며)

(2007년 10월 26일)

김대중, 노무현 좌파정부는 10년 간에 걸쳐 대북 포용의 햇볕정책을 전개하며 이적행위를 노골적으로 자행해 왔다. 따라서 대한민국의 정통성은 문어지고 있고 국가 안보에 위기를 초래하고 말았다.

그간 북한의 적화통일 전략과 통일전선전술에 의한 위장된 민족주의, 평화공존, 자주통일, 경제협력 등에 현혹되어 말려들은 친북세력들은 김일성, 김정일 부자의 덫에 걸리고, 김대중 전대통령은 김정일의 함정에 빠졌으며, 노무현 대통령은 수렁의 늪에 빠져 허우적거리고 있다.

그래서 김대중 전 대통령은 김정일에게 덜미를 잡혀 북한이 핵무기와 대량살상무기를 생산, 보유하는데 공범자가 되고 말았으며, 노무현 대통령은 김정일에게 인질로 잡혀 오금을 펴지 못하는 굴욕적인 자세를 보이고 있다.

오는 12월19일 대선을 앞두고 좌파정권의 연장이냐 그렇지 않으면 정권교체냐에 따른 양자택일의 긴박한 시점에 처해 있다.

남한을 송두리체 김정일에게 넘겨주는 역적행위는 절대로 용납될수 없다. 그래서 조선조말 국운이 경각에 놓여 있을 때 매국노 이완용 일당에 의해 일제 36년간의 식민지 생활이 시작된 것을 가슴 아프게 생각하며 현대판 제2의 이완용이 등장해서는 안될 것이다.

따라서 안중근 의사의 의거 제98주년 기념일을 맞이하여 안중근 의사의 생애를 살펴 보면서 애국애족의 충정을 환기하고자 한다.

안중근 의사는 1879년9월2일 황해도 해주에서 태어났다. 1894년 나이 16세 때에 동학혁명을 빙자한 지방무리들의 소요가 일어나자 안의사는 부친이 모집한 장병을 이끌고 선봉장으로 나섰다. 그해 결혼한 후 천주교에 입교하여 세례명을 도마(多默 : Thomas)라고 하였으며, 조셉 빌렘(洪錫九) 신부에게서 불어(佛語)를 배우고 서구의 새로운 지식도 넓혔다. 또한 빌렘 신부를 따라 선교활동에도 힘썼다.

그후 10년이 지나 1905년 안의사의 나이 27세 때 을사5조약이 체결된 소식을 듣고 일제의 불법침략을 세계에 알리며 구국의 길을 찾고자 상해로 건너갔으나, 부친상을 당하여 고향으로 돌아왔다. 나라는 더욱 기울어 1907년 8월, 군대 강제 해산의 참상을 보면서. 가슴에 끓는 피를 간직한 29세의 안의사는 최후의 구국 결의를 다지며 북간도를 거쳐 러시아 연해주에서 의병대열에 참여했다. 대한국 의군 참모중장 겸 특파독립대장의 직함을 가지고 무장 항일투쟁을 감행했다.

그 이듬해인 1908년 7월에는 의병 300여명을 인솔하고 두만강을 건너 함경도 육진 지역에 진군, 경흥 등지에서 일군경과 교전, 몇차례 승첩을 했다. 이듬해 초봄 연해주 크라스키노 하리 마을에서 조국독립을 위한 결사동지들과 단지동맹을 하여 단지회(斷指會)를 결성하고 회장을 맡았다. 안의사를 비롯하여 김기룡 등12인은 태극기를 펼쳐놓고 왼손 무명지 첫 관절을 각기 한 칼로 잘라내어 선혈로 '대한독립'이라 쓰고, '대한국만세'를 삼창하고 조국독립에 헌신하기로 혈맹을 맺었다.

그 얼마 후 안의사는 이등박문이 러시아의 대장대신 꼬꼬프체프와 만나 동양침략정책을 논의하려고 북만주를 시찰한다는 소식을 듣게 되었고, 이때야말로 나라와 겨레의 원수를 갚을 호기로 판단하여 우덕순과 함께 하얼빈에 갔다.

마침내 역사적인 의거일인 1909년 10월 26일 오진 9시, 삼엄한 경계망이 펼쳐져 있는 하얼빈 역두에 한국침략의 원흉인 이토히로부미가 탄 특별열차가 멎었다. 이토가 수행원을 거느리고 하차하여 앞에 군악을 울리며 도열한 의장대를 사열하고 이어 각 국 사절단 앞으로 나아가 악수를 하며 인사를 받기 시작했다. 이때 안의사는 러시아 의장대의 뒤에서 의거 기회를 노리고 있다가 이토가 10보쯤 떨어진 지점에 이르렀을 때 전광석화와 같이 권총을 꺼내들고 이등을 향하여 연발의 총탄을 쏘았다. 첫발이 이토의 가슴을 명중시켰고 제2발도 그의 흉부를 맞췄다. 또한 제3발도 그의 복부를 관통시켜 이등은 그 자리에서 쓰러졌다. 안의사는 순식간에 침략자의 응징장으로 변한 현장에 이등이 쓰러진 것을 확인하고 '대한국만세'를 3번 외치고 태연자약하게 러시아 헌병에게 포박되었다가 곧 일제 관헌에게 넘겨졌다.

안의사는 재판에서 '나는 대한국 의군 참모중장이고 특파독립대 대장으로서 조국의 독립과 동양의 평화를 위하여 적의 괴수 이등박문을 총살 응징한 것이다' 라고 밝혔다. 안의사의 이 의거는 온 겨레는 물론 중국인들도 기뻐했다. 그 보다도 안의사의 이 의거는 일본제국주의의 한국침략을 비롯하여 동양평화 파괴의 괴수를 단죄 응징한 것으로 한국근대사에서는 물론 한·중·일·러를 포함하는 동양근대사에 중요한 역사적 사건이었다.

안의사는 여순재판에서 이 이토의 죄상을 15가지 조목을 들어 낱낱이 단죄하고 침울한 감방에서『안응칠역사』라고 표제한 자서전을 기술하여 자신의 떳떳한 행적과 이등 총살의거의 뜻을 밝혔다. 이어 일인의 위약으로 미완인 채 끝난『동양평화론』을 집필하기 시작하였다. 또한 안의사는 감방에서 그의 높은 기품을 담은「國家安危勞心焦思」(국가의 안위를 걱정하고 애태운다)와「爲國獻身軍人本分」(나라 위해 몸 바침은 군인의 본분이다)등을 비롯한 수십편의 애국충정에 감동을 주는 유묵을 썼다.

일제의 잔인 무도한 재판은 1910년 2월 14일 겨우 6회 개정으로 안의사에게 사형이 선고되어 의거 후 5개월에 걸쳐 여순감방에서 온갖 고초를 겪으면서도 조금도 굽히지 않고 오히려 늠름했던 안의사는 2천만 동포에게 뼈에 사무치는 유언을 남기며 새 한복으로 갈아 입고 여순감옥에서 교수형이 집행되어 순국했다. 그 때는 1910년 3월 26일 오전 10시이고, 향년이 32세이다. 비록 육신의 일생은 그리 길지 못했으나 숭고한 애국정신은 천추에 길이 빛날 것이다.

노무현 대통령은
완전히 이성을 잃었다
(남북정상회담의 결과를 지켜보며)

(2007년 10월 13일)

김영삼(YS) 전 대통령은 2007년 10월12일 서해 북방한계선(NLL)이 '영토선'이 아니라는 노무현 대통령의 발언에 대해 "비정상도 이런 비정상이 없다"며 맹비난했다.

김 전 대통령은 이날 배포한 성명을 통해 "노무현 대통령이 완전히 이성을 잃었다"며 "서해 북방한계선이 영토개념이 아니라고 한 발언은 그 사람의 정신상태가 정상이 아님을 확인해 주고도 남는다"고 비판했다.

김 전 대통령은 "영토와 국민을 지키는 것은 대통령의 가장 막중한 임무인데, 이런 망발을 한 것은 우리나라의 엄연한 영토를 공개적으로 포기하고 독재자 김정일에게 상납하겠다는 것"이라며 "이는 명백한 이적행위로 도저히 용납할 수 없으며 국민과 역사의 준엄한 심판을 반드시 받아야 한다"고 강조했다.

그는 또 "지난번 정상회담은 완전히 실패한 회담이었다. 한반도 평화와 안전에 가장 치명적인 북한의 핵폐기 문제를 전혀 제기하지 못했기 때문"이라며 "경제협력이라는 미명의 대북 퍼주기가 결코 우리의 평화와 안전을 보장해 주지 못한다는 것을 국민은 분명히 알고있다"고 말했다.

김 전 대통령은 "공산독재 정권의 수괴 김정일을 소신있는 권력자'로 찬양해 국민을 속이려 하는 것 또한 어떤 이유로도 용서받지 못할 큰 죄악 중의 죄악"이라며 "이 모든 준동이 다가오는 대선에 남북문제를 악용하려는 교활한 의도이며, 대선판도를 뒤집어 보려는 검은 음모"라고 주장했다.

그러나 김대중 전 대통령은 역대 대통령가운데 유일하게 청화대로 초청받은 자리에서 노대통령에게 남북정상회담은 기대이상으로 성과가 좋았다고 호평의 칭찬을 했다.

초록이 동색인 김대중과 노무현은 망국적 햇볕정책의 대북포용정책으로 김정일에게 인질로 잡혀있는 상태이다. 더욱 대북 지원사업으로 핵개발에 협력한 결과를 초래하여 김정일과 함께 핵개발의 공범자로 자승자박하고 말았다.

특히 노무현 대통령의 서해 해상의 NLL이 영토선이 아니라는 발언에 김영삼 전 대통령은 격노할수 밖에 없었고, 영토를 김정일에게 상납하겠다는 이적행위라고 맹비난했으며 통치자인 노대통령의 무책임한 언동은 비정상도 이런 비정상이 없는 완전히 정신상태가 정상이 아닌 이성을 잃은 대통령으로 평가할수 밖에 없었을 것이다.

노대통령은 임기도 마치기 전에 고향 봉하마을에 거처할 아방궁을 마련하느라 일부 국고지원을 받아 건설작업이 한창이라고 한다. 얼마전 인제대학에서 노무현 기념관을 건립한다는 보도의 기사를 읽게 되어 억장이 문어져 내렸다.

과연 정신병자가 아니고서야 어찌 국민을 외면하고 무시하며 철면피하게 이런짓을 할수 있단 말인가? 삼척동자에게 물어보아도 노무현 일당은 정권이 바뀌면 손을 보아야 한다고 말할 것이다. 그래서 정권 계승을 위한 남북정상회담이라는 합작품이 만들어졌다고 본다. 이제 북풍아 불어라 우리는 순풍에 돛을 달았다고 개선장군처럼 어리석게 환호하고 있는것 같다.

노대통령만 이성을 잃고 이적행위를 하고 있는것이 아니라 이재정 통일부장관은 노대통령의 하수인중에 괴수로서 이적행위에 앞장서고 있다. 그래서 이적행위를 하면서도 법망에 걸리지 않도록 보안법을 철폐하자고 좌경 친북세력들이 줄기차게 아우성치고 있는 것이다. 조선조 말의 이완용과 추호도 다름이 없는 이재정이라고 평가한들 지나치지 않을 것이다. 북한 동포를 왜놈과 어찌 비교할수 있는냐고 역공을 하겠지만 민족은 하나라는 위장된 민족관은 김정일 졸개들의 주장일 뿐이다. 서해 해상의 NLL이 어찌 안보개념이란 말인가? 6, 25의 동족상잔은 누가 도발했으며 그 결과는 어떠했는가?

국토를 무시한 안보는 없고 안보 없는 국토는 보존될 수 없다. 정전협정으로 성립된 군사분계선의 155마일은 잠정적인 영토개념의 국경이며 안보개념의 경계선이 분명하다. 그래서 해상의 서해 NLL은 정전협정에는 명시되어 있지 않으나 서해 5도서에 연한 영해개념의 해상국경선인 동시에 국토개념이며 자동적으로 안보개념은 수반되는 것이다. 더욱 1991년 남북한이 동시에 유엔에 가입하게 되어 유엔으로부터 인정된 국경선으로 보아야 한다. 그러나 헌법제3조의 영토조항은 유효하며 궁극적인 통일의 지향적 목적이 되는 것이다.

국토를 무시한 안보개념의 NLL은 허공에서 구름잡는 어리석은 주장이며 궤변이다. 김정일은 정전협정의 당사자가 남한이 아니라는 사실을 늘 염두에 두고 있을 것이다. 그러기에 서해5도서를 유엔군사령관이 관할하도록 되어있지만 서해 5도서해역이 남한의 수역이 아니라는 생각의 김정일의 저의를 노무현은 헤아리지 못하고 있는것 같다. 서해상에 공동어로를 위해 서해 평화협력 지대를 설정하는 것은 적에게 성문을 열어주는 격이며 주한 유엔군사령부가 철수하면 자동적으로 공동어로수역을 북한 수역으로 접수하고 신속하게 수도 서울을 점령하는 동시에 유엔에서 손쓰기 전에 한반도의 적화통일 실현이 가능하다는 사실이다.

2007년 남북정상회담의 후속조치의 일환으로 국민들을 우롱하며 김정일과 노무현에게 아부하며 비위를 맞추려는 무책임한 홍보를 일삼는 일이 메스미디어를 통해 빈번히 일어나고 있다. 오직 정신상태가 비정상도 이런 비정상이 없는 완전히 이성을 잃은 노무현을 추켜올리고 김정일을 찬양하고 있다.

2007년 10월12일 KTV화면에서 2007남북정상회담 특집의 파워 특강이 있었다. 전 복지부장관을 지낸 김화중 서울보건대학원 교수는 노대통령은 체계적인 논리로 말을 잘한다며 극구칭찬을 하며 남북정상회담 결과를 감미롭게 홍보차원의 강의를 했다. 이 강의에서 "우리 김정일 국방위원장"이라는 "우리"의 호칭을 서슴치 않고 써가며 강의를 했고 앞으로 이념통일, 정치적통일이 이루어져야 하는데 어렵다고 했다. 강의를 듣고 있던 청중들은 수시로 고개를 끄덕이며 좋은 반응을 보이는것 같아 안타까워 보였다.

또한 도올 김용옥 교수는 북한에 가서 자칭 사상가라 자랑했고, 명창이 판소리를 부를때 깎아 머리에 흰 두루마기를 입고 앉아 북을 치는 모습을 볼수 있었다. 그가 KBS 1 TV에서 정상회담 결과의 홍보강의를 하면서 "위대한 김정일" "정확하게 판단을 잘하는 김정일"이라고 소개할 때 청중과 시청자들을 어리둥절하게 만들었다. 향후 지속적으로 선전매체를 통해 노무현과 김정일을 위대한 지도자로 만들려는 홍보는 수단과 방법을 가리지 않을 것이다.

오호통제라 ! 대한민국은 어찌될꼬 !

대한민국에 붉은 악마들이 최후의 발악을 할 것이다. 어둠이 빛을 완전히 덮고 있으며 악이 선을 지배하고 있는 현실을 누구도 부인할수 없을 것이다.

2007년 12월19일 대선을 앞두고 국민들에게 북풍이 몰아치고 정치적 폭풍이 엄습할 것인데 안일한 자세로 편안히 잠만 자고 있을 것인가? 모두가 팔짱끼고 남의 집 불구경하듯 하며, 뒷짐찌고 단풍의 먼산만 바라보고 있을 것인가? 우리 모두 손에 손잡고 우국의 뜻을 같이 하여 일어서야 할 긴박한 상황인 것을 절감해야 한다.

왠 금강산 관광을 위해 앞 다투고 있으며 백두산 관광에 그리 관심이 많은지 답답하다. 더욱 평양을 제집 드나들듯 하며 내통하는 세력은 간이라도 빼주고 쓸개라도 주려 앙달이지만 자기 생명이 김정일 일당에게 위협받고 있다는 사실을 모르는 어리석은 무리들이 많다. 오직 그들은 베트남 적화통일 후에 친북베트남 지도자들이 전부 숙청되었다는 사실을 교훈으로 삼아야 한다.

우리들 주변을 적이 둘러싸고 있어도 식별할 능력이 전연 없다. 안타깝기 그지 없다.

우리는 자나 깨나 대문 단속 잘하고, 담장을 넘을 붉은 살인 강도를 경계하지 않으면 우리 가족이 몰살되고 사회가 혼란하며 국가가 위태로울 것이다.

왜 서울대학교에 대한
콤플렉스가 있는 것일가?

(2007년 2월 9일)

서울대학교 폐지론이 심심치 않게 거론되고 있어 관심거리가 되고 있다.

노무현 대통령은 대통령 후보때부터 서울대학교를 거론하며 폐지를 주장해 왔다. 최근들어 도올 김용옥 순천대 석좌교수가 우리 교육의 가장 큰 문제로 지나친 대학의 서열화와 학벌패거리 의식을 거론하면서, 서울대학교 폐지를 주장하고 나서 수면 아래로 가라앉았던 "서울대 폐지론"이 또 다시 교육계의 화두로 떠올랐다.

김 교수는 2006년 11월 14일 오마이뉴스 기고를 통해 "우리나라 중고등학교의 문제는 99%가 중고등학교 자체의 문제가 아니라 대학의 문제이며 이러한 문제의 핵심에는 서울대학교라고 하는 암적 존재가 자리 잡고 있다"고 주장했다.

그는 이어 "서울대학에 못 들어갔다는 피해의식 하나로 평생을 그늘진 의식 속에서 사는 사람들이 허다하다. 따라서 이러한 문제를 해결하는 첩경은 서울대학을 없애버리는 것"이라며 "서울대학을 없애버린다는 것이 관악 캠퍼스를 폭파시킨다는 뜻이 아니다. 서울대학을 현금의 대학이 아닌 프로페셔널 스쿨의 집단인 상위개념의 대학원대학으로 승격시키자는 것이다. 다시 말해서 대학병의 핵을 보다 창조적인 국가 에너지로서 진화시키자는 것"이라고 말했다.

김 교수는 구체적인 대안으로 서울대를 대학원대학으로 만들고, 나머지 국립대학들은 지금의 서울대학교 수준의 국립대학으로 통폐합 할것을 제안했다.

그러면서 김 교수는 이러한 대학 개혁이 되지 않는 이유로 서울대학교 출신들이 보이지 않게 우리나라의 모든 체제를 장악하고 있어, 이들이 암암리에 이러한 논의 자체를 못하게 하기 때문이라고 지적했다.

김 교수는 "이러한 대학교육 체제개선에 관한 다양한 논의는 이미 선진국에서는 다 수용된 것임에도 불구하고 우리나라에서는 철저히 묵살하고 있다"고 주장했다.

서울대 폐지와 '학벌없는 사회'를 줄기차게 주장해 온 김상봉 교수도 우리교육의 원흉이 서울대로부터 비롯된다며 대학평준화를 주장하고 있다.

그는 "서울대에 부잣집 아이들이 많이 들어가는 것은 고교 평준화 때문이 아니라 서울대 학벌이 이 나라의 모든 권력을 압도적으로 독점하고 있기 때문"이라며 "서울대 출신이 장·차관의 60% 이상을 차지하는 특권을 누리고 있으니 모두가 서울대 가겠다고 경쟁하는 것이 아닌가. 이런 사회에서 사교육이 창궐하고 부잣집 아이들이 입시경쟁에서 앞서는 것은 너무도 당연한 결과"라고 분석했다.

이어 김 교수는 "그러므로 정말로 나라를 염려한다면 대학들을 독일처럼 평준화시키는 일"이라며 "그렇게 되면 자식을 특정 대학에 보내기 위해 목숨 걸지는 않을 것"이라고 강조했다.

한편, 서울대 폐지를 당론으로 하고 있는 민주노동당 송경원 정책연구원은 "현재 교육의 위기는 대학서열이며 그 정점에 서울대가 자리잡고 있다"고 말하면서 "이런 체제를 극복하기 위해 국·공립대를 통합하고 서울대를 폐지하려는 것"이라고 말했다.

노무현 대통령은 대통령 후보때 부터 오늘에 이르기까지 서울대학교 폐지론에 대한 의중은 도올 김용옥 교수의 주장과 일맥상통한 것으로 분석된다.

노 대통령은 2007년 2월 7일 경북 안동 과학대학에서 열린 2단계 국가균형발전정책 대국민 보고회에서 "장관은 어디 사는가. 서울에서 일류대학 나온 사람들 아니냐. 서울에 앉아서 서울에서 아침도 먹고, 점심도 서울에서 먹고, 저녁도 서울에서 먹고, 오페라도 서울에서 보는 사람들이 지방에 관해 무엇을 알겠느냐"며 지역 발전의 필요성을 역설했다.

노 대통령은 말문만 열면 국민들에게 자극을 주어 바늘로 찌르듯 마음의 가슴을 아프게 한다. 대통령 임기 1년을 남겨 놓고 그간 4년의 기간중에 줄 곳 무게가 없는 말, 자가당착된 내용, 작심삼일의 언동, 조변석개하는 논리 등으로 소피스트(sophist)적인 인상을 받게 되어 통치자의 권위 상실과 불신을 초래 하게 된 것이다.

그간 서울대학의 폐지론에 대한 주장의 배경을 상고해 보는 것도 의미가 있을 것 같다.

첫째, 서울대학교 출신 기용의 역사적 배경을 살핀다.

정희성 시인은 1978년에 "저문강에 삽을 씻고"란 시를 발표한 후 그의 작품이 18종이나 문학교과서에 실릴정도로 시단에서 유명한 분이다.

정희성 시인이 남긴 "누가 조국의 가는 길을 묻거든 눈을 들어 관악을 보라"는 시구(詩句)를 남겼다.

서울대학교가 관악산 기슭에 자리잡고 있기에 관악은 서울대학을 상징하고 있다. 정희승 시인이 말한바와 같이 조국의 가는 길은 과연 서울대학교를 바라보면 되는 것일가.?

서울대학교 출신의 자긍심에서 나온 시적 표현일수 있고 그렇지 않더라도 대한민국을 주도할수 있는 많은 인재를 양성하는 전당이기 때문에 그런 시상(詩想)이 표출될수 도 있을 것이다.

그간 대한민국 정부수립이후 정부관료들은 거의 서울 대학교를 비롯해 일류대학 출신이 독점을 했다. 군사정부가 들어 서면서부터 시작된 두드러진 현상은 육사출신과 서울 법대출신의 양대산맥인 두 계보에 의해 정부관료 뿐 아나라 정치판도를 석권하게 되었다. 그리하여 일류대학에서 소외된 대학 특히 지방대학 출신은 설자리가 없게 되었다. 더욱 지역편중의 인사정책은 학연(學緣)과 지연(地緣)에 의해 극심한 파벌을 형성했고 오늘날 한나라당(영남), 열린우리당－민주당(호남), 국민중심당(충청) 그리고 민노당(이념중심) 등의 정당은 조선조의 사색당쟁을 비웃는 듯 망국적 이합집산의 소용돌이 속에 혼미를 거듭하고 있다.

둘째, 대학 평준화는 과연 바람직 한것인가.

위기에 처한 대학교육의 새로운 위상과 역활을 정립하기 위해 대학평준화와 특성화 도입이 시급하다는 지적이 나왔다.

진보교육연구소 박영진 대학분과장은 2월8일 전남대학교 인문대학 소강당에서 열린 대학 서열화 철폐와 대학의 공공성 쟁취를 위한 전국대학 토론회'에서 대학위기와 개혁방안'이라는 주제발표를 통해 이같이 밝혔다.

박 분과장은 "대학의 서열화가 그동안 대학교육의 본질을 왜곡시켜 왔다"며 "평준화를 전제로 대학마다 여건에 따른 특성화를 함께 추진해 대학간 질적 격차를 해소해 나가야 한다"고 주장했다.

그는 또 "정부가 추진하고 있는 지방대학 육성방안도 지원대상으로 선정된 소수대학과 학과만 구제하게 될 것"이라며 "대학의 소재지역과 전공계열에 따라 심각한 취업률 격차를 보이는 등 부작용을 일으키는 대학서열화 해체작업이 무엇보다 우선되어야 한다"고 말했다.

범국민교육연대가 주관하고 진보교육연구소, 학벌없는 사회, 교육운동연대회의 등이 참여한 이번 토론회는 서울대와 전북대에 이어 전남대에서 세번째로 열렸다.

이러한 토론회들은 진보적 차원에서 개혁세력들이 선도적 역할을 하고 있으나 온고지신의 차원을 무시한 뿌리없는 개혁을 주장하게 되면 자칫 자가당착의 모순에 빠질 염려도 없지 않다.

이상의 서울대학교 출신 기용의 역사적 배경과 대학 평준화의 주장은 과연 바람직 한것인가를 심층적으로 고려해 보며 성찰해 볼때 과연 일종의 논쟁으로 끝나면 미래지향적으로 국가발전에 부응할수 있는 교육정책으로 발전할 수 있겠는지 심히 우려스럽다.

노무현 대통령이 고교출신이라는 열등의식을 가지고 공산주의식 하향적 평준화를 주장하는 것이라면 위험천만한 발상일수 밖에 없다. 오히려 서울대학을 정점으로 지방대학을 서울대학 수준으로 육성 발전시킬수 있는 고차원적 대학교육 발전정책의 수립, 시행이 시급하다.

그리하여 21세기의 세계화에 대처하기 위해서는 대한민국을 이끌어 갈 주역의 경쟁력있는 우수한 인재를 양성, 배출해야 한다는 것은 너무나도 절실한 현실이다.

오늘날 서울대학을 폄하하고 과거 인재기용의 문제점을 탓하기 전에 통치자, 정치인, 고위지도자, 지식인들이 학연을 타파하고 지연, 혈연 그리

고 금권만능의 후진적 악습을 청산하여 21세기의 새시대에 능력있는 참신
한 새사람들이 인정받는 국가와 사회로 바뀔수 있도록 과감한 개혁이 이루
어져야 한다.

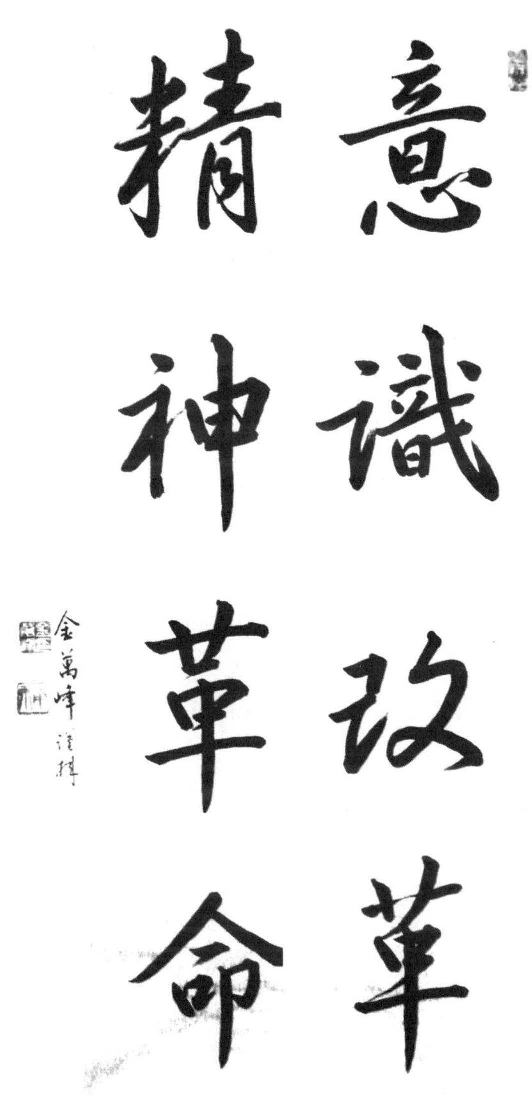

남침 6, 25전쟁의 전범자는 응징되어야 한다
(제57주년 10월 1일 국군의 날을 맞으며)

(2007년 10월 1일)

모든 전쟁은 전쟁을 도발한 침략자와 침략을 받은 피침자로 구분이 된다. 침략자는 전쟁을 통해 영토를 점령하고 주권을 빼앗아 식민지로 삼게 된다. 따라서 인류역사는 약육강식이 반복되고 전쟁의 수단과 방법이 재래전에서 현대전으로 바뀌어 과학화되고 첨단화되어 가고 있는 가운데 국지적 테러전의 위협을 종이호랑이인 핵무기보다 무서워하며 전전긍긍하고 있는 현실이다..

21세기의 장차전은 군사무력전, 정치외교전, 경제시장전, 문화종교전의 다양성이 작용되는 국경을 초월한 세계화의 전쟁이 전개되고 있으며 우주정복의 전쟁으로 발전될 전망이다.

지난 반세기전에 제2차세계대전의 종식과 더불어 한반도의 한민족(韓民族)은 일제의 강점으로부터 광복의 해방을 맞이했지만 해방과 동시에 미, 소의 강대국에 의해 한반도가 분단되고 민족이 분열되는 역사적 비운을 맞이하게 되었다.

그럼에도 남북한으로 분단되고 분열되었지만 언젠가는 전쟁의 유혈충돌 없이 통일국가를 이루어야 한다는 민족적 염원은 너무나 당연한 귀결이었다.

그러나 김일성은 1950년 6월25일 새벽 4시에 남침을 감행했고 김정일은 각종 테러를 자행 했다. 그들 부자는 전쟁과 테러의 괴수로 밖에 볼수 없다. 한국전쟁 3년1개월 기간에 동족을 포함한 유엔군과 중국군을 무수히 희생시켰으며 김정일은 동족간에 테러를 서슴치 않으며 동족의 생명을 앗아 갔다..

이러한 전쟁과 테러의 전범자들은 반세기가 넘었지만 오늘날까지 추호도 양심의 가책이나 사과는 커녕 핵무기와 대량살상무기를 만들어 남한을 볼모로 잡고 반미, 친북세력을 종용하여 남남갈등을 심화시키고 있다. 더욱 지난 10년간의 좌파정부는 햇볕정책을 내세워 대북포용정책을 전개했지만 결국 북한의 적화통일 전략과 통일전선전술에 속아 넘어갔다.

따라서 제57주년 10월1일 국군의 날을 맞이하여 한반도 분단의 배경과 6, 25전쟁의 준비와 발전과정 그리고 한국전쟁의 결과에 의한 마지막 결론 순으로 살펴보기로 한다.

첫째, 한반도 분단의 역사적 배경이다

한반도의 남북분단과 한민족(韓民族)의 분열은 지리적, 정치적 그리고 민족차원의 3단계를 거치면서 남북분단이 고착화되고 민족적 이질감이 심화되어 반세기를 훌적 넘긴 현시점에 이르고 있다.

남북분단은 제2차 세계대전이 끝난 전후처리 과정에서 미국과 소련이 일본의 무장해제를 위해 북위 38도선을 경계로 남북을 분할점령하면서 분단이 비롯되었다. 좀더 구체적으로 살펴보고자 한다.

미국이 1945년 8월6일 일본의 히로시마와 8월 9일에 나가사기에 2차에 걸쳐 원자폭탄을 투하하자 일본이 조기에 항복할 것을 예상하게 된 소련은 급히(8월 8일) 일본에 선전포고를 하고 8월10일 만주의 점령에 이어 한반도로 진격하여 8월24일 평양을 점령하게 되자 미국은 한반도 전역이 소련의 수중에 들어갈 가능성이 농후하다고 판단하게 되자 당시 오키나와 근해에 머물고 있던 미군으로서는 소련군의 한반도 전역의 점령을 막기 위한 특단의 대책이 필요했다.

그리하여 미군의 실무작업을 맡은 본스틸 과 러스크 두 육군대령이 북위 38도선을 경계로한 미국과 소련 양국의 한반도 분할점령 안의 건의를 받아드려 8월 25일 북위38도선 분할점령을 발표하고 9월 2일 일본의 항복문서가 조인됨에 다라 영, 중, 소 3국의 동의를 받아 D, 맥아더 사령관의 일반명령 제1호로 점령지역 연합군의 분할 진주를 발표했다. 그리하여 실질적인 한반도의 남북분단이 이루어진 것이다.

오늘날 한반도 분단의 책임을 미국에 지우려는 반미세력은 소련에 의한 한반도 전역의 공산화를 은근히 아쉬워하는 속셈을 보이고 있다. 그 증거로서 자유민주화통일이던 공산화통일이던 민족간의 통일이 되면 된다는 주장을 통해서도 충분히 입증되고 있다. 과연 소련의 지배에 들어 갔다면 오늘의 풍요로운 세계경제 10위권의 경제국가인 대한민국은 존재할수 있었겠는가? 남북분단의 아픔은 있었지만 소련에 의한 남한의 적화를 막아준 미국에 감사해야 할 것이다. 그러나 북한을 동조하는 반미, 친북세력의 시대착오적인 좌경적 적화통일의 환상에서 하루속히 벗어나냐 한다.

둘째, 6·25전쟁의 준비와 발단과정이다

일본에 선전포고를 하고 만주를 점령한 소련은 자유중국(장개석)과 맺은 우호조약을 무시하고 자유중국군의 만주진입을 거부했다. 소련은 만주를 중공군(모택동)의 성역으로 보호하는 한편, 구(舊)일본군 조병창을 중공에 인계하고 만주의 자원을 동원할 수 있게 하여 중공군의 전력 증강에 힘썼다. 중공의 대륙제패가 거의 확실해지자 소련은 북한군의 강화에 주력했다.

김일성은 소련 및 중공의 대폭적인 지원하에 무기를 들여오고, 남한 내에서 각종 게릴라 활동을 전개하는 등 온갖 수단과 방법으로 적화통일을 위해 광분했다. 소련군은 북한지역 점령 초부터 김일성을 후원하여 군사력을 조직화하기에 급급했다. 1946년 2월 이른바 "평양학원"을 세워 장교를 양성했고, 1946년 8월에는 "보안간부 훈련부대"를 창설함으로써 북한군 창설과 무력강화는 급속히 이루어졌다. 북한군은 소련의 지원 아래 잘 훈련되었고, 충분한 장비로 잘 무장된 12만 5000명의 병력을 보유했다.

소련은 북한군에 3000여 명의 군사고문관을 배치하여 직접 남침훈련을 시켰으며, 소련 출신 한인들을 중심으로 제105전차여단을 창설했다. 또한 해·공군의 창설을 돕는 한편, 내무성 산하에 보안대·경비대 등의 이름으로 막강한 군사예비대를 확보했다. 김일성은 남한에 끊임없이 게릴라를 남파하거나 남한 내에 있는 불순세력을 조종하여 사회·정치적 불안을 조성시키고, 한국군의 훈련과 전력증강을 방해했다.

　북한 전역은 1949년 초부터 전시체제에 들어가기 시작했다. 북한은 병력보충을 위한 인적 자원을 확보하기 위해 각 도에 민청훈련소를 설치하여 청장년을 훈련시키는 한편, 고급중학 이상의 모든 학교에 배속장교를 두어 학생들을 훈련시켰다. 한편, 북한 전역에 조국보위후원회를 조직하고, 17세부터 40세까지의 모든 남녀를 동원하여 강제로 군사훈련을 실시했다. 북한군은 사단별 훈련을 완료한 다음, 1949년 2월 말에는 적진돌입 및 적 배후 침투를 위한 보전포합동훈련을 실시했으며, 1950년에 접어들면서부터 서울을 중심으로 하는 남한 전역의 지형을 연구, 이를 토대로 훈련을 계속했다.

　북한의 남침준비가 완료되자 소련 군사고문단은 1949년 말까지 북한에서 철수함으로써 남침기도를 은폐했다. 결국 김일성의 무력통일 야욕은 다음과 같은 다섯가지 요인들에 의해 결행되었다고 할수 있다 즉 ①조소군사비밀협정(1949), ② 중공과의 상호방위조약 및 중국대륙의 공산화(1949), ③ 주한미군철수(1949)⑤,미국의 극동방어선에서 한국·타이완을 제외한다는 "애치슨' 라인 설정"의 성명발표(1950,1월) 등이 남침의 요인이 되었다. 오늘날 미국의 한반도 비핵화의 대북한정책과 주한미군철수는 남한에 어떠한 영향을 미칠것인가를 북한의 남침 당시의 상황을 되돌아 보며 교훈으로 삼아야한다.

　셋째, 한반도전쟁의 경과이다.

　1950년 6월 25일 새벽4시 북한의 기습남침을 평화를 파괴한 침략행위로 보고 미국 정부는 6월 25일 유엔 안전보장이사회의를 즉시 소집 요구를 했다. 같은 날 오후 2시에 안전보장이사회는 미국이 제출한 결의안을 9:0, 기권 1(유고슬라비아), 결석 1(소련)로 채택하고, 평화의 파괴를 선언하고 적대행위의 중지와 북한군의 38선까지의 철수를 요구했다. 동 결의안은 또한 모든 회원국이 동 결의안의 집행에 있어 유엔에 대하여 모든 원조를 제공하며, 북한집단에 원조를 하지 않도록 촉구했다.

　6월 27일의 안전보장이사회 회합에서 미국대표 W.R.오스틴 대사는 6월 25일의 안전보장이사회 결의를 무시한 북한군의 계속적인 대한민국 침략은 "국제연합 자체에 대한 공격임"을 천명하고, 국제평화회복을 위하여 강력한 제재를 취하는 것이 안전보장이사회의 임무라고 선언, 안전보장이사회의 토의를 위하여 결의안을 제출했다. 그는 같은 날 정오에 대통령 트루먼의 발표문을 낭독한 후 결의안과 본인의 성명요지 및 대통령 트루먼이 취한 조치의 중점은 유엔의 목적과 원칙은 평화를 지지하는 데 있다고 밝혔다.

그 날 안전보장이사회는 찬성 7, 반대 1, 기권 2, 결석 1로 유엔 회원국들이 동 지역에서의 군사적 공격을 격퇴시키고 국제평화와 안전을 회복시키기 위하여 필요한 원조를 대한민국에 제공할 것을 권고하는 결의를 채택했다. 6월 27일의 안전보장이사회 결의와 회원국이 제공하려는 원조형식에 관하여 보고해 줄 것을 요구한 6월 29일의 유엔 사무총장 서한에 대한 회원국들의 반응은 신속했고 압도적인 지지를 표시했다. 각종 원조제공을 더욱 효과적으로 이용하며, 대한민국 방위작전을 통일화하기 위하여 안전보장이사회는 7월 7일에 7:0, 기권 3, 결석 1로써 군대와 기타 원조를 제공하는 국가들이 미국이 지휘하는 "통합사령부"에 집결할 것을 요구하는 결의를 채택했다.

한편, 미국과 관계 회원국들은 즉각적으로 동 결의에 따랐으며, 맥아더 장군이 유엔군 총사령관으로 임명됐다. 미국을 비롯한 영국·오스트레일리아·뉴질랜드·프랑스·캐나다·남아프리카공화국·터키·타이·그리스·네덜란드·콜롬비아·에티오피아·필리핀·벨기에·룩셈부르크 등 16개국이 육·해·공군의 병력과 장비를 지원했으며, 그 밖에 많은 나라들도 각종의 경제적·인도적 지원을 한국에 제공했다.

그러나 남침개시 3일만에 수도 서울이 함락되자 이승만 정부는 수원-대전-대구-부산으로 이동했다. 맥아더 장군은 주일 미24사단을 한국에 급파하여 오산 죽미령에서 스미스부대 540명으로 최초 북괴군을 저지했으나 실패했으며 사단장 띤소장은 대전 식장산에서 도주하여 전북 진안 지역에서 포로가 되었다. 결국 8월 초에 낙동강 전선의 워커라인(WALKER LINE, 포항-왜관-마산)을 설정하여 최후방어의 결전을 했다. 그 후 9월 15일의 인천상륙작전을 전환점으로 9월 28일 서울울 수복하고 전세를 반전시킨 유엔군은 패주하는 북한군을 추격, 10월1일 38선을 돌파 했으며 10월

19일에는 평양을 점령하고 10월 26일 초산을 거쳐 압록강에서 태극기를 꽂고 대통령에게 진상할 압록강 물을 담아 왔다. 그러나 중공군 9개군단 약 36만명(휴전시까지 약100만명 추산)의 지원군이 압록강을 넘어 인해전술로 개입하게 되자 12월에는 북한지역에서 무력하게 철수하게 되었고, 38선을 돌파당했으며 51년 1월 4일 다시 서울이 적에게 함락되었으나 3월18일 수복하여 전선은 현재의 휴전선 일대에서 공방전이 계속되어 일진일퇴를 거듭했다.

1951년 2월 1일 유엔 총회는 중공을 침략자로 규탄하고 한반도에서의 중공군의 즉각적인 철수를 요구하는 결의를 채택했다. 50년 6월 25일의 결의와 6월 27일의 결의에 소련은 결석했으며, 공산측은 결석을 거부권의 행사라고 주장하여 앞의 결의는 무효라고 주장했다. 그러나 유엔의 관행상 결석은 거부권행사로 볼 수 없기 때문에 그들의 주장은 받아들여지지 않았다.

1951년 2월 1일 총회는 미국의 제안에 따라 "평화를 위한 단결" 결의에 의거 중공은 한국의 침략자라는 결의를 채택하고, 이어 5월 18일에는 동 결의 제6항에 의거 부과된 "집단적 조치위원회(Collective Measures Committee)"의 보고에 따라 중공과 북한에 대한 전쟁물자의 공급중지를 가맹국에 권고하는 결의를 채택했다.

. 1951년 7월 8일 개성에서 휴전회담을 위한 쌍방의 연락장교회담이 개최되어 쌍방의 정부대표 명단이 교환되고, 본회담 개최 장소를 개성으로 결정하여 본회담을 시작했고, 10월에 회담장소를 판문점으로 옮겼다. 회담은 장기화되었고 파란곡절을 겪었다. 여러 문제에 있어, 특히 전쟁포로의 자유의사에 의한 송환원칙에 대하여 성실하게 교섭하지 않으려는 공산측의 비타협적 태도 때문에 유엔군 사령부는 2회에 걸쳐 총 9개월간이나 회담을 중지했다.

1952년 10월의 휴전회담 중지에 이어서 유엔 총회는 1952년 12월 3일의 결의로써 자유의사에 의한 송환원칙을 재확인하고 전쟁포로문제 해결을 위한 총괄적 계획을 제안하였으나 공산측은 이를 거부했다. 공산측이 광범위한 지연책을 쓰고 나서 1953년 7월 13일과 14일에 전란 중 최대의 공세를 취했으나 실패했다. 그리고 1953년 7월 27일에 비로소 판문점에서 유엔군사령관(크라크)과 중공지원군사령관(팽덕회) 그리고 조선 인미군사령관(김일성) 간의 3자에 의해 정전협정이 조인됐다. 그러나 이승만 대통령의 휴전 반대로 인하여 남한대표는 정전협정에 서명치 않았다.

그후 휴전협정 이행을 감시하기위하여 유엔군과 공산군 장교로 구성되는 "군사정전위원회"가 설치되고 본부를 판문점에 두었다. 또한 스위스·스웨덴·체코슬로바키아 및 폴란드로 구성되는 중립국감시위원단의 설치를 규정했다. 그러나 오늘날 북한의 방해로 군사정전위원회는 유명무실하게 되었고 중립국감시위원단도 스위스와 스웨덴 두나라만 남아 있다.

결론의 마무리를 하고자 한다.

한반도에서 피비린내 났던 6, 25전쟁의 3년간에 걸친 동족상잔의 전화(戰禍)는 남북한을 막론하고 전국토를 폐허로 만들었으며, 막대한 인명피해를 내었다. 전투병력의 손실만 해도 유엔군과 한국군을 포함하여 18만명이 생명을 잃었고, 공산군측에서는 북한군 52만 명, 중공군 90만 명의 사상자가 발생했다. 남한지역을 북한인민군이 점령하고 있는 동안 인민재판 등의 무자비한 방법에 의하여 "'반동계급"으로 몰려 처형당한 억울한 희생자들도 많았다.

또한 전쟁기간 중 남한은 공산측에 의해 20여만명의 학살 또는 납치,10만의 전쟁 고아 ,8만 5000명에 달하는 각계각층의 지도급 인사들의 납북(국회의원을 비롯한 정치인들과 저명한 학자·종교인·공무원 들이 상당수 포함)되었다.. 이와는 반대로 북한지역으로부터는 100만 명 이상의 주민들이 공산학정에서 탈출, 자유로운 생활을 찾기 위해 고향과 가족, 친척들을 북에 둔 채 남한으로 월남하여 대한민국에서 삶의 터전을 마련했다. 1950년 당시 북한지역 인구는 1200만 명 정도로 추정되었는데, 그 가운데 1/4 정도가 북한을 떠나 월남했다.

김일성 일당중에 6, 25남침 도발에 참여했던 민족적 전범자들이 김정일 세습집단의 선군정치에 아직도 참여하고 있다. 또한 김정일은 1983년 10월 9일 버마(현 미얀마) 아웅산 폭탄 테러로 전두환 대통령의 핵심참모와 비공식수행원 17명이 희생된 사건의 총책이며, 1987년 11월29일 생존자 김현희가 공범인 인도양 상공에서 승객 115명을 태운 KAL858기 폭파사건의 총책이 역시 김정일이라는 사실이 이미 밝혀졌다. 김일성 일당의 남침도발로 인해 한국전쟁에서 희생된 유가족들과 4천8백만 국민 앞에 전범자로 내세워 반듯이 응징되어야 한다 아울러 미얀마 아웅산사건과 KAL858기 폭파사건의 유가족에게 그간의 죄과에 대해 사과해야 하며 그 책임을 물어야 한다. 그러나 전쟁광이요 테러의 괴수인 전범자들은 추호도 양심의 가책이나 사과는 커녕 핵무기와 대량살상무기로 남한을 볼모로 잡고 반미, 친북세력을 책동하여 남한사회를 혼란에 빠뜨리고 있다. 더욱 한심한 일은 지난 10년의 좌파정부는 북한의 적화통일 전략과 통일전선전술에 말려들어 어리석게 속아 넘어 갔다

노무현 대통령은 임기를 사실상 3개월을 남겨놓고 10월 2일부터 4일까지 2007년 남북정상회담을 평양에서 가진다. 남북정상회담은 대통령 임기 말에 좌파정권 연장을 위한 북풍을 의식한 전략적 승부수로 보인다.

2007년 정상회담에서 전쟁종식선언에 앞서서 6, 25전쟁도발과 각종 테러에 대한 전범자 김정일의 사과를 받지 않은 상태에서 서해 5개도서의 해상 영해개념인 서해 해상 NLL 재조정을 위한 남북공동어로의 해역 설정 등 각종 평화, 경제, 통일을 내세운 아부성 대북 평화회담을 거론하게 될 노무현 대통령은 김정일 국방위원장에게 굴종의 자세일 뿐이며 대한민국의 정체성을 망각한 치졸한 회담이 되고 말것이다.

제17대 대통령 후보는 남침 한국전쟁(6,25)의 전범자 처리위원회를 구성하겠다는 것을 선거공약으로 체택하기 바란다. 그리하여 대통령으로 당선된후 대한민국의 정통성 회복을 최우선의 과제로 삼아야 할것이다.

반국가적 범법행위 근절 종합대책 10개위원회를 제시한다

〈서울 수도탈환 57주년을 맞이하며〉

(2007년 9월 27일)

1, 남침 한국전쟁(6, 25)의 전범자처리위원회
2, 국가전복 프락치 색출 및 진상규명위원회
3, 반국가적인반미. 친북활동 진상규명위원회
4, 햇볕정책의 불법 국고손실 진상규명위원회
5, 북한에 금품제공 이적단체 진상규명위원회
6, 반국가 인사의 유공자처리 진상규명위원회
7, 반헌법적으로 개정된 악법의 재개정위원회
8, 북한의 반인륜적 인권탄압 진상규명위원회
9, 북한의 비대칭 군사력에 대한 대책위원회
10, 반국가적 활동의 합헌적 규제, 대책위원회

대한민국의 정통성과 정체성의 회복을 위해 노무현 좌파정권은 반듯이 청산되어 야 하며 반국가세력은 척결되어야 한다.

노무현 정부의 예산만 낭비하는 불필요한 80여개의 각종위원회는 해체되어야 하며 한나라당의 대통령후보는 반국가적 범법행위자 근절을 위한 10개 항의 위원회를 꼭 선거공약으로 채택하여 국가보위를 위한 통치력을 확고히해야 한다.

서해 해상 NLL 재협상은
매국적인 역적행위이다

(2007년 8월 27일)

2003년 2월 25일 노무현 대통령은 취임사에 이어 취임선서에서 "나는 헌법을 준수하고 국가를 보위하며 조국의 평화적 통일과 국민의 자유와 복리의 증진 및 민족문화의 창달에 노력하여 대통령으로서의 직책을 성실히 수행할 것을 국민 앞에 엄숙히 선서합니다." 라고 선서한 후 오른손이 아닌 왼손을 높이 들어 흔들었다. 어찌보면 좌파정부를 출범시키는 상징으로 왼손을 흔든 인상을 풍겼다.

노무현 대통령은 임기를 100여일 남겨놓고 대통령 취임선서를 준수하지 않고 헌법을 무시하며 국가보위에 위험의 적신호를 보이면서 2차 남북정상회담을 열겠다는 것이 아닌지 의구심이 든다. 특히 서해 해상 북방한계선(NLL) 재조정을 의제로 삼을 것인지에 초미의 관심사로 부상되고 있다.

1953년 7월 27일에 서명한 정전협정문에 서해 5개도서(백령도, 대청도, 소청도, 연평도, 우도)는 유엔군사령관의 관할하에 둔다고 명시되었으나 대한민국의 영토임에 틀림 없다.

1953년 8월30일 한강하구로부터 서북쪽으로 12개 좌표를 연결하여 북한의 연안과 서해 5도서 연안간의 해상 중간선인 경계선 즉 해상 북방한계선(NLL)이 설정되었다.

이 NLL은 그간 남북한간에 관례적으로 지켜왔으나 북한의 주장은 서해 5도서가 유엔군 통제하에 있다는 것은 인정하나 그 도서를 둘러싼 인접해역은 그들의 영해라고 주장을 했다. 지난 1992년 남북 기본합의서에 의해서도 남북간에 NLL을 인정했으며 분명히 NLL은 남한의 서해 5도서에 관련된 영해개념(領海槪念)의 영토로 보아야 한다.

그러나 1973년 12월1일 군사정전위원회 제346차 회의에서 한국이 해상

321

침범을 자행하고 있다면서 서해 5도서가 북한의 통제하에 있는 해역에 위치하고 있으므로 북한의 영해에 있는 "5개도서에 출입할 때는 사전 승인을 받아야 하며 위반할 때는 응당 조치를 받을 것이다"라는 주장을 했다. 그후 북한은 경제수역을 선포하여 해역통제를 강화하고 경제수역을 보호하며 민족의 이익과 자주권을 군사적으로 철저히 지키기위하여 "군사경계선"을 설정한다고 선포하면서 서해 5도서 주변해역에 대한 도발의 실마리를 만들었으며 휴전협정체제의 파괴를 시도하려는 노력을 끊임없이 계속하면서 서해 5도서주변해역을 내해(內海)또는 연안해(沿岸海)로 삼기위한 주장을 펼쳐 왔다. 또한 정전협정을 수없이 위반하면서 어선을 나포해 가고 NLL을 침범해 왔다.

특히 1999년과 2002년 두 번의 연평해전이 있었다. 제17회 월드컵축구대회 폐회 마지막날을 하루 앞둔 2002년 6월29일 북한의 꽃게잡이 어선을 경계하던 경비정이 NLL을 침범하여 남쪽 3마일 해상에서 해전이 일어났다. 이 교전으로 한국 해군 윤영하 소령등 6명이 전사했으며 19명이 부상을 당했다.

당시 연평해전은 NLL을 무시하고 침범하자 경고조치를 하는 남한 경비정에 북한 경비정이 선제기습 포격을 가해 해군 고속정 참수리 357호의 조타실이 갑자기 화염에 휩싸이면서 해전이 전개된 것이다. 그런데 이재정 통일부 장관이 서해교전에 대해 안보 방법론 차원에서 반성해 봐야할 과제라고 발언해 파문이 일었다. 즉각 재향군인회는 " 2002년 서해교전은 우리 영토를 침범한 북한 경비정의 사전계획된 기습으로, 교전 규칙에 의거해 즉각 대응 격퇴한 정당방위의 행동이었는데도 왜 반성해야 할 일인지 분명히 밝혀야 한다"고 비난했다.

서해 북방한계선의 재조정은 북한이 정전협정체제를 무력화(無力化)시켜 평화협정체제로 바꾸고 유엔사 해체와 동시에 서해 5개도서의 해역을 연안해로 하면서 북한의 영토로 흡수시키겠다는 계략에 동조하는 결과를 갖어오게 될것이다. 대한민국의 영토를 북한에 할해하여 양보해 주겠다는 주장이라면 역적이라는 역사적 평가를 받기에 충분하다.

서해 해상 NLL을 재조정하여 민족간에 평화적으로 서해어장을 공동개발, 활용하여 서해바다를 평화와 민족공동번영의 터전으로 삼겠다는 주장을 내세울지 모르지만 결국 서해5도서를 북한에 상납하겠다는 선심공작이 아닌지 의문스럽다. 더욱 가소로운 것은 서해 북방한계선(NLL) 재협상 문제를 놓고 통일부와 국방부가 의견충돌의 '신경전'을 벌이고 있는 것이다.

김장수 국방부 장관은 8월21일 국회에서 "NLL은 해상에 그어진 군사분계선과 같은 개념"이라고 말했다. 이는 "NLL은 영토가 아니라 안보 개념"이란 이재정 통일부 장관의 발언과는 근본적인 인식의 차이가 있는 것이다. 당시 김 장관은 "NLL은 지금까지 지켜왔고 앞으로도 지켜나갈 것"이란 말도 했다고 한다.

노무현 좌파정부의 각료가운데 아이러니 하게도 역적과 충신이 공존하고 있는것 같다. 국가의 최후 보루는 국군 장병들에게 있다는 사실을 생각하면 김장수 국방부장관의 소신있는 주장에 일말(一抹)의 안도감을 가질 수 있다.

지난 8월 24일 북한 평양 중앙방송은 "남북정상회담 차기정부 연기"를 주장한 한나라당에 대해 "역적당"이라며 강하게 비판했다.

이번 뿐 아니라 올해 1월 "대선에서 한나라당 등 반동·보수세력을 매장해야 한다"는 신년 사설을 시작으로 '한나라당을 협박하고 매도"를 계속하고 있다. 지난 4월 조선중앙방송은 "한나라당이 집권하면 조선반도는 핵전쟁 불구름이 온다"고 했고, 5월 민주조선은 "이명박이 권력을 차지하면 이 땅에 전쟁의 불구름이 밀려올 것은 뻔하다"고도 했다

북한은 핵무기와 대량살상무기를 보유한 비대칭 군사력을 유지하면서 한반도 비핵화를 빙자하여 6자회담을 교묘히 끌어 가면서 남한을 인질로 잡고 노무현 정권의 상전역할을 해가며 한국의 내정을 간섭하고 있다는 사실이 그들의 주장을 통해서 여실히 들어나고 있다.

노무현 정권은 임기를 얼마 남겨놓지 않은 상태에서 좌파정권 연장의 오해를 받으며 2차 남북정상회담을 구걸할 필요가 없다. 북한의 변함없는 적화통일 전략에 속지 말고 낮은단계 연방제의 수순을 밟아 궁극적인 연방제 통일을 실현하려는 획책의 함정에 빠져서는 안된다.

대한민국 헌법 제3조의 영토조항은 헌법을 개정하기 전까지는 엄연히 유

효하다. 그간에 헌법 제3조를 개정해야한다는 친북성향의 주장을 만족시키는데 서해 NLL 재조정은 필요조건이 될수 있다. 이러한 서해 NLL의 재협상은 정전체제를 와해시키고 평화체제를 구축하는데 묘약(妙藥)이나 선약(仙藥)이 될지는 몰라도 대한민국의 헌법을 무시하고 국가 정통성을 상실하는데 극약(劇藥)의 치명적 처방이 될것이다.

국민들은 차제에 남북간에 서해 5개도서에 대한 전략적 가치를 재인식해야 한다. 서해 5도서는 남북한 쌍방간에 지정학적으로 중요한 전략적 가치가 있다. 한국 측에서 보면 북한의 옹진반도와 장산곶을 제압하고, 해주항을 봉쇄하며, 북한의 심장부를 강타할 수 있는 전략요충지이다. 또한 북한 측 입장에서 볼때 서해 5개도서를 탈취할 경우 한강하구, 강화도, 김포반도 등 서부전선이 뚫리게 되고, 경기만, 아산만일대를 위협하게 됨으로서 수도권 방어에 중대한 영향을 미친다. 따라서 서해 해상 NLL을 사수하는 것이 휴전선 155마일의 철책선을 지키는 것과 추호도 다름없는 것이며 NLL은 최전방 해상 전초의 방어선이 되는 것이다.

끝으로 국민들이 경종으로 받아드릴 귀순자의 증언을 남기려고 한다. 필자가 84년대초 해병연평부대장의 직무를 수행하고 있을 당시 해군 정훈감 이필은 대령(작고)과 귀순자 김광현씨가 당부대를 방문한적이 있다. 김광현씨가 증언하기를 두 번이나 연평도를 덮칠려(점령)는 계획이 있었다고 말해 간담이 서늘 했으며 서해 도서방어의 중요성을 실감했다.

일언이폐지(一言以蔽之)하면 서해 5도서 해역의 NLL은 안보개념을 뛰어 넘어 영토개념이기 때문에 2차 남북정상회담의 테이블에 의제로 선택해서는 안된다. 또한 우리민족끼리의 평화통일을 내세우지만 적화통일 음모의 덫에 걸리게 된다는 것을 분명히 경고하고자 한다.

"새시대 새사람 연합"의
애국단체 출범식이 있었다
〈김 흔 중 총재 취임 〉

　2007년 8월17일 오후2시 한국교회 100주년기념관 소강당에서 250여명이 모인 가운데 "새시대 새사람 연합"이라는 색다른 이미지를 풍기는 기독교인 중심인 해병대 출신들이 모여 "대한민국 새시대 새사람 연합"이라는 애국단체의 출범기념 감사예배가 있었다.

　이 예배는 이정수 사무총장의 사회로 육사15기 출신인 한국기독군인연합회 복음선교단장 유제섭 목사의 설교로 "보소서, 들으소서, 응답하소서"(사37 : 14－20)라는 주제의 말씀이 선포되었고, 이용선 박사의 경과보고, 김흔중 총재의 취임사, 총재가 상임 대표 최상범 박사에게 대한새연합기(旗) 수여, 채명신 장로의 격려사, 박환인 장로의 축사, 신현구 목사(전 해군 군종감)의 축도로 예배가 끝났으며 김흔중 총재의 만세 삼창이 있은 후 폐회되었다.

　김총재는 취임사에서 대한새연합(약칭)의 출법배경과 21세기 새시대의 시대적 사명을 역설 했으며 사회적 혼돈과 국가의 총체적 난국의 극복을 위해 헌신할 것을 다짐했다.

　특히 주월 한국군 초대사령관인 채명신 장군의 격려사에서 김흔중 총재는 육군대학, 공군대학, 대학원에서 두루 공부한 학구파이며 대위로서 월남에 파병되어 전투중대장의 임무를 잘 수행하여 충무무공훈장, 미국 동성무공훈장. 월남 최고 엽성무공훈장을 받는 등의 전공을 소개하고 전쟁영웅이라는 극찬을 하며 "새시대 새사람 연합"의 출범에 김총재가 적임자라고 격려하며 칭찬했다. 또한 전 해군사관학교 총동문회장 박환인 장로(여의도순복음교회)는 축사를 통해 김흔중 총재는 그간에 놀랄만한 일이 많았는데 장군이 될줄 알았는데 되지 않고 갑자기 전역한 것, 늦게 신학공부를 하고 목사가 된것, 이스라엘 선교사로 파송된 것, 교회를 개척한것, 많은 저서를 펴낸것 등 여러 가지를 들면서 축사를 하여 김총재가 한층 돗보였다

김총재는 젊음을 군에 바쳤으며, 해병연평부대장과 해군헌병감을 마지막으로 대령으로 예편하여 만학의 신학공부를 하고 목사가 되어 총회파송 이스라엘 선교사로 파송되었고, 귀국하여 수원양문교회를 개척하여 담임목사로 시무하다가 2005년 12월 70세에 정년퇴임을 했다.

김총재는 현재 한민족복음화선교회 회장과 베트남참전기독신우회 회장을 맡고 있으며, 저서로는 성지순례의 실재, 성서의 역사와 지리, 성경66권의 개설(槪說), 성지순례의 실재 점자 번역집, 시각장애인 성서지리 교본, 성경말씀 365일 하루 한요절 암송수첩 등 저서를 많이 출간을 했다.

또한 사회활동을 활발히 하며 대한민국 안보와 경제살리기 국민운동본부 공동대표, 병역의무미필 정치인 근절대책협의회 상임대표를 맡아 나라사랑의 선도적 역할을 다 하고 있다.

대한민국 새시대 새사람 연합
총재 김 흔 중

8 · 15해방 직후의 혼란이 재연(再演)되고 있다

(제62주년 광복절을 맞으며)

(2007년 8월 15일)

오늘은 제62주년 광복절인 동시에 대한민국 정부수립 제59주년인 건국절이다. 광복이란 "빛을 되찾다"라는 뜻으로서 잃었던 국권의 회복을 의미한다. 광복절은 4대 국경일(삼일절, 제헌절, 광복절, 개천절)가운데 하나이며 국경일은 국가적인 경사를 축하하기 위하여 법으로 정하여 국민이 기념하는 날이다. 또한 국가 주요기념일은 현충일을 비롯하여 열두번(12일)이 된다. 그러나 대한민국 정부수립의 건국일이 기념일이 아니다. 향후 광복절과 건국절을 동시에 국경일로서 법으로 정해야할 것이다. 오늘날 난국에 처하여 광복절과 건국절의 역사적 배경을 상고해 보고자 한다.

1, 1945년 8월 15일은 일본의 항복으로 제2차 세계대전이 종식되어 한국이 일제의 식민지배 36년간의 철제(鐵蹄)와 질곡(桎梏)에서 벗어나 해방이 된 날이다.

국제연합국(미, 소, 영, 불)은 2차대전을 종식시켜 일제로부터 한민족이 해방될수 있도록 광복의 선물을 우리에게 안겨 주었다. 그 당시 연합국을 주도한 미국이 아니었다면 제2차대전의 종식과 한민족의 해방은 있을 수 없었다. 따라서 미국이 아니었다면 오늘날까지 일제식민의 지배가 계속되었을 것이다. 그래서 광복절을 맞이 할 때 마다 미국에 감사해야 할텐데 감사는 고사하고 배은망덕하는 반미 친북 좌경세력들은 반역사적, 반민족적, 반통일의 각종 오류를 범하고 있다.

2, 한반도 분단은 미. 소(美, 蘇)간의 협약에 의해 38선이 그어짐으로서 비롯된 것은 분명하다. 그러나 당시 상황을 정확하게 알고 냉철하게 비판

하며 평가해야 한다.

제2차 세계대전의 전쟁종료가 가까워지자 미. 영. 불. 소의 4대 연합국은 포츠담회담(1945.7.17~8.2)에서 전후 유럽문제의 해결과 소련군의 대일참전에 따르는 문제 등을 논의했다. 포츠담회담이 끝난지 4일후 1945년 8월 6일 미국이 일본 히로시마에 원자탄을 투하한 이틀 후인 8월8일에 소련이 대일 선전포고를 하고 8월9일부터 소련군이 만주와 한반도에 진격하기 시작했다. 그로 인해 북한 지역이 소련군의 점령정책의 일환으로 공산화되어 갔다. 그래서 미국은 소련 점령의 한반도 공산화를 막기위여 미. 소의 합의로 불가피하게 한반도 분할점령을 위한 38선이 그어진 것이다. 그러나 오늘날 반미 친북의 좌경세력은 미국 때문에 소련군이 한반도를 점령하여 공산화가 되지못한 것을 아쉬워 하는듯 미국을 증오하며 주한 미군철수의 주장을 최근 노골화하고 있다. 그래서 공산화통일이던 어떤 통일이던 통일만 되면 된다는 주장을 서슴치 않으며 고위층 인사의 입에서도 공산화통일이면 어떠냐며 횡설수설하기에 이르렀다.

3, 남한에서는 유엔감시하에 1948년 5월 10일 총선(299명)이 실시되고, 7월 17일 헌법이 제정되어 8월15일 대한민국 정부가 수립되었다. 이어 북한에서는 9월 9일 김일성이 집권하여 정권이 출범되었다.

더욱 남북분단의 고착화에 큰 영향을 끼친 것은 1945년 12월 27일 모스크바 3상회의에서 신탁통치의 결정이다. 해방 후 정국은 민족주의와 사회주의로 나누어져 정부를 세우는데 많은 이념적 대립이 있었고, 설상가상으로 신탁통치에 대한 찬탁과 반탁의 진영으로 나눠져 쌍방의 입장 차이는 더욱 더 깊어졌다.

4, 8.15 해방 후에 거의 모든 정당들이 38선 이남인 수도(首都) 서울을 거점(據點)으로 우후죽순(雨後竹筍)처럼 나타났지만, 조선공산당은 서울이 아닌 평양에서 태동한 몇 개 되지 않는 정당 중의 하나이다.

조선공산당은 소련을 등에 업은 좌익 세력들이 해방 후에 만든 정당이다. 해방 전에 한반도의 지하에서 암약하던 좌익들과 중국에서 활동하던 좌익들, 그리고 소련 등지에서 활동하던 좌익들이 해방 후에 조선공산당을 창당했으나, 이 세 부류의 공산주의자들은 힘이 서로 달랐다.

해방 후에 민족 세력의 상징이던 김구선생이 남한 땅에서 세(勢)를 형성하지 못하고, 지식 계급의 표상(表象)이던 여운형이 건국(建國) 준비위원회를 만들어 상당한 조직 기반을 쌓았으나 결국 암살되었다. 국제 공산당의 종주국(宗主國)인 소련의 지원을 받지 못하는 세력들은 자연히 북쪽에서 뿌리를 내릴 터전이 없었다. 소련의 지원을 받던 청년 공산주의자 김일성을 빼고 나면 국내 자생(自生) 의 공산주의자들이나 중국을 등에 업은 세력들은 탈골(奪骨) 세력에 불과했다.

그래도 초창기 조선공산당에 영향력을 발휘한 세력은 남로당(南勞黨)이다. 평양을 거점으로 한 조선노동당은 38선이 막히자 한반도의 북쪽에서는 활개를 칠 수 있었으나, 남쪽에서는 제 힘을 펼칠 길이 없었다. 그래서 38선 이남에는 소위 남로당을 두어 어떻게 하면 남쪽을 북쪽과 같이 공산화된 땅으로 만들 수 있을가 하는 야욕(野慾)에 불타고 있었다.

이 때에 남로당의 대표적인 인물이 박헌영이다. 박헌영은 '님의 침묵'을 지은 만해 한용운과 윤봉길 의사의 고향인 충남 예산 땅의 출신이다.

오늘날 남한에는 수많은 제2의 박헌영이가 출몰하고 있는것 같다. 그래서 제2의 한용운 과 윤봉길 의사가 다시 태어나야 할 절박한 국가위기의 상황이다.

당시 박헌영은 김일성을 만났다. 김일성과의 대화에서 "남쪽은 어떻소?" "이승만이 대한민국이라는 것을 만들고 정권을 잡았으나 전국은 남로당 손 안에 들어 있습니다."

"그럼 남쪽까지 우리 조선민주주의인민공화국으로 만들 방법은 없습니까?" "내가 그걸 말하려고 수령 동지를 만나러 왔습니다. 이승만 일당은 한 방이면 날아 갑니다. 스타린 동지와 상의해 주시지요." "네 알겠습네다. 박헌영 동지." . . .

최근에 한방이면 날라간다는 말이 이해찬 전 총리의 입에서 나왔다. 박헌영이로부터 배운 말이 아닌지 의문스럽다.

5, 6.25 한국 전쟁의 발발(勃發)을 놓고 남침(南侵)이냐, 북침(北侵)이냐에 대하여 논란이 되고 있다. 북한은 금년 3월1일 평양 중앙방송에서 아직도 북침이라고 생떼를 썼다. 그러나 박헌영과 김일성의 대화록(對話錄)이

공개되고, 많은 증거 자료가 발견되면서 북한의 주장은 적반하장(賊反荷
杖)이라는 것이 만천하에 밝혀졌다. 또한 김일성이 스타린과 만나 무력적
화 통일을 획책했다는 소련의 외교 문서(文書)가 공개되고, 김일성이 박정
희대통령의 밀사(密使)였던 이후락이 평양에 가서 6.25 문제를 거론하자 '
박 대통령에게 미안하다고 전해달라'고 했다는 남북공동성명 백서(白書)가
발표되면서 김일성 자신도 시인한 요지부동(搖之不動)의 남침(南侵)이다.
그런데 아직도 북침을 주장하는 386세대가 많으며, 전교조의 선생들은 학
생들에게 북침을 주입시키고, 김일성, 김정일을 위대한 지도자라 가르치고
있다는 것이다.

6, 김일성과 박헌영의 무력 적화 통일 담합(談合)은 민족의 비극이었다.
남노당의 대부(代父)인 박헌영 입장에서는 남한 땅의 전지역에 공산당 지
하 조직이 있으니, 일시에 남침하면 이승만 정권은 일격(一擊)에 산산 조각
을 낼 자신이 있다고 생각했을 것이다. 김일성으로서는 박헌영의 적화 통일
방안을 들으며 옳다고 무릎을 치지 않을 수 없었을 것이다. 그래서 6월 25
일에 남침하여 8월 15일에는 부산까지 점령하여 속전속결로 한반도를 김일
성 손아귀에 틀어쥘수 있을 것으로 자신했을 것이다. .

이때 김일성이 모스코바에 가서 스타린을 만났다. 김일성의 말을 처음
들었을 때에 스타린은 약간 고개를 가로 저었으나, 중국을 통일한 모택동
의 지원을 받을 수 있다는 김일성의 말을 듣고 고개를 끄떡였다는 증언이
있다. 스타린이나 김일성도 상상치 못했던 일을 박헌영은 생각했고, 박헌
영의 말을 들은 김일성은 스타린의 동의를 얻지 못하자 모택동까지 들먹여
결국 스타린의 동의를 받아 남침전쟁에 불을 질러 한반도의 대도시를 거의
초토화시켰고 250만명 이상 사상자의 발생과 1천만 이산가족의 마음에 깊
은 상처가 아직도 아물지 않고 있다.

오늘날 김정일은 핵무기 까지 보유하여 미, 중, 러, 일을 손바닥에 올려
놓고 흥정하고 있다. 그간 에 노무현 대통령은 6. 25전쟁시 북한에 중국지
원군을 보낸 모택동을 위대한 인물이라고 했고, 6. 25전쟁을 내전이라고
주장한바 있다. 노무현 좌파정권은 핵 인질에 잡혀 곡예사의 외줄타기 흥행
사가 되다 보니 4천7백만 관중을 심히 불안하게 하고 있다.

7, 동족간에 피비린내 나는 살륙장(殺戮場)으로 내 몬 박헌영의 운명은 어떻게 되었던가. 공산주의자들은 거짓과 뒤짚어 씌우기의 명수들이다. 박헌영은 미제국주의자의 스파이로 암약했다는 거짓 반역죄(反逆罪)를 뒤짚어 쓰고 총살형을 당해 형장의 아침이슬로 살아졌다.

오늘날 한국의 민노당과 여당의 국회의원 그리고 친북세력의 두목들은 어찌보면 박헌영의 후예들과도 흡사하게 보여 안타깝기 짝이 없다.

베트남이 적화통일된 후 남베트남의 친북베트남세력의 지도자는 전부 숙청되었다는 사실을 교훈으로 받아드려야 한다. 공산주의(사회주의)의 속성은 주도권 다툼의 대상이 될 경우 동조세력도 과감하게 제거하는 것이다. 만약 한반도가 적화통일이 된다면 친북세력은 일정기간 이용당하다가 이용가치가 없으면 가차없이 제거되는 것이다. 그토록 북쪽을 찬양하며 선망의 땅이라고 생각하면 남쪽에서 서슴치 말고 북쪽땅으로 이주하여 300만명 이상 굶어 죽고 탈북자가 속출하며 무자비하게 인권이 유린당하는 동토의 땅으로 하루속히 넘어가 북쪽의 공민증을 받았으면 좋겠다.

8, 광복 제62주년을 맞는 8월달에 제2차 남북정상의 만남이 있게 된다. 김구선생은 남북합작의 남북통일을 주장하며 북한을 방문하여 김일성을 만난사실이 있지만 뜻을 이루지 못하고 안두희의 총탄에 맞아 쓸어졌다.

노무현 대통령은 임기를 불과 몇달 남기지 않고 북한을 방문하게 된다. 노대통령은 무슨 판도라 상자를 가지고 평양에 갈 것인지 궁금하다. 한반도에서 휴전체제의 전쟁을 종식하고 평화협정을 맺어 경제발전을 가속화시킨다는데 반대할 국민은 한사람도 없을 것이다. 그러나 김대중 정부로부터 노무현정부까지 10년간에 걸쳐 대한민국의 좌파정부로 낙인이 찍혔고, 반미. 친북세력에 의해 대한민국의 헌정질서 문란, 국가의 정통성 파괴, 사회적 가치관의 혼돈, 빈부의 격차 증폭, 계층간 갈등의 심화 그리고 국가안보의 실종 등 총체적 국가위기를 체감하는 국민들을 심히 불안해 하고 있다.

결론을 맺고자 한다. 오늘날의 난국을 역사 전문가들은 조선조의 사색당쟁과 한말의 국제적 외세의 작용 그리고 친일, 친중, 친로, 친미의 외세의존에 의한 국론 분열이 극심하여 한일합방을 자초했다는 주장이 지배적이다. 또한 광복 전후의 혼란은 민족지도자들의 권력 암투로 남북분단이

고착화되었고 오늘날의 정치상황은 해방후의 혼란양상과 유사성이 많다는 것이다.

이상의 8개항을 살펴보면서 1차적으로 정치지도자들은 바른 역사관과 투철한 국가관을 가져야 한다. 또한 한국의 지도층 인사들이 솔선수범하여 국민계몽교육에 앞장서서 젊은 세대들에게 국가의 정통성을 깨우쳐 주어야 한다.

그리고 금년 대선에서 좌경적 편향성이 없는 지도자를 꼭 선택해야 한다. 만약 지도자 선택을 국민이 잘못하면 국가의 위기를 자초하게 된다. 제1차 남북정상회담시 공동성명의 낮은단계 연방제는 연방제의 전단계를 의미한다. 결국 제2차 남북정상회담을 통해 연방제통일의 수순을 밟으면서 서서히 적화통일이 점진적으로 이루어지게 될것이라는 우려가 광복절을 맞이하여 더욱 깊어만 간다.

북한의 정전협정 무력화(無力化)의 전략에 속지말라
(정전협정 제54주년을 맞으며)

(2007년 7월 27일)

일제로부터 1945년 8월 15일 광복의 해방을 맞이 했지만 미, 소에 의해 38선인 고통의 허리띠를 두르고 한반도는 강제로 분단되었다. 그리고 1950년 6. 25일 구 소련의 작전계획서에 의한 김일성의 남침 전쟁은 남한 지원군으로 미국을 비롯한 UN 16개국이 참전했고, 북한을 지원한 중국 지원군이 참전하여 국제전의 양상으로 3년1개월이 지속되었다. 그러나 1953년 7월27일 한국 대표의 서명이 없이 미국(클라크), 중국(팽덕회), 북한(김일성)의 3대표의 서명으로 정전협정이 체결되어 오늘날까지 155마일 휴전선의 군사분계선은 민족적 한이 서려 있다.

금년의 정전협정 54주년을 맞이하며 전쟁종식과 평화협정의 전망에 대해 살펴보기로 한다.

북한은 2006년 10월17일 외무성을 통해 당당한 핵보유국이 되었다고 주장했다. 이와 때를 같이하여 공교롭게도 10월18일 베트남 하노이에서 APEC정상회담이 열린가운데 한, 미 정상회담에서 부시는 깜짝 놀랄 세가지 제안을 했다. 첫째, 한반도 전쟁의 종식선언과 평화협정 체결 둘째, 북한에 대한 안전보장 셋째, 미국의 대북경제지원 참여 등이었다. 그후 북한의 핵폐기를 위한 6자회담이 급진전되면서 전쟁종식과 평화협정 문제가 종종 거론되고 있다.

북한은 휴전협정이 발효된 이후 적화통일전략은 추호도 변함이 없으며 그간의 휴전협정 위반은 42만 5천건이나 된다는 자료를 보며 놀라지 않을 수 없었다. 더욱 대량살상무기의 생산 뿐만 아니라 북한 동포들을 300만명 이상 굶겨 죽이면서 핵무기의 운반수단인 미사일과 한반도를 초토화 시킬

333

수 있는 핵무기를 생산, 보유하게 되었다는 것은 천인공로할 사실이다.

오늘날 핵무기를 빌미로 핵폐기를 빙자하여 정전협정을 평화체제로 전환하기 위한 위장전략이 수면위로 떠오르고 있다. 북한의 음흉한 전략적 계산인 평화협정체제의 전환은 근본적으로 연방제 적화통일의 목적 실현에 있으며 세가지 중심 축으로 고려해 볼수 있다.

첫째는 이라크의 장기전으로 진퇴유곡에 빠진 미국 부시를 설득하며 핵폐기의 시간을 버는 동시에 미국의 내년도 대통령선거를 겨냥하여 실리를 추구하자는 것이고 둘째는 중국의 내년 북경 올림픽개최를 배경으로 북. 중 혈맹관계를 유지하면서 북. 미 관계의 유리한 조건을 조성하자는 것이며 셋째로 노무현 정권을 헨드링하여 햇볕정책에 의한 대북지원을 고수하게 하고, 남한내의 반미. 친북의 동조세력을 동원하여 12월 19일 대선에서 좌파세력이 재집권하도록 영향력을 행사하려는 전략으로 분석된다.

남한은 대선을 앞두고 안보는 실종되고, 안보 불감증은 야당인 한나라당에게도 번져서 여야를 가릴것 없이 안보를 외면 한채 대권경쟁에 혈안이 되고 있다. 북한의 핵무기 보유로 인한 비대칭 군사력의 위협에 대한 인식과 국가안보에 대한 관심은 어느때 보다도 긴장을 더해가고 있지만 모든 국민들과 정치인들은 안일하게 생각하며 대수롭지 않게 바라보는데 따른 안보는 심각한 위기에 처해 있다. 더욱 우리는 북핵의 인질상태에 있음에도 불구하고 북한의 핵무기는 남한을 위협하지 않는 자위의 수단이라고 두둔하며, 남북 경제력의 격차가 너무 커서 북한의 전쟁도발은 불가능하다는 논리를 전개하는 친북세력들이 많이 있다.

김일성은 6. 25남침전쟁에 실패한 이후 적화통일을 포기하지 않고 전쟁준비를 철저히 해왔었다. 더욱 베트남의 적화통일을 보면서 한반도에 대한 적화통일에 고무되었겠지만 김일성에게 기회는 주어지지 않았으며 구소련의 붕괴와 공산위성국가의 민주화로의 변화는 김일성에게 충격을 주었을 것이다.

김일성은 자기 생전에 적화통일을 하겠다고 호언장담했지만 그는 사망하고 말았다. 김정일의 세습적 후계체제는 선군정치를 내걸고 핵무기 개발을 비롯한 대량살상무기 생산으로 인해 경제파탄에 직면하게 되었으며 북한 동포들이 무수히 아사(餓死)하고, 탈북자들이 속출하고 있는 현실이다.

김정일은 정권의 붕괴에 대비하기 위하여 핵카드를 최대한 활용하면서 남한의 좌파정권과 친북세력을 손아귀에 틀어 쥐고 있는것 같다. 최근 노무현 정권은 평화협정을 빙자하여 남북 정상회담을 내걸고 있는 저의는 김정일에 동조하며 비위를 맞추는 동시에 좌파정권을 연장시키려는 계략으로 보여 진다. 오직 북한의 교묘한 적화통일전략과 통일전선 전술에 속고 있는 것이다.

북한이 정전협정을 무력화(無力化)하여 유사시 한반도에 미군의 자동개입을 불가능하도록 기도(企圖)해 온 사례를 살펴보기로 한다.

1, 1991년 3월25일 한국군 장성(황원탁 소장)을 군사정전위원회 유엔군측 수석대표로 임명하고 이를 북한에 통보하자 정전위원회 본회의를 보이콧하여 제459차 군사정전위원회를 마지막으로 본회의는 열리지 않고 있다. 즉 정전협정에 서명하지 않은 남한을 그들이 상대적 실체 국가로 보지 않고 있다는 것이다.

2, 1994년 4월24일 북한은 군사정전위원회 대표를 일방적으로 철수 한데 이어 중립국감독위원회 체코와 폴란드의 두 대표를 철수 시켰다. 그리하여 정전협정체제의 핵심인 군사정전위원회와 중립국감독위원회의 기능을 무력화 시켰다.

3, 1994년 5월24일 북한은 군사정전위원회 대신에 "조선인민군 판문점대표부"라는 아무런 법적 근거가 없는 기구를 설치하였고, 같은 해 12월15일에 중국은 군사정전위원회 대표를 본국으로 소환하기에 이르렀다. 북한은 정전협정체제를 본격적으로 와해시키고 주도권을 장악하겠다는 본심이 여실히 들어 났다.

4, 북한은 최근 신문과 방송을 통해 NLL(북방한계선)의 무효화를 주장하고 있다. 노무현 정권은 이런 북쪽의 요구를 검토할수 있는 듯이 동조의 뜻을 내비치기도 했다. 그러나 국방부가 며칠전 NLL을 확고히 유지할 것이며 북측이 NLL을 침범할 경우 단호히 대처하겠다는 내용의 책자를 발간

하게 되어 다행스럽게 생각한다.

정전협정의 규정에 서해5도서(백령도, 대청도, 소청도, 연평도, 우도)는 유엔군총사령관의 군사통제하에 둔다고 명시되어 있다. 그러나 5개섬을 연결하는 선이나 수역은 협정에 합의된 바 없다. 그래서 육지의 DMZ 군사분계선의 연장선에 서해 5개섬을 연결하는 해상 북방한계선(NLL)은 지난 1992년 남북 기본합의서에 의해서도 남북간에 확인된 사실이다.

그러나 북한은 북방한계선을 무력화하기 위하여 북방한계선을 자주 침범. 도발했으며 많은 어선을 서해에서 나포해 갔다. 2002년 6월29일 우리 해군 참수리호 357호는 북한 경비정에 맞서 연평해전에서 승리의 쾌거를 보였으며 북방한계선(NLL)사수의 사명을 다했다.

북한의 NLL의 무력화는 정전협정 파기의 전단계(前段階)인 것이며 미군 철수가 이루어지고 주한 유엔군사령부가 해체되면 자동적으로 서해5도서를 북한의 영토로 접수하여 관할 하겠다는 속셈으로 보아야 한다.

5, 미 부시 대통령의 하노이 발언에서 한반도 전쟁종식 선언과 평화협정 체결의사 표명에 김정일은 고무될수 밖에 없었을 것이다.

미국의 공화당은 그간 10년간의 집권을 청산하는냐 재집권을 하느냐의 중대한 기로에 놓인 2008년 11월 대통령선거가 있게 된다. 공화당의 부시 행정부는 공화당의 재집권을 위한 정책은 필요불가결한 사실이다.

미국은 이라크의 장기전으로 인해 파병 이후 미군 전사자 3. 390명 (2007. 5월말 현재)의 많은 인명피해가 발생했다. 따라서 미국민들의 반전 여론과 부시행정부에 대한 의회의 불신은 베트남전의 상황에 방불한 양상으로 전개되고 있다고 보여 진다.

이러한 부시행정부의 딜레마 (dilemma)는 북한의 핵 보유선언에 따른 핵폐기의 6자회담으로 방향이 선회되고 있으며 미 부시대통령은 김정일 국방위원장에게 평화협정체제 전환이라는 당근을 주면서 전쟁종식의 미끼까지 주려하는 것으로 분석된다

2007년 7월11일 버시바우 주한 미국 대사는 "서울 화계사"의 강연에서 "미국은 한반도 평화체제 협상 과정을 올해 안에 시작할 준비가 되어 있다" 그리고 "올해 안에 2. 13합의의 2단계조치인 핵프로그램 신고와 불능화 조

치를 마치고 내년까지 완전 비핵화와 평화체제 수립까지 가기를 원한다"고 밝혔다. 우리는 올해 시작해서 내년에 완전 비핵화를 마무리 짖겠다는 점을 주목하게 된다.

6, 중국에서 개최되는 2008년 8월 북경올림픽을 앞두고 미. 중 관계는 어느때 보다도 긴밀할 것이며 한반도 문제 해결에 영향이 클것이다. 역사적 외교사에 오점을 남긴 미. 일 간의 가스라―데프트 협약과 같이 남한의 참여 없이 전쟁종식을 선포하여, 정전협정체제가 평화협정체제로 전환하게 되는 미. 중, 북 간의 물밑 외교적 흥정은 기필코 막아야 한다.

7, 2007년 12월의 대선과 2008년 4월의 총선은 좌파정권의 10년 집권이 종식되는냐 연장되느냐의 중대한 기로에 서게 된다. 이러한 중요한 시기에 남북 정상의 만남을 통하여 사전에 밀약된 평화선언과 서해 해상 NLL 을 조정하여 공동어로의 구역이 선포된다면 대선정국에 큰 회오리 바람이 불어 닥칠 것이다. 그러나 미국과 중국의 합의나 동의 없이는 평화협정체제의 전환은 사실상 어렵겠지만 정전체제를 파기하려는 김정일과 정권 재창출을 노리는 노무현 사이에 광적 돌출행위를 자행할수도 있다는 것이다.

이제 마무리를 짓고자 한다. 이상의 7개항은 한반도의 비핵화에 따른 6자회담의 귀추에 따라 관심도는 가변성이 있겠지만 결론적인 해답은 미국의 대한반도 정책에 의하여 문제 해결이 이루어 진다는 사실이다.

미국의 대한반도 정책은 2008년 11월 대선에 초점을 맞추게 될것이며 금년 안에 큰 변화를 바라지 않을 것이다. 따라서 부시는 이라크 장기전의 어려움을 극복하면서 북한의 핵보유를 내심으로 기정사실화하는 가운데 점진적으로 북핵문제해결의 수순을 밟아 김정일 정권체제의 붕괴를 바라는 동시에 변화를 추구할 것이다.

북한이 핵무기를 완전 폐기한다는 것은 기대하기 어려우며 어떠한 수단과 방법을 가리지 않고 은닉하여 보유할 것이라 예상된다.

한반도를 초토화시킬수 있는 핵무기의 보유는 잠재적 국력이며 생존 수단이기 때문에 김정일은 벼랑끝 전략으로 버티면서 부시의 넥타이를 잡아 당겼다 늦췄다 하고, 노무현의 덜미를 잡고 흔들며, 후진타오의 영향력을 교모히 이용하는 고차원적 위장전략을 전개할 것으로 판단된다. 그래서 "韓

國의 大選, 中國의 北京 올림픽, 美國의 大選에 따른 延長線上에서 今年과 來年은 大 變革의 해"가 될것이다.

결국 한국전쟁의 종전 씨나리오와 평화협정의 실질적 거론에 따른 국제 정치적 급변상황에 어떻게 능동적으로 대처할 것인가의 대비책에 따라 대한민국의 국체(國體, forms of state)와 정체(政體, forms of government)의 존속여부가 좌우될 것이다.

한인 대학생 조승희가
지구촌을 뒤흔들어 놓았다
〈버지니아 공대의 살인 참상을 보며〉

(2007년 4월 21일)

2007년4월16일 미국 버지니아 공대에서 미국의 영주권을 가진 한인 대학생 조승희의 권총 난사로 33명이 살해되고 15명이 부상을 입은 미 최악의 교내 총기 사건이 발생했다. 그래서 연방정부에서 모든 연방건물에 조기를 달도록 조치하고 17일 부시대통령 부부가 참석한 가운데 버지니아 공대 교정에서 학생, 교수 주민 1만여명이 참석하여 희생자 추모 집회가 있었다. 부시 대통령은 이날 집회에서 "오늘은 온 나라가 슬픔에 잠긴 날"이라며 유가족, 학생, 교수를 위로했고 추도식이 열린 캠퍼스는 눈물바다가 되었다고 한다.

미 부시 대통령은 공교롭게도 한반도 비핵화를 위한 6자회담과 북핵 폐기문제로 골머리를 앓고 있는데 설상가상으로 한인 대학생이 저지른 야만적 경악의 사건을 어떻게 생각할 것인가? 마음속으로는 심히 심기가 불편했겠지만 꾹 참을수 밖에 없었을 것이다. 미국에 1년간 50만 여명(한국 : 5만8천여명)의 외국학생들이 한해 130억불의 수입을 미국에 안겨 주고 있는데 유학생이 줄어들가봐 내심 걱정도 되었을 것이다.

그러나 미국이라는 국가는 대통령과 국민들이 한결같이 초강대국의 포용력과 관대한 모습을 보여 주었다. 조승희의 집단 살인사건을 민족적 관점에서 보는 것이 아니라 개인의 문제로 다루려고 애쓰고 있다는 점이다. 이 사건을 통해서 우리의 현실을 되돌아 보며 반성하고 우리의 수치를 깨달아 알아야 한다.

지난 2002년 10대의 여중생 2명 효순이와 미순이가 의정부에서 미군 장갑차에 치어 죽게 되자 촛불시위를 비롯해 각종 반미정서를 부추기고 선동하며 주한미군철수를 주장하면서 수개월간 혼란을 조성했다. 두 사건을 비교하여 생각해 보면 버지니아 공대의 권총 난사 사건은 조승희가 개인적으로 미국에 가서 공부를 하다가 저지른 범행인 반면에 미 장갑차의 기동중에 발생한 여중생 사망사건은 한국의 안보를 위해 주둔하고 있는 미군의 장갑차 훈련중에 발생한 사고인 것이다. 그래서 여중생 죽음으로 인한 촛불시위는 오히려 세계적인 조소와 빈축의 결과를 초래했지만, 버지니아 공대 추모행사에 촛불 추도집회는 불타 녹아 내린 촛물과 함께 세계 인류들이 동정과 위로의 눈물이 흘러 내렸다고 생각한다.

인간의 고귀한 생명은 부모의 사랑으로 얻어진 열매의 소산이다. 성경에는 사람이 하나님의 형상대로 창조되었다고 했다. 하나님의 형상은 근본적으로 하나님의 성품을 소유한 죄성이 없는 존재로 창조된 것이다. 그러나 처음에 "선하게" 창조되었으나 에덴동산에서 아담이 죄를 짓지만 않았다면 하나님과 더불어 영원히 살수 있었다. 그러나 아담 "한 사람으로 말미암아 죄가 세상에 들어오고 죄로 말미암아 사망이 왔다. 사람들에게 하나님의 큰 저주가 임하여 부패와 사망이 세상에 들어온 것이다. 아담이 에덴동산에서 추방되어 두 아들 가운데 큰아들 가인이 동생 아벨을 돌로 쳐죽인 사건은 인류역사상 최초의 살인 사건이며, 점차로 죄악이 세상을 뒤덮게 되자 노아의 홍수로 노아의 8가족을 제외하고 전부 물로 쓸어 버렸다. 이것이 소위 구약시대의 물심판이다. 그러나 신약시대에 첫아담 한사람으로 말미암아 죄악의 사망이 왔으나 마지막 아담 예수그리스도 한사람으로 말미암아 인류가 구원받고 죄에서 자유케 되었다. 그러나 원죄는 사함을 받았으나 자범죄의 죄성으로 말미암아 이 세상은 다시 죄악이 관영(貫盈)하게 되었다. 오늘날 지구촌은 살육과 전쟁으로 인하여 영일(寧日, peaceful day)이 없다. 그래서 마지막 심판은 불의 심판이 있다고 했다. 나는 불심판을 전쟁에 의한 마지막의 종말로 풀이하고 있다.

모든 종교는 살육을 금기하고 있다. 기독교의 십계명에도 "살인 하지 말라"고 했다. 신라시대 불교에 바탕을 둔 화랑5계 중에 임전무퇴(臨戰無退)와 살생유택(殺生有擇)을 통해서도 교훈으로 삼아야 한다. 전쟁을 함부로 유발하여 무차별로 살육을 해서는 안되는 것인데, 동족간의 6. 25 전쟁으

340

로 250만명 이상 피를 흘리게 한 분단의 역사는 반세기가 지났지만 평화통일은 커녕 핵폭탄의 공포에 우리는 떨게 되었다.

미국 부시 대통령은 북한을 "악의 축", "폭정의 전초기지"라고 힐난하게 비판을 했다. 그렇다면 한국은 "선의 축"이며 "선정의 전초기지"인가를 자성해 보아야 한다. 북한은 세계에서 유례가 없는 세습적 봉건사회의 독제정치 체제로 김정일이가 선군정치라는 이름으로 사실상의 군사력을 장악하여 군사정권을 강력하게 유지하고 있다. 그간에 북한 동포들은 300만명 이상 굶어 죽었으며, 오늘도 북한 동포들은 굶어죽어 가고 있고, 정치범수용소에서 생지옥의 생활을 하고 있다. 오직 세상권세 잡은 김정일만이 하나님의 진노의 대상이 되고 있다.

오늘날 한국의 실상은 어떤가를 냉철하게 인식해야 한다. 한국은 세계적인 경제10위권에 진입하여 풍요롭게 살고 있다. 그러나 빈부의 격차가 커졌으며, 계층간의 갈등은 골이 깊어 졌고, 문화수준이 향상되면서 사회의 도덕적 타락과 성적문란은 극에 달하여 서울과 도시마다 소돔과 고모라를 무색케 하고 있다. 심지어 부부를 서로 맞교환하여 즐기는 스와핑(swapping)의 혼돈시대에 살고 있다. 그리고 사회 지도층 인사의 자살을 종종 볼수 있는데 불명예 보다는 극단적으로 자살을 함으로써 책임을 회피하자는 것이다. 총체적인 현실은 정치, 사회, 경제, 문화의 변화에 따른 도덕적 통제 결여에 의한 아노미현상 (Anomie · 가치관의 도착) 의 사회로 돌변했다. 그래서 청소년들의 인터넷에 자살싸이트가 생겨서 자살을 공모(共謀), 동조(同調), 결행(決行)하는 사건이 빈발하고 있다.

미국 버지니아 공대에서 한국의 국적을 가진 대학생 조승희가 끔찍한 권총난사로 지구촌을 왈각 뒤흔들어 놓았다. 이 악몽같은 사건을 보면서 그 원인과 발단에 대한 국민적 죄책감과 책임을 통감하게 된다.

한국에서 출세를 할려면 미국에 유학을 해서 공부를 해야하고, 학위를 받아야 한다는 절실한 요구가 자식을 둔 부모에게 커다란 무거운 짐이 되고 있다. 그래서 기러기 아빠가 속출하고 있다.

또한 자식들의 장래를 위해 이민을 가는 경향이 많다. 그런데 이민가는 가정을 보면 두가지로 분류될수 있다. 먼저 경제적으로 부유한 가정들이 한국을 떠나서 안정된 생활을 하고자 하는 화이트칼라가 있는 반면에 한국에서 살기 힘들고 적응하기 어려워서 해외로 진출하는 불루칼라들이 있다고 보여 진다. 이 두부류의 가정의 자녀들에게 문제점이 발생하는 경향은 부유층의 자식들은 돈을 물쓰듯하며 탈선하고 방탕의 생활을 하기 쉽고, 어려운 가정의 자녀들은 돈이 없어 상대적 빈곤과 불만으로 저항의식과 반발심리가 문제가 되어 심리적 불만이 폭팔할 수 있을 것이다. 조승희의 권총살해 사건은 후자의 경우에 속할 것이다. 그래서 부자를 미워 한것이다.

모든 사고는 근본적으로 사고를 유발하게 되는 원인이 있다. 금번 살인 사건에도 여러가지 복합적인 사고발생 요인이 있을 것이다. 각종 사고는 불만과 불안으로 부터 시작된다. 최초의 불만, 불안으로 인한 심리적 갈등이 심화되면 정신적으로 방황하게 되고, 정신적으로 자신의 삶에 좌표를 잃게 되면 노히로제에 걸리고, 노히로제가 심하면 결국 정신병에 걸리는 것이다. 정신병자는 세상을 정상적인 눈으로 바라 볼수 있는 가치관을 상실하게 된다. 정신병자 가운데도 내향적인 정신병자와 외향적인 정신병자로 구분해 볼수있겠다. 그 내향적인 병자는 남에게 피해를 주지 않지만 외향적 병자는 외톨이가 되어 좌절하게 되면 발작하게 되고, 증상이 심하면 사람을 보복의 대상으로 삼아 살해하며 자살을 결행하는 사건이 발생하는 것이다.

모든 사람은 보편적인 인격을 가졌다면 인면수심의 만행을 하지 않는다. 그러나 흉악범은 대부분 정신병적 정신착란이나 약물에 의한 환각상태에서 범행을 저지르게 된다. 버지니아 공대의 교정에서 권총을 난사하여 교수와 동료학생을 무차별 살해한 사건은 여러가지 원인이 있겠지만. 미국사회와 대학생활의 불만에 직접적인 원인이 되어 외향적인 발작증세가 끔찍한 집단살인으로 전이(轉移)되었다고 분석된다. 물론 선천적인 성격과 가정문제를 무시할 수는 없는 것이다.

조승희는 2명을 살해한 직후 자신의 범행을 정당화 하기위하여 27건의 동영상 파일이 담긴 DVD 43장의 사진과 3페이지의 학살의 변(辯)을 뉴욕의 NBC방송국 본사에 보낼 정도로 대담 했다.

여기서 주목하게 되는 것은 그는 "동봉한 사진에 붙인 글에서 오사마(빈라덴)처럼 내 인생에 9. 11테러를 저지르고 김정일처럼 자기나라 사람을 괴롭히고 부시처럼 내 인생을 험비차량(군용차종)으로 사냥하고 다니니까 당신들은 이제 행복하냐"고 물었다는 것이다.

그의 동영상에서 자신을 예수나 순교자로 또한 모세로 착각하는 극도의 정신착란상태를 보였다. 또한 그의 시신팔 안쪽에서 발견된 "Ismail Ax(이스마일 도끼)와 같은 붉은 색 문구가 있었다는 것이다. 아브라함은 우상숭배를 타파하기 위해 도끼를 들고 예배소에 올라가 작은 우상들을 모두 깨뜨리고 큰 우상의 목에 걸어 두었다고 전해 지는 "신의 처형" "대량 학살"을 뜻한다는 것이다. 그의 범행 직전의 행적을 보면 권총구입과 사격연습 모든 기록물을 남긴 계획적인 범행으로 보여 진다. 그는 정신질환의 진단을 받은 적도 있고 학교 수업시간에도 수업추방이 필요할 정도로 위험한 상태에 까지 이르렀다면 가정과 학교당국에서 사고예방에 대한 안전조치가 있어야 했다. 조승희가 대학졸업을 불과 3주 남겨 놓은 시점이어서 무척 아쉬운 점이다.

그러면 결론적으로 마무리를 하겠다. 모든 학교교육은 기초적인 인격형성에서부터 시작되어야 한다. 모든 교육의 내실은 가정, 학교, 사회가 삼위일체가 되어 인성(Personality)교육을 통해 사람을 근본적으로 변화 시켜야 한다. 더욱 종교인들의 책임이 막중하다. 최승희 사건에서 볼수 있듯이 왜곡된 신앙은 사회적 물의를 일으킬수 있다는 것이다. 인격을 갖추지 못한 지식인, 과학자, 종교인은 사상누각(砂上樓閣)과 같고 위선적 존재로 전락하여 사회에 공헌하는 것이 아니라 오히려 해독이 될수 있는 것이다.

지구상에 존재해서는 안될 불필요한 해독의 존재가 많다. 존재해서는 안될 종교가 풍미(風靡)하고, 존재해서는 안될 이데올로기에 빠져있는 군상들이 많다. 더욱 지구상에 태어나서는 안될 사람이 지도자가 되고, 많은 정신병자가 태어나 서슴치 않고 살육을 하고 있다. 조승희 살인사건이 있은지 이틀뒤인 18일에 이라크 바그다드에서 "피의 수요일"이라 불리는 5건의 연쇄 차량폭탄테러 사건이 발생하여 무려 160여명이 죽고 수백명이 다쳤다는 기사를 읽었다.

그러나 버지니아 공대의 권총 난사 사건으로 33명이 사살되고 15명이 다친 사건은 지구촌을 뒤흔들어 놓았지만 160명의 죽음에 대하여는 신문의 모퉁이 기사로 취급되어 묻혀 버리고 말았다. 오늘도 전쟁터의 도처에서 양심의 가책도 없이 공인된 살인을 계속하고 있다. 나는 베트남전쟁에 참전하여 지휘관(중대장)으로 전투 현장에서 인간의 생명에 대한 고귀함을 절실히 깨닫게 되었다. 지구촌에서 평화로운 인류들이 살육의 피흘림 없이 행복하게 살아가고, 남북한 간에도 전쟁이 없이 조국통일을 이룩할수 있기를 소원한다.

끝으로 조승희의 끔직한 권총 살인의 만행을 개탄하는 동시에 희생된 교수와 학생의 명복을 빌고 유가족을 위로하며 부상학생이 하루속히 치유되기를 바란다. 그리고 한국과 해외에서 자라나는 우리 꿈나무인 청소년, 학생들에게 도덕성 회복과 바른 가치관의 정립이 있기를 간절히 기원한다.

그의 아버지는 벚꽃만 보면
치가 떨린다고 했다
〈승용차 안에서 나눈 대화중에서〉

(2007년 4월 14일)

대한민국 백성들은 축복 받은 나라에서 살고 있다. 그 이유는 동남아의 인도네시아 처럼 태풍과 해일로 인한 쓰나미의 피해도 없고, 일본처럼 지진의 피해를 입지도 않는 가운데 더욱 4계절이 있어 계절 따라 자연의 아름다움을 만끽할수 있기 때문이다.

겨울이 지날 무렵 봄을 재촉하는 매화의 미소는 한결 정겹기 짝이 없다. 그리고 봄이 오는 소리에 겨우내 잠자던 개구리도 놀라 깨고, 흙을 뒤집고 생명체의 싹이 솟아나기 시작하며, 수목의 가지에 움이트고 푸르름이 더해 가는 봄의 정취는 우리의 마음속에 소망을 잉태케 한다.

더욱 3월이 오면 남쪽으로 부터 화신(花信)의 기쁜 소식이 전해 오기 시작한다. 제주도 한라산 밑의 넓은 들녘에 만발한 노란색의 아름다운 유채꽃은 신혼부부들에게 카메라의 샷타를 바쁘게 한다.

누구나 유채꽃 속에 파묻혀 낭만의 시간을 가져 보았다면 마음속에 추억의 흔적이 지워지지 않을 것이다. 과거는 다 아름다운 것이기 때문이다.

제주도의 유채꽃의 화신은 바다 건너 육지로 상륙하여 고고(孤高)하기 짝이 없고 고상한 품위의 흰 목련화가 피기 시작하면 벚꽃도 덩다라 피기 시작한다. 한반도의 남쪽 진해의 군항제에 벚꽃 축제는 많은 인파의 상춘객으로 떠들썩하고 요란하게 붐빈다.

나는 지난 4월 1일 "진해 벚꽃축제를 마음껏 예찬하고 싶다"는 제하(題下)의 글을 써서 인터넷에 올린적이 있다. 그런데 나는 불과 10여일 지난 시점에 "벚꽃축제를 예찬한다"는 자체에 양심적 동요가 일어 났다. 그 이유는 벚꽃이 "일본의 국화"이며 전국적으로 벚꽃이 너무 많이 뒤덮여 있어 거부감이 발동 했기 때문이다.

요즘 벚꽃이 만발할 즈음에 고궁안이나 진입 도로변, 명소의 주변지역, 도시의 도로변 등을 돌아보면 벚꽃으로 뒤덮여 있다. 승용차로 장거리를 왕래할 경우와 전철을 타고 창밖을 내다 보게 되면 미묘한 감정이 가슴을 두드린다.

지난 4월11일이다. 나는 운전면허 적성검사 유효기간이 만료되기 직전 안산의 면허시험장을 찾아 갔다. 전철4호선 중앙역에 하차하여 택시를 타고 가서 수속을 마치고 돌아올 때에 마침 그렌저 승용차에 동승하여 전철역 까지 이동하는 과정에서 대화가 오고 갔다. 그곳 도로변에 벚꽃이 너무나 아름답게 만개하여 있었기에 벚꽃이 화제가 되었다.

저 벚꽃이 "일본의 국화"인데도 이렇게 아름답게 피어 있는데 우리나라 국화인 "무궁화'는 눈씻고 찾아 볼레야 볼수 없다. 이곳뿐 아니라 전국적으로 벚꽃이 뒤덮여 있는데 어떻게 생각하는가? 라는 질문이 던져 졌다.

그는 40세를 갓 넘은 나이에 케이블 TV PD로 일하고 있다고 했다. 그가 말하기를 자기 아버지께서 "벚꽃만 보면 치가 떨린다"고 말했다는 것이다. 부친께서 생존해 계시냐고 물었더니. 수년전에 돌아 가셨는데 살아계실 때 자주 왜놈들 밑에서 노예생활을 하며 많은 고생을 했고, 심지어 처녀들을 강제로 끌어가 정신대를 만들어 성놀이개를 삼은 쪽발이들만 생각하면 이가 갈리고 치가 떨린다. 사쿠라(벚꽃)만 보아도 치가 떨린다고 말했다는 것이다. 그래서 나는 그에게 벚꽃나무를 전부 벌채해 버리면 어떻겠느냐고 질문을 던졌다. 그랫더니 참 좋겠다고 응수를 하며 전부 베어버려야 한다는 것이다. 그와 우연히 만나 잠간 승용차 안에서 나눈 대화는 커다란 마음속에 파장을 남긴 채 악수를 나누고 헤어졌다.

나는 집에 돌아와 고민에 깊이 빠졌다. 몇일전 진해 벚꽃축제를 예찬한다는 기록을 남겼기에 무척 마음에 부담이 되면서 한국땅에 벚꽃나무를 전부 제거할수 있는 방법은 없을까? 어떤 좋은 방법과 대책은 없을가에 마음을 쏟기에 이르렀다.

모든 일은 근본적인 문제의 원인부터 추적해서 알아 보아야 한다. 진해는 러, 일전쟁 부터 일본 강점에 이르기 까지 군항의 쟁탈전이 있었으며 진

346

해 시가지는 일본 해군기(海軍旗)를 연상케하는 방사선 도시계획으로 설계되었고, 점령의 상징으로 벚꽃나무를 심었다는 사실을 상기하게 되었다. 1962년 일본에서 왕벚꽃나무 묘목 2천여 그루를 진해시와 해군이 공동으로 구입하여 벚꽃장 일대와 해군 통제부 영내에 그리고 제황산 공원과 시가지에 심었다는 것이다.

한국땅의 방방곡에 최초에 벚꽃나무를 심게된 동기와 누가 심었는가를 생각해 보아야 한다. 한발 앞서 누가 종묘장에서 묘목을 가꿨으며, 누가 묘목을 시선이 집중되는 핵심적인 도로변이나 관광지에 옮겨 심었는지 궁금하기 짝이 없다. 더욱 일본에서 수입했다면 반듯이 의도적인 목적을 가지고 묘목을 옮겨 심었다고 믿는다. 바로 친일적인 인물들의 소행으로 보아 진다. 단순히 벚꽃의 아름다움에 매료된 결과로 볼수만은 없을 것 같다.

나는 지난 4월1일 언급하기를 "진해라고 하면 벚꽃을 연상하게 되는데 이는 일본이 우리나라를 침략하여 이곳에 군항을 건설하게 되면서 도시의 미화용으로 벚나무를 심었다고 했고, 일본의 국화일 뿐 아니라 일본의 침탈로 인하여 심겨진 벚꽃이라는 것을 생각하면 뿌리채 뽑아 버리고 싶지만 어찌할수 없이 4월의 봄을 맞이하면서 벚꽃축제에 관심을 갖게 된다고 말했다. 그리고 우리나라 국화(國花)인 무궁화를 외면하고 천시하며 벚꽃을 좋아 한다는 것은 있을수 없는 일이고. 무궁화를 더 사랑하며 벚꽃도 좋아 한다면 지탄 받을 일이 아니다"라고 소신을 밝혔다. 그러나

오늘 이 시간에 마음이 무척 아프며 양심상 부끄럽게 생각한다.

또한 해병대 장교가 되는 후보생과정과 초군반과정의 9개월간을 구대장인 나와 함께 해병학교에서 땀을 많이 흘렸으며 동고동락한 인연을 가진 김병로 청년 장교는 월남전에 참전한 후 초급장교로 전역을 했지만 민선 진해시장 재임(1995－2006, 6) 9년간에 공적이 많았다고 자랑스러운 평가를 했다 그러나 최근에 재임기간중에 24만여그루의 벚꽃나무를 심었다는 기록을 보고 놀랐다.

오늘날 과거사를 들춰 내어 친일세력을 청산하자는 바람이 불고 있는데 일본의 국화인 벚꽃이 화사하게 만개한 전국 곳곳에 꽃의 아름다움에 푹 빠지고 있는 모습을 보면서 과거의 일제식민지 생활을 되돌아 보는 계기로 삼

아 역사의식을 새롭게 가져야 하겠다. 친일세력은 점차적으로 자연히 후대에 청산될수 있지만 외세의 정신적 상징인 무성한 벚꽃나무는 세월이 흐를수록 더욱 무성하게 자라고, 그 늘어진 가지에 왕벚꽃의 소담한 꽃송이의 아름다움은 대한민국의 무형(無形)의 애국혼(愛國魂)을 짓밟고 말것이다.

노무현 정부에서 친일잔재를 청산하는 과정에 우선적으로 벚꽃나무의 제거를 과감하게 추진했으면 좋겠다. 그러나 현정권에서 관심이 없으면 다음 정권에서 반듯이 논의되고 연구의 과제로 삼아야 할 것이다. 어느 나라든 국화는 그 나라를 상징하게 된다. 단순한 꽃이 아니라 꽃에는 그 나라 백성의 얼과 정신을 상징하고 있기 때문이다. 그 아버지에 그 아들이라고 했다. "아버지께서 벚꽃만 보면 치가 떨린다"라고 말한 것을 기억하는 아들을 만나 대화를 나눈것을 거울로 삼아 모든 국민은 우리나라 국화인 무궁화를 사랑하고, 일본의 국화인 벚꽃을 경멸하는 캠페인을 벌여야할 필요성이 절실하다.

대법관이 1만원을 받은
경찰관을 해임 판결 했다

〈정부 고위공직자 재산 공개를 보며〉

(2007년 4월 5일)

2007년3월31일 공직자 재산이 신문에 공개 되었다. 정부의 고위공무원과 국회의원, 법관, 검찰 등 전체 고위공직자의 재산평균은 15억1600만원으로 전년도에 비해 27%증가 했다. 그리고 작년 한해 동안 평균 3억1900만원 늘어난 것으로 나타 났다. 신고 대상자 1058명중 집을 2채이상 소유하고 있는 공직자도 505명(48%)으로 절반 가까이 됐다.

사람이 태어날 때는 만인 평등인데 과연 출세는 무엇을 의미하고 있는 것일가! 필자는 젊음을 전부 군생활에 바쳤던 한 사람으로서 고개를 까웃 둥 해 본다.

대법원과 헌법재판소 공직자 윤리위원회가 관보에 공개한 재산변동 신고내역을 보면 사법부 고위공직자들은 5명중 3명꼴로 지난해 재산이 늘었다고 신고했다. 재산총액이 10억이 넘는 자산가도 사법부 고위법관 134명 가운데 91명인 68%에 달했다. 사법부의 총수인 이용훈 대법원장은 재산총액 40억6천5백만원으로 지난 한해 동안 2억6천만원이 늘었다.

부모의 유산이 없으면 평생 공직생활을 해도 1억원을 저축해서 집 한채 장만하기 어려운데 고시촌에서 육법전서와 씨름하고 있는 젊은이들의 속셈을 이해 할만도 하다.

특히 대법원의 상고심에서 교통경찰관이 1만원을 수수한 윤모씨의 해임처분이 정당하다 판결을 내린 주심 이홍훈 대법관의 재산총액 7억3천6백만원에 지난 한해 동안 2억4천7백만원이 늘었다. 대법관 13명가운데 세 번째로 재산이 적은 액수인 것으로 보아 청렴한 법관인 것 같다. 그러나 1만원 때문에 해임되어 직장을 잃고 거리에 방황하는 말단 경찰관을 생각할수 없는 대법관은 죄악이 관영(貫盈)한 어두운 세상을 빛으로 밝히지 못하고 안 방에서 혼자 촛불을 밝히고 자족하는 대법관이라 할수 있겠다.

대한민국은 자유민주의 정치체제로서 삼권분립의 입법, 사법, 행정의 세 기관에서 국가권력의 집중과 남용을 방지하려는 정치조직 원리의 작용이 있게 된다. 그러나 대통령중심제의 통치형태로 인한 권력의 집중으로 삼권 분립의 독립성과 견제기능을 발휘할 수가 없었고 권력형 부정부패와 권력 남용은 도를 넘었다.

건국 이래 법치국가의 정도(正道)를 탈선한 인치권력(人治權力)에 아부 하며 줄을 서야 했기 때문에 부정부패의 검은 돈을 먹는 왕 돈벌레들의 먹 이 사슬이 지연, 학연 혈연으로 고리를 맺어 부패가 만연되고 만 것이다.

그간의 모든 고위공직자들은 공직생활을 하면서 정당하게 재산을 형성 했다고 믿어주고 싶다. 그러나 검은 돈의 콩고물이 묻어 있지나 않은지 의 심이 간다. 오늘날 정부의 고위공무원, 국회의원, 판사, 검사 들에게 돌을 던지면 맞지 않을 고위 공직자가 있겠는가? 묻고 싶다.

그간 두차례에 걸쳐 이용훈 대법원장의 자진사퇴를 촉구했던 정영진 서 울 중앙지법 부장판사가 세 번째 글을 법원 내부통신망에 올린 "이용훈 대 법원장의 즉각적인 결단을 촉구하며"라는 글에서 "국민들이 의혹을 갖고 있 는 부분에 대해 이용훈 대법원장이 직접 나서서 해명하라"고 촉구하고 있 어 파문이 확산되었다.

정 부장판사가 그간에 비판의 문제를 제기한 것은 이용훈 대법원장의 변 호사시절 수임료와 관련하여 대법원장이 2000−2005년에 걸쳐 470여건 을 수임해 60억원을 벌었다는데 전관예우란 의혹이 있고 과도한 수임료를 받았다고 볼수 있다면서 "과도한 수임료의 경우에 따라 사기죄로 처벌할수 있다"고 강조 했다. 또한 "의견서 한 장 써주고 5천만원을 받았다"는 보도 가 있다고 덧붙였다.

이러한 사실이 실질적으로 문제가 있는지 없는지를 떠나서 사법부의 총 수인 대법원장과 지법 부장판사 간의 직계 상하관계인 두 법관사이에 벌어 진 사법부 하극상의 수치스러운 사건이라 할수 있다.

필자는 평범한 국민의 한 사람으로서 고언을 하고자 한다. 대법원장을 상대로 "과도한 수임료와 조폭변론"의 문제점을 제기하며 비판하고 나서는 부장판사가 있다는 자체가 수치스러운 일이라 생각한다. 그러나 불의를 추호도 용납하지 않는 법관이라면 칭찬과 존경을 받아 마땅하다고 생각된다. 그래서 객관적인 견해로는 정 부장판사의 비판적 주장이 사실이 아니라면 정 부장판사를 즉각 의법처리 해야할 것이며, 정 부장판사의 비판의 주장이 사실이라면 주저없이 대법원장의 책임있는 운신이 수반되어야 할 것으로 사 료된다.

대법원의 이홍훈 대법관은 교통위반 단속 중 1만원을 받아 해임된 것은 당연하다고 판결을 내린바 있어, 법치주의에 합당한 대법관으로 높이 평가를 할수 있지만 인도주의에 입각한 관용이 부족하다는 빈축이 있을수 있다. 여하튼 해임된 경찰관이 석궁을 들고 대법원에 침투하지 않으면 다행일 것 같다.

그간에 1만원에 대한 판결로 회자(膾炙)된 이홍훈 대법관이 담당해서 명판결을 내려야 될 사법부 파문의 한 사건으로, 즉 이홍훈 대법관도 잘 알고 있는 이용훈 대법원장을 상대로 정영진 부장판사가 제기하고 있는 하극상의 비판사건에 대하여 시간을 끌며 방임하지 말고 하루속히 진상이 밝혀져 명성이 있는 이홍훈 대법관의 판결이 있으면 좋겠다.

또 한가지 국민들이 특별히 관심을 가져야 할 사안이 있다. 즉 대통령 선거사범으로 노무현 대선 불법자금 32억6천만원을 모금하는데 직 간접적으로 개입한 협의로 열린우리당 이상수 의원이 구속(2004. 01. 28)되어 옥고를 치룬사실이 있다. 그러나 노대통령의 대선공신 봐주기 의혹을 면치 못하는 가운데 정대철 및 이상수 의원은 특별사면(2005. 8. 15)으로 풀려 났을 뿐 아니라 이상수 의원은 노동부장관으로 임명(2006. 01. 02)되어 금일에 이르고 있다. 그리고 금년 대통령취임 4주년기념 특별사면으로 434명 중 거물급 정치, 경제사범 인사들이 대부분 풀려났다.

필자는 특별 사면되어 장관이 된 재산 총액8억6천만원을 소유한 이상수 노동부장관과 사법부의 총수로서 재산 총액40억6천5백만원을 소유한 이용훈 대법관을 보면서 말단 교통 경찰관 윤모씨의 1만원 뇌물수수로 인해 해임되어 직장을 잃은 젊은 청년을 대조하여 생각하게 된다. 그는 자신의 잘

못을 깨닫고 대법원의 최종 판결에 순순히 승복을 하고 있을까? 불보듯 뻔한 사실로 좌절감을 가지고 실의에 빠져 술에 만취된 상태에서 세상을 원망하며 하늘을 향해 고함을 쳤을 것이다. 그렇다고 해서 해임된 경찰관을 결코 옹호하는 것은 아니다. 오직 위로해 주고 싶을 뿐이다. 그는 사회에서 문제아로 낙인이 찍혀 탈선의 골치걸이가 될 수도 있기 때문이다.

우리사회에서는 전과자는 전과자라는 딱지가 붙는다. 그들을 따뜻하게 맞아주고 품어주지 않으며 백안시(白眼視)하기 때문에 소외될수 밖에 없고, 사회생활에 적응하기 어려워 방황하다가 다시 감옥을 찾는 것이다. 그래서 전과자는 습관성 전과를 반복적으로 범하여 전과자의 낙인이 찍히는 것이다.

그래서 형사처벌을 받은 정치인이 장관도 되는 판에 말단 해직된 경찰관에게 특별사면의 혜택을 주어 복직할수 있다면 회개하고 모범경찰관으로 변신해서 치안유지에 충성을 하지 않겠는가 ? . . .

법정에서 빵 한개를 훔쳐 먹은자를 절도범으로 취급하여 법의 심판대에서 엄격하게 단죄를 하면서 큰 황소 한마리를 밤에 끌어간 절도범을 정상을 참작하여 관용을 배푸는 법적용의 판결은 있을수 없을 것이다.

항간에 떠도는 말에 고래는 법망에 걸리지 않고 오히려 법망의 그물을 찢고 통과하여 자유롭게 활동을 하지만, 오직 힘없는 잔 송사리떼는 법망의 그물에 걸려들어 감옥에 간다는 것이다. 또한 지상에 펼쳐진 법망의 그물에는 많은 참새는 전부 걸려 잡히지만 힘센 독수리들은 그물을 찢어 버리고 날기 때문에 잡히지 않는다는 것이다. 오직 힘센 고래, 독수리 세상은 현실에 합당한 비유의 말이다.

사법부가 썩으면 깨끗한 공직기강은 기대할 수 없고 정의사회 실현은 불가능하다. 사법기관이 먼저 거듭나서 생명력이 있어야 한다.

끝으로 대법원 상고심에서 말단 경찰관의 1만원 수수로 인한 해임이 정당하다고 판결을 내린 배경의 경위를 밝히며 맺기로 한다.

2005년6월 교통 경찰관인 윤모씨는 신호위반을 한 여성운전자에게 "벌금 6만원에 벌점 15점인데 담뱃값으로 만원짜리 하나 신분증 밑에 넣어주면 된다"고 노골적으로 금품을 요구해 1만원을 받았다가 2개월 뒤 징계위원회에 회부돼 해임된 뒤 "비위정도에 비해 해임처분이 지나치게 무겁다"
며 소송을 제기 했다.

대법원 3부(주심 이홍훈 대법관)는 교통위반 단속 중·1만원을 받았다
가 해임된 전 경찰관 윤모씨가 부산지방경찰청장을 상대로 낸 해임처분 취
소 청구소송 상고심에서 원고승소 판결한 원심을 파기, 사건을 부산 고법
으로 돌려 보냈다고 밝혔다.

또한 재판부는 판결문에서 "원고가 받은 돈이 1만원에 불과 하더라도 경
찰공무원의 금품수수 행위를 엄격히 징계하지 않을 경우 공평하고 엄정한
단속을 기대하기 어렵고 법 적용의 공평성과 경찰공무원의 청렴의무에 대
한 불신을 키우게 될 것이다. 징계내용이 명백히 부당하다고 볼 수 없다"
고 판시 했다.

아울러 재판부는 "원고는 위반자에게 적극적으로 돈을 요구해 받았고 다
른 사람이 볼 수 없도록 돈을 접어서 건네는 방법까지 지시했으며 신고하면
불이익을 입게 될것이라는 취지의 말을 했다는 점에서 해임처분이 사회 통
념상 타당성을 잃었다고 보기 어렵다"고 덧붙였다.

이상의 판결 내용은 필자가 신문에서 발췌해 놓은 기사의 내용이다. 왜
1만원을 받아 해임된 판결에 관심을 갖게 되었는가 하면 말단 경찰관 뿐 아
니라 공직에 있는 모든 공무원들이 얼마나 청렴한가를 묻고 싶었기 때문
이었다.

마침 수일전 정부의 고위공직자 재산공개를 보며 불연듯 신문 스크랩을
들춰내어 신문기사를 보며 두서없이 적어 보았다.

윤모씨에 대한 일벌백계(一罰百戒)를 위한 공정한 판결을 잘못 판결했다
고 탓하고 싶지는 않다. 오히려 말단 경찰관 한사람의 사소한 비위사실을
엄벌하여 경찰관들의 금품수수 행위가 근절되고 깨끗하게 정화될수 있다면
체형(體刑)을 가 한다 해도 환영할 일이다. 그러나 상류탁하부정(上流濁下
不淨)의 현실 공직사회를 보면서 1만원에 징계를 받고 해임이 되는 것은 가
혹하지 않나 생각되며 징계조치의 해임이 아닌 다른 징계조치로 개과천선
의 기회를 줄수도 있었지 않았겠나 싶어 아쉬움이 남는다.

"한반도"정세는 적화된
"베트남"을 꼭 닮아 가고있다
〈키신저와 올브라트를 바라 보며〉

(2007년 6월 25일)

북한의 남침에 의한 6. 25전쟁 57주년을 맞으며 베트남의 적화통일을 반면교사(反面敎師)로 삼아야할 절실한 상황에 처해 있다. 그러나 한반도를 위요(圍繞)한 국제정세의 미묘한 변화, 북한의 위장 평화공세, 좌파정부의 정치적 혼란,반미 친북세력의 발호(跋扈), 국민들의 안보 불감증 등을 개탄하지 않을수 없다. 그래서 4월에 기록한 필자의 제언을 아래와 같이 재천명하고자 한다. (2007. 6. 25)

미국의 대한반도 정책은 어느때 보다도 긴박하게 급변하여 한국전쟁의 종식을 내 걸고 "평화협정"을 저울질하고 있다. 그리고 남북한은 정상회담을 추진하고 있으며 한, 미, 북 간의 정상회담을 점치고 있다. 그러나 북, 미간의 핵폐기를 위한 외교(정치, 군사)전쟁과 한, 미간의 FTA에 의한 경제전쟁이 미국, 남한, 북한 간의 삼각관계로 미묘하게 작용되고 있다. 그래서 한반도는 미국의 양다리 두 축인 대북한 외교(정치, 군사)전과 대남한 경제전의 양상으로 숨가쁘게 전개되고 있다,

백지에 상상의 만화를 그려보고자 한다. 세계최강 미국의 맹주 부시대통령이 큰 권투 글러브를 끼고 링위에 올라가 두 주먹을 불끈 쥔채 오른손의 주먹으로는 북한 김정일 국방위원장의 머리 정수리를 내리 칠려하고, 왼손의 주먹으로는 한국 노무현대통령의 왼편 옆구리를 돌려 치려는 위세가 등등한 모습을 그린 만화이다.

김정일 국방위원장은 부시로부터 급소를 얻어 맞아 녹아웃(knockout)되지 않고서는 핵폐기는 불가능 할 것이다. 그러나 노무현 대통령은 지혜

롭게 부시의 FTA에 의한 주먹을 피하면서 FTA로 경제동맹을 맺어 승부수를 건다면 경제적 도약의 기회가 올수 있을 것이다. 이러한 격투의 링주변에 미국의 전 국무장관 키신저와 올브라이트가 등장한 배경이 무엇인지 궁금하다.

새로운 밀레니엄의 벽두인 2000년 하반기에 남북관계가 급격한 변화가 거듭될 무렵에 미국 국무장관인 올브라이트 (Madeleine Albright, 1937-)가 가슴에 하트형 브로치를 달고 평양을 방문 김정일을 만난(2000,10월) 파격적인 사건은 전세계가 놀라기도 했지만 한편으로 환영도 했다. 김대중 대통령과 김정일 국방위원장의 남북정상회담, 김대중 대통령의 세계 노벨평화상 수상이 올브라이트 북한 방문과 무관하지 않았다. 최근에 왜 올브라이트가 나타나 평양을 방문했는지 행보가 주목되고 있다.

또한 북한의 핵폐기를 위한 6자회담에 관련하여 키신저(Henry Alfred Kissinger, 1923.~)가 나타나 평양을 왕래하는 모습을 볼수 있었다. 평양에 올브라이트와 함께 나타난 키신저는 누구인가? 그는 미국 닉슨행정부의 국무장관으로써 닉슨독트린에 의해 "파리협정"을 성사시켜 노벨평화상을 수상했지만 베트남은 적화통일 되고 말았다. 한마디로 독설의 표현을 한다면 키신저는 미국의 국익을 위해 베트남적화통일에 주역을 담당한 특출한 외교관이라 평가하고 싶다.

필자가 평소에 보는 관점인 Pax America시대에 미국의 대한반도의 정책은 이스라엘을 둘러 싼 중동문제와 이라크전쟁에 관련되어 밀접한 함수관계가 있다고 판단하고 있다. 현재 디렘마에 빠진 부시 대통령에게 돌파구를 제공하기 위하여 이스라엘에 초점을 두고 있는 유태계인 키신저와 올브라이트가 북핵문제에 관여하면서 영향력을 행사하려는 것은 아닌지 의심스럽다. 북한의 외교부부상 김계관이 미국에 갔을 때도 만찬장에서 만나 자주 접촉이 있었던 사실은 향후의 활동에도 주목이 간다.

한반도의 남북관계가 베트남이 적화통일되기 직전의 상황과 너무나 유사하다고 주장하는 주월군 초대사령관 채명신 장군을 비롯하여 군사전문가들이 많이 있다. 필자는 월남전에 파병되었던 주월군 청룡부대에서 전투지휘관인 중대장으로 참전했던 한 사람으로서 베트남의 적화통일의 배경을

우국충정(憂國衷情)의 측면에서 아래와 같이 간단히 요약해 보고자 한다

세계 제2차대전이 발발하면서 베트남은 일본의 지배를 받게 되다가 전후에는 북위 17도선을 기준으로 남북으로 분할하여 북베트남은 장개석 군대가, 남베트남은 프랑스군대가 각각 장악하게 되었다. 그러다가 북에서 장개석 군은 손을 떼었다. 그리하여 프랑스는 베트남 총선을 약속했으나 프랑스 군대가 철수(1954년)하게 되면서 총선이 무산된 상태에서 17도선 이남에 남베트남 공화국(1955년, 고딘디엠 정권)이 세워지면서 사실상 베트남은 남북으로 분단되었다.

남베트남은 친미정권이 수립되어 미국의 지원을 받게 됨으로써 미군이 파견되고 대규모 군사시설이 건설되었다. 이에 반하여 1960년 12월 남베트남에 남베트남민족해방전선(베트콩)이 결성되었고, 북베트남의 초대대통령(재임 : 1946-1969년)인 호치민(胡志明, 1890. 5. 19-1969. 9. 3)의 지원을 받아 베트콩의 세력이 확산 되었다.

미국 케네디 대통령(J. F Kennedy, 재임:1961-1963.11.22암살)은 남베트남의 공산화를 억제하여 아시아의 공산화를 막기위한 정책으로 남베트남에 처음으로 미정규군을 파견했고, 이어 존슨 대통령(L. B Johnson, 재임:1963-1969년)은 1964년 통킹만사건(미국구축함에 북베트남이 어뢰정으로 공격)으로 미군을 직접 전쟁에 투입하였다.

그리하여 미국은 통킹만에 있는 두섬을 공격하게 되어 이른바 "통킹만사건"으로 미국과 북베트남의 본격적인 전쟁이 시작되었다.

1968년까지 미지상군 투입이 54만명으로 증원되기에 이르렀고, 미국에서는 반전데모와 반전정서가 확산되는 가운데 1968년 5월부터 평화교섭을 위한 "파리회담"이 계속되었으나 전황은 캄보디아(70년), 라오스(71년)로 확대되기에 일으렀다. 그간 한국을 비롯하여 타이, 오스트레일리아, 필리핀, 뉴질렌드 등 우방국의 지원군이 참전했으나 군사적 승리는 기대할 수가 없었다.

미국 닉슨 대통령(R. M Nixon, 재임: 1969-1974. 8월사임)은 닉슨독트린을 발표하여 중국을 방문하는 등 외교활동을 활발하게 전개하였다.

1969년 닉슨이 밝힌 아시아에 대한 외교정책인 닉슨 독트린(Nixon

Doctrine)을 괌 독트린(Guam Doctline)이라고도 한다.

이러한 닉슨 독트린에 의한 1973년 1월 27일 "파리협정"이 미국, 남베트남, 북베트남, 베트남남부공화임시혁명정부(베트콩 주축)의 4자간에 불란서 파리에서 체결되었다. 그 협정내용은 ①미군의 철수 ②전쟁포로 송환 ③현 상태로의 정전 ④남베트남에서의 사이공정부와 임시혁명정부간에 연합정부 조직을 위한 협의 ⑤정치범의 석방 등을 규정하였다.

그러나 "파리협정"을 무시하고 북베트남의 지원을 받는 베트남남부임시혁명정부는 사이공을 공격·점령함으로써 1975년 4월 30일 베트남은 적화통일이 되고 남베트남은 패망되었다.

북베트남은 남베트남에 대한 적화통일을 위하여 교묘한 유격전술, 대중을 향한 정치투쟁, 남베트남군에 대한 설득 등을 전개하여 유리한 상황을 조성하면서 미국을 심히 괴롭혔다. 오늘날 북한이 한반도 적화를 위한 통일전선전술을 전개하는 동시에 핵문제로 미국을 괴롭히는 것과 너무나 유사하다.

미국은 세계최강의 경제력과 군사력을 자랑하고 있었지만 지칠대로 지쳐 협상에 의한 협정을 체결(1973년 1월) 함으로써 미군은 월남에서 철수하게 되었다. 미군이 철수하자 남베트남의 내부는 더욱 혼란과 무기력 상태에 빠졌으며 군인 마저 전의를 상실하고 말았다.

베트남의 적화통일의 과정을 거울삼아 남한에서 미군 철수를 주장하는 반미 친북세력과 북한의 정전체제 무력화의 전략에 말려들어서는 안된다.

남베트남의 내부 혼란이 가중되고 있을 때 불교 승려들의 분신자살 소동은 더욱 사회를 혼란에 빠뜨렸고, 결국 불교 중심 국가 였던 남베트남은 무력에 의하여 미군이 철수한지 2년만에 적화통일(1975, 4, 30)이 될 수 밖에 없었다. 베트남전쟁은 사망자 120만명(한국군: 4,960명), 부상자 300만—400만명(한국군: 10,962명부상, 고엽제 피해 6,600여명)의 인명피해가 발생 했다. 또한 해상으로 탈출한 난민이 15만명이나 발생하여 "Boat People"이라는 신조어가 생겼다.

우리는 남베트남의 패망의 원인과 결과를 교훈으로 삼기위해 아래와 같이 간추려 본다.

첫째, 남베트남은 북베트남의 실체와 음모에 대해 무지했으며, 북베트남 지도자 호지명이 애국자요 반불독립투사라는 환상적인 이미지 속에서 "통일이 되면 지금보다 10배 이상 잘 살게 된다"는 선동의 감미로운 말에 속고 있었다. 그래서 북베트남의 선전과 심리전에 말려든 것이다.

둘째, 베트콩(남베트남민족해방전선)들은 밤에는 동굴에서 무기를 가지고 나와 미군 및 남베트남군인과 싸우고 낮에는 양민으로 가장하여 도시 및 부락에서 교묘한 이간책을 전개하며, 주민들에게 반미감정을 격화시키면서 미군의 철수를 부르짖도록 책동 하였다. 베트콩이 학살한 민간인들을 미군의 만행으로 조작했고, 미국에서 저명한 흑인 지도자 킹 목사는 "미국 젊은이 들은 자기 양심에 따라 베트남전을 거부하라"고 역설하였다.

셋째, 북베트남의 간첩들이 남베트남의 대통령의 측근은 물론 모든 기관, 종교, 학계, 언론, 문화, 예술 등의 조직체에 침투하여 거미줄같이 망을 구축하고, 각종 정보를 수집할 뿐만 아니라 교묘한 선전, 모략, 이간책, 경제파탄과 혼란 책동 등 온갖 유언비어를 날조하여 유포시킴으로써 극도의 혼란과 상호 불신을 조성하여 반목과 불만을 격화 시켰다.

넷째, 전반적인 극심한 부패였다. 정치 지도층, 권력층, 군부 등 각계각층의 만연된 부패로 인하여 베트콩의 활동과 세력확장에 좋은 조건과 절호의 기회를 주게 되었다. 정부(官), 군부(軍), 국민(民)이 상호 불신하고 반목하므로 국민적 단결력과 전쟁 수행 의지와 노력이 제대로 이루어 질수가 없었다.

특히 남베트남은 적화되기 전에 12번의 군사 구테타와 국방력의 약화, 베트콩(남베트남 민족해방전선)에 의한 내부교란으로 내우외환(內憂外患)을 자초했다.

현재 베트남사회주의공화국(Socialist Republic of Vetnam)은 도이모이(쇄신)노선을 취하면서 경제적 탈사회주의를 선언(1986년)하고 농민들에게 토지의 개인 소유를 허용(1989년)하며 헌법을 개정하여 시장경제의 장려와 외국인의 국내 자산 보유를 허용하는 등의 급속한 변화를 보였으며 한국 기업진출도 활발하게 되었다. 혹시라도 키신저의 머릿속에 적회통일된 베트남의 현실에 만족하고 "파리협정"의 환상적인 꿈에 사로잡혀 한반도 문제를 "평화협정"으로 해결하고자 하지는 않을지 심히 우려된다.

　결론적으로 마무리를 하고자 한다. 우리나라가 북한의 핵인질에서 벗어
날 수 있도록 핵폐기를 위한 미국의 대북한정책에 국익차원에서 지혜롭게
대처하고 협력하며, 한미동맹체제를 유지하여 한국안보를 튼튼히 지켜야
한다. 또한 한, 미 FTA협정에 의한 경제동맹을 강화하여 선진화의 경제대
국으로 도약할수 있는 호기로 삼아야 한다. 오히려 FTA로 인하여 경제적
기반이 문어지고, 산업간, 계층간의 갈등으로 양극화의 현상이 심화되면
IMF사태 이상의 경제적 위기가 올수도 있을 것이다. 대한민국의 "안보가
문어지면 경제가 문어 지고, 경제가 문어지면 국가가 문어 진다"는 사실을
경종으로 받아들여야 한다. .

　미국의 대한반도 정책이 예상치 못할 정도로 급변하는 상황에 기민하게
대처면서 최고 지도자와 정치인들은 베트남문제를 해결하기 위한 "파리협
정"이 적화통일의 결과를 초래했다는 사실의 교훈을 분명히 상기하면서 한
반도의 정전협정체제를 탁상에서 흥정하여 전쟁종식에 의한 "평화협정"의
함정에 빠지게 하려는 전략에 철두철미하게 대비해야 한다.

　북한의 위장된 "평화협정"의 전략적 음모(戰略的 陰謀)는 과거 6. 25남
침의 미완(未完)의 한반도 적화통일을 교묘히 성취,완성하려는 것이다. 북
한은 6. 25의 무력 남침전쟁(武力南侵戰爭)의 실패를 반복하지 않기 위해
서 핵무기와 대량살상 무기의 위력을 보유한 후 한반도 주변 4대강국을 교
묘히 이용하여 주한미군을 철수시키는 동시에 무혈 적화통일(無血赤化統
一)을 획책하고 있다는 사실이다.

　대한민국의 국민들은 베트남이 적화통일 된 역사적 사실을 반면교사(反
面敎師)로 삼아 우선적으로 우리주변에 도사리고 있는 남남갈등의 반목을
청산하고, 반미, 친북 좌경세력의 발호(跋扈)를 과감하게 삼제(芟除)해야
할 필요성이 어느때 보다도 절실하다.

統治者가 갖춰야 할 德目을 提示한다

1, 國家觀과 世界觀이 透徹해야 한다.
2, 살신성인의 희생정신이 있어야 한다.
3, 도덕적, 윤리적으로 무흠해야 한다.
4, 합리적인 사고와 판단을 해야 한다.
5, 솔선 수범으로 모범을 보여야 한다.
6, 보수와 진보를 모두 포용해야 한다.
7, 관대한 마음의 금도가 있어야 한다.
8, 新舊를 항상 겸전(兼全)을 해야한다.
9, 文武를 같이 겸비(兼備)를 해야한다.
10, 화해와 용서로서 화평하게 해야 한다.
11, 겸손과 양보를 미덕으로 해야 한다.
12, 근면과 성실로서 생활화 해야 한다.
13, 정직과 신의를 기본으로 해야 한다.
14, 물욕과 탐심을 깨끗이 버려야 한다.
15, 정의를 사랑하며 불의를 미워해야한다.
16, 매관매직의 구태를 청산 해야 한다.
17, 정경유착의 고리를 단절 해야 한다.
18, 부정부패를 근본적으로 척결해야한다.
19, 권력남용을 절대로 허용치 않아야한다.
20, 논공행상과 신상필벌이 엄격해야한다.
21, 지혜와 명철로 백성을 다스려야 한다.
22, 법규범을 엄격히 하여 치국을 해야한다.

23, 인권을 절대적으로 보호, 존중해야 한다.

24, 박애의 마음을 가지고 구제를 해야 한다.

25, 自由와 民主를 基本 價値로 해야 한다.

＊통치자는 철저히 검증해서 선택해야한다. ＊

(2007년 3월 27일)

노무현정부의 삼불정서와
삼불정책을 살펴 본다
〈三不情緖와 三不政策〉

(2007년 3월 23일)

　노무현정부가 들어 서면서 가장 특이한 것은 개혁을 내세워 많은 정책과 위원회를 만든것일 게다. 그 가운데 실패한 대표적인 정책을 지적한다면 대북포용의 햇볕정책과 서민을 위한 부동산정책 그리고 교육의 평준화를 위한 교육정책 등 3대 망국정책을 여론적 관점에서 꼽을 수 있다.

　최근에 크게 쟁점화되어 갈등과 대립 그리고 충돌을 빚고 있는 삼불정책은 교육정책의 일환에 속한다. 모든 정책가운데 가장 중요한 정책이 교육정책이다. 교육정책이 아닌 다른 정책은 정권이 바뀌면 폐기, 보완, 수정해도 큰 물의가 따르지 않는다. 그러나 교육정책은 정권이 교체될 때 마다 바뀌게 되면 문제가 심각하다.

　그래서 교육정책에 있어서 학제의 변경, 대학입시 제도, 고교의 비평준화 등은 일관성이 있어야 하며 많은 현안 문제는 학부모와 학교당국의 동의를 반드시 얻어 입법화되고 정책으로 채택되어야 한다.

　그간 자녀를 둔 학부모나 학생 자신 그리고 학교 당국은 진학의 방향설정의 대책이 어렵고 망막 했다. 따라서 고교에서 진학 준비과정의 학생지도를 비롯하여 학교교육과 보충교육에 혼선을 빚게 되었고, 학부모와 선생은 갈피를 잡지 못하며, 특히 학생들을 당황하게 만들었다. 왜 이러한 현상이 일어 났는가? 필자인 자신도 학생의 신분과 학부모의 입장을 겪어 왔기 때문에 문제점을 실감하고 있다. 그래서 문제점에 대한 질문의 답변은 아래와 같이 간단하다.

　특정 정부가 교육정책의 옷을 구미에 맞는 잣대로 임의로 재단(裁斷)하여 만들어 강제로 학교와 학생에게 입힐려고 하는데 문제가 있었으며, 특히

362

대통령이나 교육부장관의 취향에 따라 정책적 옷의 크기, 형태, 소재(素材, matter)를 달리 했기 때문이다.

국가의 장기적 발전을 위한 인재의 양성은 단기적인 정책으로는 실패한다. 장기적으로 100년을 내다 볼수있는 정책이 수립되어 정권이 바뀌어도 변화가 없어야 한다. 그러나 개혁이라는 이름으로 개선이 아니라 개악을 하여 백년대계의 교육정책을 허물어 뜨리는 어리석은 일을 서슴치 않고 자행하는데 문제가 있다.

오직 정부, 학교, 가정이 삼위일체가 되어 문제 해결을 해야 한다. 그리고 가정교육, 사회교육, 학교교육이 삼위일체가 되어 자율적인 세계화 지향의 교육이 이루어져야 한다. 그러나 정부주도의 강압적 물리력을 동원하여 끌고 갈려 한다면 학교당국이나 학부모의 저항은 불가피 한것이다. 그래서 교육정책의 혼선으로 인하여 학교에서 열심히 공부하는 학생들에게 좌절감이나 피해가 없도록 해야 한다.

먼저 노무현 정부에 대한 3불정서를 간단히 살펴 보기로 한다. 삼불정서(三不情緒)는 항간에 입에 오르내리는 노무현정부를 부정적으로 보는 불신(不信), 불쾌(不快), 불안(不安)의 정서적 측면의 세가지를 말한다.

첫째, 불신(不信, distrust)은 종교적 신앙의 대상을 믿지 못하는 경우와 인간관계에 있어서 상대를 믿을수 없는 것을 말한다.

노무현 정부가 출범하여 4년이 지나 임기가 1년도 남지 않았지만 노대통령과 정부자체를 믿을수 없다는 것이다. 그래서 자유민주주의 정체(政體)를 흔들어 좌파 신자유주의를 표방하고 반미, 친북의 대미, 대북정책으로 인하여 국민들로부터 불신은 극에 달하고 있다. 또한 정당정치의 룰을 지키지 않고 열린우리당은 분열되었고 대통령도 당적을 포기하며 당원들은 고삐풀린 망아지 처럼 이리뛰고 저리뛰는 모습이다. 특히 노대통령은 당치도 않은 개헌을 주장하며 허세를 부리고 있다. 설상가상으로 교육부에서 교육의 3불정책에 저항을 받고 있지만 정당성을 주장하며 고집을 부리고 있다. 그래서 국민들 가슴에 답답한 불신의 불이 타오르고 있어 소방차가 와도 소화(消火)가 어려울 것 같다.

둘째, 불쾌(不快, discomfort)는 무슨 일이 못마땅하여 기분이 좋지 않거나 몸이 가뿐하지 못하고 찌뿌둥한 것을 말한다. 노무현정부에 대한 인상은 한마디로 국민들이 불쾌감을 가진다. 그래서 불쾌지수가 꽤 높아 졌다.

불쾌지수(discomfort index)는 날씨에 따라 인간이 느끼는 불쾌감의 정도를 기온과 습도를 조합하여 나타낸 수치를 말한다. 불쾌지수는 명백하지 않지만 70-75인 경우에는 약10%, 75-80인 경우에는 50%, 80이상인 경우에는 대부분의 사람이 불쾌감을 느낀다고 한다. 노대통령의 인기도가 고작 10%대로 하강한 것은 국민들의 불쾌지수가 90%가 되어 심히 불쾌감과 불만족을 가진다는 것이다.

세째, 불안(不安, anxiety)은 미래에 국가나 개인의 안전이 깨어질 것이라는 두려운 감정을 뜻한다. 불안해 지면 심장의 고동이 세지고 가슴이 죄는 듯하며, 머리가 무겁고, 식은땀이 난다. 두려움이나 공포의 감정과 비슷한 것이다. 불안의 특징은 불안 할 때 무력감에 빠진다는 것이다.

노무현 정부를 생각만 해도 북핵에 인질로 잡혀있는 상황하에서 안보 불안에 머리가 무겁고 아프다. 식은땀이 날 정도는 아니지만 잘못하면 금년 대선을 통해 국민들에게 무력감을 주지나 않을지 걱정이다. 그러나 일종의 기우(杞憂)로 돌리고 싶다.

노무현정부는 국민들의 삼불정서(三不情緖)를 외면한체 삼불정책(三不政策)을 강력하게 밀어 붙이고 있다. 그 쟁점의 삼불정책은 세가지를 금지하는 정책인데 ① 본고사 ② 기여입학제 ③ 고교등급제 등이 이에 해당된다.

본고사는 해당 대학교에서 자체적으로 출제한 시험을 보도록 하여 신입생을 선발 하는 것이다. 기여입학제는 대학에 들어갈 때 시험을 보지 않고 돈을 내고 들어가는 것이다. 고교등급제는 고등학교마다 교육수준을 등급으로 나누어 서열을 매기는 것이다. 즉 1등급에서 9등급으로 구분하여 차등을 둔다는 것이다.

최근 대학총장들이 모여서 이 삼불정책을 폐지해야 된다고 주장함에 따라 교육부는 절대 폐지할 수 없다고 강하게 반박하고 있다.

필자는 개인적으로 삼불정책에 있어서 2개의 정책인 ① 본고사 ② 고교

평준화의 폐지에는 반대한다 그러나 ③ 기여입학제의 폐지는 환영하고 있다.

　첫째, "본고사"를 교육부에서 반대 하고 있다.

　현재 대학을 들어 가려면 고등학교성적 (내신) 과 교육부에서 출제한 시험 (수능) 으로 시험을 봐서 대학을 들어가는데 대학총장들이 여기에 반발하며 본고사를 부활시켜라 우리는 교육부에서 출제한 시험으로 뽑은 학생은 싫다는 것이다. 교육부는 사교육비의 많은 부담을 문제점으로 삼고 있으나 해법을 찾으면 된다. 필자는 여러가지 정황을 고려해 볼때 대학총장들의 주장에 동의할 수 밖에 없다.

　둘째, "고교등급제"를 교육부에서 반대하고 있다.

　그 이유로 명문 대학에서는 1등급 학교에서의 전교1등과 9등급 학교에서의 전교1등은 천지차의 실력이 있기 때문에 실력있는 1등급 학교 출신 학생들만 뽑게 된다는 것이다. 그래서 교육부에서 고교평준화를 시켜 1등급 학교 1등이나 9등급 1등학생을 동등한 자격으로 인정하여 후진적 고교출신의 진로를 열어 주겠다는 것이다. 얼핏 생각하면 좋은정책 같지만 하향 평준화의 모순에 빠지게 된다. 선진국으로 도약하기 위해서는 불가피하게 고교우열은 인정되어야 한다.

　강제력의 인위적 방법으로 등급을 매길 필요는 없다. 대학입시에 의한 합격율을 통해서 자연스럽게 고교의 우열과 등급이 매겨져야 한다. 단 농어촌, 오지의 고교육성책은 별도 연구의 과제가 되어야 한다. 따라서 필자는 고교등급제를 농어촌, 오지의 고교에 대한 별도 발전책이 고려될 것을 조건부로 대학총장들의 주장에 동의 한다.

　셋째, "기여입학제"를 교육부에서 반대하고 있다.

　기여입학제(寄與入學制)란 특정학교에 물질을 무상으로 기부하여 현저한 재정적 공로가 있는 경우나 대학의 설립 또는 발전에 비물질적으로 기여하는 등 공로가 있는 사람의 직계자손에 대해 대학이 정하는 기준과 방법에 따라 입학이 가능하도록 특례를 인정하는 제도이다.

　기존의 대학교육이 전통적인 방식에서 점차 디지털화, 가상교육화가 되어가고 있다. 따라서 이젠 대학들이 세계 속에서 경쟁해야만 한다. 대학의 경쟁력을 뒷받침 해주는 요인을 튼튼한 재정과 우수한 인재확보라고 볼 때 재정적으로 취약한 대학들이 정원외의 일정비율을 특별전형으로 선발하는 기여입학제 를 선호하는 것은 당연한 것 처럼 보인다.

그러나 기여입학제를 반대하는 이유는 부모의 사회경제적 능력과·배경에 따라 자식의 입학여부가 결정되므로 이는 헌법 제31조 1항에 규정된 교육의 기회균등과 "평등"이념이 훼손된다는 것이고, 다른 이유는 부유계층과 빈곤계층간에 위화감을 조성하게 된다는 것이다.

필자는 대학신입생 선발에 있어서 본고사 폐지에 반대하고, 고교평준화를 반대하지만 기여입학제 폐지의 교육부의 정책기조를 근본적으로 환영한다.

끝으로 마무리를 짓겠다. 3불정책에 대한 쟁점의 논란은 학생들의 미래에 관한 논란일 뿐 아니라 국가 백년대계를 위한 중요한 진로에 관한 논란이다.

노대통령은 3불정책의 폐지요구에 대해 "학생을 획일적인 입시경쟁으로 내몰고 학원으로 내쫓는 그런 정책은 할수 없다"고 말했다. 또한 "가난한 사람은 입시경쟁에 치어 항구적으로 가난을 대물림 한다"고 말했다. 그러나 오히려 노정부의 3불정책은 학생들을 금형(金型, metallic pattern)에 맞춰서 주물(鑄物)을 만드는것 처럼 획일적인 인간을 만들겠다는 것이나 다름 없다. 대학교육은 "창의성" "다양성" "발전성" "특수성"을 살려야 한다. 대학교육의 평준화를 주장하며 서울대학교를 없애야 한다는 발상은 대한민국을 21세기에 후진국가로 전락시키겠다는 왜곡된 교육철학으로 볼수 밖에 없다.

21세기의 국가발전 목표는 선진국형 국가건설에 두어야 하며 대학교가 산실이 되어야 한다. 지난날 농어촌, 오지 태생의 학생은 두뇌가 좋아도 가난 때문에 학교교육을 받지 못했지만 오늘날에는 명석한 두뇌와 발전성이 있는 우수한 학생은 많은 장학금 제도와 학자금 융자제도등 혜택을 많이 받을수 있다. 그러나 가난의 대물림를 한다는 것은 시대착오적인 고정관념의 사고에 의한 판단이다.

단, 필자가 기여입학제 허용을 반대하는 이유는 우후죽순 처럼 난립하는 대학교 인가를 억제하고 적정수의 대학교에서 대학교육의 내실화를 기할수 있도록 국가가 책임지고 뒷받침을 해야 한다는 것이다. 무엇보다도 세계적 경쟁력을 가질수 있는 대학육성을 위한 교육정책이 시급하다.

노무현정부가 안일하게 3불정책을 가지고 씨름 할때가 아니다. 국민들에게 역기능으로 회자(膾炙)되고 있는 삼불정서에 귀를 기우려야 한다. 대북지원을 위한 햇볕정책도 필요 하겠지만 북한의 밑 빠진 독에 물붓듯이 퍼주었던 각종 대북 물자지원 및 송금지원 특히 핵무기 개발을 위해 간접적인 지원요청에 속아 넘어간 남북협력지원금 등 북한에 쏟아부은 돈을 우선적으로 대학교발전을 위한 육성지원금으로 사용했다면 대한민국이 선진국에 진일보 하고 통일의 기반을 튼튼히 조성할수 있었을 것이다.

김대중 선생께서
건강관리나 잘하시면 좋겠다

(2007년 3월 17일)

전직 대통령에게 선생이라는 호칭을 붙여서 결례가 되지 않을지 모르겠다. 그러나 김대중 선생의 이미지는 대통령이라는 호칭보다 더 위대한 이름의 인상이 풍긴다. 통상적인 평범한 선생이 아니라 군중심리를 몰고 다닌 영웅적 카리스마가 잠재된 이름이기 때문이다. 한국 현대사에 길이 남을 김대중 "선생" 호칭의 이름은 반드시 역사의 기록에 분명하게 남을 것이다.

김대중 선생은 현해탄의 수중에 수장(水葬)될 뻔 했지만 천운을 타고 나서 구사일생으로 살아난 불사조와 같은 김대중 선생이다.

인동초보다 더 강인한 생명력을 가진 시대적 풍운아의 대표적 인물로 평가될 수 있다.

이상과 같은 김대중 선생에 대한 평가는 호남인들에게 적용되는 공통적인 평가인 반면에 경상도 사람들은 색깔론을 내세우고 5. 18 광주사태의 시민의거를 부정적으로 보는 편이다. 또한 호남인들의 생각과 정반대의 주장을 하며, 항상 사시(斜視)의 눈으로 보고 있다. 왜 그런가의 질문에 구지 구체적인 답변을 하지 않아도 대다수의 국민들은 너무나 잘 알고 있다.

김영삼 대통령후보가 대통령으로 당선되자 낙선된 김대중 대통령후보는 정치일선에서 물러 나겠다며 국민들 앞에 선언하고 해외로 홀적 떠났다. 야! "김대중 선생답다. 정말 훌륭한 결단을 했다"는 생각을 국민들은 하게 되었다. 그러나 대통령의 꿈을 버리지 못하고 귀국하여 몽매간에 바랐던 15대 대통령으로 급기야 당선이 됐다.

박정희 군사정권이 들어선 이후 영남출신 위주의 인재기용이 두들어 지고 호남인을 푸대접하자 호남사람들의 불만이 하늘끝 까지 치솟았다. 그 뒤 김대중 정부가 정권을 잡으면서 역전이 되어 호남출신 중심의 인재등용과 호남세력의 득세로 노골적인 영호남의 지역 감정과 갈등의 골이 깊어 질대로 깊어 졌다. 그래서 태백산맥의 준령보다 높은 영호남간의 보이지 않는 장벽을 두텁게 쌓고 말았다. 충청권 이북의 인물들은 영호남세력의 필요조건에 적합한 인물만이 특별히 선택되어 출세하며 들러리를 서야 했다. 더욱 정치판은 지연, 학연, 혈연으로 행정부, 법조계, 군부, 정부산하 기관 등 잡탕정치판의 도박장이 되고 말았다.

그래서 항간에 이런 유행어가 파다하게 나돌기도 했다. 즉 출생 거지를 잘 타고 나야 한다. 줄을 잘 서야 한다. 보따리가 커야 한다. 은행 통장번호를 알아야 한다. 부인의 신발이 달아야 한다. 상사의 방문턱이 달아야 한다, 손바닥에 손금이 없어져야 한다, 사과를 잘 닦을 줄 알아야 한다. 등의 풍자의 말과 함께 실제적 부정부패와 현대판의 탐관오리(貪官汚吏)는 도를 넘고 말았다. 새로운 정부가 들어설 때 마다 탕평책(蕩平策)을 강조했지만 도로아미타불이 되어 허공에 메아리치고 말았다.

전직 대통령 두 분이 푸른 수의(囚衣)를 입고 법정에 왕래하고, 교도소로 이송되는 모습을 보면서 인생의 무상함을 느꼈다. 그 두분의 뒤를 이은 대통령들은 한점도 양심의 가책이 없는 통치자의 위상을 잘 지킬것인지 의문을 가지며 고개를 꺄웃둥 해 보았다. 성경에 간음하다가 현장에서 잡혀온 여인을 무리들이 돌로 치라 했을 때 예수께서 너희 중에 죄없는 자가 먼저 돌로 치라 하니 저희가 모두 양심의 가책을 받아 모두 도망하고 오직 예수님 홀로 남았다는 사실을 묵상해 보았다.

필자의 학창시절에 한학자인 선친께서 자주 교훈을 하시면서 권불십년(權不十年)이요 교불삼년(驕不三年)이라고 말씀해 주셨다. 저 세상에 계시지만 50년전의 말씀이 귀에 생생하게 들린다. 권력은 십년을 못가고 교만은 삼년을 못간다는 뜻이다. 그간 정권이 교체 될때 마다 집권 세력들이 권력에 의한 정경유착과 부정부패가 만연되고 정의사회가 실종되고 말았다.

김대중 전 대통령은 재임 기간중에 6. 15남북정상의 만남을 통해 노벨평화상 까지 탔다. 한국의 지도자로서 처음 노벨평화상을 수상한 영예였다. 국가의 위상을 만방에 선양했고 국민들도 큰 보람을 느꼈다. 그러나 노벨평화상을 반납해야 한다는 세력도 만만치 않다. 심히 답답하고 우울한 심경이다.

김대중 전 대통령도 미국에서 거액을 돈세탁한 사실이 검찰에 고발되어 있다고 한다. 사실여부는 법정에서 가려져야 하겠지만 사실이 아니기를 바랄 뿐이며, 역사적인 악순환이 반복되지 않기를 간절히 바란다. 더욱 놀라운 사실은 지난해의 월간지 "11월호 한국논단"의 기사에 의하면 5. 18광주의거 사태시에 북한으로 부터 특수부대 공작원 상당수가 위장침투되었다는 탈북 인민군출신 장교와의 대담에서 증언이 있었다.

당시 광주시민들이 민주주의를 쟁취하기 위한 의거였다고 국민들은 믿고 있다. 그러나 북한의 특수부대 침투세력이 개입되었다면 광주민주시민의 숭고한 의거정신과 명예를 훼손하는 결과를 초래하게 된다. 또한 김대중 전 대통령의 명예에도 관계되기 때문이다.

하루속히 정부당국에서 대담(對談)한 당사자에 대한 증언의 사실에 대한 조사를 철저히 해야 한다. 침투한 사실이 확실하다면 대책을 강구 해야 할 것이며 사실이 아니라면 증언자에 대한 엄단이 있어야 할것이다.

2007년3월17일자 신문에 의하면 박찬종 전 의원이 김대중 전대통령에게 공개서한을 보내 "차남 홍업씨의 4.25재보선 출마를 막아야 한다"고 주장했다. 김영삼 대통령의 아들 김현철씨도 대통령인 아버지의 명예를 실추시켰다. 또한 김홍업씨도 아버지인 김대중 전대통령의 명예를 훼손하는 일이 없었으면 좋겠다. 김대중 대통령 재임시절 아들 홍업씨가 여러기업체로부터 각종 청탁대가로 33억을 받아 재판을 받고 복역했다는 사실이 새삼 국민들의 입에 오르 내리고 있기 때문이다.

김대중 전 대통령이 재임중 추진한 대북포용의 햇볕정책은 남북관계 개선, 개성공단 건설, 금강산 관광사업, 남북철도 연결, 남북도로 연결, 이산가족 상봉 그리고 6. 15남북정상회담에 의한 실적도 많았다. 그러나 햇볕정책을 부정하며 대북지원에 너무 퍼주기로 일관 했고 핵개발에 간접적으로 도움을 준것이라는 지적도 항간에 많이 있다. 향후 시시비비의 역사적 평가는 후세에 맞겨야 할것이다.

2007년3월13일 김대중 전 대통령은 서울 롯데호텔에서 열린 국제기자연맹 특별총회 강연에서 6자회담의 성공을 위해서라도 남북 정상회담을 성사시키는 것이 가장 중요하다고 말했다. 또한 아직 예정이 잡혀 있지는 않지만 기회가 된다면 김정일 국방위원장과 한반도의 통일을 비롯한 당면 문제에 대한 포괄적 논의를 하기 위해 반드시 북한을 방문하겠다고 밝혔다. 이어 2.13 합의로 한반도 평화를 위한 토대가 마련된 올해가 북 핵 해결의 중대 고비가 될 것이라면서 10년 안에 무력과 흡수가 아닌 평화통일이 이뤄질 것으로 예상한다고 강조했다.

김대중 전 대통령은 건강도 좋지 않은 노령의 상태에서 너무 남북관계에 집착하고 있는것 같다. 현정부에서 북핵에 관련된 6자회담의 당면 문제를 국가적 차원에서 잘 해결할 것이다. 한나라당에서 조차 남북정상회담을 긍정적으로 받아드리고 있는 터에 전직 대통령이 김정일 국방위원장을 만나겠다는 것은 현 대통령을 뒷전으로 생각한다는 오해가 있을수 있다. 지나친 노무현 대통령에 대한 노파심은 오히려 비례(非禮)가 될수 있기 때문이다.

또한 현 정권을 배경으로 범여권의 통합세력을 구축하여 정권 재창출을 할수 있도록 관여하고 간섭한다는 국민들의 오해가 없도록 하는 것이 전직 대통령의 권위와 인격적 위상을 지키는 것이라 확신한다. 오직 아들 홍업 씨로 인하여 흠결이 없기를 바라며 거듭 바라는 것은 옥체에 건강을 지키는 지혜가 필요하다고 생각한다

대한민국의 역대 대통령의 한분이기에 만수무강을 국민들과 함께 기원하며 무거운 마음을 홀가분하게 풀고 각필한다.

한국교회가 3·1운동에
참여한 의의를 고찰해 본다

〈3. 1운동 88주년 기념일에 즈음하여〉

(2007년 3월 1일)

2007년1월14일 기독교 평양 대부흥운동 100주년 기념일에 즈음하여 대부흥운동의 역사적 배경을 살펴 본바 있다. 오늘 3.1절 88주년 기념일을 맞이하여 한국교회가 3.1운동에 참여한 의의를 살펴보며 남북 분단의 현실 속에서 남남 갈등의 위기극복을 위한 한국교회의 시대적 사명을 성찰해 보고자 한다.

한국교회는 1907년의 평양 대 부흥운동을 통하여 한국 백성의 정신적.신앙적 지주가 되었으며 일본의 압제에 대항할수 있는 애국정신의 발로에 의한 민족 운동의 애국심이 살아 있는 본산지가 평양이었다. 그래서 평양을 제2의 예루살렘이라 부르기도 했다.

1919년 일제로부터 민족적인 굴욕을 탈피하기 위한 3·1운동은 천도교와 불교 등의 종교 단체들과 연합하여 거국적으로 이루어 졌으나, 교회라는 조직을 통하여 전국적으로 폭넓게 운동을 전개 할수 있었다. 서울 탑골공원에서 독립선언을 시작으로 불이 붙어 2천만 동포의 손에 든 태극기의 물결과 독립만세의 함성은 하늘을 찔렀다. 독립 선언의 민족대표 33인 가운데 개신교 지도자로서 길선주(吉善宙) 목사를 비롯하여 16명이나 포함되었다. 특히 33인 가운데 이종훈 선생(1856－1931년)은 필자와 인연이 매우 깊은 해병대 장교의 선배이며 목회자의 선진인 이동성 목사의 증조부가 되신다.

2007년3월1일자 조선일보 기사(9면)에서 이동성 목사의 아들 이재봉 육군중령 이름과 함께 "나라 지킴이 5대"라는 기사를 읽으면서 뜨거운 감동을 받았다. 그래서 나는 영락교회에서 ＯＣＵ 조찬기도회를 마치고 친교

372

시간에 200명이 넘는 예비역 장교회원들 앞에서 기사내용을 직접 소개를 했다.

이동성 목사는 해사 11기로 임관하여 월남전에 참전 했으며, 해병대 대령으로 예편하여 만학의 신학공부를 하고, 지상의 별과 바꿀수 없는 하늘나라의 별로 기름부음을 받아 목사가 되어 여의도 순복음교회에서 시무했으며, 조용기목사의 신뢰를 받으며 한세대학교 신학대학원장을 역임했다.

이동성 신학박사의 부친 이태운 선생은 보성전문 재학중 3.1운동에 가담을 했다. 그리고 조부 이관영 선생은 1905년 이완용 집에 방화 후 경기도 용문산에서 의병 활동을 하다가 일본군에 의에 처참하게 사망을 했다. 또한 증조부인 이종훈 선생은 을사늑약에 항거하다가 33인의 일원으로 참여하여 2년간 투옥 되었고 고문 후유증으로 애석하게 사망을 했다.

현재 이목사의 아들 이재봉은 국가에 꼭 필요한 지도자로서 장래가 촉망되는 육군장교이며 이재봉 중령의 딸도 대학재학중에 있으나 군인이 되어 대를 있겠다는 뜻을 밝혔다 한다. 이동성 목사의 가문처럼 5대의 애국애족의 가정은 대한민국에서 찾아 보기 어려울 것 같아 특별히 3.1절을 맞아 소개를 했다. 이제 과거 88년전의 역사를 되돌아 보고자 한다.

당시 민족적 저항운동인 3ㆍ1운동의 유발은 근인(近因)과 근원적 원인(原因)의 두가지 측면에서 고려될 수 있다.

첫째로 근인을 살펴 보면 멀리 미국 윌슨(W. Wilson)대통령의 소위 민족자결주의 제창과 고종의 붕어(崩御: 1919, 1. 21)가 근인의 하나이며, 더구나 포고령이나 사립학교 규칙과 같은 일제의 간악한 탄압, 세계 제1차대전을 겪은 경제 공황, 일제 경제 체제의 제국주의 식민지적 확장에 따른 한국 농민의 심각한 경제적 타격의 어려움과 금융시장의 고갈, 그리고 대거 이민 행열에 의해 만연된 좌절감, 물질문명 주도나 도덕적 해체 겨냥의 식민정책에 의한 사회감각의 급격한 변화 등의 요인에 의한 것이었다.

둘째로 근원적인 원인(原因)으로는 ①한국민의 민족적 독립에 대한 극도의 갈망 ②엄격한 총독 헌병정치의 군정과 그 횡포에 대한 저항 의식 증폭 ③ 한국 민족성 박멸 기도에 대한 반작용 ④사법 처우나 행정 기관에서의 한국인에 대한 차별 대우와 기회 박탈에 대한 불만 고조 ⑤언론, 신앙, 결사 자유의 박탈에 대한 권리 회복의 주장 ⑥종교 근절 정책에 대한 신앙적인 반기 ⑦한국인의 해외 여행과 교육의 금단 조치에 대한 차별성 절규⑧옥토(沃土)의 약탈에 대한 불만 고조 ⑨한국 청년의 퇴폐를 시도하는 비도덕화의 정책에 대한 도전 ⑩만주에 강제 이민을 강행한데 대한 불만의 팽배 등의 10개항을 들수 있다.

이러한 문제들에 대하여 교회는 강력한 민족의 정기와 울분을 호소할 효과적 통로를 제시 했고, 신앙공동체를 통하여 비밀 보장과 연락을 긴밀하게 할수 있었다. 그리하여 3·1운동은 교회가 중심이 된 민족운동의 거대한 격류였다.

따라서 교회가 민중의 동원, 독립 선언서의 국내외의 배포와 전달 등을 하였고, 운동이 전국적으로 확산되자 각 지방마다 교회가 중심이 되어 만세 시위의 주도에 기여했다. 그리고 기독교 학교들이 선봉에 서서 만세운동을 전개했다. 여기에는 교회의 숨은 저력인 결속력과 통합력을 통하여 조직적 활동을 할수있었고, 강한 자치정신과 연대감 그리고 세계 교회와의 공감대가 있었으며, 나아가 부활 신앙에 의한 신앙 공동체의 힘이 있었다.

그러나 3·1운동으로 인한 피해도 엄청 났다. 1919년 10월 장로교 총회에 보고된 내용에 의하면 장로교인 중 체포된자 3,804명,체포된 목사와 장로 134명, 기독교 지도자 중 수감된 자 202명, 사살된자 41명, 총회회집시 수감중인자 202명, 교회당이 훼파된곳 12개소 였으며, 함북노회 관내에서만도 26명이 참살되었다.

1919년 10월 장로교회에서는 신학생들의 피체와 지방교회의 손실로 신학교육을 중단하고, 교회 지도자들의 수감으로 말미암아 총회 임원진을 선교사들에게 위임 할 수밖에 없었다. 이러한 수난에도 굴하지 않고 3·1운동에 참여한 기독교인들의 애국정신은 나라사랑의 참 모습을 보여준 역사적 사실이었다.

오늘날 한국교회는 1천2백만(통계청발표 : 862만명)의 기독교인으로 부흥하고 성장했다. 서울과 지방 그리고 방방곡곡의 교회에 십자가가 높이 서 있다. 오직 하나님의 축복이 넘치는 백성이 되었다. 그러나 양적 팽창에 치중하여 질적면에 소홀했다는 지적도 있으며, 기복신앙과 물질을 강조하는 행태를 보이며 부패하고 있다는 염려와 지탄을 받기도 한다. 더욱 한국교회에 정체불명의 교단이 속출하며 해방신학과 민중신학에 의해 진리 말씀의 본질이 신학적으로 변질되고 교리적으로 왜곡되는 일이 공공연히 자행되고 있다는 것이다.

더욱 한국교회의 지도자들이 북한에 왕래하며 북한의 적화통일 전략과 통일전선 전술에 말려 들며, 위장된 종교와 신앙의 기만에 속고 있다는 사실이다. 한국정부의 포용정책과 햇볕정책에 편승해서 북한에 들어가면 북한의 술책에 이용을 당하지 않을 지도지는 극히 드물다는 것이다

특히 한국의 목사가운데 북한의 거류민증을 받아 가지고 북한 선교를 빙자하여 북한에 자주 왕래 하며 김정일의 하수인으로 오해받을 일을 하며, 심지어 강단에서 공산주의도 사랑해야 한다는 설교를 공공연히 하고 있다.

불교계의 총무원장을 역임한 원로 송월주스님은 그간에 불교계 대표로서 적극적인 친북성향을 보여 왔었다. 그러나 송월주스님은 북한에 그간 "속았다"고 분명히 밝혔다.

기독교 지도자들은 북한의 정체성을 분명하게 인식해야 한다. 북한은 헌법에 종교를 허용한다고 했지만 기독교인을 처형하고 있다는 사실이다. 특히 김정일은 인간의 고귀한 생명을 미물처럼 취급하고 굶겨 죽이며 인권을 탄압하는 동시에 반동세력은 무차별 공개 처형하고 있다. 그런데도 노무현 정부는 북한동포의 인권말살과 자유억압을 외면하고 침묵하면서 김정일의 정권 연장에 공헌하여 민족적 죄악을 범하고 있다.

목회자들은 현실의 가시적인 가면적(假面的) 현상만을 보지 말고 미래지향적인 시대적 통찰력과 영안(靈眼)을 가지고 역사적 전개과정을 예견할 수 있어야 한다. 오직 하나님의 계시와 명령에 의해 하나님의 뜻에 합당한 선지자적 사명을 다 해야 한다는 것이다.

지난 88년 전의 민족적 3.1운동은 일제식민지에서 국가와 민족을 구원하기 위한 투쟁과 절규의 함성이었다. 오늘날 북한의 동포들을 구원하기 위한 부르짖는 기도와 함성이 절실한 시점이다. 반미. 친북의 좌파정권인 노무현 정부는 하루속히 민족적 죄악의 길에서 돌아서기를 진심으로 촉구한다.

　금년에 한국교회가 88년 전의 3.1운동의 민족정신과 88서울올림픽 에서 국력을 과시한 국민정신으로 똘똘 뭉치고 총궐기하여 노무현정권을 기필코 종식시켜야 한다. 더욱 동토의 북한 땅에서 죽어가며 신음하는 동족을 구원하는데 여호와 닛시인 승리의 깃발로 기독교인들이 총 진군할 수 있기를 간절히 기원한다. 〈팔달산 기슭에서 3.1절 88주년을 맞으며〉

하늘 높이 울려 퍼진
구국의 함성이 헛되지 않기를 바란다

(2004년 11월 13일)

〈"대한민국이 3년전인 2004년에 이미 위기에 처해 있었다. 우리 안경본 단독으로 주최하여 시청앞 광장에서 6,25상기 집회를 가지며 사회를 봤던 기억이 새로우며 허탈하기도 하다. 그 집회의 시청앞 광장에 태극기를 손에 든 애국시민의 인파가 넘쳤고 미 부시대통령과 참전16개국에 보내는 감사의 메시지 낭독도 서울 하늘에 울려 퍼졌다. 그러나 오늘날 국가의 위기는 고조되어 풍전등화의 상황에 처하게 되었다. 그리하여 이미 과거사가 되었지만 KBS 본관 앞에서 가졌던 집회의 기사를 아래와 같이 소개하며 그 기도소리와 함성이 헛되지 않기를 바라는 마음 간절하다. 더욱 금년 대통령선거의 중요성을 지성인들과 국민들이 모두 바르게 깨달았으면 좋겠다."〉

〈조선일보 기사 내용〉

안보와 경제 살리기 운동본부(약칭 '안경본')가 주최하는 '구국기도회가 2004년 11월 13일 오후 3시 서울 여의도에 있는 KBS 본관 앞에서 400여명이 모인 가운데, 김흔중 목사(한민족복음화선교회장, 안경본 중앙위원장, 현재 공동회장)의 사회로 2시간 30분 가량 진행되었다.

이 날 행사에서 참석자들은 집권여당이 추진중인 '4대개혁법안'을 친북·좌파 정책이라 비판하고, KBS·, MBC 방송사들에 대한 규탄 및, 노무현 정권을 친북·좌파 정권으로 규정, 강력하게 성토했다.

설교를 위해 연단에 선 김동권 목사(예장합동 증경총회장, 안경본 공동대표)는 "농사꾼은 농사를 짓지 않는 시기에는 날을 갈면서 농사에 대비해야 한다. 마찬가지로 군인들은 평화시에 열심히 훈련을 하며 유사시를 대비해야 한다. 평화시기라고 해서 노래부르고 놀아서는 안된다"며 튼튼한 안보 태세를 강조했다. 이어 "강도가 집에 침입하려고 온갖 준비를 다 하고 있는데 대문을 열자고 한다. 남침을 노리는 악한 생각을 북한은 전혀 버리지 않았는데 우리는 모든 것이 해결된 것처럼 행동하고 있다"고 말했다.

한편 김목사는 '사학법 개정'을 '기독교 탄압'으로 규정하며 강력하게 비판했다. 그는 "지금 나라가 악한 사상(공산주의)으로 물들어 가고 있는데 1200만이 넘는 기독교인들은 뭐하는가?"라며 기독교인들의 각성을 촉구하는 한편, "기독교 신앙으로 민족을 깨우친 학교들을 사학법 개정으로 망치려 하고 있다. 우리에겐 넉넉한 시간이 없다"고 외쳤다.

'사학법 개정'등 '4대개혁법안'에 대한 비판은 다음 순서에서도 계속 이어졌다.

'특별기도회' 순서에서 이재규 장로(한국예비역기독장교회연합회장, 안경본 자문위원)는 "극소수의 비리를 빙자하여 학교를 사상적 이념의 장으로 삼으려 하고 있다"면서 사학법 개정을 반대했다. 또 과거사 진상규명법에 대해서도 "불소급 원칙과 일사부재리를 무시하는 법안"이라며"과거사를 따지지 말고 경제를 위해 전진해야 한다"고 말했다.

'통성기도'를 진행한 김기원 목사(한국기독교문화예술총연합회장, 안경본 자문위원)는 "국민들 절대다수가 반대하는 일을 (집권여당이)강행하려 하고 있다"며 현 정권을 '개혁으로 포장된 사기 정권'이라 불렀다. 그는 현 경제위기에 대해 '사기적 유토피아'라는 표현을 사용하기도 했다.

– 전경버스(닭장차) 곳곳에 걸린 문구들

뒤이은 '시국강연' 순서에서 행사장의 열기는 한껏 고조되었다.

김상철 변호사(전 서울시장, 안경본 고문)은 "그동안 자제하던 기독교인들이 입을 열기 시작했다"며 "친북좌익세력들은 교회의 결의가 무엇을 뜻하는지 알지 못할 것이다. 이제 아무도 말릴 수 없다"고 외쳐 청중들의 뜨거운 박수갈채를 받았다.

김변호사는 방송과 정치권에 대해서도 비판의 화살을 날렸다.

그는 "KBS가 반하나님적으로 세상을 움직이려 하지만 안될 것"이라고 말했다. 또 '사법 쿠데타' 발언으로 논란이 된 열린우리당 이목희 의원에 대해 "얼빠진 작자"라며 비판했다.

계속해서 김변호사는 자유민주주의의 근본을 '사유재산 인정'이라 정의하고, 사학법 개정은 사유재산제를 부정하는 '도둑질'이라고 말했다. 그는 "(사학에)비리가 있으면 조사를 해서 처벌하는 것으로 끝나야 한다"고 말했다. 또 "학교에는 '전교조'와 같은 노동자의 시각을 가진 교육자들은 필요 없다. 이들은 월급만 축낸다. 학교에는 헌신하는 교육자가 필요하다"고 이어나갔다.

김변호사는 "외국에서 '다원주의'를 공부하고 돌아온 일부 신학대학 교수들은 예수도 믿지 않는다. 그런 세력들에게 사학을 좌지우지하게 넘겨줄 수는 없다"고 일부 신학자들의 태도를 비판하기도 했다.

이어 김변호사는 국가보안법 폐지, 언론개혁법, 과거사 진상규명법을 차례로 비판했다. 그는 "북한을 외국으로 인정하자고 하는데, 그렇다면 탈북자가 외국인인가?", "언론개혁법 = 신문탄압법", "친일규명법은 후손들 족치겠다는 것"이라 언급했다. 김변호사가 친일진상규명법을 언급하면서 "스무살 때 친일했다고 하더라도 지금 살아있다면 나이가 80이 넘었을 것"이라고 하자, 청중들 속에서 "대중이부터 족쳐라!"는 말이 나오기도 했다.

김변호사는 노무현 정권을 겨냥하는 말로 이야기를 끝맺었다. 그는 "4대악법은 노무현 정권의 대한민국에 대한 도전"이라며 "지금 노무현의 지지율이 24%라고 하는데 17%까지 한번 끌어내려 보자! 0%는 불가능하다. 민주주의 국가에서는 빨간 애들도 존재하기 때문이다."라고 말했다.

– 인간띠 잇기 퍼포먼스를 준비하는 모습

김한식 목사(한사랑 선교회 대표, 안경본 본부장)는 '목표'와 '학습'을 강조했다. 그는 "목표가 확실해야 적들을 이길 수 있다며 '주적개념 철폐' 주장을 비판했다. 또 북한이 아직도 유지되고 있는 것은 '학습의 효과' 때문이라며 "우리도 젊은이들에게 올바른 학습을 시켜야 한다"고 주장했다.

김목사는 "과거 서독에서 대통령 비서실장과 국정원 차장급 쯤 되는 사람들이 동독의 간첩이었던 것으로 밝혀진 적이 있다"며 "지금 청와대, KBS, MBC 등에 간첩이 얼마나 있을지 알 수 없다"고 의구심을 나타냈다.

김목사는 '햇볕정책'에 대한 언급도 했다. 그는 "나라를 지금 이 꼴로 만든 근본은 '김대중'에게 있다"면서 "이솝우화에서 옷을 벗은 것은 괴로워서 (더워서) 벗은 것이다. 따라서 김정일의 옷을 벗기려면 김정일을 괴롭혀야 하는 것이다"라고 말했다.

'시국강연'이 끝나고 결의문 낭독, 축도, 만세삼창이 있은 후 '인간띠잇기' 퍼포먼스를 끝으로 행사는 막을 내렸다.

'안경본' 측은 오는 15일(월) 오후 7시, 서울 종로5가에 있는 '한국기독교 회관' 2층에서 '19차 정기 기도회 및 강연회'를 가질 예정이다.

국가의 정통성은 남북한의 어느 쪽에 있는가?

병역의무미필 정치인
근절대책협의회 발족기념 좌담회
(한국논단 10월호 내용)

(2006년 8월 29일)

■ 이 핑계 저 핑계로 병역 면탈한 고위 공직자들

때= 2006년 8월 29일

장소= 한국 기독교 장교연합회 회의실

참석자= 채 명신 장군 (초대 주월 사령관), 김 흔중 박사(목사, 예비역 해병대령). 이 선 호 박 사(군사문제연구소장).

사회= 이도형 본지 발행인

▲이도형=김흔중 목사님을 통해 「병역의무 未畢(미필)정치인 근절 대책협의회」가 만들어졌다는 이야기를 듣고 왜 이제까지 이것이 문제가 되지 않았나, 아주 시의적절한 모임이다 할 정도로 그 취지가 아주 좋다는 생각이 들어 급히 이런 자리를 마련했습니다.

좀 때늦은 감도 있지만 늦더라도 시작을 했으니까 이것을 계기로 우리나라 지도층에 있는 분들이 이제라도 반성이랄까 정신을 차려서 앞으로는 대한민국이라는 국가를 위해 헌신을 할 수 있는 기회를 마련하는데 조금이라도 보탬이 되었으면 합니다.

취지를 보면 6가지로 나뉘어져 있는데 첫째 우리나라 국민들 사이에 만연돼있는 안보불감증, 둘째 權力(권력) 金力(금력)에 의한 병역 免脫(면탈), 셋째 보안법 위반에 의한 장기수형자 병역 면제, 넷째로 재외 동포법, 국제법을 악용해서 병역을 기피한자, 다섯째 소위 양심적 병역거부, 여섯째 제반 음성적 병무비리 등을 拔本塞源(발본색원)해야 되겠다는 것으로 되어 있습니다.

381

그래서 제일 먼저 머리에 떠오르는 것이 여러분도 모두 보셨겠지만 「라이언 일병구하기」라는 미국영화입니다. 거기 보면 3형제를 전선에 보낸 어머니가 있는데 그중 형제 두 사람이 죽었고 그 이야기가 대통령 귀에까지 올라가 참모총장으로 하여금 나머지 한명이라도 살려보라고 해서 공수부대로 잘못 된 지점에 낙하한 것으로 알려진 그 한명을 구하기 위해 대규모 병력이 투입되는 장면이 있습니다. 그 영화 속에 또 이런 대사도 나옵니다. 링컨 대통령은 남북 전쟁 때 아들 넷을 전쟁에 내보내 다 죽은 그런 어머니한테 편지를 썼는데 그 편지 내용이 아주 애절해 많은 사람의 심금을 울렸다고 하는 것입니다.

선진국에서는 이런 식으로 국가의 목적 달성을 위해 일반 국민이 아들이 셋이건 넷이건 전부 군대에 보내 가지고 다 죽는 수도 있고 또 둘이 죽고 하나가 남았는데 그 하나를 살리려고 참모총장이 특별 명령까지 내리는 이런 눈물겨운 일들이 벌어지는데 우리나라 경우는 그런 경지까지는 못가더라도 최소한 지도층 인사들은 본인 스스로는 병역을 필해야 될 텐데 그것마저도 필하지 않은 사람이 국회의원의 약 40% 또 장관급의 약 40%, 그러니까 열 명 중 네 명이 이런 저런 이유로 어찌되었건 병역의무를 마치지 않았다는 것은 어떻게 보면 비극입니다.

이런 문제와 또 현재 「전시작전통제권」을 가지고 대통령을 비롯한 정부 여당과 나머지 국민들 사이에 상당한 생각의 乖離(괴리)가 빚어지고 있습니다만 이런 문제와 관련해서 채명신 사령관님께서 먼저 고견을 좀 들려주시면 감사하겠습니다.

▲채명신 장군=이도형 사장님 말씀 같이 그러한 이야기를 들으면 참 부끄럽고 기이한 생각이 들지요. 우리나라가 해방 후 6,25라는 전쟁을 치렀고 또 베트남 전쟁에 참전했습니다. 이 두 전쟁이 모두 나라의 운명과 직결되는 전쟁이었습니다. 6,25전쟁 때 우리가 버티지 못했더라면 대한민국이고 뭐고 다 없어지는 것 아니었겠습니까? 開戰(개전) 3일 만에 수도 서울이 적의 수중에 들어가지 않았습니까? 약 9만5천명 쯤 되던 우리 대한민국의 전투 병력은 그 때 이미 거의 궤멸된 상태였습니다. 공산군이 서울을 점령

하고 3일간 지체하지 않고 계속 남하했으면 미군 참전도 불가능했을 것이고 대한민국은 소멸되었을 것입니다.

다행히 그 3일 동안에 맥아더 사령관이 한강 전선까지 날아와서 직접 우리 남은 방어 병력의 철두철미 한 반공의식을 확인하고 돌아가, 미국 본토에서 1만 킬로나 떨어진 한반도에 병력을 파견하는 전쟁 역사상 전례 없이 신속한 참전을 단행하게 되어 대한민국이 살아남게 된 것은 우리 모두 다 아는 이야기 아닙니까. 국방 내지 국방의 의무가 얼마나 중요한가 하는데 대한 교훈삼아 하는 이야기입니다. 그리고 그런 미국에 대한민국은 감사하는 마음을 잊어서는 안 됩니다. 「전시작전권」환수니 뭐니 하는 일부 맹목적인 반미 분위기 선동 등이 걱정스러워 우선 하는 이야기입니다.

군 복무 등 문제에 관해서는 방금 이사장께서 선진국 등의 예를 들면서 여러 가지 좋은 말씀 했습니다만 역사적으로 볼 때 우리의 軍(군)에 대한 인식내지 崇武(숭무)사상이 조선시대 5백 년 동안에 잘못된 것이 아닌가 하는 생각을 저는 합니다. 양반 상놈으로 갈라져가지고 글깨나 읽고 서당에 가서 공자 왈 맹자 왈 해야 그게 제대로 된 사람이지 활이나 쏘고 칼이나 휘두르는 소위 武官(무관)은 상당히 천대 받았다고 하는 점에서, 그 전에는 그렇지 않았습니다만, 우리 조선시대 때의 양반 상놈 차별과 崇文(숭문)賤武(천무)사상이 내려와서 오늘에 이른 것 아닌가 그런 생각이 듭니다.

▲이도형=6·25 이야기는 몇 번을 들어도 처절하기 짝이 없는 순간들을 저희가 겪었습니다만 그럴수록 지도층에 있는 사람들이 소위 말하는 「'노블리스 오블리제'(Nob-lesse Oblige, 고귀한 신분자의 도덕적 의무)」즉 귀한 신분에 있는 사람일수록 국가에 대한 의무를 철저히 지켜야한다 하는 것을 우리는 과연 지켰느냐 그런 의문이 생기는데 6·25때만 해도 8군 사령관 벤 플리트 장군이 자기의 친 아들을 참전시켜 여기서 전사했고 또 여기 계신 채명신 장군 친동생이 전사했지요. 예외적인 경우죠.

우리나라의 다른 높은 분이나 장성의 아들이나 동생이 그렇게 전사한 경우는 거의 없다고 봐도 과언이 아닌데 그래서 어떻게 하면 헌법에 명시된 병력의무에 의한 국민개병주의를 실천에 옮기느냐 하는 것을 뒤 늦게나마 우리 김흔중 목사님이 착안하셔서 이 조직을 만드셨는데 취지는 아까 서두에 잠깐 나왔습니다만 우선 어떤 동기로 이것을 착안하시고 시작을 하시게 되었는지 그 경위를 김 목사님께서 좀 말씀해 주시지요.

▲김흔중 목사=저는 젊음을 군에 바친 사람입니다. 월남 가서 중대장 지휘관도 하고 마지막은 북한에 가장 근접해 있고 고립된 연평도서 해병 연평부대장을 하면서 여러 가지로 대북관계, 북한에 대한 관심을 많이 가졌습니다. 그리고 87년도에 예편을 했습니다.

그 때 13대 국회의원 선거가 있었는데 선거가 끝난 후 신문을 보게 되었습니다. 현역 시절엔 외부의 정치라든가 여러 가지 사회현상에 대해서는 알 수도 없고 또 별 관심도 없었습니다. 그런데 예편을 해서 13대국회의원 선거 결과가 신문에 난 것을 보니까 당시 299명의 국회의원이 당선되었는데 그 가운데 병역 未畢者(미필자)가 77명이었습니다.

분석을 해놓은 것을 보니까 여러 가지 사유가 있습니다만 건강상의 미필 사유로 군대를 못 갔다 온 사람이 36명이었습니다. 그렇다면 정치적인 지도자가 건강이 나빠서 군대도 못 갔다 온 사람이 이제 와서 어떻게 건강해져서 정치까지 할 수 있겠는가 하는 생각을 제가 하게 되었고 더 나아가 세부적인 것을 보니까 눈이 나쁘다, 귀가 나쁘다, 결핵이다, 고혈압이다, 평발이다, 신체가 허약하다 등등 이런 것들이 이유가 되어있어요. 그래서 저는 굉장히 회의적인 생각을 했습니다. 앞으로 이런 사람들이 정치를 올바르게 할 수 있겠는가? 하는 것이었습니다.

과연 13대 국회뿐만 아니라 오늘날 까지 이런 정치인들이 우리 국가를 지금과 같은 위기 상황으로 몰고 온 것이 아닌가 하는 생각을 하게 되었습니다. 통치자는 이런 신성한 병역의무 이행의 정신이 더욱 투철해야 하고 나아가서 국가관과 세계관도 더 뚜렷해야 된다는 생각을 저는 항상 가져 왔습니다. 구체적으로 제가 「병역 미필자 대책 협의회(兵未(병미)대책위)」를 출범시킬 결심을 하게 된 것은 작년 6월 이었습니다.

노무현 정부 들어선 이후 더욱 가중되는 혼란을 보면서입니다. 그리고 병역의무 미필자들 대부분은 자기들의 미필사유가 자기들이 하는 민주화운동에 대한 정치적인 탄압에 있다고 주장한다는 것입니다. 이들이 시국사범이라는 이름으로 감방에 앉아 있다가 나와서 결과적으로 병역을 면제 받은 것입니다.

아무튼 병역 미필자는 면제사유가 전부 있어서 결과적으로 합법적인 병역 면제를 받게 되었다는 것이지요. 그래서 저는 앞으로 이 문제를 규명해야 되겠다는 결심을 하게 되었습니다. 오늘날 과거사진상조사위원회인가 뭔가가 17개나 있다고 하는데 과거사 진상규명도 중요하지만 현실적으로 더 중요하고 규명해야 할 것은 이 병역면제자의 면제사유에 대한 진상을 규명하는 것이라고 저는 생각했습니다. 그래서 앞으로는 병역의무가 얼마나 중요한 것인가를 국민들이 알아야 되겠다. 국민 개병정신을 다시 한 번 새롭게 환기시켜야 되겠다. 하는 것이지요.

헌법상 4가지 의무가 있지 않습니까. 국방의 의무, 납세의 의무, 교육의 의무, 근로의 의무가 있는데 저는 국방의 의무가 최우선이라고 생각합니다. 안보가 없으면 어떻게 경제발전이 있고 우리가 존재할 수 있습니까? 국가가 존재할 수가 없지 않습니까. 그래서 저는 국방의 의무는 납세의 의무와 함께 반드시 필수적으로 이행해야 된다고 생각합니다. 그래서 국방의 의무에 따르는 병역의무 이행에 대해 많은 관심을 가지게 된 것입니다.

▲이도형=지금 국민의 4대 의무를 말씀 하셨는데 그 중에 납세의무 같은 것은 탈세를 하면 처벌을 받게 되어있지 않습니까. 병역 의무는 그런 처벌 조항이 없나요? 여러 가지이유로 다 면제되고 의무를 다하지 않는 사람들이 많은데 이런 사람들이 처벌을 안 받고 그대로 공직 같은데 취임할 수 있는 것인지 말입니다.

▲김흔중 목사=그 문제는 제가 알기로는 기피자에 대한 단속을 해서 검거해가지고 가볍게 처리하면서 군복무를 시켰습니다. 그러다 보니까 큰 무리가 이루어졌고 또 병역의무를 면제 받아가지고 공직에 들어가는 것입니다. 그러니까 합법적으로 공직에 들어가는 것이지요.

그러다보니 오늘날 문제가 있어서 돈이 많은 자, 그야말로 법을 교묘히 이용 할 수 있는 능력이 있는 자 등 이런 자들이 병역면제를 잘 받을 수 있게 되는 것입니다. 그러니까 무지몽매하고 돈 없고 권력 없는 서민들은 그대로 군대를 가야되는 것이고 그러니까 이런 현상은 정말 심각한 문제로 대두가 되는 것입니다.

▲이도형=그런데 병역기피 면제 이런 문제들이 어제 오늘 비롯된 것이 아니거든요. 제가 아는 한 역사를 보면 임진왜란 때도 비슷한 현상이 있었던 것 같아요. 널리 알려진 대로 豊臣秀吉(도요토미 히데요시)은 천하를 통일해가지고 56만 병력을 갖고 있었고 1592년에 그중 15만을 부산에 상륙시켰는데 이것을 마지한 조선의 군사력은 兵籍(병적)상으론 약 20만 명이 되었답니다.

그런데 실제로 전투에 나갈 수 있는 可用(가용) 병력이 얼만가 하면 7천 명 정도 밖에 안 되었답니다. 그러니까 진주성이나 동래성을 지키는 병사들이 20 명 내외도 안 되었다는 것이지요. 이것은 정말 말도 안 되는 이야기지요. 그래서 관군 말하자면 정부군은 보잘 것이 없고 의병들이 활동을 해가지고 난을 막았다는 것이지요. 좀 전에 채 사령관께서 말씀 하셨습니다만 崇文賤武(숭무천무) 전통이랄까 인습이 그대로 이어진 게 아닌가 여겨집니다. 아마도 고구려나 고려 때 까지는 · 그렇지 않았던 것 같은데 시초는 아마도 李成桂(이성계)의 威化島回軍(위화도회군)에서부터가 아닌가, 모르겠습니다만, 구한말에 이르러서는 나라가 망하기 직전 우리나라 군사가 얼만가 하면 將兵(장병)을 통 털어 5천 6백 명밖에 안 되었답니다.

이것은 지도층이 나라라는 것을, 국가안보라는 것을 생각해 본 흔적이 전혀 없다는 것을 말해주는 것입니다. 그 때 청일전쟁에 이긴 일본군 병력은 약15만 명이었답니다. 이선호 박사께서도 이 兵未(병미)대책협의회 대책본부장이신데 이 국민의 병역의무하고 지도층의 국가안보관하고 이것을 좀 연관해서 말씀을 좀 들어보고 싶습니다. 병역미필, 기피 현황과 현황도 현황이지만 어떻게 하면 이런 현상을 줄이거나 근절 할 수 있겠습니까? 적어도 대한민국이 국가인 이상 국방력을 가져야 하고 국방력은 헌법에 명시된 국민개병 원칙에 있단 말입니다. 무슨 방법이 있겠습니까?

▲이선호박사=예 대책문제는 있다 말씀 드리고 우선 현재 우리나라 병역비리라든가 병역의무가 제대로 이행되지 않고 있는 현상과 국가 안보현실과 어떤 관련성이 있나 하는 점을 먼저 말씀들이겠습니다. 아까 서두에 채 명신 장군님이 우리 6·25전쟁의 서두에 미군이 개입해서 희생을 무릅쓰고 지연전을 전개하고 초전에 큰 역할을 함으로써 우리가 후퇴하는데 시간을 벌어주는 등 크게 도움을 주었다고 말씀하셨는데 그것이 바로 그들 미군들의 병역의무를 통한 헌신적인 희생입니다.

아무튼 현재 우리나라는「國民皆兵制(국민개병제)」입니다. 국민개병제라는 것은 국민모두가 일정 연령에 달하면 군에 가서 의무복무 연한을 필하도록 하는 제도입니다. 우리헌법은 제 5조에 국군의 사명이 있고 제 39조에는 국방의 의무를 전제 하고 있습니다. 국군의 사명이라는 것은 국가안보와 국토방위로 규정되어있습니다.

병역의무라는 것은 바로 이러한 국토방위라든가 국가안보의 근간이고 그 수단인 군사력을 동원하고 유지하기위한 하나의 근본적인 요소입니다. 그래서 국민이 병역의 의무를 수행하지 않고서는 국가안보를 기할 수가 없고 국가안보가 존립할 수가 없습니다. 국가안보와 병역의무라는 것은 불가분의 관계를 갖는다, 이렇게 한마디로 말할 수가 있겠습니다.

그래서 국가안보라는 것은 또 조금 높은 차원에서 본다면 국가의 핵심가치 3가지 즉 국가의 안전과 자유와 독립, 이것을 밖과 안으로부터의 위협에 대처해서 지키는 것입니다. 이러한 핵심가치를 지키기 위해서는 여러 가지 수단이 필요하지만 가장 중요한 것이 인간입니다. 인간의 힘을 통해 무기체계도 운용하고 또 여러 가지 제도도 운용하고 해서 그것을 기초로 군사력이라는 차원에서 적과 맞서는 것입니다.

현재 우리는 南北(남북)간의 엄청난 군사력 격차 속에 대치하고 있는데도 불구하고 우리의 현 군사적 대응체제는 상당히 미흡한 상황입니다. 한마디로 인적요소인 군사력이 되는 병력의 동원, 유지, 관리 체제에 있어서 형평성을 잃고 또 거기에 비리가 존재함으로써 많은 사람들이 헌법에 규정된대로 모두가 참여 해야 될 것인데도 불구하고 일부는 공공연히 또는 부당하게 병역의무를 면탈함으로써 안전보장이라는 기본사명을 다하지 못하는 그런 상황에 우리가 놓여있다는 것은 대단히 불만스런 현실입니다.

이러한 한국의 잘못된 병무행정은 어제 오늘의 일이 아닙니다. 지금은 잘 아시다 시피 인구가 줄어드는 감소 추세에 있고 노동인구도 줄어들고 靑壯年(청장년) 인구도 줄어들고 있습니다. 이렇게 간다면 앞으로 우리의 병력자원이 절대부족 현상을 빚게 될 것입니다. 현재우리 국군이 약70만 (68만입니다만) 거기다 추가로 더 필요한 병력자원이 전투경찰 기타 공공근무요원이라든가 이러한 수를 모두 합치면 약 80만 이상의 병력자원은 계속 확보되고 유지되어야 하는데 지금 이것이 어려움에 봉착했습니다. 그래서 이런 어려움을 해소하기 위해서라도 병역의무의 이행은 철저하게 공정하게 실행이 되어야 하는데 지금 그렇게 하지 못하고 있다는데 문제가 있습니다.

그 다음에 특히 이러한 병력의무 불이행을 전제로 한 비리, 권력형 병무 부조리 이것이 가장 큰 문제입니다. 아까 이도형 사장님께서 말씀하셨다 시피 노블리스 오블리제 그러니까 높은 신분에 있는 사람이 자발적으로 그 신분에 걸 맞도록 국가에 공헌을 해야 하고 또 그렇게 법을 지켜야 되는데도 불구하고 그것과 어긋나는 행태를 보이고 있는 것이 한국의 지도층입니다. 우리가 경험한 것처럼 특정 후보가 그런 결함으로 말미암아 표를 잃고 낙선된 경우도 경험했습니다만 앞으로 다가오는 大選(대선)을 볼 때도 그러한 노블리스 오블리제의 차원에서 볼 때 부적격한 사람이 또 대선에 입후보한다면 그 사람도 그러한 실패의 악순환 을 가져오지 않을까 예상할 수도 있습니다.

권력형 병역부조리와 병행해서 이상한 병역면탈 행위도 일어나고 있는데 그것은 특정 종교를 전제로 한 교묘한 수단에 의한 병역면탈 행위나 또는 연예인이나 운동선수들의 특례제도를 이용하는 병역면탈 행위입니다.

운동선수들이 병역특례를 받기위해 자기신체를 자해한다든가 또는 각자 연예인이나 예술인 자격을 만들어서 그런 서류를 통해 합법적으로 병역면탈을 받으려하는 추세가 그것입니다. 그리고 그런 것을 보장하기 위한 어떤 권력층이나 부유층의 합법적인 뒷받임, 등등 이런 것들이 다 어울려가지고 이러한 병역의 부조리를 근절시키지 못하게 만들고 그것이 관습화되고 관례화되는 패턴으로 가고 있지 않나 생각됩니다.

▲이도형=요컨대 민주주의는 기본이 法治(법치)이며 법치에는 예외가 있어서는 안 되는데 예외가 하나 둘 인정되다 보면 새끼를 쳐서 자꾸 생겨나고 하는데 지난번 WBC(World Baseball Classic = 월드 베이스볼 클래식)에서 우리 팀이 생각지도 않던 선전을 한다고 해서 그들을 병역면제 시켜준다고 갑작스런 조치를 취해, 빈축을 사고 비난을 받은 바도 있습니다만 이런 예외가 있어서는 안 되겠다, 비록 대통령의 아들일지언정 아니 아들일수록 먼저 병역을 필해야 된다는 생각입니다.

저는 본의 아니게 군대 생활을 두 번이나 하고 제대해서 신문사엘 들어갔는데 들어가 보니까 기피자 아니면 면제자가 왜 그리 많은지 놀랐습니다. 제 나이 또래는 전부 부장 아니면 차장 등 고참 기자들이었습니다. 군대생활을 안 했으니까 신문사 경력이 3~4년 정도, 10년이상 군에 복무한 6 · 25 참전자보다는 10여년이나 빠른 것이지요. 그러니 억울하지 않습니까. 내가 전방에서 싸우고 근무할 때 이들은 운 좋게 피난 가서 빨리 학업 마치고 빨리 신문사 들어와 선배 행세 하는구나 하는 생각을 했지요.

안타까운 이야기입니다만 우리 보수진영의 대통령 후보였던 이회창씨가 두 번씩이나 떨어진 것은 이유야 어떻든 아들 하나도 아니고 둘이 모두 군대를 가지 않았다는데 원인의 일단이 있는 것으로 보지 않습니까. 보수 진보를 막론하고 군대에 자식을 보낸 어머니들이 반란을 일으켰다는 것 아닙니까. 그러니 우리나라의 지도자가 될 사람은 자식을 포함해 이 병역, 신성한 국방의 의무인 병역을 반드시 필해야 할 것이라고 생각합니다.

병역미필자 특히 지도급에 있는 사람들의 병역미필로 말미암아 현역에 복무하는 사병들에게 미치는 악영향, 사기 문제 등 이런 것을 채 사령관님께서, 직접 경험도 하셨을 테고, 좀 말씀해 주시죠.

▲채명신장군=처음에도 말씀 드렸습니다만 조선시대의 崇文賤武(숭문천무)의 사상이 상당히 나쁘게 우리에게 전수가 되었는데 이렇게 군복무를 영광스럽게 생각하기 보다는 오히려 돈 있고 빽 있는 집안 자녀들은 병역

을 기피했다는 이야기는 돈 없고 빽 없는 집 자제들만 군 복무를 했다는 이야기가 되고 그러니까 군복무 했다는 것은 돈 없고 빽 없는 집안 자제의 대명사가 되었다는 것이지요.

그런 사상과 여건 하에서 군복무에 대한 自矜心(자긍심)이라든가 또는 자신의 국가에 대한 의무를 다했다는 만족감 같은 것이 어떻게 나올 수 있겠는가 하는 것입니다.

잘 알려진 이야기입니다만 2차 대전 노르망디 상륙작전 때 당시 준장이던 루스벨트 미국대통령 아들이 상륙제대의 부사단장이었어요. 그런데 그가 자신이 상륙제대를 지휘하겠다고 자청했어요. 상륙제대의 최초 또는 그 다음에 상륙하는 부대는 김 목사나 이 박사는 해병대 출신이어서 잘 아시겠지만 거의 모두 소멸되는 병력이라고 봅니다. 상륙부대는 말하자면 거의 소모품이란 것이지요. 제 1파 상륙에 현직 루스벨트 대통령 아들이 자원하고 나섰어요.

그러니까 사단장도 반대고 나중에 아이젠하워 연합군 최고 사령관에게까지 보고가 되었는데 아이젠하워도 안 된다고 반대했어요. 부사단장의 임무는 전투부대 지휘가 아니며 전투부대에 보급을 하고 뒷바라지 하는 것이란 것이지요. 그러자 루스벨트 아들이 무어라 항변했는지 알아요?

「내가 대통령의 아들이라고 해서 안 된다는 것이냐. 내가 싸우러 나가겠다는데 누가 막는가. 대통령의 아들이 직접 나가서 싸우다가 전사했다고 하면 내 하나 죽음으로 인해서 우리 상륙하는 2백만 장병과 우리 국민들의 사기가 크게 올라갈 것 아닌가. 내가 나가서 성공하면 성공한대로 좋고 죽더라도 내가 죽음으로 인해 우리 미군의 전 장병의 사기가 올라가고 국민의 사기가 올라간다면 왜 이것을 택하지 않겠는가. 대통령의 아들이라고 해서, 혹은 군 조직상의 임무가 어떻고 등을 가지고 방해하지 말라. 나는 미국 국민의 사기, 우리 참전하는 장병들의 사기를 위해서 내가 직접 전투부대를 지휘하려 한다.」 이렇게 고집 부려서 지휘 했습니다.

제 1파로 상륙한 부대가 적의 측방사격으로 전진을 못하고 해변에 발이 묶이자 루스벨트 장군이 바주카포를 직접 지휘해 측방진지를 파괴하고 육지로 올라가는데 처음으로 성공함으로써 전 상륙군의 사기가 충천되고 노르망디 상륙작전을 성공으로 이끄는데 크게 기여한 이야기는 유명합니다. 이런 지휘관, 최고 지도자의 전통이 미군엔 이어지고 있습니다.

한국전쟁 때 아이젠하워 아들이 한국전에 왔었다는 것은 잘 알려져 있지요. 아까 이 사장도 말씀 하셨지만 주한 미8군 사령관 밴플리트 장군의 외아들이 조종사로 한국전에 참전 적 후방 공격에 나갔다가 결국 행방불명되지 않았습니까? 저의 기억이 정확하지는 않습니다만 한국전쟁 때 미국 고위지도자들의 자제가 약 1백 40명가량 참전한 것으로 알고 있습니다. 그리고 그중 40여명이 죽거나 다치거나 했다고 합니다.

그런 상황에서 국민들이 어떻게 병역을 기피할 생각을 하겠습니까? 현직 대통령의 아들이 지금 전쟁이 한창 진행 중인 상황에서 자진해 최 일선에 뛰어들고 군 사령관의 외아들이 전사하고 하는 풍토와 국민들의 호국정신 여건 하에서 병역을 기피한다는 것은 상상하기도 힘 드는 일이지요. 이 같은 尙武(상무)정신, 또 국가와 민족을 위해 자기 자신을 희생하겠다는 그런 정신이 없을 때 어떻게 나라가 지켜지겠습니까.

좋은 예가 南(남)베트남(越南) 아닙니까. 南베트남이 패망할 때 무기가 없어서가 아니었습니다. 당시 남베트남은 민병대까지 합쳐서 2백 50만의 武裝軍(무장군)을 보유하고 있었습니다. 무기와 장비도 미군이 약 70억 달러상당을 남겨주고 갔어요. 전력 면에서 당시의 이 南 베트남군은 중국도 능가하는 아시아 최강이었습니다. 그러나 그들은 정신이 안 되어 있었어요. 결국 사람입니다. 아무리 무기체계가 발달하고 과학이 발달하고 어쩌고 해도 그것을 움직이고 조작하고 사용하는 것은 사람입니다.

그러니까 그 사람의 정신이 제대로 되어있을 때 그 최신 무기와 장비는 힘을 발휘할 수 있지만 싸울 생각도 없고 도망갈 생각이나 하는 군대에 아무리 좋은 장비를 주고 무기를 주어봤자 소용이 없다는 것입니다. 그래서 월남전에 대한 나의 평가는 이렇습니다. 「미국이 정말 좋은 것을 배웠다. 뭐냐. 자기 국가와 민족 그리고 자기 군을 위해서 희생하겠다는 정신이 미약하거나 없는 군대에 아무리 좋은 무기를 주고 돈을 퍼붓고 군사력으로 도와준다 해도 그것은 절대 성공 못한다 하는 것을 배운 것이 아닌가」하는 것입니다. 그리고 그런 차원에서 나는 앞으로 우리군대가 이 사람의 정신을 어떻게 바로 잡느냐 하는 것이 가장 중요한 선결문제가 아닌가, 그렇게 생각합니다.

▲이도형=역시 사람이 가장 중요한 것은 두말할 필요가 없을 것 같습니다. 그런데 이 사람의 문제가 참으로 어려운 문제인 것 같아요. 사기, 국민의식, 국가관 이런 것이 철저히 갖추어져야 되는데 지금 채 장군님께서 말씀하셨습니다만 6·25 당시 남과 북의 사정이 좀 비슷했던 것 같아요. 남쪽에서는 사병이 총 맞아 죽을 때는 빽 없어서 죽는다고 빽 소리 지르며 죽고 북쪽에서는 당의 배경이 없어서 죽는다고 땅 소리 지르며 죽었답니다.

그런 우스갯소리가 저희병사시절에 돌곤 했는데요. 그러니까 모든 것이 형평의 원칙에 귀결이 되는데 그 형평의 원칙에서 또 예외를 인정하라는 소리가 여호와의 증인인가 하는 종교계 일각에서 나오고 있다고 합니다만 이것은 우리가 어떻게 생각을 해야 됩니까?

▲김흔중목사=그렇습니다. 그 말씀 들이기전에 채 장군님께서 좋은 말씀 해 주셨는데 현실적으로 저는 통치자, 지도자, 정치하는 정치지도자들이 위에서 가장 모범을 보여야 된다고 생각합니다. 모든 것이 윗물이 맑아야 아래물이 맑다는 말도 있듯이 위에서 흐린데 아래만 맑아주기를 바란다는 것은 안 되는 이야기라 봅니다. 위에서 모든 문제점을 야기하는 경우로 바로 17대 국회의원 관련 이야기를 다시 말씀드리겠습니다. 299명이 17대 국회의원 아닙니까? 그 가운데 여성 국회의원 37명을 빼면 262명입니다.

관보에 나와 있는 통계를 보면 그 가운데 72명이 병역면제를 받은 자들입니다. 그래서 정확히 보면 약 28%가 병역 미필자가 되는데 그 내용을 보면 정말 이해가 안 되는 경우가 많아요. 그 가운데 장기 대기자라는 면제자가 있습니다. 그리고 시국사범 이야기는 아까 말씀 드렸고 그밖에 고령으로 해서 면제가 된 자도 있어요. 병역의무 종료라는 그런 명목으로 면제가 된 자도 병적기록 자체가 없는자도 있습니다. 이런 것들이 과연 어떻게 적용이 되어서 면제가 되었는가. 그 구체적인 것이 밝혀져야 되겠다는 것입니다.

이것이 어떻게 되어서 이제까지 면제가 되었느냐 하는 것을 그동안 알려고 열심히 노력한 저 자신도 모르는데 여타 일반 국민들은 말할 것도 없지 않겠느냐 하는 것입니다. 결론적으로 말씀 드린다면 진상규명은 이런 것부터 해야 하는 것이 화급한 것 아닙니까? 이런 것부터 하루 빨리 진상규명을 해서 국가안보도 튼튼히 하고 국민개병적인 애국심도 고취해야 하는 것 아닙니까? 저는 이스라엘에 가서 1년 3개월 생활하면서 이스라엘 정신이 무엇이냐 하는 것도 배우고 왔습니다만 거기는 남녀 간에 국방의무가 동일하게 부과되어 이행되고 있습니다.

여성들이 더 강한 국방의식을 갖고 있습니다. 해외에 나가 있는 이스라엘 처녀들이 병역의 의무를 다하기 위해 이스라엘로 돌아오는 것을 봅니다. 이스라엘 처녀들은 귀국비행기 트렙에서 내려오며 조국 땅을 바라보면 가슴이 더 풍만해 진답니다. 내가 국가를 위해 충성할 수 있는 기회가 왔다는 사명감, 애국심에 불타기 때문이랍니다.

그런데 한국어머니들은 돈 있으면 내 자식 군대 안보내기 위해 원정출산 한다고 미국에가 자식을 낳는 이런 사례들이 많이 있는 것으로 보도되지 않았습니까? 어떻게 보면 대한민국이란 이 국가가 안보가 실종되어도 이만저만 된 것이 아니지 않습니까? 그래서 병역의무에 소홀한 이러한 우리 정치인들부터 새로운 정치적인 변화를 일으켜서 투철한 국방의식을 갖는 지도자가 되어야 하겠고 그런 정치 지도자가 대통령이 되고 고위 공직자가 되어야 되겠다는 것이 앞에서도 말씀 드렸습니다만 우리의 기본 취지임을 다시 한 번 강조해서 말씀 드리고 싶습니다.

그리고 종교적인 문제를 놓고 본다 하더라도 우리 불교가 토속 종교로서 삼국시대부터 뿌리를 내리고 호국불교란 말도 있듯이 위기 때는 僧兵(승병)이란 제도가 있었고 스님들이 나가서 싸우지 않았습니까? 수치스런 국치의 역사인 임진왜란, 병자호란을 들 수 있는데 임진왜란 때는 승병을 일으켜 나라를 구한 승병장 서산, 사명, 영규 대사 등의 이야기가 유명하고 호란 때도 남한산성을 지키기 위해 마지막 까지 싸운 의병이 승병들이었답니다.

저는 기독교 목사입니다만 종교인들도 국가 위기 땐 종교를 초월해서 생명을 나라에 바쳐야 된다고 생각합니다. 그런데 어떻게 해서 종교인들 가운데 어느 특정 종교인은 양심이라는 것을 내세워서 군대를 안 가도 된다니

말이 됩니까? 집총을 안 해도 된다, 태극기를 보고 국기에 대한 경례도 않고 애국가도 안 부르고 그래도 됩니까? 그것은 대한민국이라는 국가에 대한 부정 아닙니까? 대한민국을 부정하려면 대한민국을 떠나서 살아야 하는 것 아닙니까? 왜 대한민국에서 생활을 하고 하나의 시민으로 산다면 의무는 다해야지요. 그게 싫으면 다른 나라로 가든가 양자택일을 해야 한다고 생각합니다.

종교적인 문제가 거론되니까 좀 더 말씀 드리겠습니다. 기독교의 경우를 말씀드리지요. 기독교 지도자들이 가지고 있는 3가지 주장 주의가 있습니다. 그 첫째가 행동주의입니다. 이것은 전쟁이 났을 때 침략을 해오면 무조건, 조건반사적인 측면에서 싸워야 한다는 주장입니다. 두 번째는 평화주의지요 패시피즘 이라고 하는데 전쟁에 참전해서는 절대로 안 된다는 것입니다.

성경을 내세우는 것입니다. 10계명에 살인하지 말라고 했는데 어떻게 전쟁터에 총을 들고 가느냐, 어떻게 죽이느냐, 하는 것이지요. 상대가 총을 들고 와서 죽이려하면 죽어라 하는 것이나 마찬가지지요. 이것은 도저히 말이 안 되는데도 주장 하는 교단이 바로 제세레파 라는 것이 있고 여호와의 증인이라는 그런 교파가 우리 한국에 있습니다.

세 번째 선별주의라는 것이 있습니다. 셀렉티즘 이라고 합니다. 이것은 정당한 전쟁은 참전한다는 것으로 이것은 행동주의와 평화주의의 절충 형이지요. 선별해서 정당한 전쟁은 인정하면서 대책을 강구해야 된다는 것입니다. 그래서 저는 위 세 가지 중에 세 번째 선별주의로 정당한 전쟁은 반드시 해야 된다고 보는 입장이지요.

그래서 대법원 판결도 나오고 했습니다만 그 배경에 대해 말씀을 좀 드리겠습니다. 2004년5월에 여호와의 증인 신도 3명의 아이가 문제가 되었는데 무죄판결이 나왔지요. 그러다 보니 그 당시 찬반양론으로 말썽이 많았지 않습니까. 그러다가 8월에 양심적 병역 거부처벌에 대한 헌법재판소의 판결이 내렸습니다. 합헌적이다 하는 것이었어요. 양심적 병역거부라는 것은 안 된다는 것이지요.

헌법 18조에 보면 모든 국민은 양심의 자유를 갖는다고 되어있지만 병역법상에는 반드시 병역의무를 다하도록 되어있습니다. 그렇다면 모법인 헌법만 주장해서 될 일도 아니고 법이 엄연히 병역의무를 다하도록 규정하고 있으면 법에 따라 다해야지 양심이란 것을 내세워가지고 병역을 거부한다는 것은 상식적으로도 말이 안 된다고 보는 것입니다.

그리고 이 문제는 열린우리당 일부세력의 견해로 법제화를 하겠다고 하는데 그럴 경우 저는 적극적으로 저지에 나서겠습니다. 시작만 해놓고 그냥 두고 보지 않겠습니다.

▲이도형=잘 알겠습니다. 그런데 지금의 17대 현역 국회의원들 가운데 병역미필자들이 내세운 미필 이유를 보면 抱腹絶倒(포복절도) 할 내용이 많은데 고혈압, 소아마비 후유증, 뭔지 모르지만 수핵 탈출 증, 더욱 이해가 안 가는 것은「우리당」소속 국회의원 20여명의 장기대기 라는 것이 있어요. 이해찬 송영길 임종석 강창일 김부겸 등 신문에 이름이 자주 오르내리는 사람들인데 장기 대기란 무엇입니까?

▲김흔중목사=「장기 대기」라는 것은 말이죠, 병역법상 어떤 특별 질병을 가졌다든가 학력이 낮다든가 전과가 있다든가 하는 자는 4년 동안 소집을 대기시킵니다. 말하자면 4년 동안 대기시키며 관찰을 하도록 하고 있습니다. 조건이 충족되면 소집하고 그렇지 못하고 4년이 지나면 병역을 면제시켜 주는 것입니다. 이른바「장기 대기 면제」죠. 원칙적으로 병역 소집대상자가 적으면 장기 대기를 받더라도 소집될 확률이 높지만 소집 대상자가 많으면 소집될 확률이 낮아지고 장기 대기 면제를 받을 확률은 높아지는 것입니다. 힘 있거나 돈 있는 자 등이 이점을 악용하는 것이지요. 여당 의원 쯤 되면 간단한 문제 아니겠어요. 모두 다 그렇다는 것은 아니지만 말입니다. 그리고 운동권의 경우는 옥살이를 악용할 수도 있고 하지 않겠습니까? 그것이 국가 안보를 파괴시키는 요인입니다.

▲이도형=만약 그렇다면 이런 자들이 개혁이니 뭐니 하고 우리 세법도 만들고 기타 병역법 등 여러 가지 법들을 만들고 손질하고 있는 꼴이니

까 코미디이고 힘없는 서민들은 화나고 억울하기 짝이 없는 일이지요. 물론 신성한 국방의 의무를 다한다는 떳떳한 국민적 자부심도 느낄 수 있지만 말입니다.

그래서 아무튼 병역의무 미필 정치인의 근절대책을 위해 이 조직을 만드신 이선호 박사가 보실 때 어떻게 하면 이것을 없애고 근절할 수 있을 것인가 하는 방안도 생각하셨을 텐데 구체적이고 종합적인 대책내지 방안을 생각하시는 것이 있으시면 좀 말씀을 해주시죠.

▲이선호=시간이 많이 지나 긴 이야기는 생략하고 줄여서 말씀드려 보겠습니다. 제가 이 문제와 관련해서 오랫동안 생각하고 구상한 바가 있는데 구체적으로 말씀 드리면 10가지 처방내지 대책이 있습니다.

간단히 말씀 드리면 제일 먼저 중요한 것은 뭐니 뭐니 해도 안보의식 고양입니다. 전반적으로 우리 안보의식이 마비되어있고 主敵(주적)개념이 실종된 상황에서 군대 가면 뭐하느냐 하는 이런 아주 썩어빠진 생각이 전반적으로 퍼져 있기 때문에 이러한 병역비리도 그에 따라 만연되고 있다 이렇게 보는 것입니다. 그것을 불식하기 위해서는 아까 김 목사님께서도 지적하셨습니다만 병역비리에 대한 투명한 진상공개가 중요합니다. 그래서 병역비리 백서라든지 이런 것을 발행해가지고 전 국민이 필요할 때 그 자료를 열람할 수 있도록 해야 하겠다는 것입니다. 완전무결한 통계자료와 모든 필요한 데이터가 포함된 백서가 발행되어서 그것이 널리 국민들에게 읽혀짐으로써 국민의 병역의무 이행과 안보의식을 고양시키는 지름길이 될 것이다 그렇게 보는 것입니다. 그런 병역비리백서를 만들려고 준비하고 있습니다.

두 번째로 중요한 것은 너무도 복잡하고 長文(장문)으로 되어있어 읽어보아도 무슨 소린지 알 수 없는 현행의 우리 병역법을 가능한 한 단순 명확하고 누구나 알기 쉽게 개선하자는 것입니다. 그중에서도 특히 난해하고 복잡한 것으로 병역특례와 대체복무라는 것이 있습니다. 어떠어떠한 사람은 특례로 봐주고 하는 내용의 조항 등이 너무도 다양하고 복잡하고 많습니다. 그래서 이러한 대체복무나 특례제도를 최소화 시켜야 된다는 것입니다. 현재는 이것이 여러 수십 가지가 되어가지고 뭔가 여기에 한 다리 끼여서 재미를 보려는 데서 생기는 것이 바로 병역비리입니다. 거기에 돈이 오가고 권력이 작용하는 것입니다. 이러한 여지를 없애버려야 한다는 것입니다.

세 번째는 병역비리 근원의 하나인「신체검사 시 판정을 통한 합법적인 병역 면탈」을 근절 시키는 것입니다. 이것은 주로 군의관이 자기의 전문분야를 이용해서 너는 1급이다, 2급이다, 3급이다, 4급이다(이상 현역) 이렇게 판정을 할 때 뒤로 부당거래가 있어가지고 부당한 판정이 나오도록 원인을 제공하는 비리행위를 근본적으로, 제도적으로 없애기 위한 어떤 과학적인 신체검사 방법이 있지 않겠는가,

네 번째는 현재 비리에 대한 법규가 있는데 앞서도 말씀이 나왔지만 처벌 강도를 좀 더 높여야 하겠다는 것입니다. 현재 제일 무거운 처벌대상이 自害(자해)손상자입니다. 지금 열린우리당 국회의원 중에도 손가락을 잘라서 국회의원이 된 사람이 있는 것으로 알고 있습니다만 그런 사람은 그 전에는 2년에서 3년까지 실형을 받게 되어있었는데 작년에 3년에서 5년으로 법이 바뀌었습니다. 제 생각으로는 그것을 5년에서 10년까지로 대폭 처벌을 강화해가지고 그런 행위는 꿈도 꾸지 못하도록 해야 된다고 봅니다.

▲이도형=자해 해가지고 병역 면탈한 자가 국회의원이 된 경우가 거기에 해당이 안 됩니까?

▲이선호박사=그러나 그 사람은 자해한 다른 이유를 제시해 가지고 병역면탈을 위해 자해한 것이 아니다 라는 합법 인정을 받았습니다.

▲이도형=그러니까 모든 예외를 인정하지 말아야 해요.

▲이선호박사=그게 문제지요. 그래서 이러한 처벌법규를 강화해 가지고 그 처벌 법규에서 빠져나가는 구멍을 또 최소한도로 줄여야 합니다. 미꾸라지들이 이리저리 빠져나가니까 말이지요.

그다음 다섯 번째는 앞서 김흔중 목사님께서 강한 톤으로 지적하셨지만

지금 법에는 없는 병역 면탈자 공직 취임 금지 조항을 반드시 어느 법엔가 넣자는 것입니다. 지금 병역면탈 국회의원의 경우 면탈 자이면서 면탈 자가 아닌 것으로 합법화, 합리화시켜 면제를 받은 것으로 법적보장을 받고 있지요. 예컨대 고건 씨가 군에 안 갔다 왔다, 나는 폐병이 걸려 군에 안 갔다 왔다, 이명박이 당시 폐병에 걸려 군에 안 갔다 왔다 그러면 그 당시 폐병 걸린 확실하고 합법적인 증명서류가 있는가? 그런 것을 다 취재해 봐야지요. 자기가 말한 내용이 맞지 않고 사실이 아니면 그 이유를 공개하도록 하는 조치가 필요한 것입니다. 이러한 부당한 면탈자의 이유는 반드시 부정되어야 하며 그 사람은 어떤 일이 있더라도 공직에 취임하게 해서는 안 된다는 엄격하고 매서운 법이 있어야 합니다.

여섯 번째는 병역 관련 업무 담당부서, 예컨대 주로 병무청, 그리고 軍(군)에서도 이러한 인사 관련부서에 근무하는 사람들의 기강을 엄정하게 확립해야 됩니다. 병역관련부서 근무자들이 돈을 한 푼이라도 받았다든가 어떤 비리를 저질렀을 경우는 가차 없이 파면하는 신상필벌의 메카니즘을 확립해야 된다는 것입니다.

일곱 번째는 여성인력의 대폭적인 병력자원화입니다. 앞서 말씀드린바와 같이 현재 병력의 절대 자원이 고갈상태로 치닫고 있습니다. 인구가 줄어들고 있고 군대 갈 사람이 없어지게 되는 상황입니다. 결과적으로 여성인력을 대폭 병력자원으로 보충하지 않을 수 없는 현실이 다가왔습니다. 性(성)문제라든가 예산 문제라든가 신체적 조건의 문제라든가 여러 가지 문제들이 있습니다만 이 여성인력의 본격적인 병력자원화는 피할 수없는 현실입니다.

여덟 번째는 병역복무기간의 단축 문제입니다. 현재 선진국의 복무연한은 대개 1년입니다. 우리는 20개월 내지 30개월입니다. 병력자원고갈과 예산문제가 있습니다만 앞으로 줄여야할 것입니다. 그래야 병무비리도 줄어듭니다.

그다음 아홉 번째는 제대군인 우대책 강구입니다. 국가에서 군 조기 퇴진의 경륜과 능력 있는 건전한 인적자원을 지금처럼 그냥 썩히지 말고 활용할 수 있는 아이디어가 있어야 한다는 것입니다. 그것은 제대군인들 직

업보도라든가 우대책강구죠. 그런 것도 병역면탈 경향 축소에 기여하는 요
인이 되는 것입니다. 군대 가면 손해 본다는 현재의 심리를 해소시키는데
기여하는 것입니다.

이상에 지적한 것들의 실천이 건전하고 합리적이고 성공적인「국민개병
제도」확립의 지름길이라고 저는 보는 것입니다.

▲이도형=이선호 박사께서 지적하신 것이 실천된다면 더 이상 바랄 것
이 없겠는데 제일 신경이 쓰이는 것이 맨 먼저 지적하신 국민안보의식 고양
입니다. 이것이 아주 막연하면서도 구체적인 문제인데 지금 왜 안보의식이
고양이 안 되느냐 하면 제가 볼 때는 이렇습니다.

지금 현재 우리나라 정치지도층은 안보의식을 가질 수 없는데 그것은 대
한민국이라는 국가에 대해서 애정을 갖고 있지 않기 때문입니다. 우리는 대
한민국 하면 특히 외국에 나가서 대한민국을 생각하고 태극기를 보면 그리
고 애국가를 부르면 눈물이 나고 가슴이 벅차오르는 그런 경험을 모두 갖
고 있지 않습니까? 그런데 지금 민노당이나 민노총 같은 데서는 국민의례
도 없답니다.

그러니까 대한민국을 인정하지 않는 것입니다. 이 사람들은 말하자면 우
리의 적대세력입니다. 대한민국을 적대시 하는 세력입니다. 적대시 할 뿐만
아니라 엄청나게 증오하고 있는 세력들입니다. 이 사람들에게 우리가 안보
의식을 고양하자 하면 이것은 牛耳讀經(우이독경)이지요. 말도 안 되는 것
입니다. 그래서 현재의 정치권력을 어떻게 인식하고 대해야 되느냐 이 문제
가 선결되어야 한다고 봅니다.

▲김흔중목사=그 문제에 대해서 잠깐 말씀드리겠습니다. 우선 현실적으
로 문제가 제기된 이런 상황부터 차근차근 풀어가야 된다고 생각합니다. 그
래서 민노당이든 누구든 간에 예외가 없어야 된다는 말씀을 하셨는데 저는
특별법을 만들어서라도 앞으로 국회의원을 꼭 하고 싶다든가 大權(대권)에
도전을 하고 싶다던가 하면 병역면제를 받은 사람은 재심 재검사를 해서 건
강한 신체라고 하면 나이가 70이 넘었든 80이 넘었든 병역의 의무를 다하

도록 해야 되겠다는 것입니다.

단 10일이든 15일이든 가서 훈련이라도 받고 사격이라도 해 봐라. 그리고 최전방에 가서 보초라도 몇일 서라. 그것이라도 해서 병역의무를 이행한 것으로 하는 특별법이라도 만들어라 하는 것입니다. 그래야 군이 어떤 것이고 군복무가 무엇을 하는 것인지 조금이라도 알 것 아닙니까. 그렇지 않고 어떻게 정치지도자가 될 수 있습니까? 국군통수권자가 될 수 있습니까?

그런 모습을 보여주어야 국민들도 야 이거 뭣이 좀 달라지는 구나 이런 생각을 하다 보면 부모들도 내 자식 군대 보내야 되겠구나 하고 젊은이들도 나도 군대 가야되는 구나 그리고 내가 한번 정치지도자가 되겠다는 꿈을 가졌으면 대학 다니면서라도 아이고 나도 군대 가야지 하는 의식을 갖게 될 것 아니겠습니까. 그것이 국민들의 안보의식을 고취시키는데 필수적이 아니겠습니까? 말로 홍보하고 계도한다고 되지 않는다고 봅니다.

▲이도형=시간도 많이 흐르고 했는데 채 장군님 결론적으로 한 말씀 하시고 끝을 맺지요.

▲채명신장군=지금까지 우리가 토론해온 문제는 현재 우리가 당면하고 있는 중대한 문제들이고 또 이러한 문제의 앞으로의 전개 여하에 따라서는 우리민족과 우리조국의 존폐와 생존문제로 까지 전개될 수 있는 중대 사안이라고 봅니다. 그런데 이런 문제를 우리가 다루는데 있어 오늘 우리가 모여서 토론한 것은 그러한 우려를 표명한 것입니다. 결론적으로 병역미필자의 공직 수행을 막아야하고 어떻게 막느냐 하는 방법론적 차원의 이야기로 귀결되는 것입니다.

병역 비리 자들을 공직에 취임시켜서는 안 된다는 것은 우리뿐만 아니라 뜻있는 국민들은 모두 다 공감할 것이라고 생각합니다. 그런데 문제는 그러한 사람들을 어떻게 적발하며 우리는 적발할 능력도 없는 것이고 또 적발할 기구가 조직되어있는 것도 아닌데 그런 사람들을 어떻게 줄게 하느냐 하는 실천단계에 들어갈 때는 그게 상당히 막연하단 말입니다. 우리에겐 할 수 있는 능력도 조직도 돈도 기구도 없단 말입니다.

　그래서 결론은 우선 병역을 제대로 다하지 못한 그런 사람이 어떻게 공
직에 취임할 수 있느냐 , 그런 사람들이 공직에 취임했을 때 그 국민이나 국
가가 입는 엄청난 피해를 생각할 때 그러지 못하도록 말려야 하지 않겠는
가 하는 것이라고 하겠습니다. 그런 취지 주제를 중심으로 어떻게 하면 국
민들의 적극적인 병역의무 이행을 고무하고 그런 분위기를 조성하며 국민
들에게 자극을 주고 경각심을 일깨울 것인가 하는 방향으로 만나고 연구하
고 종합토론하고 홍보해나가는 연구회 같은 역할부터 해나가야 할 것이라
고 생각합니다.

　▲이도형=장시간 대단히 감사합니다.

대권 도전자들의
사자성어를 별고(瞥考)해 본다

(2007년 1월 7일)

2007년 대선의 해를 맞이 하여 정치권은 저 마다 승리를 장담하는 사자성어를 만들어 뼈있는 말들을 새해 화두로 삼고 있다. 그 출처는 주역, 성경, 불경 등 다양하다. 이 사자성어를 통한 신경전이 치열하다.

열린우리당은 '무심운집'(無心雲集, 마음을 비우면 구름이 모인다)을 금년 사자성어로 제시했다.

정동영 전 의장은 '구동존이(求同存異, 다른 점이 있어도 같음을 추구한다)를 내세워 갈등을 넘어선 포용과 통합의 의미를 부각시켰다 . 한 측근은 "내부 갈등을 용광로 처럼 녹여내고 함께 가자는 의미"라고 말했다. 같은 당 김근태 의장은 관행화된 한자 대신 한글 4글자로 '처음 처럼'을 제시했다. 한 측근은 "당이나 정권 모두 초심으로 돌아가 국민의 마음을 얻겠다는 의미"라고 풀이 했다. 그간에 당. 청 갈등과 당내 진통으로 열린우리당은 구이존동(求異存同, 다른 점을 가지고 같이 공존한다)의 가시밭을 걸어 왔다. 이제 부터라도 정권 재창출을 위해서는 대통령과 더불어 권력 암투를 버리고 "처음처럼" "구동존이"(求同存異)로 결집하는 것이 급선무 일것이다. 그러나 열린우리당이 분열되어 분당된다면 정해년(丁亥년)의 황금(?)의 복돼지들이 어떤 돼지우리에서 주인(指導者)을 맞이할 것인지 궁금하다. 현재 거론되고 있는 대선 후보들로는 승산이 없고, 깜짝 놀랄만한 반기문 같은 세계적인 인물이 등장해야 승리할수 있을 것이다. 결론적으로 노무현 정권은 형극(荊棘)의 한해가 될것 같다. 그러나 꿩잡는 것이 매라고 했으니 사냥꾼들에 의한 매의 사냥술은 신묘(神妙)할 것 같다. 그러므로 정권 연장이 절대적으로 불가능 한것만은 아닐것이다.

2006년 12월 18일 교수신문에 교수신문 필진과 주요 일간지 칼럼니스트

교수 등 208명을 대상으로 설문조사를 실시한 결과 48.6%가 한국의 정치 경제 사회에 적합한 사자성어로 밀운불우(密雨不雨, 구름은 빽빽하나 비가 오지 않는 다)를 선택했다고 밝혔다. 密雲不雨는 주역 소과괘(小過卦)에 나오는 말로 일이 성사될 수 있는 여건은 조성되었지만 이뤄지지 않아 답답함과 불만이 폭발할것 같은 상황을 뜻한다.

그리고 208명중에 교각살우(矯角殺牛, 소의 뿔을 바로 잡으려다 소를 죽인다.)(22.1%), 만사휴의(萬事休矣, 모든 일이 끝났다)(11.1%), 당랑거철(螳螂拒轍, 사마귀가 앞발로 수레를 가로 막는 다)(9.1%)의 순으로 선택했다.

이러한 교수신문 설문조사의 구름이 빽빽하게 있으나 비가 오지 않는다는 밀운불우(密雲不雨)에 촛점을 맞추어 대권 도전자들은 민첩하게 각각 사자성어를 만들어 발표 했다.

고건 전 총리는 주역에 등장하는 '운행우시(雲行雨施)'를 새해 화두로 삼았다. 한 측근은 "시대적 변화요구가 모여 변화를 이뤄나간다는 의미"라고 말했다. "짙은 먹구름만 드리우지 말고 시원하게 비가 뿌렸으면 좋겠다는 취지"라는 설명으로 은근히 노무현 정부를 겨냥했다. 또한 운행우시'가 포함된 주역 원문에는 하늘을 통합한다'는 뜻인 내통천(乃統天)이란 문구가 포함돼 있다고 측근들이 덧붙였다.

2006년 12월 27일 고건 전 총리는 김포 해병대 초소를 방문해서 기자들과 만나 "내년에는 시원하게 비가 뿌렸으면 좋겠다는 의미에서 운행우시'라는 화두를 골랐다"고 말했다. 無敵 海兵隊의 군복(상의)을 입고 사단장의 안내를 받았다. 병역의무를 미필한 고 전 총리가 최고군통수권자의 자격이 있는지 냉철하게 검증해 볼 필요성이 있다.

구름은 짙으나 비가 오지 않으니(密雲不雨) 구름이 운행하여 비를 뿌린다(雲行雨施)는 것일 게다. 그러나 구름이 운행하며 비를 뿌리면 비가 오는 지역에 만 비가 오게 될 것이다. 구름은 외관상 그 들의 모양과 구름이 떠 있는 높이에 따라 다르다.(10가지) 그리고 기상의 변화에 따라 구름의 변화가 무상한 것이다. 그 구름이 호남지역에 만 집중되거나 어느 특정지역에 구름이 운행되어 비를 뿌릴 가능성도 배제 할수 없을 것이다.

구름의 운행은 바람이 부는 방향으로 이동하게 되어 구름 자체의 주체성이 상실된 상태로 바람의 힘에 의해서 이동한다. 이것이 구름의 자연현상에 의한 피치 못할 운명이며 무기력한 피동적인 자태일 수밖에 없다. 그간에도 주관이 분명치 못한 구름처럼 여, 야에 끼웃거리며 러브 콜에 저울질을 하는 모습이 비쳐 졌다. 바람이 불면 박대통령 생가도 찾고 자주 광주에 눈독을 드리며 김대중, 김영삼 전직 대통령도 방문하는 모습을 볼수 있었다. 그는 행정가로서 정치인으로 변신하기 위한 한 처방의 몸부림인지도 몰으며 이러한 모습이 운행시우(雲行施雨)인지 난해한 일이다.

이명박 전 서울시장의 새해 화두는 비에 관련된 한천작우(旱天作雨)이다. '어지리운 세상이 계속되고 백성이 도탄에 빠지면 하늘이 길을 열어준다'는 뜻의 강한 의지를 보였다. 그는 작년 12월 25일 오전 서울 견지동의 개인 사무실인 안국포럼에서 열린 송년 기자간담회에서 신년의 희망을 담은 사자성어로 선정한 '한천작우(旱天作雨)'에 대해 설명했다. 맹자 양혜왕편에 나오는 말로 '7~8월 한여름에 심히 가물면 싹은 말라버리고 만다. 그러면 하늘은 자연히 구름을 지어 비를 내리고, 이에 싹은 또다시 힘차게 살아 난다'는 것이다. 과연 가뭄이 계속되는 여름의 旱天(한천, dry weather))에 누가 구름을 만들어 주겠는가? 우리 조상들은 비가 오지 않으면 비가 올때 까지 기우제(祈雨祭)를 드렸다.

이명박 전 시장은 기독교의 장로 직분을 가지고 있다. 자연의 하늘에 메달리지 말고 우주만물과 자연을 창조한 하나님께 부르짖어 기도하는 자세가 승리의 비결일 것이다. 솔로몬은 기브온 산당에서 일천번 번제를 드려 지혜를 얻었다. 그리고 엘리아가 갈멜산에 올라가 땅에 엎드려 그 얼굴을 무릎사이에 넣고 기도함으로써 하나님의 능력이 임하여 지중해 바다에서 손만한 작은 구름이 일어나고 바람이 일어나 하늘이 캄캄하여 지고 큰 비가 내렸다는 사실을 교훈으로 삼아야 할것이다. 대권의 승리는 하나님이 좌우하는 것이지 다른 신이나 사람의 능력에 있는 것이 아니다. 그리고 국토방위의 신성한 병역의무를 면제 받은 것과 경부운하건설의 자연파괴로 인한 하나님의 책망이 없도록 해야 할것이다.

박근혜 전 한나라당 대표는 기독교인이 아니면서도 성경의 잠언 29장을 인용해 "국가 지도자는 고집이 아닌 공의(公義·,공정한 도의)로 나라를 다스려야 한다"고 말했다. 노 대통령을 겨냥한 '뼈'가 담겨진 말인것 같다. 또한 이명박 전 시장의 불르도자식 고집을 겨냥한 것 같기도 하다. 하나님은 공의의 하나님이라는 사실에 주목하게 된다. 이명박 전 시장은 장로인대도 성경 말씀을 거론하지 않았는데 박근혜 전 대표가 성경 말씀을 인용한 점은 기독교계에서 세운 학교에 다녔기 때문에 성경적인 지식도 있을 것이다. 다른 도전자들의 사자성어 보다 한층 관심을 갖게 된다.

작년 9월 29일 기독교인인 고건과 이명박은 예산 수덕사에서 법장 전 불교 조계종 총무원장의 열반 1주기 추모 다례행사에 참석하여 축사를 한바 있다. 오직 대권 도전자 들은 표를 얻기 위해 종교의 신앙적 양심을 망각하지 않아야 한다. 불교인은 도량(道場)에서, 기독교인은 성당이나 교회를 찾아가야 할 것이다.

강제섭 한나라당 대표는 '멸사봉공(滅私奉公)'이란 화두로 사욕을 버리고 대선 승리를 위해 힘쓰겠다는 의지를 표현했다. 한나라당이 수권정당이 될려면 병술년(丙戌年)의 개해가 지났으니 이전투구(泥田鬪狗)의 싸움판을 청산하고 정해년(丁亥年) 복 돼지의 새해를 맞이했으니 빅3이 손잡고 심기일전(心機一轉)해야 할것이다. 이회창 전 대통령후보와 같은 유능하면서도 무능한 인물은 백전백패한다는 사실을 교훈으로 삼아야 할 것이다.

대선주자들이 비를 통해 '하늘의 뜻을 얻겠다'는 희망을 표현하자 민주당의 장상 공동대표는 주체적 의지를 강조한 '굴정취수(掘井取水·우물을 파서 맑은 물을 얻는다)'로 차별화를 노렸다. 이상열 대변인은 "어려운 시기에 하늘만 쳐다보며 비가 내리기를 바라는게 아니라 직접 땅바닥의 바위를 뚫고 내려가 맑은 물을 얻겠다는 뜻"이라고 설명했다.. 하늘에 의존하지 않고 땅에서 물을 구하고자 하는 것이다.

민주당은 노무현 대통령을 당선시킨 당이다. 그러나 버림받은 당이 되어 열린우리당을 출현 시켰다. 우물을 잘못 팠으니 우물을 잘 파고자하는 심산인 것 같기도 하다. 그러나 우물은 아무곳의 장소에 판다고 물이 솟아나는 것이 아니다, 지질학적으로 수맥이 있어 그 수맥을 찾아 우물을 파야 한다. 또한 굴착작업에 많은 노력과 수고가 따른다. 그러나 우물을 팠지만 물이 솟아 오르지 않으면 헛 수고일 뿐이다.

수맥 지류의 어느 지역에 우물을 판다면 소량의 물이 솟아오를 수 있다. 민주당은 정치적 수맥을 잘 선택하여 우물을 굴착해야 할것이다.

민주노동당은 당내에 팽배한 위기의식을 반영하듯 '백척간두 진일보(百尺竿頭進一步, 백척의 장대 위에서 한걸음을 내딛는다)'를 제시했다. 불경에 나오는 말이다. "백척간두"라는 사자성어에 "진일보"를 추가 시켰다. 박용진 대변인은 "아무리 어려운 지경에 있어도 스스로 과감히 내딛지 않으면 진보가 아니다"며 위기의 돌파 의지를 강조했다.

민노당은 위기의식의 극한 상황에 처하여 위기극복을 위해 진일보 하겠다는 몸부림인 것 같기도 하다. 그런데 간두(竿頭)를 장대라고 풀이 하는데 정확 하게 말하면 간두(竿頭)는 낚시대의 끝을 지칭하는 것이다. 백척이나 되는 낚시대 끝에 놓여 있는데 진일보하면 어떻게 되겠는가? 물에 빠지고 말것이다. 하늘에서 물을 구할 필요도 없고 땅을 파서 물을 구할 필요도 없게 될것이다. 물에 빠지면 생명을 구할수 있도록 수영연습과 육지에 상륙할 수 있는 대책을 강구 해야 할것이다. 그렇지 않으면 지혜롭게 구조대에 의해 승선할수 있는 구명대와 범선(帆船)이라도 준비해야 할것이다.

허경영 전 민주공화당 총재는 모든 대권 도전자들의 사자성어를 압도할 수 있는 운집강우(雲集降雨, 구름을 모아 비를 내린다)를 새해 첫날 아침에 밝혔다. 작년 12월 18일 교수들 208명의 설문에 의한 한국의 정치, 경제, 사회의 종합 평가인 밀운불우(密雲不雨)에 대한 분명한 해답이라고 했다. 즉 구름을 모아 민족을 살리는 비를 내리겠다는 강력한 의지가 포함되어 있다는 것이다.

한서 예문서(漢書 藝文書)의 여러가지 방술(方術)중 일종으로 구름을 모아 비를 내리게 하는 운집강우의 묘술(妙術)이다. 구름은 떳다가 살아지기

도 하고 몰려왔다 바람에 흘러가기도 한다(浮雲起 浮雲滅). 비 구름을 모아
비를 내리면 만물이 생동하고 무성하게 성장하여 열매를 풍성하게 맺는다
는 것이다. 또한 금년 정해년(丁亥年)은 경천동지(驚天動地)의 한해가 될것
이며 구름떼 처럼 많은 사람들이 모여 들어 나라를 바로 세우는데 동참 한
다는 것이다. 더욱 새해에는 정치, 경제, 사회, 문화, 교육, 종교 등 전 분야
에 密雲不雨의 악조건에 처한 상황에서 雲集降雨의 소망을 줄수 있는 구국
적 지도자가 출현해야 한다는 것이다.

대권 도전자들의 경쟁적인 사자성어에 내포된 특성을 살펴 보면서 결론
을 내리고자 한다. 이스라엘 백성에게 모세와 여호수아 그리고 다윗과 같
은 민족적 구원의 지도자가 있었다. 2007년도의 한국에 이스라엘 지도자
와 같은 영적 지도자가 절실히 요망된다.

하나님은 이스라엘 백성들에게 우로(雨露)를 내려 주시고 이른비와 늦은
비를 철따라 흡족하게 내려 주시며 축복해 주셨다. 한국 백성에게도 이스
라엘 백성 못지 않게 축복이 넘치는 한민족(韓民族)으로 흥왕(興旺)하는 한
해가 되기를 새해 아침에 간절히 소망한다.

〈참고 사항〉

대권도전자 한 분이 필자에게 부탁이 있어서 한서에 나오는 사자성어를 만들어 준
사실이 있었다.

뉴라이트와 뉴레프트의 정체성은 무엇인가?

(2006년 10월 30일)

최근에 많은 관심을 같게 되는 뉴라이트(New Right)와 뉴레프트(New Left)는 일종의 사상적 이념으로 이를 이해하기 위해서는 과거 냉전체제부터의 큰 흐름을 이해해야 한다. 그러나 사상 그 자체의 장점과 단점을 분명하게 구분하기는 어렵다. 그 사상과 자기 생각이 맞으면 공산주의도 장점밖에 없는 사상일 수 도 있고, 자기와 맞지 않다면 자본주의가 오류의 사상일 수도 있다. 그러나 인류역사의 변천과정에서 동서냉전체제의 붕괴와 함께 공산주의의 이데올로기는 자본주의의 도도히 흐르는 조류에 휩쓸리고 말았다.

이러한 사상과 이데올로기의 역사적 변화에 의해 출현한 뉴라이트와 뉴레프트를 이해하기 위해서는 과거 좌익과 우익 그리고 이들 개념에 의한 세계적 국제정치 역사에 대한 기본적인 인식이 있어야 한다.

1792년 프랑스 국민의회의 의장석에서 볼 때 왼쪽에 급진파, 중앙에 중간파, 오른쪽에 온건파가 의석의 자리를 잡고 위치한 데서 유래되었다. 그 왼쪽에 앉은 사람들을 진보, 즉 좌파(좌익)라 부르고, 오른쪽에 앉은 사람들을 보수, 즉 우파(우익)라 부르게 되었다. 그러나 현대에 와서 경제적 개념으로 좌익의 공산주의와 우익의 자본주의로 구분하고, 정치적 개념으로 좌익의 전체주의와 우익의 민주주의로 구분하여 부르게 된다. 그러나 공산주의 국가들은 공산주의라는 이름을 감추어 두고 사회주의라고 부르며 사회주의를 공산주의 전단계의 개념이라고 주장하기도 한다.

따라서 우익은 개체의 개인주의를 수렴한 민주주의인 자유주의(자본주의) 개념아래 정부의 역할보다 시장의 역할을 중요하게 여겼고 좌익은 전체주의(공산주의) 개념아래 시장의 역할보다 정부의 역할을 중요하게 여졌다.

자유주의는 자유를 최대가치로 여기며 사회주의는 평등을 최대가치로 여겼다. 이들의 흐름은 냉전이 종식되어 구 소련의 몰락과 함께 사회주의의 패배가 확실시 되었다. 이에 좌익은 세계 정치에서 그 존립 기반을 상실해 버렸다. 그렇다고 자본주의가 유토피아적 이론은 아니었다. 지나치게 정부의 역할을 축소하고 시장경제의 자유만 강조한 나머지 시장경제에 실패의 문제점이 노출되었다. 따라서 공공재 부족, 환경오염, 종속효과, 독과점, 빈부격차 등의 문제점이 있게 되었다. 그래서 케인즈를 필두로 수정 자본주의가 등장하게 되었다. 수정 자본주의란 시장의 경제를 인정하면서 동시에 정부의 개입도 인정하는 경제이론이다. 그간에 많이 들어 볼수 있었던 복지국가이론과 일맥상통하는 것이다.

그래서 시장의 경쟁에서 소외된 사람은 기존 자본주의 정부가 어쩔 수 없이 정부가 나서서 부자에게 돈을 받아 하위층을 구제하는 복지를 우선으로 하였다. 그러나 복지국가도 성공적이지 못했다. 지나친 복지의 결과 전체적으로 하향평준화 되고, 일 안해도 복지대책으로 먹고 살수 있다는 인식때문에 사람들이 일을 안하기 시작했다. 이와 같은 병적 현상을 영국병이라고 말하기도 한다.

이에 수정자본주의에 반발하고 새롭게 떠오르는 이념이 신자유주의(신보수주의)이다. 이는 자유주의와 보수주의가 결합한 이념으로 과거 자유주의 이념처럼 시장경제를 인정하고 재산권을 우선시 하며, 정부의 개입을 최소화 해야한다고 주장하는 이념이다. 이는 다소의 국한된 평등의 필요성은 인정하지만 지나친 인위적 평등지향성을 배재하는 것이다. 이렇게 과거 자유주의(올드 라이트)의 실패 후, 수정 자본주의를 거친 뒤, 다시 부상한 신자유주의 이념을 가리켜 바로 뉴라이트 라고 한다.

또한 과거 공산주의의 몰락과 복지국가의 실패로 인해 설자리가 없었던 사회주의 좌파들은 그들의 조직을 결성하진 않지만 자신들의 사상을 꾸준히 발전해 나가고 있다. 그들의 발전된 사상은 공산주의 사상에 근본을 두고 있지만 현 지배체제와 과거 공산주의를 모두 비난하고 있다. 이들은 기성좌익의 실패와 그들의 정치적 무관심과 무능력을 비판하고 사상운동을 전개하여 사회주의를 부활시키고자 하는 집단이 뉴라이트와 다른 새로운 좌익 세력인 뉴레프트이다.

이러한 진보적 성향의 대표적인 인물은 뉴라이트 운동을 전개하고 있는 뉴라이트운동 전국연합상임의장 김진홍 목사와 뉴레푸트 운동을 표방하고 있는 자유주의 연대 대표인 신지호 교수를 꼽을수 있다. 뉴라이트와 뉴레푸트는 양자가 본래 진보적 개혁세력이었으나 진로를 달리하고 있다. 그 이데오로기적 성격상 뉴라이트 운동은 보수세력과 결탁하여 보수를 변화 기켜 한국을 바로 세우겠다는 것이고, 뉴레프트 운동은 진보와 결탁한 상태는 아니지만 집권의 진보세력이 변화가 이루어 지면 합류하겠다는 계산인 것으로 분석된다.

21세기를 맞이 하여 대한민국의 지식인들과 정치인들은 이데올로기적 혼돈속에 방향감각을 잃고 말았다. 지난날 한국의 기성세대는 이념에 대한 가치와 사상에 대한 분명한 지식과 분별력이 없이 공산주의는 무조건 나쁘다는 반공주의자가 되었다. 그러나 과거 역대 정권의 부패와 무능으로 반공주의를 반대하는 급진 좌파세력을 양산하고 말았다. 김영삼정부 이후 반공주의를 반대하는 좌파새력이 정권을 장악 했으나 폐기해야할 공산주의 (사회주의)는 지구상에 설자리를 잃게 되었으며, 설상가상으로 노무현정권의 실정(失政)으로 인하여 진보세력들이 방황하게 되었다. 그래서 집권세력에 합류하지 못한 진보세력은 사실상 디렘마에 빠진 가운데 꺼져가는 불씨라도 살리기 위하여 뉴라이트및 뉴레푸트라는 이름으로 조직화하고 세력화 할려는 용트림으로 보아야 할것이다.

결론적으로 맺는다면 뉴라이트와 뉴레푸트운동의 중심적 인물들은 과거 반정부적 운동권 중심 세력에 뿌리를 같이 하고 있다는 것이다. 그러나 시대적 상황의 변화에 편승해서 뉴라이트는 집권 진보세력에서 이탈하여 조직화된 세력으로 보수세력과 타협하여 투명한 실용적 진보세력을 만들겠다는 것이겠고, 뉴레푸트는 집권 진보세력에서 벗어났으나 보수세력에 타협하지 않고 관망하다가 대선후에 기회가 오게 되면 건강한 진보세력을 출범시키겠다는 정략인 것으로 보여진다.

그래서 뉴라이트와 뉴레푸트의 진보적 양대 세력은 금년의 대선과 내년의 총선에서 나름대로 조직화된 세력을 과시하고자 할것이며 영향력을 행사하려는 큰 그림을 그리고 있을 것이다. 이에 우리가 경계해야 할것은 뉴라이트 운동과 와 뉴레푸트 운동(자유주의 운동)에 북한의 지령에 움직이는 소위 신북풍(新北風)세력이 잠입하여 반국가 활동을 전개하는 동시에 대선 판도를 좌우 할수 있는 무대의 공연장이 되지 않도록 해야할 것이다. 금년에 국가의 흥망성쇠를 좌우할 통치자 선택의 대선과 내년에 국민들이 선량(選良)들을 뽑는 총선은 어느 역대 대선과 총선보다도 중요하다는 것을 수백번 강조해도 부족함이 있을것이다.

병역의무미필 정치인근절의
필요성을 제기한다

(2006년 월 일)

국가는 일정한 영토와 거기에 사는 국민들로 구성되고 주권에 의한 하나의 통치 조직을 가지고 있는 사회 조직이다. 즉 국가는 영토, 국민, 주권의 3요소를 필요로 한다.

또한 국가는 국체와 정체를 가지고 있다. 국체(國體)는 일반적으로 주권이 한 사람의 군주에게 주어져 있는 군주주권 국가인 군주국과 다수의 국민에게 주권이 있는 국민 주권국인 공화국으로 구분된다.

그리고 정체(政體)는 정치체제 도는 정부형태라 볼수있다. 정체는 주권의 행사 방법에 의한 분류로서 정치체제가 헌법을 따르면 입헌적인 것이고, 정치지도자의 독단적으로 행해지면 전제적(專制的)인 정체가 되는 것이다.

대한민국은 헌법 제1조에 명시된 민주공화국이다. 다시 말해서 국체에 있어서 자유민주주의 국가이며, 정체에 있어서 헌법정신을 기초로 하는 입헌국가인 것이다.

국가의 성립 3요소 가운데 가장 중요한 것은 영토 보존의 문제이다. 국가의 영토를 잃으면 멸망하게 되어 주권을 잃고 국민은 노예로 신분이 전락하여 강대국의 지배하에 식민지 생활이 시작 된다.

그렇다면 국토 보존을 위해서는 누가 책임을 져야 하는가? 헌법 제2장에 분명하게 명시되어 있는 바와 같이 국민은 권리와 의무가 있다. 그중에 헌법 제2장 39조에 "모든 국민은 법률이 정하는 바에 의하여 국방의 의무를 진다"고 분명하게 규정하고 있다. 따라서 병역법 제3조에 "대한민국 국민인 남자는 헌법과 이 법이 정하는 바에 따라 병역의무를 성실히 수행하여야 한다. 여자는 지원에 의하여 현역에 한하여 복무할수 있다".고 규정하고 있다.

헌법에 규정된 4대 의무(병역, 납세, 교육, 근로)중 가장 중요시 되는 의무는 병역의 의무이다. 그 이유는 국가의 존망의 관건인 안보에 직결되기 때문이다. 국토 보존은 군사력에 의하여 좌우되며 군사력은 유형적(有形的)인 병력(군인), 장비, 무기 등에 있고, 더욱 중요한 것은 무형적(無形的)인 전력인 군인들의 필승의 정신, 사기, 정보 등이 요체가 된다.

그래서 국방의 근본적인 구성 요소인 군인들의 군복무의 문제와 관련된 많은 정치인들의 병역의무미필자에게 헌법에 의해 누릴수 있는 권리의 주장에 우선하여 병역의 의무가 절실히 요구되며 정치인들의 국방,안보의식의 개혁이 무엇 보다도 선행 되어야 한다.

따라서 전년도인 2005년 6월 27일에 병역의무미필 정치인근절대책협의회(약칭:병미대책협의회)가 발족하게 되었다. 병미대책협의를 발족시키게 된 직접적인 최초의 동기는 1987년도로 거슬러 올라 간다. 필자가 젊음을 바쳐 군복무를 마치고 전역한 직후 13대 국회의원 당선자 가운데 병역의무미필자가 놀랄 정도로 많았다는 데 있었다.

당시 신문에 보도된 13대 국회의원 당선자 299명 중 병역 미필자가 77명이나 되었다는 사실에 관심이 쏠렸고, 2004년도 17대국회의원 선거 결과에서도 299명(여성의원 39명)중 남성의원의 24.2%가 병역의무를 미필했다는 사실이다. 더욱 노무현정부가 들어 서면서 장관급 고위공직자중 40%가 질병,수형 등의 이유로 군복무를 하지 않은 것으로 밝혀져 충격적인 반응을 보였다.

그리하여 정치인들과 사회 지도층이 "노블레스 오블리제"를 충실히 수행하며 국민들에게 보편화된 안보불감증에 의한 안보의 실종을 회복시켜야할 특단의 대책이 요구된 것이다.

오늘날 남북 분단의 상황에서 북한은 적화통일 야욕을 버리지 않고 "적화통일 전략, 통일전선전술"에 의해 남한을 뒤흔들어 놓고 있다. 여기에 휩쓸려 남한은 보수와 진보에 의한 이데올로기의 대립으로 남남 갈등은 더욱 심화되어 반미, 친북세력의 386세대들이 대한민국을 완전히 장악 하고 있다.

더욱 북한은 핵 실험 까지 하여 핵보유를 선언했으며 벼랑끝 전략으로 지구촌을 초긴장 시키고 있다.

노무현 정부 들어서면서 주적 개념도 살아지고 안보가 실종 되었다고 국민들이 이구동성으로 아우성치고 있는데도 노무현 정권은 북한으로 부터핵인질을 임기응변으로 변호하고 안보위기를 안일하게 호도하고 있어 국민들은 불안을 금치 못하고 있다.

국가의 안보를 비롯해 총체적인 위기 상황속에 노무현 정권에 국민들의 불신이 고조된 상태에서 열린 우리당의 정치인들은 정신 못차리고 좌왕우왕하며 차기 정권 창출을 위한 권력 암투와 정개 개편의 작당에 광분하고 있다.

그간에 반미 친북세력의 발호(跋扈)에 편승하여 날뛰었던 세력인 386세대들은 거취를 분명히 해야 할 때가 왔다. 그들이 지하에 숨을려는 자세로 자신을 속이고 변명하며 은폐하더라도 만천하에 그들의 행적을 완전히 노출시켜야 한다.

2007년도 대선과 2008년도 총선에서 국민들이 준엄하게 심판을 내려야한다. 그 심판의 대상은 주로 반국가적 반미,친북의 좌경세력인 주사파의 계보에 올라있는 인물들이다. 그들에게 심판의 방법은 여러 가지가 있겠지만 국민들의 선거를 통해 정치일선에서 퇴출시키는 방법이다. 이는 정치개혁의 기본적인 최우선 과제이기 때문이다.

그 심판의 대상은 반국가적인 행위로 국가보안법에 저촉되어 장기 수형생활을 함으로서 병역의 의무를 미필한자, 권력과 금력에 의해 병역을 면탈한자, 제외동포법(국적법)을 악용하여 병역을 기피한자, 종교를 빙자하여 양심적 병역거부를 내세우는자, 제반 음성적 병무비리에 연루된자 등이 총 망라 되어야 한다.

헌법에 규정된 병역의 의무가 신성한 국토방위의 정신으로 승화되고 국민개병주의에 솔선하는 애국정신이 뿌리를 내려야 한다. 우리는 이스라엘 정신을 배워야 한다. 이스라엘의 처녀들은 해외에 나가 있을 지라도 남자와 동일하게 국방의 의무를 다 하기 위하여 솔선하여 귀국하며 비행기 트

렘에서 내려 올때 이스라엘 땅만 바라 보아도 가슴이 뛰고 더욱 풍만해 진다고 한다.

국가와 민족의 평화는 거저 공짜로 얻어지는 것이 아니라 쟁취하는 것이다. 국민들이 평화를 누릴수 있는 것은 평화를 지키며 위협하는 적을 거부하고 대적하여 평화를 수호하는데 있다.

그래서 군인은 유사시의 전쟁에 흔쾌히 임하여 목숨을 초개와 같이 버려야 한다. 나 한사람의 목숨만 소중하게 생각하고 병역을 기피, 면탈하면 누가 나라를 지키겠는가?

국민 개병(國民皆兵)의 병역 의무는 국방을 위하여 만인 평등의 법이 적용된다는 사실을 병역의무 미필자들은 경종으로 받아 드려야 한다.

오픈 프라이머리의
함정에 빠지지 말라

(2006년 10월 7일)

2007년도 대선의 대권에 도전하려는 인물들은 벌써 발걸음이 바빠지고 있고, 여·야간의 선거 전략이 점차로 가열될 전망이다.

청와대에서는 선장이 없다면서 선장 모셔오려는 듯한 술수의 냄새가 나자 당청간의 권력 암투로 비쳐지기 까지 했다.

열린우리당은 오픈 프라이머리(Open Primary, 국민참여개방)를 내세우면서 새로운 예비선거의 정략적 전략을 강력히 주장하고 있다.

한나라당에서도 소장파 국회의원들은 서슴치 않고 열린우리당의 오픈 프라이머리 예비선거제도의 주장에 환영하는 발언을 하는등 당론을 무시한 의견이 표출되고 있다.

그간 미국의 일부 19개 주에서 실시해온 오픈 프라이머리 예비선거제도를 주장하는 것은 미국과 한국의 정치적 토양과 풍토의 근본적인 차이점을 모르는 처사이다.

한국은 분단국의 현실 상황에서 보수와 진보로 국론이 극도로 분열되어 있어 북한의 통일전선 전술에 의해 대선이나 총선에 많은 영향을 받아 왔다는 사실을 부인할수 없다.

그간 노대통령은 많은 실정(失政)을 했지만 한가지 민주화에 기여한 것은 경선제도를 들수 있다고 뉴라이트 세력들이 무비판적으로 치켜 세우기도 한다.

그러나 2002년 민주당 대선후보 경선에서 3월 6일 광주 경선에서 이른바 "노풍"이 몰아 쳤고, 이러한 바람 몰이가 결국 여당이 정권 재창출하는 계기가 되었다는 사실을 기억해야 한다.

오늘날 반미,친북의 좌경세력이 우굴대는 위장된 민족·자주·민주·평화·통일를 미친개처럼 환상적으로 부르짖는 암울한 안개속의 정국에서 오픈 프라이머리 예비선거 경선제도를 주장하는 것은 "교모한 민주"라는 미명의 국민참여 선거 전략으로 국민들을 속이려 하는 것이다.

미국에서도 일부 19개 주에서 실시하고 있는 오픈 프라이머리에 대해 최초에 위헌이 아니라고 판결 했으나 최근에 와서 위헌성이 거론 되고 있다.

미국에서 위헌성이 대두 되고 있다는 현실을 감안한다면 한국의 혼탁한 정치 풍토에서 굳이 위헌적인 오픈 프라이머리를 주장해야 할 필요성은 전혀 없는 것이다.

그러나 열린우리당에서 대선에 승리할수 있는 극약처방식의 예비선거전략으로 오픈프라이머리 예비선거제도를 법제화 하려는 술책으로 밖에 볼수없다.

〈정당정치는 당헌과 당론에 기본적인 바탕을 두어야 한다.〉

그리하여 당의 정강과 당규에 따라 참여하는 당원에 의해 적용되는 폐쇄적 예비선거 제도(closed primary)가 가장 이상적인 정당정치의 요체가 된다는 사실이다.

그리고 당원이 아닌 불순 세력의 선거인을 끌어드리기 위한 선전·선동과 막대한 자금·불필요한 노력의 낭비 그리고 민심을 혼란케 하는 오픈 프라이머리의 입법조치는 절대로 막아야 한다.

더욱 완전히 개방하여 유권자가 여러 정당의 예비선거에 참여할수 있도록 하여 특정 정당에 불리하게 작용하고 유권자를 기만할수 있는 극단적 예비선거(Blanket primary)는 기필코 받아드릴 수 없는 것이다.

열린우리당에서 획책하고 있는 예비선거 전략은 국민을 기만하고 있는 작태이며 노무현을 당선시킨 전철을 교묘하게 업그레이드 시킬려는 술책으로 보인다.

한나라당의 386세대 소장파들은 당론이 결정되면 당론에 의한 모든 정책과 당규와 운영지침에 따라야 함에도 불구하고 개인의 인기 영합에 초점을 맞춰 한나라당에서 일탈하고 심지어 여당에 유리한 해당적 행위를 하는 행태는 정당정치를 파괴하는 것이다.

모든 여,야의 17대 국회의원들은 국민들로부터 외면 당하고 있다는 사실을 깨달아야 한다. 그리하여 날로 실종 되어가는 정당정치, 실추된 의회정치를 바로 세워야할 책무를 다 해야할 것이다.

모든 정치인들은 향후의 대선과 총선에서 대한민국의 정통성을 보존, 유지하며, 확고한 국가 안보의 기틀위에 경제적 발전을 가속화 시킬수 있는 박대통령 보다 더욱 카리스마적 능력을 소유한 출중한 지도자가 선출되고, 참신한 국민의 선량들이 많이 뽑혀서 안정된 복지국가를 건설해야 한다.

그간에 의사당에서 자주 추태를 보이며 국력 소모를 자초한 방휼지쟁(蚌鷸之爭)의 모습을 청산하여 국민들로부터 빈축의 대상이 아니라 신뢰 받는 정치인으로써 존경과 칭찬을 받을수 있도록 거듭나기를 촉구하며, 국민들은 정치인들에게 두 번 다시 속지 않도록 경각심을 가질수 있기를 바라는 마음의 우국적 심경으로 만천하에 소신의 일단을 피력한다.

노 대통령은
통치력과 권위를 상실하고 있다

(2006년 8월 20일)

　노무현 대통령은 2006년 8월 13일 4개 신문사(경향, 서울, 한겨레, 한국)의 외교·안보 담당 논설위원들과 비공개 오찬 간담회를 가진 자리에서 20%대의 지지도 받지 못하는 임기말 대통령으로서의 심정을 장시간 토로 하면서 "내 임기는 이제 거의 끝났다." 벌써 레임덕(Lame Duck)의 현상으로 "공기업 기관장들이 말을 잘 안 듣는다." 면서 "다 자기 논리를 내 세워서 자기네 주관대로 한다." 또한 북한 문제와 관련된 지난 3년여를 회고하는 가운데 "좌절감을 느낀다." 미국정부의 대북한 정책에 "미국이 극단적인 생각을 갖고 있어 말이 통하지 않는다." 북한에 대해서는 "고집 불통"이라는 표현을 써 가면서 상당한 불만을 들어 냈다고 한다.

　청와대의 오찬 간담회에 조·중·동의 3개신문사의 기자는 배제한 가운데 입맛에 맞는 신문사의 논설위원을 초청하여 놓고, 촌부도 아닌 대통령이 신세타령 하듯 자탄하는 넋두리를 늘어 놓으며 "좌절감에 빠졌다"고 말 했다 한다. 그러한 무책임하고 나약한 말을 하면 대통령의 얼굴에 먹칠을 하고, 백성들은 혹서에 숨이 막혀 쓸어질 지경이다.

　노대통령은 임기가 아직도 1년 반 정도 남았는데 "내 임기가 거의 끝났다"는 말을 한것은 대통령의 통치력에 한계가 온것이 아닌가 싶다.

　레임덕 현상으로 대통령의 말을 듣지 않는다는 것은 대통령에게 불복(不服)의 현상이 아니면 항명(抗命)의 결과인 것이다.

　대통령이 국정을 수행함에 있어서 이렇게 대통령의 말을 듣지 않으면 통치자로써 통치가 불가능 한 것이다. 그래서 앞으로 남은 임기의 기간에 통치력 회복의 대책을 강구 하던가 그렇지 못하면 하야(下野)의 결단을 내려야 하는 양자 택일의 결심이 필요한것 같다.

노대통령은 지난 2004년 3월 12일 국회에서 탄핵소추를 당해 일시적 직무정지가 되고 대통령의 권좌에서 앗차 했으면 물러 날번 했다. 그러나 헌법재판소의 고뇌에 찬 기각 판결(2004.5.14)은 절차상 합법적이 었다. 그러나 정권 교체가 되면 행정수도 이전에 관련한 행정중심 복합도시 건설과 함께 뜨거운 감자가 될수도 있을 것이다.

지난 5월 31일 지방자치 단체장선거와 지방의회의원선거에서 참패하여 두 번째의 국민적 탄핵이라는 레드카드의 경고를 받았기 때문에 노대통령과 열린우리당은 심리적 페닉(penic)상태에 빠져 있는 것 같다.

노대통령은 장관 인사권 문제로 수차례 대통령의 위상이 추락 되어 국민들로 부터 지탄을 받았다. 앞으로 임기를 마치기 까지 코-드 인사문제로 국방부장관을 비롯하여 몇차례의 국민의 불신에 의한 극심한 진통이 예상된다.

더욱 당·청간의 권력 암투가 표면화 되고 있다. 그리고 정계개편으로 인한 태풍이 몰아 쳐서 정치적 혼란으로 국력을 약화 시키고 국민들을 더욱 불안하게 만들 것이 예상된다. 이러한 노무현 정권의 무책임한 386세대의 아마추어 정치는 북한을 이롭게 하는 그들의 교묘한 전략과 전술에 농락 당하는 결과를 초래하게 될것이다.

노대통령의 북한 문제와 관련된 "좌절감을 느낀다" 그리고 "고집 불통"이다 라는 말은 국민들의 치소(嗤笑)꺼리 밖에 되지 않는다.

햇볕정책은 굶주린 호랑이 새끼에게 고기덩이를 던져 주어 덥썩 덥썩 잘 받아 먹고 자라게 하는 것이나 다름없는 것이다. 그래서 양호유환(養虎有患)의 부메랑이 우리의 목덜미에 작용한다는 사실이다.

햇볕정책으로 북한 정권의 옷을 벗기기는 고사하고 두툼한 옷을 껴입혔다. 그간에 핵무기·미사일·생화학무기 등의 대량살상 무기로 무장하는데 기여했고, 김정일에게 철 갑옷을 입혀 주었다. 그들이 분명히 우리에게 총구를 겨누고 있는 적인데도 적이라고 부르지 못하게 하니 그들의 요구대로 적이라고 부르지 못 하고 있다. 그리하여 우리가 김정일의 수중에서 놀아나는 광대가 아닌지 의심스럽다.

전시작전통제권을 환수하겠다는 저의는 나변에 있는가? 북한에서 끈질

420

기게 주장하는 주한미군철수, 정전협정체제 파기, 남북간 평화협정 체결, 연방제적화통일의 수순을 밟는 과정에서 첫 관문으로 한미연합사 해체, 유엔군사령부 철수에 궁극적 목적이 있는 음흉한 북한의 전략에 속고 있는 것이다.

불교계의 원로 전 조계종 총무원장 월주 스님은 친북 성향을 보이고 북한을 도와주며 평화 통일을 강조해 왔으나 이제 와서 속았다고 실토하며 경각심을 촉구 하고 있다. 그간에 북한에 왕래하며 통일의 환상에 도취되었던 많은 지도자들이 속았다는 사실을 깨닫고 이제라도 늦지 않았으니 뉴라이트 운동의 대열에 서야 한다.

또한 노대통령은 미국정부에 대해서 "극단적이어서 말이 통하지 않는다"고 했다 한다. 노대통령이 영어를 잘 못해서 말이 잘 통하지 않았다면 다행인데 Pax Americanna 시대에 미국의 힘을 경시하는 것은 당랑거철(螳螂拒轍)의 무모한 처사일 뿐이다.

남북관계만 잘되면 다른것은 다 깽판쳐도 되는 것이 아니라 한·미 동맹을 와해 시키면 남북한을 동시에 깽판치게 되고 한반도를 불바다로 만들게 되는 것이다. 노대통령은 "통치력을 지혜롭게 추수리고 권위를 회복해야 할 긴급한 사태"에 직면해 있는 현실이다.

노대통령은 대통령 후보시절에 김영삼 전 대통령의 집에 찾아가 선물로 받았던 시계를 보이며 아첨성 대화를 나눈 적이 있다. 그런데 김영삼, 김대중 전직 두 대통령을 염두에 두고 "임기말 자식 문제로 힘이 빠졌는데 나는 그런 일이 없다"고 말 했다 한다. 그러나 노대통령의 조카 및 측근들의 "바다이야기"에 "도박 게이트"를 비롯하여 노출 되지 않은 많은 권력형 비리들은 언젠가 만천하에 들어 날것이다.

그리스의 철인 소크라테스(socrates, BC469－BC399)는 우리가 너무나 잘 알고 있는 "네 자신을 알라"는 명언을 남겼다. 그러나 노대통령은 자신을 잘 모르는 것 같다. 인류역사상 위대한 철학자인 소크라테스는 2400년 전에 세상을 떠났지만 그 명언의 말 한마디는 오늘날 우리에게 참 교훈이 되어 살아 숨 쉬고 있다.

嗚呼라!
좋은 선장을 밖에서 데려 올수 있다?

(2006년 8월 10일)

노무현대통령은 2006년 8월 6일 열린우리당 김근태 당의장을 비롯한 당·청연석회의 오찬 자리에서 여당이 흔들리지 말 것을 주문하는 가운데 "열린우리당은 큰 배다." 선장이 지금 눈에 안 띈다고 하선하려고 하면 되겠나 선장 없어도 최선 다하면 바깥에서 좋은 선장을 데려 올수도 있다. 내부에도 좋은 사람이 많이 있다. 이 배를 지켜야 한다고 말했다 한다.

노무현 대통령 후보에게 민주당이라는 큰 배를 맡겨 함장의 임무를 잘 수행하도록 국민들이 뽑아주었다. 그가 함장을 맡게된 것은 호남사람과 충청도사람들이 절대적으로 기여했기 때문이다. 그런데 호남세력의 민주당호의 큰 배를 폐선시키고 열린우리당의 배를 급조로 만들어 출범시켰다. 그간 3년여 동안 폐선되었던 민주당호의 배가 조순형 의원이 보선에서 당선되어 재정비하고 있지만 순항에는 쉽지 않을 것 같다.

열린 우리당은 철저한 반미 친북세력인 386세대를 주축으로 출항하여 항진을 했었다. 해상의 해도를 판독할수 없는 선장은 조타수에게 해도를 이탈하도록 명령할 수밖에 없다. 그래서 배가 산으로 올라가려 하고 있다.

더욱 항해할 때에 가장 중요한 것은 기상상태이다. 해상상태가 좋을 때는 별이 반짝이는 밤에 은빛 바다가 펼쳐저 시상(詩想)이 떠오를 때도 있지만 바다가 성나면 집체덩이 보다 큰 파도가 밀려와 아무리 큰 배도 뒤집어 버리고 삼켜버린다.

그래서 어촌의 어부들은 일기예보에 민감하다. 해상상태가 조업에 영향을 미치기 때문이다. 어촌에서는 때때로 태풍에 대비하여 배를 육지에 상가(上架)시켜 피해를 입지 않도록 대비한다.

해군의 함정은 출항준비가 완벽할지라도 해상상태가 좋아야 출항할수 있다. 모든 출항을 위한 만반의 준비를 하고 출항 15분전 상태에 이어 5분 전에는 함장을 비롯해 전장병이 혼연의 일체가 된다. 그리하여 함장의 출항 명령에 의해 훈련이 시작되고 유사시에 작전에 임한다.

열린 우리당의 큰 배는 출항 3년만에 암초에 걸려 파선직전에 처하여 선장타령을 하고 있다. 반미 친북세력인 386세대가 주축이 되어 출범한 배가 항해하다가 폭풍을 만나 선장이 없다고 아우성치고 있다.

그간의 항해 중에도 큰 파도를 만나 탄핵의 소추를 받았지만 기사회생을 했고, 5 · 31지방자치단체장 및 의회의원선거에서 다시 큰 폭풍을 만났다.

지난 5 · 31선거의 참패는 반미 친북세력에 의한 국가 안보의 위기를 의식한 국민들의 현명한 판단에 의한 선거의 결과였다. 두 번째의 국민적 탄핵을 받은 셈이다. 향후 대권경쟁에 안보 없는 경제를 앞세우는 대권후보는 경계해야 한다. 국가안보의 바탕에서 경제발전이 수반되기 때문이다. 안보 없는 경제를 내 세우는 것은 허구(虛構)에 불과한 말장난일 뿐이다.

최근 노무현 정부는 측근 세력의 장관임명으로 야기된 통일부장관, 노동부장관, 복지부장관, 부총리겸 교육자원부장관, 법무부장관 등에 말썽과 지탄이 무성하다. 청와대에서는 각료임명이 대통령의 고유 권한이라고 고집한다 오직 "짐(朕)은 법이다"라는 논리와도 같은 것이다. 여당에서 반대하고 국민이 싫어하면 대통령의 고유권한도 절대적 가치가 상실되어야 한다. 대통령은 백성의 뜻에 의해 국민의 손으로 선출되었기 때문이다.

우리 국민들이 심히 우려하고 걱정하는 것은 통일 · 외교 · 경제 · 교육 · 노사 등 전반적인 정책에서 빚어진 비정(秕政)과 실정(失政)에 있다. 이러한 총체적인 위기의 정국을 노무현정권은 알면서도 속수무책인 것 같다. 이대로 좌충 우돌하며 계속 암초에 걸려 방황한다면 열린우리당의 큰 배가 파선할 수밖에 없을 것이다.

국민 저항권이 발동되기 전에 국민이 신뢰할수 있는 바른 통치력을 발휘하여 풍전등화의 위기를 극복하기 위해서는 좌파정권의 붉은 옷을 벗어 버려여야 한다. 또한 반미 친북세력을 척결하고 그들에게 국고의 예산를 지원하는 통로를 차단해야 한다. 대한호의 큰 배가 좌초하지 않도록 대책을 강구 하지 못하면 열린우리당의 문이 닫히는 닫힌우리당이 되는 위기를 자초하게 될것이다.

끝으로 한미 동맹의 마찰과 균열히 확대되고 적화통일의 전략에 말려들면 한반도에 전쟁이 재발될 수도 있다. 그렇게 되면 남북이 공멸되고 한반도가 초토화된다는 사실이다. 북한의 적화통일 전략에 반세기가 넘도록 속아 왔다는 것을 정치인들이 인식해야 한다. 노무현정부의 요인들은 선군정치의 덕을 보는 것이 아니라 적화되면 1차적인 숙청의 대상이 된다는 사실을 월남의 패망으로 인한 적화 통일에서 교훈으로 받아 드려야 한다.

호국보훈의 달을 보내며

(한국기독장교예비역연합회 회보, 제6월호)

(2006년 6월 25일)

호국 보훈의 달인 6월도 어언 저물어 간다. 이 달은 우리 강토를 지키다가 슬어져 간 애국 지사, 한국 전쟁에서 꽃다운 젊음이 조국 수호를 위해 산화한 국군 장병의 영령 앞에서 애국 애족의 참 의미를 되색어 보자는 의도로 제정한 호국 보훈의 달이다.

오늘날에 와서 애국, 애족의 실체는 무엇이며 그것들은 어떤 모습으로 우리에게 다가오는 것이며 바람직한가를 놓고 우리는 적어도 6월에는 한번쯤 곰곰히 생각해 보아야 할 시점에 왔다고 본다. 희랍인들은 국가가 위기에 처해 있을 때 장군은 그의 부하들에게 '만일 이 전쟁에서 패한다면 당신의 아내는 적에 의해 성 노리개가 된다" 고 웨쳤다 한다.

오래된 영화로 기억하지만 ('드와이드 D. 아이젠하워' 로 기억한다) 1944년 놀만디 상륙 작전을 지휘하던 연합군 사령과 아이크 장군은 오마하 전투에서 한 공병 병사에게 독일군의 철조망을 폭파시키기 위해 지뢰선로를 철조망까지 무사히 배설하도록 지시하면서 만일 이 작전에 성공하면 장교로 진급 시키겠다고 약속한다. 사병은 "Yes. Sir !" 라고 답 하며 적의 철조망까지 접근하여 선로를 연결시킴으로 폭파는 성공한다. 그러나 그러는 동안 병사는 독일군의 기총 소사로 목숨을 잃는다.

국립묘지에는 수 만명의 병사들이 ' 줄을 지어" 누워 있다. 지금은 월남전이 종식된 지도 오래되어 그러한 모습도 보기 어렵지만 종전 직후 현충일 국립묘지에 가보면 월남전 전몰장병의 묘역에서 가장 애끓는 통곡이 울려 퍼졌다. 아들을 잃은 부모의 斷腸의 설움을 들을 때마다, 앞서간 자식에게 " 힘 없는 부모" 였음을 恨으로 간직하며 자신의 처지를 자식에게 용서를 구하는 부모의 울음이 아니었길 빌 뿐이었다.

425

보훈의 달에 생각해야 할 대상은 비단 전몰 장병만은 아니다. 월남전의 경우, 아직도 고엽제로 고통당하는 분들이 얼마나 많은가? 이분들의 고통, 자식을 국가에 바친 부모의 恨이 왜 그들만의 몫이어야 하는가? 문제는 여기서부터 해결의 실마리를 찾아야 할 것이다.

2000년 8월 15일 처음으로 남북 이산가족들이 KOEX의 컨벤션 홀에서 분단 반세기만에 극적 상봉를 했다. 서로 얼싸 안고 통곡했다. 이러한 장면이 온 TV에 방영되었을 때 대부분의 시청자들은 나와는 무관한 일이라며 TV 찬넬을 다른 곳으로 돌려버린 일과 같은 심리이다. 왜 그들만의 몫인가? 같이 울어 주어야 하지 않을까?

이제는 화두를 조금 다른 쪽으로 돌려보자. 일본의 강점, 6.25의 동족상잔이 다시는 되풀이되지 않도록 하는 온 국민의 경성함이 보훈의 달을 맞는 온 국민의 가장 적극적인 자세가 될 것이기 때문이다.

우리는 바야흐로 광복 61주년, 한국전쟁 56주년, 남북정상의 만남 6주년 등의 민족적 역사의 마디·마디들을 냉철하게 반추(反芻)해 보아야 할 시점에 있다. 한민족의 분열은 국토분단으로 인하여 이루어 졌다. 한반도의 국토분단은 우리 민족의 뜻과는 관계없이 세계 강대국의 냉전체제의 전초적 지배와 패권주의적 구조악의 산물로서 힘 없는 민족이 국제 군사력의 역학 속에서 어쩔수 없이 당한 억울하고 치욕적인 국치의 역사 였다.

구약성경에 나타난 전쟁으로부터는 정치·군사적인 전쟁과 달리 하나님의 간섭과 섭리에 의한 영적 전쟁의 내면성을 발견하게 된다. 그리하여 聖戰 (holy war)이라 부르고 "여호와의 전쟁"이라고도 불었다. 여호와의 전쟁은 전능하신 하나님의 권능에 의하여 승리하게도 하고 패하게도 했다.

한반도의 남북 분단은 이스라엘의 남북 분단과 유사점이 많다. 남한은 한말의 대한의 국호를 택했고 북한은 조선왕조의 조선 국호의 호칭을 택했다. 이스라엘은 남북분단 이후 서로 정통성을 주장했는데, 한반도분단에서도 남북한은 상호간에 아전인수격으로 정통성을 주장하고 있다.

이스라엘이 분열되기 직전에 르호보암이 예루살렘에서 18만명의 용사를 모아 여로보함과 싸우려 하였다. 그러나 하나님은 선지자 스마야를 통해 남유다 백성에게 "너의 형제와 싸우지 말라 자기 집으로 돌아가라"고 하였다. 이 말씀에 따라 전쟁이 없이 세겜에서 북이스라엘 왕국이 세워진 것이다(대하11:1-4).

우리 한민족이 일본에 병합되어 36년간 일본의 통치하에 국토를 잃고 문자·언어·이름 까지도 빼앗겼던 고통속에서 8·15의 광복을 맞이했으나 해방의 기쁨이 채 가시기도 전에 강대국의 강요에 의해 강토가 분단되고 동족간에 6·25 전쟁의 참화를 겪어야 했던 역사적 비극은 한민족의 현대사에 나타난 민족적 죄과(罪過)에서 그 원인을 찾아야 한다.

일제시대에 국권이 상실된 치욕속에서 친일 행각으로 동족에게 고통을 주고, 기독교 지도자들에게 강요한 신사참배에 순순히 동조하는 등의 죄과를 지적하지 않을수 없다. 또한 6·25전쟁에 있어서 ①남침하여 동족간의 살육과 종교를 말살하려 했던 북한 지도자들, ② 동족간에 전쟁을 도발 하는데도 전쟁을 억제치 못한 무능, 부패, 안일, 무책임 등의 남한 통치자들, 그리고 ③ 남북 지도자들에게 뇌화부동하며 추종했던 세력의 죄과에 따른 응보의 결과 였다.

또한 신학적 고찰에서 다니엘이 포로의 몸으로 끌려 갔던 바벨론에서 예루살렘을 향하여 창문을 열고 열조의 죄과를 대신하여 자복하고 기도한 것처럼 한국 교회와 교인들은 지도자와 민족의 죄과를 돌이켜서 진정으로 회개하고 궁극적으로 민족의 운명을 그 손안에 쥐고 계신 하나님께 돌아오도록 회개의 복음을 선포해야 한다. 민족적 죄책의 고백은 하나님 앞에서 민족적 죄과를 대신 회개하는 제사장적 행위를 말하는 것이지 결단코 굴욕적인 분단강요에 저항치 못한 죄책과 민족적 적대 관계를 용인하며 살아온 죄책을 말하는 것은 아니다.

오늘날 강대국의 분단 강요에 저항하기 보다는 이스라엘의 남북 분단에서 처럼 불가항력적으로 불가피했던 한반도 분단의 한민족 분열을 아직도 징책하고 연단하는 하나님의 섭리를 믿고 수용하면서 그 속에 내포된 한민족에게 향한 숨어 있는 섭리를 깨닫는 신학적 성찰이 더욱 필요하다.

한국의 실상은 풍요속에 죄악이 관영(貫盈)하고 있다. 자본주의의 개인적 능력과 창의성을 최대한으로 인정하고 있으나 물질만능과 배금주의(mammonism)의 금권정치(plutocracy), 그리고 타락한 금권 민주주의정치(plutodemocracy)로 인한 정치인들의 부패와 고위 공직자들의 부정축재가 근절되지 않고 있어 하나님 앞에 자유로울 자가 없는 현실이다.

또한 한국 사회는 질서가 문어져 가치관이 혼돈된 아노미(anomie) 현상이 전개되고, 성문화는 소도마이트(sodomite)를 무색케 하는 스와핑(swapping)으로 인생을 즐기는 시대에 돌입하였다. 한국판 소돔과 고모라가 분단된 한반도의 남쪽에서 하나님의 심판을 자초하고 있는 것이다. 남북한의 현실을 종합적으로 관찰해 보면 남북한이 동시에 하나님의 진노의 표적이 되고 있다는 것을 경고로 받아 들여야 한다.

한반도에서 전쟁이 재발되면 남북한이 동시에 초토화 되고 공멸하기 때문에 전쟁을 억제하고 환상적인 통일론에 제동을 걸어야 된다. 한반도의 통일을 위한 노력은 한민족의 자주적 노력과 국제적인 협조에 의한 양면적 두 조건이 충족되는 차원에서 이루어져야 한다. 이제 한국 교회는 북한의 변화를 위하여 햇볕정책보다도 더 위력이 있는 복음의 빛으로 동토의 땅을 녹여야 한다.

성경에 "너희를 핍박하는 자를 축복하라 축복하고 저주하지 말라"했고(롬 12:14) "피차 사랑의 빚 외에는 아무에게든지 아무 빚도 지지 말라"고 하였다(롬13:8). 모든 기독교인들은 사랑의 빚진자들로 사랑에 목말라 있는 북한 동포들에게 사랑의 빚을 갚아야 할 사명을 부여 받고 있다. 남북한 간에 심화된 이질적 요소를 동질화 시킬수 있는 것은 정치 지도자의 편협된 일방적인 통치력과 정책으로는 불가능 하다. 따라서 남북한의 통치력과 정책을 상쇄 시킬수 있는 하나님의 역사와 섭리에 의한 "통일의 문"이 시기는 알수 없지만 반듯이 열리게 될것이다.

그리하여 한민족 분열의 고통과 앞음을 같이 하시는 살아 계신 하나님은 이스라엘 민족을 버리지 않고 구원해 주신 것 같이 한민족(韓民族)을 주님의 선택된 백성으로 구원해 주시고 축복해 주실것으로 확신한다.

보훈의 달을 즈음하여 어느 해보다도 감회가 새로운 이유가 있다. 향후 1-2년 후면 한국은 새로운 형태의 통치 패러다임의 시대를 맞이할 것이다. 더불어 사는 사회, 남을 배려하는 삶을 향한 의식구조로의 전환은 우리의 선택의 문제가 아니고 그것은 우리의 생명이요 우리국가의 안보이기 때문이다.

선견적 시국진단

초판 1쇄 – 2011년 3월 1일

지은이 : 김흔중
펴낸이 : 채주희
펴낸곳 : 엘맨출판사

서울시 마포구 신수동 448-6
출판등록 : 제10-1562호(1985.10.29)

전화 : 02-323-4060, 322-4477
팩스 : 02-323-6416
e-mail : elman1985@hanmail.net

잘못된 책은 바꾸어 드립니다.
무단 복제를 금합니다.

값 18,000원